封神演义之
哪吒新传

代言 著

山西出版传媒集团　北岳文艺出版社
·太原·

图书在版编目(CIP)数据

封神演义之哪吒新传 / 代言著 . — 太原：北岳文艺出版社,2022.6

ISBN 978-7-5378-6558-6

Ⅰ.①封… Ⅱ.①代… Ⅲ.①长篇小说—中国—当代 Ⅳ.①I247.5

中国版本图书馆 CIP 数据核字（2022）第 081825 号

封神演义之哪吒新传
代言 著

出 品 人
郭文礼

选题策划
韩玉峰

责任编辑
韩玉峰

助理编辑
郝宇琦

书籍设计
张永文

印装监制
郭 勇

出版发行：山西出版传媒集团·北岳文艺出版社
地址：山西省太原市并州南路 57 号
邮编：030012
电话：0351-5628696（发行部） 0351-5628688（总编室）
传真：0351-5628680
经销商：新华书店
印刷装订：山西人民印刷有限责任公司
开本：787 mm×1092mm 1/16
字数：400 千字 印张：30
版次：2022 年 6 月第 1 版
印次：2022 年 6 月山西第 1 次印刷
书号：ISBN 978-7-5378-6558-6
定价：68.00 元

本书版权为本社独家所有，未经本社同意不得转载、摘编或复制

目 录

第 一 章　灵珠子转世 …………………………001
第 二 章　降服肥遗怪 …………………………013
第 三 章　与东海结怨 …………………………025
第 四 章　发难陈塘关 …………………………040
第 五 章　莲藕身复活 …………………………052
第 六 章　杀妖仙石矶 …………………………067
第 七 章　援手黄飞虎 …………………………085
第 八 章　辅佐姜子牙 …………………………092
第 九 章　合力诛四圣 …………………………106
第 十 章　初见杨二郎 …………………………129
第十一章　岐山除狼妖 …………………………151
第十二章　血战赵公明 …………………………161
第十三章　闻仲难回天 …………………………190
第十四章　父子弃前嫌 …………………………203
第十五章　大破诛仙阵 …………………………230

第 十 六 章	梦断朝歌城	248
第 十 七 章	敕封护法神	257
第 十 八 章	大闹紫微宫	270
第 十 九 章	百年相思泪	280
第 二 十 章	蜀宫月如霜	302
第二十一章	龙女复兄仇	335
第二十二章	蔡国除妖道	354
第二十三章	保曾国好官	369
第二十四章	妲己怨难平	382
第二十五章	战西方大鹏	392
第二十六章	降服牛魔王	406
第二十七章	通天回三界	424
第二十八章	截教领三界	432
第二十九章	哪吒修功法	440
第 三 十 章	大战碧游宫	455

第一章　灵珠子转世

　　天界圣境昆仑山白雪皑皑，山风不止，雪飘不停。昆仑山重重叠叠有九层，高一万一千一百一十四步二尺六寸。昆仑山上有大稻子，足有四五丈粗。昆仑山西边生长着珠树、玉树、璇树、不死树。不死树上果实累累，果实呈紫色，人吃了可以长生不老。昆仑山东边长着沙棠树、琅玕树。昆仑山南边有绛树。昆仑山北面有碧树、瑶树、文玉树。文玉树上结有五彩斑斓的美玉。凤凰和鸾鸟围绕着昆仑山巅翱翔。山巅被紫气笼罩。琅玕树上的果实就是凤凰和鸾鸟的食物。昆仑仙境的宫殿此起彼伏，散落地分布在山间。元始天尊的玉虚宫位于九层山上，格外耀眼，处诸宫之上，金光熠熠。

　　元始天尊与众弟子正在玉虚宫内打坐。只见天尊高坐宝殿云端之上，顶负圆光，身披七十二色道袍，手执红色宝珠，左手虚拈，右手虚捧。天尊的弟子十二大罗金仙依次端坐两排，他们分别为广成子、赤精子、清虚道德真君、太乙真人、玉鼎真人、灵宝大法师、黄龙真人、普贤真人、慈航道人、惧留孙、道行天尊、文殊广法天尊。元始天尊又新收了两位来自人间的弟子姜子牙和申公豹，他们因为仰慕天尊而入道。他们按位次坐在了十二金仙的后面，以姜子牙为师兄，申公豹为师弟。

　　元始天尊睁开眼，面对众弟子，道："看来殷商气数就要尽了，你们谁下凡去助周灭商啊？"

　　广成子主动请命道："师尊，弟子愿往。"

其他金仙纷纷请愿。

元始天尊摇了摇头，道："人间的事情还是由人去管吧，汝等大罗金仙不便干涉人间之事，三界自有其秩序，盛衰兴亡皆是天理循环。"

申公豹主动请缨，道："师尊，弟子愿为师尊分忧，弟子来自下界，再合适不过。"

元始天尊仍然摆了摆头，道："此人代表天庭，替天行道，必定公道持正，心怀慈悲之心，否则无法完成为师交代的使命。公豹，你做事过于急躁，身上杀气未除，为师担心你下去后生灵涂炭。子牙，你来我玉虚宫修炼数十年，可愿下界为我分忧？"

申公豹见自己被拒绝，恨得咬牙切齿。诸仙皆感十分诧异。

姜子牙站了起来，面对元始天尊作揖道："师尊，弟子法力低微，恐难当大任啊，请师尊收回成命。"

"你虽然法力低微，但你大慈大悲，为人果断干练，足智多谋，深谙识人之道，由你下界再合适不过。"天尊道。

姜子牙一副胆怯的样子，吞吞吐吐道："这……这……"表情十分为难。

天尊笑道："子牙尽可放心，如你有危难之时，必然叫天天应，叫地地灵，会有神将下凡助阵。这是《封神榜》，待伐纣大业功成，铸造封神台，按《封神榜》逐一封神，子牙接旨。"

姜子牙伸出双手，《封神榜》飞到他的手上，他双手捧着。

申公豹深感不满，站起来，面对天尊吼道："师尊，你偏心，对我不放心，对子牙师兄就放心，不就是因为申公豹是异类嘛！你既然不相信我，那好，我自己下界去，师尊就看我如何在下界建功立业吧！"

说罢，申公豹化身而去，一道魔光直奔人间。

天尊道："看来，这个申公豹会是你在人间最大的障碍啊，我担心他会干扰伐纣大业。"

这时，女娲娘娘携童子乘坐云辇而来。

"女娲拜见天尊。"女娲面对元始天尊遥拜道。

天尊道："尊神有何事啊？"

"天尊，女娲近来算到殷商气数将尽。前些日子，纣王到女娲庙拜我，竟然亵渎神像。女娲见纣王如此昏庸，在下界搞得生灵涂炭，女娲作为天界大神不能坐视苍生不管，就与童儿灵珠子商量，让他下界辅佐周朝伐商，他也愿往，特来请示天尊，请天尊示下？"女娲奏道。

元始天尊欣慰道："如此，周王室如虎添翼，灵珠子法力广大，定然能助周伐商成功，只是投胎何处，想好了吗？"

道童打扮的灵珠子面对元始天尊道："天尊，弟子愿投胎到陈塘关总兵李靖家。这位李总兵忠君爱国，为人正直，武艺高强，李总兵与其妻相濡以沫，去他们家，一定不会错，将来弟子与李总兵一起相助周王室。"

"嗯。"天尊点了点头。

女娲道："虽然，以李总兵的个性，灵珠子与他可能会是一段孽缘，但对于灵珠子也是一次历练，让他去体检一番父子之情、兄弟之义也好！"

元始天尊面对灵珠子，又看了看姜子牙道："灵珠子，子牙是本尊收的一位来自人间的弟子，此次伐纣大业由他主持，他将化名姜尚，你去人间要多多辅佐于他，早日完成天命！"

"领法旨。"灵珠子遥拜道。

"女娲告退。"女娲和灵珠子上云辇飞出了玉虚宫。

陈塘关位于东海入海口，三面环山，建在海口峡谷之内，河流穿城而过，汇入东海，城中有八百多户人家，人口约有两千多人。陈塘关是与商朝都城朝歌相连的重要关口，由总兵李靖把守。

李靖的总兵府位于陈塘关的东边，那里地形居高临下，可以眺望四周，大海也能一览无遗。总兵府是朝廷修建，虽然不大，但也足够气派。灵珠子投胎到这里。

普通人一般十月怀胎，而灵珠子已经在李靖夫人殷氏的肚子里孕育了三年零六个月，这不合常理。殷氏正在产房里努力生产，已经过去一炷香的时间，新生儿迟迟没有落地，殷氏又发出痛苦的呻吟，而产婆不停地给殷氏打气。

李靖正在产房外焦急地等待，如同热锅上的蚂蚁，焦躁不安。而李靖的另外两位公子，金吒和木吒在院子里比试剑术，见李靖急躁不安，金吒和木吒才停下来，陪在父亲身边。

终于，殷氏停止了呻吟，产婆从房间里跑出来，一副惊魂未定的样子道："将军，夫人生了。"

留守总兵府的李靖部下魔家四将魔礼青、魔礼寿、魔礼红、魔礼海闻声跑了过来，纷纷向李靖道贺。

李靖一一谢过后，忙问产婆道："是男，是女？"

产婆浑身哆嗦，道："我当了二十年的产婆，接生过无数产妇，这种事情我还是头一回见到，将军你还是自己进屋去看吧！"

说罢，产婆拔腿就跑，边跑边向天祷告，嘴里好像在念着什么咒语。

李靖感到莫名其妙，连忙冲进了房间。

"怎么会这样！"李靖惊呼道。

金吒、木吒、魔家四将纷纷跑了进去，只见一个红色的肉球在房间里蹦来蹦去，上蹿下跳，众人皆瞠目结舌。

脸色煞白的李靖道："想我李靖英雄一世，竟生出妖怪，要是传出去，我怎么对得起这里的百姓，我有何面目见乡亲父老？只怕这产婆也将此事传得满城风雨。不行，我要杀了他。"

李靖从金吒手里夺过剑就要向肉球砍去，殷氏连忙从床上爬下来，瞬间抱住了李靖的大腿，哭喊道："夫君，我怀胎三年零六个月才生下来的孩儿，你怎么能说不要就不要，怎么说他也是我们的骨肉啊，你就放过他吧。"

任凭殷氏哭闹，李靖无动于衷。魔家四将也深感同情，魔礼青站出来劝道："将军，你何不换个思路，他有可能是神仙下凡呢。自古以来但凡奇人异士出生时总有些异象，传说当年仓颉和虞舜出生时还是重瞳子，最终一个成为贤臣，一个成为明君。所以将军还是要三思啊，万一他真的是神仙下凡，岂不是冒犯神明？"

李靖苦笑道："我李靖就是陈塘关一总兵，又不是什么达官贵族，有神仙会来到我家，做我李靖的孩子？定是妖怪无疑！"

说罢，在众人都没有留神的情况下，李靖挥剑，顿时将肉球劈成两半。殷氏见状，大叫一声。

肉球里跳出来一个手戴金镯、腰缠红绫的男婴。小家伙见风就长，一盏茶的工夫就能走路，明明是个男娃，却长成女儿模样，天生丽质，眉清目秀，面如傅粉，唇红齿白，昂昂眉宇，眼运精光，仙气逼人。

灵珠子走到李靖夫妇面前，抱着李靖夫妇的大腿，喊道："爹，娘……"

殷氏喜极而泣，道："夫君，你看这不是神仙下凡是什么？刚生下来就会走路，还会叫爹和娘，你非说他是妖怪。"

李靖固执道："生下来就会走路，还会叫人，不是妖怪是什么，但愿日后不要给我惹麻烦就好！"

众人皆感奇异，魔家四将异口同声道："恭喜将军，贺喜夫人喜得贵子！"

殷氏得意扬扬道："夫君，你给这孩子取个名字吧？"

"我哪里知道这孩子从哪里来，就叫哪吒吧。"李靖背着手，摇了摇头，叹了一口气，走出了房门。

"我有名字了，我叫哪吒。"哪吒手舞足蹈，乐得不行。

金吒和木吒一起把哪吒举得老高，二人异口同声喊道："弟弟，我们有弟弟了。"

"大哥，二哥。"哪吒叫得很亲切。

殷氏看在眼里，松了一口气，很欣慰的样子。

魔家四将也一脸笑容地离开了殷氏的房间。

待李靖走后，哪吒跑出了房间，见风就长，不到一炷香的时间，他就长成了少年模样。

他冲出了府门，来到了大街上。殷氏见哪吒跑出去，她追不上，刚生完孩子还要坐月子，不能行走。

殷氏忙对金吒和木吒喊道："金吒、木吒，你们赶快追，不要让他在大街上受人欺负了。"

没等殷氏说完，金吒和木吒拔腿就跑，从总兵府左拐几条街才追上哪吒。哪吒在大街上上蹿下跳，飞檐走壁，完全不像是一个刚出生的小孩，大街上的人们都停下了脚步，纷纷望向哪吒。

金吒跑在前面，朝哪吒喊道："三弟，快停下来，不要吓到人家。"

大街上的人们议论纷纷，对哪吒的来历各有说辞，有说他是神仙，有说他是妖怪。一个卖菜的农夫对另一个菜贩子道："听说李总兵生了个妖怪，大概就是这小子。"

正好被木吒听到，他揪着菜贩的衣服道："你说谁是妖怪呢？我家三弟哪里像妖怪了？我告诉你，他是天上神仙下凡。"

菜农惧怕，连连点头道："是……是……我胡说八道的。"

菜农求饶，木吒这才松手。

哪吒飞檐走壁，像一只自由飞翔的鸟，无拘无束，他从这家房顶又跳到那家房顶，他似乎很享受这种自由。

就在哪吒放飞自我的时候，他俯瞰街道，有那么一瞬，看到一个人鬼鬼祟祟的，正在摸另外一个人的钱袋子。只见他纵身一跃跳了下去，一把抓住了那小偷的手，小偷手里正好拽着钱袋子，被哪吒抓了现形。

哪吒怒斥道："好你个小偷，光天化日，你竟敢偷他人的财物，还不快点把钱还给人家？"

那被偷者不敢声张，一副胆怯的样子。这更加助长了小偷的气焰，小偷问被偷者道："这钱袋是你的吗？"

被偷者支支吾吾不敢说话，打算不要钱了，就想图个平安。

哪吒紧紧抓住小偷的手，小偷不服气，愤怒道："哪来的野孩子，敢多管闲事，看我今天不打死你！"

小偷试图摆脱哪吒对他的束缚，但哪吒将钱袋子夺过来扔给了被偷者，被偷者二话没说，吓得拔腿就跑。

小偷求饶，哪吒硬生生把小偷的手给折断了，小偷痛得在地上打滚，哪吒不罢休，又狠狠踹了小偷几脚。

这时，金吒和木吒赶过来，连忙制止了哪吒。

陈塘关的百姓都认识李靖的两位公子金吒和木吒，见二人叫哪吒三弟，围观百姓都明白了。

"原来是李总兵的三公子，下手够狠的，听说是个妖怪，我还不信，没想到刚生出来就长这么大，还出手伤人，不是妖怪是什么？"

"是呀，听说这三公子生出来是个肉球。"

"是呀，邪门哟。"

百姓们七嘴八舌，议论纷纷，朝周围四散而去。

哪吒听别人说自己是妖怪，怒了，对着几个百姓又是一顿痛打。哪吒天生神力，凡人哪里忍得了，没挨上几拳，就开始口吐鲜血。

金吒和木吒见众怒难犯，硬生生抱着哪吒回到了府上。

刚回到府上，那些被哪吒打伤的百姓就聚集到府门口，他们包扎好了伤口，纷纷上门声讨，找李靖赔医药费。

府门口闹哄哄的，惊扰了正在书房里看书的李靖。李靖从房间里走出来，面对府上一个路过的家丁问道："外面怎么回事？闹哄哄的。"

家丁吞吞吐吐道："好像是三公子他……"

家丁不敢说。

"三公子怎么了？快说！"李靖吼道。

家丁吓得跪在地上，道："三公子在街上打伤了人，那些百姓向将军讨要医药费。"

李靖震怒，道："岂有此理，把那个孽子给我叫来。"

李靖边说边向府门口走去。

总兵府门口被数十人围住，领头的几个人就是被哪吒打伤的几个人。当李靖气势汹汹出现在府门口的时候，场面一片哗然。

重伤者站出来，冲李靖吼道："李将军，你家公子在大街上打人，你看我们几个都是被他打伤的，你不能纵子行凶啊，我等就是过来向李将军讨回公道！"

起哄的百姓很多，他们纷纷为受伤者鸣不平，看架势像是要冲进总兵府一样，要不是士兵拦着，差不多要冲进去了。

李靖深感理亏，双手举起示意道："请诸位少安毋躁，此事我也是方才得知，吾儿马上就出来，若此事真是他所为，我定会道歉并做出补偿。"

哪吒在金吒、木吒的陪同下走了出来，李靖的部下魔家四将等人也闻声出来。

李靖二话没说，就给了哪吒一记耳光。年幼的哪吒疼得受不了，一个劲儿揉脸。他面对李靖不满道："你凭什么打我？这件事情孩儿没有错，你为什么不问我原因？"

李靖气势汹汹道："你作为我李靖的儿子，朝廷命官之子，不管怎样你都不能在大庭广众之下给我惹事，这记耳光就是让你今后长记性。你现在可以说了，给你解释的机会。"

"你让我说，我偏不说。"哪吒固执道。

李靖气急败坏。

金吒站出来，面对围观百姓，愤愤不平道："今天这件事情，大家都有目共睹，我作为总兵府的大公子，绝不会包庇自己的亲弟弟，今天我弟弟第一次上街碰到小偷，伸张正义，没错吧？偏偏有人当着我弟弟的面说他是妖怪，古今奇人异事颇多，你们凭什么说他是妖怪？容我说一句公道话，在场的诸位，如果有人骂你们是妖怪，或者骂你们的爹娘，你们会出手教训他吗？我相信都会吧！几位大哥，何不将心比心？"

"果真是这样吗？"李靖质问几位受伤者。

几位受伤者眼神闪烁，好像有意回避，说话也支支吾吾。

李靖心里也明白了八九分。

"我儿打人不对，是我管教不严，但你们出言不逊在先，你们的药资本将军会赔你们的，也请你们记住这次教训，都散了吧。"李靖挥了挥衣袖，转身拽着哪吒就往屋里去。

金吒将一些铜贝分发给几位受伤者，并警告道："不要再多事，要是被官府抓到，定不饶恕。"

他们也算识趣，灰溜溜地离开了。

李靖一只手拽着哪吒进了大堂，并吩咐身边的兵士道："来呀，给我家法伺候。"

李靖差人抬来了一条板凳，自己在中堂坐下来，吩咐身边的士兵道："将哪吒给我按在板凳上，狠狠地打，我让他以后再伤人。"

士兵担心李靖是一时气话，谁也不肯动手。

这时候，金吒、木吒、魔家四将等李家将纷纷闯了进来。金吒和木吒异口同声道："爹，你不能打三弟，三弟没有做错。"

"是呀，将军，三公子年幼，出生才几天，你这板子下去他怎么受得了？况且三公子在这件事情上没有错。"魔礼寿劝道。

"是呀。"魔家其他三兄弟也纷纷回应。

李靖态度强硬道："这件事情他的确没有错，伸张正义是好事，但是打人就不对，这么小就打人，以后要是杀了人，我们全家岂不是都要遭殃。不行，我一定要让他长长记性。给我打。"

见李靖态度坚决，两名士兵将哪吒按在了板凳上，另外一名士兵便高举板子重重地打在哪吒的屁股上。

小哪吒很坚强，一连挨了几板子也没有叫出一声来。

其实李靖的心里也很难过，魔家四将也深感痛心，屡劝没用。

哪吒挨打的事情，被一些下人传到了殷氏的耳朵里，殷氏尚在坐月子，以虚弱的身躯来到了大堂，边跑边哭，来到李靖面前道："夫君，你不能打哪吒，孩子不懂事，你不能因为几个刁民的恶状就伤害自己的骨肉吧！"

李靖无动于衷，道："你们不用管我夫人，继续……"

护子心切的殷氏扑到了哪吒的身上，激动道："夫君，你要打就打我吧，我替我儿子受过。"

士兵不忍心下手，李靖只好对他们挥手作罢。

金吒和木吒也为弟弟和母亲捏了一把汗。

李靖面对殷氏无奈道："夫人，你如此袒护这犊子，要是将来他闯下大祸，我看你怎么收场！"

这时天空中有仙鹤嘶叫，李靖等人连忙出了厅门来到了院子，殷氏和金吒、木吒连忙把哪吒扶起来。

殷氏心疼道："儿子，疼吗？"

"娘，我不疼。"哪吒一脸天真道。

李靖等人便往天上看去，只见仙鹤上坐着一位仙长，朝着总兵府飞来。只见那仙长头顶发冠，额眉细长，长须飘飘，眉间突出，腰间有赐福配饰，右手持拂尘，身穿太极图道服，头绾双髻，大袖宽袍，周身仙气，红运当头圣光护体。太乙真人驾着仙鹤，缓缓降落到院子里。李靖见此，上前迎道："请问仙长是？"

太乙真人面对李靖做了一个手礼，道："贫道乃乾元山金光洞洞主太乙真人，出自元始天尊门下。"

众人皆惊，面面相觑，殷氏携哪吒出来。

李靖道："原来你就是传说中的太乙真人，今天可算是见到真神了。我知真人是大罗金仙，今日为何驾临我陈塘关？"

"为此子而来。"太乙真人看了看哪吒。

李靖愤慨道："此孽子刚刚闯祸，我正在对他用家法。"

太乙真人面对哪吒道："哪吒快过来，到为师这边来。"

哪吒看了看母亲，待母亲点头，哪吒才跑到太乙真人面前。太乙真人摸了摸哪吒的小脑袋笑道："从今天开始为师收你为徒，你愿意吗？"

哪吒想都没想，就给真人叩头，道："徒儿拜见师父。"

李靖很纳闷，道："真人，你这是干什么？"

"哪吒与我有缘，我收他做徒弟，他也很乐意。贫道只能告诉你，哪吒并非妖邪，他且是能助你建功立业之人，况且今日之事我也知晓，错不在他，你以后就不要再为难于他。殷商气数将尽，或许正是你父子建功立业之时，切莫再生猜疑，切记。"太乙真人面对李靖嘱咐道。

太乙真人伸出右手，手掌之上变出一根火尖枪，只见这枪，枪头形如火焰，枪尖能喷火，枪身一丈八长，可随意变化。

"徒儿，这是火尖枪，为师现在把他送给你，以后你就帮助你爹降妖伏魔，多为百姓做好事，这是枪谱，你要勤加练习，切莫再生事端。"太乙真人将火尖枪和枪谱交给哪吒手里，便坐上仙鹤，向洞府飞去。

金吒面对李靖自豪道："我就说嘛，爹，哪吒怎么会是妖怪呢，他肯定是天上的神仙下凡，不然太乙真人不会亲自下来，他可是大罗金仙啊。"

"这下你不会再为难咱儿子了吧！"殷氏调侃道。

李靖仍然一本正经道："要是哪吒再不听话，我一样用玲珑宝塔收了他。"

"就你嘴硬，走，儿子，娘带你吃好吃的。"殷氏拉着哪吒就往屋里走。

哪吒拿着太乙真人赐予的火尖枪，爱不释手。

太乙真人刚走，就变了天，乌云密布。

李靖望了望天空，面对魔家四将道："今天看来要下雨，你们跟我去巡视一下，以防涨水淹了村庄。"

"是。"魔家四将跟着李靖带着一队士兵走了出去。

第二章　降服肥遗怪

哪吒拿着火尖枪一直在手上把玩。这火尖枪完全根据哪吒的意志变幻大小、粗细、长短。哪吒虽然年幼，但是他的力气特别大，火尖枪很重，他耍起来得心应手。

哪吒翻看太乙真人送给他的枪谱，对着枪谱上的招式开始操练，练得有模有样。当哪吒把火尖枪耍顺溜时，尖枪还喷出熊熊的火焰，十分震撼。

这正好被从内屋出来的金吒和木吒撞见，他们为哪吒精彩的招式鼓掌。

木吒道："三弟，你那火尖枪太神奇了，给我玩玩吧！"

"给，二哥。"哪吒很爽快就把火尖枪递给木吒，木吒伸手去接，谁知这火尖枪太重，木吒根本接不住，掉到了地上。

木吒看了看哪吒，又看了一眼金吒，吃惊道："这火尖枪太重了，我再试试。"

木吒俯身去捡，火尖枪纹丝不动；他又蹲下来试图去举，怎料火尖枪仅仅是动了一下。

"我的天，这也太重了吧！"木吒难以置信地说。

金吒讥笑道："这么没用，让我来。"

金吒蹲下来用力抬火尖枪，也仅仅把火尖枪抬起来而已，根本举不动，更谈不上玩耍自如。

金吒喃喃自语道："想不到这火尖枪这么重！"

"大哥，你也不行吧！"木吒嘲笑道。

哪吒很轻松地捡起火尖枪，来回地耍，耍得溜圆，木吒和金吒都看花了眼。

"大哥，二哥，你们看，我就觉得很轻。"哪吒得意道。

金吒思索片刻，面对哪吒道："三弟，我明白了，这是太乙真人送给你的法器，这东西认主，所以我们兄弟俩才拿不动。"

哪吒也不知道金吒说得对不对，他也在思考这个问题。

木吒道："大哥，我们不如和哪吒比试比试！"

"他那火尖枪看着就吓人，我们的兵器哪里行？"金吒胆怯道。

"试试嘛。"木吒不依不饶地看了看金吒又看了看哪吒。

哪吒爽快道："大哥，二哥，你们尽管来吧，我不会伤害你们的。"

金吒笑道："小样，看把你能的，好，我们比试。"

金吒和木吒手持青铜剑，展开阵式，一个从哪吒的左边进攻，一个从哪吒的右边进攻。金吒和木吒刚出手，还没有看清楚哪吒出的是什么招，两人的青铜剑就被打落在地，

两人的手还被震得微微颤抖。

木吒大吃一惊道："三弟，你太神奇了，以后你就是咱爹的左膀右臂了！估计爹现在都不是你的对手，他平日里就是仗着玲珑宝塔在家里家外耀武扬威呢。"

金吒笑着走到哪吒身边，摸了摸他的头，道："三弟啊，你年龄虽小，却武艺超群，我相信你是天神下凡了！以后啊，你要多帮咱爹对付敌人啊！"

"嗯。"哪吒一脸纯真地答应道。

兄弟三人相拥在一起。

"将军……李将军……"总兵府外人声鼎沸，他们都在呼喊李靖

的名字。

窗外烈日炎炎，李靖正在书房里打盹。

被府外的吵闹声惊醒，李靖揉了揉眼睛，起身走向书房外。

"不好了，将军，刁民又来闹事了。"一个士兵急急忙忙跑来向李靖急报道。

李靖诧异道："怎么回事？快说。"

"这些刁民让将军交出三公子……"

李靖听罢，连忙朝着府门外走去。

这时候，总兵府的大门已经被陈塘关的百姓围得水泄不通，一眼望去，黑压压一片，好像整个陈塘关的百姓都来了。

魔家四将率领将士们拦住百姓，他们这才进不来。

百姓们见李靖出来，所有人一同跪在了李靖面前，异口同声喊道："将军，救救我们吧。"

场面之大，让人不知所措，自李靖出任陈塘关总兵以来还是第一次出现这样的事情，他看得出来，老百姓是相信他的。

李靖连忙招呼道："父老乡亲们，大家都起来吧，有什么话起来再说，我知道这都出自你们大家对我李靖的信任，李靖作为一方父母官在所不辞。"

百姓们纷纷站起来，前排的老者，约莫七十来岁，面对李靖，老泪纵横道："将军，救救我们的族人吧，前些日，陈塘关不知道从哪里来了怪物。它一来，我们这里的庄稼就死了，农田的水也干了，开了裂缝，井里的水也没了，很多人都渴死了。那怪物还喝人血，很多人被饮血而亡，我们家有五口人被怪物杀死，现在只剩我一个孤寡老人了。请将军务必要帮我们陈塘关的百姓灭了这个妖怪啊！"

"是呀，咱们陈塘关唯一的一条淡水河现在也干了，周围的井都枯了，才短短几日啊！我们祖祖辈辈都生活在陈塘关，几百年了，从来没有发生过这样的事情。"另一个约莫五十岁的农夫道。

"将军，听说你家三公子出生时，是个大肉球，身上还携带着一些奇奇怪怪的东西，才几天时间就长高了，还能说话，几天前还在街上打伤了人。将军，说句大不敬的话，你家三公子是不是妖怪啊？怎么这么多年都没出过事，偏偏他出世我们这里就噩运不断。将军，请你把你家三公子送走吧，远离陈塘关，不要再祸害我们陈塘关的百姓了。"人群中一个中年妇女传出话来。

魔礼青听不下去了，朝人群中望去，气愤道："是谁在这里胡说八道呢！我家三公子是天神下凡，谁说他是妖怪，给我站出来！"

众人开始起哄，异口同声道："李将军，求你把你家三公子送出去吧。"

众人是众口一词，李靖也是众怒难犯。

这时候，金吒、木吒、哪吒、殷氏他们都出来了。

金吒远远地就听到了百姓们的叫嚣，人还没有出来，就传出话来道："是谁在这里胡说八道，我家三弟是名副其实的下凡神仙，元始天尊的弟子太乙真人亲自下凡传我三弟法器，你们凭什么说他是妖怪？"

金吒边说边走出来。

殷氏不甘道："你们谁也休想带走我的儿子，我的儿子不是妖怪！"

众人见殷夫人护子心切，气焰也不再那么嚣张。

百姓们争吵不休，李靖道："大家安静一下，听我说，你们大家放心，如果真的是妖魔作祟，我李靖作为一方父母官，是绝对不会不管的。当然，如果真的是因为我的儿子引起的这次灾难，我李靖在此向大家表态，绝不袒护。你们都回家去，这几日待在家里不要出来，等本将军调查清楚，消灭此怪，你们大家再出来。大家都赶紧回去吧。"

李靖面对金吒、木吒、魔家四将等人道："你们都随我出去，到四处走走看看，果真是妖魔作祟，我们就要消灭它。"

"领命。"众将士道。

"哪吒，跟我走。"李靖拽着哪吒进了府，来到了房间外面，推开门，将哪吒推了进去。

"爹现在出去捉拿妖怪，你就在房间里老老实实待着，哪里都不许去，不许给我惹祸。"李靖斩钉截铁道。

李靖吩咐几名士兵给房间上了锁，看管哪吒，不许他乱跑。

而紧随其后的殷氏也深感无奈。

李靖回到府门口，众将军已经集结兵马待命。

老百姓已尽数散去。

"都跟我走。"李靖带着总兵府所有部属和士兵，几乎是倾巢而出，朝着同一个方向而去。

李靖听闻怪物神出鬼没，还吃人，自然不敢把手下人分开，只能命他们紧跟在一起。李靖走在前面，后面的人是胆战心惊，东张西望，谁也不敢掉以轻心。将士们的手时时刻刻都紧握剑柄，时刻准备战斗。

百姓们遵照李靖的吩咐，全部待在家里，大街上一片死寂。

李靖等人走街串巷，发现真的如百姓所说，陈塘关的水都干涸了，河床和河底的石头都已经显露出来。陈塘关附近的井中没有一滴水，附近的农田全都裂了缝。

就在李靖一筹莫展、忧心忡忡的时候，一个小孩突然跑出来，身后没有大人，兴许是偷跑出来的。小孩正蹲在地上好像在捡什么东西，突然一个怪物出现在小孩的背后。李靖及众人惊出一身冷汗。只见那东西会飞，又有尖锐的牙齿，一口就咬死了小孩。那怪物嘴里鲜血直流，小孩的下半截还掉在外面，而头部已经在那怪物的口中。

众人皆不敢上前。只见这怪物像蛇，却有两个身体，有六足四翼，非龙非蛇，它的叫声很难听，人听后甚至有些作呕，让人不寒而栗。

李靖见怪物如此凶残，忙对身后的众将士道："放箭，给我射死这只怪物，替乡亲们报仇。"

将士众箭齐发，射向怪物，怪物四个翅膀扇出飓风，将射向它的箭又扇回去，李靖父子三人还有魔家四将是躲过去了，但是其他本领低微的士兵纷纷中箭倒地。

怪物有翅膀，飞在半空中，李靖等人除了放箭，没有其他攻击这怪物的好办法。这怪物还能喷火，它的嘴里释放出恶臭难忍的黑气，时不时喷火攻击李靖等人。

几名士兵被怪物的火烧着，疼得在地上打滚，叫声十分惨烈。

李靖请出玲珑宝塔，准备用宝塔收这只怪物。也许是李靖并没有将使用玲珑宝塔的法力练得纯熟，宝塔刚飞到半空中，就被怪物的一条尾巴给甩了出去。

李靖恼羞成怒，回头道："金吒、木吒，魔家四将，你等助我一臂之力，我不相信今天收服不了这怪物。"

李靖拔出宝剑来，众人用肩膀和手臂之力将李靖送了出去，李靖持宝剑刺向怪物怪，眼看着就要近怪物身，李靖却被怪物一脚给踹了几十米远，当即口吐鲜血。

金吒和木吒他们急了，连忙冲了上去，准备和怪物拼命。

"金吒、木吒，你们快回来，你们不是此怪对手，千万不要白白送命。"李靖朝二人撕心裂肺喊道，并不断咳血。

魔礼海拨动了碧玉琵琶，琵琶声暗藏魔力，这怪物怪顿时万箭穿心，终于忍受不了剧痛从天上掉了下来。它像发了狂一样，壁虎游墙般游到了魔家四将面前，顿时喷出火来，魔礼海被熏得眼睛都睁不开。

众将士丢盔弃甲，纷纷逃窜，金吒和木吒扶起李靖往后撤退。

怪物怪步步紧逼，像是要彻底将李靖等人杀死在这里，时而用火烧他们，时而嘴里喷出毒液，那毒液溅到草上，草枯；溅到人的衣服上，衣服瞬间就腐烂了；溅到人的皮肤上自不必说。

若不是魔礼红用混元伞挡住了怪物怪的进攻，后果不堪设想，这混元伞百毒不侵，火烧不烂。

丈夫出去捉妖，哪吒又被关在屋里，总兵府只有少数几个兵丁留守。殷氏在房间里心急如焚，坐立不安，她的眼皮总是跳个不停。

殷氏来到了关哪吒的房间外面，被两名兵丁拦下了，其中一位兵丁道："夫人，你千万不要难为我们，要是将军怪罪下来，我们担当不起。"

殷氏以情动人道："你们都是跟着将军的老兵，随将军出生入死，将军的本事对付凡人有余，这妖怪他还是第一次遇上，万一不敌，陈塘关百姓没了父母官怎么办？快开门，听我的，将军怪罪下来我替你们挡着。"

两名看守哪吒的士兵犹豫不决。

"好吧。"

在殷氏的软磨硬泡下，他们打开了房门。

殷氏连忙跑进去，此刻哪吒正在屋里练习火尖枪谱上面的招数，乒乒乓乓，把房间里的很多花瓶都打碎了，屋子里乱七八糟，十分狼藉。

殷氏一把搂着哪吒的肩膀，急道："儿呀，大家都说你是妖怪，但娘相信你是天神下凡，否则太乙真人也不会赐给你法宝。你爹和你两个哥哥的本事，娘是知道的，他们对付凡人自是不在话下，但是妖怪神通广大啊，况且上一次燃灯道人赠予他的玲珑宝塔，他还没有用顺手，法力也不纯熟。娘担心你爹和你两个哥哥，现在娘放你走，娘有种不好的预感，他们是遇到危险了，你快去帮你爹收服这只妖怪。这陈塘关的百姓以后就没有理由再说你的不是了，快去吧！孩子。"

"娘，你放心吧，孩儿一定除了那妖怪，把爹和两个哥哥平安带回来。"

哪吒脖子上挂乾坤圈，手臂上缠混天绫，手持火尖枪，夺门而去，纵身一跃就上了屋顶，飞檐走壁，闻着妖怪的气息就找去了。

哪吒寻着怪物的叫声和气味飞了过去。李靖带来的将士们大多被怪物烧伤，他们的衣服全都是烧焦的痕迹，他们的脸都被怪物熏黑，就连金吒和木吒也都受了伤。

怪物又对李靖他们发起了攻击，李靖这边一直靠着魔礼红用混元伞抵挡。

见哪吒飞来，将士们异口同声道："三公子来了。"

只见哪吒用火尖枪放火，口中喷出三昧真火与怪物对攻。哪吒的火逐渐占了优势，怪物释放了难闻的臭气，便落荒而逃。

哪吒捂住鼻子道："好臭啊。"

哪吒将李靖从地上扶了起来，道："爹，你们没事吧！这是个什么怪物啊，长得这么丑！"

李靖站了起来，擦拭了嘴角的血迹，道："这东西叫肥遗，我在古书上看到过，它长在太华山上，只要到了哪里，哪里就会出现旱灾。只是太华山距离陈塘关十分遥远，这怪物如何能来到这里？"

众人皆表现得不可思议。

哪吒道："看这家伙应该是成精了，长得太丑了，像蛇，又长脚，关键还有四个像大鹏一样的翅膀，这不是怪物是什么，叫声难听，还臭烘烘的。"

"不行,我们一定要收了这个妖怪,不然这里的百姓是不会安生的。"李靖忧虑道。

"爹,我们如何才能缓解陈塘关的干旱?"木吒问道。

"只有两个办法,其一是肥遗离开,其二就是杀死它,只要肥遗一死,干旱自然也就不存在了。"李靖道。

李靖回头跟众将士道:"走,今天我们必须得除了这怪物,不然我没法和陈塘关的乡亲们交代。"

李靖走上几步就咳血不止,看来他受伤太重。

哪吒道:"两位哥哥,你们扶爹回府休息吧,这怪物我一个人就够了。"

说罢,哪吒操着火尖枪就朝着肥遗逃跑的方向追过去。

李靖摸着伤口道:"走,我们跟上去,哪吒还是个未满周岁的孩子,我怕他不是那妖怪的对手。"

李靖等人便追上去。

肥遗在城南房屋顶上歇息,他似乎被哪吒的三昧真火所伤,在房顶上挣扎,用它的身躯扫着屋顶上的瓦片。瓦片掉到地上啪啪作响,将附近搅得鸡犬不宁。大概是肥遗被火烧伤后,变得狂躁不安。躲在屋里的百姓被肥遗的叫声和暴躁的声音吓得惶恐不安。肥遗的半条尾巴都掉进了居民的屋里。屋里的老百姓纷纷出了门,往大街上逃去。

肥遗见哪吒到来,既朝哪吒喷火,又朝哪吒喷毒液,但是都被哪吒避开了。肥遗像是要和哪吒拼命,它用长长的身躯,缠住了哪吒,将哪吒缠得死死的。哪吒使劲地挣扎,但是越挣扎越紧。此时,李靖等人已经赶到,大街上都是围观的百姓。

李靖为哪吒捏了一把汗,再次命令士兵道:"放箭,给我射死这只怪物。"

士兵们已经准备好了弓箭，但大家都不敢放箭。

"将军，万一射到三公子怎么办？"其中一名士兵道。

李靖叹了一口气，夺过士兵手里的弓箭，瞄准了肥遗的脑袋，一箭射了出去，没想到射中了肥遗的一只眼睛，肥遗再次狂躁起来，它用尾巴把哪吒甩了出去，哪吒被重重摔到了地上，当即口吐鲜血。

李靖急得脸色煞白，见肥遗要跑，哪吒喊道："混天绫，出去！"

肥遗飞行的速度没有混天绫快，被混天绫紧紧地缠住。哪吒一跃，飞到了肥遗的背上，愤怒道："我让你跑，看我不拔了你的蛇皮。"

哪吒使劲在肥遗背上扒了一层皮，又打断了肥遗的一只翅膀，加上混天绫越捆越紧，肥遗一声惨叫，当场就掉到了地上，并幻化成人形。但肥遗的蛇皮纹路在这张人皮之下还是清晰可见。

肥遗重伤，当即疼得在地上打滚，众人围了上来。

肥遗怪连忙跪下来给哪吒叩头，告饶道："神童饶命，我再也不敢了。"

"杀了他……"

百姓们同声一辞，都希望杀了肥遗。

哪吒高举乾坤圈，正要砸肥遗的脑袋，李靖忙喊道："哪吒住手。"

李靖走到哪吒面前，面对伤势惨重的肥遗怪，他动了恻隐之心。

"你远在太华山，怎么会突然来我陈塘关？你一来，这里的百姓就没法活，河水干涸，水井枯竭，庄稼旱死，更何况你还喝人血，百姓们怎么会容忍你。我希望你给我一个合理的解释，解释清楚了，我放你走，解释不清楚，我定让我儿哪吒取了你的性命。"李靖的态度十分坚决。

肥遗委屈道："将军，几位公子，我本是太华山上修炼了一千五百年的肥遗精。我肥遗一族世世代代把太华山作为自己的家园，因为知道擅自离开太华山会给人间带来灾难，因此数千年来从不敢离开太华山。只因商王残暴，天下诸侯对纣王怨声载道，西伯侯姬昌正准备对朝歌用兵，现在正在大量招兵买马。纣王命人在太华山大肆砍伐树木制作弓箭，森林被破坏。我肥遗一族以山鼠为食，可如今连山鼠也因家园遭到破坏而灭绝，从此我肥遗一族便没了食物。我肥遗一族围攻伐木人，却招来重兵，将我山上生灵屠杀殆尽。我虽有千年道行，但仍不敌商朝术士。我没有地方去，在四海八荒游荡，方才来到此处，几天没有吃东西，才开始喝人血杀人的。我是初犯，请将军饶命，我千年修行不易，好不容易才幻化成人形，将军饶命啊……"

李靖听罢颇有些同情，围观百姓也对肥遗精的遭遇起了怜悯之心。

李靖道："罢了，看你也挺可怜的，上天有好生之德，你且去吧。"

肥遗精重伤在身，它按住胸口，运了一口气，正要转身离开。李靖再次叫住它道："你去杳无人烟的地方开始新的生活吧！你千年修行来之不易，希望你早日成正果，如果你再害命，日后我再碰到定取你性命！"

肥遗点了点头，化为蛇身，便往天边飞去。

肥遗刚走，万物复苏，河里的水重新回到原来的水位，井里的水也不断往外冒。一个渔夫跑过来，欣喜若狂地嚷嚷道："有水了，井中有水了，河里也有水了。"

百姓们感谢李靖一家的恩德，纷纷向李靖父子跪了下来，异口同声道："谢谢李将军，有你在是我们陈塘关之幸。"

李靖被场面感动了，道："大家请起，李靖作为父母官这些都是应该做的。"

金吒不甘心，面对几个青年问道："你们是否还认为我三弟是妖怪？如果不是我三弟，恐怕我们这里没有人能打败肥遗。"

"是是是……我们错了……"

百姓们纷纷认识到自己的错。

"爹，我们回家。"哪吒扶着受伤的李靖往总兵府的方向走去。

李靖摸了摸哪吒的脑袋，欣慰地笑了笑。

木吒惊讶道："爹笑了！我长这么大还是第一次看到爹笑。"

"是呀，末将跟了总兵大人这么久，从来没有见总兵大人笑过。"魔礼寿也深感吃惊道。

"我就这么不近人情？"

一向不苟言笑的李靖，此刻也开起玩笑来。

众人哈哈大笑。

听闻李靖父子胜利而归，殷氏早早就在总兵府门口迎接他们。

木吒见到殷氏，小跑上前，激动道："娘，我们赢了，是三弟打败了妖怪。"

殷氏笑道："不用说了，我都听街坊们说了，平时叫你们好好练功，你们不信，关键时候还是你们的弟弟救了你爹。"

木吒惭愧地摸了摸后脑勺。

面对得意的李靖，殷氏问道："夫君，是哪吒救了你们父子，你现在不应该再埋怨他了吧！"

"你还说?！我不是让人把哪吒关起来了吗？准又是你放的！孩子迟早让你惯坏不可……"李靖看了看哪吒，望着殷氏厉声呵斥道。

"爹，不要怪娘了，娘不也是为了你的安全吗？"哪吒道。

李靖哼了一声，好像并不领情，匆匆进了府。

"夫人，将军就是这个脾气，你是知道的，别跟他较真。"魔礼海笑道。

殷氏没落好，冷冷一笑，跟着众人进了府。

第三章　与东海结怨

转眼间,哪吒已经长到了七岁,身长有六尺,越发俊美,外表像女孩,却不失男子汉气概。七年来,哪吒秉性越发乖张,为李靖夫妻闯下了不少祸,因此父子俩常常闹矛盾。哪吒生气的时候,就会一个人坐在屋顶上,望着星空冥思。一直以来,哪吒除暴安良,打抱不平,伸张正义,在陈塘关百姓中的口碑越来越好。但哪吒的手段过于残忍、鲁莽,因此李靖一直不能理解,就认为他是不折不扣的闯祸精。在李靖心里哪吒就是妖魔转世,尽管太乙真人已经收他为徒。

陈塘关已经平静了很久,但是因为一条孽龙,再一次生灵涂炭。东海龙王三太子敖丙,生性贪婪好色,久居东海水晶宫,寂寞难耐,为追求刺激,他很想去人间尝尝美女的滋味。无奈东海龙王看管得紧,没有天庭旨意,龙宫水阙仙班擅自离开东海到人间是有违天条的。因此,龙三太子敖丙一直没有机会。

这天,龙三太子敖丙趁东海龙王上天面君之机,带着自己的亲信蟹将鳖灵一起幻化人形,来到陈塘关。

陈塘关街市上,人头攒动,热闹非凡。一向未涉足人间的龙太子,对人间的市井买卖之声格外好奇;街市上男女老少擦肩而过,少女身上散发的体香,更是让龙太子销魂。

他紧闭双眼,享受着少女们身体的芳香,陶醉其中,无法自拔。

龙太子沐浴着阳光,仰望蓝天,感慨道:"鳖灵,我等虽为水中神族,却常年居住在暗无天日的龙宫里,都快发霉了!要不是这一次偷跑出来，怎知人间繁华！这人间的美女千娇百媚，比东海里的咸鱼美味多了，可悲可叹啊，我敖丙命苦啊……"

说罢，龙太子见路过的美女，便扑了过去，一把搂着美女便是一顿亲热，受到侵害的女子吓得半死，拼命挣脱龙太子。

"殿下，这里是人间，不是龙宫，调戏良家女子是要触犯人间律法的，如果让天庭知道了，连龙王也要受牵连，鳖灵无数次与龙王来人间布雨，对人间的事情多少了解一些。"蟹将鳖灵低声劝道。

龙太子这才作罢。女子给了龙太子一巴掌，便羞涩又害怕地跑了。但龙太子意犹未尽，回味无穷，不断地抿嘴。

蟹将鳖灵见龙太子并不甘心，有意迎合龙太子，道："殿下，现在大白天的不好下手，何不等到晚上？"

龙太子一听，淫笑道："正合我意，就晚上。"

二更时分，天漆黑一片，陈塘关的大街小巷，已少有行人，家家户户已经关门闭户，只有打更人在街上行走。大街上很寂静。很多人家的烛火还亮着，透着窗户纸能看到人的影子，甚至能听到他们窃窃私语的声音。陈塘关邻近东海，晚上海风呼啸，能听见海水涨潮的声音。

作为采花大盗的龙太子，专门在陈塘关城内大肆网罗美女，打听谁家的姑娘漂亮。没一会儿工夫，他终于打听到了，陈塘关内有一户姓尹的人家，这家的主人是做海味生意的，在陈塘关算数一数二的富户，这家有个如花似玉的女儿，年方十六，碧玉年华。

这女子一到夜深人静之时，就一个人趴在窗户上怀春，静静地望着月亮，吹着夜风，园子里花草的芳香沁人心脾，不知不觉间便忘了时辰。

东海龙太子趁着月色变化成翩翩少年郎偷偷潜入女子闺房。龙太子走路没有一点声音，他站在少女背后，顺着女子的体香嗅了过去，从脚丫到发丝，陶醉其中。待这女子觉察到背后有人，连忙转了过去，大惊失色，表情充满恐惧，问道："你是谁？是怎么进来的？"

女子欲大叫，龙太子敖丙连忙捂住了她的嘴，伸出舌头在她那羞涩红润的脸上舔了一下。

另一只手轻轻抚摸这女子的脸庞，调戏道："美人，春宵一刻值千金啊，你独自一人在这空落落的房间岂不寂寞？如此佳人，岂不是暴殄天物？让我陪陪你吧！我玉树临风，配如此佳人不是正好吗？免得你独自在闺房里怀春。来吧，从了我吧，我一定让你们一家有享不尽的荣华富贵。"

龙太子见女子被说动了，也不再叫喊，便开始对女子强吻。女子刚开始挣扎，但龙太子是情场老手，三两下就让这女子春心荡漾，在女子身上肆无忌惮起来。他一把将女子抱到床上，拉下床帘，便和女子缠绵起来。

龙太子和女子一阵巫山云雨过后，时辰已到了四更天。龙太子必须在天亮前离开，这件事如果惊动了天庭那是要触犯天条的。情窦初开的女子尝到了禁果，对男女之事越发渴望。

当龙太子要离开时，那女子裹着床单就从床上下来，一把从身后抱住他，依依不舍道："你还再来吗？你能告诉我，你是谁吗？"

龙太子敖丙回头朝女子额头亲吻一口，微笑着安抚道："宝贝，我现在还不能告诉你，但是你跟了我一定不会亏待你，我会回来的，以后我每天都来，你闭上眼睛，我让你睁开你再睁开。"

女子听了龙太子的话，当她睁眼的时候，龙太子已经消失得无影无踪，此时夜深人静，她哪里敢喊出声来，眼神里充满着期待。

一连几个晚上，龙太子都准点来到这位尹小姐的房间，逍遥快活后，便又返回龙宫，后面的日子蟹将鳖灵也知道他的去处，便不再陪他一起出来。

在一个晚上，龙太子和这位尹小姐玩起了洞房花烛夜的游戏，两人对饮，喝起了交杯酒。

龙太子敖丙好久没有这么痛快过，面对如此娇滴滴的美人，他只有兴奋。一向不胜酒力的敖丙，一连喝了几壶酒，喝得醉醺醺的，开始说起胡话来，他面对尹小姐道："美人，你知道吗？我是东海龙王三太子敖丙，我是幻化成人来到凡间的，你千万不要说出去啊！要是让天帝知道我与你交合，那是触犯天条的，恐怕我就要被除去神籍。"

尹小姐只当他是在酒后说胡话，她哪里见过什么神仙，龙太子之说更是荒诞。

尹小姐夺下龙太子的酒杯，劝道："你不要再喝了，你都开始说胡话了，你要是再喝下去恐怕就要说自己是天帝了。"

"你还不相信我？让我变回真身给你看，你莫要害怕啊！"

龙太子摇身一变，一颗龙头就显现出来了，尹小姐当时吓得脸色煞白，拼命往外跑，边跑边喊道："来人呀，有妖怪，有妖怪啊……"

在奔跑的过程当中，尹小姐绊倒又爬起来继续跑。她哪里比得上龙太子的法术，龙太子摇身一变又挡在尹小姐的面前，硬拽着尹小姐的手道："跟我走吧，去龙宫，以后你就是龙太子妃，你有享不尽的荣华富贵，何必在凡间受苦，经历生老病死？"

"你放开，这个妖怪！"尹小姐拼命挣脱龙太子的纠缠。

尹小姐喊得声嘶力竭，尤其在深夜，这声音就更大了，基本上吵醒了周围的邻居。尹府的家丁纷纷持棍棒冲了出来，尹小姐的父母也急急忙忙穿上睡衣跑出来。

"女儿呀，你大半夜不睡觉叫嚷什么呀？你吵醒了邻居知道不知道？"尹老爷道。

"爹，娘，是东海龙王三太子潜入女儿闺房，要调戏我，吓死我了，要不是我拼命叫喊，恐怕要遭遇不测。"尹小姐惊魂未定道。

"女儿呀,你瞎说什么呀,哪里有什么龙太子啊!爹娘活了这把年纪也没有见过龙王啊,谁知道龙王长什么样子,你是不是病了,开始说胡话了!"尹小姐娘亲担忧道。

尹小姐坚定道:"真的是龙太子,我没有骗你们,刚刚他在拽我的时候,我从他的身上拽下来的鳞片,不信你们看。"

尹小姐将一片五彩斑斓的龙鳞呈现在二老和众人面前,众人皆瞠目结舌。

尹老爷捋了捋胡须,震撼道:"想不到真有此事。"

尹小姐死死扯着尹老爷和尹老太的衣襟,委屈道:"爹,娘,你们一定要想想办法除了这个妖怪,要不然他每天晚上到女儿房间来,女儿该怎么办!"

尹小姐边说边哭。

其中有个家丁站出来道:"老爷,夫人,小姐,这事应该报官。"

尹老爷叹道:"果真是龙神作祟,人间官府怎么管得过来?只是苦了我这闺女了。"

"老爷,夫人,你们难道忘了,总兵府的三公子天生神力,最擅此道,上次还帮我们除去了肥遗怪。李将军身为一方父母官,他不会袖手旁观的。"家丁道。

尹老爷恍然大悟道:"对呀,我怎么把他给忘了,待我去一趟总兵府。"

"爹,这三更半夜的,只怕总兵府的人都已经睡了。再说如果真是龙王太子,这时候想必也躲进深海里了。还是等明天白天再说吧,反正那龙神明天晚上才来。"尹小姐提醒道。

"好,好,明早上我就去总兵府,你们各自回去歇着吧,锁好门窗,没事不要出门。"尹老爷叮嘱道。

家丁们都各自朝着自己的房间走去,尹夫人牵着尹小姐的手道:

"今晚上和娘睡，让你爹一个人睡。"

他们各自回到房间安睡。

次日清晨，尹老爷早早来到总兵府门口，被看门的兵丁拦住了。

尹老爷客气道："军爷，我家出了案子，请总兵大人为我们家申冤啊。"

"总兵大人奉朝廷之命带总兵府所有兵丁去迎战叛军去了，留守府上的只有我们几个人，现在兵荒马乱，我们将军哪有时间管你们的闲事，快走吧。"看门的兵丁态度冷漠道。

"那我不找总兵大人，三公子哪吒在吗？我有事求他。"尹老爷态度诚恳道。

"三公子嘛，他倒是没有出去……不过，要见三公子可没那么容易……"兵丁伸出手来，看架势是要钱。

尹老爷也是生意场上过来的，自然知道这江湖规矩，他赔笑道："好说，只要差爷带我去见三公子，这包贝币都是你的。"

尹老爷将一整包装着铜贝的袋子递给了兵丁。

兵丁收了钱，这才答应带尹老爷进府。

兵丁领着尹老爷一直来到总兵府的庭院里，哪吒正在院子里练乾坤圈。他的乾坤圈要大就大，要小就小，哪吒轻轻抛出乾坤圈，院子里的一块巨石就碎了；见天上一只海鸥飞过，哪吒将乾坤圈往天上一抛，砸中海鸥，海鸥掉了下来。

哪吒接住海鸥，乐道："这下有肉吃了。"

只见他嘴里吐出三昧真火，瞬间将一只没有拔毛和清洗的海鸥烤熟，并大口吃了起来。

这尹老爷刚好撞见，大吃一惊，拍手称赞道："三公子真是神人啊，我女儿有救了。"

哪吒一头雾水。带尹老爷进来的士兵奏报道："三公子，这人说有急事找你。"

"何事？"哪吒将乾坤圈套在脖子上问道。

尹老爷跪在哪吒的面前，乞求道："三公子，听说你有降妖伏魔的本领，老夫有个女儿，她最近接连被东海龙王三太子骚扰，你可愿为我女儿出头？只要三公子能降伏龙太子，三太子提任何条件，老夫都答应你。"

哪吒大吃一惊，道："龙太子？他怎么会看上你女儿？你有何凭据？"

尹老爷将随身带在身上的一片龙鳞交到了哪吒面前，哪吒接过龙鳞细心验看，不禁震惊道："果然是龙鳞，待我除去这孽障，好为你女儿出口恶气。"

说罢，哪吒纵身一跃，朝东海飞去，但哪吒毕竟是肉体凡胎，下不了大海，只得降落到海边的一个暗礁上。哪吒手执火尖枪，面朝茫茫大海唤道："孽龙，快给我滚出来受死！"

此时的龙三太子敖丙正在龙宫里醉生梦死。他左拥右抱，两个衣着暴露的母鱼精依偎在敖丙的左右臂膀上；桌案上摆满了水果、鹿肉等食物。两名鱼精纷纷给龙三太子灌酒，龙太子面红耳赤，一副醉醺醺的样子。

一个虾兵火急火燎地来到龙太子的面前，奏报道："太子殿下，一个手执长枪，脖子上戴着金圈的微胖小子在外面叫骂！"

"哪里来的小子，敢如此大胆，来我东海放肆！"龙太子道。

这时候龟丞相急急忙忙赶来，面对龙太子斥责道："太子殿下，你怎么把哪吒那个祸害给招来了！他现在正在外面叫嚣，让你出去受死，龙王爷不在，你到底跑出去干什么了？"

龙太子敖丙若无其事道："我就是去陈塘关喝了几杯花酒，睡了几个黄花闺女，没想到他们请来了哪吒。怕什么，不就是一个乳臭未干的小子嘛，他竟敢在外面叫嚣，看我不出去灭了他！"

龙太子猛饮一杯酒，推开了左右两边的鱼精，就要出去。

龟丞相拦住了他，并大声呵斥道："龙王爷不在，这东海我龟丞相最大，在这件事情上我必须得代表龙王爷教训你！你呀，真的不知道天高地厚，这哪吒乃女娲娘娘身边的灵珠子转世，又拜了太乙真人为师，太乙真人是谁呀，那是元始天尊的弟子。前几年，太华山的肥遗精跑到陈塘关作祟，如果不是哪吒父亲李靖拦着，恐怕那肥遗精非死不可。肥遗精可是修炼了一千五百年的妖怪，他跟哪吒打不过三个回合，你行吗？你就不要出去了，哪吒毕竟是凡人，没有我东海的避水金钟罩，他对我们是无可奈何的，在外面喊累了自然就离开，你贸然出去只会送死。还有你去凡间私会凡人这事如果被天帝知道，你是要被开除神籍的。"

"哎，真是窝囊，我就不相信哪吒真的那么厉害，我敖丙也是东海未来的龙王，拥有数千年修为，我不相信我会打不过一个娃娃。"龙太子不服气地坐了下来。

"这件事情，你不要高估自己的实力，你打得过自然好，打不过恐怕就有去无回了，这小子下狠手！"龟丞相劝道。

哪吒从暗礁上，飞到了海边的岩石上，盘腿坐下来，口念咒语，混天绫从他的腰间飞了出去，在海面的上空盘旋一阵，变得又宽又长，开始搅动起海水来，海面上被混天绫搅起一个巨大的漩涡。漩涡越来越大，混天绫就像是一根巨大的擀面杖，而东海就像是一口盛满水的巨锅，海平面被混天绫搅得海水翻腾，东海里的虾蟹不断地涌出海面，在海面上跳跃。

哪吒嘴里嘀嘀咕咕道："我让你躲着不出来，出不出来……"

东海里的水族被搅得四处逃窜，纷纷迷失了方向，惊恐起来。

"快逃命啊，哪吒那祸精又来了……"东海里的鱼虾纷纷叫嚷。

海底的淤泥也被混天绫搅动起来，水晶宫洁白的宫殿屋顶被一层厚厚的淤泥所掩盖，就连虾兵蟹将以及东海神族所有人的鼻孔、嘴巴也全被海底的淤泥堵塞，水族和神族惶恐不安。

龟丞相在龙宫的大殿上，仰天长叹道："完了，这回完了，大祸临头了，龙王爷还在天庭没有回来。"

水晶宫所有大殿摇摇欲坠，似乎顷刻间就要轰然倒塌一样。龟丞相心急如焚，想上天去向龙王和天帝禀报，但怕出了水面便遭了哪吒的毒手。

按捺不住的龙三太子敖丙大叫道："巡海夜叉李艮何在？"

"李艮在。"巡海夜叉手执钢叉跑来。

只见那巡海夜叉生得面如蓝靛，发似朱砂，巨口獠牙。

"随我上岸，去会会哪吒那厮，看来今天本太子不出手是不行的。"龙太子敖丙气急败坏道。

龙太子率先派巡海夜叉李艮上去巡视，待观察清楚后，龙太子再现身。

遵了吩咐，巡海夜叉趁着哪吒不注意，悄悄将头伸出海面察看，不料被哪吒发现，夜叉刚要溜走，就被哪吒用混天绫捆上了岸。

在岸边沙滩上，哪吒用火尖枪指着夜叉，道："你是什么东西？是不是给孽龙放风的？"

巡海夜叉李艮道："请神童息怒，我家主人不在宫里，龙王爷在天上面见天帝，此时他们都不在宫中，神童这般闹腾也无济于事，有什么事等龙王爷回来再说好吗？"

"哼。"哪吒无动于衷。

见哪吒不为所动，夜叉奉承道："我知神通广大法术，在陈塘关除肥遗怪的事情早已传开，在下只是东海一个小小的水神，想必神童是不会把我放在眼里的，神童有吩咐，小神一定带话给龙王爷，就请神童放过小神吧。"

哪吒愤怒道:"你家主子,东海龙王三太子在陈塘关调戏良家妇女,恶贯满盈,被陈塘关百姓上告到总兵府,我爹不在,这个头我出了。去吧,让你们龙太子出来受死!"

巡海夜叉吞吞吐吐,一副十分为难的表情,道:"我家三太子真的不在……"

"你休要唬我!我年纪虽小,你们的把戏是骗不了我的,快去吧……"哪吒态度坚决道。

夜叉道:"神童,你这不是难为我吗?我都说了,我家主人不在家。"

"不去是吧?"

哪吒怒火中烧,高举乾坤圈,重重砸在夜叉的头上,夜叉当即脑浆迸裂而亡。

龙太子见夜叉被哪吒所杀,自知难逃一劫,躲是躲不过去的,必须和哪吒一战。他从海里冒出来,站在几十丈高的水柱上,居高临下,俯视哪吒,手中握着万年寒铁方天戟。

"哪吒小童,本宫与你无冤无仇,你为何咄咄逼人?!"龙太子敖丙愤怒道。

"你跑到人间调戏良家女就是不对,我现在就替陈塘关的百姓除去你这恶龙。"

说罢,哪吒持火尖枪朝龙太子冲了过去,龙太子也不示弱,举起方天戟也向哪吒冲过去。哪吒的火尖枪会使火,几米远的火势扑向龙太子,龙太子动作敏捷,躲开了。哪吒再一次口喷三昧真火,龙太子喷水,水似乎灭不了哪吒的三昧真火,眼看着就要烧到自己,龙太子只有一味逃命。

在逃跑的过程中,龙太子化身为龙,突然天上乌云密布,电闪雷鸣，巨龙在东海上空嘶叫，海面上翻江倒海，浪潮不断地拍打着岸边的岩石。

哪吒念动咒语，混天绫朝着龙三太子追去。龙太子眼看着混天绫就要缠住自己的尾巴，连忙又幻化成人，用方天戟挑开混天绫。哪吒收回混天绫，用火尖枪和龙太子的方天戟对打，两件兵器都是上古神兵，在打斗过程中，摩擦出巨大的火花。但哪吒天生神力，他逐渐占据上风，用火尖枪死死压住了龙太子的方天戟，龙太子无力挣脱开来。

东海里的水族们纷纷冒出海面，他们都在观看这场焦灼的打斗，实际上他们也都为龙太子的生死担忧。

终于，龙太子的臂膀被哪吒的火尖枪刺中，他只得按住伤口再一次逃跑。在逃跑过程中，龙太子再次化身成龙，却因受伤了跑不快。哪吒用混天绫将龙太子的龙身缠住，龙太子越是挣扎，越缠得紧。

哪吒见龙太子被混天绫所困，手持火尖枪迅速飞到了龙太子的身上，骑在龙太子的龙背上，用火尖枪刺了龙太子几下，龙太子的鲜血喷了出来，发出了惨烈的叫声。

海面上的虾兵蟹将纷纷冒出海面，异口同声道："神童，请你放过三太子吧，你再不住手，三太子性命休矣。"

哪吒完全不顾它们的劝拦。趁哪吒与三太子缠斗的时候，龟丞相变化了，上天寻龙王爷去了。

龙太子疼痛难耐，拼命挣扎，要把哪吒从他的背上甩下来，谁知哪吒竟用乾坤圈拼命砸龙太子的龙头，龙太子终于忍受不了，从天上掉了下来，落到东海的沙滩上。

哪吒仍然不罢休，他见半死不活的龙太子仍然喘气，便从龙太子的身上拔了几片龙鳞，龙太子当场毙命。

东海水族们炸了锅，吓得纷纷躲进深海里。

"哪吒闯祸了，我们快走吧。"

东海水族们，怕殃及自身，没有人敢出头，龙太子被哪吒打死的消息很快在东海传开。

哪吒打死龙太子敖丙还不算，连尸体都不放过，他将龙的脊背剖开，将龙太子的一根龙筋抽了出来，这根龙筋透明似水晶，又软又结实。哪吒将其拴在腰间，得意洋洋道："把龙筋当腰带真不错，我拿回去送给爹当腰带，他一定很高兴。"

天真烂漫的哪吒当真没有意识到自己已经闯下滔天大祸。

他知道东海龙王一定会来寻仇，也知道龟丞相已经上天去了。

哪吒蹲在距离龙太子尸体不远的石头背后，偷偷地看，等东海龙王到来。果不其然，半炷香的工夫，东海龙王和龟丞相乘云辇下来了。当看到敖丙的尸体，老龙王老泪纵横，自责道："龙儿，父王来晚了。"

老龙王抱着龙太子的龙头泣不成声，道："我东海向来与那灵珠子井水不犯河水，他为何手段如此残忍，打死我儿？天呀，还抽了他的龙筋！"

"三太子他偷偷跑到人间调戏良家女子，后来那女子的父亲把事情捅到总兵府，灵珠子为了给受害者出头，才打死太子。"龟丞相向老龙王叙述着前因后果。

老龙王用法力将龙太子敖丙的尸体送回到海里，此刻的他杀气腾腾，道："灵珠子，我一定要让你血债血偿！"

顿时天昏地暗，电闪雷鸣，天上下起了暴雨，海鸥嘶叫不休，它们大概被老龙王的怒气与怨气吓着了。

老龙王化身成龙，在雷电交加中，飞向天空。东海老龙饱尝丧子之痛，他的叫声是那样的悲痛。

哪吒见东海老龙朝北天门而去，随即也上了天。这是哪吒第一次上天，天宫的景象甚是壮观。只见那天宫金光万道滚红霓，瑞气千条喷紫雾，那北天门，碧沉沉，琉璃造就；明晃晃，宝玉妆成。天宫东南西北四门有众天兵天将把守，相对于天庭正门南天门，北天门的守卫要宽松一些。眼看着东海老龙就要飞到北天门了，哪吒并不想打草惊蛇，与天宫作对。

就在距离北天门不远的地方，哪吒变成了女娲娘娘的样子拦住了东海龙王。哪吒是女娲娘娘的童子灵珠子转世，投胎以来，无数次梦见女娲娘娘，陈塘关也随处可见女娲娘娘庙，所以哪吒对女娲娘娘的样貌尤其熟悉。

"东海龙王行色匆匆，这是何往啊？"哪吒用女娲娘娘的口吻问道。

东海龙王站在云端面对女娲娘娘作揖道："东海龙王敖光拜见女娲娘娘，娘娘你的童子灵珠子在下界打死了我的儿子敖丙，我现在去凌霄殿见天帝，让天帝主持公道。"

哪吒假装吃惊道："哦，竟有这事？灵珠子一向是守规矩的，眼睛里从来不容沙子，是有正义感的，这点本尊是了解的，他不会无缘无故打死你的儿子。想必是三太子在下界为恶被他抓住了吧！"

东海龙王痛哭流涕道："我儿不过就是在陈塘关调戏了良家女子，并未伤其性命，也没有做伤天害理的事情，就算有罪，也罪不至死啊，那灵珠子竟然扒了我儿龙鳞，抽了我儿龙筋，活活打死啊，我堂堂东海龙王，怎么能咽下这口气。请女娲娘娘一定为我主持公道，在天帝面前我为据理力争啊！"

哪吒假装很同情的样子，以女娲娘娘的口吻道："敖光，本尊很同情你，走吧，我们去见天帝。"

敖光继续朝北天门而去，哪吒变化的女娲娘娘飞在他的身后，趁老龙王不备，哪吒从龙王身后一掌将老龙王打成重伤。

重伤下的老龙王瞬间从天上掉了下去，穿过厚厚的云层，掉到了距离东海很远的山丘草坪上，口吐鲜血。

他面对哪吒变化的女娲娘娘十分不解，气喘吁吁道："娘娘，你为何将我打成重伤？难道你有意袒护灵珠子不成？你可是创世之神，天上人间万民敬仰，你如此这般有欠妥当啊。"

"哈哈哈哈哈，你最终还是落到了我的身上，我怎么能让你去见天帝呢？"哪吒变回了本相。

"你……你是灵珠子……你好大胆子竟敢冒充女娲娘娘？"东海龙王气急败坏。

哪吒蹲在东海龙王面前，用手扯了扯老龙王的长须，又摸了摸他的龙头。老龙王恼羞成怒道："竖子无理，我堂堂东海大龙神，岂容你这般戏弄于我？"

哪吒冷嘲热讽道："上古龙神，也不过如此嘛，你除了比你那个废物儿子龙太子老了一点，长得也差不多！"

"我要替我儿报仇。"东海龙王化身成龙，便朝东海方向飞去。

哪吒乘胜追击，老龙王折回来，巨大的龙尾一摆，把哪吒甩了老远。哪吒气急，用乾坤圈去砸龙王，龙王一双巨大的龙爪把哪吒的乾坤圈弹了回来；哪吒又口喷三昧真火烧龙王，龙王喷水，灭了神火。

"神火烧死了你儿子，烧不死老子，我不相信我治不了你。"哪吒嘴里嘀咕道。

哪吒持火尖枪飞到了老龙王的脊背上，像对付龙太子那样用乾坤圈砸老龙王的龙头，老龙王被砸得鲜血直流；哪吒又扒老龙王的龙鳞，每扒一片，老龙王都发出凄惨的叫声。哪吒一直扒了四五十片龙鳞，老龙王遍体鳞伤，当场从天上掉了下去。

东海龙王敖光自知不敌，今日恐怕要落得儿子敖丙一样的下场，留得青山在不怕没柴烧，识时务者为俊杰，老龙王知道保住了性命才有机会报仇。

"神童，老朽命不久矣，你已经将我儿打死，你就饶了我吧，我答应你不再找你的麻烦。"老龙王苦苦哀求道。

哪吒从天而降，将火尖枪深深地插入地上，在老龙王身前身后走来走去，他好像在盘算什么。

"不行，要我放过你也可以，但是你必须要变成蛇，让我把玩，等我玩够了，就放了你！"哪吒顽皮道。

第四章　发难陈塘关

东海龙王大吃一惊道:"什么?我堂堂东海龙王,四海之首,上古龙神,你让我变成蛇?"

东海龙王受到了奇耻大辱,东海龙王被一个七岁的娃娃欺负,这件事情如果传扬出去,以后想必没法在三界混,谁都可以不把他放在眼里。

哪吒高举乾坤圈,面对重伤在地的老龙王,威逼道:"你到底变不变?你如果不变,我今天就把你打死在这里,反正也没人知道是我干的!"

识时务者为俊杰,东海龙王知道自己在劫难逃,如果不顺了这小魔头,恐怕是活不了了。

"好,我变……"东海龙王忍辱负重道。

说完,东海龙王就化作一条小蛇,哪吒将他装在自己的袖筒里,拿起火尖枪,就往陈塘关的方向飞去。

此时,李靖大军已经凯旋,正从陈塘关的东门而入,哪吒和母亲殷氏在城门口迎接,陈塘关的百姓夹道相迎,载歌载舞,庆祝李靖归来。

见李靖、金吒、木吒骑高头大马迎面而来,哪吒高兴地跑了过去,朝父兄喊道:"爹,大哥,二哥,恭喜你们大获全胜!"

殷氏笑着走过去。

李靖父子连忙从马上下来,金吒一把抱起了哪吒又放下来,木吒面对哪吒道:"大哥、二哥不在,你的武艺是不是又长进了?"

"你们不在,没人陪我玩。"哪吒埋怨道。

李靖卸下头盔,将玲珑宝塔交给了身后的士兵,拉住殷氏的手道:"夫人,我出征在外,家里的事情辛苦你了。"

"只要你们父子平安归来,我就算再辛苦也是值得的。"殷氏道。

魔家四将被李靖夫妻的恩爱所感动。

李靖板着脸,瞪着哪吒道:"最近为父没有在家,你是不是又出去闯祸了?"

哪吒若无其事地笑道:"爹,我没有闯祸。爹你辛苦了,这根腰带送给你吧,你戴上他,杀敌肯定所向披靡!"

哪吒将龙筋递给了李靖,李靖握在手里细心验看,道:"这东西真不错,还挺好看,也结实,你是在哪里弄到的?是不是偷的?"

"不是,爹,你就放心用吧。"哪吒得意道。

这时,东海龙王变成的小蛇从哪吒的袖筒里钻了出来,正好被金吒率先看到,大叫道:"蛇!哪吒,你身上哪来的蛇?"

在场欢迎李靖的百姓们,一见到蛇,都吓得慌忙逃走。

小蛇瞬间化成巨龙,盘旋在上空,顿时电闪雷鸣,狂风大作,龙王在上空盘旋了几圈,发出凄惨的叫声,道:"李靖,你不是想知道你手里拿的是什么吗?这是我儿东海龙太子敖丙的龙筋,是你儿哪吒杀了我儿,扒了我儿龙鳞,抽了我儿龙筋,活活将我儿打死,还出手打死我东海巡海夜叉神李艮,现在二人尸首被我收在龙宫之中,杀人偿命,我要替我儿报仇!"

说完,龙王就入了东海。

龙王走后,风平浪静,围观的百姓议论纷纷。大庭广众下,李靖震怒,狠狠地打了哪吒一个巴掌,道:"你个混账东西,我出去才个把月日子,就竟翻了天。你打死了东海龙王太子,你闯下了多大的祸！你就是个祸根，你知道吗？你这样会连累全城百姓的，人命在你眼里如此不堪，那好，我现在就结果了你，免得你以后再害人。"

说罢，李靖用手上的龙筋死死勒住哪吒的脖子，道："你个不肖子，你不是不怕死吗，你不是不知道人命的可贵吗，那我现在就杀了你。"

李靖用龙筋使劲勒哪吒的脖子，哪吒终究年岁小，眼看着呼吸困难，已经翻白眼了，殷氏连忙跪在李靖面前道："夫君，你就饶了他吧，他毕竟是我们的儿子啊！"

一旁的金吒和木吒也为父亲的行为捏了一把汗。

殷氏连忙面对众将士乞求道："求你们了，快帮我拉开将军。"

金吒、木吒、魔家四将一起上，这才将李靖拽开。

李靖气急败坏，道："孽子！夫人，哪吒杀的是东海龙王的儿子，东海龙王定然不会善罢甘休。如果是以命抵命，我李靖愿意代哪吒去偿命，但是我担心陈塘关的父老乡亲们也难免要受牵连。"

百姓们一听这话，都慌了，都知道这件事情的严重性，一个个怨声载道。

人群中一个中年人道："将军，你儿子闯的祸，杀了龙太子，现在龙王要报仇，你不能连累我们老百姓啊！"

哪吒站出来，双手叉腰，面对人群道："我哪吒一人做事一人当，是我杀了龙王太子，龙王来寻仇，我自会有所交代，不会连累大家。"

哪吒回头看了看父母，又望了望两位哥哥以及总兵府所有将士，便朝人群中跑去。

"儿子……"

殷氏边追边叫。

东海龙王敖光回到东海水晶宫，此时的东海，已经失去了光辉，鱼类死了一大片，漂浮在海面上；海草、珊瑚、贝类生物也难逃一劫，失去了生命；海底的淤泥已经很大程度上污染了龙宫，到处都是残垣断壁。东海龙王大为震惊，面对龙太子的尸体，他泣不成声，黯然神伤。

龟丞相来到了龙王身边道："龙王爷，东海这般光景都是被哪吒那厮搅的，他用混天绫将东海搅得不得安宁，很多鱼虾消受不了，已经死了大片，只可惜太子殿下不听劝，现在也遭了毒手。"

龙王震怒，怨气冲天，为了发泄他的愤怒，他在海底发功，打烂了海底的石头，弄得海水涨潮，北海、西海、南海皆有动静。

北海龙王敖顺、南海龙王敖钦、西海龙王敖闰接到东海龙王敖光的传令，急急忙忙穿洋过海，来到东海龙宫。

三海龙王几乎是同时赶来，他们异口同声道："大哥，你唤我兄弟三人何事？"

南海龙王敖钦道："大哥，为何东海龙宫一片混乱，好像发生过大战？"

"是呀，大哥，怎么我们从水路而来，到处都是东海的死鱼？"西海龙王敖闰道。

东海龙王老泪纵横，哭诉道："我儿敖丙被陈塘关总兵李靖之子哪吒打死，扒了我儿龙鳞，抽了我儿龙筋，还将寡人打成重伤。这口气寡人咽不下，唤三位贤弟来，就是希望三位贤弟助我一臂之力。"

"这还得了！"三位龙王异口同声道。

南海龙王敖钦道："大哥，你的伤势没事吧？"

"不碍的，本王痛失爱子，这口气怎么能咽下去！"东海龙王敖光仇恨道。

"大哥，你放心，我们兄弟三人就算和那小子拼个鱼死网破，也要为你讨回公道！"西海龙王敖闰愤怒道。

陈塘关已经有三个月没有下过雨了，这一次却下起了瓢泼大雨，城池边的河水暴涨,很多房屋被淹没,很多街巷已经可以行船了。雨还在下,陈塘关哀号遍野,老百姓都在埋怨李靖一家,他们认为这是龙王降罪,是哪吒惹的祸。

李靖知道哪吒闯下滔天大祸,命他哪里也不能去。李靖把哪吒绑在总兵府大院的柱子上,哪吒已经被李靖打得皮开肉绽,在众人劝说下李靖才作罢。

但殷氏心疼得不得了,哪吒挨打,她一直守在边上,半步不肯离开。金吒和木吒急得直跺脚,总兵府的其他将士没有一个人为哪吒说话,他们知道这次哪吒闯的祸是无法原谅的。

李靖心知肚明,龙王肯定是要来索命的,不是说打完哪吒就可以了事。李靖扔下皮鞭,心力交瘁道:"夫人,这次龙王肯定是要让我们交出哪吒的,哪吒毕竟是我们的亲生儿子,就让我这个父亲代他去死吧!"

"不,夫君,陈塘关百姓需要你,如果龙王真的要哪吒死,那就由我这个当娘的代我儿去死!"殷氏道。

在场的将士们无不为李靖夫妇的深情所感动,一个个都低头抹泪。

四海龙王发四海龙兵二十万,兵锋直至陈塘关。海龙兵黑压压一片,一眼望不到头,盘踞在陈塘关的上空。四海龙王发出了调水令,海水有如排山倒海之势,眼看着就要倒灌陈塘关,陈塘关的百姓如热锅上的蚂蚁,仓皇而逃,他们像无头苍蝇一样,四处乱撞,没有目标地逃跑。

百姓们都顾着逃命,虽然他们对李靖父子有怨言,但此刻也是自身难保,顾不得找李靖父子。

四海龙王威风凛凛,以东海龙王敖光为首,乘水势而来,他们手执宝剑,剑锋直指李靖的总兵府。见哪吒被绑在柱子上,血迹斑斑。

虽然猜得到哪吒那是被李靖打得皮开肉绽，东海龙王也丝毫不心软。

东海龙王居高临下，大喊道："李靖，你儿哪吒残杀我东海龙王三太子，今日我兄弟四人是来向你索命的，今天你必须交出哪吒，不然本王就水淹陈塘关，让这一城百姓为我儿偿命！"

城中百姓纷纷站在水中望着龙王。他们是没有能力反抗龙王的，只能坐以待毙，眼神里充满了绝望。

李靖抬头大喊道："龙王爷，是我李靖教子无方，杀人偿命天经地义，只是哪吒毕竟是我的儿子，我不能亲手把他交给你，李靖愿意为三太子偿命，但是李靖有个条件，请求龙王放过我儿哪吒还有这一城百姓，这样，李靖虽死无憾！"

"以命抵命，你李靖愿意代你儿子去死，也算替我儿报了仇，本王是不会为难这陈塘关百姓的。"东海龙王果断道。

一听这话，殷氏和金吒、木吒，还有魔家四将他们都急了。

尤其是殷氏，一边是她的儿子，一边是她的丈夫，她失去谁都不行。

李靖正要拔剑自刎，金吒和木吒连忙上前制止，殷氏吓得腿发软，当即跪了下去，她抱着李靖的裤腿，道："夫君，如果真的要以命抵命的话，就由我代替哪吒去死，只要你把几个孩子培养成人我就死而无憾了。"

殷氏站起来，也要从李靖手中夺剑。

哪吒被父母的爱深深感动了，他用力挣开了绳索，来到父母身边。

面对饱含深情的父母，哪吒流着泪道："爹，娘，是孩儿不孝，孩儿从生下来就给爹娘惹祸，都是我不好。如今大祸临头，孩儿为了救这一城百姓，还有爹娘，只能牺牲。如果孩儿不死，龙王是不会善罢甘休的。"

众人被哪吒的话听傻了,想不到一个七岁的孩子能说出这样大义凛然的话。

哪吒面对龙王,喊道:"龙王,我哪吒虽然才七岁,但也知道人间有句俗话叫好汉做事好汉当,我哪吒杀了你的儿子,怎么能连累父母,父母给了我生命,我来不及报答,怎么还能让他们为我偿命。龙王,你是上古龙神,在三界内的名声也是响当当的,我希望你言而有信,只要我哪吒死了,绝不伤害陈塘关的百姓;只要我哪吒与父母兄弟撇开关系,这人命官司从此与我爹娘再无干系!"

"好,只要你一死,我兄弟四人必须言而有信,马上鸣金收兵,绝不伤害陈塘关的一个百姓。"东海龙王斩钉截铁道。

哪吒回头面对父母,父母泪流满面,被哪吒的话所感动。

哪吒环视了总兵府的一切,最后再望一望这些熟悉的亲人,眼泪汪汪道:"我哪吒现在剔骨还父,削肉还母,从此与李靖夫妇再无瓜葛!"

说罢,哪吒变出一把刀子,趁李靖夫妻尚未回过神来,他就将自己身上的肉一刀刀割下来,血淋淋的;接着再自断双臂,毁肉身。顷刻间,哪吒暴毙。

这一切,李靖夫妻,还有哪吒兄长,以及全府上下目睹,惨不忍睹,他们痛心不已。

李靖夫妻连忙跑了过去,地上全都是哪吒的尸体,横七竖八,鲜血已经染红了流淌在庭院里的积水。

殷氏崩溃,痛哭失声道:"儿呀……"

李靖泪流满面,痛心不已。

哪吒的魂魄和他的法器火尖枪、乾坤圈、混天绫一起飞走了。

见哪吒暴毙,东海龙王被哪吒的大仁大义大孝所感动,率海龙兵回到东海。顿时,海水退了,海面上风平浪静;陈塘关的河水也退了，百姓悬着的心这才落下去。

但总兵府传来阵阵哭泣声，老百姓都知道这是殷夫人的哭声，百姓们路过总兵府都表示十分同情，也被哪吒的大孝所感动。

从那以后，殷氏每天痴痴傻傻、失魂落魄，她接受不了哪吒就这样死去的事实。她终日以泪洗面，整个人都憔悴了。思念成疾，殷氏精神失常，大白天抱着枕头，当成是哪吒，抱在怀里。金吒和木吒为母亲感到忧虑，李靖更是忧心，当他看到殷氏神志不清地抱着枕头出来，李靖就会上前争夺，将枕头重重摔到地上，喝斥道："夫人，你到底想干什么！哪吒他已经死了，你还是要节哀顺变啊！"

殷氏听不进去，弯腰将枕头捡起来，抱着枕头走进了屋子。

这些都被金吒和木吒看在眼里。李靖面对两个儿子道："看来你们的娘是走不出来了。"

李靖叹了一口气。

金吒安慰道："爹，你要理解娘，娘怀胎三年六个月才生下哪吒，养了七八年的儿子，说没就没了。哪吒毁去肉身，死状凄惨，娘肯定是过不了这道坎的！"

"是呀，爹，你也要理解娘。"木吒道。

李靖无可奈何，带着兵器出了门，和几个副将出去巡视去了。

哪吒毁去肉身后，成了孤魂野鬼，在三界的缝隙游荡，随风而飘，随缘而飘，他自己也不知道要飘到哪里去。他能看到人，但是人却看不到他，就算他现在在父母的面前，喊破喉咙，李靖夫妇也听不见。

哪吒终于无处可去，就在夜深人静的时候，入了母亲殷氏的梦。

在一个黑暗的空间里，哪吒走投无路，他拼命地喊着："娘……"

殷氏听到后，寻着哪吒的声音而去，见哪吒孤零零地在找路。殷氏爱子心切，欲上前拥抱哪吒，怎料哪吒化作一股轻烟不见了。

殷氏心急如焚地喊道："哪吒……你在哪儿？快出来，娘想你。"

哪吒再一次现身，哭诉道："娘，孩儿现在是孤魂野鬼，没有肉身，你是抓不住我的。娘，孩儿无法还阳，也无法投胎，如果一直飘在三界的夹缝里，最终哪吒只有灰飞烟灭。娘，你要感化陈塘关的百姓，发动大家为我修建哪吒庙，为我塑像，供奉香火，这样哪吒就能依托神像存在，也就不会魂飞魄散……"

"这有何难，明天娘就取钱雇工人为你修庙。"殷氏痛哭流涕道。

哪吒道："娘，不行，修庙只有百姓募捐，如果没有百姓护佑，这哪吒庙建了也没用。我对陈塘关百姓有恩，我相信他们不会袖手旁观的。"

说罢，哪吒消失了，黑暗里一点光线也没有，辨不清是何地。

"哪吒……别走……"

殷氏叫着叫着就醒了，也吵醒了枕边的李靖。

李靖坐了起来，面对殷氏愁道："夫人，你又在说胡话了，告诉你哪吒已经死了死了，你什么时候才能消停，才能忘记这个儿子！"

殷氏坐起来，面对李靖，激动地抓起李靖的手道："夫君，刚才哪吒给我托梦，让我发动全城百姓为他募捐，修建哪吒庙，这样他就可以永远留在我们身边。"

"哎，我都懒得听你说。"李靖继续躺下睡觉，背对着殷氏。

次日，天未大亮，殷氏就早早起床，带着锣，来到陈塘关最为繁华的街道，她敲起锣来，乒乒乓乓，这时候很多百姓都才刚起床，有些没有睡醒的，也被殷氏的锣声敲醒了。众人不知是何缘故，知道殷夫人是刚刚死了儿子，还未缓过来，都围了上去。

殷氏当众给百姓们跪了下来，哭诉道："乡亲们，我儿哪吒现在成了孤魂野鬼，没有安身之处，昨晚他托梦给我，希望乡亲们募捐，给他建一座哪吒庙，这样他就有安身之地了。"

"夫人,你的儿子哪吒已经死了,人死不能复生,我们也很同情你们一家的遭遇,也很理解你这个当母亲的,但是修庙安魂一说,确实有些难以置信,再说不过是一个梦而已,何必劳民伤财修庙呢?"人群中一个过路的中年男子操着手道。

殷氏伤心欲绝道:"乡亲们,你们扪心自问,我儿出世以来为陈塘关做了多少好事?当年肥遗精在此作怪,是我儿子哪吒救你们于危难;这次虽然是我儿子打死了龙太子,迫使龙王水淹陈塘关,但是事出有因,后来听我府上人说,我儿子哪吒是替尹府一家出头。我儿哪吒敢爱敢恨,敢作敢当,年方七岁,是真正的男子汉。这次龙王要水淹陈塘关,是他以自尽为代价,才化解了龙王的仇恨,让陈塘关免遭生灵涂炭,这些你们都忘记了吗?况且建一座庙也花不了多少钱,陈塘关的百姓一家出一点,我儿就有安身之地,这点要求大家都不满足我这个当娘的吗?"

殷氏的一番肺腑之言,刚好被路过的尹老爷听到,他也深感内疚,毕竟哪吒是为了救他的女儿。

尹老爷从人群中走了出来,将殷氏扶了起来,面对众人道:"乡亲们,李夫人说得对,李家三公子哪吒的确是为了救我们一家才杀死龙太子的,为此我尹某深感内疚。当时孽龙来陈塘关作祟,化身成人,潜入我府上,调戏我女儿,尹某这才求李家三公子帮忙,听闻三公子被龙王逼死,尹某痛心不已,如今我无以为报,请乡亲们看在这么多年,总兵李将军为了我们陈塘关的百姓做了不少好事的分上,也看在李三公子一片孝心的分上,帮帮她,不过是修座庙,要不了几个钱,我尹某率先出钱……"

尹老爷将一袋铜贝交到殷氏手里,深感愧疚道:"李夫人,对不起,因为小女的事情害了三公子,这是我的一点心意,以后但凡有用得着尹某人的地方,请夫人尽管开口,尹某万死不辞,三公子是我们一家的恩人。"

殷氏感叹道："这都是天意啊……"

由尹老爷开了头，又一个肥胖的中年男人朝殷氏走过来，道："大家都出点力吧，咱陈塘关这么多人，一人从牙缝里挤点出来，还是可以帮到我们的恩公的，希望哪吒三公子在天有灵能保佑我们陈塘关的老百姓就太好了。"

这个中年男人将一片金叶子递给了殷氏。

紧接着，大伙儿一拥而上，将这闹市围得水泄不通。他们各自取出自己的贝币递给殷氏，殷氏拿不了，就用衣服给包了起来。

殷氏面对大家感激涕零道："谢谢乡亲们，钱已经够了，不需要了，谢谢你们。"

殷氏给乡亲们深深鞠了一躬。

就在这时，金吒和木吒匆匆忙忙跑来，兄弟俩分别拽着母亲的手，急道："娘，你快走吧，爹听说你在大街上募捐，为三弟修庙，他气得吹胡子瞪眼，他已经过来了……"

还没有等殷氏反应过来，李靖已经寻来了，他气势汹汹地拽着殷氏的手道："夫人，你身为陈塘关总兵李靖的夫人，就不要在大街上丢人现眼了，你醒醒吧，哪吒已经死了，再也不会回来了。"

殷氏拼命挣脱，李靖就是不放手，在拉扯中，殷氏募捐来的贝币和金叶子撒了一地。殷氏伤心难过，再一次推开李靖，俯身捡这些散落的贝币。

可是李靖不肯罢休，他将这些围观的人轰走，又将地上的贝币踢得到处都是，硬是拽着殷氏离开，嘴里嘀咕道："我看你是疯了，凭一个梦，你就要给哪吒修庙，要是让朝廷知道了，我定会落下一个贪污腐化之罪，好好回家反省吧，就不要在这里给我丢人了。"

李靖几乎是连拽带拖，硬拉走了殷氏。

金吒和木吒很无奈，只好跟了上去。这些都被围观的百姓看在眼里。

"可怜天下父母心啊，三公子确实是我们的恩人，大家伙来，把这些贝币都捡起来，我们为哪吒公子选个地方修庙。"尹老爷道。

陈塘关的百姓没有一个人把这些钱私藏的，他们捡这些钱准备为哪吒修庙。

第五章　莲藕身复活

殷氏费了好大工夫才为儿子募到修庙的钱，却被李靖给搅黄了。思子心切的殷氏终日愁眉泪眼，整个人都消瘦了。建不成哪吒庙，她总觉得对不起儿子，于是她绣了一个跟哪吒形象差不多的布偶，一针一线都是她对哪吒满满的爱。

殷氏总是等李靖出门以后，开始为哪吒绣布偶，她把自己关在屋子里，一待就是一整天。为了给哪吒绣布偶，让哪吒魂有所依，殷氏的十根手指经常被扎得血淋淋的，旧伤未痊愈，又添新伤。殷氏因为想哪吒，边绣边想，想着想着，又把手给扎了。

殷氏喃喃自语道："哪吒，你是个好孩子，是爹娘对不起你，你自从来到人间，为百姓做过多少好事，外人不能理解你也罢了，你爹也不能理解你。哪吒，娘知道你命苦，你为了救爹娘还有陈塘关的百姓，才以死谢罪。娘无能，娘答应给你修庙的，娘办不到，娘只有做布偶，千针万线，希望这个布偶能让你的魂魄有归属。娘能做的就这么多了，希望你早日投胎，千万不要再到咱们家了。"

殷氏抱着哪吒形象的布偶，黯然神伤，泪流满面。

"娘，你快开门呀。"金吒一个劲儿敲门，并喊道。

"金吒，娘想一个人静一静，有什么事儿一会儿再说。"殷氏无精打采道。

"娘，快开门，是三弟的事情，你快出来。"木吒在外面喊道。

殷氏连忙放下布偶，站起来，跑过去开门。

见金吒和木吒二人,迫不及待道:"哪吒怎么了?"

"娘,大喜事啊。"兄弟二人异口同声道。

"什么大喜事?"

"娘,你跟我们走吧!"金吒道。

"不说清楚我就不去。"

"哎呀,走吧,娘,你去了就能见到三弟了。"木吒道。

"在哪儿?快带我去!"

兄弟俩拉着殷氏往总兵府外面跑去,他们直奔陈塘关北边郊外的女娲娘娘庙方向而去。出了陈塘关,越走越偏僻,丛林密布,只有山间小路,天已经逐渐暗下来。

殷氏面对金吒和木吒兄弟二人,一脸困惑道:"金吒,木吒,你们要带娘去哪儿呢?不是说你们看到哪吒了吗?这条路娘记得应该是去女娲娘娘庙的路吧?"

"哎呀,娘,你不要着急嘛,你马上就能见到三弟了。"木吒道。

殷氏看了看金吒,金吒点了点头。

很快穿过丛林,在一个不高的山丘上,殷氏见到了哪吒庙,哪吒庙紧挨着女娲娘娘庙。整个哪吒庙屋顶用琉璃打造,庙梁木材用的是金丝楠木,庙有五六丈高,庙门口的匾额上用甲骨文刻着"哪吒庙"几个大字。殷氏见到后,大吃一惊,激动不已。金吒和木吒看在眼里,殷氏迫不及待地跑进去,在庙宇里面,她见到了一尊高两丈的哪吒塑像,这尊哪吒像做得栩栩如生,光着脚丫,脖子上挂着乾坤圈,一只手拿着火尖枪,混天绫缠在臂膀上,双目炯炯有神,一脸稚气,活泼可爱。

哪吒神像前的香炉里插满了还在燃烧的香蜡,整个庙被浓浓的香烛味弥漫,堪称香火鼎盛。

殷氏触景生情,仿佛看到了儿子哪吒就站在自己的面前,她再一次泪流满面，泣不成声。

殷氏回头问金吒和木吒兄弟道："这是怎么回事？"

金吒激动道："娘，我和木吒也是今天才知道的，半月前陈塘关的百姓知道娘想为三弟建庙，他们是自发为三弟修的这座哪吒庙，你看啊，三弟的塑像全部是用青铜打造，这得花不少黄金和贝币啊，咱陈塘关的百姓对咱三弟还是感恩的。"

殷氏面对哪吒，欣慰道："儿子，看到了吗？娘办不成的事，陈塘关的百姓们办到了，好人是有好报的！你为他们做了那么多，现在他们终于肯为你出力了，你也应该瞑目了。儿子，如果还有什么需要，晚上再给娘托梦啊。"

其实，此刻哪吒的魂魄已经附在塑像上了，只是殷氏和金吒兄弟看不到罢了。

附在塑像上的哪吒看到憔悴的母亲，心里很不是滋味。

"娘，孩儿已经魂有所依了，你不用再为孩儿担心，娘，大哥，二哥，哪吒真的好想你们呀，只可惜我能看见你们，听见你们说话，你们却看不见我，听不到我说话……"哪吒哭道。

殷氏看不到哪吒，也听不到哪吒说话，哪吒将生前穿戴的红肚兜丢了下去，随风飘到了殷氏的面前，掉到地上。

殷氏见到后，大为吃惊，道："哪吒显灵了，我们说的话，他都听到了，这件红肚兜就是哪吒生前穿的，是我缝的，我都记得，金吒，木吒，你们快看，这是你们弟弟穿的吧？"

殷氏将红肚兜呈到金吒兄弟二人面前，兄弟二人深感吃惊，异口同声道："太邪了吧！"

殷氏却欣喜不已，面对哪吒铜像道："儿子，娘知道你能听到，你能找到归属，不在三界夹缝中漂泊，娘就放心了。儿子，实在不行，你就去找太乙真人，他是你的师父，也是元始天尊的弟子，大罗金仙，法力无边，他一定能想到救你的办法。听娘的话，娘和你哥哥先回去了，有什么话就给娘托梦，娘一定想办法。"

殷氏朝哪吒塑像双手合掌拜了拜，金吒和木吒照做。

金吒、木吒扶着殷氏就要走出去，殷氏时不时回头望一望哪吒的神像，她双手捧着哪吒的肚兜。

这时，一个手提果篮的老人家，衣衫褴褛，白发苍苍，满脸皱纹，拄着拐杖，步履蹒跚，弯着腰，朝着哪吒神像前走去，她的果篮里还放着香烛。

她走到香炉面前，面对哪吒塑像，小心翼翼放下果篮，从篮子里取出香烛，在香炉里点上，插在香炉里，并在哪吒神像前跪拜，声音低沉道："别人都说你很灵验，我老伴病重，眼看着就不行了，我的几个儿子儿媳他们只顾着自个，忙着分家产，不管他爹的死活。求求你，显显灵，救救我老伴，哪怕是再给他五年寿命，让他颐养天年，他这辈子过得太苦了，没有享过一天福，还遇上这两个不争气的儿子。求求你哪吒神仙，听说你神通广大，连龙王都怕你，你一定要救救我老伴，让阎王爷多给我老伴几年阳寿，这些果品是供奉你的，请一定要答应老身啊。"

殷氏看到后，很是同情这位老人家，她把红肚兜交到金吒手里，忙上前扶起老人，面对哪吒像道："儿子，一定要保佑这位大母，老人家太不容易了。"

老人家见殷氏叫哪吒儿子，不禁吃惊道："你是李将军的夫人？"

"正是。"殷氏道。

老人家激动道："夫人，见到你老身三生有幸啊！李府三公子为了保一方生灵，自刎谢罪，老身佩服啊！令公子小小年纪，一身正气，敢做敢当，了不起啊！可惜夫人你白发人送黑发人，夫人节哀啊。"

殷氏道："您老这么大岁数了，还来拜我儿，我相信我儿在天有灵一定会保佑他大父的，你的年纪也大了，这山里雾气重，还是早些回去吧。"

殷氏朝木吒喊道："木吒，快过来扶一下大母，把大母送回家。"

木吒跑过来，小心翼翼扶着大母往外面走。

木吒刚送大母到庙门口，只见李靖带着一群人气势汹汹走过来，他行色匆匆，脸色铁青，刚到门口，就撞到殷氏母子。

李靖后头对众官兵道："你们快把哪吒庙给我拆了！"

官兵们一拥而上，开始打砸庙里面的东西。

殷氏听罢，脸色煞白，急道："住手！"

殷氏冲上去将官兵们都拦住了，官兵们只好作罢。

殷氏不解地瞪着李靖道："夫君，你到底想干什么？哪吒是你的亲生儿子，你不让我募捐修哪吒庙罢了，这些都是陈塘关百姓的一片心意啊，是百姓们自发修建的，你可不能砸啊，这些都是百姓们的血汗钱啊！"

李靖一筹莫展道："夫人，你知道如果让朝廷中的小人知道了，我李靖发动陈塘关百姓募捐，给我死去的儿子修建庙宇，你说我怎么跟朝廷解释？他们肯定会认为我是强行摊派，那时候我就是十张嘴也说不清楚，来呀，给我砸了。"

李靖带来的官兵，用各自手中的兵器进入到庙宇中，将里面的陈设砸了个稀巴烂，就连哪吒的青铜像，也被三五名士兵，一起推倒在地。

哪吒的魂魄已经和铜像融为一体，就在铜像被推倒那一刻，哪吒被重重地摔在地上，发出了痛苦的叫声，但是李靖等人根本就听不到。

见哪吒庙被砸，哪吒像被推倒，殷氏再一次崩溃了，她冲到李靖面前，拼命拍打李靖的胸脯，痛心疾首道："夫君，你太狠了，你简直就不配当一个称职的父亲，哪吒失去了肉身，没有去处，你现在砸了哪吒庙，他会灰飞烟灭的！"

木吒扶着的老人还没有走远，她站在不远处，面对李靖道："李将军，你这样做确实过分了些，我可是听说你家三公子之前还救过你的命，投胎到你们家，你可是一点好脸色没给呀！老身知道将军为官清廉，从不落人口舌，但是哪吒毕竟是你的儿子，甭说朝廷没有找到你，就算真有一天，有小人诬告你借此受贿，我们陈塘关的乡亲们也不会让你蒙冤的，你这样做又是何必呢？"

李靖对老人的一番话经过一番深思熟虑，自己也感到欠妥当，但是哪吒的庙已经砸了，李靖执拗的性格，他宁可改错也不认错。

他回头看了看殷氏，又看了看金吒和木吒，道："反正我砸了，以后我没有这个儿子，哪吒虽然是为了救陈塘关百姓，自刎谢罪，但是毕竟祸还是他惹出来的，所以我这个当爹的没法原谅他！"

说罢，就带着这群亲兵离开。

老人看着木吒道："公子，令尊实在是不近人情啊！"

说完，便离开。

刚刚被捣毁的哪吒庙里面一片狼藉，金吒握着哪吒的红肚兜，又看着殷氏道："娘，怎么办？还是算了吧，哪吒在那边只有自求多福了。"

哪吒的魂魄基本已经和铜像长在一起，受人间烟火，成为半鬼半神之身，才避免了魂飞魄散、灰飞烟灭的厄运。但经过李靖这么一破坏，哪吒快要灰飞烟灭，他从铜像里面出来，疼得在地上打滚，道："李靖，我一定要杀了你！你不配当我爹！"

就在哪吒痛苦难耐，只有一半鬼命的时候，太乙真人出现了。

太乙真人见哪吒的元神即将散尽，立马从腰间取下豹皮囊，并默念口诀，将哪吒的魂魄装进了豹皮囊，道："哪吒，此乃劫数，为师带你回乾元山金光洞，再想法子救你！"

太乙真人不便在凡人面前展露真身，但是见殷氏母子伤心难过，又不忍，他只好现身相见。

殷氏和金吒大吃一惊，异口同声道："太乙真人。"

"真人，上次一别，有八年未见了，想不到还能见到你，真人你一定要救救哪吒，你法力无边，一定有办法的！"殷氏激动道。

金吒一脸期盼地看着太乙真人。

太乙真人捋了捋胡须，笑道："贫道正是为此事而来，此乃劫数。放心吧，夫人，哪吒庙虽然毁了，但是我一定会救哪吒的，我与他的师徒之缘还未尽呢！"

殷氏困惑道："真人，哪吒现在哪里？能否让我们母子再见一面？"

"哪吒魂魄受损，若贫道再晚一步，他可能真的灰飞烟灭了。现在他被我收进了豹皮囊里，这豹皮囊乃是昆仑山上修炼万年的雪豹皮囊所织，哪吒在里面不碍事的，我带他走了，你们就放心回去吧，不要和别人说见过我！"

太乙真人面对殷氏和金吒摸了摸腰间的豹皮囊，便幻化离去，消失得无影无踪。

金吒来到殷氏身边，拍了拍殷氏肩膀，安慰道："娘，这下你应该放心了吧！"

殷氏这才和金吒出了庙门，沿小路往回走。

太乙真人带着哪吒的魂魄回到了乾元山金光洞。乾元山金光洞位于一处悬崖峭壁之上，山上没有一条路可以到达金光洞。从洞口往下看，是白茫茫一片云海，流云在山间穿梭，像海浪一样来回翻滚；从洞口往远处看，山峦层层叠叠，视野很开阔。金光洞门口开满了各种各样的鲜花，它被一团五彩祥云笼罩着，一对青鸾火凤，一红一青，在金光洞的上空盘旋，发出悦耳的声音。

金光洞门口左侧的石壁上，用甲骨文镌刻着"太乙洞"三个苍劲古朴的大字。进入洞中不远处有炼丹池，旁边就是丹炉。池中生长着金莲藕，这荷花终年不谢，与凡间不同，而且越发鲜艳。荷花品种很多，有白色花瓣，也有粉色花瓣，藕呈金色，常年放金光，照得洞内通明，池水也被染成了金黄色，因此此洞叫金光洞。

金光洞的池水深不可测，有阴河，河里有生长着万万年的银白虾，人吃了，可以长生不老。

洞内弯弯曲曲，石头造型各异，洞内深不可测，洞穴甚多，成百上千，凡人进入，就出不来。

太乙真人把哪吒的魂魄带入金光洞中，将其从豹皮囊中放出来。

"哪吒，你可还记得我？"太乙真人表情凝重道。

"师父，太乙真人，救救徒儿吧！"哪吒乞求道。

太乙真人叹道："哎，你现在只剩下半条鬼命了，要是为师再不出手相救，恐怕三界内没有你的容身之处。你是天上灵珠子下凡，带着使命助周伐商，大业未成，阳寿未尽，你自尽以全孝义，阎王不敢收你，天界回不去，你只能在三界游荡，这也是天意，也是你的劫数，但对于你未尝不是一件好事！"

哪吒一头雾水道："师父，徒儿不明白你的意思！现在徒儿已经失去了肉身，就快要灰飞烟灭了，你还说这是好事？"

太乙真人捋了捋胡须，大笑道："徒儿，你在下界的所作所为为师都知道，你除肥遗怪，惩罚龙太子，这些都没有错，但是千不该万不该，你不该杀死龙太子啊，更不该变成女娲大神的模样殴打敖光，东海龙王乃是历经万劫的上古龙神，就连天帝也要给他面子，你殴打他还不算，还逼迫他变成蛇，如此奇耻大辱，他怎能善罢甘休，徒儿，你太鲁莽了。"

"师父，徒儿知错了，求师父救救徒儿吧！"哪吒哀求道。

太乙真人欣慰道："知错能改善莫大焉，谁没有年轻过，你历经了这番生死考验，尝尽了人间的酸甜苦辣，相信你以后会更加沉稳，那为师就让你脱胎换骨。"

说罢，太乙真人将右手伸得一丈长，用手在炼丹池里刨金莲藕，他刨了几根又长又肥的金莲藕上岸，金莲藕放在地上金光闪闪，莲藕上面还在滴水，全是淤泥，太乙真人用拂尘一扫，顷刻间，金莲藕干净异常。

太乙真人把金莲藕摆成了人字形。

哪吒诧异道："师父，你在干什么？"

"这金莲藕是我乾元山金光洞的宝贝，三界内只有师父这里才有这东西，现在师父用它来让你复活。"太乙真人得意道。

太乙真人朝金莲藕吹了一口仙气，那莲藕就变成了哪吒生前的模样，高矮胖瘦都差不多。

哪吒魂魄一看，大吃一惊道："师父，这不就是我吗？"

"这副莲藕身比你那不经用的肉身强多了，待为师把你的魂魄安顿好，再服一丸为师从道德天尊那求来的还魂丹，你就可以重生了。"太乙真人道。

哪吒激动不已道："师父，快点吧，哪吒这些日子受够了，蹲在暗无天日的角落。"

太乙真人用法术将哪吒的魂魄注入到莲藕身上，再从袖筒里取出从道德天尊那里讨到的还魂丹喂给哪吒。

太乙真人对着莲藕身吹了一口仙气，哪吒复活了。

他缓缓睁开眼睛，迅速站了起来，面对太乙真人，扶着太乙真人的臂膀，高兴得手舞足蹈。

哪吒激动道:"师父,这次多亏了你,如果不是你,可能我再也无法重生,师父你就是我的再生父母。师父在上,请受徒儿一拜!"

哪吒双手抱拳,豪气干云,双腿跪在了太乙真人面前。

太乙真人欣慰道:"哪吒,你我师徒注定有这么一段缘分,师父救徒儿是理所当然的,只要你以后改掉自己冲动的毛病,降妖除魔,助周伐商,就算是对为师最好的报答了。"

太乙真人把哪吒拽了起来。

哪吒感觉现在的莲藕身,要比之前的肉身轻便多了,活动起来也特别舒畅,各个环节也特别灵活。

哪吒失去肉身的这段时间,只能游荡在黑暗的三界夹缝里,现在复活了,他可算有机会活动活动了。他跑出了金光洞,站在金光洞外,他被乾元山的风景深深吸引了。太乙真人也走出了洞府。

"师父,乾元山太美了,不愧是洞天福地,仙人住的地方,与陈塘关简直就是天壤之别。师父,我从来没有见过这么美的地方,快看,还有云海,这花也开得艳,和天界的天庭差不多。"哪吒激动道。

哪吒兴许是太高兴了,围着百花翻了几个跟头,身手矫健。

太乙真人捋了捋胡须,欣慰地笑道:"你见过天庭?"

哪吒摸了摸后脑勺,腼腆地笑道:"上次对付东海龙王,提前在北天门拦住了他,天庭的美景我是见识过的,哪里比得上师父这山中美景,师父这里比天庭还美!"

太乙真人一听,便举起拂尘要打哪吒,道:"你一说倒是提醒为师了,你果然好大的胆子,女娲娘娘是什么人?是你能冒充的吗?看为师不教训你……"

哪吒围着莲池跑,太乙真人围着莲池追。

眼看着就要追上了,哪吒停了下来,调皮道:"师父,徒儿再也不敢冒犯大神了！"

哪吒刚说完，就累得突然坐了下来，太乙真人恍然大悟道："徒儿，你刚复活，你的元气尚未恢复，需要运气调理七七四十九天，四十九天后，为师再传些新的法术给你，你即将面临新的使命！"

"使命？"哪吒诧异道。

"周和商的战争已经开始了，下界已经尸横遍野，血流成河，你身负天命，不可再任意妄为了。"太乙真人语重心长道。

"徒儿知道了。"

"走，跟师父回到洞里去，师父陪你运功调理，四十九天后，师父再传给你广大法力，让你在这王朝更迭之时建功立业。你师祖元始天尊已经命你师叔姜子牙下界助周伐商，并承担封神大任，徒儿此次下界若能建功立业，将来为师可上奏天尊还你金身正果。"太乙真人一边拽着哪吒进洞，一边与他说道。

哪吒听得满脸欣喜。

太乙真人在莲池边打坐，为哪吒推功运气。哪吒与太乙真人掌心对掌心，太乙真人紧闭双目为哪吒运气，哪吒自行运功，就这样面对面地打坐调理，四十九日后，哪吒基本恢复，与自尽前的状态无异。

太乙真人及时撤了掌，一脸疲倦道："徒儿，你现在没有问题了，可以下山去了，你要尽力辅佐你师叔姜子牙，现在西岐和朝歌的战争愈演愈烈，你要下山去完成上天交给你的使命！"

"徒儿明白，师父你不跟我一起下山吗？"哪吒问道。

太乙真人面带虚容道："徒儿，为师为你运功期间，有伤元气，需要运功调理些时日，况且人间的事情我们神仙是不便插手的，你虽然失去了肉身，但你依然来自凡间，是陈塘关总兵李靖的儿子，这层关系到任何时候都改变不了！"

"我不，他不是我爹，我没有这样的爹，从我生下来，他就没有爱过我，在他眼里我就是怪胎，就是闯祸精，在他眼里我不配做他的儿子，当然他也不配做我的爹！"哪吒憎恨道。

太乙真人叹了一口气道："徒儿，莫要使小性子，血浓于水，父子之间哪有什么深仇大恨。听师父的话，忘了这一切，重新开始，眼下最要紧的就是灭商兴周，以后你就是天上地下最大的英雄！"

哪吒不甘道："师父，你不知道，李靖他竟然亲自带人捣毁我的庙，差点就让我魂飞魄散，这样的爹能要吗？再说，修庙是陈塘关百姓自愿为我修的，他凭什么要砸我的庙？如果不是师父，可能我真的回不来了！"

"徒儿，你娘在你死后，心神不宁，憔悴不堪，痴痴傻傻，做了很多常人不能理解的事，你托梦给你娘，让她募捐给你修庙，但是你父亲并不知情，他会认为是你娘在痴心妄想，你爹怕你娘长此以往，精神失常，久病不愈，她是希望你娘过回正常人的生活。再加上用老百姓的钱为你修庙，虽说是百姓自愿，但是朝廷不这么认为，如果有小人揭发你爹，说他以权谋私为你募捐修庙，那这条罪名就会为你爹娘带来麻烦。你爹这么多年来一直为国为民，从不拿百姓一针一线，这些难道你不知道吗？所以，哪吒，不要怨你的父母，他们能为你做的都做了！"太乙真人苦口婆心劝道。

哪吒觉得太乙真人说的话颇有几分道理，顿时心里的恨都去了十之八九。

哪吒站了起来，运了一口气，顺便活动四肢，打了两拳，精神抖擞道："师父，我觉得我身轻如燕，健步如飞！"

哪吒在洞内飞檐走壁，上蹿下跳，就像只猴子，又像是脱缰野马。

心情大好的哪吒冲出了金光洞，在洞外活动筋骨，来回翻跟头，青鸾火凤在他的头顶上盘旋，哪吒抬头望道："这对鸟真漂亮，看我不抓住你。"

说罢，哪吒纵身一跃，跳上石头台阶，又跳上云端，去追赶那青鸾火凤。青鸾火凤围着乾元山飞，就在金光洞附近盘旋，哪吒铆足了劲，一连追了几个时辰，就是追不上，哪吒只好回到金光洞洞口，望着天上的青鸾火凤，喃喃自语道："这是什么鸟？飞这么快，我都赶不上！"

太乙真人持拂尘从洞里出来，听到哪吒的嘀咕声，哈哈大笑。

"师父，你笑什么？"哪吒问道。

太乙真人笑道："哪吒，你追不上他们就对了，他们是青鸾火凤，他们是一对，没有一刻分离过；他们一个吐风，一个喷火，能抵挡任何外来攻击；他们日行万里，转瞬之间便可到达三山五岳，四海八荒，他们的速度你自然是赶不上的。为师常年在乾元山修炼，多亏了这对青鸾火凤陪我解闷！如今你要追他们，岂不是闹笑话！"

哪吒不服气道："我不管，师父，我今天必须要追上他们，我不信追不上他们，哼！"

哪吒再一次飞上天去追青鸾火凤，太乙真人摇了摇头，一脸欣慰地笑。

哪吒在天上追了几圈，青鸾火凤一个吐风，一个喷火，烟熏火燎，哪吒好不难受，巨大的风力让他喘不过气来。

太乙真人见哪吒手无寸铁，吃尽了苦头，喊道："哪吒，快下来吧，你是斗不过他们的，他们是上古神鸟，已经在这乾元山修炼了数万年，吸收天地日月之精华，早就成了一对不死不灭的神鸟，他们的风火能够降妖伏魔。"

风火齐发，哪吒凭借莲藕身躯苦苦抵挡，眼看着就要招架不住，这青鸾火凤突然收手，从天上双双落到了金光洞洞口的一处树枝上。

哪吒也从天上飞了下来，来到太乙真人的面前，面对太乙真人，又看了看青鸾火凤，一脸诧异道："师父，这神鸟刚刚还对我穷追猛打,怎么突然停止了对我的攻击,落到树上不停地嘶叫?"

太乙真人大笑道:"徒儿,恭喜你呀!"

"恭喜我什么?"

"这修炼了数万年的青鸾火凤他们终于找到主人了,你有它们的帮助,以后助周伐商、降妖除魔就是如虎添翼。上古大神,满天星宿,有哪个不想收服青鸾火凤为己用,就连你的师叔道行天尊还有南极长生大帝也多次到过我的乾元山,他们个个都想降服青鸾火凤,却都未能如愿,徒儿你有福气啊,看来这青鸾火凤是认你做主人了!"太乙真人甚为吃惊道。

"是吗?"哪吒看着青鸾火凤,有些怀疑道。

这时,青鸾火凤从树枝上落到了哪吒的脚下,化作一对熊熊燃烧的风火轮,一风一火,形如太极,周转不已,二轮运转时风火齐至,其威力追风逐火,异常灼热。

哪吒面对风火轮,目瞪口呆。

"徒儿,还愣着干什么?还不快上去试试。"太乙真人急道。

哪吒站上了风火轮,这风火轮瞬间便载着哪吒飞出了重重大山,消失在天际。

"往右……往左……"哪吒不断地提醒着风火轮,风火轮都依照哪吒的指示做了。

哪吒驾驭着风火轮,回到了金光洞,太乙真人还站在洞口等着。

哪吒从风火轮上下来,这风火轮自动隐藏起来了,哪吒惊喜道:"师父,这青鸾火凤速度太快了,转瞬间可以去到四海八荒,简直和做梦一样,你看它们还能自动隐藏,它们知道我的心思,我驾驭它们可以随心所欲!"

"好好好。"太乙真人欣慰道。

哪吒问道:"师父,我的乾坤圈、混天绫、火尖枪在你那儿吗?"

"为师收着呢，现在为师将另外几件法器一并交给你！"

说罢，太乙真人大袖一挥，混天绫、乾坤圈、火尖枪、九龙神火罩、阴阳剑全都出现在地上。

太乙真人道："除了你原先的这几件法器，师父还将这九龙神火罩和阴阳剑一并送你，之所以叫九龙神火罩，是因为此罩可以唤醒九天火龙，喷出的三昧真火，威力巨大。这对阴阳剑，共两把，一阴一阳，阴剑制寒，阳剑制热，这寒热剑伏魔降妖威力也不小，这几件法器足够你在伐商大业上建功立业了，都拿去吧！"

哪吒将他们拾起来，一一试练，威力无穷，每件法器的施展都把乾元山搞得地动山摇，山里的鸟类被巨大的震感惊飞了。

太乙真人面对生龙活虎的哪吒，道："哪吒，你现在是莲花化身，以后你不再有任何疾病，也不需要睡觉，不用吃饭也不会饿，百毒不侵，刀枪伤不了你，所以你尽管失去了肉身，但未尝不是一件好事，肉体凡胎不利于你降妖伏魔，以后没有任何妖魔能伤害你！你且去吧！"

哪吒依依不舍拜别太乙真人，道："师父，你要保重啊，徒儿下山去了，徒儿一定谨记师父所托！"

说罢，哪吒转身离去，踏上风火轮，背着阴阳双剑，脖子上挂着乾坤圈，手持火尖枪，朝着天边飞去了。

第六章　杀妖仙石矶

　　哪吒答应过自己的师父太乙真人，要去西岐和师叔姜子牙会合，一起帮助西伯侯姬昌父子攻灭商朝。但是复活后的第一件事情并不是立马前往西岐，他首先想到的是他的母亲殷氏，哪吒知道他的去世对他母亲的打击是沉重的，如果不回家报个平安，他担心母亲真的会一病不起。已经死过一次的哪吒，心智要比以前成熟多了，他开始学会了换位思考。

　　虽然，殷氏是看着太乙真人把哪吒的魂魄收走的，但是哪吒是死是活她并不知道。从哪吒庙回来的这段日子，殷氏总是茶饭不思，常常六神无主，李靖父子也是明白的，屡屡相劝，也是无济于事。

　　这一次，哪吒是带着仇恨回来的，他来时天上打雷闪电，狂风大作，天昏地暗，哪吒从天而降，落到陈塘关总兵府的屋顶上。

　　总兵府的府兵们都被这巨大的雷声惊着了，他们不明缘由，纷纷从各个角落朝天上望去，见到了屋顶上的哪吒。

　　"是三公子，他回来了！"府兵们激动不已道。

　　府兵们很多都是看着哪吒长大的，哪吒在陈塘关深受百姓爱戴，对府上的将士平日里格外照顾，因此，府兵们对哪吒是有感情的，他们见到哪吒还活着，当然十分高兴。

　　此时的哪吒装束与自杀前截然不同，他也不再穿红肚兜，光着屁股和脚丫，他已经是七尺男儿，腰间是粉色的荷花瓣的裙子，面容桃粉俊美，荷叶披肩。哪吒杵着火尖枪，面带杀气，一副凶神恶煞的样子。

"李靖,快点滚出来,我要杀了你……"哪吒杀气腾腾地喊道。

总兵府的大厅里,人声鼎沸,高朋满座,今儿好像是殷氏的寿辰,李靖发了请柬,宴请了亲朋好友一起为殷氏祝寿。

宾客们分坐两边,每位客人的面前都摆满了果品、肉食,约有五十多位客人,并且每位客人背后都有专门斟酒的侍女和下人。整个大厅爆满,大厅里莺歌燕舞,音乐奏起,五名舞女为众宾客跳舞助兴。

殷氏坐在李靖的身边,愁眉苦脸。李靖轻轻推了殷氏一下,低声道:"夫人,今天是你的寿宴,你也要表示一下啊,不要冷落了大家啊!"

殷氏这才勉强地举起酒樽,李靖笑道:"今天是贱内的寿辰,李靖和贱内一起敬大家一樽酒,感谢大家赏脸为我夫人祝寿!"

众人举樽,面对李靖夫妇,异口同声道:"将军哪里的话,能受邀为夫人祝寿是我等的荣幸!"

李靖夫妇笑着长袖掩面,饮了一樽酒。

众人也一饮而尽。

宴会期间,府内嘈杂,外面发生了什么谁也不知道,哪吒在外面喊破了喉咙里面也听不见。

府门外把守的一个府兵冲了进来,慌里慌张地来到李靖夫妇面前,道:"将军,三公子回来了……"

李靖大吃一惊问道:"你说谁?"

"三公子哪吒回来了……"

殷氏喜极而泣,连忙从座位上起身,边跑边喊道:"哪吒……"

李靖也难以置信,追了出去,宾客们也深感诧异,面面相觑,也都跟出去瞧热闹。直到李靖夫妇出了大厅的门,风才停止。

殷氏看到哪吒活着出现在屋顶上,她喜极而泣,喊道:"哪吒,你回来了？多谢真人救了我儿性命。"

殷氏当即跪在了地上，朝乾元山的方向拜谢。

哪吒看到日渐憔悴的母亲，心如刀绞，道："娘，孩儿好想你！"

李靖将殷氏扶了起来。

殷氏欣慰道："哪吒，你回来就好，你能活着回来，爹娘也就放心了。"

"三弟……"金吒和木吒一同喊道。

"大哥，二哥，哪吒不在的日子，谢谢你们照顾娘。"哪吒喊道。

"应该的。"木吒道。

"孩子，你既然回来了，你下来吧，站在屋顶上干什么？"殷氏激动道。

众人见哪吒回来，皆感意外和吃惊，只有李靖面无表情，不知他此刻是何心情。

哪吒从屋顶上飞了下来，面对殷氏跪道："孩儿拜见母亲。"

哪吒放下火尖枪，给殷氏重重地叩了几个响头。

殷氏心疼哪吒，连忙扶他起来，见哪吒装束已经截然不同，殷氏心疼地摸了摸哪吒的脸，还有手臂，困惑道："儿子，你没有了肉身，你这是？"

哪吒道："娘，是师父太乙真人用他洞中的金莲藕还有道德天尊的还魂丹才救了我。我现在是莲花化身，我的头，我的手，我的身体和腿脚全部都是金莲花做的，这金莲藕是仙家宝贝，孩儿获得此宝，以后便刀枪不入，百毒不侵了！"

众人皆惊，对于哪吒所说之事闻所未闻，他们都深感好奇，将哪吒团团围住，争先抢看。

金吒和木吒围着哪吒转，金吒摸了摸哪吒的身体，惊讶道："想不到竟然是莲花化身，跟真人一样。"

木吒也凑上去摸了摸，道："这世上的事太奇妙了……"

众人皆议论纷纷，频频称奇。

"儿子，你怎么不拜见你爹呢？"殷氏面对哪吒惊诧地问道。

"爹，他配当我爹吗？"哪吒瞅了李靖一眼，冷笑道。

李靖瞪了哪吒一眼，面带怒色道："孽子，你想怎么样？"

哪吒拿起火尖枪，直指李靖胸脯，怒道："李靖，你何曾尽过一天做父亲的责任？我生下来，你就用刀劈我，要置我于死地，你每天公务繁忙，何曾教导过我？为了救陈塘关百姓，保你性命，我自尽以全大孝，我孤魂野鬼，游走在三界的缝隙里，没有安身之处，我托梦给我娘让她为我募捐建庙，你说她是疯子。这还不算，百姓们为我建好了庙，他们的一片心意让我好不容易有了安身之处，你却带人砸了它，我差点就灰飞烟灭，这些事是一个父亲能做的吗？我今天就杀了你！我哪吒没有你这样的爹，我也不姓李！"

哪吒举枪准备捅死李靖，李靖闭上了眼睛，甘愿赴死的样子，一言不发，镇定自若。金吒、木吒，以及在场的众人捏了一把汗。

殷氏在这千钧一发之际挡在了李靖面前，惊魂未定地哭道："儿子，你不能杀你爹，你要是这一枪下去，要遭到天谴的，子杀父天理不容！何况，当时龙王相逼，以陈塘关百姓威胁你爹，是你爹要牺牲自己还龙太子的命，这些你都忘记了？孩子，如果你爹的心里真的没有你，他怎么会牺牲自己去救你，你好好想想，千万不要干傻事啊！"

金吒急道："是呀，三弟，当时的情形，我和你二哥都看在眼里，爹娘都是爱你的，你千万不要伤害爹啊！"

"三弟，莫要冲动啊……"木吒心急如焚道。

魔礼青从人群中出来，面对哪吒道："小侄子，你爹的为人我们是很清楚的，他忠肝义胆，这也是这么多年来，我们魔家兄弟四人愿意跟着他的原因，你千万不要做傻事啊。"

众人纷纷为李靖求情，哪吒见大家一片赤诚，这才将火尖枪收了起来。

面对李靖，哪吒愤愤不平道："李靖，你能给我一个合理的理由吗？为什么要捣毁哪吒庙？你如果解释得清楚，我今天就不杀你！"

"鬼魂之说，纯属荒唐，当时你死了，你娘郁郁寡欢，我怕她活在幻想里无法自拔，细细想来这哪吒庙就是她的一个梦，我要让她清醒过来。此外还有一个原因，我李靖一生不拿百姓一针一线，这哪吒庙亦是如此，除了怕朝廷追究外，更不能花百姓的血汗为自己的儿子建庙，不知道这个理由是否充分？"李靖义正词严道。

"所以，你就不顾自己的儿子？就这么自私？"哪吒一阵苦笑，摇了摇头道。

"也罢，既是天意，就让它过去吧，以后你我父子一笔勾销。"哪吒说完，转身要走。

殷氏急道："哪吒，你要去哪儿？"

哪吒恍然大悟，再次跪在殷氏面前拜了拜道："娘，儿子忘了今天是你的寿辰，儿子祝你安康吉祥，儿子还有天命在身，以后就不能常伴娘左右，娘，你自己保重。"

哪吒一跺脚，踩着风火轮便上了天，飞到半空中，他回头喊道："大哥，二哥，替我照顾好娘，等我完成天命再回来尽孝！"

说罢，哪吒踩着风火轮，转瞬间即消失得无影无踪。

伐纣大业，前路茫茫，生死未卜，哪吒是明白的，他满含几乎与母亲诀别的眼泪，脚踏风火轮飞向西岐。忽至一处，妖气冲天，透过云层也不辨是何地。哪吒下降了高度，视线也明朗起来，只见下界一片空旷，是一片绿油油的草原，依稀看见有人在牧马放羊，牧民稀稀落落地散布在草原各处。远处有一个村庄，村庄里的烟囱正冒着烟，大概是村子里的人正在做饭。那冲天的妖气正是从那里冒出来的。哪哪吒想都没想，就往村子的方向飞去，为了不打草惊蛇，他在村子不远处便收起了风火轮，幻化成一个老者的模样，杵着手杖，偷偷潜入村里，寻着妖气而去。可是刚进入村子，这股妖气又莫名其妙地消失了，哪吒也深感诧异。

哪吒继续往村里走，路过一户人家的时候，从里面传出了哭声。哪吒上前敲门，一个头发斑白的老妇开了门，她面带沮丧，眼睛红红的，像是刚哭过，面对哪吒问道："你找谁？"

哪吒杵着手杖道："老乡，我是赶路的，天色已晚，想借府上住宿一晚，可否行个方便？"

老妇叹了一口气，有些为难道："我新近丧子，怕远道而来的贵客晦气，如果贵客不怕晦气就请进吧！"

老妇给哪吒开了门，让了路，哪吒随着老妇走了进去。屋子里面放了口棺材，设了个灵堂，灵位用甲骨文写着：爱子李小溪之灵位。

哪吒走进去朝死者作揖，又开始在屋子里张望，这家人果然是家徒四壁，寒酸之至，墙壁用碎石堆成，随时有坍塌的危险；屋顶是用枯草遮盖，大风一刮完全有掀起屋顶的可能。屋里的摆设就剩下些坛坛罐罐，两张破床，和一个土灶。

哪吒看后，心里一阵悲凉，感慨万分道："这家里平日就只有你和令郎两个人吗？"

"哎，先夫死得早，我和儿子相依为命，因为家贫，儿子三十了还没有娶亲，现在这一去，只剩我老太婆一个人了。"老妇伤感道。

哪吒道："难道家里没有其他亲人吗？"

老妇冷冷一笑，道："人穷了，亲人谁还愿意与我们来往，儿子死了，我也活不下去了，指不定哪天也跟着去了。"

哪吒诧异道："令郎才三十出头，这么年轻，怎么就突然去世了呢？"

老妇叹道:"年前,我们这里来了妖怪,专挑年轻力壮的男子下手,我们村的青壮力人人自危,死得都不明不白。这次轮到咱家了,我儿子死得好惨,死的时候尸体已经成了干尸,眼珠子都鼓了出来,太可怕了……"

老妇说着就号啕大哭起来,掩盖不住心里的伤痛。

哪吒道:"请节哀顺变,你知道这帮妖怪长什么样吗?他们从哪儿来?"

老妇摇了摇头,道:"不知道,反正这妖孽隔三岔五就来一次,我记得上次来是五天前,下一次就不知道是什么时候了!反正他们每次来的时候,天上就会出现一道绿光和一道彩光!"

哪吒怒道:"好可恨的妖怪,我帮你们捉住这妖怪如何?"

老妇难以置信地看着哪吒,轻视道:"就你?一把老骨头了,看起来比我的岁数还大,你能降妖?我看你是想当妖怪的下饭菜!"

哪吒大笑,摇身一变,变回了本相,手杖也变回了火尖枪。

老妇脸色煞白,尖叫起来,吓得倒退了几步,道:"妖怪……妖怪来了……"

老妇差点被吓得摔倒,哪吒上前扶了她一把,道:"老人家,不要怕,我不是妖怪,我乃是乾元山金光洞太乙真人门下弟子哪吒,此番前往西岐,助西伯侯姬昌父子攻取朝歌,路经此地,见妖气冲天,这才停下脚步,到此降妖的。你快些将妖怪的情况原原本本告诉我,我定帮乡亲们除了此妖才离开,从此乡亲们可以安身。"

惊魂未定的老妇拍了拍胸膛,深深呼了一口气,道:"好……吓死我了……我以为是妖怪来了。"

老妇的这一声惊叫,惊动了周围的邻居,很快乡亲们都冲了进来,男女老少,他们有的人拿锄头,有的人拿木棒,见到哪吒就一拥而上。

哪吒不忍对乡亲们动手，便用混天绫把乡亲们都捆了起来，令他们动弹不得。

老妇连忙站出来，解释道："大家少安毋躁，这位小兄弟不是妖怪，否则他就不会只是把你们捆绑起来这么简单。他是太乙仙人的徒弟，他是来帮助我们除妖的，你们快快放下武器，莫要冤枉好人呀！"

乡亲们面面相觑，都拿不定主意。

老妇来到人前，面对为首的老者道："族长，我说的话你们难道还不相信吗？如果这小仙人是妖怪，刚才大家也领教了，他要取你们的性命不是易如反掌！"

老族长犹豫片刻，道："大家都放下武器吧，不要错怪恩人呀！"

老族长发了话，乡亲们犹豫了一下，都放下了手中的工具。

哪吒这才施法收回了混天绫。

老族长来到哪吒面前，拱手乞求道："小仙人，倘若你真的能诛杀此妖，就是我们李家庄的恩人呀，恩人到时候要多少谢礼，我们李家村的人都给你凑齐了。"

哪吒道："族长，不必多礼，我也姓李，再说替天行道是我们的职责，我要是收了你们的礼，回去师父肯定会责罚我的。还请族长把妖怪的情况都给我原原本本地说一遍，我好思考对付他的办法！"

族长环视四周，道："此处狭窄，说话不方便，请小仙人到我家中，我一五一十地全都告诉你。"

哪吒跟着老族长出了门，往老族长家的方向去了，乡亲们爱看热闹，也都跟了去。

"这下咱们有救了。"

乡亲们七嘴八舌地说道。

哪吒在村庄里族长家中小住了两日，直到第三日那妖怪才再次来到村庄。这两日哪吒从老族长那里打听到一些关于妖怪的事情，也捉摸出对付妖怪的办法。妖怪来的时候，天色已经有些晚了，只见一阵阴风刮来，天边出现一道绿光和一道彩光，哪吒感受到妖气扑面而来。村庄里的男女老少都躲进了屋子，将门关得死死的，不敢出来，只是从门缝里偷偷地看，有的则从窗户上看，有些人甚至也在怀疑哪吒的本事，担心哪吒要被妖怪吃掉。

听闻这妖怪专找青年男丁下手，哪吒摇身一变，变成了一个清雅脱俗的粉面郎君，书生模样，一副文质彬彬的样子。他行走在大路上，两道光朝他飞了过来，落到地上，变成了两个童子，这两童子从外表看，只有十岁男童的身高，其中一个童子的手里端着一个瓶子，瓶肚大，瓶颈细，像个玉制的花瓶。

两位童子，各自都有发髻，一个穿着绿衣服，一个穿着五颜六色的衣服，他们的衣服上有一朵朵祥云图案。

两童子见哪吒，一副凶神恶煞的样子，其中绿衣童子道："怎么见到我们来了你不跑？他们都说我们是妖怪，你难道不怕我们吗？"

哪吒大笑道："我为什么要跑，既然你们是妖怪，我只是个凡人，我就算跑又能跑到哪里去，还不是一样逃不出你们的手掌心！"

"你说的倒是实话，既然这样，那就拿命来吧！"彩衣童子道。

说罢，彩衣童子准备用宝瓶摄取哪吒的魂魄。

哪吒当即道："慢！反正我都落到你们手里了，也活不成了，就让我死个明白，就算做了鬼也不能是糊涂鬼吧！"

"哪那么多废话？"彩衣童子不耐烦了，再次将瓶口对准哪吒。

绿衣童子挡了一下，道："既然他想知道就告诉他吧，告诉他，他一样也逃不了，反正时辰早着呢，陪他玩玩呗。"

彩衣童子勉强同意。绿衣童子道："告诉你也无妨，我叫碧云童子，他叫彩云童子，我们是骷髅山白骨洞石矶娘娘的弟子。娘娘最近正在修炼一门功法，需要九千九百九十九个青壮男丁的魂魄供娘娘吸食,现在还差一百个男子的魂魄,娘娘就大功告成,所以,你的命就是其中的一个,现在这方圆百里的青壮男丁魂魄差不多都被我们摄走了,只有这个村里还有一些人,只能怨你倒霉了。"

哪吒吃惊道:"怪不得这村里的男丁都死得这么奇怪,死得那么痛苦,原来你们是硬将他们的魂魄从身体里带走。这样做也太残忍了,你们不怕遭到天谴吗?"

两名妖童哈哈大笑,彩云童子道:"天谴?我师尊石矶娘娘法力无边,她就是天,何来的天谴?"

哪吒道:"你们动手吧。"

彩云童子将瓶口对准哪吒,默念咒语,可哪吒站在那里纹丝不动。

"怎么回事?"彩云童子疑虑重重道。

"是不是这宝瓶坏了?"碧云童子问道。

彩云童子道:"这宝瓶是师父的宝贝,是妖界至宝,怎么可能会有问题?"

碧云童子夺了过来,道:"我不信,给我,让我试试!"

碧云童子念了半天咒语,哪吒仍然纹丝不动。

哪吒大笑道:"你们这两个小妖,今天就是你们的死期。"

哪吒变回了本相。

碧云童子和彩云童子当即吓得倒退了几步,目瞪口呆,瞠目结舌。

两名妖童吞吞吐吐道:"你……是谁?"

哪吒大笑道:"两个小妖童,你爷爷我就是大名鼎鼎的哪吒,你们难道没有听过小爷的威名?"

"哪吒?就是打死东海龙太子,最后削肉还母剔骨还父那个?你不是死了吗?"碧云童子微微发抖道。

"这小爷我们惹不起,兄弟我们还是快跑吧!"彩云童子胆战心惊道。

两名妖童转身就向天上飞去，哪吒放出混天绫，混天绫将他们紧紧捆住，施展不了妖术，当即就从天上摔了下来。

"饶命啊……"

两名妖童异口同声地跪在哪吒面前。

见妖童被抓，村里的人陆陆续续从屋里走出来，他们来到哪吒面前，其中就有老族长。老族长面对哪吒道："小仙人，你们刚才的话我们都听见了，小仙人你务必斩草除根呀，光抓住这两个小妖是没用的，我怕他们的师父老妖过来报复，果真如此，我们全村上下就有灭族的风险！"

"是呀，族长说得对，小仙人务必帮我们除了这妖怪啊。"

村里的人七嘴八舌地说个不停。

哪吒安抚道："大家放心吧，这件事情让我碰上了是你们的幸运，活该他们倒霉，我一定诛杀此妖，让你们安生！"

"谢谢小仙人。"老族长给哪吒跪了下来，乡亲们也都跟着给哪吒下跪。

受宠若惊的哪吒将老族长扶了起来。

哪吒面对两名妖童，问道："你们带我去见石矶，可免一死，要不然，我让你们当场毙命。"

哪吒提起火尖枪，直指两名妖童，两名妖童自知不敌哪吒，心里正盘算借助师父石矶之手除去哪吒。

"我们愿意。"两名妖童异口同声道。

就这样，哪吒拜别了李家庄的乡亲，脚踏风火轮，用混天绫捆着两名妖童往骷髅山的方向飞去。

骷髅山，寸草不生，山势高耸险峻，满山遍野都是人的骷髅头，天上飘着鹅毛大雪，白茫茫一片。骷髅山虽然被大雪覆盖，还是掩盖不住血腥味，整座山笼罩着一股恐怖的气息，靠近骷髅山便觉得杀气腾腾。

哪吒用混天绫捆绑着两名妖童已到达骷髅山白骨洞门前，白骨洞的大门全是用人骨镶嵌而成，邪恶异常。

"小仙人饶命，此处就是石矶娘娘的洞府。"彩云童子连忙给哪吒跪拜道。

"是呀，我们只是奉命行事，求小仙人饶了我们性命啊！"碧云童子跪求道。

哪吒道："我之所以不在李家庄处决你们，就是让你们给我带路，现在既然已经找到妖孽洞府，我难道还会轻易放过你们吗？放你们进洞府给妖孽报信，充当妖孽帮手？"

说罢，哪吒便用火尖枪对准两名妖童穿心而过。

两名妖童来不及叫喊，便当场毙命，倒在雪地里。哪吒喷出三昧真火，将两名妖童的尸体焚毁殆尽。

哪吒收了两名妖童留下的宝瓶，摇身一变，幻化成了彩云童子的样子，拿着宝瓶进入妖怪的洞府。

洞内到处都是人的尸骨，还有血池，血腥味更加浓烈。内部属溶洞地貌，有很多分岔口和暗河，进入很容易迷路。洞内的每一个出口都有妖兵把守，这些妖兵有些是虎精，有些是豹妖，他们都以为是彩云童子进来，纷纷向哪吒打招呼，哪吒也有模有样地做出了回应。

"娘娘在哪儿？"哪吒问一个妖兵道。

妖兵看向一个路口，道："娘娘在玄英洞中修炼。"

哪吒是第一次进入石矶的妖洞，哪里知道玄英洞在哪里，当他看到妖兵看的那个方向，料想这老魔头应该就是在里面了。

哪吒大摇大摆地朝玄英洞的方向而去，哪吒拐了几个弯，见里面有红光传出，那光呈血红色，洞内还发出奇奇怪怪的声音，就像是碎石碰撞的声音。

哪吒持宝瓶小心翼翼走进去，只见一个相貌狰狞的女妖正在血池旁边打坐，血池里漂浮着人的头颅和白骨。她的相貌奇丑，肤色土黄，一副凶神恶煞的样子，双手捏兰花指，口吐妖丹，并不断地从妖丹吸取能量。

哪吒进洞的步子惊动了石矶，石妖缓缓将妖丹吸入口中，并吞了下去。

石矶面对哪吒，厉色道："童儿，魂魄带回来了吗？"

"带回来了。"哪吒镇定道。

"今天收了几个人的魂魄啊？抓紧点，为师即将大功告成，你们出去一趟还是多抓点魂魄回来，这样师父一次性多食几个魂魄，很快就可以称霸妖界了。"石矶道。

哪吒道："师父，附近部落的青壮力都被抓得差不多了，师父还是少杀点人吧，师父吃人魂魄为了修炼，他们就永不超生了！"

石矶警觉道："不对，你不是彩云，彩云不会对我说这样的话。碧云呢？你到底是谁？"

哪吒大笑，变回了本相。

石矶大惊道："你是何方妖孽？竟敢来我白骨洞作祟！"

"我乃乾元山金光洞太乙真人门下弟子哪吒，听闻你涂炭生灵，吃人魂魄，小爷我今天是专门来此除你的！还不快快束手就擒？！"哪吒手持火尖枪威风凛凛道。

石矶冷笑，藐视道："原来你就是那个拔了龙皮，抽了龙筋，打死东海龙王三太子的魔童啊。你不是自刎谢罪了吗？跑到我骷髅山来干什么？我那两个小童彩云和碧云呢？！"

"若不是那两个小妖精帮我带路，我还找不到你呢，如今我找到你的藏身之处，他们自然没什么用，我把他们两个都杀了，免得他们再害人！"哪吒扬扬得意道。

石矶大怒，道："好你个欺人太甚的魔童，你既然都找上门来了，我今天要是不除了你，我的脸往哪儿放？日后怎么做妖界女王？！"

石矶说罢，现了本相，她的元神由熊熊燃烧的火山石组成，石头温度很高，照得洞内通明，仿若人间地狱一般。

刹那间，万石齐飞，红彤彤的火山石如同万箭齐发一般涌向哪吒，哪吒舞动混天绫，将攻向他的火山石全部击碎。又用火尖枪喷出火来，与石矶的元神对攻，三昧真火将石矶的元神火山石烤得灼热。哪吒将火尖枪插入石矶腹部，以巨大的催动力将石矶的身体和四肢震得四分五裂，碎石滚落一地。

哪吒见石矶已被自己彻底消灭，刚刚松了一口气，散落在地上的石块很快又重新拼凑成石矶的本相，仍然是那个熊熊燃烧的火山石怪物。

洞府里的妖兵们，听见玄英洞里有打斗的声音，便一齐拥入。哪吒又抛出乾坤圈，乾坤圈在洞中石壁上来回反弹，像弹跳珠一样，将洞内的妖兵全部砸死。当年哪吒用乾坤圈一下就砸爆了巡海夜叉的头，使其顿时脑浆迸裂，自然这洞中的妖兵也是不堪一击的。

白骨洞被哪吒一通破坏，加上乾坤圈的巨大毁灭性，很快洞中便发生了地震，石块开始掉落，岩体开始倒塌，哪吒化作一股气飞了出去。

洞口塌了，到处都是碎石，哪吒以为大功告成，正要准备离去，碎石再一次聚集在一起，石矶又复活了。

"你是打不死我的！忘了告诉你了，我的元神就是石头，只要有石头的地方我就能复活！"石矶得意地大笑道。

哪吒不服气道："我哪吒自从生下来就没有打不死的妖怪，我才不信这个邪！看枪！"

哪吒用火尖枪再次对准石矶的胸口奋力一击，石矶的身体再次震裂，没想到眨眼的工夫再次聚集复活。

面对打不死的石妖，哪吒有些心虚了。石矶口中默念咒语，使出搬山大法，顿时数座小山冲向哪吒。哪吒见从天而降的巨山，没有招架之力，便向四方躲避。数座小山来势汹汹，势必要把哪吒压在山下，碾成肉泥。山崩地裂，山摇地动，哪吒逃无可逃，只好踩着风火轮往天上飞去。

石矶眼见自己的妖法得逞，便大笑道："哪吒，你自恃法力高强，神通广大，所以才这般蛮横。我告诉你，我石矶数万年的修为也并非一无是处。本座既然是石妖，元神无处不在，人间任何有石头的地方，本座就可随意驱使，本座启动搬山大法，就是山神也奈何不了我，我看你如何抵挡？！"

这些虽然都是小山，但是在哪吒渺小的身板面前，也算是庞然大物了。并且这些山都是火山，山体火山石尚在燃烧，哪吒回头看着这些山，毛骨悚然。

风火轮的速度，在三界中没有任何妖怪能追得上，自然石矶所摧动的这些小山也一样。哪吒也不能光是被火山追赶，他也是要还击的，他停止了飞行，踩着风火轮，用火尖枪向扑面而来的小山捅去，但山终究太大，火尖枪太小，最多就是捅碎山体的一些岩石。哪吒用火尖枪推着小山往前走，突然另外一座巨山又从哪吒的身后而来，两座巨山向中间夹击，哪吒被夹在里面，逐渐处于下风。哪吒见火尖枪支撑不了如此重力，于是收了火尖枪，降落到地面上。石矶趁机发动妖力，两座巨大的火山从天而降，将哪吒压在了山下，并且火山尚在燃烧。

石矶人笑道："想不到不可一世的哪吒今天死在我的手里，被我这火山石烧死的人，就算你师尊太乙真人亲自来也救不了！"

就在石矶扬扬得意的时候，哪吒化作一股青烟从山底逃了出来。

石矶大吃一惊,道:"你……你肉体凡胎怎么会活着逃出来?"

"妖怪,我可能要让你失望了,自从我杀了东海龙王三太子之后,我就早已脱离凡胎,不食五谷,没有了人的七情六欲。我的真身是金莲藕,此乃仙界宝物,可随机应变。所以,我跟你一样,也轻易是死不了的,我劝你还是不要高兴太早了。"哪吒道。

气急败坏的石矶再次发动妖力,万石齐飞,冲向哪吒,哪吒舞动混天绫,瞬间将飞来的乱石击落在地。

石矶又以太阿剑与哪吒拼杀,哪吒则将火尖枪插在地上,拔出太乙真人赐给他的阴阳剑迎战石矶。太阿剑本有摄魂的法力,此剑专门对付有法力的凡人,可是石矶与哪吒拼杀了几个回合,石矶的宝剑并没有发挥作用。哪吒左手持阴剑,右手持阳剑,对付轮番向他攻击的石矶。石矶的真身是火山石,而阴剑寒气太重,石矶屡屡被剑气所伤。

受伤后的石矶发出一阵阵呻吟,按着伤口,不解道:"我这太阿剑专门对付你这样有法术的凡人,怎么今天对你没有起到作用?!"

哪吒大笑,道:"你这妖怪是真的记性不好,我刚刚还跟你说了,我是莲花化身,早已不是肉体凡胎,又如何是凡人呢?我现在呀,非人非神,所以你的太阿剑依然伤不到我!"

石矶恼羞成怒道:"岂有此理,我不相信我一个万年石妖对付不了你一个小小的魔童!"

说罢,石矶又请出八卦云光帕,此帕图案由太极八卦组成,每一卦旁边都有祥云,并发出耀眼的光芒。石矶将此帕抛入空中,并默念咒语,瞬间五名黄巾力士从天而降。

只见那黄巾力士面如红玉,须似皂绒,有一丈多高,纵横有千斤气力,黄巾侧畔,金环日耀喷霞光,绣袄中间,铁甲霜铺吞月影。五名黄巾力士各持巨斧。

哪吒大吃一惊,问道:"这是黄巾力士,我听师尊说过,据说只有神仙才能请出黄巾力士,你乃妖王,怎会请动他们?"

石矶冷笑道:"魔童,既然知道我的来历甚好,我劝你还是乖乖离去,从此咱们井水不犯河水!你我之间的恩怨一笔勾销,我也不计较你打死我两个徒儿的事情。如果你苦苦相逼,今天本座不会手下留情!"

"既然让我碰到了,我就不能不为民除害!"哪吒斩钉截铁道。

"那好,都给我上,给本座杀了他!"石矶愤怒道。

石矶话音刚落,五名黄巾力士手持巨斧朝哪吒砍了去。哪吒只顾躲闪,他听太乙真人说过,这黄巾力士是打不死的,而且他们向来为天神驱使,心想这石矶来历不小。

哪吒用火尖枪刺向黄巾力士,那力士如铜皮铁骨一般,没有一点伤痕;哪吒又喷出火来,纵然是三昧真火,黄巾力士也是毫发无损。哪吒脚踩风火轮,手持乾坤圈,在黄巾力士身前身后飞来飞去,与之周旋,并用乾坤圈砸黄巾力士的头部,但那黄巾力士也是铜头铁脑,根本伤不了他们分毫,反倒哪吒被黄巾力士的臂力弹出了几百米远,好在哪吒已非凡胎,并未受伤。

与黄巾力士苦战时,他想起了之前太乙真人偶然告诉他关于黄巾力士的秘密,这些黄巾力士是有死门的,他们的死门就在腋下。于是哪吒提起火尖枪分别向五名黄巾力士的腋下刺了一枪,果然他们全都倒地。

石矶深感吃惊道:"这黄巾力士是打不死的,你是怎么知道他们的死门在腋下?"

"当然是我师尊告诉我的。妖孽你作恶多端,我哪吒今天要替天行道,不要以为你的真身是石头我就杀不了你,待我取出九龙神火罩!"哪吒道。

"九龙神火罩?这是元始天尊的法宝,怎么会在你那里?"石矶当即吓得脸色煞白道。

石矶明白九龙神火罩一出，神鬼莫敌，它的杀伤力是毁灭性的。石矶吓得落荒而逃，刚飞出不远，哪吒就用混天绫拴住了她的腿脚，混天绫一扯，石矶重重地摔倒在地上。

哪吒请出九龙神火罩罩住了石矶，神火罩是透明的，外壳和水晶一样透明，就像是寺庙里的大钟，将石矶罩在里面。石矶站了起来，神情慌张，试图发功震开神火罩，但是没用，她又尝试了推、撬，皆以失败告终。

哪吒道："石矶，今天就是你的死期！"

眼看着哪吒就要启动九龙神火罩，石矶慌忙道："请慢，神童，我乃是通天教主的弟子，你若杀了我，我师尊一定不会放过你的！"

"我才不管什么教主，你既然落到我的手上，就自认倒霉吧，如果你师父果真厉害，就让他找我哪吒来报仇！"哪吒不知天高地厚道。

说罢，他拍了拍手，默念口诀，启动了神火罩，九条火龙在神火罩中盘旋，齐头并进向石矶喷火，那九条火龙喷出来的三昧真火，比平常的三昧真火更加厉害，石矶在里面发出撕心裂肺的惨叫，痛苦不已。

"神童，饶命啊……"

"石妖，这九龙神火罩是乾元山的镇山之宝，你死定了。"哪吒得意道。

在九条火龙的焚烧之下，石矶褪去了人形，化成了石头，这石头被越烧越黑，越烧越小，一会儿工夫，石矶化成了灰烬。

哪吒收了神火罩，面对地上被烧黑的石头，道："你的元神尽丧，永不超生了。"

哪吒脚踏飞火轮，继续往天边飞去。

第七章　援手黄飞虎

哪吒脚踏风火轮，手持火尖枪，在天上云间穿行，飞行速度极快，但是贪玩的哪吒，在飞行中时不时看看下界的美景，高山、河流、湖泊尽收眼底，飞过草原，还能看见牧民在放羊。哪吒飞至一处，只闻下界杀声震天，击鼓冲锋。

"这下界怎么传来杀伐之声，这是何处？"哪吒喃喃自语道，并用手拨开云层。

哪吒往下界飞去，营帐外的士兵见哪吒奇装异服，从天而降，脚踩火轮，一个个惊慌不已。探马进到营帐中，商朝汜水关大将余化，正在大块吃肉大口喝酒，见探马道："敌情如何了？黄飞虎是否被生擒？"

探马惊慌道："将军，营帐外有个人从天而降，穿着甚是奇怪，脚踏火轮，手里拿着长枪，一副凶神恶煞的样子，也不知道是何人。将军还是出去看一下吧，他马上就闯进来了。"

此刻余化的坐骑火眼金睛兽正卧在他的一侧，余化道："跟我出去看看。"

火眼金睛兽和余化一道出了营帐。此兽日行千里，双眼似火，在夜间行走，可当照明使用。

哪吒立于风火轮上，大骂道："尔等快叫你们的将军出来，不然我一把火烧了你们的营帐。"

余化手持方天戟从营帐中出来，仰望天空中的哪吒道："你是哪路神仙？我与你无冤无仇，为何要烧我的营帐？"

哪吒哈哈大笑，道："你我往日无怨近日无仇，此路是我开，此树是我栽，你们要往哪里去？必须留下买路财！"

余化冷笑道："我乃汜水关总兵韩荣前部将军余化，奉命缉拿反臣黄飞虎到朝歌治罪，你好大胆子，竟敢公然与朝廷作对？！"

哪吒道："我手中火尖枪，脚下风火轮，任何一件法宝启动，尔等性命休矣。除非，你们留下十块金砖，我就放你们过去。"

余化大怒，道："我堂堂朝廷大将，岂能任你欺辱！"

余化骑上火眼金睛兽，持方天戟便朝哪吒冲了过去。哪吒从天而降，落在了地上，面对冲过来的余化，面不改色，站在那里一动不动。哪吒的以静制动吓退了余化，他不知道哪吒在耍什么花样。

骑在火眼金睛兽身上的余化停了下来，心虚道："你怎么不出招？你的火轮呢？你在天上跟我周旋不是占上风吗？"

哪吒一阵大笑，藐视道："就凭你？你也配？我怕用风火轮伤着你！"

余化感觉受到了羞辱，冲过去，用方天戟对着哪吒刺过去，哪吒侧过身子躲开了。余化又接着与哪吒相拼，哪吒只是用火尖枪轻轻一挡，余化的方天戟就断了，余化当即瞠目结舌。哪吒朝余化喷了一口火，余化的眉毛被哪吒的三昧真火烧着，从火眼金睛兽上摔了下去。

余化部下见余化大败，没有一个人敢上前接应，都被哪吒给镇住了。余化丢盔弃甲，和士兵们落荒而逃，不敢再回帐篷，朝着同一个方向跑去。

哪吒踏上风火轮继续追赶。见哪吒穷追不舍，余化从身上取出招魂幡来，并念动咒语，准备把哪吒收入其中。

哪吒笑道："你这也太小儿科了吧！此物为招魂幡，不足为奇！你用它来对付我，没用的！"

哪吒见数道黑气迎面而来，欲袭击自己，用手一接，将这些黑气都装进了师父太乙真人送给他的豹皮囊中。

"有什么招尽管都使出来吧！"

余化见招魂幡的法术已破，便将火眼金睛兽赶走，独自与哪吒一战。方天戟已被折断，剩下的半截又岂是哪吒对手。

余化的攻势很猛，哪吒右手持火尖枪挡了余化方天戟的攻势，左手持金砖，抛入空中，叫了声："疾！"

只见五彩瑞临天地暗，乾元山上宝生光，那砖落下来，打在余化的头上，余化当即七窍流血，再度逃走。

哪吒再度踏上风火轮，掷下乾坤圈，将四处逃窜的士兵打得五脏六腑爆裂而亡。哪吒飞在半空中，见一将军骑着五彩神牛，疾行，一队人马仓皇出逃，他们的旗子上写着一个"黄"字。哪吒厉声大呼道："请问谁是黄飞虎将军？"

黄飞虎听到天上有人叫自己的姓名，抬头仰望道："登轮者何人？莫非是余化那厮派来取我性命的？"

哪吒道："黄将军，莫担心，那余化被我打得丢盔弃甲，差点就送了命，现在恐怕是去找韩荣去了。将军和诸位弟兄不必再跑，可停下来歇息片刻。"

黄飞虎诧异道："你究竟是何人？为何要救我？"

"黄将军，我乃是乾元山金光洞太乙真人的弟子，我叫李哪吒，知将军有难，特来相助！"哪吒道。

黄飞虎将信将疑，道："真人与我素不相识，小仙人与我更是萍水相逢，下官实在想不出小仙人搭救下官的理由！"

哪吒摇了摇头，笑道："黄将军，我没有害你性命吧？我也没有帮助余化对付你吧？你还在怀疑我什么？如果我要害你，恐怕你们都不是我的对手。我帮你，是因为殷商气数将尽，我顺应天意，纣王残暴，害死了将军的妹妹和夫人，将军与纣王仇深似海，我也曾从师父处听闻将军威名，这才出手相救。"

黄飞虎这才打消了顾虑。哪吒道："既然如此，我就帮将军拿下汜水关，送你们过去。"

黄飞虎连忙从五彩神牛上下来，面对哪吒稽首道："果真如此，小仙人就是我黄飞虎的恩人，黄飞虎给小仙人拜拜也是应该的！"

众人见黄飞虎给哪吒叩头，也纷纷面对哪吒跪了下来。

哪吒受宠若惊道："黄将军，快快请起，你与家父同朝为官，看岁数也差不多，我怎敢受你的跪拜？！"

"哦，敢问令尊是？"黄飞虎好奇道。

"将军日后便知，将军歇息片刻，我这就去为你们取下汜水关！"

说罢，哪吒朝天边飞去。

黄飞虎见哪吒飞走，看了看无精打采的将士们，欣喜若狂道："弟兄们，这小仙人定是上天派来搭救我们的，我们有希望了，出发，我们去为小仙人擂鼓助威！"

黄家军一片欢腾，纷纷捡起自己的兵器，浩浩荡荡地开向汜水关。

此时的商朝将领韩荣误以为余化能战胜黄飞虎，他对余化的本领是毫不怀疑的。因此，余化出征在外，他却在府中饮酒作乐，与众将军开怀畅饮。突然有府兵来报道："启禀将军，余化求见将军！"

韩荣举樽，尚未饮下，思量道："余化不是去攻打黄飞虎的残部了吗？这么快就回来了，果然是虎将，快让他进来。"

"唯。"

府兵跑了出去。

少时，余化狼狈不堪地走了进来，面对韩荣，发型很乱，脸上、手上伤痕累累，嘴角有血，脸上青一块紫一块，将军服也被扯破了。

韩荣府上的将官们皆目瞪口呆，韩荣也愣了一下，大吃一惊道："余化，你是被人打劫了？怎么感觉你像是从难民堆里爬出来的。黄飞虎捉住了？"

余化不甘道："黄飞虎已经是煮熟的鸭子，却飞了，我们的人已经把黄飞虎逼上了绝路。但是后来天上飞来一个少年，脚踏火轮，手持火枪，脖子上还戴着一个不知道什么圈，反正威力无穷，我等都不是他的对手，所以，末将才落得这般模样！"

韩荣一阵冷笑，大怒，将酒樽重重地摔到了地上，道："余化，你把我当三岁小孩吗？火轮？火枪？你余化什么时候打过败仗？你说这话谁相信？你怎么不说你遇到的是妖怪？！"

"将军，末将以为他就是妖怪！"余化坚定道。

"行了，不要再丢人现眼了！给我下去！"韩荣愤怒道。

余化垂头丧气地退了出去。韩荣忧心忡忡道："好不容易才将反臣黄飞虎逼上绝路，此战我军伤亡惨重，我费尽心机，现在黄飞虎跑了，我怎么向天子交代！天子多疑，定会以为我与那黄飞虎勾结，降罪于我，尔等也难逃罪责！"

众将士一听，猛然惊醒，连忙放了酒樽，为首的将领道："料他黄飞虎也休想出得了汜水关，他走不出朝歌，韩总兵火速派遣人马，驰援关隘，黄飞虎就算是只飞虎，他也绝对飞不出去！"

众将士正在与总兵韩荣商量对策，一名府兵再次冲了进来，慌慌张张道："将军，有一个脚蹬火轮、手拿火枪的人，正在府外大骂将军，扬言要取韩总兵首级！"

余化听闻，上前道："韩将军，正是此人。"

韩荣大怒，道："竟敢上门叫阵，我非得亲自出马不可，看我不亲手宰了他！"

众将士一起出了帅府，三军蜂拥而来，韩荣见哪吒立于空中，不寒而栗，问道："来者何人？是妖是神？"

哪吒见韩荣戴发冠，金锁甲，大红袍，玉束带，点钢枪，银合马。

哪吒道："我不是神，也不是妖，我是乾元山金光洞太乙真人的弟子哪吒，特来此搭救黄家父子。殷商气数将尽，你们口中的天子恶贯满盈，你们当真要为了他送死吗？"

韩荣趾高气扬道："大言不惭，你放跑了黄飞虎，我们没有来找你算账，你竟敢找上门来？"

哪吒道："既然你们如此顽固不化，我今天就替天行道，除了你们！"

韩荣大怒，纵马举枪朝哪吒冲杀过来。韩荣的兵器哪里比得上火尖枪的分量，他步步杀机，招招致命，但几个回合下来，都没有伤到哪吒分毫，哪吒只是一味地避让，像是在玩弄韩荣一般。韩荣气竭力衰，韩荣部将一拥而上，将哪吒团团围住。

他们的兵器在哪吒的火尖枪面前，那就是一堆破铜烂铁，敌军将士一起向哪吒拼杀，哪吒只是轻轻一下就把围堵将士的刀枪全部打落，哪吒的枪尖从他们的喉咙划过，他们鲜血直流，纷纷倒地。哪吒收放自如，快如闪电。

众将士见敌不过哪吒，纷纷卸了盔甲，扔了兵器，各自逃命去了，只有韩荣还在与哪吒苦战。韩荣身上几处负伤，恋战之时，黄家军杀来，黄明、周纪、龙环、吴谦、飞豹、飞彪等一起杀来，众人异口同声道："一起杀，杀了韩荣为弟兄们报仇雪恨！"

余化也骑上火眼金睛兽，持方天戟杀了出来，敌我两家陷入混战之中。

哪吒从脖子上取下乾坤圈，朝韩荣抛了出去。那乾坤圈正好击中韩荣的护心镜，将韩荣的护心镜击得粉碎，韩荣口吐鲜血，落马而逃。

余化于凶险之间，大叫道："哪吒，你休要伤我主将！"

余化以方天戟与哪吒对战，哪吒用火尖枪紧紧锁住了余化的方天戟，又以乾坤圈狠狠地击打余化的胳膊，余化筋断骨折，痛不欲生，险些落下火眼金睛兽，只得慌忙逃走。

哪吒就此取了汜水关，黄明等人把关内的守军打得落花流水，守军纷纷扔下兵器投降。黄飞虎骑着五彩神牛，和黄家军安然无恙地出了汜水关。

到了西岐地界，哪吒将黄飞虎等人送至金鸡岭。黄飞虎下了神牛，面对哪吒作揖道："承蒙小仙人相救，我等才能脱险，平安到达西岐。救命之恩，无以为报，日后小仙人但凡有所求，飞虎一定效犬马之劳！"

哪吒道："将军保重，山高水长，后会有期，哪吒日后也会去见姜师叔，只是还有些别的事情，告辞！"

哪吒脚踏飞火轮，背上背着火尖枪，飞向乾元山方向。

第八章　辅佐姜子牙

哪吒拜别了黄飞虎，蹬风火轮又回到了乾元山，向太乙真人汇报了这件事情，而后，太乙真人又让哪吒前往西岐相助姜子牙。

哪吒蹬风火轮，转眼即到西岐。哪吒从空中俯瞰西岐，西岐很大，大街小巷百十余条，车水马龙，人声鼎沸。哪吒辨不清哪里才是相府，于是就落了风火轮，降在了石桥上。

见一过来的妇人，哪吒上面问道："大娘，此处可是西岐？"

"正是。"妇人在哪吒身上打量一番，对哪吒的装束有些好奇。

哪吒道："请问最近西岐可有战事发生？"

"有，西伯侯姬昌正在对朝歌用兵，双方死伤惨重啊，我们百姓恐怕要遭殃了，西岐这点人马怎么会是朝廷的对手？"妇人担忧道。

哪吒道："大娘，你知道相府在哪儿吗？"

"你往那儿看，从那条巷子进去，门口有棵老柳树，那里就是相府。"妇人为哪吒指道。

"谢了啊，大娘。"

哪吒一转身，消失得无影无踪。

妇人揉了揉眼睛道："莫不是今儿见鬼了！"

妇人立马打了个寒战，便提着菜篮子，跑了。

哪吒在相府现身，此时姜子牙正趴在桌案上研究作战地图。哪吒突然出现在他面前，姜子牙惊了一下，以为是敌军刺客，忙问道："你是何人？竟敢闯我相府？"

哪吒见到姜子牙,好像是故人相逢,没有丝毫的陌生感,面对姜子牙激动地下拜道:"晚辈拜见师叔,我是乾元山金光洞太乙真人的弟子哪吒,奉师父之命,特来西岐襄助师叔助周伐商,侍奉师叔左右,供师叔差遣!"

姜子牙大喜,连忙扶起哪吒道:"原来是灵珠子,你来得正好,眼下正是用人之际,有你在,从今往后我就安心多了。"

武成王黄飞虎正好在此时进来,见哪吒到此,喜出望外,上前作揖道:"多谢小仙人救命之恩。"

姜子牙深感诧异,问道:"你们……这是?"

黄飞虎连忙解释道:"丞相,此番能顺利来到西岐,多亏了这位小仙人,要不是他出手相救,我黄飞虎父子恐怕早已死在余化手里。想不到丞相竟然是这位小仙人的师叔!"

姜子牙笑道:"哪吒是太乙真人的弟子,而我和太乙真人都是元始天尊的弟子,太乙真人是我的师兄,我当然就是哪吒的师叔。哪吒这次救你,也是你与他的缘分。"

哪吒道:"说明黄将军命不该绝,必有后福啊。"

黄飞虎笑了笑,再次向哪吒作揖,哪吒同样作揖还礼。

哪吒看了看姜子牙,又看了看黄飞虎,问道:"余化和韩荣已经被我打败,现在是何人在带兵攻打西岐?"

黄飞虎一筹莫展,道:"青龙关张桂芳,来势汹汹,连擒二将,姜丞相只好挂了免战牌!"

哪吒道:"小小张桂芳不足挂齿,师叔,这厮就交给我吧。"

姜子牙遂传令,取了免战牌,张桂芳的探马迅速到张桂芳的营帐禀报道:"将军,姜子牙已经摘了免战牌,看来西岐军中有能人了,将军是否应战?"

此刻,张桂芳正在营帐里全神贯注地读兵书,听闻探马来报,放下书简，张桂芳道："姜子牙终于不当孬种了？好，叫上众将官，随我出去看看。"

哪吒蹬上风火轮，出了城门，来到敌军阵前。

张桂芳及其众将官在此观战，先行官风林请战。只见这风林青靛脸，朱砂发，凶神恶煞，用狼牙棒作武器，来到哪吒面前。

见哪吒脚踏风火轮，半悬空中，问道："你是何人？"

哪吒态度傲慢道："我是姜丞相师侄，乾元山太乙真人的弟子哪吒，你可是张桂芳？"

"我乃先行官风林，我看到你的年岁不过十来岁，怎敢上前叫阵？看我不活剥了你！"风林嚣张道。

风林举狼牙棒，朝哪吒扑了过来。哪吒长枪，又能使火，风林哪里是对手。火尖枪迎击，喷出神火，杀了风林一个措手不及，风林当即摔下马来。

风林惶恐道："此乃何物？"

哪吒大笑道："你连我身都近不了，还想与我一战？此刻你是否还觉得我是小孩？这火尖枪是神兵，岂是你等凡夫俗子能敌的？还不快快束手就擒！"

风林快速上了马，观哪吒骨骼惊奇，非肉体凡胎，暗想，再战恐怕会得不偿失，便要策马回奔。哪吒朝他追赶，这马哪里及得上哪吒风火轮的速度，哪吒眼看着要追上风林，便向风林喷火。

观战的张桂芳及其部将大吃一惊，惶恐不安。张桂芳面对身旁将官道："姜子牙有能人相助，恐怕我朝廷大军要遭殃了！"

"这厮怕不是凡人，非妖即神，我等不是对手！"一将官道。

张桂芳忧心忡忡。

风林见哪吒喷火，便口吐黑烟还击，黑烟里现碗口大小的一颗珠子，珠子裂成两半朝哪吒袭来，哪吒道："此乃邪术，非正道中人所用！莫非风林将军的师父是那招摇山灵风魔神的弟子？"

风林只顾逃命，对哪吒的发问置之不理。

哪吒用手一指，其烟自灭，风林见哪吒破了他的法术，懊恼道："气死我也，看来今天我军遇到劲敌了！"

风林不甘就此罢休，如果就这样回去，恐怕难逃军法，于是策马准备杀哪吒一个回马枪。没等风林近哪吒身，哪吒就取下乾坤圈，朝风林丢了出去，乾坤圈坚硬无比，就是打在石头上，也会将石头击得粉碎。风林的铠甲瞬间被乾坤圈的力度击落，左臂被乾坤圈打得皮开肉绽，骨肉模糊。风林疼痛难忍，右手拿着狼牙棒，按住左臂的伤口往回跑。

风林下了马，狼狈地跑到张桂芳的面前，道："张将军，属下无能，未能退敌，请将军赐罪！"

张桂芳把风林扶起来，道："这事不怪你，我都看在眼里，对方武艺高强，估计我军无人能及！"

风林惭愧地退到一边。

张桂芳见哪吒气焰嚣张，便亲自进帐，取出长枪，一副要与哪吒决一死战的样子。

众将官见张桂芳出自出马，连忙都跪下，劝道："将军，你是主帅，切莫自乱阵脚，你要是有什么闪失，恐怕军心不稳啊。"

张桂芳道："你们谁替我出战哪吒？是你吗？还是你？"

张桂芳一个个质问将官，将官们自知不敌，纷纷低下头，不再说话。

张桂芳立着长枪，面对哪吒，问道："你就是哪吒？"

"正是。"

"你太嚣张了！我就是张桂芳，如果我再不出战，恐怕你就更加肆无忌惮了！"张桂芳道。

张桂芳拔出长枪，策马奔向哪吒，迎战哪吒。张桂芳不愧是主帅，这枪法精妙，哪吒几次出招，都被他挡了回去。张桂芳再出招，竟然一枪刺中哪吒的脖子。

张桂芳自以为得手，欣喜若狂道："这下你活不了了吧。"

张桂芳拔出枪，正要回还，哪吒的伤口自动愈合。张桂芳脸色煞白道："怎么会这样？"

哪吒大笑道："不愧为三军主帅，这枪法使得出神入化，要不是我脱了凡胎，恐怕今天就死在你的手里了。忘了告诉你，我是莲花化身，五脏六腑皆无，你是伤害不了我的！"

张桂芳恼羞成怒，随即冲哪吒使了一个道术，像有一条无形的绳索，拴住哪吒的双脚，拼命往下扯，就连风火轮也承受不了这股力量。

"哪吒，你还不快快从轮上下来，更待何时？"张桂芳得意道。

哪吒这才不得不去了风火轮，大骂道："匹夫，就凭你这小小道行岂能对付我？看招！"

哪吒紧握火尖枪，枪快如闪电，如银龙狂舞，将张桂芳打得落花流水。张桂芳接不上哪吒的快招，身上多处负伤，铠甲也被撕开几道口子，七零八落。

哪吒抛出乾坤圈重重砸在张桂芳的胸口，令其口吐鲜血，观战的众将军为张桂芳捏了一把汗，纷纷拿起兵器，一拥而上，与哪吒拼命。

哪吒再次抛出乾坤圈，这些兵将们都被乾坤圈砸得口吐鲜血，落荒而逃。

哪吒大获全胜，西岐的兵民欢呼雀跃。

张桂芳逃走，哪吒从地上捡起一块从张桂芳身上扯下来的碎布，蹬上风火轮，就来到相府。

姜子牙此刻正在府上悠闲地读着竹简，哪吒风风火火地闯进来，大笑道："师叔，张桂芳被我一顿痛打，差点就要了他的命！说实话，打妖怪我会下狠手，这打凡人我真的下不去手，两军交战，各为其主，他们也是一条人命啊！毕竟他们是奉命行事！"

姜子牙笑了笑，捋了捋胡须，欣慰道："好呀，有你在，我放心！"

哪吒困惑道："师叔，好像你知道我要赢一样？"

"若非如此，我怎会如此悠闲地在房间里读书呢！"姜子牙道。

哪吒道："师叔，你不知道，那张桂芳不知道是哪里学来的摄魂术，不过我都已经是死过一次的人了，莲花化身，无魂无魄，他是对付不了我的。"

"我当然知道你是莲花化身，否则师叔能放心吗？你在陈塘关的经历师叔我都听你师父说过了，东海龙王、肥遗怪都不是你的对手，纣王的这些虾兵蟹将更不是你的对手！"姜子牙得意道。

哪吒得意忘形道："师叔你放心，有我在，商朝很快就要灭亡了！"

姜子牙摇了摇头，忧虑道："哪吒，王朝更迭是有定数的，如果气数未尽，一时半会儿也无法灭亡商朝。眼下纣王仍然是天子，天下诸侯的共主，再说朝歌有才之士众多，这闻太师还没有出马呢！"

哪吒大笑道："太师？一听就是个老头，想来也没什么本事，老头又有何惧？"

姜子牙道："哪吒，你还年轻呀，这闻太师是先王托孤重臣，在朝中地位极高，就是纣王也要让他三分。他是金灵圣母最得意的弟子。此人法力高强，有勇有谋，杀伐果断，最重要的是此人对商朝极为忠心，他可能会成为我们灭商路上最大的障碍！"

"放心吧，师叔，师父说纣王残暴不仁，离心离德，民心在我们这边。"哪吒道。

姜子牙思索片刻道："张桂芳逃走，恐怕朝廷大军很快就要来到，弄不好闻太师会亲自出马。哪吒，你与武吉一起守城，不必与敌军决战，我去一趟昆仑山，等我回来再做决定。但是你不可把我不在城中的消息泄露出去，否则敌军会趁此时来犯！切记！切记！"

"哪吒领命。"

姜子牙来到庭院，借用土遁之法，幻化而去。

数日后，姜子牙回到西岐，武吉和哪吒出门相迎，姜子牙至厅中坐下，问道："张桂芳可派人来战？"

"不曾。"武吉道。

姜子牙道："难免一战，我们不如主动出击，杀他个措手不及！"

哪吒道："师叔，你准备如何出击？"

姜子牙对武吉和哪吒伸手示意道："你们俩过来，我告诉你们怎么做！"

哪吒和武吉来到姜子牙身边，附耳过去。

姜子牙对哪吒和武吉嘀咕一番，也不知说些什么，只听得哪吒和武吉异口同声道："妙！"

张桂芳自从被哪吒打断胳膊，便在营帐中疗伤，不敢回去朝歌，只能静候朝廷的援兵。但此时张桂芳万万没有想到，这姜子牙竟然会劫营。

二更时分，天色已暗，张桂芳所属部将已经尽数睡下。只听见一阵炮响，帐外杀声震天。张桂芳大惊道："什么声音？"

风林冲进来急道："将军，是周兵，姜子牙派人来偷袭我方营地了！"

张桂芳大惊失色道："真是岂有此理！走，今天我就算拼了这条命也不能输掉这口气！"

张桂芳慌忙披挂上阵，风林也骑上马，一起跟了上去。

张桂芳出了营帐，见满山遍野到处都是人，高举火把，照得山体通红，杀声震天，地动山摇。

正见辕门正中，哪吒蹬风火轮，挥动火尖枪，冲杀而来，势如猛虎。

张桂芳见是哪吒，吓得屁滚尿流，连忙回跑。风林在张桂芳的左侧，见黄飞虎骑着五彩神牛而来，使枪掩杀，大怒道："好一个乱臣贼子，竟敢星夜偷袭我军大营，果然是活得不耐烦了！"

风林骑着青鬃马，左右手两根狼牙棒，与黄飞虎拼杀，顿时场面一片混乱。

辛甲、辛免往右营冲杀，营内无将抵挡，二人势如破竹，直杀到后寨，见周纪、南宫适关在囚车之中，忙将把守囚车的商兵全部杀死，将二将救出。二将夺了商兵的兵器，加入到战斗中。

周兵周将杀得鬼哭神愁，张桂芳的人马被里外夹击，根本无法脱身。张桂芳和风林见败局已定，便要逃走。敌军将士丢盔弃甲，连夜逃至西岐山。二人收拾了残兵败将。张桂芳与主将议事。张桂芳憋闷道："我张某自领兵以来，从未吃过败仗，哪像这般，败得如此彻底！死伤惨重啊！"

风林叹道："如今，只有朝廷派兵，否则我等无能为力。那姬发手下能人异士颇多，天不助我们啊！"

张桂芳和诸将商议后，连夜给朝廷写了告急文书。

商朝与西岐正在大战，纣王只管派兵镇压，至于胜败，他从来不闻不问，整日在王宫的酒池肉林里与宫娥嬉戏，左拥右抱，卿卿我我。

纣王将身体泡在酒池里面，旁边放着酒樽，还有鸡腿，边喝酒边啃鸡腿，身边全是赤身裸体的美女，时不时亲上一口。

此刻，闻太师气势汹汹地闯了进来，他的手里拿着竹简。纣王却喝得醉醺醺的，闻仲站在他的面前，他也懵然不知。闻太师瞪了瞪纣王身边的宫娥们，吼道："你们都给我滚开！"

纣王怒道："大胆，竟敢在寡人面前放肆！你是何人？"

"老臣闻仲请大王速速回宫主持朝政。"闻仲以君臣之礼拜了拜纣王。

纣王一副烂醉如泥的样子道："太师啊，有你在，寡人还有什么不能放心的，你替寡人处理就是，不要打扰寡人享乐！"

纣王拿起酒壶继续喝酒，闻太师夺过来，愤怒道："大王，你再不清醒，这大商六百年江山就要完了！张桂芳大败，特来请旨请朝廷派兵将。大王，这姬发手下有能人异士，不能掉以轻心啊！"

纣王装作没有听见，继续撒酒疯，闻太师将纣王硬生生从酒池里拽了出来，宫里的太监和宫女们看得寒毛直竖。

见纣王仍然烂醉如泥，闻仲吩咐左右道："来人，给我端盘清水来。"

少时，一名宫女将装满水的铜盆端上来。

闻仲接过铜盆，将一盆水从纣王的头上浇了下去。纣王摆了摆头，瞬间清醒多了。纣王站起来，面对闻仲愤怒道："闻太师，你想干什么？"

"请大王跟我去上朝，文武百官正在大殿里等着大王议事呢！"闻仲拽着纣王的手腕道。

"太师，你松手，你捏疼寡人了！"纣王一副很痛苦的样子。

突然，妲己到来，她穿着雪白色裘服，露胸裸背，走起路来千娇百媚，一双纤纤玉手，娇嫩无比。

"闻太师，你干什么？竟敢对大王动手？！"妲己隔了老远吼道。

闻仲连忙松手，面对妲己和纣王作揖道："娘娘，臣是先王托孤之臣，臣兼有辅政之责。如今天下大乱，各路诸侯纷纷反叛朝廷，大王在这个时候还沉浸在酒色之中，娘娘是不是应该劝劝大王。"

妲己走到纣王面前，给纣王揉了揉手腕，撒娇道："大王，臣妾来迟了，让大王受苦了！"

妲己转身喝斥闻仲道："闻太师，这大王毕竟是大商天子，金贵无比，你怎敢以下犯上？"

闻仲瞪了妲己一眼，不怒自威，道："妲己，我叫你一声娘娘是看在大王的面子上，我是先王重臣，大王的辅政大臣，你敢教训我？！走！快跟我去大殿！"

纣王道："太师，你总得让寡人更衣吧！"

"臣和百官在大殿等候大王，大王不来，百官就不下朝。"说罢，闻仲脸色铁青地拂袖而去。

百官已经在大殿里等了一个晌午，纣王在妲己的陪同下才来到大殿。此时的纣王穿上王服，戴上王冠，和妲己一起坐在了大殿的王椅上。

"臣等拜见大王。"

众臣一齐跪拜道。

纣王打了个哈欠，一副犯困的样子道："都起来吧。太师，寡人想泡个酒池澡都泡不成，你硬是让寡人上朝，有事就启奏吧！"

闻太师忧心忡忡道："大王，你要眼睁睁看着大商六百年天下葬送在大王的手中吗？西伯侯反，武成王黄飞虎也反，现在黄飞虎也投靠了西岐。大王派出去的韩荣、余化、张桂芳等将领，被西岐人马打得丢盔弃甲！刚刚上奏，让大王增援，都火烧眉毛了，大王难道没有紧迫感吗？"

奸臣费仲道："闻太师，你身为太师，是在诅咒大商，辱骂大王吗？大王英明神武，西岐又岂是朝廷的对手，你这不是在危言耸听，祸乱朝纲吗?"

闻太师气急败坏,道:"费仲,我对大商对大王忠心耿耿,无耻小人休要挑拨离间!"

纣王道:"好了好了,寡人从来没有怀疑过太师,他是两朝元老,是先王的托孤之臣。如果连他都不相信,那我真的成了孤家寡人了!"

王叔比干出列道:"大王英明。"

比干也瞪了费仲一眼。

纣王道:"太师,说说前方战事吧!"

"大王,余化已经把黄飞虎逼上了绝路,没想到他被哪吒救了。后来哪吒和黄飞虎一起投靠了姜子牙,西岐就如虎添翼,张桂芳也被他们打得大败!"闻仲愤慨道。

妲己好奇道:"这哪吒是谁?"

闻仲道:"这个人我听说过,是乾元山金光洞太乙真人的弟子,他叫李哪吒,他爹就是陈塘关总兵李靖。这个哪吒神通广大,小时候就捉过妖,杀龙王三太子,也难怪张桂芳斗不过他!"

纣王大喜道:"这好办,把他爹李靖给寡人抓来,哪吒不就束手就擒了吗?"

闻仲叹道:"自从哪吒投了西岐,李靖知道朝廷一定会降罪于他,已经弃官,拜了元始天尊的弟子燃灯道人为师。他的长子金吒也拜了文殊广大天尊为师,次子木吒跟了普贤真人,只怕将来这李氏一家会成为我大商的心腹大患啊!就一个哪吒都够难对付了!"

纣王道:"那怎么办?"

"为今之计,老臣只有亲自披挂上阵,为大王分忧了!"闻仲道。

妲己笑道:"好,有太师的神勇和足智多谋,一定能够旗开得胜。"

妲己此刻正在心里诅咒闻仲,巴不得他早死。闻仲此去凶多吉少，妲己正是想借用西岐诸将之手除了闻仲。

就在妲己暗自盘算的时候，大殿之外，有四位怪模怪样的人从天而降，吓得殿外站岗的侍卫们连连退避。

四人皆奇装异服。只见一人头戴一字巾，穿水合服，面如满月，手持宝剑，坐着狴犴兽；一人如头陀打扮，穿皂服，面如锅底，胡须呈朱砂红，两道黄色的眉毛，手持法宝天开珠，坐着狻猊兽；一人挽双孤髻，穿大红服，面如蓝靛，头发朱砂红，上下獠牙，手持混元珠，坐着金钱豹；一人头戴鱼尾金冠，穿着淡黄色的衣服，面如枣色，留着长胡子，手持劈地珠，坐狰狞兽。

四人从天而降，当落地之时，分别冒绿烟、黄烟、红烟、黑烟。侍卫们面对四众，虽然胆战心惊，但是职责所在，后退者死，一众侍卫持青铜剑、戟等兵器上去拦截。

一众侍卫胆战心惊，一前一后，一伸一缩，侍卫领头道："哪里来的怪物敢擅闯王宫，也不看看这里是什么地方，这是天子所在，岂容你等擅闯！"

四众却视若无睹，一副傲慢的样子，那头陀打扮的怪物冷笑道："如果没有我们相助，你们的大王很快就江山不保了。我们是截教弟子，九龙岛四圣，三界中谁人不知谁人不晓，你们竟敢说我们是怪物，还不快滚开！"

"不管你们是谁，没有旨意擅闯天子宫殿就是死罪！给我上！"领头的侍卫道。

侍卫们朝四圣冲杀过去。

那头陀打扮的怪物吹了一口气，侍卫们就全都倒下了，兵器落了一地，惊动了大殿里的百官和纣王。

闻太师冲大殿外喊道："外面怎么回事？"

这时，四圣已经冲了进来，站在百官和纣王的面前。

妲己装出一副害怕的样子，依偎在纣王怀里，撒娇道："大王，这四位是什么怪物？生得这么丑！"

纣王吓得脸色煞白，慌忙喊道："哪里来的怪物，来人呀，给孤拿下！"

闻太师见是九龙岛四圣，满心欢喜道："大王，这几位是九龙岛四圣，我们都是截教弟子，大王不用怕！这位是王魔，这位是杨森，这位高友乾，这位李兴霸。"

四众来到纣王近前，朝纣王跪拜道："九龙岛四圣拜见大王。"

纣王惊魂未定，道："四位神君请起。"

四众起身。杨森看了看闻太师，又面对纣王，拱手道："大王，我听说朝廷大军损兵折将，闻太师独木难支，所以我兄弟四人奉了师命，特来王都相助大商！"

纣王大喜，道："有四位神君相助，何愁他西岐反贼不束手就擒！"

妲己道："大王，恭喜大王，又添了虎将。"

妲己狐媚的样子，让纣王几经销魂。

"大王，九龙岛四圣法力无边，有他们助阵，我此次出征西岐如虎添翼，顺利多了。"闻太师胸有成竹道。

费仲道："恭喜大王，恭喜娘娘，日后大王和娘娘可以高枕无忧了。"

纣王面对费仲不屑一顾，道："切，少拍马屁，逆贼不除，我和娘娘如何心安？太师何时启程啊？"

闻仲回头看了看九龙岛四圣，道："四位道兄舟车劳顿，是否要在朝歌歇息几日再走？"

王魔冷笑道："太师，我们兄弟四人出岛，除了奉师命，还有个更重要的原因，就是希望在此次讨伐西岐的战争中建功立业，也好让我兄弟四人扬名立万。我们是修道之人，早已脱离凡胎，何来的舟车劳顿？太师我们立刻出发，星夜兼程驰援张桂芳将军。我们不能给姜子牙他们喘息的机会呀，我们去的时间越晚，他们就有更多时间准备，于我军不利啊！"

闻太师道："大王，王魔说得有道理呀。既然如此，老臣率领四圣和朝歌大军火速与张桂芳会合，杀姜子牙一个措手不及。"

纣王欣慰道："难得太师如此忠心，那孤就不留你们了，你们赶紧出发吧！"

"臣告退。"

闻太师面对纣王行了君臣跪拜礼，起身甩动战袍，率领四圣出了殿门，走路都带风，霸气十足。

纣王大笑道："闻太师出马，西岐逆贼焉有不败之理！"

妲己道："都是大王英明，如果不是大王恩泽天下，大王怎么会如此深得民心，连九龙岛四圣都下山来帮助大王！"

纣王被妲己这一迷惑，更加不认识自己了，甚至有些得意忘形。

王叔比干站了出来，面对纣王，忧心忡忡奏道："大王，臣看此次西岐亡我大商之心不灭。我大商自太祖起六百年天下，不能就此覆灭。闻仲此去恐怕凶多吉少，西岐近年来政通人和，百姓安居乐业，广施仁政，民心所向，帮助西岐讨伐我大商的能人异士众多，大王莫要大意啊！应早早备战，如太师败又派何人去？"

纣王震怒，拍案而起，道："王叔，你说什么？此番言论应当千刀万剐！你再胡言乱语，休怪寡人无情，对你施以炮烙之刑！哼！"

纣王牵着妲己的手，拂袖而去，妲己回头看了看比干，眼神里流露出几分杀气。

第九章　合力诛四圣

张桂芳新败，暂时不敢来犯，西岐诸将又可借此修养。但那姜子牙身担伐纣和封神大业，不敢怠慢，趁张桂芳败逃期间，他又开始抓紧修炼，提升修为以应不时之需。姜子牙是修道之人，他在自己的相府里布置了炼丹房，除了修炼功法，常在丹房里炼一些滋补药丸。

那日，姜子牙的炼丹房屋顶上浓烟滚滚，房门紧闭，烟雾弥漫在姜子牙的丹房里，丹房里的青铜灯树上油灯燃得正旺。

姜子牙童颜鹤发，发髻上插着玉簪，手持拂尘，盘腿坐在蒲团上，闭目打坐。他的双眼跳个不停，姜子牙掐指一算，猛地睁开眼，喃喃自语道："闻太师出山，还请了九龙岛四圣，看来他们这次是有备而来，免不了生灵涂炭啊。"

姜子牙暗自叹息，便站起身来，朝丹房外走去。他开了门，见院子里有一位下人正在清扫落叶，姜子牙上前吩咐道："你别扫了，快去请武成王黄飞虎、哪吒、武吉、周纪、南宫适诸位将军到丞相府前厅议事，我在前厅等候，快去！"

"唯。"下人扔了扫把，就跑了。

姜子牙在前厅面对墙上挂的帛地图，来回徘徊，全神贯注地注视着地图上的标记，捋了捋胡须，忧心忡忡的样子。

"丞相，你匆忙叫我等来有何事相商？"武成王黄飞虎率先迈进大厅道。

后面跟着黄家诸将，哪吒、武吉等也随之进入。

哪吒持火尖枪，风风火火道："师叔，你急急忙忙通知我们议事，料想又可以打架了。我的精力充沛着呢，几天没有放松筋骨了！"

姜子牙道："大家都坐吧。"

姜子牙伸手示意，诸将各自入了座，姜子牙也坐了下来。

面对诸将，姜子牙忧心忡忡道："武成王，哪吒，诸位将军，这次闻太师请来了九龙岛四圣作为先锋，讨伐我们。此战必是一场苦战，请将军们不要掉以轻心啊。今天叫大家来就是共同商量御敌之策。"

"九龙岛四圣算什么？来一个我杀一个，来两个我杀一双！"哪吒一副不可一世的表情道。

姜子牙面对哪吒，郑重其事道："哪吒，莫要小瞧了九龙岛四圣，他们的法力都不下肥遗精、东海龙王。这四人是截教的外门修士，法力深不可测，且有三样法宝开天珠、混元珠、劈地珠傍身，实力不容小觑啊。此战，我的建议是在尚未摸清对方底细的情况下，千万不可强出头。如果对方以激将法激怒你们，你们也要稳住啊。"

老成持重的黄飞虎道："丞相，纣王杀我全家，我与他有不共戴天之仇，但我加入西岐大军不完全是为了私仇，纣王民心尽失，我也是为了天下大义。即便如此，黄飞虎唯丞相马首是瞻，丞相让我们怎么做，我们都听丞相的，黄飞虎绝不鲁莽行事！"

姜子牙欣慰道："将军们都过来。"

姜子牙从椅子上起身，来到大厅中央，诸将围着姜子牙。

"我算了一下，四圣已经与张桂芳大军会合，我担心他们会潜入我西岐大营偷袭，所以大家一定要加强防范。四圣不易对付，万不得已，我只有去一趟昆仑山请元始天尊的打神鞭。"姜子牙嘱咐道。

哪吒道："师叔，既然这四圣如此神通广大，那师叔不妨和我们讲讲这四圣的事情，知己知彼才能百战不殆嘛！"

姜子牙道:"哪吒说得有道理。王魔擅长使剑,哪吒你与王魔对攻时不妨使用你的火尖枪。王魔法力高强,但性情尤为急躁,你可使法子激怒他。人在愤怒的时候心智就会迷失,你可趁此机会打败他……"

姜子牙在相府的前厅里与西岐诸将一起,对九龙岛四圣的情况作了分析,还就一些战略战术进行了讨论和传达。

大家就等着一场苦战的到来。

闻太师派四圣为先遣部队。四人骑坐骑往西岐来,转瞬之间,就来到了张桂芳的辕门外面。辕门内,军医正在为张桂芳的伤口换药,伤口已经在流脓,锥心地痛。

"报告将军,有四位道长正在辕门外请求面见将军。"探马急报道。

张桂芳面对风林顾虑道:"会不会是姜子牙派来取我等性命的?"

风林摆了摆头,肯定道:"我看不像,姜子牙是个正人君子,他如果要取我等性命,必然不会玩偷袭这一套,肯定是在战场上与我们一较高低!"

张桂芳疑虑道:"也罢,风林随我出去一瞧究竟,看看究竟是什么人!"

换了药,包扎好了伤口,张桂芳穿上了衣服,带上了兵器,和风林一同出了辕门。

四圣见二将携兵器出来,王魔道:"我兄弟四人受闻太师所派,前来相助于你,二位将军怎得还带兵器相迎?"

风林垂头丧气道:"原来是闻太师派来的。我们眼看着就要把黄飞虎逼上绝路,没想到半路杀出来一个叫哪吒的小神,这厮神通广大得很,末将惭愧,我和张将军均被哪吒那厮所伤!"

王魔大笑,道:"不就是那个杀了东海龙王三太子,挑了龙筋的小童嘛，他的事迹我等兄弟早有耳闻，二位将军放心，我兄弟四人一定为二位将军报仇。"

"二位将军可否让我们看一下你们的伤口？"杨森道。

张桂芳将受伤的胳膊露了出来，风林也把胸口的伤给四圣看了。

王魔笑道："这有何难！"

王魔从葫芦里取出两粒丹分别赠予二人服下，立马见效，伤口痊愈了。张桂芳扯了绷带，活动筋骨，道："妙，真的是灵丹妙药，刚服下，我的伤就全好了。"

风林的伤也好了，二将面对四圣道了谢。

王魔有些迫不及待，问道："二位将军，西岐姜子牙此刻身在何处？"

张桂芳道："此地距离西岐有六十里，只因我等新败，才退居此地。"

王魔急道："张将军，我兄弟四人刚到此地，不可久留，不能给姜子牙喘息的机会，如果让他知道我兄弟四人来到，定然防备。这厮是元始天尊的弟子，法力高强，运筹帷幄，不容小觑，张将军赶快出兵西岐。"

张桂芳伤势已经痊愈，他来到练兵场上，手持长枪，迅速集合兵马，将士们整整齐齐地排列着，四圣站在一旁观看。

张桂芳随即发号施令，喊道："将士们，朝廷派来了九龙岛四圣前来助阵，姜子牙和西岐的覆灭之日就要到来，只要大家一鼓作气，拿下了姜子牙和姬发，回到朝歌，大王一定会论功行赏。众将士听令，随我出征西岐。"

一通鼓响，三军呐喊，杀奔西岐。

此刻，姜子牙还在相府之内与诸位将军商议对策。探马突然来报："丞相，张桂芳起兵正在东门安营扎寨。"

姜子牙面对诸将道："没想到张桂芳和四圣这么快就杀来了，大家依计行事，务必小心。"

"遵命。"

诸将异口同声道，便出了相府前厅。

张桂芳和风林率四圣安营扎寨后，王魔跷起二郎腿在营帐中坐下，面对张桂芳，目中无人道："张将军，你明日出战，务必唤姜子牙出来。我们躲在军旗后面，只要他出来，我们再会他。"

"好。"张桂芳遵从道。

杨森从怀里拿出两道符，面对张桂芳和风林道："两位将军，请将此符贴在你们的马鞍上。只因我们骑的是神兽，战马见了会骨软，敌人会从马背上摔下来，先摔他们一个措手不及。"

张桂芳和风林面面相觑，皆感吃惊道："此符如此神奇。"

二人接了符咒，便放在了袖筒里。

次日，张桂芳全身甲胄，上马来到城下，大骂道："姜子牙，你个缩头乌龟，快滚出来！"

城内的姜子牙，隔着几里路，就听见了张桂芳的辱骂和叫嚣，他知道背后有九龙岛四圣在为张桂芳撑腰。

姜子牙召齐将士，开了城门，摆五方队出城。

姜子牙兵威所向，张桂芳不寒而栗，见姜子牙亲自领兵出城，便策马回奔。就在这千钧一发之际，九龙岛四圣分别骑着自己的神兽从旗幡后面闪了出来。

四圣相貌狰狞丑陋，姜子牙的部将在战马的一阵长嘶后，从马背上摔了下来，马仿佛受了惊吓，在队伍中间横冲直撞，踩死了很多士兵。

姜子牙猛然回头，急道："这四兽是上古凶兽，马儿见了受到了惊吓，将士们速速避开，不要被马踩伤了，骑马的将军们都快快下马。"

将士们一听，立马从马背上跳了下来，有的士兵直接被马甩了下来，甩了几米远。他们捡起自己的兵器，快速归队，而受惊的马朝四面八方跑去。

姜子牙倒也沉得住气，冷笑道："好一个九龙岛四圣，一出马就给我军一个下马威。四圣凶兽一出，我军马儿都受了惊吓，你们的马却没事，看来必是提前下了符咒了吧！"

王魔大笑道："姜子牙，我兄弟四人此次下山就是为了建功立业的。你是元始天尊的弟子，我们兄弟杀了你，想必元始老儿就断了一臂了。"

站在姜子牙身后的哪吒却气不过，握着火尖枪就走了出来，站在四圣面前，愤怒道："你们四个怪物是什么东西？长得如此瘆人，是投胎的时候你娘没有把你们生好吧！面目狰狞，青面獠牙，我看着就想吐，还不快滚，休要脏了小爷我的手！"

四圣气急败坏，恨不得冲上来活剥了哪吒，杨森正要出战哪吒，王魔将他拦下了。

"哪吒，四圣法力高强，切莫出头啊，快回来。"姜子牙在哪吒背后低声道。

王魔大笑，道："我看你手持火尖枪，脖子上戴着乾坤圈，手臂上缠着混天绫，想必你就是哪吒吧。"

"既知小爷，还不快快逃命去?！"哪吒傲慢道。

王魔道："我还知道你，刚出世就追杀肥遗怪。不到十岁，就杀了东海龙王三太子，抽了龙筋，把老龙王也打了个半死。更可恨的是你杀了我截教的石矶娘娘，她可是我们通天教主的爱徒。教主知道这件事情十分震怒，让我兄弟替石矶娘娘报仇！快将你的九龙神火罩亮出来吧，我倒要看看你是怎么杀死石矶的！"

哪吒困惑道："要找我报仇不急，我人就在这里，跑不了。小爷就是感到疑惑，通天教主是怎么知道的？"

杨森插话道："你这小子，真不知天高地厚，通天教主何许人也，就连元始天尊和道德天尊都不放在眼里，三界之事他什么不知道，难道石矶的白骨洞里就没有人逃出来吗？"

"哦，我明白了。"

四圣骑着凶兽，居高临下，而哪吒没有了马，便升起了风火轮，持火尖枪朝王魔冲了过去。王魔见哪吒的长枪正要刺到自己，便亮出神锏挡了一下。哪吒枪法极快，快到连枪的影子也看不到，王魔举双锏与哪吒苦战，哪吒枪尖的三昧真火几次差点烧到王魔的眉毛。王魔的双锏有千斤分量，哪吒虽然枪法快，但与王魔双锏对攻时，总能感到压力。

就在用火尖枪挡王魔右手锏的攻击时，王魔的左手给了哪吒一锏，重重地打在哪吒的腰部，好在哪吒是莲花化身，没有了筋骨，没有血肉，自然也不会感觉到疼痛。

就在王魔和哪吒苦战时，杨森骑着狻猊赶来助战。见哪吒枪法甚是厉害，自己的神剑又短，恐近不了哪吒身，杨森从自己腰间的豹皮囊中，取出开天珠，劈面打来。一道白光，正中哪吒，打翻了哪吒的风火轮，哪吒从空中掉了下来。

王魔见哪吒落到地上，迅速朝哪吒奔去，双手举锏，准备打哪吒的头颅。姜子牙见哪吒有难，面对武成王黄飞虎急道："武成王……"

哪吒对武成王黄飞虎有救命之恩，此时他不会袖手旁观。他骑着五彩神牛，飞奔而去，用长枪挑了王魔的双锏，并将哪吒拉上五彩神牛，迅速回奔。见黄飞虎要逃走，王魔又发了一珠，击中了黄飞虎。黄飞虎是肉体凡胎，经不起这一打，就又从马上掉了下来。

姜子牙的又一位弟子龙须虎上前阻止道:"休要伤害黄将军。"

龙须虎虽然是姜子牙的弟子,但却没有几分像人,是七分像虎,三分像龙的灵兽,会说人话。他的体形硕大,出手有石,只有一条腿走路,最擅长用石头作为武器攻击敌人。

王魔等四圣一见龙须虎,甚为吃惊,道:"这是个什么东西?"

"姜子牙,你是天界圣人,怎么还和妖怪有来往?"杨森调侃道。

姜子牙却不以为然,道:"在我看来,心正者为人为神,心术不正者为妖为魔。龙须虎虽然其貌不扬,但有情有义,比你们这些所谓的神好上千百倍。"

龙须虎见四众如此羞辱自己和师父姜子牙,恼羞成怒道:"可恶,尔等竟然骂我是妖怪!骂我就算了,连我师父姜子牙也一起骂了,我岂能容你!"

龙须虎冲四众冲了过去,张开锋利的爪子,以迅雷不及掩耳之势,将杨森抓伤。杨森的臂膀鲜血直流,他拼命按住伤口。

高友乾骑着花斑豹,见杨森受伤,龙须虎凶恶,忙取来混元珠,对着龙须虎弹了过来,打中龙须虎的脖子,龙须虎当即疼得在地上来回翻腾打滚,武吉连忙将黄飞虎救了回来。

王魔和杨森见龙须虎和黄飞虎,还有哪吒他们都受了伤,连忙骑着自己的凶兽前来擒获姜子牙。

姜子牙只能用剑招架,来回冲杀。就在姜子牙与二将拼杀时,李兴霸趁姜子牙不备,打出劈地珠,偷袭姜子牙,正中姜子牙胸口,姜子牙疼痛难忍,险些坠马。

姜子牙在诸将的掩护下,骑马往北海逃走。

"看我不生擒活剥了姜子牙!"王魔如箭离弦,疯狂追杀姜子牙,势必要将姜子牙碎尸万段。哪吒乃是莲花化身,虽然四众击落了他的风火轮,但是却伤不到他分毫。

哪吒朝姜子牙喊道："师叔，你年纪大了，赶紧跑，我为你断后。"

哪吒挡在了王魔的面前，不怒自威，一只手立着火尖枪，道："王魔，有我在，你休想伤我师叔，识相的赶紧滚！"

"你的风火轮都被我打下来了，你还敢在这里大言不惭！"王魔嚣张道。

哪吒傲慢道："我的风火轮本来就是青鸾火凤所化，即便是神鸟，也敌不过你的珠子。但我哪吒并没有被你打败，更没有被你所伤。我现在是莲花化身，无血无肉，半人半神，怎么说也是太乙真人的弟子，那么容易就被你伤着呢？你太小瞧我了吧！看枪！"

哪吒站在地上，王魔骑着神兽，哪吒用枪连刺王魔几枪，王魔都敏捷地躲开了。王魔将开天珠以指力弹了出去，这珠子神奇无比，威力巨大，像弹跳珠一样，来回弹跳，被它击中的石头即刻就碎。开天珠像是被王魔使了法术，王魔念动咒语，那珠子就追着哪吒跑，开天珠打到哪里，哪里就被打得粉碎。而哪吒一个劲儿地逃跑，他上蹿下跳，躲躲闪闪，终于还是没有逃过开天珠的攻击，那珠子打在哪吒的背心，哪吒中招，摔倒在地。

哪吒大怒，站了起来，搅动混天绫。混天绫搅得天翻地覆，鬼哭狼嚎，天昏地暗，树枝上的鸟儿都被混天绫的巨大风力给搅了下来，它们叽叽喳喳叫个不停，朝四面八方飞去。

王魔的开天珠在哪吒混天绫的搅动之下，也无处遁形，从空中掉了下来，落到了地上。

哪吒嘲笑道："王魔，你的法器是雌的，我的法器是雄的，你的法器见了我的宝贝就无处遁形了。你刚才不是还很神气吗？我哪吒自打出世以来就没有吃过败仗，你算个什么东西？妖仙石矶法力那么高，还不是被我用九龙神火罩打得神魂俱灭。我劝你还是回到山上去吧，殷商气数已尽，此乃天意，你助纣为虐，迟早也会不得好死的！你要是被我打死了，我怕通天教主会来找我报仇！"

王魔收了开天珠，又持宝剑朝哪吒冲杀过来，骂道："你这小童太无礼，我岂能容你污蔑我们截教！"

哪吒再次与王魔展开大战，王魔与哪吒苦战了三个回合，不占上风，还险些被哪吒的火尖枪刺穿了喉咙，王魔不敌，骑着神兽，只好逃走。

"青鸾火凤，你们的伤好了吗？好了就快来助我一臂之力！"哪吒朝天边喊道。

这时，青鸾和火凤飞了过来，它们在天上不停地嘶叫，青鸾和火凤这对情侣，叫声是那样暧昧。

青鸾火凤幻化成风火轮，哪吒踩着风火轮朝王魔追去。

王魔追赶姜子牙去了，此时的姜子牙已经被逼到了绝路上，保护姜子牙的将士们已经被敌人的势力冲散了，四分五裂。

姜子牙重伤在身，他按着自己的胸口，骑着大马狂奔。

眼看姜子牙近在咫尺，王魔取出开天珠，朝姜子牙的后背发了一弹，姜子牙被打翻在地，从山坡上滚了下去。

哪吒此时刚好赶到，见姜子牙从山上滚下去，喊道："师叔……"

哪吒喊了几声，见地上还有血迹，顿时大怒，面对王魔道："你竟然把我师叔打下山去，他可是我师祖元始天尊派到下界助周伐商的，看我今天不宰了你为我师叔报仇！"

"有本事你就来吧，你杀我，我拉了姜子牙垫背，也够本了。"王魔道。

王魔用宝剑指着哪吒，正准备进攻哪吒，此间，山中有歌声传来。

"功名利禄失本心，天道运行且有法，诸魔不安天地命，劫难来时未可知……"

王魔听歌声，好像在唱自己，收了兵器，猛一回头，只见云端之上，一个坐着青狮的白发老道，他左手持如意，右手拿拂尘。

王魔喊道："你是何人？莫要在此装神弄鬼！"

老道道："我乃五龙山云霄洞文殊广法天尊，元始天尊的弟子。"

哪吒一听，甚喜，喊道："师叔，哪吒乃太乙真人弟子，见过师叔。姜师叔已经被王魔打下山崖，生死未卜，师叔定要除去这怪物。"

王魔狠恶恶地瞪了瞪哪吒。

文殊广法天尊叹道："我正是为此事而来。"

王魔不服道："你想怎么样？！"

文殊广法天尊无奈道："王道友，你怎么能帮助纣王对付子牙，他可是身负天命之人。一来，商朝气数已尽，二来西岐的真主降临，三来道友身为截教弟子犯了杀戒，四来姜子牙身负天命乃西岐丞相人选，五来姜子牙奉玉虚宫之命封神，你现在为了讨好纣王逆天行事，若通天教主知道了，你的下场可不好呀！我劝你还是收手吧，免得落得一个死无葬身之地！"

王魔大笑道："文殊广法天尊，你怎么知道我没有好下场？难道你有元始天尊在背后撑腰，我就没有教主吗？"

哪吒看不惯王魔嚣张气焰，道："师叔，王魔这厮油盐不进，是个烂番薯，既然他执迷不悟，不如除了他，否则他帮殷商，我们大业难成啊！"

还没有等到文殊广法天尊出手，王魔就按捺不住了，持宝剑朝天尊砍来。只见文殊广法天尊背后一个道童赶来，挽抓髻，穿淡黄色的道袍，大叫道："王魔休要放肆，我乃广法天尊弟子金吒是也！"

说罢，金吒持枪直袭王魔，王魔与金吒对战，两人在空中来回盘旋，战斗十分激烈，不相上下。

哪吒听闻是金吒,大喜,喊道:"大哥,是你吗?我是哪吒呀。"

金吒欣喜若狂,忙回奔,降落下去。王魔见金吒分心,趁金吒不备,从金吒的身后刺了金吒一剑,好在并没有刺中要害,金吒的臂膀被划了一道口子。

金吒负伤,降落下来,他见哪吒,忙奔向哪吒,搂着哪吒的肩膀,喜极而泣道:"你是哪吒?弟弟!自从你离家出走,我和你二哥木吒好担心你。后来听说你投靠了西岐,本想来找你,师父不让,他让我在山上好好学本事。今天终于见到你了,你平安无事为兄也就放心了。"

哪吒扑到金吒身上,兄弟俩相拥而泣。广法天尊看在眼里,十分欣慰。

"大哥,娘怎么样了?我好想她。"哪吒感伤道。

金吒道:"自从你走后,朝廷便派人来拿爹治罪,说他投靠了西岐,意图造反。爹一怒之下杀出重围,带着娘拜在了燃灯道人门下,我拜在了文殊广法天尊门下,你二哥木吒最后被九宫山普贤真人所救,如今我们这一大家子总算平安。"

王魔在一旁叫嚣道:"大敌当前,还有空在这里认亲,吃我一剑。"

王魔朝兄弟二人刺来,天尊取出遁龙桩,此物像一朵金莲,金莲之上有三个金圈,一环接着一环。天尊往上一举,三个金环便落降下来,王魔来不及逃跑,结果脖子上套了一个圈,腰部套了一个圈,脚上也套了个圈,直立在那里,像个木桩。

哪吒一旁取笑道:"王魔,这下没辙了吧?你就好好享受一番临死前的痛苦吧!"

王魔拼命地挣扎,越挣扎越紧。哪吒上前摸了摸套在王魔身上的金圈,再次取笑道:"也不知道这金圈的滋味比起我的混天绫威力如何！你要是觉得松了，我再用混天绫给你松松筋骨。"

"啊……"王魔面对哪吒像疯狗一样乱咬。

"弟弟，你让开，让我亲手剁了他。"

金吒从腰间取出匕首，高高举起，正要插穿王魔的头颅。

王魔大叫，金吒一时失了手，砍下王魔的脑袋，脑袋滚下了山坡。清福神柏鉴站在云端之上，见王魔被杀，用百灵幡将王魔的魂魄引了去。

眼见王魔被杀，文殊广法天尊朝昆仑的方向拜了拜，道："无量天尊，弟子犯了杀戒。"

广法天尊面对金吒和哪吒道："徒儿，师侄，你二人快去把子牙师叔找到，将他背上山去。"

哪吒道："师叔，难道子牙师叔没有死吗？"

广法天尊捋了捋胡须，笑道："你师叔是身负天命之人，使命尚未完成，又怎么能轻易死去呢？你们兄弟俩赶快找到他，我把他带回山里，自有神丹妙药医治。"

金吒和哪吒将姜子牙找到，他已经摔得遍体鳞伤，衣服都被树枝划破了。金吒背着，哪吒扶着，将姜子牙带回了五龙山。

广法天尊先是以丹药喂姜子牙，再灌以汤水，不一会儿，姜子牙醒来，首先见到的是广法天尊，他以微弱的声音道："师兄，我怎么在你这里？"

广法天尊道："一切皆天意，如果不是我们师徒及时赶到，恐怕师弟性命不保！"

姜子牙马上坐起来，朝天尊拱手道："多谢师兄了。"

"哎，也不怪你，子牙师弟你由凡人得道，肉体凡胎，法术低微，真不知道师尊为何让你以身涉险！"广法天尊摇了摇头，叹道。

姜子牙道："师兄，师父不是说了嘛，正因为我是凡人，所以人间的正义我去主持最为公道,难道派一帮天兵天将去打凡人吗?天神干涉人间之事是有违天理的!"

"说的也是。"广法天尊无奈道。

姜子牙看了看身旁的哪吒道:"师侄,辛苦你了。"

"师叔,你没事我就放心了,不然我没法和师父交代,更没法和姬发公子交代。"哪吒激动道。

姜子牙欣慰地点了点头,又看了看金吒,道:"这位小哥是?"

哪吒欣喜不已道:"师叔,这是我大哥金吒。我还有个二哥,我们兄弟三人从小就长在陈塘关。"

"金吒,你可愿随老夫去西岐,帮助西岐讨伐朝歌,将来还你一个金身正果?"姜子牙认真道。

金吒吞吞吐吐,看了看广法天尊。广法天尊心领神会,笑道:"金吒,你长大了,可以独当一面了,为师把该教给你的本事都教给你了,以后的路就靠你自己了。你的弟弟哪吒现在也跟着你姜师叔,不妨下山去吧!若有危难之时,为师一定鼎力相助。"

"弟子遵命。"金吒面对广法天尊拜了拜道。

拜别了师父,金吒和哪吒陪同姜子牙一同回到了西岐城。

姜子牙走失,西岐没有了主心骨,西岐诸将人心惶惶,公子姬发派人四处寻找。

就在公子姬发焦头烂额的时候,姜子牙在金吒和哪吒陪同下回到了相府。此时,姬发等人已经在相府里等候多时。

听闻姜子牙回府,姬发连忙出了相府相迎。见到姜子牙的那一刻,姬发激动得热泪盈眶,紧紧握着姜子牙的手,道:"先生兵败何处?让我好牵挂,你总算是平安归来了。"

姜子牙回头看着金吒和哪吒道:"若非二位公子,我命休矣!"

姬发困惑道:"哪吒我认识,这位公子是?"

哪吒急忙道："主公，这位公子是我大哥金吒，师从五龙山文殊广法天尊，以后他和我一同辅佐主公！"

姬发深感吃惊，和众将士面面相觑。

"主公，哪吒说得没错，以后我军又添一员虎将，这金吒也是我昆仑山门徒。"姜子牙得意道。

姬发道："如此甚好，我代表西岐欢迎你，只是王魔去向何处？"

金吒痛快道："主公放心吧，王魔已经被我亲手斩杀。"

"四圣如今只剩三人，我们要尽快想出迎敌之策。"姜子牙忧心忡忡道。

天色已晚，王魔追姜子牙未归，杨森、高友乾、李兴霸三人在营帐内急得直跺脚。李兴霸道："王魔怎么还没有回来？不会出什么事了吧？"

杨森和高友乾二人面面相觑。

杨森掐指一算，摇了摇头，长叹一气道："罢了。"

高友乾、李兴霸异口同声道："王魔他怎么样了？"

杨森道："可惜了千年道行，王魔已经在五龙山被文殊广法天尊杀了。"

三人痛彻心扉，彻夜难眠，于营帐外的山坡上，给王魔立了个衣冠冢，三圣为他进行了祷告和简单的祭祀。

三圣怀恨在心，哪里睡得着，次日三圣便点齐兵马，向西岐城进发。

杨森在城外大骂道："姜子牙，你个缩头乌龟，杀我兄弟，有种你就给我出来！"

姜子牙有伤未愈，行动多有不便，不便动武。

"丞相，让我去会会他们！"武成王黄飞虎请命道。

姜子牙摇了摇头。

"丞相，让我去。"武吉道。

"不可，你们已经与四圣交过手，没有必胜的把握，不如此战由金吒和哪吒兄弟去吧，有他二人，此三人必败！"姜子牙气喘吁吁道。

"遵命，我们兄弟二人定不辱使命。"金吒和哪吒异口同声道。

说罢，便朝府外走去，其余将士，通通上城为兄弟俩助阵。

金吒和哪吒刚出了相府，姜子牙突觉四圣诡计多端，法力无边，恐金吒和哪吒阅历尚浅，不足以应付，所以也跟了出去。

金吒和哪吒率领诸将，开了城门，金吒见三圣凶神恶煞，一阵恶心，嘲笑道："三位怎么长这副尊容，简直就是丑八怪啊。王魔已经被我亲手砍下脑袋，你们三个不知好歹的，想活命还是快点滚吧！"

杨森问道："你是谁？一个小娃娃竟然敢在这里大放厥词，姜子牙你西岐无人了吗？竟敢让两个娃娃出战！姜子牙，有种的话就给我滚出来！"

金吒穿着黄金战甲，手握金枪，道："我乃五龙山文殊广法天尊门下弟子金吒，你们三个不知死活的东西，拿命来！"

哪吒也登上了风火轮，抢起火尖枪，和金吒一起冲三圣杀去。五人交兵，触目惊心，金吒和哪吒围攻三圣，几乎招招致命，三圣也以拳脚兵器相加，哪吒和金吒虽然占据上风，但始终无法在招式上压制三圣。

就在五人苦战之时，姜子牙从城内骑着马出来。他手持打神鞭，喃喃自语道："元始天尊所赐打神鞭，此时派上用场了。"

姜子牙将打神鞭抛入空中，并默念咒语，顿时天上电闪雷鸣，将士们皆甚为吃惊，表情惶恐。

打神鞭从空中落下，正中高友乾的天灵盖，打得他脑浆迸裂，当场毙命。

杨森见高友乾被打死，吃惊而惶恐，愤怒之下，急奔姜子牙而去。

哪吒使出混天绫，将杨森牢牢捆住，杨森从他的坐骑上摔了下来。这时，金吒从天而降，用金枪从杨森的胸口插了进去，杨森毙命，哪吒收了混天绫。

张桂芳、风林见二圣已死，张桂芳纵马使枪，风林手握狼牙棒，朝金吒和哪吒冲杀过来。李兴霸也骑着自己的狰狞兽，手握宝铜杀来，杀气腾腾。

哪吒蹬风火轮，金吒只有步战，众人厮杀在一起，哪吒见敌军来势汹汹，一枪一个，现场血流成河。

突然从西岐城中，冲出一名小将，此人英姿飒爽，手持银枪，甚为威严。银冠银甲白马银枪，边冲刺边喊道："黄飞虎之子黄天祥来也。"

黄天祥手起枪落，当即把风林从马上挑了下来，银枪插进了风林胸膛，风林当场毙命。张桂芳见风林已死，慌忙回撤。张桂芳和李兴霸率领将士回到了营地，李兴霸面对张桂芳埋怨道："所谓知己知彼，百战不殆，张将军你要是事先多给我们透露一些敌军的情况，我们兄弟四人现在也不会死得只剩下我一人！"

张桂芳不满道："还不是你们贪功冒进，如果不是你们冒失，我们至于这么损兵折将吗？"

李兴霸气急败坏，两个人此刻在营帐里开始狗咬狗。

气不过，都坐了下来，一樽酒一樽酒地灌下肚。

李兴霸无奈道："西岐人多势众，前来相助他们的能人异士众多，张将军，事到如今你可修书至朝歌，将这里的情况都告诉闻太师，等朝廷援兵来，方可解今日之恨！"

"也罢，事到如今，只能这样了。"张桂芳来到桌案前，跪坐下来，提笔开始在竹简上书写。

见张桂芳战败，姜子牙率领诸将回撤。在回撤时，哪吒来到姜子牙近前，道："姜师叔，大哥金吒好不容易把风林杀了，九龙岛四圣如今只剩下一人，我料他张桂芳不敢再贸然出击，他们必然修书朝歌，等朝廷派人来，到那时又是一阵苦战。我们何不乘胜追击，端了张桂芳的巢穴，然后收编了他们的部队，这样一来，便断了他们的后路。"

金吒在一旁道："姜师叔，我觉得三弟说得有道理，不能给他们喘息的机会。"

姜子牙听从了兄弟二人的建议，没有给张桂芳他们喘息的机会，次日，便点齐兵将出城，西岐大军到张桂芳营帐不远处扎营。

三军呐喊，军势滔滔。

"张桂芳滚出来……"西岐将士异口同声喊道。

营帐之内的张桂芳勃然大怒，道："气杀我也，这姜子牙欺人太甚，都打到门上来了，如果我再不应战，岂不是被他看不起！"

张桂芳拿起兵器，集合兵马，到了辕门外，面对姜子牙骂道："反贼，你我皆为大商臣民，不思君恩，不思报国，今日竟然率兵反叛朝廷，我今天就是死也定要与你拼死一战。"

说罢，张桂芳持枪纵马便姜子牙冲杀而来。

黄天祥与张桂芳双枪对垒，大战三十回合也没有见个高低。姜子牙有些不耐烦，遂传令诸将道："众将士听令，一起围杀张桂芳！"

随后，西岐将领伯达、伯适、季随、毛公遂、周公旦、吕公望、南宫适、黄明、周纪等西岐将领几乎是倾巢而出。

杀声震天，他们一起冲向张桂芳，将张桂芳围困。张桂芳面对蜂拥而至的西岐将领全无惧色，奋力抵挡，做最后的困兽之斗。

李兴霸见友军将领蒙难，不肯袖手旁观，影响自己的名声，于是舍命冲出去，欲解救张桂芳。

李兴霸骑着狰狞兽，手持方楞铜冲了过来，势要与西岐将领决一死战。

见李兴霸来势汹汹，姜子牙忙道："金吒，快去挡住李兴霸，若遇到危险，我用打神鞭助你！"

哪吒主动请缨道："师叔，大哥，李兴霸不如交给我吧！我现在是莲花化身，兵器、毒药都伤不了我，让我去吧！"

姜子牙犹豫片刻道："哪吒说得有道理，以哪吒的法力是完全可以制服李兴霸的！哪吒你去吧，你师父给你的法宝九龙神火罩也能灭他！"

"遵命。"哪吒登上飞火轮，飞了。

"哪吒小心啊。"金吒站在下面喊道。

哪吒蹬风火轮从天而降，用火尖枪挡住了李兴霸的狰狞兽，哪吒道："长须贼，眼下阵势你难道还看不明白？你觉得今天张桂芳能活着离开吗？我劝你呀赶快投降，这样我还能求子牙师父饶恕你，若你再冥顽不灵，就不要怪我不客气了！"

李兴霸冷笑道："又是你，哪吒，你的英明我早有耳闻，连东海龙王都让你三分，我倒要看看你有什么本事！"

李兴霸骑着狰狞兽冲向哪吒，狰狞兽也能腾云，李兴霸举铜要打哪吒，哪吒冲李兴霸喷了一道三昧真火，李兴霸的长须顿时着火，忙用手灭火。就在他灭火的一瞬间，哪吒用火尖枪刺了过去，李兴霸一闪，臂膀划了一道口子。

李兴霸见哪吒招招致命，随即用尽全身功力打出了劈地珠，那珠子邪得紧，明明打出的是一颗珠子，但发出来却成了成千上万颗，不计其数，它们都是一颗颗火珠，像是在焚烧，只要是被劈地珠挨着的，擦着的，就会化为灰烬。

哪吒舞动混天绫，但混天绫挨着劈地珠，瞬间着了火，哪吒连忙收回了混天绫,并灭火。

李兴霸大笑道:"哪吒,你以为只有你有三昧真火吗?这劈地珠的火比三昧真火还要厉害三分,就连生铁碰了它也要化为铁水!"

"啊!"

哪吒转身就逃,暗想自己是莲花化身,虽说这毒气、兵器都伤不了自己,但是一旦被比三昧真火还厉害的火烧着,恐怕骨头架子都没有了。

千万颗劈地珠冲向哪吒,哪吒只有边飞边用火尖枪将他们击落,可是击落了又飞起来,怎么也打不完,哪吒突然想起九龙神火罩。

李兴霸见哪吒取出九龙神火罩,惊恐道:"九龙神火罩?"

随即收了劈地珠,见张桂芳脱身实难,便把狰狞兽的屁股一拍,狰狞兽立马腾云而去,李兴霸逃了。

哪吒正要去追,姜子牙喊道:"哪吒师侄不用追了,穷寇莫追,先收拾了张桂芳!"哪吒这才折回来。

姜子牙对被围困的张桂芳喊道:"张桂芳,李兴霸已经逃走了,不要奢望有人来救你,你还是束手就擒吧,不要再做困兽之斗了!"

张桂芳拼死突围,他集中注意力,将围困他的西岐士兵一连杀了数十人,枪尖的鲜血还在不断地往地上滴。

张桂芳苦笑道:"反正今天是活不了了,杀一个够本,杀两个稳赚,我生是朝廷的人,岂会投靠尔等反贼!大王,臣生不能报大王,唯有一死以全臣节!"

张桂芳拔出腰间的宝剑,抹了脖子,倒在了血泊之中。

朝廷军士见张桂芳已死,军心涣散,一个个丢盔弃甲,四处逃窜。

"敌军将士们,张桂芳已死,你们愿意回家的可以回家,愿意留下来的,就在原地等待,我们会安顿大家。"姜子牙喊道。

姜子牙处理好了战场上的后续事务，便班师回城。

李兴霸仓皇而逃，没有去处，狰狞兽在一个山头落下来。狼狈不堪的李兴霸靠在一块石头上，歇了起来，他的眼神里充满了迷茫。

李兴霸正要起身前往朝歌，突然一个道童经过，见狼狈的李兴霸，上前见礼道："道长有礼。不知道长为何这般模样？"

李兴霸叹道："我乃九龙岛四圣李兴霸，因在西岐襄助张桂芳对付姜子牙失利，此刻正在此处小歇。道童何往？"

道童一听，脸色大变，趁李兴霸不备，用捆仙索绑了李兴霸。

李兴霸急道："仙童，你这是干什么？你我无冤无仇为何要绑我？"

道童大笑道："我乃九宫山白鹤洞普贤真人弟子木吒，我大哥和三弟都在姜子牙手下。我正奉师命下山，碰巧遇到你，真是踏破铁鞋无觅处，得来全不费工夫。走吧，我带你回西岐去，看师叔怎么处置你！"

李兴霸愤怒道："你个混账东西，快放开我，有本事你解开我，我们大战一场，这样我输得心服口服！"

李兴霸边说边挣扎。

"你不用挣扎了，这是捆仙索，你越挣扎越紧！你是九龙岛四圣之一，法力高深，我能放你吗？！"

木吒背着浑铁棍，腰上配着吴钩剑，牵着李兴霸驾云而去。

眼看着就要到西岐城，李兴霸苦苦挣扎，道："小贼，你快放了我！"

"不急，不急，西岐城马上就到了，到了我自然放了你，至于子牙师叔放不放你，就是他的事情了！"木吒道，继续驾云赶路。

姜子牙正在相府和诸将议事，这时木吒从天而降，降落到相府门口。相府守卫见木吒牵着李兴霸到来，连忙跑进去禀报道："丞相，府门外有个小道捆着李兴霸上门求见丞相。"

姜子牙大吃一惊道："一个小道竟有如此本事能拿获李兴霸！走，将军们，随我出府会会来人。"

众将皆深感吃惊，也十分困惑，一个个面面相觑。

哪吒和金吒一同出了相府，当他们见到木吒，甚是欣喜。

"来人可是西岐丞相姜子牙？"木吒面对姜子牙拱手问道。

"正是，请问小道是？"姜子牙纳闷道。

木吒连忙作揖道："姜师叔，我乃九宫山白鹤洞普贤真人弟子木吒，奉师命前来西岐辅佐姜师叔，途中遇到此贼，他无意中说出身份，我用捆仙索将他缚来，还请师叔发落，这也是我给姜师叔的见面礼了。"

姜子牙看了看狼狈的李兴霸，欣慰道："很好，捉住了李兴霸，九龙岛四圣威胁就都解除了！"

"姜子牙，士可杀不可辱，你还是杀了我吧！呸！"李兴霸像个无赖，竟然对姜子牙吐口水。

"我让你骂！你从我手上逃脱，我今天就亲手结果了你！师叔，你让开！"哪吒推开了姜子牙，用乾坤圈砸在李兴霸的天灵盖上，李兴霸当即脑浆迸裂而死，倒在了地上。

木吒这才收了捆仙索。

哪吒手段残忍，凶狠，姜子牙都没来得及反应，在场的所有人瞠目结舌。

姜子牙无奈地对哪吒道："哪吒，这李兴霸固然可恨，但你也不该用乾坤圈砸他脑袋呀，太残忍了，脑浆都出来了，你还不如直接砍丁他的脑袋。截教死了这么多人，这通天教主迟早会秋后算账的，我们不妨给自己留点余地。"

木吒听闻姜子牙叫哪吒，顿时眼泪翻滚，来到哪吒面前，问道：

"你是我三弟哪吒?"

"你是二哥木吒?"哪吒激动道。

"对,二哥好久没有见到你了,娘想你都想出病了。后来娘随爹去了燃灯道人那里。大哥呢?你见到大哥了吗?"木吒迫不及待问道。

金吒从人群中走来,面对木吒拥抱道:"二弟,见到你我们太高兴了,如今一家平安比什么都好!"

武成王黄飞虎笑着走出来,面对姜子牙,又看了看李家三兄弟,道:"丞相,恭喜了,有了李家三兄弟的加入,朝歌覆灭之日不远了!"

姜子牙来到三兄弟面前,笑道:"走,木吒,你一路舟车劳顿,随我入府,今日我大摆宴席庆祝此次与张桂芳一战大获全胜。"

由姜子牙带路,西岐将士们有说有笑地进了府。

第十章　初见杨二郎

闻太师本来对九龙岛四圣抱有很大希望，但终究被元始天尊的徒子徒孙们一一铲除，四圣已入了封神台。前方战事吃紧，不能没有主帅，张桂芳和风林已经牺牲，闻太师又派了魔家四将为先锋，出战西岐。这魔家四将原先是李靖的部下，自从李家被朝廷通缉，李家蒙难，这魔家四将也投靠了朝廷，这一次他们更是代表商朝挥师西岐。

经过数轮战斗，西岐未能取胜，金吒、木吒、哪吒念及魔家四将往日恩情，不愿痛下杀手。此刻魔家四将又在城外叫骂不休，言语无礼，姜子牙与诸将在相府议事厅里却束手无策，焦头烂额。

姜子牙感叹道："这西岐诸将中，能对付魔家四将的恐怕只有李家兄弟了，哪吒、金吒、木吒你们可愿意出战？"

金吒摇了摇头，无奈道："魔家四将是看着我们兄弟三人长大的，他们虽然投靠了朝廷，但也从未出卖我爹，人往高处走，水往低处流，若真取他们四人性命，反正我下不去手！"

姜子牙看了看哪吒和木吒，兄弟俩埋下头。

姜子牙叹道："哎，武成王，就由你率领黄家将出战魔家四将吧！我亲自上城为你们擂鼓助威！"

"遵命。"黄飞虎甩了甩战袍，正准备出府。

"报！"一个府兵跑了进来。

"什么事？"姜子牙问道。

"禀丞相，门外有一位公子求见！"府兵道。

姜子牙纳闷道："公子？是何模样？"

"气宇轩昂，玉树临风，有三只眼，银甲银盔，手里握着三尖两刃刀，腰间别着一把斧头。"

府兵描述道。

姜子牙甚喜，道："是杨戬，真的是雪中送炭啊！快请他进来，这下有人出战魔家四将了。"

府兵领命跑了出去，众人翘首以待。

少时，一个身着银甲银盔，手持三尖两刃刀，神采奕奕的粉面郎君走了进来，他的三只眼睛炯炯有神。

杨戬认得姜子牙，直奔姜子牙面前，半跪拱手作揖道："杨戬见过子牙师叔。师父命我下山襄助师叔，不知道城外陈兵者为何人？"

姜子牙扶起杨戬道："师侄，你先起来，外面陈兵者是魔家四将，此四人法力高强，你来了可解我们的燃眉之急啊！"

武成王面对姜子牙问道："丞相，这位公子是？"

姜子牙笑道："他是玉泉山金霞洞玉鼎真人门下弟子杨戬，此番前来是奉玉鼎师兄之命。杨戬天生神力，法力高强，有他在魔家四将必败！"

杨戬面对诸将作揖道："杨戬见过诸位将军，以后就与诸位将军并肩作战了！"

西岐诸将一一还礼。

哪吒跳出来，面对杨戬调皮道："我听师父说起过你，你叫杨戬，是天帝妹子和凡人所生之子，你的事迹我听说过，你劈山救母，孝心可嘉啊！"

杨戬有些难为情，面对哪吒问道："你是何人？为何对我的事情如此了解？"

姜子牙走到杨戬面对，拍了拍他的肩膀，安抚道："哪吒顽劣，但并无恶意,他是太乙真人的关门弟子,你们两个要以师兄弟相称!"

杨戬道:"原来是太乙师伯的弟子,失敬失敬。"

杨戬向哪吒作揖。

哪吒对杨戬似有几分自来熟,仿佛一见如故,他拍了拍杨戬的肩膀,得意道:"我听我师父太乙真人说起过你的故事,你是一个英雄,还听说你法力高强,有机会我们比试比试。魔家四将于我们李家有恩,这一仗只有你代劳了!"

"好说。"杨戬客气道。

姜子牙朝议事厅外士兵喊道:"来人呀,速速去了免战牌,诸将随杨戬出城,一起迎战魔家四将。"

"唯。"士兵朝府外跑去。

面对姜子牙的免战牌,魔家四将似乎束手无策。魔家四将在城外严阵以待,见士兵摘了免战牌,魔家四将又疑虑重重,心想姜子牙定是有了应对之人。

突然,西岐城门大开,杨戬持三尖两刃刀,胯下骑着白马冲了出来;而哪吒踩着风火轮飞了过来,与杨戬一个在地,一个在天。

魔礼青见哪吒,喊道:"哪吒,这是两军交战,是我们大人的事,你一个小孩就不要掺和了!"

哪吒道:"魔家四叔,你们是看着我长大的,如今两军交战,各为其主,我不忍心伤你们,你们还是自行退去吧,如今纣王无道,你们难道要为了荣华富贵助纣为虐吗?"

"既然如此,哪吒,我们各为其主,战场之上生死不论,切莫对我兄弟四人手下留情,我们也不会对你手下留情的!"魔礼青态度坚决道。

魔礼青又看了看骑白马的、威风八面的三眼将军,问道:"你又是哪来的小将?"

杨戬不屑一顾道:"我乃是姜丞相师侄杨戬,你们竟然助纣为虐,那就不要怪我们手下不留情了!"

杨戬持三尖两刃刀向魔礼青砍了去,魔家另外三将纷纷出战,与杨戬大战。突然,后方来了一队运粮草的士兵,领头的将军叫马成龙,胯下有赤兔马,日行千里,见大路被混战的将士所阻碍,于是大喝一声,抡起大刀,骑着白马,飞奔而来,与魔家四将展开大战。

哪吒念及往日旧情,一直盘旋在空中,不忍出手。魔礼寿见马成龙冲出来,兄弟四人陷入被动,于是取出花狐貂抛入空中,这花狐貂幻化成一头白象,口像血盆,牙齿像锋利的刀刃,吃人。西岐的很多将士都被这怪物吞噬,战场上血流成河,将士们发出惨叫。这花狐貂甚是凶残,一口就将马成龙咬了半个身子,马成龙当场毙命。

西岐将士见花狐貂运行速度极快,又凶狠残忍,一个个惊魂未定,慌忙奔走。

杨戬震怒道:"原来是这怪物!看我不收了你!"

杨戬放下两刃刀,正准备发功,却遭到花狐貂的攻击,来不及躲闪的杨戬,直接被花狐貂给吃了。

哪吒大惊,连忙飞回了相府,面奏姜子牙道:"丞相,杨戬被魔家四将的花狐貂吃了。"

"什么?花狐貂?!"姜子牙大惊失色,一屁股坐了下来。

这花狐貂是狠角色,姜子牙是见识过的,当哪吒提起花狐貂,姜子牙毛骨悚然。

姜子牙慌忙道:"哪吒,传令下去,鸣金收兵,不然我西岐诸将今日要被花狐貂吃个干净!"

哪吒代替姜子牙去了城上,下了收兵令,诸将士这才退入城去,将城门紧闭。

而魔家四将,初战告捷,回到营地里,把酒庆贺。

魔礼红面对魔礼青道："大哥，杨戬我听过，此人是玉鼎真人的弟子，是天帝的外甥，是天帝妹妹和凡人所生，一出世就是个三眼魔童，法力无边，想不到今天会栽在大哥的花狐貂手上。大哥，你这花狐貂这么厉害，索性我们把它放进西岐城中，吃了姜子牙，吞了姬发，可不大事定了嘛，我们还卖什么命？！"

魔礼海道："二哥，你这如意算盘打得不错啊，但我估计姜子牙肯定回去后会有所准备，你的计策怕是不行了！"

不过，魔礼青倒认为可行，道："我倒认为此计可行！"

魔礼寿和魔礼海面面相觑，一脸诧异。

魔礼青取出豹皮囊，花狐貂从里面跑出来，魔礼青对着花狐貂，用手指摸了摸它的鼻子，道："宝贝，只要你能吃了姜子牙和姬发，我算你大功一件，你回来要吃什么，我都让你吃！"

花狐貂像一道闪电，一下子就跳出了窗户，然后飞檐走壁。纵然是漆黑的夜晚，它也来去自如，长着一双发亮的眼睛。

杨戬是人和神结合生下来的后代，是花狐貂所消化不了的，正好天气有些冷，他在花狐貂的肚子里过冬罢了，听说魔家四将指使花狐貂潜入西岐城中要咬死姜子牙和姬发，杨戬想这还得了，便用三尖两刃刀在花狐貂的肚子里乱捅，花狐貂忍受不了剧痛，从夜空中落了下来。

杨戬发功，撑爆了花狐貂，花狐貂被杨戬撕成了碎块。

此时已到了子夜时分，杨戬现了形，来到了西岐的相府，杨戬吩咐相府守卫击响了相府门口的大鼓。

姜子牙还在议事厅与哪吒、金吒、木吒、黄飞虎等人商议如何对付魔家四将时，忽闻鼓声，便中断了与众人的谈话。

"报……杨戬将军回来了。"相府守卫率先来报。

杨戬紧跟其后，大笑道："丞相，我已经替大家除了这花狐貂，我军再也不用怕了。"

杨戬活生生站在众人面前，诸将深感诧异。姜子牙上前摸了摸杨戬的臂膀，道："师侄，你不是被花狐貂吃了嘛，我们亲眼所见，你是如何脱身的？"

哪吒欣喜道："杨戬，你能回来，我们太高兴了！"

杨戬再次发笑，道："小小畜生岂能吃我？我乃是人和神的后代，又在玉鼎真人门下修炼多年，如果连这小小畜生都对付不了，我岂不是辱没了家师的名声！"

姜子牙欣慰道："你回来就好，回来我们都放心了，只是你刚才说你除了花狐貂是怎么回事？"

"这几日天气有些寒冷，我既然被花狐貂吃了，它的肚子里甚是暖和，我本想在里面多住几日，哪知今晚魔家四将商量，要放出花狐貂潜入西岐城中，把师叔还有姬发主公通通吃掉，我哪能让他们得逞，就在花狐貂前往西岐城的路上，我在它肚子里发功，将这怪物震得粉碎，所以我说西岐将士们不用再担心了。"杨戬扬扬得意道。

金吒在一旁听了，忍不住厉声道："好个魔家四叔，手段也真是残忍，这如意算盘也打得太好了吧！"

姜子牙面对杨戬道："此战，你杨戬当居头功啊！"

杨戬道："师叔，诸位将军稍后，杨戬再回去会会这魔家四将！"

"你已经杀死了他们的花狐貂，如今怎么回去？"姜子牙纳闷道。

杨戬得意道："师叔，杨戬有七十二变，能变花鸟虫鱼，这变个花狐貂算什么大事！"

说罢，杨戬摇身一变，变成了花狐貂，在屋子里上蹿下跳，一朝被蛇咬十年怕井绳，众人都以为是花狐貂又来了，一个个吓得纷纷躲闪，直到杨戬现了本相。

姜子牙叫绝道："妙！妙！太妙了！杨戬你去吧，千万小心！"

杨戬正在走，被金吒叫住了，道："杨戬，魔家四叔曾有恩于我们家，虽然一时误入歧途，但也情有可原，请你莫要伤他们性命，请带回城中交给姜丞相处置！"

杨戬点头道："请放心，既然说了，我就不会伤害他们！"

哪吒道："杨戬，你自己也要小心，我那魔家四叔也不是浪得虚名，他们虽然武功平常，但是他们手中的四件法器都是厉害之物，除了花狐貂，玉琵琶、混元伞的威力你还没有领教过呢！当心点！"

"放心吧。"杨戬摇身一变消失得无影无踪。

哪吒羡慕道："我要是能像杨戬那样，变苍蝇、蚊子什么都可以，那就好了。"

众人听后，哄然大笑。

杨戬变成花狐貂的样子，落在了魔家四将的帐前，魔礼寿得意道："宝贝回来了。"

用手接住了花狐貂，仔细观察花狐貂的牙齿，并不见它牙齿上有半点血迹，有些疑虑，拍打着花狐貂的脑袋道："不是让你去吃姜子牙和姬发嘛，你到底吃了没有？！"

魔礼寿已经喝得醉醺醺的，魔礼青道："它肯定是吃了，可能是撑着了，不管它，快来喝酒。"

魔礼寿把花狐貂放在一边就喝酒去了，魔家四将喝得烂醉如泥，倒头睡了。

到了四更天，魔家四将已经完全熟睡，还在打呼噜，周围鸦雀无声，安静得可怕，就连哨兵都挨不住，睡着了。

杨戬便从豹皮囊中钻了出来，现了本相。见魔家四将的四件法器就挂在墙上，杨戬用手去取，杨戬拿混元伞的时候，其他三件法器掉到了地上，落地有声，杨戬只得到了混元伞。

魔礼红从梦中醒来，看到三件法器掉到了地上，便半闭着眼睛将他们都挂好,丝毫没有觉察到混元伞不见了,便又倒下睡觉。

杨戬携带混元伞回到了姜子牙府上,众人并未散去,他们都在等杨戬的消息。

见杨戬回来,姜子牙和诸将高兴地来到大门口迎接,杨戬双手捧着混元伞献给姜子牙道:"师叔,我只盗得这件伞。"

姜子牙正要去接,哪吒抢过来一看,道:"果然是混元伞,没有这混元伞,魔礼红要吃亏了!"

次日清晨,魔家四将从睡梦中醒来,各取法器。魔礼红大惊叫道:"我的混元伞不见了。"

魔礼青道:"我军大营,军纪严明,戒备森严,连只苍蝇都飞不进来,如何会失了混元伞?!"

四将疑虑重重,魔礼红道:"我屡立奇功,全凭这混元伞的威力,如今不见了,我怎么能御敌呢?如同老虎没了牙齿!"

四将闷闷不乐。

就在四将焦头烂额的时候,一个士兵突然进帐,来报道:"将军,有人在辕门外向我军挑战,请将军示下!"

四将一听,也顾不得思前想后,连忙整顿兵马,出营会战,见一将骑着玉麒麟而来。

魔礼青见小将,喊道:"来者何人?"

黄天化道:"我乃武成王黄飞虎之子黄天化,奉丞相将令特来擒你们!"

魔礼青恼羞成怒,提枪便冲向黄天化,气势汹汹,势不可挡。黄天化骑着玉麒麟,使着双锤,与黄天化展开大战。

黄天化与魔礼青大战不及二十回合,魔礼青拿出白玉金刚镯,一道白光,打落下来,正中黄天化的后背。

跌下马的黄天化,发冠脱落,头发已乱,魔礼青正要取他首级,突然被哪吒火尖枪挡了回去，魔礼青未能得手。

哪吒蹬风火轮而来，喊道："魔家大伯，请留住黄天化性命！"

魔礼青道："哪吒，你小小年纪，不应该蹚这趟浑水，回山里修行去吧，这打仗可不是闹着玩的！"

哪吒坚决道："魔家四位长辈，如果你们执意攻打西岐，就不要怪侄儿手下不留情了！"

哪吒提枪冲上去，与魔礼青双枪并举，战了几个回合，哪吒枪法如神，加之火尖枪乃神器，魔礼青始终在下风。

魔礼青战不过哪吒，便又以白玉金刚镯对付哪吒，哪吒以乾坤圈相迎，两圈相碰，白玉金刚镯被击得粉碎。

魔礼青和魔礼红异口同声道："好你个哪吒，竟敢毁我宝贝！"

魔礼青、魔礼红、魔礼寿和魔礼海，各执法器，准备一起对付哪吒，哪吒念及亲情，又担心鱼死网破，于是便背上黄天化，蹬上风火轮，往西岐城去了。

魔家四将，赔了夫人又折兵，当然不高兴。

魔礼青进了帐，一屁股坐了下来，一拳重重地砸在桌案上，愤怒道："这个哪吒，不好好待在他师父那里，偏偏要下山来辅佐姜子牙，挡住我们兄弟升官发财的路。念及亲情，我始终没有对他下死手！先是丢了花狐貂，现在也毁了金刚镯，可恨！"

魔礼红叹道："哎，大哥，你们难道都没有看出来，其实哪吒这孩子有情有义吗？他也没有对我等痛下杀手啊！他手里有火尖枪，有乾坤圈，有混天绫，可能还有法宝没有使出来呢，任何一件法宝都可能要我们的命！你们可曾还记得东海龙王？我们四人的法力比较东海龙王如何？他不是都被哪吒变成蛇了吗？！"

"二哥说得有道理啊，我也看出来了，哪吒没有对我们用全力，金吒和木吒还没有出面。"魔礼寿感慨道。

魔礼青斩钉截铁道："你们不要为了这点小恩小惠就心慈手软，我们出来是建功立业的，难道一辈子跟李靖在陈塘关混？他现在自己也混不下去了，都投靠燃灯道人学法去了！"

魔礼海看着三人，咬紧牙关道："对，成大事者就不能妇人之仁，下次见了哪吒我照样不会手下留情。"

哪吒驮着黄天化回到了西岐相府，黄飞虎及其诸将正在议事厅里和姜子牙议事，哪吒喊道："丞相，武成王，你们快出来呀，天化出事了！"

黄飞虎一听，脸色煞白，拔腿就跑了出来。

哪吒把黄天化背到了大厅的太师椅上放下来。黄天化双目紧闭，靠在太师椅上纹丝不动，黄飞虎走过去，推了推黄天化，此刻黄天化身体已经拔凉拔凉。

黄飞虎激动地喊道："天化，你快醒醒！"

见黄天化已经凉透了，黄飞虎面对哪吒激动道："他是怎么死的？天化的武艺高强，魔家四将的武功应该不会这么轻易伤到他，哪吒，告诉我到底怎么回事？"

哪吒道："天化与魔礼青大战，魔礼青的武艺不及天化，落了下风。谁知魔礼青还有一件法宝白玉金刚镯，趁天化不备，从天化身后重伤他，天化当场口吐鲜血，从玉麒麟上摔了下来。若不是我拼命抵挡，夺下天化，恐怕天化的脑袋都被魔礼青砍下来了！我把天化背回来，看看姜师叔有没有好办法救活他！"

黄飞虎痛彻心扉，他强忍住悲痛，眼泪在他的眼睛里打滚，他拍着自己的胸脯喊道："天化，我的儿啊！"

众人对黄飞虎深感同情，而姜子牙也束手无策。

就在这个时候，一个道童从天而降，来到姜子牙面前，作揖道："姜师叔，我是紫阳洞道德真君的弟子，师父算出天化师兄有难，特来背师兄回山。"

姜子牙面对黄飞虎，大喜道："武成王，道德真君是我的师兄，也是天化的师父，他法力高强，妙手回春，定有医治天化的方法，让天化起死回生，你就不要伤心了。"

黄飞虎平复了一下悲伤情绪，面对道童作揖道："仙童，有劳了，见到真君替我谢谢他，他是我父子的恩人。"

道童回了礼，便背起黄天化，来到相府门口，脚一跺，便登上了云端，幻化而去。

黄天化一死，哪吒、金吒、木吒和杨戬，他们都不能再容忍魔家四将，黄飞虎对他们更是仇深似海。

黄飞虎面对李家三兄弟道："李家三兄弟，魔家四将于你们有恩我管不着，但是他们今天打死了我儿黄天化，这口气我咽不下去。"

黄飞虎转身面对姜子牙道："丞相，我要替我儿报仇，请允许我出战魔家四将。"

黄飞虎态度决绝，眼神里充满了仇恨，姜子牙深感同情道："武成王，丧子之痛，我完全可以理解。魔家四将既然已经打死了黄天化，想必他们此刻已经做好了应对的准备，就是防止我们的人前往偷袭，说不定已经在附近埋伏下来。现在你眼睛里都是愤怒，愤怒会让人丧失理智的！杨戬不是会变化之术嘛，只要他变成花狐貂潜入进去，先探听虚实，做好内应，咱们再出手也不迟啊！"

杨戬上前道："是呀，武成王，丞相说得对，敌暗我明，你过去就等于自投罗网，我还是变成花狐貂的样子潜入过去，看看他们在干什么。"

哪吒道："杨戬，魔家这四位长辈武功平平，平日里就靠着他们的四件法器耀武扬威，如今混元伞已经被杨戬盗得，花狐貂已毁，如果再把青锋宝剑、碧玉琵琶盗了，那他们就是没有爪牙的老虎。"

黄飞虎道:"此计甚妙,那魔家四将还不任我们宰割!"

姜子牙点了点头,道:"杨戬,你多加小心。"

杨戬摇身一变,消失得无影无踪。

魔礼青正在校场上操练兵马,将士们掷地有声。魔礼寿愁眉苦脸地走向魔礼青,魔礼青见魔礼寿,忙靠着一块石头坐了下来。

魔礼寿见魔礼青道:"大哥,花狐貂不知去哪儿了,到处都找不到。"

魔礼青道:"花狐貂是灵兽,是不是你骂它,它生气离家出走了?"

"我没有骂它呀,再说我是主人,骂它几句怎么了,等这畜生回来看我不收拾它。"魔礼寿抱怨道。

这时,杨戬变化的花狐貂听到了他们的谈话,便走到了魔礼寿面前。魔礼寿见花狐貂便要用脚去踹它,刚起脚,又不忍踩,把它抱起来,用手轻轻拍打他的脑袋,道:"你这畜生跑哪里去了?让我一阵好找,今天又去哪里吃人了?我不是让你潜入西岐城吃姜子牙吗?你怎么不去?!"

魔礼寿边问边拍打花狐貂,杨戬忍受不了,从魔礼寿的怀里跳了出来。

魔礼寿吼道:"你不许乱跑啊,我们杀了武成王黄飞虎的儿子黄天化,黄飞虎可能随时都会来我们这里偷袭,到时候你跑了,我们上哪里去找?!"

杨戬就围着他们打转。

这时候,魔礼红也来了,面对魔礼青,他心急如焚道:"大哥,我的混元伞找不到了,我和魔礼海在军营里到处都找遍了,士兵也都一一排查,就是找不到。如果没有了混元伞,姜子牙打过来,我们该如何应付?"

面对一筹莫展的魔礼红，魔礼青思虑片刻道："你是聪明一世糊涂一时啊，这混元伞是你的贴身法器，是识得主人的，你找到它还不容易嘛？你先算算它在哪里，然后念动咒语，它不就回来了吗？"

魔礼红恍然大悟，拍了拍自己的额头，道："我真笨，我怎么没有想到！"

魔礼红双目紧闭，掐指一算，立马算出来，大喜道："大哥，我的混元伞竟然在姜子牙的府上，待我召回它！"

魔礼红念动咒语，混元伞挣脱了束缚它的铁链，冲破姜子牙相府的窗户纸，飞到了魔礼红手中。

魔礼寿问道："算得出来这混元伞是怎么到姜子牙手上的吗？"

魔礼红道："我与混元伞早已经人伞合一，自然能寻到它的踪迹，但是谁偷走的，这个我倒算不出来！"

魔礼青自满道："好在我们几兄弟都已经练到人伞合一，人剑合一的境界，是没有人能偷走我们的法宝的！"

杨戬所变的花狐貂在一旁听得真真的，本来想等到晚上他们都睡着了再偷他们的法器，但现在看来是不行了，听他们这么一说，即便是偷走魔家四将的法器，他们也可以找回来，只有拼死一战。

魔礼寿道："大哥，二哥，黄飞虎的儿子黄天化死在我们兄弟手里，黄飞虎一定不会善罢甘休。硬碰硬，黄飞虎肯定不会是我兄弟四人的对手，但是他们要是偷袭，或者李家三兄弟帮忙，那我们可就要小心了。我有一计，我们想办法放出风去，就说大哥被黄天化所伤，我军大营已经乱作一锅粥，我们先埋伏好，在营帐四周埋下燃油，等姜子牙的人到来，我们再一起射出火箭，定叫他姜子牙来得去不得！"

"妙，我认为此计可行。"魔礼青道。

杨戬变得花狐貂趁他们不注意，溜了，他回到了西岐城姜子牙府。

姜子牙正在府上的院子里研究八卦阵，死盯着八卦阵看，也不知道他在想什么，一只手捋着胡须，哪吒在旁边观看。

杨戬突然出现在姜子牙面前，哪吒倒是被吓了一跳，调侃道："你这变化之术太神奇了，真的是来无影去无踪，可惜我不会啊。"

"哪吒，我今天不跟你贫嘴，我找姜师叔有紧急军情！"杨戬急道。

姜子牙面对杨戬道："杨戬，你去魔家四将军营打探得怎么样了？"

"丞相，我变成花狐貂的样子才听到了他们的谈话。魔礼寿建议魔礼青装病，散布消息称魔礼青被黄天化所伤，诱骗我军深入。他们在营帐四周埋下了燃油，只要我军进入他们就射出火箭点燃燃油，让我军葬身火海！"杨戬道。

姜子牙面对哪吒和杨戬问道："那我们是去还是不去呢？人家都算准我们要去偷袭！"

杨戬斩钉截铁道："去，为何不去。师叔，我变成花狐貂的样子已经打听到他们的粮草所在了，所谓兵马未动粮草先行，我们只要一把火烧了他们的粮食，他们没有吃的，自然就退兵了！"

武成王黄飞虎听到了他们的谈话，走了过来，道："我们来一个声东击西，我们假装去袭营，到时候战事一起，他们所有兵力都来对付我们，而我们趁此时机烧他们的粮草！"

姜子牙思虑再三，仍然有些犹豫，道："我总觉得哪里不对，应该好好筹谋筹谋，我总觉得这里面还有我们看不到的！"

杨戬恍然大悟道："对了，我忘记告诉你们了，我这次去敌营，本来是去偷去他们的法器的，但是被我们用铁链绑在府上的混元伞都被魔礼红收回去了！魔家四将真的神通广大，他们已经练到和自己的法器心意相通的地步，不仅算出法器在哪里，而且念动咒语就能让法器回到自己手上，那我去偷还有什么意义呢？看来我们和魔家四将注定是生死一战！"

姜子牙大吃一惊，道："哦，他们果真如此厉害？！"

"丞相，既然魔家四将已经布下诡计，那我们就将计就计，杀他们一个出其不意！"黄飞虎急不可耐道。

"是呀，师叔，不可再犹豫了！"杨戬催促道。

"让我好好想想！"姜子牙背着手走进了屋子。

众人也跟了过去。姜子牙坐在太师椅上，眉头紧锁，时不时又站起来，在屋子里徘徊。

"姜师叔，我知道你在担心什么，你在想这会不会是魔家四将的圈套，等着我们上钩。不妨事，这一次我们是假装中计，是去偷袭的，明知道魔家四将已经在营帐四周埋下燃油，伏下重兵，我们既然选择自投罗网又怎么会派真的将士去牺牲呢……"杨戬道。

姜子牙茅塞顿开，道："你说下去……"

"杨戬会七十二般变化，花鸟虫鱼，豺狼虎豹，什么都能变。魔家四将既然已经埋伏好，等我们上钩，那么我就变一个分身，然后再撒豆成兵，变作千军万马，另外再变一个武成王，还有姜师叔，以及哪吒、金吒、木吒、龙须虎等将军的样子。魔家四将见我们都到齐了，定然调集重兵全力围攻我们，烧杀我们，此时他们的粮草大营必然守卫空虚。他们也万万想不到，我们会去烧他们的粮草，这就是声东击西。如果没有粮食，他们的将士是支撑不了几天的，只能乖乖回到朝歌。"杨戬胸有成竹道。

黄飞虎道："妙啊，此计太妙了，如此一来，我们没有损失一兵一卒，即便发现这是个圈套，他们也拿我们没办法！只是这烧他们粮草的事情派谁去好呢？"

木吒道："姜丞相，让我去吧。"

姜子牙有些顾虑，犹豫不决。

哪吒主动请缨道："师叔，让我去吧，我是莲花化身，烟熏火燎对我没用，我百毒不侵，刀枪不入，无魂无魄，混元伞、玉琵琶都是伤不了我的！我烧了他们的粮草就返回西岐城，这件事情就让我和杨戬去办吧，你们在府上等我们的消息！"

夜已经深了，魔家四将的营帐外戒备松懈，巡夜的士兵也三五成群地围在一起喝酒闲聊，看门的士兵犯困，打盹儿。这些都是魔家四将有意安排的。

杨戬变了近千名士兵，还变了黄飞虎、姜子牙以及龙须虎、金吒、木吒、哪吒等人的样子，由杨戬的分身带路，齐头并进地朝着魔家四将的大营而去。

杨戬的分身对看门的士兵使了法术，让他们昏死过去，杨戬分身以及所变化诸人一路畅通无阻，直通魔家四将营帐。杨戬分身掀开营帐，见里面没人，突然，外围传来喊杀声，魔家四将现身出来，他们各自拿着法器，距离杨戬分身差不多有数百丈远，站在烽火台上，居高临下。

魔礼青大笑道："杨戬、姜子牙、黄飞虎、李家三兄弟，魔家四位叔叔对不起你们了，我们各为其主。来人呀，给我放箭！"

早已埋伏在四周的敌军将士，万箭齐发。火箭像下雨一样，落在了他们的面前，顿时现场成了一片火海。火势熊熊，很快就将营帐四周都烧起来了。魔礼海连忙弹奏碧玉琵琶，魔音环绕。

但是西岐军士并没有溃败逃跑的意思，也没有被烈火焚烧的痛苦感，没有厮杀声，没有救命声。杨戬、姜子牙、黄飞虎以及西岐士兵顷刻间消失得无影无踪，地上只有被烧焦的豆子。

杨戬隔空传音，大笑道："魔家兄弟，此乃幻术，你看到的杨戬只是我的分身；姜丞相、武成王、龙须虎、李家三兄弟，都是我用幻术变出来的；你们的花狐貂也已经被我杀死了，你们看到的花狐貂是我杨戬变的。我偷听到你们的谈话，我们就将计就计，其实我们此行真正的目的是烧你们的粮草大营，你们快看，那边的大火把天空都照亮了，还不快去救火?!"

三五个商军跑来急报道："四位将军，我们的粮草被烧光了，你们快去看看吧！"

魔礼青震怒道："是谁?! 哪个挨千刀的?!"

魔家四将纷纷从烽火台上跳了下来，魔礼青捏着一个士兵的衣领道："快告诉我，谁干的?!"

"我们不认识，只记得是个蹬火轮的，拿着一杆金枪，穿着像荷花一样的衣服，放了火就飞了，飞得很快，我们发现时大火已经将整个粮仓都烧起来了！"士兵激动不已道。

魔礼青一刀劈了那士兵，道："护粮不力，该杀！"

魔家四将慌慌张张赶到粮草大营，这里已经被烧成灰烬，地上满是被烧焦的小麦和米粒。

魔礼青拔出宝剑，指天立誓道："姜子牙，我一定要宰了你！"

魔礼红愤怒道："我们兄弟四人今晚就不要睡了，好好想想明日如何进攻西岐！西岐就算是铜墙铁壁我们也要打下来，不然我们没法面对闻太师，在大王面前也没有了立足之地！"

魔礼海道："大哥，二哥说得对，我们现在就回去好好筹划一下！"

说罢，四兄弟气势汹汹地朝着自己的营帐走去。

杨戬和哪吒完成使命，回到西岐城，来到相府姜子牙处复命。姜子牙没有睡，一直在房间掌灯看书简。

其他将军犯困，都回去睡了。

杨戬和哪吒敲响了姜子牙的房门，姜子牙放下书简，亲自开门，看到哪吒和杨戬平安回来，松了一口气，道："你们平安回来就好，不等你们回来，我怎么能安心睡觉？"

杨戬笑道："师叔，魔家四将知道他们烧的是我们的化身，是幻术，气得吹鼻子瞪眼。那叫一个过瘾！"

姜子牙又看了看哪吒，哪吒得意道："姜师叔，我脚踏风火轮，一挥火尖枪，用三昧真火将四位叔叔的粮草烧了个彻底！"

姜子牙却高兴不起来，忧心忡忡道："如今他们没有了粮草，断了粮，肯定又不好意思向闻仲要，恐怕他们明天要拼死攻城。如果我所料没错，明天会是一场生死之战！我现在最担心的是你们李家三兄弟为了旧情手下留情，尤其是金吒和木吒！"

姜子牙面对哪吒忧心忡忡。

哪吒铁了心道："师叔，魔家四叔助纣为虐，我只能割袍断义，与他们恩断义绝，明天战场上相遇，我绝对不会手下留情！"

姜子牙道："但愿吧。天色已晚，哪吒你是莲花化身不用睡觉，但是我要休息了，你们都回去吧。"

杨戬和哪吒这才双双告退。

魔家四将这次吃了亏，气愤难消，黎明时分，就开始整顿兵马。天大亮，魔家四将率领朝廷的大军，兵临西岐城下，与西岐大军对峙。从城上望过去，黑压压一片，不知有多少人，一眼望不到头。

魔礼青骑着红鬃烈马，剑指姜子牙道："姜子牙，你烧我粮草，害得我军将士饿着肚皮作战，我实难与你罢休，姜子牙拿命来！"

魔礼青持青云剑冲了过去，黄飞虎骑着五彩神牛，手拿金枪挡住了魔礼青，道："魔礼青，你们伤我儿黄天化，我儿现在还生死不明，我要让你偿命！"

黄飞虎与魔礼青展开了大战，黄飞虎的几次进攻，都被魔礼青化解。魔礼青的青云剑剑气能劈石断金，无坚不摧，虽然隔着黄飞虎一丈远，也能伤他于无形。

黄飞虎被魔礼青的剑气所伤，从神牛上摔了下来。魔礼青欲伤黄飞虎性命，但五彩神牛冲魔礼青喷了恶臭之气，魔礼青这才退了回去。

杨戬手握三尖两刃刀冲过去，挡住了魔礼青的杀招。魔礼青愤怒道："好一个杨戬，你竟敢伙同哪吒烧我粮草，还杀我花狐貂，看枪！"

魔礼青收起了青云剑，拿出虎头枪进攻杨戬。魔礼青的枪法已经练到了出神入化的地步，在招式上处处压制杨戬，处于上风。杨戬不敌，额头上的第三只眼突然睁开，发出白光，那光甚是晃眼，魔礼青被强光所伤，双目已瞎，战甲也被强光烧黑。

魔礼青瞎了双目，顿时心急如焚，恐慌不已，提枪乱舞。

"杨戬，还我眼睛！"魔礼青愤怒道。

杨戬举起三尖两刃刀朝着魔礼青砍去，金吒急忙喊道："杨将军住手！留他性命！"

杨戬的臂力如同千斤坠石，这一刀下去，哪里收得回来。魔礼青被砍了脑袋，鲜血喷了出来，当场毙命。

"大哥！"魔礼寿、魔礼红、魔礼海异口同声喊道。

魔礼海震怒道："杨戬，姜子牙，还我大哥命来！"

魔礼海拿起碧玉琵琶就弹起来，那声音诡异得很，西岐将士听了这魔音，都血管爆裂，七窍流血而死。

"大家捂住耳朵，千万不要听这琴音！"姜子牙回头对将士们喊道。

这一回头，**姜子牙**才发现，士兵们已经死了一大片，尸横遍野，惨叫声响彻天空。只有少数几个有修为的将军、龙须虎、杨戬、金吒、木吒、黄飞虎等人才能运功调息，避免被魔音所伤。

这魔音尚未消停，魔礼红又抛出混元伞。魔礼红发功，混元伞在天上快速旋转，伞下发出千万把小刀，射向西岐诸多将士，西岐大军再次受到重创。将士们被魔音和刀雨双重攻击，没有人招架得住，又是死伤一片，哀嚎遍野。

有法力的将军们只能自保，无法对魔家兄弟发起进攻，姜子牙喊道："将士们，快退回城中。"

西岐士兵一边抵挡刀雨的进攻，一边退回城中。

哪吒是莲花化身，刀雨和魔音对他都没有影响。他舞动混天绫，这些刀雨都被挡了回去，刀雨冲魔家将士而去。

魔礼海深感诧异，对哪吒喊道："大侄子，我这碧玉琵琶发出的音，无论神、妖、人都无法幸免，为何你却毫发无伤？！"

哪吒道："海叔，你大概忘了我是莲花化身，刀雨如何伤得了我？琴音又如何伤得了我？我非人非神非妖，已在三界之外，不在五行之中。如今青叔已死，我劝三位叔叔回头是岸，你们不是我和杨戬的对手，以免再丢了性命！"

魔礼海大笑道："我们兄弟四人从来没有分开过，如今大哥死了，我们三人岂能苟活于世！我们解决了姜子牙，就下去陪大哥！"

西岐将士被魔礼海的魔音折磨得生不如死，全身如针扎一般痛苦，有些甚至在地上打滚。西岐诸将也在运功调理中，无法对魔家将士发起攻击。

魔礼寿喊道："众将士听令，给我杀！杀了姜子牙，回到朝歌大王重重有赏！为大王尽忠的时候到了！"

敌军将士如洪水猛兽一般，冲向西岐将士，对没有还手余地的西岐将士进行了大肆屠杀，杀声震天，血流成河，哀嚎遍野，尸体堆积如山。

姜子牙冲哪吒喊道："哪吒，我等均受这魔音和混元伞所控，全身疼痛，动弹不得，无法进攻，只有你是莲花之身，不受法宝制衡。你快接我的打神鞭，今天必须得除了魔家兄弟，否则伐商大业难成。接着！"

姜子牙从腰间取下打神鞭，给哪吒抛了出去。

哪吒接住打神鞭，蹬上风火轮，来到天上，对着混元伞的顶部就是奋力一击。混元伞受到重创，被击得粉碎，伞枝随之掉了下来。

魔礼红连滚带爬地来捡自己的伞，他捡起一根伞枝，激动道："当年师父赠我混元伞，说伞在人在，伞毁人亡，如今我大限到了。"

魔礼红捡起地上散落的刀剑，抹了自己的脖子。

哪吒来不及制止。魔礼海见魔礼红自刎，激动之下丢了碧玉琵琶，来到魔礼红面前，抱起魔礼红的尸体，肝肠寸断，大喊道："二哥，你怎么也走了！"

魔礼寿没有了花狐貂，也就是一只没有牙齿的老虎，没有能力再做挣扎，杨戬很快将他制服，并把魔礼海和魔礼寿押到姜子牙面前。

哪吒把打神鞭归还给姜子牙，姜子牙面对魔礼海和魔礼寿，愤怒道："如今大商气数已尽，你们为了荣华富贵，偏偏要助纣为虐，弄得血流成河，又有多少家庭家破人亡，看我不用打神鞭打死你们！"

姜子牙将打神鞭高高举起，金吒、木吒、哪吒连忙制止道："师叔，手下留情啊，魔家四位叔叔如今只剩两位了，饶了他们吧？！"

姜子牙深感为难。

魔礼海大笑道："李家三兄弟，如果姜子牙不是有元始天尊赐给他的打神鞭，他又如何是我兄弟四人的对手？我们今天败局已定，李家三兄弟，魔家四位叔伯对不起你们，也对不起你们的爹娘，在他们需要帮助时，我们离开了他们，魔家四将不需要同情。"

魔礼海面对魔礼寿点了点头，拔刀自刎，倒在了血泊之中。

魔家四将皆灭，他们身后从朝歌带来的将士们乱作一团，军心涣散，纷纷丢盔弃甲，四处逃窜。

姜子牙面对朝歌将士大喊道："你们的主将已死，你们不要再做无谓的挣扎，愿意留下来和我们一起起兵朝歌的，我们欢迎，愿意回家的，我们也绝不为难大家！但是谁再冥顽不灵，魔家四将的下场就是你们的下场！"

魔家四将留下的人马，一部分走了，一部分留了下来编入了西岐的起义军。

第十一章 岐山除狼妖

入夜已至三更，姜子牙屋里的油灯依然亮着。姜子牙披着厚厚的虎皮大衣，在油灯下挑灯夜读书简，全神贯注。忽然，一阵风刮开了窗户，差点吹灭了油灯，姜子牙用袖筒遮挡着。外面的风呼呼地刮，姜子牙打了个寒战，将虎皮大衣往上提了提，又站起来护住油灯，走向窗口准备去关窗户。

风很大，将窗户来回扇动，外面发出"咯吱"一声巨响，姜子牙知道是树被刮断了。这风刮得厉害，狂风怒吼，飞沙走石，姜子牙将手伸了出去，很快袖子就白了。大雪纷纷扬扬，大片大片的雪花掉在他的袖子上，姜子牙再次打了个寒战，便迅速把窗户关上。

姜子牙感慨道："想不到又入冬了，这雪下得真大啊！魔家四将已死，怕是这闻太师要亲自出马了吧！"

姜子牙叹了一声，摆了摆头，转过身，朝床榻走去。他将油灯放在桌案上，脱了大衣挂起来，吹了灯便倒头睡下。风刮了一夜，雪下了一夜。

天已大亮，哪吒听见屋外传出噼噼啪啪的声音，像是有人在练武。哪吒推开门一看，正是杨戬在院子里练武。一夜风雪，相府被白茫茫的积雪覆盖，瓦片、树枝上到处是积雪。

杨戬耍起他的三尖两刃刀，耍得出神入化，使刀的手法极快，让人目不暇接。杨戬飞天遁地，他的三尖两刃刀每使出一招，地上的积雪都要顺带被他的刀风带走。他一连耍了三十几招，招数千变万化，哪吒在一旁看得眼睛都直了。杨戬一跺脚，地上都要震三震，地上的雪也要溅起一尺多高，屋顶和树枝上的积雪都被他的脚力震落下来；他纵身一跳，便跃两三丈高，脚在上，头在下，从天而降，三尖两刃刀直指地面，一招多变，看不清路数。

哪吒有些手痒，变出火尖枪，道："让我来会一会你！"

哪吒持火尖枪冲杨戬而去，用火尖枪刺向杨戬，杨戬见哪吒火尖枪刺来，又翻了一个跟头。

杨戬双脚立地，杵着三尖两刃刀，道："哪吒，你这是干什么？"

哪吒道："百闻不如一见，我早就听师父太乙真人说过，玉鼎真人有个弟子叫杨戬，武艺高强，一直没有机会会一会，今日看了杨戬大哥的武艺真是大开眼界！我哪吒想跟杨戬大哥比试比试，也好了却我的一桩心愿。"

杨戬大笑道："这有何难，现在辰时，丞相和大伙儿还未起床，走，我们找个偏僻地大战一场！"

杨戬一跺脚便上了屋顶，朝岐山方向跑去。哪吒蹬风火轮上了天，杨戬法力再强，这腿力如何比得上风火轮。

哪吒飞在前面，杨戬腾云在后面。哪吒见杨戬走得慢，回头得意道："杨戬大哥，前面就是岐山了，这雪景真美啊，我们在山上找个没人的地方大战一场！"

"你说了算。"杨戬加速飞行。

哪吒在岐山上的一块空地里降落，这里四周被山谷和森林包围，白茫茫一片，不时还有鸟儿在树上跳来跳去。

杨戬一落地，落地声惊走了在树上停留的鸟儿。

哪吒笑道："杨戬大哥，你看你来了这鸟儿都被你惊飞了，果然不负战神的美誉啊！"

杨戬洒脱道："哪吒，我听过你的大名，你刚生下来就大战肥遗怪，后来又杀了东海龙王的儿子，还抽了龙筋，扒了龙皮，还逼东海龙王变成蛇。哪吒，你的胆子可真大！东海龙王是上古创世之神，在神界甚有威望，你竟然让他变成蛇，你也太不懂事了！"

哪吒挠了挠后脑勺，皮道："杨戬大哥，当年我年岁小，不懂事，秉性顽劣，让你见笑了。为此我也付出了沉重的代价，我父母为了救我，甘愿替我去死，所以我才剔肉还母，剔骨还父，与父母撇清关系，这才让父母和乡亲们逃过一劫，让龙王不再愤怒。如今我已是莲花化身，不知冷，不知热，不会生病，刀枪不入，百毒不侵，我现在是非人非神非鬼非妖的怪物！"

"经历了生死考验，想必现在稳重多了吧！"杨戬欣慰道。

哪吒道："过去的都过去了，咱都别提了。我是太乙真人的弟子，你是玉鼎真人的弟子，我们都是阐教门下，以后我们就以师兄弟相称，我看你的样子应该比我大，以后我就叫你杨戬师兄了。就别废话了，咱们来比画比画！"

哪吒拉开阵势，提着火尖枪与杨戬的三尖两刃刀拼了起来，两件神兵乒乒乓乓发出声音。哪吒的火尖枪发出的是金光，杨戬的三尖两刃刀发出的是白光，两道光交织在一起。两人打得不可开交，松树上的积雪都因二人打斗而震落，林中的鸟儿也被他们惊走，森林不再寂静。

哪吒与杨戬大战三百回合不分胜负，哪吒有些按捺不住，便想要使用乾坤圈，刚要摘下，杨戬忙道："哪吒，我们今天比的是武艺、枪法、招数，不可使用法宝啊！我知道你手里还有阴阳剑、九龙神火罩，这些家伙我可吃不消，我只有这一件三尖两刃刀！"

"好！不用就不用！"

哪吒霸气回道，他再次提起他的火尖枪向杨戬进攻。哪吒刺向杨戬，杨戬用三尖两刃刀一挡，哪吒扑了空；哪吒又使了一招回马枪，杨戬纵身一跃跳上了树枝，哪吒见杨戬上了树，又刺向杨戬，杨戬未躲闪，以三尖两刃刀对攻。两人互相拆招，足足战了五百个回合也不分胜负。两人打得异常激烈，战斗力已经发挥到了极限。

哪吒及时收了火尖枪，杨戬见哪吒停止攻击，便也收了刀。

哪吒笑道："杨戬师兄，我哪吒自从来到人世，打过肥遗精，斗过龙王，后来杀妖仙石矶，帮子牙师叔诛杀九龙岛四圣，一路走来从未遇到过对手，没有人能在我的手上走过五十回合，想不到你我竟然大战五百回合不分胜负。杨戬师兄，看来你并非浪得虚名，你在玉鼎师叔那里也是学到真本事的！这一架打得真叫一个痛快！"

"杨戬惭愧，我这一身武艺都是被逼的，当年为了救我的母亲，我也是被迫习武！"杨戬不卑不亢道。

哪吒道："杨戬师兄，你谦虚了！我们俩极力辅佐子牙师兄，将来封神榜上肯定有我们！"

杨戬摆了摆头，道："封不封神都不重要，我是奉师命下山，实在看不惯纣王的所作所为，这才同意帮助西岐！"

哪吒右手拿着火尖枪，走到杨戬面前，用左手拍了拍杨戬的肩膀，道："杨戬师兄，你是真英雄！武艺我们较量过了，我们比脚力如何？我们从这里出发，看谁飞得远，我们都不驾云。"

杨戬用怀疑的眼神看着哪吒，道："既然如此，那你也不能用风火轮哦，你那宝贝日行千里，我可赶不上！"

"放心吧，我不用风火轮！"哪吒言语坚定道。

说罢，哪吒一跺脚，就上了天，离地面有三百丈高。杨戬也不甘示弱，喊道："我还没有喊开始呢！"

杨戬一跺脚也上了天，他将三尖两刃刀收了起来，那神兵钻进了他的手臂里，看起来像是一件三尖两刃刀的文身在手臂上。

杨戬卯足了劲儿，迅速追上哪吒，笑道："怎么样？你还比我先飞,不用风火轮不行了吧!"杨戬哈哈大笑。

哪吒冲杨戬哼了一声,一副不服气的样子,便发功努力向前飞,眼见就要超越杨戬。哪吒正得意,杨戬一跺脚,双臂一摆,再次将哪吒甩了足足有一里。

杨戬飞在前面时不时回头看,得意道:"哪吒,快飞啊,看来你的脚力还是不行啊!"

下方是崇山峻岭,白茫茫一片。哪吒从千米高空俯视山上,偶然见到一只大灰狼在追咬一只受伤的兔子。

哪吒降低了高度,定睛一看,是一只后腿受了伤的雪兔。

哪吒对飞在前方的杨戬喊道:"杨戬师兄,有只雪兔受伤了,正在被一只大灰狼追赶,你先停一下,我下去看看。"

山上有雪风,加上天上有气流,哪吒的喊声杨戬并没有完全听见。

"你说什么?"杨戬回头问道。

哪吒顾不得那么多,迅速往下面飞去。杨戬见哪吒落地,他也只好跟着落地。

哪吒降落到距离大灰狼仅有十丈高的时候,迅速掷下火尖枪,那火尖枪正好插在大灰狼的前方,差点就插上它的头。

大灰狼被突如其来的神兵吓到了,当即退了几步,杨戬也随之降落。

杨戬面对哪吒问道:"哪吒师弟,为何突然停止不飞了?莫不是怕输?"

哪吒死死盯着大灰狼,回头看了看那只雪兔,雪兔见哪吒挡着,便停止了逃命。

哪吒道:"我见这只大灰狼正追咬这只雪兔,觉得这兔子可怜又可爱,这家伙如此凶恶我今天必须除了他!"

这只大灰狼体型巨大，肥头大耳，见哪吒和杨戬持兵器挡住了去路，便发出撕裂的狼叫，叫声响彻整片森林，惊走了树上的鸟儿。

杨戬道："这狼长得这么肥，想必在森林里吃了很多异类，我今天就除了它，带回去让西岐将士们都尝尝野狼肉！"

杨戬正要对大灰狼出手，哪吒道："杨戬师兄，把这个机会让给我吧，一只大灰狼我的火尖枪一出，它就得毙命！"

哪吒说罢，那大灰狼立马变成了人形，全身灰色的毛，一双眼睛像熊猫眼，一口锋利的牙齿，一双尚未修炼成人手的狼爪。

哪吒看了看杨戬，讥笑道："原来是狼妖啊，看它的样子，还没有修炼成气吧，毛还在，看它那爪子，是人的手吗？！"

狼妖恼羞成怒道："你们是何方妖怪？竟敢挡我猎美味！"

杨戬将三尖两刃刀往地上重重一杵，道："你这妖怪，敢骂我们是妖怪，那我问你，你知道现在三界中谁是天地主宰？"

狼妖操着不流利的人话，得意道："这么简单的问题还用问我吗？当然是天庭的天帝！"

"你这狼妖，孤陋寡闻，比天帝更大的呢？"杨戬问。

"比天帝还大的当然是三清尊神。"狼妖道。

杨戬道："算你还有点见识，我告诉你，眼前这位就是元始天尊的徒孙、太乙真人的弟子哪吒，我乃玉鼎真人门下杨戬，我们都是元始天尊的徒孙，出自阐教，哪吒同时也是西岐先锋大将！"

狼妖一听，吓得变了色，道："我知道他，他刚出生就追杀肥遗精，那可是千年妖怪，还杀了东海龙王三太子！"

哪吒看了看杨戬，得意道："这山中妖怪还有点见识。"

"既然如此，你还不赶快逃命？"哪吒戏弄道。

"我生在岐山，长在岐山，我怎么说也是修炼了八百年的狼妖，你们都欺负到家了，我岂能善罢甘休！我倒要看看这个哪吒到底有什么本事?!"狼妖双手举起狼牙棒朝哪吒扑来。

哪吒火尖枪一挥,枪尖的三昧真火就将狼妖的胸毛点燃,狼妖胆战心惊,连忙丢了狼牙棒,在地上打滚,终于将火扑灭了。

哪吒嘲笑道:"你自诩八百年道行,怎么就这点本事?"

狼妖恼羞成怒,憋足了劲,伸长了脖子,脖子有一丈长;张大了嘴,嘴巴足有脸盆那么大,一口锋利的牙齿,发出恶臭,冲哪吒吐黄烟。

哪吒喊道:"烟有毒!"

杨戬一听,迅速捂住了嘴巴。

哪吒持火尖枪向狼妖杀了过去,狼妖竟一口将哪吒吞了下去。

不远处停留的雪兔竟然也流泪了,杨戬也惊住了,捏了一把冷汗,喊道:"哪吒……"

狼妖双手抱拳,哈哈大笑,道:"什么哪吒,还不是被我吃了!"

就在狼妖得意忘形的时候,它的肚子变得越来越大,好像它的内脏正在燃烧,哪吒用火尖枪钻破它的肚皮,飞了出来。

狼妖五脏六腑俱裂,见哪吒现身,吃惊道:"怎么会这样?你明明中了我的毒烟,就是神仙也无法避免!"

哪吒冷笑道:"我是莲花化身,并非血肉之躯,你这毒烟对我不起作用!你的五脏六腑已被我用火尖枪挑破,你活不了了!"

说罢,狼妖立刻倒地毙命。

哪吒回头看向那只雪兔,雪兔见了哪吒一动也不动地等在那里。哪吒收了火尖枪,来到雪兔面前,见雪兔后腿受伤,便从自己的身上扯下来一块布,给雪兔的伤口缠了一道,道:"好可怜,好可爱的雪兔,要不是今天碰上我,怕是已经进了狼妖的腹中了!"

哪吒抚摸着雪兔的毛,将它抱了起来,抱在怀里。

"怎么着?你还要把它抱回家啊?"杨戬难以置信道。

哪吒边抚摸雪兔的毛，边道："你看这兔子多可爱，它好像很喜欢我，见到我它都不跑了，它知道是我救了它，你看它伤成这样，我如果不把它带回去，我担心它又进了虎豹的嘴里！"

哪吒抱着雪兔，蹬上风火轮，转身便往西岐城的方向飞去。

杨戬摇了摇头，笑道："莲花化身，没心没肺，想不到还挺有爱心的！"

杨戬一跺脚也上了天。

哪吒抱着雪兔，风风火火、兴高采烈地进了府，在一个拐角，哪吒正好与金吒撞上，哪吒是莲花化身没有知觉，金吒被撞得手臂都麻了。

"哪吒，你这一大早这么风风火火的，干什么呢？"金吒揉了揉手臂被撞的位置道。

"大哥，我正忙着呢，不跟你说了！"哪吒转身便要走。

金吒盯着哪吒怀里的雪兔，眉飞色舞道："哪里来的兔子？是不是中午有兔肉吃了？这大雪天的，要是炖一锅兔肉萝卜汤，那再好不过了！"

金吒激动得要用双手去哪吒怀里捧，哪吒侧身躲闪，道："大哥，这兔子不是吃的，我好不容易救下来，怎么会让你们吃？！想吃去集市买去！"

哪吒嘟着嘴疾步走向内院，回到屋子，杨戬紧跟其后。金吒一脸诧异，问杨戬道："师兄，哪吒这一大早是怎么了？"

杨戬笑道："他呀，一大早非要拉着我和他比武，然后又要和我比试脚力，这雪兔是他在岐山上救下来的。一只狼妖正要吃那只雪兔，哪吒杀了那只狼妖，把兔子带了回来。我也纳闷啊，哪吒乃莲花化身，没心没肺的，没血没肉的，怎么还发了善心了？！"

杨戬也一头雾水，冲金吒摇了摇头。

杨戬正要走，金吒拉住他，道："你们两个比武，我最关心的，到底谁输谁赢啊？"

"我没赢！"杨戬挣脱金吒要走。

"那就是输了？"

"我也没输，我们两个打了个平手。"杨戬丧气道。

金吒拍了拍杨戬的肩膀，安慰道："别泄气，你们两个都师出名门，打个平手，说明你们两个实力相当。以后哪吒也不敢再狂了，他遇到对手了。"

杨戬叹了一声，往屋子里走去，关了门。

哪吒将雪兔带到自己的房间，放在被窝里，小心翼翼地给雪兔梳理毛，将雪兔腿上的布条扯了下来，为雪兔的伤口上了药，又重新找了块干净的布条给雪兔的伤口缠上。

哪吒边缠边问道："小兔子，疼吗？我轻点啊！"

这白兔果然温顺，它好像很配合哪吒。绑好了伤口，哪吒又跑去相府的厨房拿了几根胡萝卜，将胡萝卜洗干净送到雪兔的嘴边，雪兔看样子是饿极了，大口大口地啃了起来。

哪吒道："可怜啊，要不是遇到我，今天你是逃不过被狼妖吃掉的命运啊。"

小半月过去，哪吒除了练功，就是照顾这只受伤的雪兔，好在魔家四将死后，西岐暂时没有战事。

半个后，哪吒拆了雪兔伤口的布条，它的伤口已经完全愈合了。

哪吒欣喜道："太好了，你的伤终于好了，我哪吒除了会打妖怪，原来还有这本事，真有成就感！好了，这里不属于你，还是放你回森林去吧！"

哪吒怀里揣着雪兔，蹬着风火轮，飞到岐山脚下。哪吒从怀里掏出雪兔，将它放在地上，道："兔子，你可以回去了，森林才是你的家,你走吧!"

哪吒用手小心翼翼地摸着雪兔的毛。

雪兔刚跑不远,却停下来,回头看着哪吒,不肯离去。雪兔的眼睛也有泪花,好像是在感念哪吒的恩德。

"去吧,找个安全的地方,这森林太危险,豺狼虎豹太多,你要小心啊。"哪吒对雪兔喊道。

哪吒看了看雪兔,便蹬风火轮离开了岐山。

雪兔蹲在树下,幻化成一个十来岁模样的女孩,乖巧可爱,梳着两条小辫子,眼含泪花道:"恩公,我记住你了,我一定会报答你的!"

小女孩又变回了雪兔,往森林深处钻了去。

第十二章 血战赵公明

魔家四将覆灭，他们率领的士兵，有的归降西岐，有的回家去了，还有的跑去朝歌给闻太师通风报信去了，当然这都在姜子牙的意料之中。

姜子牙早就放出探马，此时闻太师已经在来西岐的路上，他带着朝廷的数万大军，兵锋直指西岐。

哪吒奉了姜子牙之命，埋伏在闻太师来西岐的必经之路，准备对闻太师来个出其不意，被动不如主动，先下手为强。

闻太师星夜兼程、马不停蹄地前往西岐，准备讨伐姬发等叛臣。朝廷部队从朝歌出发，连续奔波了三天三夜后，在距离西岐城三百里的地方安营扎寨。长途跋涉，年事已高的闻太师已经有些吃不消了，但是他却把营寨安在了一个峡谷里。营地四面环山，山势险要，峡谷中隔天闭日，但却是一条通往西岐的必经之路。

哪吒万万没想到，不可一世的闻太师竟然会把营寨安在如此危险的地方。

哪吒蹲在草丛里，看见闻太师的大军正在峡谷的平地上安营扎寨，他叫绝道："真是太好了，若是在此地对闻太师发起攻击，定叫他们损兵折将！也不怪闻太师，这百里之内都是大山峡谷，这地方也算好的了！"

哪吒蹬上风火轮就回到了西岐城，黄飞虎、黄天祥、金吒、木吒、杨戬、龙须虎等西岐干将都在姜子牙的相府等着哪吒归来。

哪吒风风火火小跑进来，大笑道："姜师叔，太好了，我已经探到闻太师他们了。闻太师正在距离西岐三百里的龙眼沟安营扎寨，我细察了周围的地形，龙眼沟四面环山，山势险要，闻太师的营地在中间的腹地，我们若是在山中各处埋伏，居高临下，可以火攻，可以水攻，又可以用巨石攻击，天助我也啊！"

姜子牙困惑道："水攻？！"

"对呀，常言道水火无情，人往高处走，水往低处流，今天晚上我们可以借渭河之水淹死他们，师叔你看渭河的一条支流正好从龙眼沟经过。"哪吒走到地图面前，将位置指给姜子牙看，一副胸有成竹的样子。

黄飞虎赞道："妙！此役定让闻太师的大军死伤惨重、有来无回啊！我提议，用水石同时进攻，杀他们一个措手不及！"

姜子牙捋了捋胡子，犹豫道："此地距离龙眼沟三百里，此计虽妙，也无人能在几个时辰内掘开渭河支流和龙眼沟的口子啊！况且，即便派兵去，就是星夜兼程，马不停蹄，赶到天都亮了，一旦被闻太师他们的人发现，恐怕就不能脱身了！"

哪吒道："师叔，西岐将士大多是肉体凡胎，他们肯定无法在几个时辰内赶到龙眼沟，但是我们几个道门中人可以；杨戬师兄会七十二变，撒豆成兵，他只要变出几百名士兵帮助我们挖开渠道就行了。师叔，这事儿就交给我及杨戬师兄、金吒和木吒两位兄长就行！今天晚上必定有好戏看！"

杨戬站出来，请缨道："丞相，杨戬愿与哪吒一同前往。"

"我也是。"金吒和木吒异口同声道。

诸将也都赞同他们去。姜子牙犹豫再三，拍案道："好！祝你们马到成功！"

杨戬、哪吒、金吒、木吒四人辞了众人，便向龙眼沟方向飞去，哪吒蹬风火轮，杨戬、木吒和金吒他们驾云。

到龙眼沟的时候，天已经黑了，只有零星的星光和微弱昏暗的月光。他们四人站在山巅，见峡谷中，扎着大大小小上百个营帐，营帐里的灯光还亮着，朝歌士兵举着火把在营帐外巡逻，

风平浪静。

哪吒指着不远处的渭水支流，面对杨戬道："杨戬师兄，看到了吗？那条支流就是渭河水，距离龙眼沟只有一里，只要我们把口子掘开，这河水就直接灌进这沟里，到时候闻太师的人马插翅难飞！"

"我也看到了，那河水还闪着月光呢！"木吒道。

四人来到了支流边上，杨戬从怀里掏出一把随身携带的豆子，撒在地上，立马变出了数百名壮汉，壮汉异口同声道："主人，有何吩咐？"

杨戬指着河水，望向龙须沟的方向，道："你们挖一条水渠，让河里的水都流到峡谷里去！"

"是！"壮汉们异口同声道，然后操着工具开始挖起来。

"你们要快啊，只有一炷香的时间，一炷香后你们必须要挖通！"杨戬态度强硬道。

哪吒调侃道："杨戬大哥，你的七十二变真好，我就变不了这各异形态。你既然能撒豆成兵，那以后西岐和朝歌打仗，将士们也不用亲自出马了，你直接变不就完了嘛！"

"是呀，杨戬师兄。"金吒起哄道。

杨戬道："你们有所不知啊，虽然我能撒豆成兵，但变出来的士兵没有血肉，不会思考，不会变通，你让他们做什么，他们就做什么，这样的兵终究是幻术，如何能打仗呢！"

"哦！原来如此！"哪吒有些失望的样子道。

杨戬道："哪吒，你就不要投机取巧了，你一身的好武艺，好好

练吧,将来伐纣大业成了,说不定咱们都能得一个金身正果!"

"是呀。"金吒和木吒也扬扬得意道。

"主人,沟渠马上就挖通了!"壮汉面向杨戬喊道。

杨戬面对三人道:"走,我们去搬些巨石过来,等一下洪水和巨石一起下去,正好把闻太师的人都活埋了。"

夜已深,闻太师营帐的灯差不多都熄灭了,就连巡逻的士兵也开始犯困,有些倒地睡着了。

杨戬等四人料想闻太师他们睡了,立马命令所有人将巨石滚入谷中。洪水也如猛兽一般,一泻千里,轰隆隆的巨响传出,哀嚎遍野。闻太师是很警觉的人,一点风吹草动,他都能听到。

他迅速从床榻上坐起来,惊叫道:"外面发生什么事了?"

一个士兵连滚带爬跑进来,狼狈不堪,气喘吁吁道:"太师,我们遭遇埋伏了,好像是西岐的人,洪水、巨石向我军袭来,我们的将士不是被水淹死就是被石头砸死。太师快逃吧,你可是朝廷的根基啊!"

闻太师气急败坏道:"快,传令下去,让将士们都躲到山上去,往高处跑!"

"是。"士兵跑了出去。

闻太师迅速起身,穿好衣服,心急如焚道:"我从朝歌带来的都是精锐之师,数万之众,还没有到西岐,没有与姜子牙决战,就毁在我的手里,我怎么和大王交代啊!"

闻太师的墨麒麟冲了起来,闻太师取了兵器,上了墨麒麟,墨麒麟一跃百步,脚踏洪水,往山坡上跑去。峡谷中漆黑一片,伸手不见五指,各种哀嚎声参差不齐,火把在洪水的淹没下,纷纷熄灭。朝歌将士横冲直撞,乱了阵脚,数万人马,逃出去的只剩下三万人马,而且这三万人马为了逃命纷纷丢盔弃甲,狼狈不堪,又累又困,根本没有了作战能力。

闻太师只好命士兵们原地待命，天大亮时，整顿了兵马，清点了人数，便继续上路，直奔西岐。经过一天的长途跋涉，闻太师的部队终于兵临城下。

人困马乏的朝歌大军，疲倦不堪，一个个萎靡不振。闻太师只好下令，在西岐城外安营扎寨。为了防止西岐将士偷袭，闻太师这次万万不敢大意，增加了岗哨、巡逻人手。

闻太师在营帐里与副将商议军事，正一筹莫展，道："这公明怎么还没来？"

"启禀太师，外面有一个道长求见！"一个士兵走进来禀道。

闻太师迫不及待道："那道人是何模样？"

"黑脸浓须，骑着黑虎，一只手拿着银鞭，一只手托着元宝，一身戎装。"士兵绘声绘色地描述道。

闻太师大喜，掀开营帐，走了出去，一见是赵公明，欣喜若狂道："师叔，你终于来了！"

赵公明下了黑虎，面对闻太师作揖道："赵公明见过太师。太师唤我师叔，贫道万万不敢当啊，太师还长我几岁哦！"

闻太师笑道："你是师祖通天教主的弟子，而我是碧游宫金灵圣母的徒弟，按辈分我确实应该唤你作师叔，不能没有了礼教！"

闻太师上前，拉着赵公明的手就向营帐内走去。

"看来，闻太师还是一个循规蹈矩的人，公明佩服！"赵公明道。

闻太师和赵公明回到营帐内入了座，其他跟随闻太师的将领一同入了帐。赵公明将手中的银鞭放在桌案上，瞅了瞅在场的将军们，道："太师，我这刚到贵军行营，为何看到将士们一个个无精打采、狼狈不堪，好像经历了一场大战一样？！"

闻太师道："师叔，昨晚我军在龙眼沟安营扎寨，被姜子牙的人偷袭，对方用水和石头进攻我军，大半夜黑灯瞎火，我军死伤过半。我军经过一夜长途跋涉，现在疲惫不堪，还要担心他姜子牙会来袭击我军，如今盼来了公明师叔，我的心里总算有底了！"

赵公明咬牙切齿道："这个姜子牙着实可恨，我见到他定要把他千刀万剐！"

闻太师道："师叔，九龙岛四圣、石矶娘娘，我们截教中人很多都死在阐教中人之手，不知通天教主是何态度？"

赵公明道："说句实话，通天教主不希望截教弟子干涉人间之事，截教中很多人都是偷跑下界，教主并不知情。后来教主也知道截教很多人都死于阐教门人之手，他倒是也没有明确表明自己的态度，这次如果不是太师你苦苦相求，我也不便下山来。"

闻太师起身，面对赵公明，面露感激之情，作揖道："公明师叔，你愿下山辅佐闻仲，闻仲感激不尽！"

赵公明伸手示意道："太师，你不必多礼！我们且去研究一下如何对付西岐！"

赵公明起身，和闻仲一起来到了西岐城防图前。

赵公明一看城防图，眉头紧锁，道："太师，我观西岐城防图，这西岐城易守难攻啊！我军能征善战的虎将并不多，姜子牙手下有黄飞虎及其家将，还有阐教那帮弟子，他们不仅法力无边，神通广大，且武艺高强，如果没有必胜的把握，我认为太师还是不要硬碰硬为好！"

闻太师道："公明师叔有何良策？"

赵公明捋了捋胡子，笑道："太师只知我在天上专司人的财运，应该不记得我还有何本领吧，我本身也是个瘟神，最擅长的就是制造瘟疫！"

闻太师恍然大悟，道："公明师叔的意思是……"

"对,就是瘟疫,让西岐将士一病不起,这样一来,我们的大军就可以长驱直入,砍下姜子牙和姬发的脑袋!"赵公明胸有成竹道。

"此计甚妙,我们不费吹灰之力,就可以平定西岐,我大商六百年基业固若金汤,再也没有诸侯可以撼动!"闻太师深信不疑。

夜深人静的时候,赵公明一身戎装,骑着黑虎,出现在西岐城的上空。西岐城内的万家灯火都已经熄灭了,漆黑一片。赵公明挥动着画有太极八卦的旗幡,乌云遮住了暗淡的月光,西岐城的上空飘着蒙蒙细雨。只听见城内住户家中传出咳嗽的声音,晚上声音很大,传得很远,西岐城内的咳嗽声越来越多,也越来越响亮。

天大亮,西岐城的大路上也不见有人行走,时不时有人上来敲药铺的门,整座城池仿佛成了一座空城。

哪吒由于是莲花化身,不用睡觉,每当夜深人静的时候,他总是在自己的房间里练功,打坐。

哪吒早上一大早就出了府,上了街,但是大街上的百姓像是瞬间蒸发了一样。当他凑上去挨家挨户地敲门,才知道百姓们都在家,他们都生病了。

哪吒火速赶回丞相府,站在姜子牙的门外使劲敲门,不见动静,哪吒踹开了门,见姜子牙还蜷缩在床榻上,全身发冷,脸色苍白,嘴唇发白。

"姜师叔,师叔,你醒醒……"哪吒边喊边推姜子牙。

病恹恹的姜子牙睁开眼,道:"哪吒,我这是怎么了?全身无力。"

哪吒焦急道:"师叔,我上了一趟街,发现街上一个人都没有,百姓们全部都染上重病,无法出门!"

姜子牙道:"竟有这种事?府里其他人都起床了吗?"

"没有,我进府一个人也没有看到,想必他们都病了。师叔,怎么会这样？太奇怪了。我担心这肯定是什么妖术，百姓们应该是被施了法，又或者是他们都被染上了瘟疫！这恐怕又是闻太师那伙人搞的鬼！"哪吒坚信不疑道。

姜子牙好像突然想到了什么，吓得脸色煞白，忙道："不好，哪吒，快去侯府保护姬发公子！"

姜子牙话音刚落，城外就传来冲杀声。杨戬冲进了姜子牙的屋子，激动道："师叔，不好了，闻太师带大军攻进城来了，我军将士一夜间全病了，看来是天亡西岐啊！"

姜子牙道："胡说！杨戬，快去侯府保护姬发公子，哪吒你想办法退敌，如今我动弹不得！"

"唯。"哪吒和杨戬一起冲了出去。

哪吒正要飞往侯府，杨戬道："哪吒，随我去城外迎敌，此时闻太师的大军尚未进城，想必侯爷他们是安全的，我们只要守住城就行！"

哪吒和杨戬一起向城门口跑去，哪吒边跑边问杨戬道："怎么所有人都感染了瘟疫，你没事？"

"当年我为了劈山救母，提升法术，偷吃道德天尊很多仙丹，我早已是金刚不坏之躯，自然百毒不侵。"杨戬道。

此时的闻太师大军正在攻城，眼看着城门就要被他们撞开，哪吒和杨戬赶到。哪吒火尖枪一挥，一道金光闪过，朝歌大军倒了一片，死伤惨重。杨戬的三尖两刃刀从天而降，劈向朝歌大军，一道银白色的光闪过，又是倒了一片，现场哀嚎遍野。

赵公明深感困惑，喊道："你们是何人？我布下的瘟疫阵，竟然没有对你们起到作用！"

哪吒道："好哇，西岐百姓和将士一夜间都染上了怪病，果真是你做的手脚，小爷我是莲花化身，你的瘟疫阵对我当然不起作用！"

说罢，哪吒和杨戬一拥而上，杀朝歌军一个片甲不留。

西岐百姓和将士危在旦夕，南极仙翁骑着鹿从天上来，来到了西伯侯府上空。他一手托着仙桃，一手拿着桃木拐杖，将仙桃扔了下去，仙桃瞬间化作一朵朵五彩祥云，笼罩在西岐城上空，祥和之气从地上冒出来。片刻之间，西岐城中的百姓和将士们，百病全消，一个个走向大街。

南极仙翁又骑着鹿飞到了姜子牙的相府，姜子牙和住在府上的西岐将领，正聚集在相府的院子里。

南极仙翁从天而降，姜子牙连忙上前见礼道："师兄，我就说闻太师好不容易陷我们于绝境，突然间病全好了，原来是师兄到了！"

南极仙翁笑道："子牙，师尊算到你有难，特派我来相助于你！"

姜子牙面朝昆仑山的方向，拜了拜道："师尊，弟子多谢师尊！"

"子牙，你肩负伐纣封神大业，你多多保重啊！"说罢，南极仙翁上了鹿，飞上了天。

姜子牙仰望南极仙翁，喊道："多谢师兄！"

金吒来到姜子牙面前，问道："原来他就是南极师叔，百闻不如一见啊，好一派仙风道骨！"

姜子牙恍然大悟，面对武成王黄飞虎道："瘟疫之厄解除了，闻太师的大军还没有退呢。现在杨戬和哪吒正在与他们血战，不知道战况如何，武成王快快整顿兵马，出城迎战！"

姜子牙又看了看金吒、木吒、龙须虎道："你们三人法力高强，腿脚快，快快上城去襄助杨戬和哪吒！"

"唯。"三人跳上了屋顶，朝城外飞去。

众将士在姜子牙的带领下，朝着西岐城外走去，行色匆匆。

杨戬正在与闻太师对战，闻太师手持雌雄鞭与杨戬相互拆招，杨戬以三尖两刃刀与之对攻，双方相持不下，谁也占不了上风。杨戬睁开天眼，发出白光，射向闻太师；闻太师躲闪，白光射到石头上，石头被击得粉碎。

杨戬的天眼再发出第二道光，闻太师再一躲闪，那光从闻太师的肩膀擦过，太师的肩膀被烧伤。

闻太师气急败坏，也睁开天眼，道："好一个无极天眼，我也有。"

闻太师用天眼与杨戬对视。两道光，一道白，一道黄，形成两股冲击力，两人同时发功，功力震开了所有士兵。

哪吒则与赵公明对战。赵公明骑黑虎，哪吒脚踏风火轮；赵公明举起金鞭就向哪吒打了过去，哪吒用火尖枪去挡，哪知这赵公明的金鞭如同千斤巨石，哪吒有些招架不住。

赵公明大笑道："你这娃娃，我听说过你的大名，一出生就身手不凡，杀了东海龙王的儿子、石矶夫人、九龙岛四圣、魔家兄弟，我如此多截教同门都折在你手里，这个仇我不能不报！我倒要看看你有何本事，看鞭！"

哪吒咬紧牙关，全力以赴接赵公明的金鞭。赵公明出招太快，加上兵器甚重，哪吒硬接了几招，就有些吃不消。

哪吒准备用混天绫对付赵公明。那混天绫冲赵公明而去，赵公明随之抛出缚龙索。那缚龙索是一根金色的绳子，在赵公明的催动下，与混天绫绞在一起。哪吒见混天绫不起作用，便收回来，抛出了乾坤圈。

"这家伙，可是太乙老东西的宝贝啊，看我不打它下来！"

毫无畏惧的赵公明用金鞭追打乾坤圈，乾坤圈从赵公明的前后左右不断攻击他，他伸出手，手心变出一颗定海珠，将珠子弹了出去，正中乾坤圈。

乾坤圈根本近不了赵公明的身，哪吒只好收回乾坤圈。这时，姜子牙率领西岐将士将城门打开，浩浩荡荡的西岐大军冲出来。

西岐将士和朝歌将士陷入一片混战之中，两军将士展开厮杀，哀嚎遍野，血流成河。

就在两军交战的关键时刻，一个人形巨鸟模样的怪物从天而降。只见他面如青靛，发似朱砂，双眼如火，长着獠牙，一张雷公嘴，身高两丈，通身水合色，背部长着一双风雷双翅，出现时乌云密布，电闪雷鸣，手里拿着一根黄金棍。

那怪物拍打着风雷双翅，一只翅膀放风，一只翅膀打雷闪电，朝歌将士不是被他的翅膀扇得很远，就是被雷电击死。

朝歌大军死伤惨重。见姜子牙出来，杨戬和哪吒及时罢手。怪物落了地，走到西岐将士面前，问道："哪位是姜子牙师叔？"

武成王看了看姜子牙道："那位就是西岐丞相姜子牙。"

怪物来到姜子牙近前，拜道："雷震子拜见姜师叔。"

姜子牙问道："你是何人？"

"我乃终南山玉柱洞大罗金仙云中子的弟子雷震子，奉师父之命前往西岐相助师叔。"雷震子道。

在西岐诸将中的周公旦一听，骑着马从人群中走出，来到雷震子面前，在雷震子身上打量，难以置信道："你是一百弟雷震子？"

雷震子一脸诧异道："你是何人？"

周公旦道："我是老侯爷姬昌第四子周公旦。我听父亲说过，当年你曾经救了父亲一命，父亲感念恩情，收你作义子，正好是父亲的第一百个孩子，后来去了终南山跟着云中子道长学法，你可是雷震子？"

雷震子恍然大悟，与周公旦相拥而泣，道："四哥！"

姜子牙大喜，道："原来是云中子师兄的高徒，又是老侯爷的义子，我军是如虎添翼啊！"

赵公明骑虎提鞭来到姜子牙面前，叫嚣道："姜子牙，拿命来！"

赵公明说罢，便向姜子牙冲了过去，提鞭就打，姜子牙仗剑迎击，相互拆了数招，打了几个回合。赵公明将金鞭抛入空中，金鞭发出数道神光，劈石断金，姜子牙来不及躲闪，被一鞭打下马来，赵公明忙要取姜子牙性命。哪吒急蹬风火轮，用火尖枪挑了赵公明的金鞭，从赵公明的锋芒中抢回姜子牙。

神光打中姜子牙的心房，姜子牙当场毙命。

姜子牙已死，哪吒暴跳如雷，急火攻心，朝赵公明冲了过去，喊道："妖道，快还我师叔命来，我今天一定要杀了你！"

哪吒用火尖枪与赵公明大战了数个回合，又被赵公明打下风火轮，狠狠地摔在地上。

黄天化急忙冲上去，使两锤挡住了赵公明的金鞭。雷震子展开双翅，飞了起来，又使风雷，朝歌将士再次遭到重创，纷纷溃败。

雷震子用黄金棍攻击赵公明的下盘，赵公明腿法极快，变化无穷，雷震子硬是一下也没有碰到。

杨戬持三尖两刃刀，从侧面攻击赵公明，赵公明被三人裹住，无法脱身。雷震子攻上三路，黄天化攻中三路，哮天犬从杨戬的袖筒里钻出来，见风就长。赵公明与三人争斗时，其颈部被哮天犬咬伤，道袍也被哮天犬撕扯成布条。狼狈不堪的赵公明见逐渐落下风，连忙收了兵器，撤走。

姜子牙的遗体被西岐将士抬进城里，杨戬和哪吒兄弟断后。

姜子牙去世的噩耗传到了侯府，姬发率领文武百官前来相府探望姜子牙。此时的相府已经哭声一片，姜子牙的尸体就那样平放在担架上，西岐将士围着姜子牙的尸体痛哭哀嚎。

姬发面对面色苍白、没有丝毫气息的姜子牙，捶胸痛哭道："相父啊，你是父侯托孤之臣，也是我西岐的擎天一柱，你撒手人寰，日后谁来主持西岐大计啊！"

哪吒想哭却没有眼泪，他走到姜子牙近前，面对姜子牙道："姜师叔，我全都想起来了，我是女娲娘娘的童子灵珠子下凡，我答应过娘娘和元始天尊师祖要辅佐你的，你怎么就去了呢？封神大业怎么办？！"

就在众人伤心难过的时候，一位童颜鹤发，仙风道骨，手持拂尘的老道临凡。他来到姜子牙的遗体前，声音低沉地喊道："子牙……"

金吒、木吒、哪吒、龙须虎、姬发、周公旦、雷震子、杨戬等人皆识得广成子，诸将连忙见礼。

姬发面对广成子，痛哭流涕道："仙长，相父死了，从此我西岐没有了主心骨，这可如何是好！"

广成子摆了摆头，道："无妨，子牙该有此劫难，这也是他得道路上应有的劫数，侯爷你快派人取一碗水来。"

姬发吩咐下去，随后府兵捧着一铜碗水上前。

广成子取出丹药给姜子牙服下，以水灌之。少时，姜子牙醒来，见侯爷姬发、广成子师兄都在跟前，本欲起身致谢，但他的身体还十分微弱。

广成子连忙出手制止，姬发道："相父安心静养，御敌之事不在一时。"

突然，天上出现一道金光，照耀相府的整个院落，屋顶的瓦片都成了金色。只见一道人，相貌奇伟，骑鹿乘云，香气袭人，五彩祥云漂浮在他左右。

广成子仰面拜道："燃灯师兄，子牙已经救活。"

哪吒吃惊道："原来是燃灯大师，弟子哪吒拜见大师。"

姬发道："燃灯道长降临，姬发率西岐文臣武将拜见道长。"

众人一同拜见燃灯，黄天祥嘀咕道："这燃灯道长是何人呀，竟然让主公都如此敬重！"

周公旦面对黄天祥低声道："黄将军，休要胡言，燃灯道长是元始天尊的大弟子，位列阐教副教主，法力无边，神通广大，乃大罗金仙，你没见广成子道长也以礼相见嘛！"

黄天祥一听，便肃然起敬。

"燃灯大师，我爹是否已投奔大师门下？"哪吒急忙问道。

"大师，我们爹娘可好？"金吒和木吒异口同声问道。

燃灯道长道："时机到来，你们自会相见。"

听闻燃灯道人临凡，赵公明去而复返，在城外放肆叫嚣。

留下姜子牙在府里静养，姬发率领文官督战，武官尽数出城与赵公明决战，广成子、燃灯道人与西岐诸将一同出城。

赵公明骑着黑虎，手提金鞭，威风八面，盛气凌人，要燃灯道长上前答话。

面对来势汹汹的赵公明，燃灯道人上前稽首道："道兄，王朝更迭乃是顺应天道，道兄何必逆天而行，非要干涉人间之事呢？！"

赵公明大笑道："我赵公明乃修道之人，功名富贵于我如浮云，我此次下山就是为了替我截教同门报仇，你们阐教的人杀了我们多少人，我岂能与你甘休！"

燃灯道长叹道："公明兄，我且问你，当时金押封神榜，你可曾在碧游宫？"

"当然知道。"赵公明道。

燃灯道人道："你既然知道，通天教主曾说过封神榜中姓名虚位以待，三教中人死后可封，难道公明道兄也要来争一争这封神榜上的神位吗？"

这时，黄龙真人也驾鹤而来，与燃灯、广成子等人站在一起，气愤道："公明道兄，我们都是大罗金仙，世外之人，本不该干涉凡间之事，但是你们今天打死了姜子牙，他肩负封神大业，我们不能袖手旁观！你今日强行为朝歌出头，难道想死后名列封神榜吗?！"

赵公明大怒，举起金鞭，骑着猛虎，便向黄龙真人打来。

黄龙真人以宝剑对付赵公明的金鞭，二人又是大战数个回合。缚龙索从赵公明的袖筒里钻出来，追着黄龙真人，黄龙真人被缚龙索牢牢捆住。赤精子见黄龙真人被缚，立马出战，大叫道："公明妖道，休得无礼，看我不拿你！"

见赤精子来势汹汹，赵公明从胸前取出定海珠，忙抛入空中，珠子发出五颜六色的光芒，光亮几乎可以刺瞎人的眼睛。这定海珠，忽明忽暗，忽强忽弱，变化无穷，地上诸神皆被它的强光照得睁不开双眼，西岐将士们直接抵挡不住强光，被射瞎了眼睛，双手捂着眼睛在地上做垂死挣扎。

就在赤精子为强光所困之时，定海珠打了下来，正中他胸口，赤精子重伤。赵公明举鞭正要打赤精子的天灵盖，哪吒蹬风火轮而来，急呼道："休要伤我赤精子师叔！看招！"

哪吒用火尖枪挡住了赵公明的金鞭，赤精子这才免遭遇难，躲开了。

哪吒拼尽全力，又与赵公明大战数回合，哪吒虽然处于下风，但赵公明似乎无法在招数上压制哪吒。

赵公明愤慨道："我的定海珠，别说凡人，就连天上诸神、妖魔也难逃它的威力，如何你却毫发无损？"

哪吒道："我看你大概是忘记了，在场诸位只有我是莲花化身，邪气、毒气不能入侵，刀枪不入，我并非血肉之躯！"

赵公明恼羞成怒，再次举鞭来打，哪吒与他相互拆招。这次袭击激怒了哪吒，他以火尖枪与赵公明对攻，又以混天绫与赵公明的缚龙索纠缠，当赵公明再次用定海珠的时候，哪吒抛出乾坤圈将定海珠砸了下来。

哪吒与赵公明陷入苦战，哪吒先攻其下三路，又攻赵公明的上三路。由于是莲花化身，哪吒的身躯可以千变万化，他随之又生出两条臂膀，一手拿火尖枪，另外两只手持阴阳剑。赵公明双拳难敌四手，用金鞭和哪吒大战时，不幸被哪吒的阴阳剑所刺，伤了左臂。

赤精子面对广成子和姜子牙，感慨道："看来，哪吒的法力已经发挥到了极致，他一人竟然能伤到赵公明，此乃我阐教之幸，太乙教了个好徒弟啊！"

广成子欣慰道："此子英勇好战，杀伐果断，将来也许会成为我三界一等一的战神，搞不好维护三界的安危就靠他了！"

那赵公明在招式上不敌哪吒，又发动定海珠，数颗定海珠从哪吒前后左右而来，哪吒胸口中弹，背心中弹，脸上中弹，双腿中弹，摔倒在地上，青鸾火凤所化风火轮也被定海珠所伤。

见哪吒中弹，道行天尊以绝仙剑刺向赵公明，赵公明连发数颗定海珠，元始天尊的几位弟子尽数被伤。

姜子牙忙鸣金收兵，喊道："各位师兄，快快回城，看来今日之战，闻太师是有备而来！"

见西岐败退，闻太师来到赵公明面前，欣喜若狂道："闻仲向公明师叔道贺了，你一人打败了元始天尊的多位高徒，师叔必将名扬三界！"

赵公明骑着黑虎，往回走，与闻太师同行道："太师，此次下山，我只为我截教上下报仇雪恨，不为扬名，我就是看不惯他们阐教那帮人嚣张跋扈的样子！"

闻太师回到营地后，摆下酒肉，大搞庆功宴，朝歌随行部将陪同。

众人回到姜子牙的相府。在相府的议事厅里，大罗金仙和西岐诸将皆垂头丧气。

灵宝大法师一筹莫展道："这赵公明使的珠子是何宝物？我等师兄弟竟然吃这么大亏！"

杨戬主动请缨道："灵宝师叔，各位师叔伯，由我杨戬去会会他赵公明，如不能生擒赵公明，我誓不罢休！"

哪吒也不甘示弱，来到姜子牙面前道："姜师叔，各位师叔伯，我是莲花化身，如今也只有我不惧怕那宝珠，让我和杨戬大哥去吧。"

姜子牙道："闻太师法力深不可测，现在又加上一个赵公明，这赵公明可是截教通天教主最为赏识的弟子，也是通天教主所有弟子中法力最高的，如果没有必胜的把握，我劝你们两个还是不要轻举妄动！哪吒，你已经是死过一次的人了，要是这一次再失去莲花之身，就是你师父太乙真人也救不了你了！"

哪吒心有不甘，但也只好罢了。

燃灯道人一筹莫展道："我阐教弟子今逢劫难，此乃天意，但黄龙真人被赵公明所擒，生死不明，我们寝食难安哪。诸位师弟、将军可有营救之法？"

杨戬见众神一筹莫展，来到玉鼎真人面前，道："师父，我愿潜入敌营救出黄龙师叔！"

玉鼎真人面对燃灯道人道："师兄，就让杨戬去吧，他有七十二般变化，可以神不知鬼不觉进入闻太师的营帐！"

燃灯道人点点头，道："多加小心！"

黄龙真人被倒挂在旗杆上，闻太师派专人把守，里里外外围了个水泄不通。

曾经叱咤三界的黄龙真人，被倒挂金钩，头发散乱，这是他得道以来从未有过的狼狈。

一更时分，天色逐渐暗了下来，杨戬化作飞蛾飞到黄龙真人的耳边,道:"师叔,杨戬奉了师父和各位师叔伯之命,前来营救你!"

黄龙真人道:"杨戬,你只需将我头顶上的符印揭了去,我自会脱身!"

杨戬将符印揭了,黄龙真人瞬间脱身,化作一道青烟飞走了,杨戬随之而去。

此时的赵公明和闻太师已经在营帐里喝得酩酊大醉,巡逻的邓忠慌慌张张闯进营帐,急道:"太师,公明道长,那黄龙真人不见了!"

闻太师震惊道:"怎么回事?那黄龙真人的头上不是贴了符印吗?这营帐四周里里外外连只苍蝇都飞不进来!"

赵公明掐指一算,道:"果真是苍蝇飞进来,你知道吗?!"

闻太师呆坐半晌,吃惊地看着赵公明。

"是杨戬,他变成飞蛾,救走了黄龙。我真的大意啊,忘了杨戬还有这本事!"赵公明愤怒道。

闻太师道:"那我们不是功亏一篑嘛!"

赵公明冷笑道:"不急!西岐诸将已经元气大伤,明日我定将他们一网打尽,让他们尝尝我定海珠的滋味!"

次日大早,赵公明骑虎,执鞭,再次到西岐城下叫阵,点名要燃灯道人出面,因为他才是元始天尊的大弟子,也是阐教副教主,解决了燃灯道人,其他人只能束手就擒。

诸神争先恐后请战,燃灯道人拦下了他们,道:"赵公明指名让我出战,各位师弟、将军在此稍后,我去会会他!"

燃灯道人骑鹿而去,左右除了门人,还有杨戬和哪吒二将相随。

赵公明恶言相加道:"燃灯大师,你好歹也是阐教的副教主,元始天尊的首席大弟子,法力无边,神通广大,连营救黄龙的本事都没有,偷鸡摸狗的事情,只有鼠辈才这样做。"

燃灯嘲笑道:"常言说得好,不战而屈人之兵,才是上策,杨戬用变化之术救了黄龙也是他的本事，你还有什么不服气的?!"

杨戬不服，面对赵公明道："公明道长，我杨戬不用变化之法，也能赢你，你信与不信？你不是就靠宝珠作威作福吗？没有了宝珠，你用你的金鞭，我用我的宝刀，我们大战一场，雌雄自然分晓！"

赵公明道："战场之上，各凭手段，能攻城略地，就是本事，我哪有闲工夫与你比武！看鞭！"

赵公明这样说，杨戬和哪吒也顾不得那么多，一拥而上，与燃灯道人一同对付赵公明。

大战数回合，赵公明寡不敌众，再次抛出定海珠。那宝珠速度极快，迅速转移方向，擦着就伤，磕着就死，燃灯道人骑鹿回撤。

杨戬用尽全力挡了定海珠几次攻击，但终究还是摔下马来。

哪吒虽非血肉之躯，但被定海珠轮番打中，也站不起来。

燃灯道人骑鹿狂奔，朝西南方向去了。而姜子牙率领的西岐大军和闻仲率领的朝歌大军，厮杀在一起。

昆仑山其他几位道长一起对付闻太师，那闻太师的雌雄双鞭着实厉害，一鞭一个，把西岐将士打得口吐鲜血，伤筋断骨。他胯下的墨麒麟，在西岐大军中横冲直撞，将士们来不及躲闪，被踩死的不计其数。

姜子牙以打神鞭对战闻太师的雌雄双鞭，闻太师鞭鞭有力，打得姜子牙招架不住。

赵公明骑黑虎追赶燃灯道人来到一处山坡下，这是一片茂密的松林。

松下有二人正在下棋，一位穿着青色的衣服，一位穿着红色的衣服，全神贯注。就在青衣举棋不定的时候，忽然听见背后有鹿蹄声，和鹿嘶鸣的声音。二人回头，定睛一看，见是燃灯道人。

二人连忙起身见礼，作揖。二人异口同声道："原来是燃灯大师，不知师父何往啊？"

燃灯道人摇了摇头，无奈道："我被截教大圣赵公明追杀，那厮不知从何处得到一宝，甚是厉害，我阐教十二大罗金仙纷纷败下阵来！"

二人大吃一惊，面面相觑，红衣道："赵公明果真如此厉害？昆仑山十二大罗金仙都不是他的对手？！"

燃灯道人正一筹莫展。

青衣道："大师，你且躲起来，我兄弟二人上前会他！"

燃灯道人骑着鹿朝密林躲避。

那赵公明骑着黑虎，如同闪电一般，转瞬即来。

赵公明见二人挡住去路，上前问道："二位可曾见一道长经过，骑着鹿？"

"不曾见。"红衣道。

赵公明见二人眼神闪烁，并不信以为真。

"快说，不说我手里金鞭定然取尔等性命！"赵公明高举金鞭，以威胁恐吓的语气道。

二人大笑，青衣道："枉你为神仙，连我们都不认识，真是大言不惭！我乃是武夷山散人萧升，这位是曹宝，我兄弟闲来无事在林间下棋，你这厮却来搅局，仗着手中法宝将燃灯大师逼得太甚。你违逆天道，助纣为虐，我看你这神仙是白当了！"

赵公明气急败坏，举鞭朝二道打来，二道分别以宝剑迎战赵公明。大战数回合，赵公明又变出缚龙索，对付二道。

萧升道："缚龙索，来得正好，我正有法宝克你！"

萧升从腰间的豹皮囊中取出一枚金钱，那金钱有翅，抛入空中，缚龙索和金钱一并落到地上，曹宝忙将赵公明的缚龙索收了去。

赵公明见法宝丢失，气不打一处来，道："好你个妖孽，竟能收了我的宝贝!"

说罢赵公明又抛出定海珠,那定海珠又化作弹雨打下来。萧升又发出金钱,那定海珠随金钱而落,曹宝袖筒一挥,又抢了赵公明的定海珠。

赵公明火冒三丈,举鞭打来,那萧升又以金钱应付,那赵公明一鞭打得萧升脑浆迸裂。

曹宝见萧升已死,大怒道:"妖道,你竟敢杀我道兄!"

曹宝又以宝剑和赵公明拼杀,大战数十个回合不分输赢。

燃灯道人在林中见萧升已死,曹宝难以应付,暗自叹道:"萧升因我而起,我不能袖手旁观,我要助他一助!"

燃灯道人骑鹿,从林中冲出来,趁着赵公明与曹宝打斗时,用法力驱动乾坤尺,赵公明一个不留神被乾坤尺打中,差点摔下虎背。

此时的赵公明没有了缚龙索和定海珠,不是燃灯道人的对手,便骑着黑虎逃命去了。

燃灯道人下了鹿,面对曹宝施礼,道:"贫道逢此危难,多谢道长相救,只可惜红衣道长因我而死,我无以为报!"

曹宝叹道:"这也是天意,燃灯大师乃阐教大圣,能舍身救你,也是我兄弟二人之幸,大师就不要自责了!"

燃灯道:"不知道友使的是何法宝,赵公明的定海珠为何没有起到作用?"

曹宝道:"此宝名为落宝金钱,大师请看!"

曹宝将金钱放在手心,让燃灯道人验看。

那金钱金光闪闪,光芒四射,燃灯赞道:"好宝贝!"

曹宝困惑道:"大师,你刚才所言定海珠是何宝物?那定海珠竟有如此巨大的力量,连大师这等大罗金仙都束手无策吗?"

燃灯道人道:"此定海珠,乃混沌之初,宇宙所生之灵物,能毁天灭地，诛神灭魔，我等自然不是对手，除非师尊元始天尊出手，否则我等束手无策。只是这珠子消失了数万年，不知下落，没想到竟然会落到赵公明的手里。今日道友收了此宝，正好断了赵公明一臂，我们对付他就容易多了。"

曹宝将定海珠取出，递给燃灯道人道："这珠子威力无穷，还是由大师保管，让它发挥更大的作用！"

燃灯道人盛情难却之下，受了此宝，面对曹宝稽首致谢，二人朝西岐飞去。

那赵公明落荒而逃，失了定海珠，失了缚龙索，无力再与昆仑山诸位大仙争斗，走投无路的赵公明来到了三仙岛三仙洞。三仙岛位于海外，四面皆是茫茫大海，岛中到处是奇山怪石，峡谷瀑布、松林遍布岛中，杜鹃花满山遍野都是；岛中亭台楼阁，烟雾弥漫，真可谓神仙居所。

赵公明驾云来到三仙岛，见下方一身穿素白色裙装女子经过，忙降下云去。狼狈不堪的赵公明来到白衣女子面前，稽首道："云霄师妹。"

云霄一脸吃惊道："公明师兄，怎么是你？你何以如此狼狈？"

赵公明垂头丧气道："眼看昆仑山十二金仙就要被我打败，不知从哪里冒出来的妖道，破了我的法，将我的缚龙索和定海珠都夺了去，如今我是被拔了牙的老虎，特来三仙岛向三位师妹借混元金斗和金蛟剪一用！"

云霄道："师兄，你怎么会和昆仑山金仙起冲突？元始天尊的弟子正在下界助周伐商，你莫不是下界去助纣为虐？！"

赵公明恼羞成怒，喝道："云霄，你怎么说话呢？我是你师兄，你竟然说我助纣为虐？要不是闻太师苦苦相求，我能下去吗？闻太师是我截教中人，我截教中人被阐教杀了不少，我岂能咽下这口气！"

云霄道："如果不是截教中人逆天而行,助纣为虐,干扰伐商大业,截教弟子又怎么会惨遭毒手?还不是因为有些人冒进贪功!大师兄,请你回峨眉山,不要再管人间的事情,只怕这闻太师迟早也要入封神榜之中,此乃天意。你回山中修炼,等到封神之日,我亲自去一趟灵鹫山,问燃灯讨要定海珠和缚龙索给你,只是今日师兄要借混元金斗和金蛟剪,师妹恕难从命!"

赵公明失望透顶道："云霄师妹,我赵公明亲自相借你都不肯?"

云霄摇了摇头,道："混元金斗非同小可,况且你助商伐周有违天道,我不忍见你万劫不复!你走吧!"

赵公明愤愤不平,正要走,他们的谈话却被碧霄听见,那身穿青绿色裙装的碧霄,连忙拦住赵公明道："师兄稍后。"

碧霄走向云霄,拽着云霄的手撒娇道："大姐,还是把宝物借给师兄吧,你难道不念及同门之情吗?"

云霄苦笑道："我正是为他好才不借,师兄如果还是执迷不悟,恐怕有杀身之祸!"

赵公明哼了一声,决然而去,驾云行至一二里路,突然有人在他身后喊他。赵公明猛回头,见一仙姑,他便停下来,道："原来是菡芝仙,不知仙姑唤我何事?"

菡芝仙道："我自峨眉山而来,寻不到你,想你定是在三仙岛,谁想果真在此处遇到你。本尊有意向道兄讨教道学,专程寻你!"

赵公明长叹一口气,道："我受闻太师所托,下山助他平定西岐。玉虚宫徒子徒孙杀我截教弟子众多,我实在咽不下这口气,专程赶来三仙岛问三霄师妹借混元金斗和金蛟剪,谁想那云霄师妹硬是不借,无可奈何我只有去别处寻宝,对付姜子牙他们!"

菡芝仙大吃一惊道："这三霄也太不懂事了,这玉虚宫的人都欺负到家了,还不肯割舍?走,我陪你去,我要当面问问三霄。"

听闻菡芝仙亲临,三霄娘娘亲自出门相迎。菡芝仙与那赵公明一同进洞,菡芝仙先是见礼,便和赵公明一同入座。

菡芝仙不解道:"三位姐姐,公明道兄与你们是同门师兄妹,如今他有难,借你们法宝一用,三位姐姐如何就不能割舍?"

碧霄道:"也罢,大姐,把金蛟剪借与公明师兄吧,公明师兄看来是不达目的不罢休了。如果我们不借给他,他也会去别处借,我们可不希望他再像石矶娘娘那样遭遇毒手!"

云霄听罢,沉吟片刻,玉手一挥,金蛟剪便变了出来。

云霄站起来,走向赵公明,将金蛟剪双手捧上,道:"师兄,我三霄姐妹不肯借给你金蛟剪,非我等吝啬宝物,而是担心你无端卷入这是非中!你既然如此执着,那你就去吧,只是到时候不要怪小妹没有劝过你!"

赵公明夺过金蛟剪,转身就离去,行色匆匆。

碧霄喊道:"师兄,周兴是天意啊,你且三思啊。"

赵公明执迷不悟,头也不回,上了黑虎,消失在天穹。

赵公明赶到西岐城下,昆仑诸神正合力对付闻太师,杨戬从左路攻杀朝歌大军,哪吒从右路攻杀,场面惨烈壮观,厮杀、哀嚎交杂在一起。

姜子牙、玉鼎真人、燃灯道人等从正面与闻太师展开大战,闻太师的墨麒麟精疲力尽,他那握雌雄双鞭的手已经被轮番攻击震得软弱无力。

昆仑诸神一个接着一个对着闻太师施展拳脚,闻太师都以双鞭相迎,又以天眼对抗,但终究寡不敌众,被燃灯道人的乾坤尺打中,从墨麒麟摔下来,燃灯道人正要取他性命。在这千钧一发之际,赵公明赶来,用金鞭替他挡了一下。

赵公明将金蛟剪抛入空中,这法宝忽然变成两条蛟龙,采天地灵气日月精华，有祥云护体，两条蛟龙的头交织在一起，如剪刀，锋芒四射，冲燃灯而来。燃灯道人忙弃了梅花鹿，借土遁之术离去。

那金蛟剪将梅花鹿剪成了两段，众神脸色煞白。那金蛟剪对着西岐将士一阵狂剪，将士们死伤无数，不是断胳膊就是断腿，有的也和梅花鹿一样，被撕成两段。

西岐诸神忙往回撤，金蛟剪穷追不舍。姜子牙抛出打神鞭，那打神鞭在空中与金蛟剪周旋，两件神器相互火拼，擦出剧烈火花。

西岐惨败，伤亡惨重，被迫退回城中，诸神在姜子牙相府的议事堂里一筹莫展。

哪吒急急忙忙走进来，面对姜子牙等人道："各位师叔伯，门外有一位道人求见。"

姜子牙问道："那道人来自哪里？"

哪吒摇了摇头，燃灯道："子牙，无妨，无论是谁，这个人定然是友非敌！"

"哪吒，快请进来。"姜子牙忙道。

哪吒刚转身，正要出门，那道人已经进来，朝昆仑诸神稽首道："诸神大仙请了。"

众人面面相觑，皆不识得此人，燃灯道："道友仙方何处啊？"

道人笑道："贫道乃闲云野鹤，四海云游，路过贵地。贫道陆压，乃西昆仑散人，听闻赵公明借得金蛟剪下山，恐伤了诸位道友。金蛟剪乃上古神兵所化，威力无穷，今日我特来降服赵公明，让他金蛟剪用不成！"

燃灯甚喜道："道友果真能降伏此人，不仅对西岐举国臣民有恩，也是我昆仑山的恩人。"

西岐战败，赵公明和闻太师回到营地修整后，继续备战。次日清晨，那赵公明骑着黑虎，又开始在西岐城下叫嚣。

"燃灯，你贵为昆仑十二金仙之首，法力无边，怎得昨日当了缩头乌龟，逃得不见踪影，难道蹲在城里不敢出来了？"赵公明羞辱道。

姜子牙带头，昆山诸神随后，陆压道人陪同，出了西岐城门，城门大开，与闻太师的两军对垒。

姜子牙道："公明兄，我劝你还是迷途知返，不要到时身首异处，得不偿失。"

赵公明哈哈大笑，大言不惭道："谁身首异处还未有可知！我这金蛟剪一出，三界内没有几人能挡，我劝你们还是乖乖投降，我给你们留个全尸！"

陆压道人穿过人群，上前几步，面对威风凛凛的赵公明，他却冷笑道："你就是截教赵公明？"

赵公明突然见到这副生面孔，深感疑虑。陆压道人身材矮小，六尺左右，戴着鱼尾冠，着大红袍，相貌奇伟，长白须。

赵公明道："你是何方妖道，敢来送死？元始天尊弟子中怎没有见过你？"

陆压道人摇头道："我非仙非圣，未入神籍，不拜玉虚宫。我乃是西昆仑陆压散人，今日到此，襄助西岐，灭你赵公明。是你逆天而行，非怪我手下不留情。"

赵公明恼羞成怒，道："好个妖道，竟敢故弄玄虚，出口伤人，吃我一鞭！"

赵公明举鞭来打，陆压以剑御之，不到三五个回合，赵公明就吃了败仗，频频失手。赵公明再次将金蛟剪抛向空中，这法器再次化作像剪刀的金龙，陆压化作云烟而去，赵公明金蛟剪扑了空。

燃灯面对陆压道人，道："莫非道兄也拿不住赵公明？"

陆压摆了摆手，面对姜子牙道："接下来就需要姜丞相配合了！"

陆压揭开花篮，取出黄娟，上面书有符咒和口诀，随之对姜子牙道："丞相，可往岐山上扎营，营内筑一台，高一丈，扎一个稻草人，并写上赵公明三个字，草人头上点一盏灯，脚下也点一盏灯，将黄娟焚化，一天礼拜三次，至二十一日，贫道午时来助你，赵公明必死！"

姜子牙率西岐诸将和昆仑诸神回城，闭门不出，暗出三千人赶往岐山，令杨戬和哪吒前往安置，后随军至岐山。

姜子牙按陆压道人的吩咐，一一照做。那赵公明在营帐里，心急火燎，心神不宁，在营帐内左右徘徊，抓耳挠腮。

闻太师为此深感忧心，问道："公明师叔，你这是怎么了？西岐将士和玉虚宫大仙都败在你的手里，怎么我看你反倒心烦意乱了？！"

赵公明掐指一算，愤怒道："是有人害我！太师，你且出去，待我运功调理！"

赵公明抱恙，闻太师只能派白天君、姚天君等人布下阵式，均被陆压道人、燃灯道人和姜子牙等人所破。

闻太师得知二君已败，急得暴跳如雷，赵公明又昏昏沉沉，迷迷糊糊，意志已然不清晰。闻太师急不可耐，推了推赵公明，问道："公明师叔，你究竟怎么了？连睡数日不醒？！"

赵公明迷糊应道："我并未睡呀。"

闻太师元神出窍，潜入西岐丞相府打听，才知姜子牙一行正在岐山上，用钉头七箭书射赵公明。

闻太师回营，将此事告知赵公明，赵公明愤怒难平，面对闻太师道："太师，我为你下山，你一定要救我！"

闻仲一筹莫展，道："一个姜子牙肉体凡胎好对付，可是昆仑金仙都在西岐，闻仲独木难支啊！"

张天君见闻仲犯难，进前道："太师，不用着急，今晚我命陈九公、姚少司，借用遁土之术潜入岐山，抢来此书，公明兄厄运可解。"

陈九公、姚少司领了命，便偷偷潜入岐山。

昆仑诸神神通广大，此事岂能瞒天过海。昆仑金仙与陆压道人正在姜子牙的府上打坐，陆压道人眼皮跳个不停，掐指一算，已对闻太师一方的动向了如指掌。

陆压道人面对昆仑众仙，道："诸位道兄，我算出闻仲已经知道了姜丞相在岐山诅咒赵公明的事，已派陈、姚二人用遁地之术潜入岐山，要抢箭书，我们得尽快通知子牙。"

玉鼎真人道："如果我们驾云去，恐怕赶不上！"

燃灯道人道："我觉得派哪吒去最为合适，哪吒风火轮日行千里，肯定能在陈姚二人赶到岐山之前通风报信。"

陆压道人点头道："嗯，我也认为哪吒最为合适。"

燃灯用传音之术将哪吒唤来，陆压将事情原委给哪吒说了一遍，哪吒二话不说，蹬上风火轮就朝岐山飞去。

陈、姚二人到达岐山已经是二更天，二人在空中俯瞰，那姜子牙披发仗剑，手里拿着符咒默念。二人趁姜子牙不备，转瞬间将箭书抢走，如同一阵风。

姜子牙疾呼道："贼子休走！"

姜子牙正要驾云去追，哪吒赶至，与陈、姚二人正好撞面。姜子牙急喊道："哪吒，快，二人抢了箭书，休要放他们离去！"

"我正为此事而来。"哪吒用火尖枪向二人发起攻击，二人以剑抵御，未及三个回合，哪吒一枪刺中姚少司的心脏，姚少司从天上掉了下去。

陈九公见姚少司已死，哪吒杀气腾腾，正转身逃跑，哪吒扔出乾坤圈，砸中陈九公的背心，陈九公口喷鲜血，落地而亡。

哪吒下去，姜子牙道："哪吒，如果不是你及时赶到，这箭书就被抢去了，我们就功亏一篑！"

姜子牙从死者陈九公的怀里搜出了箭书，道："我看赵公明的死期到了。"

陈九公、姚少司去岐山抢箭书，久久未归，闻太师在营帐内焦急地等待。时辰已到巳时，仍不见二人回来，坐立不安的闻太师，眼皮不停地跳，派幸环去打听，才知二人已被哪吒所杀。

闻太师捶胸顿足，在营帐内大哭，转身来见赵公明，赵公明仍在昏睡，鼾声如雷。闻太师在赵公明榻前，痛哭道："公明师叔……"

赵公明从迷糊中醒来，问闻太师道："太师，箭书抢回来了吗？"

闻太师吞吞吐吐，支支吾吾，面带沮丧，赵公明已然明了，感叹道："看来我赵公明休矣！活该我当初不听三霄师妹的劝阻，才致今日之祸！太师，如果我真的死了，你用我的道袍将金蛟剪包住，还给三霄师妹，她们见到我的遗物，如同见到我。"

闻太师听得老泪纵横。

赵公明满头大汗，握紧拳头，大叫道："云霄师妹，我赵公明恐怕再也见不到你们了，我不该不听劝呀！"

说罢，赵公明气绝身亡。

闻太师拼命喊道："师叔……闻仲看得出来你死得很痛苦，放心吧，我一定要为你报仇！不灭西岐，我誓不还朝。"

闻太师怒发冲冠，提着雌雄双鞭，就冲出了营帐，那气势汹汹的样子，仿佛要活剥了姜子牙和哪吒。

第十三章　闻仲难回天

　　赵公明是截教弟子中法力最强、最受通天教主赏识的人，现在连赵公明都死了，闻仲伐西岐的信心遭到重创，有着强烈的挫败感。西岐国库充盈，猛将如云，闻仲只好从三仙岛请来了三霄姐妹。三霄为了替截教出气，替赵公明报仇，毅然决然下山。姜子牙运筹帷幄，又有昆仑诸神助阵，以哪吒和杨戬为先锋，三霄姐妹很快伏诛，魂归封神台。

　　闻仲自从出征西岐以来，连吃败仗，被姜子牙的人马追赶至岐山脚下，亲点残兵，已不足三万人。将士们一个个狼狈不堪，垂头丧气，军心涣散。

　　闻仲回头看了看这些已经失去战斗力的将士们，仰天长叹道："天亡我大商啊！"

　　闻仲副将邓忠上前问道："太师，如今我们兵往何处？"

　　闻仲没了主意，指着前面的路，问道："这条路通往哪里？"

　　辛环道："此路通往佳梦关。"

　　闻仲道："那就往佳梦关。"

　　邓忠看了看士兵们，茫然道："太师，将士们精疲力尽，连兵器都拿不动了，还能打仗吗？"

　　闻仲大怒道："邓忠，你再敢蛊惑军心，我砍了你！后有西岐追兵，如果我们不走，就只有等死，我闻仲一个人死了不要紧，如果朝歌大军没有一人生还，我如何见大王？如何见大商的列祖列宗？！"

邓忠顿时不敢多言。

闻仲手执雌雄双鞭，将双鞭重重插入地下，足有一尺多深，双手微微颤抖。他面向众将士，道："将士们，老夫知道你们都很疲惫，但是此刻不能停下来，后有追兵，一旦被西岐将士追上，我们都要死无葬身之地。你们都还年轻，家里还有妻儿，不能就这样放弃，快加速前进！"

闻仲经过了一番激烈的说辞，重新鼓舞了将士们的士气，朝歌将士修整后继续前进。

姜子牙正在西岐相府与燃灯道人、玉鼎真人等昆仑金仙议事，你一言我一语，哪吒蹬风火轮从天而来。

哪吒手持火尖枪，来到姜子牙面前，先是对着各位金仙拜了拜，又对姜子牙道："禀丞相，末将奉命，一路追杀闻太师，如今太师带领残兵逃往佳梦关，末将特来请示丞相是否取下太师首级？"

姜子牙道："哪吒，你自从投我西岐义军，屡建奇功，这一仗你辛苦了。你和杨戬都好好歇一下，你广成子师叔、云中子师叔，还有你其他几位师叔，他们都在路上等他呢，闻仲此役绝无可能生还，就让他做垂死挣扎吧！我们必须杀死闻仲，他的残兵败将也要一并歼灭，不能放他们回到朝歌！你且退下，灭商之路还很长！"

"遵命。"哪吒摇身变成一道金光飞走了。

燃灯道人捋了捋胡须，感叹道："闻仲一死，我们和通天教主的怨结得更深了！朝歌虽然少了柱国，但我军势必会招来复仇之敌啊！"

玉鼎真人口中念道："无量天尊，但愿通天教主能够深明大义……"

闻仲大军人困马乏，行至桃林，此时桃花盛开，满山粉红。忽见巨石下立一黄幡，黄幡下站着一位道人，此人正是广成子。

闻仲气愤道："广成子，我乃大商老臣，这是我与姜子牙和姬发的战争，与你何干，你何故拦我去路?!"

广成子道："闻仲，你说得没错，我身为玉虚宫人不该管人间的事情，师尊既然受命子牙料理人间事，子牙有难，我这做师兄的不能不管。你明知纣王残暴，商朝气数将尽，你还苟延残喘，逆天行事。也罢，我不取你性命，不与你为仇，只是你不能过这桃花林，你只能从别处走……"

闻太师恼羞成怒，道："你们不要忘了，现在还是大商天下，西岐逆贼就是反贼，闻仲替天行道何罪之有？广成子你辱人太甚！"

闻仲骑着墨麒麟，提鞭朝着广成子奔来，杀气腾腾，那气势像是要撕了广成子。广成子用宝剑与闻太师的双鞭火拼，闻太师左手持鞭攻广成子下路，右手持鞭攻广成子上路，鞭法极快，出手狠辣，招招致命，广成子一味躲闪。几个回合下来，广成子处于下风，闻仲一鞭打在广成子的背心，广成子口吐鲜血；广成子的宝剑也刺了闻仲一剑，正好伤了闻仲的左臂。闻仲左臂被划了一道很深的伤口，鲜血直流，湿透了袖筒。

闻仲大叫道："广成子，今日你不让我活，我大不了与你同归于尽！"

闻仲睁开额头上的天眼，天眼不停地眨，每眨眼一次，眼睛里就发出白光。那白光射向广成子，只要被射中，必然被灼伤，伤口也会糜烂。

白光几次射向广成子，广成子身手矫健，都躲过了。广成子从怀里摸出照妖镜，白光射到照妖镜上，反射射中了闻仲自己，闻仲衣服着了火，急得连忙扑火。

广成子又急忙拿出翻天印，祭于空中。

闻仲抬头一看，大吃一惊，叫道："翻天印？翻天印怎么会在你的手里?!"

闻仲忙收了双鞭,骑着墨麒麟,掉头就跑,随行将士也齐刷刷地跟着闻仲跑。

邓忠边追赶闻仲边道:"太师,我们不去佳梦关?如今去往哪里?"

"前方通往何处?"闻仲急忙问道。

"燕山方向。"邓忠道。

"那就去燕山,将士们快跟上。"闻仲骑着墨麒麟急奔向燕山方向,朝歌残部拼命追赶。

闻仲为了摆脱广成子,日夜兼程,马不停蹄,朝歌将士精疲力竭,有些甚至累死在路上,三万残部,一路走一路丢,如今只剩下两万多人。闻太师残部走走停停,不知到了何处,只见前方山势险要,悬崖峭壁。闻仲忙问辛环道:"此乃何山?"

辛环摇摇头,一脸绝望道:"禀太师,末将也不知道,此山险要,不吉利啊!"

邓忠道:"太师,这座山我知道,应是太华山。古籍中有记载,描写的太华山风貌和这里很像,方位也差不多。"

赤精子正站在闻太师残部正前方的山丘上,大笑道:"太师,赤精子在此等候多时了,你还不束手就擒?"

闻仲冷笑,道:"天亡我也!赤精子,莫非你也是来取我性命的?"

赤精子道:"闻太师,你是商朝老臣,又是截教弟子,我不杀你,我是奉燃灯师兄之命来此阻你,不许你进五关,你还是退回去吧。"

闻仲恼怒不已,道:"赤精子,截教与阐教本属一脉,你们不能欺人太甚!反正今日逃难一死,我定要与你拼个鱼死网破!"

闻仲用金鞭拍了拍墨麒麟的屁股,双腿一夹,那麒麟奔向赤精子,闻仲举鞭要打赤精子。赤精子则站在原地不动,镇定自如,缓缓从怀里摸出阴阳镜，那镜子正面放射出烈火，背面一照，即刻冰冻。

赤精子先是以镜子正面照射闻太师，镜子迸发出来的火焰喷向闻太师，闻太师的屁股着了火，一边用手灭火，一边掉头逃跑；赤精子又用镜子背面照他，顷刻间便下起了冰雹，只要被冰雹打中，瞬间冻结。闻太师只顾着逃命，朝歌将士很多被阴阳镜所伤，哀嚎遍野，有些士兵被火焰烤得在地上打滚。

闻太师此时成了丧家之犬，自己和身后的两万大军成了无头苍蝇，在林子里乱窜，队伍被冲散，四分五裂。闻仲骑着墨麒麟在林中来回折返，很多出口都被堵住了。

辛环急道："太师，如今回朝歌的路都被堵死了，我们该如何是好?！"

闻太师心急如焚，但作为统帅，他只好装镇定。他面对邓忠道："我可借遁地之术返回朝歌，整顿兵马再战，可如今我身后还有两万多将士，如果老夫就这样走了，这两万多将士性命可能不保啊！"

闻太师徘徊许久，掉头朝青龙关方向而去，又奔跑了一夜，终于跑不动了，闻太师下令在咽喉之地安营扎寨。

疲惫不堪的闻太师刚刚卸下盔甲，挂在衣架上，正准备上榻，突然听到外面乱哄哄的，人声鼎沸，嘈杂不断，此刻正值夜晚，森林里什么也看不见。闻仲掀开帐门，站在门口一探究竟，只看见将士们举着火把乱成一团。

闻仲不明缘由，急得如热锅上的蚂蚁。邓忠火急火燎地跑过来，面对闻太师道："太师，不好了，姜子牙派人来袭，神出鬼没，你可要小心呀！"

闻仲转身进帐，穿上铠甲，拿起双鞭，怒气冲冲地冲出来，趁着夜色大喊道："姜子牙、燃灯，你们都是元始天尊的弟子，怎么能做袭营这种事情呢？"

闻仲正骂着，哪吒踩着风火轮，抢着火尖枪朝太师杀来，叫嚣道："闻太师，你的死期到了，我是不会让你活着离开的！快快受死吧！"

闻太师大怒，骂道："竖子，你好生无礼！"

随后用天眼射哪吒，哪吒避之不及，用火尖枪去挡那天眼发出的金光，当即被弹出数十步远。闻仲抢起雌雄双鞭，与哪吒斗狠，双方相互拆招，不分输赢。双方的功力已经发挥到极致，林中百鸟惊飞，一人耍鞭，一人舞枪，地上卷起一丈尘土，飞沙走石席卷山林，直杀得天昏地暗。

闻仲部将邓忠、辛环、余庆等人见闻太师与哪吒苦战，虽不分胜负，但太师年迈，体力不支，遂纵马持兵器上前助战，将哪吒包围起来，一拥而上，刀枪相加，刺向哪吒。哪吒摆脱闻太师，一跺脚，一挥枪，邓忠等人全都被哪吒的火尖枪所伤，倒在了地上。

"你们都是不会法术的凡人，我劝你们不要再助纣为虐，放下兵器回家去吧！你们这样的效忠是没有意义的。要不了多久，我西岐大军就要杀入朝歌，到时候朝歌城必将生灵涂炭、血流成河，趁早归降，还能回家与家人团聚！"哪吒道。

邓忠、余庆等人开始有些动摇，闻太师威胁道："你们谁敢背叛朝廷，老夫第一个不放过他！要知道你们的妻儿都在朝歌，只要大王一声令下，他们全都会人头落地。还不快快动手，休要听他妖言惑众，谁杀了哪吒，老夫定当请示大王为其加官晋爵！"

众部将再次捡起兵器，扑向哪吒，与哪吒生死相搏。哪吒默念咒语发动混天绫，那混天绫奔闻太师而去，闻太师见混天绫，骑着墨麒麟就要跑，混天绫追着他跑。哪吒腾出手来，一枪就将吉立刺于马下。

邓忠等人见哪吒如此神勇，止步不前。哪吒见邓忠如此胆怯，便有意挑衅道："我本有意放你们生路，你们硬要找死，我也没有办法！如此鼠辈贪生怕死，闻太师有眼无珠啊！"

邓忠恼羞成怒，拔剑砍向哪吒。哪吒连躲了邓忠三剑，抛出乾坤圈，正中邓忠甲胄，邓忠的披肩掉了下来。邓忠惊慌失措时，被哪吒使了一招回马枪，刺穿了胸膛，当场毙命。

众将士被哪吒的神威惊住了，不敢上前，分分撤退。

哪吒收起火尖枪，合上双掌，变出三头六臂，一只手持乾坤圈，两只手持阴阳剑，蹬上风火轮闯进了朝歌大军的队伍中，杀出一条血路。哪吒大开杀戒，朝歌将士死伤无数，纷纷败退，哪吒切断了后路军。

"闻太师已经被我打败，正在败逃，他就要被我的混天绫缠上了。朝歌气数将尽，我劝你们还是快快放下武器，不要做无谓的牺牲，我的枪下绝不留情。愿意归降西岐的将士可免死，可回家与家人团聚！"哪吒一边冲杀，一边对他们喊道。

众将士异口同声道："我等愿归降明主。"

将士们纷纷将兵器乒乒乓乓扔了一地。

闻太师为了躲避混天绫的追赶，骑着墨麒麟跑了不知道几里地，虽然摆脱了哪吒，但几万大军如今只剩下几千人马。人困马乏的将士们，连军旗都丢了，走走停停，有些甚至倒在地上死了。

狼狈不堪的闻太师，已经精疲力竭，他柱着双鞭，大喊道："邓忠何在？"

辛环上前道："太师，邓忠和吉立已经被哪吒杀了！"

闻太师大吃一惊道："什么？邓忠死了？！现在还有多少将士？"

辛环道："已不足八千，将军中只有余庆还在，只可惜他好像已经投降西岐了。"

闻太师心如刀绞，转身朝着碧游宫的方向顶礼遥拜道："祖师爷，天亡我也，看来闻仲是在劫难逃了，请师祖一定要为弟子报仇啊！"

辛环安慰道："太师，胜负乃兵家常事，当年太祖商汤南征北战，九死一生，才有大商六百年基业。我们还有兵丁八千，太师武艺高超，我们定能杀出重围，只要能回到朝歌，再调兵遣将，定能卷土重来，太师不可轻言放弃啊！"

闻太师长叹一气，哪吒的声音再次传来，道："闻仲匹夫，拿命来！"

闻仲一听，受了惊，又骑着墨麒麟再度狂奔，将士们又跟着跑了几里路才停下来。见哪吒终未追来，闻仲心神受损，大吐一口血，从麒麟上摔下来，并传令残兵在山坳里安营扎寨。

黎明，闻太师拔营往黄花山进发，行至不足十里，见一金甲红袍的小将，坐在玉麒麟之上，手握两把银锤。

闻太师大喊道："哪里来的小将，竟敢挡住我的去路！我乃朝廷太师，还不远远离去！"

"我乃武成王之子黄天化是也。闻仲老儿你作为朝廷鹰犬，追杀我父子，我今天就是来报仇的！我奉姜丞相之命，在此恭候多时，还不快快下来受死！"

闻太师骑着墨麒麟，冲向黄天化，大骂道："竖子，好生无礼！你父黄飞虎见我也要忌惮三分，你竟敢如此放肆！吃我一鞭！"

闻太师骑墨麒麟，单鞭与黄天化打斗，黄天化骑着玉麒麟，以双锤相迎。黄天化的重锤，力道很大，砸在地上，地上也要裂开缝隙。两人相互拆招，大战二三十回合，太师气喘吁吁，黄天化精力充沛，招招致命。辛环和余庆怒发冲冠，焦急难耐，异口同声喊道："太师，我来助你！"

黄天化见二将助战，忙骑着玉麒麟，跳出合围，疾走。

余庆见黄天化逃跑，便策马猛追上去。黄天化收起双锤，回头将火龙标使出，正中余庆额头，余庆当即死亡，摔下马来。

辛环见余庆落马而亡，大惊失色，大喊道："我来也！"便冲了上去。

辛环持长枪攻上来，先是攻击黄天化的上三路，黄天化的双锤是短兵器，不好应付，辛环一枪刺到了他的发冠，发冠掉落，黄天化骑着玉麒麟迅速逃脱。

那玉麒麟本是道德真君的坐骑，行如风，快如电，转瞬间便消失得无影无踪。

辛环一脸惊慌，在原地绕着圈子，东南西北四个方向观望，都不见黄天化。

惊慌失措下，喊道："反贼，哪儿去了？有种滚出来！"

黄天化骑着玉麒麟出现在辛环头顶上空，打出摧心钉，辛环被击中胸口而死。

见辛环一死，闻太师心如刀绞，捶胸顿足，道："痛煞我也，连失两员大将。"

闻太师骑着墨麒麟，带着残兵，往东南败走。

闻太师所部死伤惨重，他带着所剩无几的数百人马，缓缓前行，见后无追兵，便席地而坐，格外狼狈。

闻太师命人扎营，生火做饭，天色已暗，太师坐在石头上发呆，老泪纵横。就在太师失魂落魄、黯然神伤的时候，远处山上鼓声雷动，人声鼎沸，满山遍野全部是声讨闻太师的声音。闻太师从石头上起身，朝远处山顶望去，见姜子牙与姬发正在山顶上下棋，气定神闲，一副稳如泰山的样子。

哪吒站在姜子牙和姬发身边，用火尖枪指着闻太师喊道："闻仲老匹夫哪里去？我家丞相和主公在此等候你多时了！你的末日到了。"

闻仲一听别人叫他老匹夫，大动肝火，骑着墨麒麟，持鞭朝山上杀来，喊道："我乃大商两朝重臣，岂容你羞辱，无知竖子还不受死！

老夫今日就算豁出性命，也要与你们做个了断！"

闻太师的墨麒麟再快，如何快得过哪吒的风火轮，闻太师举鞭朝姜子牙和姬发打来，被哪吒用火尖枪挡了回去。与哪吒斗了几个回合，闻太师气喘吁吁，哪吒与闻太师苦斗，金吒和木吒他们掩护姬发等人下山。

待姬发及其西岐诸将都退得差不多了，哪吒抛出乾坤圈，向闻太师砸去。闻太师躲闪，用双鞭将乾坤圈打落了。哪吒的风火轮快如闪电，瞬间哪吒便消失得无影无踪。

闻太师用天眼在山中查看，找不到一个人的踪影。

闻太师急了，喊道："姜子牙，姬发，你等反贼还不快快现身与我决一死战！"

就在闻太师气急败坏的时候，山下旌旗雷动，西岐将士黑压压一片，将闻太师及其残部包围在山中。

姜子牙喊道："取闻仲首级者，主公有重赏！"

闻太师恼羞成怒，骑墨麒麟，在此回头掩杀。那雷震子突然展翅飞来，一双翅膀自带风雷，一扇动则，地动山摇，尘土飞扬，天昏地暗。闻太师被沙子迷了眼睛，迷失在沙尘暴里，什么也看不见。

雷震子来势汹汹，拿金棍朝太师打来。那金棍威力甚大，太师一躲闪，金棍打在闻太师的坐骑墨麒麟身上，麒麟随之惨叫，断成了两截，太师摔在了地上，狼狈地借土遁之术逃走了。

闻太师借土遁之术不知在地下钻了几里路，伸出头来在地上窥探一番，不见有人，这才从地下跳了出来。

此时的闻太师狼狈不堪，又累又饿，悲愤道："天亡我也，大王，看来大商气数真的尽了！老臣恐怕没有命再回到朝歌了。"

闻太师身边已无一兵一卒，歪歪倒倒走了几步，忽见丛林深处有一茅屋，炊烟袅袅。太师饥饿难耐，加快步伐，推开篱笆，进了院子，敲了门喊道："有人在吗？"

闻太师以微弱的声音喊了几声，才有人出来开门，是位老者，拄着拐杖。

闻太师乞求道："老人家，我是朝廷的太师，奉命讨伐叛军，兵败至此，饥饿难耐，能否赏口饭吃，等老夫回到朝歌，定以千金相赠！"

老者跪迎道："原来是太师，草民拜见太师，太师请进。"

闻太师将老者扶起来，老者以饭食款待，太师歇息半日便辞别老者。

太师离开茅屋，一直走，见到伐木樵夫，上前问道："小兄弟，请问去青龙关走哪条路近些？"

樵夫放下斧头，指着前方道："往西南十五里，过白鹤墩，便见到青龙关大路。"

闻太师向樵夫致谢后，便往西南方向而去。

待太师走远，樵夫摇身一变，变成了杨戬，斧头变成了哪吒。

哪吒道："前面就是绝龙岭，闻太师这回死定了！"

杨戬调侃道："你呀，莲花化身没心没肺，我倒觉得闻太师挺可怜的，一个两鬓斑白的老人，一生为朝廷操碎了心，老了却落得如此下场！"

哪吒冷笑道："杨戬大哥，你忘了闻仲老儿杀死了西岐多少将士？他至少是间接凶手！"

杨戬叹了一口气，道："走吧，一起去绝龙岭，看看闻太师最终的结局。"

杨戬化成一道金光飞走了，哪吒蹬上风火轮，也消失在天际。

闻太师死了墨麒麟，身边也没有一兵一卒，就这样狼狈不堪地走在崇山峻岭间。按照杨戬的指示，他来到了绝龙岭，见前方山势险峻，树林遮天蔽日，安静得可怕，连个鸟叫声都没有，走出一线天，心神不宁，惶恐不安，东张西望。

"哈哈哈，闻太师哪里走?!"闻仲的身后传来一个老者的笑声。

闻仲猛一回头，见是终南山云中子，他身穿道袍，手持拂尘，一副慈眉善目的样子。

闻仲冷笑道："原来是终南山的云中子，你也是奉了姜子牙之命取我性命的?"

云中子摇了摇头，叹道："太师，你身为截教弟子，明知道商朝气数已尽，为何还要自寻死路？我劝你还是尽早归附，否则今天就是你的死期！"

闻仲苦笑道："我受商朝两朝王恩，位居太师，一人之下万人之上，纣王虽然昏聩，但待我如师如父，我岂能弃他而去，除非闻仲死了，否则你们别想进朝歌城。"

说罢，闻太师持双鞭猛打过去，云中子用掌心雷对着闻太师打了几掌，闻太师躲过了云中子的掌心雷。随之，闻仲用天眼射向云中子，与云中子的掌心雷对攻，强大的力量使得山崩地裂。

云中子伸出手掌，手中有八根金针，他将其抛入地面，并念咒语，平地生出八根柱子，柱体如同熊熊燃烧的烈火。

闻太师被包围在其中，这时哪吒和杨戬已经赶来，禀告了云中子后，便在一旁观战。

闻太师被八根火柱围困后，心急如焚，道："通天神火柱?!"

云中子道："得亏你还认得，太师，只要你肯归降西岐，贫道立马收了火柱。"

闻仲冷静地道："闻仲宁为玉碎不为瓦全，士可杀不可辱，要我投降绝无可能！"

八根通天神火柱，高三丈，按八卦布局，云中子念咒语，四十九条火龙腾空而起。闻太师掐指念避火诀，准备借土遁之术逃脱，几番跺脚，仍不能土遁。火龙冲闻太师喷火，闻太师心急如焚，大喊道："怎么回事？"

云中子道："太师，你太小瞧了通天神火柱的力量了，你认为可以借土遁逃脱，未免有些天真了！"

闻太师情急之下欲驾遁光逃走，哪吒大叫道："看你往哪里跑！"

哪吒从怀里掏出九龙神火罩，抛入空中，并念咒语，那神火罩瞬间变大，足有两三丈高，同样神火罩中出现九条火龙。太师燥热难耐，痛不欲生，神火罩火势凶猛，罩内有噼里啪啦的声音。

闻太师惨叫一声，喊道："大王，老臣以死谢罪了！"闻太师灰飞烟灭。

哪吒收了神火罩，云中子也收了神火柱，云中子同情道："闻太师为了商朝操劳一生，没想到是这样的下场！"

杨戬道："师叔，我辈修道之人，不想再徒增杀孽啊！"

云中子无奈地摇摇头，三人化身而去。

三更天，纣王从噩梦中惊醒，惊扰到了一边的妲己娘娘。见纣王突然坐了起来，满头大汗，妲己问道："大王，做噩梦了？"

纣王眼泪夺眶而出，伤心欲绝道："太师给孤王托梦，说他在绝龙岭被云中子和哪吒等人合围而杀，他是被烧死的，太惨了！"

妲己安慰道："大王，太师吉人天相，想必不会有事的！再说这只是一个梦，不能当真的！"

纣王痛哭道："寡人做梦从来都是真的，没有一次不应验，看来太师真的撒手人寰了！寡人失了柱国之臣，痛煞寡人，寡人一定要灭了西岐，为太师报仇！"

妲己道："大王，安睡吧！"

纣王从龙榻上起身下地，穿上王服，来到窗前，暗自悲切。

第十四章　父子弃前嫌

闻太师死后,商朝已敲响了丧钟。哪吒辅佐姜子牙,先后收邓九公,迎战冀州侯苏护、张山、李锦,苦战昆仑妖仙申公豹等。

西岐城门外,西岐将士的尸体横七竖八地倒成一片,堆积如山,将士们的身上插满了孔雀翎,他们都是被孔雀翎所杀,死状惨烈。城门外刮着风,满天沙尘,空气里还弥漫着浓浓的血腥味,有乌鸦在城墙上叫,那声音甚是凄凉。

城门楼上挂着一块很大的免战牌,西岐将士日夜在城楼上坚守,聚精会神,不敢有丝毫懈怠。

武王姬发、黄飞虎、姜子牙、武吉、黄天化、杨戬、哪吒、金吒、木吒、雷震子等西岐的大部分骨干将领都退守到西岐的城楼里,足足有数十人。外面的天气很冷,寒风刺骨,他们很多人衣着单薄,缩手缩脚,不断地搓双手并哈气,有些将军遍体鳞伤。

武王姬发现诸将一筹莫展,顿生忧虑,他走到姜子牙的面前,作揖道:"相父,敌将凶恶,我们接下来该怎么办?"

姜子牙道:"我西岐自起兵之日起,大大小小数百次战役,虽然遇到过像赵公明、闻太师这样的强敌,但最终我军都险胜。如今来了孔宣,恐怕是我军有史以来遭受的最强大的敌人,在场诸将没有一个人斗得过。主公还是先回府去吧,我们将士齐心协力一定会大获全胜,主公留在这里,不仅帮不到我们,还会使我们将士也会畏首畏尾!"

"起码孤可以留在这里鼓舞大家的士气啊！"姬发坚定道。

姜子牙回头面对雷震子吩咐道："雷震子，快送你二哥回去。"

城门下，孔宣带着兵马在下面叫嚣。

"姬发、姜子牙，你们这些缩头乌龟，快滚出来！爷爷我杀个鸡犬不留……"

哪吒咬牙切齿道："这个孔宣，着实可恨，让我下去，定要像拔龙鳞那样拔下他的孔雀翎！"

说罢，哪吒正要冲出去。

金吒急道："三弟，莫要鲁莽！"

姬发见将士们同仇敌忾，也欣慰很多，道："丞相，诸位将军你们多加小心啊，我回府里静候将军们的好消息！"

姬发在雷震子和周公旦的陪同下，离开了城楼，往城内走去。

武吉走到姜子牙面前，道："这孔宣实在放肆，丞相我跟他拼了！"

说完，没等姜子牙反应过来，就拿着长枪冲了出去，一跃跳下了城楼，出现在孔宣面前。

那孔宣明明长得像人，但是背上全是孔雀翎，六分像人，四分像孔雀，就连咆哮的时候也像孔雀叫。

孔宣见武吉气势汹汹，问道："你是何人？"

"我乃西岐大将武吉，妖孽还不速速就擒！"武吉气冲霄汉道。

孔宣大笑道："就连元始天尊的爱徒，你们西岐的丞相姜子牙都不是我的对手，就凭你？我劝你还是乖乖退下，不要来送死！谁替我教训下这个小辈？！"

孔宣回头对身后的将领说。

五军救应使高继能策马来到孔宣面前，主动请缨道："统帅，末将愿意替统帅教训他。"

得到孔宣首肯后，高继能持长枪与武吉大战，两人展开了火拼。高继能和武吉战了三十个回合，武吉被高继能一枪刺中了大腿，血流不止。高继能坐在马上居高临下，武吉边战边退，退了十余步，被一块巨石绊倒，高继能策马而来，招招致命，武吉身手敏捷，几次翻身躲过了高继能的长枪。

最后，武吉精疲力竭，跑不动了，面对高继能迎面而来的枪尖，他生生闭上了眼睛赴死。

哪吒蹬风火轮而来，用火尖枪为武吉挡了一下，将高继能打退了。

高继能不快道："又是你，哪吒，回回坏我好事。我家统帅法力无边，这西岐城用不了几日就要被攻破。为避免屠城，我建议你们还是早早投降，不然我们可要大开杀戒了！你看看这满地的尸体，好像都是你们西岐的将士吧！"

高继能一副幸灾乐祸的样子。

哪吒道："我哪吒自托生以来，就没有吃过什么败仗，今日也不例外，今日就是你的死期！奸贼，吃我一枪！"

哪吒蹬风火轮，在空中来去自如，高继能使马，哪吒居高临下。哪吒先是在空中与高继能周旋，时而挑衅，从高继能身后发冷枪，杀他一个措手不及，高继能气得七窍生烟，狂躁不已。

哪吒得意道："奸贼，哪吒取你性命如同探囊取物，我劝你早早归降了吧！"

高继能连发数枪，回回扑空，哪吒的火尖枪有千斤之力，就一枪也压得他喘不过气来。高继能见不敌哪吒，便策马回奔，要逃走。

哪吒取下乾坤圈砸向高继能，高继能便使枪要打落乾坤圈，那乾坤圈已经和哪吒心意相通，在空中盘旋一阵，砸在高继能的肩膀上，高继能伏着身子，往回奔。

哪吒落下来，将受伤的武吉扶起来，道："这高继能如此厉害，孔宣就更不用说，要是他出手，我们两个联手也打不过，有时候冲动是魔鬼，量力而行才好！"

哪吒背着武吉，蹬上风火轮，便回到城楼上。见武吉受伤，姜子牙眉头紧锁。

高继能落荒而逃，来到孔宣面前，道："统帅，末将无能，请统帅赐罪！"

孔宣愤懑道："这不怪你，哪吒出手你打不过也正常，他可是灵珠子转世，三界内少有的高手！"

孔宣从眼睛里搓下几粒眼屎，吹了一口气，变成了药丸，递给受伤的高继能道："吃下它，你的伤就痊愈了。"

高继能有些迟疑，不肯接，吞吞吐吐道："这……"

"放心吧，孔雀眼屎可是好东西，不是谁我都给！"孔宣道。

高继能拿过去，一口吞了下去，肩上的伤势立刻痊愈，他面对孔宣连连鞠躬道："多谢统帅！"

孔宣独自上前，面对西岐城楼喊道："姜子牙，西岐与朝廷注定一战，你难道打算一辈子不出来吗？当一辈子缩头乌龟吗？"

姜子牙面对孔宣的辱骂和挑衅，坐怀不乱，为了不连累将士们，他单人单骑来了城门，骑着四不相走了出来。

姜子牙见孔宣背后孔雀毛开了屏，有五道神光，分别为青、黄、红、白、黑，心生怯意。姜子牙愤怒道："你看看如今这西岐城外尸横遍野，你杀戮这么多无辜的生命，你难道不怕遭到天谴吗？你自恃法力高强，就可以任意妄为吗？"

孔宣道："姜子牙，如果你说服姬发早早归顺，哪里会有这些无辜生命冤死！如果要追究责任，地上的这些人都是你们害死的，你们不应该拉着他们跟你们造反啊！"

姜子牙冷笑道："天命无常，乃有德者居之，纣王无道，人神共愤，我们各为其主，我不想与你争论！"

"在我看来，造反就是造反，说再多也只是强词夺理！"说罢，孔宣挥刀来取子牙人头。

见姜子牙遭到孔宣攻杀，雷震子护送姬发回府后，火速赶来支援。雷震子一双风雷翅膀，发出雷电，雷电击打在孔宣的孔雀翎上，孔雀翎瞬间被烧焦。孔宣用大刀与雷震子的风雷黄金棍展开大战，那风雷黄金棍也是自带风雷，又刮风又闪电，孔宣避之不及，面对雷震子的轮番攻击，孔宣背后发出一道黄光，将风雷棍吸了进去。

雷震子急道："快还我风雷棍！"

雷震子张开双翅，再发风雷，此时那孔宣发出孔雀翎，那翎毛像箭雨一样射向雷震子，雷震子避之不及，只好作罢，便逃走了。

孔宣又以大刀砍向坐骑上的姜子牙，姜子牙举起打神鞭，冲过去打孔宣，打神鞭瞬间被吸入了孔宣所发出的红光之中，如同抛入了大海，姜子牙大惊失色，连忙回跑。

孔宣大笑道："姜子牙，你作为元始天尊的爱徒，难道就这点本事吗？"

西岐将士此刻已经士气不高，他们都聚集在相府，与姜子牙再做商议。姜子牙束手无策，叹道："这孔宣是我们起义以来从未有过的劲敌啊！当年的赵公明也十分难对付，但是比起这孔宣还是差很多啊，他背后的五道神光不知为何物，竟有如此魔力，我的法力和神兵在他的神光面前毫无招架之力！"

哪吒道："即便如此，我也要和他拼了，大不了就是一个同归于尽！"

姜子牙道："哪吒，伐纣大业长路漫漫，不可逞匹夫之勇！"

杨戬杵着三尖两刃刀，气馁道："我杨戬自从拜师玉鼎真人，也见过无数妖魔鬼怪，从未吃过败仗，可连我的哮天犬见到孔宣都不敢叫一声，我的神兵也全无抵抗之力，不知何故？"

姜子牙面对身后受伤的西岐将士，心里很不是滋味，自责道："明知道你们不是孔宣的对手，还把你们派出去，害你们差点丢了性命，洪锦还在孔宣的手里，是我这个军师没有当好啊！"

武成王黄飞虎道："丞相，事已至此，就不要自责了，现在孔宣已经成了骄兵，而骄兵必败，我们何不趁此袭营，救出洪锦，杀他一个措手不及！"

金吒道："武成王说得对！丞相，金吒愿为先锋！"

面对金吒的请求，姜子牙摇了摇头，道："我倒觉得哪吒、雷震子、黄天化三人最合适，金吒就留在城里防孔宣偷袭。"

哪吒和雷震子出列，异口同声道："请师叔吩咐。"

姜子牙面对三人道："哪吒今夜去劫孔宣辕门，黄天化去劫他的左营，雷震子去劫他的右营，即便不成也要挫挫他的军威！"

三人领命后离去。

大胜而归的孔宣，在军营里与部将高继能、周信等人庆贺。正把酒助兴，突然孔宣眼皮跳个不停，他放下酒樽，掐指一算，脸色沉重。

"统帅，你怎么了？"高继能疑惑道。

孔宣大喜，拍案而起，道："来得正好，我就将计就计，来一个瓮中捉鳖！"

周信也放下酒樽，困惑道："统帅，到底是什么事儿？"

孔宣道："姜子牙派哪吒、雷震子、黄天化来偷袭我军大营，现在人正在来我营地的路上。不如我们就将计就计，高将军埋伏在左营门，周信埋伏在右营门，今夜我就让他们有来无回。"

高继能和周信放下酒樽，下去排兵布阵了。

姜子牙委派的这三路先锋暗自上岭，二更天，锣鼓声响起，三路人马呐喊着冲进辕门。哪吒蹬上风火轮，提着火尖枪，一直杀到中营。孔宣见哪吒杀进来，镇定自如，他慢慢上了马，朝着哪吒奔了过来，大笑道："哪吒，你今天是有备而来，此番劫营，我一定不会放过你，你休想再逃脱！"

哪吒不知孔宣功力如何，也从未与他正面交战，大骂道："你这只长毛的怪物，今天小爷就拿你开刀！"

说罢，哪吒便举枪与孔宣大战，孔宣以青铜大刀相迎，两人相互拆招，打得难解难分，哪吒拼尽全力终于在招式上压制孔宣。

另一边，雷震子与周信大战，周信勉强接了雷震子几招，雷震子展开风雷双翅，一风一雷，地上风沙走石迷眼睛，惊雷打在地上，草木燃烧，地上的土也变成了焦土。周信连战连退，策马回奔，雷震子的风雷棍耍出惊雷正中周信后背，打得他口吐鲜血而亡。

雷震子转瞬飞至中营，见哪吒正在与孔宣大战，雷震子大叫一声道："孔宣逆贼，看我的天雷！"

雷震子一棍打向孔宣，闪电交加，孔宣的孔雀翎发出一道黄光，射向雷震子，雷震子见此光厉害，便逃走了。

哪吒见孔宣如此厉害，便借机逃走，孔宣以白光射向哪吒，哪吒化作一道金光逃走了。

原地待命的黄天化，听见里面杀声大作，骑着玉麒麟带兵冲进左营，高继能早已埋伏好了，就等黄天化冲进来，霎时间万箭齐发，周兵死伤不少。

黄天化见中计，本欲回撤，高继能举锤冲出来，黄天化以长枪痛击，黄天化的枪尖与高继能的大锤相拼，擦出火花。黄天化的长枪使得出神入化，招招致命，高继能的肩膀也被刺伤，双锤难敌，便策马而去。

黄天化势必要将高继能置于死地，便拼命追赶，那高继能慌忙取出蜈蜂袋，放出蜈蜂，那蜈蜂就像是蝗虫一样成群地扑向黄天化。

黄天化用长袖捂住面孔，蜈蜂成群地喝玉麒麟的血，黄天化从玉麒麟身上摔了下来，高继能举锤，一锤砸在黄天化的心窝，黄天化口吐鲜血，暴毙。

经过一夜厮杀，山上尸横遍野，血流成河，血染枯草。孔宣回到营帐内，将五彩神光一抖，哪吒和雷震子掉落下来。

面对孔宣，哪吒不惧道："妖孽，杀了我们吧，我们是不会向你求饶的！"

"对，我们就是死，也不会皱一下眉头！"雷震子正义凛然道。

孔宣一阵冷笑后，将他们都收了监。

高继能提着血淋淋的人头兴冲冲走进来，笑道："统帅，我砍了黄天化的脑袋，西岐少了一员大将！"

高继能将黄天化的人头扔在孔宣面前，孔宣道："哪吒和雷震子也被我所擒，现在已被我关押！"

高继能激动道："统帅，这两位可是西岐主将，杀了算了，不能放虎归山，杀了他们也好为闻太师报仇雪恨啊！"

孔宣思虑道："不急，有他们两个为人质，姜子牙必然不会坐视不管，只要他们敢来，我就将他们一网打尽！"

"哎。"高继能拂袖而去，一副不甘心的样子。

已经四更天，仍不见三人回来，姜子牙与诸将心神不宁，坐立不安。黄飞虎面对姜子牙急道："丞相，他们怎么还没有回来，不会出什么事了吧？那孔宣可不是省油的灯！"

姜子牙眉头紧锁，道："哪吒的风火轮日行千里，不应该啊，该回来了，待我卜上一卦！"

姜子牙用装着铜钱的龟壳占卜，他默念咒语，闭目，将龟壳在手里摇了摇，后将龟壳里的铜钱倒出来，定睛一看，脸色煞白，惊恐不已，一屁股坐在了椅子上道："天化被高继能所杀，哪吒和雷震子已经被孔宣擒了！"

黄飞虎痛彻心扉，几经崩溃，号啕大哭道："儿啊，你走了让爹怎么办啊！帝辛，我与你不共戴天！"

姜子牙道："黄将军，节哀顺变，天化之死乃是天意，两军交战定有死伤，待伐纣功成后，我向天尊请求封天化为神，这样天化就可永享人间香火！"

黄飞虎泪流满面，面对姜子牙作揖道："多谢丞相。"

金吒和木吒听罢，心急如焚，金吒道："姜师叔，哪吒和雷震子有难，还请师叔想想办法啊。如果三弟有个闪失，又如何向父母交代？"

"是呀，师叔，求求你了！"木吒跪在姜子牙面前，扯着他的衣襟苦苦哀求道。

金吒也跪在了姜子牙面前，深感同情道："你们兄弟快起来，哪吒是我西岐将领，又是我师兄太乙真人的弟子，你们不用求我我也不会袖手旁观的，你们先起来。"

姜子牙将二人扶了起来，在场诸将对此深感同情。

姜子牙眉头紧锁，一筹莫展道："这孔宣的法力是当初赵公明的数倍，一个赵公明就让昆仑诸仙伤透脑筋，这孔宣恐怕非我们这些人能对付得了的，哪吒和杨戬是诸位将军中最能打的，现在连他们都被擒，大家还是想想办法怎么对付孔宣！"

就在姜子牙焦头烂额的时候，突然有兵士来报，道："禀丞相，外面有一个身穿金甲，头戴金盔，浓眉大眼，长须，一手拿着黄金塔，一手拿着黄金杵，威严无比，自称是李靖！"

姜子牙不识，思索片刻道："莫非是燃灯师兄弟子李靖到了？"

金吒和木吒惊喜不已，异口同声道："是爹到了。"

金吒和木吒准备出门迎接，这时候李靖已经进了内堂。见李靖，金吒和木吒扑上去欣喜若狂道："爹，你终于来了？"

木吒激动道："爹，孩儿好想你！"

李靖拍了拍木吒的肩膀，金吒出了门望了望，不见殷夫人，回头对李靖道："爹，娘呢？娘怎么没和你一起？"

李靖感叹道："你们兄弟三人投靠了西岐，我这个商朝的陈塘关总兵也当不了了，纣王派兵追杀我们，我和你娘在逃跑中走散了，我受了伤，后来被燃灯道人所救，拜在了他的门下。伤势痊愈后，我也曾去寻过你娘，听说你娘被西王母所救，爹就去昆仑山，没见到她；又听说你娘被女娲娘娘所救，爹又去了女娲宫，遍寻不着；如今又听说她在九天玄女宫，爹正要去九天玄女宫找你娘，燃灯大师算出哪吒有难，我又马不停蹄赶来西岐。哪吒现在哪里？爹亏欠他太多了！"

金吒将李靖拉到姜子牙面前，道："爹，这位就是西岐丞相姜子牙师叔，他是元始天尊弟子，也是我们的师叔。"

李靖面对姜子牙作揖道："李靖见过姜丞相，我的三个儿子一直在丞相手下效力，多谢姜丞相对他们的照顾！"

姜子牙内疚道："李将军无须多礼，将军大名姜尚早有耳闻，怎料将军今日方才到此。哪吒如今被孔宣所擒，我等却束手无策，真的有愧将军！"

李靖安慰道："丞相莫要自责，李靖正为此事而来，孔宣道行高深，我们不可硬碰，只能智取，等先救出哪吒和雷震子再说，师尊燃灯随后便到。"

姜子牙将西岐诸将黄飞虎等人一一做了介绍。

李靖疑惑道："按理说闻太师和赵公明一死，截教再无高手，这纣王到底从哪里请来的奇人异士？这孔宣有何来历，我师尊燃灯道人也说不清楚！姜丞相与此人打过交道，他的手段如何？"

姜子牙无奈道："此人本事远在赵公明之上，他的武功平平，杨戬和哪吒都能在招式上战胜他，只是他背后的孔雀翎发出的五色神光不知为何物，神鬼莫敌，只要被神光照到非死即伤，甚至魂飞魄散！实不相瞒，西岐诸将无人能敌！"

李靖道："师尊把照妖镜借给我，让我用照妖镜照一下他的真身，倘若他的真身真的是一只孔雀，孔雀的天敌是豹子和老虎，我们的人变成豹子，就算收不了他，也吓吓他！"

杨戬连忙站出来，面对姜子牙和李靖，道："丞相，李将军，这件事情还是我去最为合适，我有七十二般变化，变什么都可以，我可以潜入敌营探听一些哪吒和雷震子的下落，我们再来个里应外合，一起救出他们！"

姜子牙恍然大悟道："老夫差点忘了，这孔宣能掐会算，说不定他已经推算出我们的动向了！"

黄飞虎愤懑道："这妖魔能修炼到如此地步，着实难对付！"

姜子牙一筹莫展，在屋子里左右徘徊，道："再厉害的法术，也有破解之法，让我想想……我记得师尊元始天尊说过，卯时是一天阴阳交替之时，法术最为微弱，掐算法术也不能用，如果选在这个时候偷袭孔宣再合适不过。杨戬和李将军去救哪吒和雷震子，武成王、金吒木吒兄弟、其余将领随我去放火，引开孔宣，那时大家法力都弱，说不定我们都可以逃脱！"

杨戬道："怪不得一到卯时，我的天眼也看不远，法术无法施展，原来如此。"

姜子牙面对李靖道："李将军，你们都先下去休息吧，我们依计行事！"

诸将纷纷离去。

诸将一夜未眠，在相府待命。卯时一刻，杨戬奉命刺探归来。

"丞相，我已经探听到关押哪吒和雷震子的地方了！"杨戬面对姜子牙道。

一旁的李靖迫切问道："杨将军快说，我儿关在何处？"

"是呀，杨将军，我三弟怎么样了？"金吒急道。

木吒也眼巴巴地看着杨戬，杨戬道："那孔宣的手段甚是残忍，关押哪吒和雷震子的地方甚是隐秘，在距离孔宣兵营不远的山洞里，周围有重兵看守，如果不是我变成飞蛾混进去，根本找不到关押哪吒他们的地方，只是……"

"只是什么?!"李靖急道。

"只是哪吒和雷震子他们的法器全部被孔宣收走了，我去到洞中时发现他们没有元神，我怎么喊他们都没有反应。孔宣将他们的元神和身体分开关押，他们的法器和元神都不知去向，我们的营救怕是有困难啊！"杨戬一筹莫展道。

李靖急得焦头烂额，面对姜子牙道："丞相，你是元始天尊的弟子，能否找出营救之法救出我儿哪吒？求求你了，我欠他的太多了！"

姜子牙叹了一口气，表现得十分为难，面对李靖的请求，他也是束手无策，背着手，在屋子里来回徘徊，苦思对策。

"好在这个时候，孔宣的法力会削弱，掐算的法术也不灵，虽然我们的法力也会受到影响，但是我们能打的将军就有好几位，到时候果真与孔宣交战，我们群起攻之，相信也能全身而退。我们一定要抢占时辰，一个时辰内要救出哪吒和雷震子，否则前功尽弃！"姜子牙疑虑重重道。

遵照姜子牙的吩咐，众人分头行事，李靖和杨戬一组，姜子牙带领武成王、周公旦、金吒、木吒等西岐将领一组。

关押哪吒和雷震子的山洞异常隐秘，四周都是悬崖峭壁，树木茂密,遮天蔽日,山洞周围有数十名士兵把守,他们都是孔宣抽出来的精兵强将。虽然这些士兵是换班轮流看守,但是有些士兵仍然打着瞌睡,对于周围的声响他们完全没有觉察。杨戬和李靖驾云到此,卯时天还未亮,士兵们犯困,杨戬右手一挥,变出上百只瞌睡虫,飞进这些士兵的鼻孔里,他们全都倒下,呼呼大睡。

夜间,声音传得很远,杨戬和李靖没有说话,相互打手势。二人观察了周围的环境,然后进入到了山洞中,见哪吒和雷震子双手都被捆仙索反捆着,极为狼狈。

"哪吒,爹来了,快醒醒!"李靖蹲下来,拼命摇晃哪吒,但哪吒始终没有反应。

一旁的杨戬也推了推雷震子,喊道:"雷震子……"

一连喊了几声也没有任何反应,李靖看了看杨戬道:"看来,哪吒和雷震子的魂魄真的被孔宣被收了,不管,先把他们背出去再说,过了卯时孔宣法力恢复,我们就更难了!"

李靖和杨戬给二人解捆仙索,怎么也解不开,李杨二人心急如焚。突然他们的身后一阵大笑,洞门关闭,孔宣现身出来,道:"这是捆仙索,你们就不要白费力气了!"

李靖和杨戬猛然回头,杨戬大惊道:"孔宣,你怎么会在这里?你这个时候不是应该在睡觉吗?"

李靖愤怒道:"原来你就是孔宣,妖仙你为何助纣为虐?你把我儿魂魄藏哪里了?!"

孔宣变出一个一寸长的瓶子,那瓶子透明,内有五色丝带漂浮,看着有几分诡异。孔宣得意道:"想救他们吗?你儿子和雷震子的魂魄被我收入了五色瓶中,这瓶子是用孔雀泪和我的五色神光炼成,无论他是人是妖是神是仙,只要他进入我宝瓶里,七七四十九天后便要灰飞烟灭。今天已经是第七日了,也不知道他们是否还活着!"

李靖极为愤怒道："杨戬，我们两个一起动手，现在卯时未过，他的妖力尚未恢复，我不信我们联手还打不过他，只要杀了他，夺下瓶子就能救哪吒和雷震子！"

　　李靖刚要动手，杨戬急忙道："李将军，且慢，待我解开他们！"

　　杨戬将他的兵器三尖两刃刀插在地上，双手合掌，默念咒语，并运功，那捆仙索瞬间被解开。

　　杨戬将雷震子扶起来，李靖也将哪吒扶起来，将他们靠在一边的石头上。

　　杨戬持刀，李靖托塔，面对孔宣，展开阵势。

　　孔宣鼓掌，似有调侃之意道："了不起，真了不起，想不到杨将军还有这个本事，不过今天你们一个也走不了，我就知道你们迟早要找到这里来，所以就日夜在此等候，来个一网打尽！"

　　李靖看了看杨戬，急道："杨将军，卯时将过，别跟他废话，我们速战速决，以二对一，一定能打败他！"

　　杨戬持三尖两刃刀攻其左路，李靖用六陈鞭攻其右路，双方功力皆未恢复，杨戬刀法高明，几个回合下来，孔宣不幸中招，左肩被砍伤。孔宣以孔雀翎剑与二人周旋，相互拆招，战了数十个回合，才打了个平手。

　　孔宣准备用五色神光对付他们，但功力衰退，发出来的神光威力减了三分之二。孔宣慌忙道："这么会这样？我的神光怎么用不了?!"

　　杨戬大笑道："妖道，你作为修道之人，难道不知道卯时功力会衰退吗？今天就是你的死期！"

　　杨戬从袖筒里放出哮天犬追着孔宣撕咬，孔宣的孔雀翎被哮天犬咬了几根下来。

　　惊慌失措的孔宣当即摔倒在地，哮天犬扑倒他的身上，杨戬踹了孔宣一脚，孔宣口吐鲜血。

杨戬正要持刀杀他，李靖阻拦道："杨将军且慢，莫要杀他，先让他放出哪吒和雷震子的魂魄……"

杨戬再次踹了孔宣一脚，俯身面对孔宣吼道："妖孽，还不快将哪吒和雷震子放出来！"

"你们是胜之不武，我此刻功力尚未恢复，等我功力恢复了，我一定杀了你们！"孔宣不服道。

李靖威胁道："你要是再不放出我儿和雷震子，我现在就杀了你！"

李靖从孔宣的背上拔了一根孔雀翎，孔宣疼得大叫一声。

"放不放？"李靖道。

孔宣就范，从怀里摸出五色瓶，拔出瓶塞，念咒语，将哪吒和雷震子的魂魄倒了出来。哪吒的魂魄是一道金光，雷震子的魂魄是一道墨光，他们重新回到了自己的身体。

雷震子睁开眼，见杨戬大喜，道："杨戬师兄，多谢救命之恩！"

哪吒也睁开眼睛，站了起来，李靖大喜，喊道："哪吒，你醒了？"

哪吒先是惊喜，随之变了脸色，道："你来干什么？"

哪吒侧到一边，杨戬急道："哪吒，此处不宜久留，也不是撒气的时候，李将军，雷震子，我们赶紧离开，卯时一过，孔宣法力恢复，我们一个也走不了！"

一行四人正往洞口走，哪吒恍然大悟道："我的法器呢？定是被孔宣给缴获了！"

哪吒念着口诀，闭目，凝聚神力，少时，风火轮、乾坤圈、混天绫、火尖枪、阴阳剑、九龙神火罩等一切法器尽数回到他的手里。雷震子的黄金棍也回到了自己的手中。

哪吒握着火尖枪，得意道："我们的法器已经与我们合二为一，息息相关，孔宣是拿不走的！你们快走，我杀了孔宣！"

哪吒面对杨戬和雷震子道，对李靖则态度冷漠，不屑一顾。

说罢，哪吒持枪要杀孔宣，怎料，孔宣站了起来，孔雀翎也立了起来，他面露凶光，杀气十足，正在运功调息。杨戬用左手运了运气，急道："不好了，卯时已过，孔宣法力恢复了，大家快跑！"

孔雀动怒，用五色神光射四人，雷震子用黄金棍，炸了一声响雷，才把山洞的石门炸开，四人飞了出去。

孔宣正要去追，突然一个士兵气喘吁吁跑过来，心急如焚地禀告道："统帅，我们的大营着火了，粮草库也烧起来了，是西岐那伙人干的！"

孔宣震怒道："岂有此理，我一定要把西岐的人通通杀光。快随我去救火！"

孔宣急急忙忙出了山洞，这时李靖四人消失在黎明的天边。

李靖和哪吒父子一路冷战，形同陌路，杨戬和雷震子都看在眼里。杨戬对哪吒道："哪吒，李将军听闻你遇难，专程赶来救你的，你父亲冒着生命危险来救你，你可不能使小性子！"

哪吒冷笑，道："他在意我的死活吗？"

哪吒瞅了瞅李靖，冷漠道："我不想看到他，我先走了！"

哪吒蹬着风火轮先行一步走了，李靖、杨戬和雷震子他们驾云在身后追赶。

李靖叹道："都是我的错，不怪他。我当时鲁莽，三番两次差点害死他，哪吒不认我这个爹也罢，只要能将他成功救出，我就无憾了！"

姜子牙一行去孔宣营帐放火，成功归来，正在相府门外迎接李靖、杨戬一行的归来。

哪吒先到。姜子牙与西岐诸将正在府门外等候，哪吒见姜子牙激动道:"姜师叔,哪吒我回来了。"

金吒面对哪吒,欣喜若狂道:"三弟,你平安回来就好!我们的计策终于成功了!"

"三弟,爹不是去救你了吗?"木吒朝周围看了看,不见人,心里有些着急。

哪吒嘟着嘴,使小性子,将脸侧到一边。李靖等人落下云端,来到姜子牙的面前。

雷震子面对姜子牙激动道:"姜师叔,我以为再也见不到你们了!"

雷震子抹了抹眼泪,伤心地说。

周公旦从人群中走出来,拍了拍雷震子的肩膀,欣慰道:"一百弟,你能平安回来,愚兄甚是高兴啊!"

雷震子喜极而泣。

李靖面对姜子牙下跪,道:"丞相,多谢你救我儿性命,请受李靖一拜!"

李靖要拜姜子牙,姜子牙深感惶恐,连忙将他扶起来,道:"李将军,我姜子牙怎敢受你一拜啊,一来你是燃灯师兄的弟子,燃灯乃我阐教副教主;二来救哪吒是我分内之事,哪吒是我西岐将领,就算将军不求我,我也会拼死相救的。将军请起,折煞老夫了。"

金吒和木吒看得心里很不是滋味,哪吒似乎无动于衷,可能他是莲花化身,没有血肉,他感受不到父爱。

金吒面对哪吒急道:"哪吒,父亲冒着生命危险,深入敌营救你,你难道就不肯叫一声爹吗?"

哪吒撒气道:"要叫你叫,反正我不叫,他三番两次要害死我,他怎配我叫他爹!"

哪吒一怒之下,甩了甩膀子,跑开了。

李靖惭愧道:"算了,是我这个做父亲的有错在先,就不要怨哪吒了!"

李靖叹了一口气,离开了。

天大亮,孔宣军营的火势基本已扑灭。孔宣率领朝歌大军兵临城下,气势如排江倒海,整个西岐城的外围被围得水泄不通,一眼望不到头,黑压压一片。

姜子牙率领诸将开了城门,准备与孔宣决一死战。

孔宣面对姜子牙,大骂道:"逆贼,你好大胆子,你们营救反贼倒也罢了,还烧我军营、断我粮草,是可忍孰不可忍!你们蛊惑天下诸侯造反,现在民怨四起,天下大乱,尔等罪莫大焉,快下马受降,本帅饶尔等不死。姜子牙,今天就是你的死期,我不会再轻易放过你!"

姜子牙道:"阁下说得没错,阁下的法力三界内少有对手,经过前面几次交手,的确我们所有人一起也打不过你,但是凡事都逃不过一个理字,天下诸侯造反与我西岐何干?难道没有西岐,天下诸侯就不造反了吗?纣王残暴不仁,鱼肉百姓,对一向忠心耿耿的王叔比干都能下毒手,这样的君王配做天下之主吗?我等今日所为乃是替天行道,我奉劝你还是不要逆天而行!"

一旁的李靖取出照妖镜,嘴里嘀咕道:"我倒要看看,你是个什么怪物!"

李靖用照妖镜照孔宣,镜子里呈现的是一块五彩斑斓的玛瑙,滚来滚去,西岐诸将纷纷回头看向照妖镜,皆感吃惊,杨戬道:"这究竟是什么东西?"

李靖也深感困惑,道:"我这照妖镜乃是师尊燃灯道人所赠,三界内一切妖魔鬼怪,只要被这照妖镜一照,就能现出原形,怎么却看不到此怪本相?"

姜子牙道:"这妖物竟有如此神通,连照妖镜都分辨不出来!"

孔宣看到李靖在照他,于是大笑道:"李靖,你既然想知道我的本相,何不上前来照我?太远了,我怕你看不清!"

孔宣态度十分嚣张,可无论他如何叫嚣,李靖都不理睬,只管照他。孔宣颇为不悦,大怒道:"逆贼,我的忍耐是有限度的,不要以为我是好惹的!"

于是,孔宣纵马持刀直奔李靖,那气势势必要取李靖首级。

哪吒蹬上风火轮,摇起火尖枪,迎战孔宣,李靖急道:"哪吒回来!"

"我是为报囚禁山洞之仇,并非为了护你!"哪吒回头面对李靖道。

说罢,哪吒便飞向孔宣。李靖很欣慰,他知道哪吒还是认他这个父亲的。

哪吒杀向孔宣,孔宣紧握双拳,深吸一口气,再吐了出来,孔雀翎向下雨一样,射向哪吒,哪吒以混天绫相击,孔雀翎被击落一地。孔宣以孔雀翎剑与哪吒的火尖枪相交,哪吒枪法极快,孔宣全力拆招,两人大战三十回合,不分胜负。

"哪吒,你应该知道我的神光一出,你们将全军覆没,没有人能够抵抗我,我与你一战就是陪你们玩玩,我劝你还是不要再抵抗了!"孔宣冷嘲热讽道。

哪吒不服道:"你休要嚣张,我们的战争是正义的,而你们是助纣为虐,是不会有好下场的!看枪!"

哪吒陷入苦战之中。

"雷震子来也!"雷震子拍着翅膀横扫千军,平地里刮起风暴,沙尘满天,朝歌将士被风沙卷入空中。趁哪吒和孔宣交战之际,雷震子抡起黄金棍,炸了几声响雷,朝歌大军被炸得满天飞。

李靖见照妖镜无法照出孔宣本相，收起照妖镜，将玲珑宝塔祭入空中，那玲珑宝塔瞬间长到十余丈高，塔身七层，光芒四射，足以射瞎人的眼睛。李靖作法，那玲珑塔从天而降，哪吒一蹬风火轮躲开了，孔宣来不及躲闪，那玲珑塔将孔宣罩住。

"收。"李靖作法收回宝塔。

李靖得意道："我不管你是何方妖魔，你到底还是被我的玲珑宝塔给收了！"

朝歌大军见统帅被擒，军心大乱，分分逃窜，如同热锅上的蚂蚁团团转。

西岐将士刚刚松了一口气，正沉浸在喜悦中，突然，李靖的宝塔发出了乓乓乓乓的声音，像爆竹，玲珑宝塔出现了裂痕。

李靖脸色煞白，惊道："怎么会这样？这可是玉虚宫的宝物！"

李靖话音未落，"砰"的一声巨响，宝塔在李靖的掌中爆炸，孔宣飞走了。宝塔爆炸后的碎片溅伤了西岐的很多将士，将士们负伤倒地，血流不止，倒了一大片，姜子牙要不是躲得快，也要中招。

李靖满脸是血，额头上还插着碎片，发型也成了爆炸式，将军袍也被撕碎，狼狈不堪，倒地不起。

金吒和木吒连忙冲到李靖面前，异口同声道："爹，你怎么样了？"

金吒连忙将李靖扶起来，用衣袖为李靖擦了擦脸上的血，激动道："爹，你的伤……"

"我的塔……完了……那可是昆仑山的宝物。"李靖激动道。

木吒道："爹，都什么时候了，你不顾伤势，还在想你的塔，既然是宝物，肯定能修复！"

哪吒见李靖受伤，来到李靖面前，冷淡地说了一句道："要是受了伤就进城养伤吧，这里有我们呢！"

金吒不满道:"哪吒,都什么时候了,你还是不肯原谅爹吗?"

李靖心心念念道:"哪吒,不要强出头,爹征战多年,又在燃灯大师身边修行多年,从未见过如此强大的妖孽,以你们的法力还不足以对抗,快撤,听爹的……"

李靖身体虚弱。

姜子牙连忙吩咐左右道:"来人,快抬李将军进城养伤。"

三五名士兵出列,抬着李靖,由金吒和木吒陪同,进了城。

孔宣毁了玲珑宝塔,气焰十分嚣张,嘲笑道:"难道你们西岐没人了吗?什么玲珑宝塔,用这种破铜烂铁来对付我?"

姜子牙气愤道:"孔宣,你休要嚣张,天外有天,我不管你是什么妖怪,虽然你一时得意,总有克制你的法宝,多行不义必自毙,我劝你回头是岸!收兵。"

姜子牙传令诸将道,将士们缓缓往城里撤去。

孔宣不罢休,道:"雷震子用惊雷杀我大军这么多人,你们就想如此轻松离去,休想!"

孔宣再次发功,千万枝孔雀翎射向西岐将士,周军很多将士被孔雀翎所伤。哪吒再次搅动混天绫,将孔雀翎击落。

杨戬纵身一跃,三尖两刃刀刺向孔宣,随之放出哮天犬。孔宣使出五彩神光,神光所照之处,草木枯死。杨戬念避光口诀,以避光法术避之,无济于事,衣服大面积被烧焦,皮肤也被灼伤。

雷震子和哪吒助阵杨戬,哪吒抛出九龙神火罩用三昧真火烧孔宣,孔宣的五彩神光暂时被九龙神火罩的火光挡住了;雷震子飞去空中,持黄金棍,朝孔宣迎头打来,孔宣躲闪,撤了神光,杨戬趁此机会,逃走了。雷震子的黄金棍却被吸入孔宣的红光之中。雷震子没了法器,用他的风雷双翅,炸了孔宣几个惊雷,便趁机溜走。

哪吒也趁此收了九龙神火罩,转身逃走。

孔宣大喊道："杨戬，我知道你有七十二般变化，三界内的所有东西你都可以变出来，如何不敢与我一战，岂是大丈夫所为？今日一战，不是你死就是我亡，定要分个胜负！姜子牙拿命来！"

姜子牙见诸将皆非对手，今日一战损兵折将，怎料孔宣穷凶极恶，姜子牙催开四不相，高举打神鞭，迎战孔宣。

战了三个回合，孔宣便放出五彩神光，姜子牙见神光凶恶，忙以杏黄旗招展，旗有千朵金莲，护住身体，神光无法渗透。姜子牙用打神鞭痛击孔宣，打得孔宣无招架之力，屡屡败退，但姜子牙也无法抗拒神光对他的腐蚀，屡战屡退，直到成功断后，保护周军将士退入城中。孔宣仍在城外叫嚣，周军按兵不动，死守城池。

李靖被抬回府里，金吒、木吒紧随其后，不间断地询问李靖的伤情；西岐将士纷纷退回城里，黄飞虎、雷震子、哪吒、杨戬、武吉等数十位西岐将领陪同姜子牙探望李靖；周公旦和姬发听闻李靖伤情，带着侍卫前往李靖府上探视。李靖伤势很重，脸色苍白，姬发刚迈进门，李靖就吐了一口血，连被子也染红了。

姬发连忙吩咐左右道："疾医来了没有？快宣！"

"主公，疾医马上赶来，只是李将军是被孔宣的神光和他的玲珑宝塔所伤，我担心疾医也束手无策啊！"姜子牙忧虑道。

见李靖面色苍白，身体十分虚弱，金吒和木吒忧心忡忡，伺候左右。

姬发紧紧握住李靖的手道："李将军，你一定要好起来，你们父子四人为西岐立下汗马功劳，孤尚未报答，你可不能有事啊！"

李靖奄奄一息，道："主公，我伤势很重，恐怕活不了了，以后我的三个儿子就依仗主公和丞相多多照顾了……"

李靖说不上几句话就咳嗽不已，再次吐了一口鲜血，更加虚弱。金吒和木吒扑向李靖身边，痛哭道："爹，你的恩情孩儿尚未报答，娘也没有找到，要是娘有一天找不到你，我们母子该怎么办啊！"

李靖摸了摸金吒和木吒的脑袋，又看了看哪吒，道："你们都长大了，没有爹娘在身边也是一样的，你们三个我最担心的就是哪吒，他好出头，万一遇到强敌，我真担心啊……"

哪吒依然无动于衷，表情麻木地看着李靖，完全看不出他对眼前这个即将死去的父亲还有一丝情义。

金吒怒了，大喝道："哪吒，他是咱爹，就要死了，你难道就没有一点血性吗？"

姜子牙走到哪吒面前，面对桀骜的哪吒，道："哪吒，除了你的师父太乙真人和你的母亲，相信你最听姜师叔的话，过去看看你爹，和他说几句话，如果你爹真的有个好歹，你后悔都来不及！"

哪吒缓缓走到李靖的面前，蹲在地上，李靖摸着哪吒的脑袋，欣慰道："哪吒，你现在是西岐的英雄，也是三界的英雄。以前是爹不好，爹没有顾及你的感受，三番两次害得你投生不成，爹有罪，爹向你道歉。当时东海龙王发兵陈塘关，爹为了救全城百姓，不得不拿你治罪。爹不是一个好父亲，你被太乙真人救走后，后来爹和娘也曾到乾元山金光洞找你，你已经离开去了西岐。爹这次本来要去九天玄女宫找你娘，但听说你有难，爹先来救你，以后爹不能在你们兄弟身边了，只有靠你们自己了……"

李靖说不上几句再次咳血，哪吒冰封的心终于再度被融化了。见李靖伤势严重，他痛心不已，跪在了李靖的面前，道："爹，哪吒那时年幼，少不更事，直到今天听完父亲的话，孩儿方知错在自己，是自己杀了龙太子，闯下大祸。孩儿给爹叩头了，爹你千万不要出事啊，我们一家五口还未团聚呢！"

哪吒痛哭流涕。

李靖微笑道："我儿长大了，我儿是莲花化身，竟然流了眼泪，你的孝心感天动地,爹有你们这样的儿子,虽死无憾了。"

"报……主公、丞相,府外有两位道长求见。"一个府兵急急忙忙闯进来,面对姜子牙和姬发禀报道。

姬发道:"快请。"

少时,两位道长有说有笑地走进来。

一位是燃灯道人,另一位是准提道人。那准提道人头顶肉髻、螺发,眉心白毫,耳垂很长,嘴唇很厚,浓眉大眼,着僧袍,穿一双草鞋,敞胸,右手拿着加持神杵。

姜子牙见燃灯道人,连忙上前见礼道:"子牙见过师兄。"

燃灯道人道:"子牙,今日贫道和准提道兄来此,专门为魔神孔宣而来。"

姜子牙面对准提道人,惊讶道:"原来是西方圣人准提道长,道长大名如雷贯耳,今日一见,子牙三生有幸,姜子牙拜见道长。"

姜子牙面对准提道人作揖。

准提道人为人洒脱,大笑道:"丞相无须多礼,你才是西岐的有功之臣,玉虚宫有你这样的弟子,元始道兄也脸上有光啊!"

姜子牙深感受宠若惊。准提道人说着就来到了李靖身边,众人拜见了准提道人便退到一旁。

准提道人见奄奄一息的李靖,摇了摇头,叹道:"善哉善哉!"

准提道人用加持神杵在李靖的身上过了一遍,李靖顷刻之间伤势痊愈。

"李靖,你可以起来了。"准提道人道。

李靖顿时神采奕奕。他从床榻起身,站起来,舒展筋骨,完全没有受伤的迹象。李靖深感诧异道:"道长,这……"

准提道人哈哈大笑道:"贫道今日前来就是为了收复孔宣,我这加持神杵专治他那神光之伤,玲珑宝塔乃你贴身法器,与你心意相通，所以你的伤不重！"

"多谢道长救命之恩！"金吒、木吒和哪吒跪在准提道人面前，异口同声道。

准提道人伸手示意他们起身，道："三位将军请起，除魔卫道、救死扶伤乃我辈修道之人分内之事！"

李靖来到燃灯道人面前，见礼道："师尊，弟子有负所望，未能杀死孔宣，反倒差点送了性命，弟子惭愧！"

燃灯道人摇了摇头，笑道："李靖，孔宣乃上古魔神，凤凰所生，又吸收天地日月精华，在昆仑山听元始天尊说法，从而得道，法力无边，你败给他为师不怪你！"

"怪不得连照妖镜都分辨不出来！"李靖感慨道。

姜子牙大吃一惊，道："原来孔宣来历非常！孔宣到来，西岐受到重创，虽然我们曾遇到过像赵公明、闻太师这样的强敌，但也没有像这样一败涂地。孔宣是西岐起义以来遇到的最强对手，就连哪吒和杨戬都败下阵来，雷震子的黄金棍也被孔宣缴获！"

准提道人道："诸位请安心，孔宣与我西方教有缘，我正为收复此怪而来。"

诸将听罢，方才安心。

李靖留在府上修复他的宝塔，杨戬、哪吒、燃灯道人陪同准提道人来到了孔宣的营帐前。孔宣营地军纪涣散，管理松懈，似乎所有人都沉浸在胜利的喜悦中。此时此刻的孔宣或许真的不把西岐放在眼里，和部将正在营帐里开怀畅饮，高谈阔论，狂放不羁。

准提道人便在营地大喊道："孔宣出来答话！"

一个醉酒的士兵一只手提着酒壶，走路摇摇晃晃，一身酒气，甚是狼狈，对准提道人辱骂道："哪里来的疯子！我们统帅也是你想见就见的？姜子牙被我们统帅打败了，我不管你是谁，我还是劝你回去告诉姜子牙,早早出城投降,免得打得他屁滚尿流!"

几名守卫的士兵一听,哈哈大笑。

孔宣听闻外面吵闹不休,忙和部下出了营帐,来到准提道人面前,他的脸喝红了,但是意识还是清晰。

"你谁呀?竟敢上来送死?"孔宣面对准提道人不屑一顾道。

又看了看准提道人身后的杨戬、哪吒和燃灯道人,嘲笑道:"杨戬、哪吒,你们都是我的手下败将,还敢来受死?!"

哪吒恼羞成怒,紧握火尖枪,看阵仗像是要攻过去,杨戬把他拽住了,面对孔宣沉着冷静道:"孔宣妖神,今天不是我们和你打,自有人能收服你!"

孔宣一阵冷笑,嚣张道:"谁?是他吗?"

孔宣盯着准提道人问。

准提道人摇了摇头,叹道:"孔宣,天理循环谁也阻止不了,商朝气数将尽,你辅佐纣王无疑是帮他苟延残喘,世界这么大,你以为你的法力就是最强的吗?我劝你还是回头是岸,以免招来杀身之祸。贫道与你有缘,特来接你共享西方极乐世界,演讲三乘大法,成就正果,得金刚不坏之身,岂不美哉?何苦在此造下无边杀孽!"

孔宣道:"一派胡言,休想感化我!"

孔宣拔刀冲向准提道人,朝道人天灵盖劈来,准提道人手中的七宝妙树一挥,孔宣的大刀被击落在地。

孔宣气急,忙对左右道:"取我金鞭来!"

孔宣刚拿到金鞭,准提道人又将七宝妙树一扫,孔宣的金鞭也被打落。孔宣大怒,以红光射向准提道人,燃灯道人、哪吒和杨戬避之不及。

准提道人的道袍以及身上所有器物都被孔宣的五色神光给烤焦,纷纷落地。准提道人通体金光,十八只手,二十四颗头,执定璎珞伞盖、花罐鱼肠，加持神杵、宝锉、金玲、金弓、银戟等。

准提道人用加持神杵打在孔宣的肩膀上，孔宣毫无招架之力，就像是一只绵羊，没有反击能力。

神杵发出耀眼的金光，孔宣的眼睛也出现了绿光，准提道人道："道兄，请现出你的原形吧！"

孔宣化作一只目细冠红的孔雀。孔宣身边的部将和士兵们见孔宣现了原形，纷纷丢盔弃甲，逃离此地。

准提道人坐在了孔雀身上，面对三人道："燃灯道兄、两位道友，准提告辞了，如今孔宣已成正果，西岐再也没有强敌，贫道衷心祝愿你们早日完成灭商大业，告辞。"

孔雀一扑，飞往西方世界去了，只见五色祥云、紫气盘旋。

燃灯道人目送准提道人走远，回头对哪吒和杨戬道："哪吒、杨戬，你们才是子牙身边最得力的将军，朝歌的大半妖魔乃是你们所擒。如今赵公明和闻太师已死，孔宣也被降服，截教门人大部分精英已尽数在此战中夭折，以后西岐再无强敌，你们回去后转告子牙，让他一鼓作气拿下朝歌，我和你们的师祖元始天尊才能安心啊！"

"谨遵燃灯大师法旨。"哪吒和杨戬异口同声道。

燃灯道人驾云西去昆仑。

第十五章　大破诛仙阵

碧游宫立于东海蓬莱仙岛上。碧游宫在海雾的笼罩下若隐若现，夕阳洒在碧游宫的铜砖金瓦上金光闪闪。仙岛之上雾松遮天蔽日，将碧游宫环抱在内，金碧辉煌的仙宫层层叠叠，亭台、楼阁点缀山间，精致而气势恢宏。这就是截教祖庭，东海碧游宫。

截教教主通天教主正在上清殿内闭关修炼。他盘腿坐于蒲团之上，闭目打坐，双掌置于丹田处，头顶有神光护体，头发花白，黑色的长须，梳着发髻，插着一根纹着八卦的玉簪，表情安详，不怒自威。

金灵圣母落下凡来，朝上清殿而来。她身负重伤，走走停停，时不时回头打望。她用右手按住胸口，踏上了上清殿外的阶梯，她一路爬行，有些吃力，走不上几步又口吐鲜血。

金灵圣母吃力地推开门，举步维艰地来到了通天教主面前，终于站不住倒下来了。她气喘吁吁地爬到通天教主面前，衣服被鲜血染红，双手沾满鲜血，惨不忍睹。

"师尊，弟子无能被燃灯道人用定海珠打伤，命不久矣，求师尊为我报仇。你的徒孙闻太师，还有余元、公明师兄、石矶师妹，他们都死于阐教弟子手中，截教门人已死大半，师尊你难道真的咽下这口气吗？"金灵圣母老泪纵横道。

通天教主道："你是我的嫡传弟子，又是截教女仙之首，你的法力应该在阐教十二金仙之上，怎么会受如此重的伤？!"

金灵圣母悔恨道:"都怪我大意,昆仑金仙都被我一一击败,我是被燃灯偷袭所伤。师尊你一定要替弟子们报仇啊……"

说罢,金灵圣母气绝身亡。

通天教主眼泪翻滚而出,金灵圣母死在他的身边,死不瞑目,通天教主用手为金灵圣母合上了眼睛。

通天教主怒发冲冠,道:"元始天尊,我本无意与你为敌,但是你阐教中人欺人太甚!如今我截教有一半弟子都命丧你阐教弟子之手,连燃灯都亲自动手,是可忍孰不可忍,本尊与你誓不罢休!"

顿时仙岛之上电闪雷鸣,怨气冲天,天上笼罩的一团紫气变成了黑气。

诛仙大阵,神鬼莫敌。通天教主在西岐城外十里处摆下此阵,遇人杀人遇神诛神,杀气腾腾,下无走兽,上无飞禽。诛仙阵的上空被血色的云朵笼罩,天空飘着血雨,诛仙阵的周围哀嚎遍野。

姜子牙带领手下若干武将据守城楼。黄飞虎、雷震子、李靖、金吒、木吒、武吉、杨戬、韦护、南宫适、辛甲、邓九公、洪锦等纷纷负伤,元始天尊的昆仑十二大罗金仙有半数都折在了诛仙阵;广成子、赤精子、玉鼎真人、灵宝大法师、黄龙真人、普贤真人等皆败下阵来,面对诛仙大阵,众神止步不前,闻风丧胆。通天教主布下天罗地网,诸神身负重伤,法力不能施展,不能腾云驾雾,只能在城楼上坐以待毙。

只有哪吒是莲花化身,无魂无魄,无血无肉,才侥幸逃脱通天教主的霹雳手段。哪吒虽然未在此战中受伤,但也差点丧了元神,为了冲破诛仙阵,也元气大伤。他逃到了乾元山金光洞。太乙真人在洞中打坐,但与哪吒心意相通,哪吒身上的金莲藕也出自他的金光洞中,哪吒还未到来,在心灵感应下,太乙真人就已急急忙忙出门等候。

哪吒蹬着风火轮,见太乙真人在洞门等他,他加速了前进,迅速降落。见哪吒风尘仆仆、元气不足，有些虚弱，真人上前扶着他，紧张道："孩子，你怎么了？看起来好像很累的样子。你乃是女娲娘娘身边灵珠子转世，师父传给你的法宝和法力足以对付人世间的所有妖魔，谁会把你伤成这样？"

哪吒杵着火尖枪，一头跪在了太乙真人面前，他全身都没有力气，扯着真人的衣襟，眼神里充满了恐惧，道："师父，师叔姜子牙、玉鼎真人、黄龙真人、普贤真人，甚至连广成子师叔都受了伤，看来天地间将会有浩劫！弟子乃莲花之身，无魂无魄，拼死才逃出来！"

太乙真人扶着哪吒，急道："到底发生了什么事？"

哪吒道："是诛仙阵。"

太乙真人一听，大惊失色，吓得退了几步，瞪眼道："诛仙阵？！看来是通天教主亲自动手了。诛仙阵由诛仙四剑和诛仙阵图组成，掌杀伐之事，又有混元金斗助阵，易守难攻，邪恶无比，此阵极为玄妙！孩子，你能逃出来已属不易了！你广成子师叔面对此阵都无能为力，何况为师？诛仙四剑乃开天辟地第一神器，要破此阵恐怕要我的师父，也就是你的师祖元始天尊亲自出手不可！"

哪吒急道："师父，快去昆仑山请师祖吧！子牙师叔他们恐怕顶不住了！"

太乙真人道："孩子，你正虚弱，还好你是莲花化身，你快进入金光洞中，用莲池中的水泡一泡，可恢复体力。"

太乙真人将哪吒扶到莲池边上，哪吒跳了下去。那莲池水甚是奇妙，哪吒刚跳下去立刻精力充沛，恢复如初。

真人面对哪吒道："孩子，你的体力已然恢复，你可先下山，伺机而动，为师随后就来破他那诛仙阵！"

"弟子遵命。"

哪吒领命后，正要下山，真人叫住他道："当年元始天尊赠你子牙师叔三杯酒,你今下山,为师也赠你三杯酒。"

真人变出三杯酒,托于掌中,三杯酒中分别放了三枚火枣,哪吒从了师命,将三枚火枣酒一饮而尽。

哪吒蹬上风火轮,风火轮发动,加速转动,正要起飞时,哪吒突然感到左肩发热,竟长出一条臂膀来,随之右边也长出来一条臂膀,一共长出来八条臂膀。哪吒恐惧,调转回头面对太乙真人道:"师父,怎么突然我长出这么多手?"

太乙真人捋了捋胡须,长笑道:"哪吒,子牙帐下能人异士颇多,如今你有三头八臂,不负金光洞威名啊!"

"徒儿先行一步。"哪吒收了八臂,朝西边飞去。

姜子牙所部已经败退到了氾水关,正清点残兵败将,黄龙真人灰头土脸,狼狈不堪地退了回来,面对姜子牙,一筹莫展道:"子牙,这诛仙大阵是会移动的,我们走到哪里,他们就跟到哪里,看来这一次通天教主是要赶尽杀绝了!我们只有在此安营扎寨,广纳能人异士,等师尊来了方可前进。"

姜子牙叹了一口气,道:"能对付通天教主的,只有师尊元始天尊和道德天尊了。"

姜子牙走到部下武吉和南宫适面前,吩咐道:"武吉、南宫适,你们安排下去,就在此地安营扎寨,没有我的命令,谁也不能离开营地半步!"

二人听令后,带着几队人盖芦蓬去了。

哪吒从天而降,他现了三头八臂,走进关来。西岐士兵连忙挥刀阻拦,一名士兵进了帐内通报,急奏道:"丞相,外面有个三头八臂的怪物闯了进来,拦不拦,请丞相定夺!"

姜子牙和李靖、金吒、木吒正在帐内议事,听闻后一起出了营帐。李靖还是一眼就认出了哪吒,问道:"你可是哪吒?"

金吒和木吒面面相觑，异口同声道："真的是哪吒？"

李靖大吃一惊道："哪吒，你怎么会长出三头八臂来？"

哪吒便收了神通，来到父亲面前，得意道："是师父太乙真人赐给儿子三颗火枣，徒儿饮罢立马就长出了三头八臂，师父说是要我用此神通助周伐纣。"

李靖听后很是欣慰。哪吒面对姜子牙道："师叔，我师父太乙真人随后就到。"

姜子牙见后，大悦道："哪吒有此神通，可喜可贺啊！我西岐诸将同心同德，何愁他商朝不亡！"

姜子牙和李靖父子四人一同回到营帐内。

少时，武吉、南宫适等几位将官走进了营帐内。面对姜子牙，武吉奏道："丞相，芦蓬已经搭建完毕。"

姜子牙面对众人道："诸位将官要死守关隘，保主公，我同黄龙真人前往芦蓬等候元始天尊及诸位仙长，会诛仙阵，有妄动者，军法从事！"

李靖、南宫适等将领领命后，出了营帐。

姜子牙来见姬发，姬发正为诛仙阵发愁，急得焦头烂额，在大殿上来回徘徊。

姜子牙拜道："主公，臣先去取关，此处有将士保护主公，取了界牌关，臣再来迎接王驾。"

姬发忧心忡忡，问道："相父，你告诉寡人，破诛仙阵有几成把握？"

姜子牙坚定道："主公，臣只能跟你说邪不压正，天命在我们这边，诛仙阵也只是逆天而行！"

姬发道："寡人明白了，相父多加小心。"

姜子牙拜别了姬发，离开了大殿，和黄龙真人及阐教弟子离开了汜水关,来到芦蓬。少时,昆仑金仙纷纷到此。

众仙来到诛仙阵前,摆好架势,准备破阵。只见那诛仙阵东面悬挂着一把诛仙剑,南面悬挂着一把戮仙剑,西边悬挂一把陷仙剑,北面悬挂一把绝仙剑,前后有门有户,杀气腾腾,阴风飒飒。燃灯道人对众仙道:"诸位,这诛仙阵如此邪恶,我们还是快回芦蓬,等掌教师尊到来。"

昆仑众仙正要回返,阵内多宝道人仗剑一跃而出,大呼道:"广成子休走!"

广成子大怒道:"多宝道人,此处可不是碧游宫,你竟敢如此放肆!况且两教早有约定,如今在此摆下诛仙阵,造下无边杀孽,你等欺人太甚,我岂能容你!"

广成子以随身宝剑与多宝道人展开大战,混沌中二人打得不可开交。

广成子祭出翻天印,打中多宝道人的背心,多宝道人逃回阵中。只见元始天尊乘九龙沉香辇临凡,昆仑诸仙纷纷拜见元始天尊,分站成两排,侍候左右。

多宝道人见元始天尊到来,吓得直哆嗦,喃喃自语道:"看来此战只有请教主亲自上阵了,我哪里是元始天尊的对手!"

半晌后,果然见通天教主到来。通天教主坐在八卦台,门人侍候左右,有多宝道人、无当圣母、金光仙、乌云仙、灵牙仙、金箍仙等。通天教主修成五气朝元,三花聚顶,乃万劫不坏之身。

通天教主见元始天尊,忙从八卦台走下来,稽首道:"师兄,既然亲自来了,那就上诛仙阵来,我们比个高低!你阐教弟子杀我截教门人无数,这个仇我不能不报!"

元始天尊将手中拂尘搭于肩后,道:"师弟,若不是你管教无方,纵容你截教弟子肆意妄为,又岂会生灵涂炭。我阐教弟子是在替天行道！"

通天教主冷笑道："替天行道?！什么是天意？还不是你元始天尊的意思？你的意思不就是天意吗？"

元始天尊道："师弟，好歹你也是经受无量劫的一教之主，说话怎么如此不负责任！当日在碧游宫共议封神榜，当面弥封，立有三等，根行深者，成其仙道；根行次之，成其神道；根行浅薄，成其人道，仍随轮回之劫，此天地之生化也。成汤无道，气数当终，周室仁明，应运当兴，师弟阻止子牙难道不是悖逆天道?！当日约定封神榜内应有三百六十五位，分有八部列宿群星，当有三山五岳之人在数，师弟如何出尔反尔？诛仙阵杀气太重，此阵绝非我道家所推崇，本尊劝师弟还是早撤了去为妥！"

通天教主道："师兄，当日封神榜之约不假，但我截教弟子大半死在你阐教弟子手里，这口恶气我不能不出，本尊身为截教教主，如果不为门人报仇，那我这个教主怎能服众？这样吧，既然我已经摆了诛仙阵，我们还是一较高下为好，只要你能破我诛仙阵！"

"好，既然如此，那我就来破你诛仙阵！"元始天尊一气之下上了诛仙台。

通天教主兜回奎牛，进入戮仙门，截教门人随之进入。元始天尊缓缓行至诛仙门，见门口悬挂诛仙剑。元始天尊把九龙沉香辇一拍，命四揭谛神撮起辇来，四脚生有四枝金莲花，花瓣上生光，光上又生花，有万朵金莲照在空中。元始天尊坐于其中，进入诛仙门。通天教主发一掌掌心雷，震动诛仙剑，宝剑晃动。元始天尊进入门内，又是一层，写着"诛仙关"。元始天尊从正南面往里走，至正西，又在正北坎地上看一遍，后往东门而去。昆仑诸仙上前接应，燃灯道人问道："此阵中是何光景？"

元始天尊摆了摆头，一句话也不肯说，继续往前走。

南极仙翁来到元始天尊身边，一脸困惑道："师尊既入阵中，今日何不破它，让姜师弟顺利通关？"

元始天尊叹道："此阵乃我道门第一凶阵，杀气腾腾，遇神诛神，为师一人之力难破阵，待道德天尊到来，再做打算！"

话刚落，空中仙乐响起，有五彩祥云，一圣人骑青牛而来，飘然而下。那圣人童颜鹤发，身着黄色道袍，手执拂尘，头顶紫金发冠。

道德天尊见元始天尊，二人相互稽首，门人见过道德天尊后，分站两旁。

面对元始天尊，道德天尊道："通天师弟摆此诛仙阵，阻碍子牙通关，此乃何意？待我问他去！"

元始天尊道："诛仙阵乃我道门第一杀阵，凶恶无比，今日我到阵中走了一遭，未曾与之较量，等道兄一起来破！"

道德天尊道："此阵乃开天辟地以来最邪恶的阵，如果不毁了它，日后难免生灵涂炭，三界不安啊！"

道德天尊来到阵前，通天教主向他行了稽首礼。道德天尊质问通天教主道："师弟，我三人共立封神榜，乃是体上天应劫之数，你阻碍子牙通关，难道想逆天吗？"

通天教主愤愤不平道："师兄，阐教门人杀我截教弟子众多，我作为掌教师尊如果不为他们出头，我的老脸往哪里放？今日要么你们破了我的诛仙阵，要么退出去，伐商之事作罢！"

一旁的元始天尊道："通天师弟，你应该清楚，你的诛仙阵再厉害，我和道德天尊联手也是可以破的。为了不伤和气，我劝你还是撤了去！"

通天教主大笑道："二位师兄，你们不要太得意，没到最后一刻，鹿死谁手还不一定，有本事你们就尽管来破吧！"

通天教主言罢，随兜奎牛进入陷仙门去。道德天尊把青牛一拍，往西方兑地来,至陷仙门下,将青牛催动,只见四足祥光白雾,紫气红云,腾腾而起,道德天尊将太极图抖开,化一座金桥,入陷仙门来。通天教主打出掌心雷,催动陷仙门上悬挂的宝剑,只要宝剑一动,任神仙头落。道德天尊笑道:"通天师弟,休要得意!"说罢便祭起拐杖朝通天教主劈面打来。

通天教主见道德天尊进他的诛仙阵如入无人之境,顿时面红耳赤,恼羞成怒,用手中剑忙与道德天尊交锋。

通天教主大怒道:"师兄,你有什么招数尽管使出来吧!"

"通天师弟,你败局已定,我和元始天尊联手,昆仑诸仙尚未动手,你以为你能抵挡我们这么多人吗?回头是岸!"道德天尊苦口婆心道。

通天教主仍在苦苦反抗,二圣在陷仙门里大战,战至半个时辰,只见陷仙门里八卦台下,截教门人一个个目露凶光,阵内四面八方雷鸣风嚎,电闪雷鸣,毒气弥漫。阵内狂风搅得通天河波浪翻滚,响雷震得界牌关地裂山崩,闪电的威力几乎让诸仙瞎眼。

道德天尊正在阵中与通天教主苦苦周旋,元始天尊连忙来战,面对道德天尊道:"师弟,让我来助你一臂之力!"

元始天尊换了装束。只见他戴九霄冠,穿八宝万寿紫霞衣,一手执龙须扇,一手执三宝玉如意。

通天教主见元始天尊助阵,心生余悸,道:"你们这是要以多欺少?"

元始天尊道:"师弟,这不是比试,希望你回头是岸,你要明白此战你必败无疑!"

两位天尊同时对战通天教主,或上或下,或左或右,通天教主频频中招,元始天尊的玉如意正中他胸口,打得他大吐鲜血。

多宝道人见通天教主受伤,从八卦台赶来迎战二位天尊。多宝道人仗剑来取，道德天尊忙以拐杖挡剑，随即取风火蒲团祭于空中，对蒲团中的黄巾力士道："将此道人拿去，安置桃园，待我发落！"

风火蒲团将多宝道人收了进去。

通天教主受伤，元始和道德两位天尊一拥而上，一人持神仗，一人拿龙须扇，正欲对通天教主发动致命一击。通天教主大袖一挥，发动阵内机关，对两位天尊万箭齐发，这才逃过一劫。

道德天尊道："让他逃了……"

"通天教主乃创世之神，凭我们的神力岂能轻易杀死他，只盼他迷途知返，我们三人一起治理三界！"元始天尊道。

二位天尊出了诛仙阵，广成子上前启奏道："二位天尊，西方准提道人来见。"

正禀奏时，准提道人已至。准提道人见二位天尊，连忙稽首道："两位道兄，贫道来东南两土，未遇有缘，见东南二处有数百道红气冲天，知是有缘，以充西法，故来此会截教诸友！不知战况如何？"

元始天尊道："本尊与道德天尊合力中伤通天，通天虽以屏障逃走，诛仙阵却不得破！"

准提道人道："两位道兄不必烦忧，西方接引道人随后便到，到时我四人一同破那诛仙阵。"

准提道人正说时，西方现一道佛光，那接引道人坐莲台而来。接引道人向元始天尊、道德天尊和准提道人打了稽首。

接引道人道："贫道受准提道兄之约，来会有缘之人，也是欲了冥数。"

元始天尊大喜道："今日四方俱全，当早破此阵，通天教主逆天而行，焉能得逞！"

道德天尊道："通天教主的末日来了。"

元始天尊遂对身后弟子道："玉鼎真人、道行天尊、广成子、赤精子，你四人将手伸过来。"

四人来到元始天尊面前，并伸出手，天尊在他们的手心里一一画了一道符。四人面面相觑，不知何意，疑惑地看着元始天尊。

元始天尊道："明日你等见阵内雷响，有火光冲天，一起把阵内四剑摘了去，我自有妙用。"

四人领命后，便站到一旁。

元始天尊又对燃灯道人道："你在空中，若通天教主往上走，你可用定海珠打他，也让他知道我阐教法宝的厉害！"

吩咐完毕后，一切准备就绪。次日黎明，四圣一起来到诛仙阵前，齐刷刷飞入阵中。通天教主此时伤势已经痊愈，他带领门人从戮仙门而来。

通天教主面对接引道人和准提道人，不满道："二位是西方圣人，怎管起我东方教之事？"

准提道人看了看接引道人，又向通天笑道："通天道兄，我弟兄虽为西方教主，但阐教和截教之争关乎我三界安危，周与商的战争已经持续太久了，我等也是怜悯苍生，特来劝架的。希望通天道兄能收了诛仙阵，让周开国，这样一来也了却了我们的一桩心愿，让天地重回秩序！"

通天教主大怒道："既然如此，本尊就不与你们做口舌之争了，想要通关就必须破我诛仙阵。这原本是截教和阐教之间的恩怨，既然你们西方教要多管闲事，那我们就比试比试吧，此战中生死勿论！"

通天教主说罢，进入阵中。

元始天尊面对准提道人和接引道人道："道兄，如今我四人各进一方，也好一起攻他！"

接引道人道："我进离宫。"

道德天尊道："我进兑宫。"

准提道:"我进坎地。"

元始天尊道:"那我就进震方。"

元始天尊先入阵中,通天教主以掌心雷催动诛仙剑,那诛仙剑化作万道剑气,五颜六色,一起射向元始天尊。

元始天尊头顶有神光,更有千朵莲花,璎珞垂珠,源源不绝,那诛仙剑伤不得他。

接引道人进了离宫,此乃戮仙门。通天教主再次以掌心雷催动接引道人头上宝剑。那道人头顶出现三颗舍利子,镇住了戮仙剑。

道德天尊从陷仙门入。通天教主以掌心雷催动陷仙剑。道德天尊头顶出现玲珑宝塔,万道金光,定住了陷仙剑。

准提道人从绝仙门入。那通天教主再次催动绝仙剑。准提道人手执七宝妙树,放出万朵金莲,止住绝仙剑。

四位圣人一起进入阙前。

道德天尊道:"通天师弟,我四人已经进入你的诛仙阵,诛仙四剑对我们不起作用,你当何为?还不快快束手就擒!"

通天教主振臂作法,口中念诀,阵内黄烟弥漫,顿时阵内四方如铜墙铁壁。

通天教主仗剑来取,直指接引道人。接引道人以拂尘挡之;道德天尊举神拐来打通天教主;元始天尊以三宝玉如意与通天对战;准提道人现了法身,有二十四首,十八只手,执璎珞、伞盖、花贯、鱼肠、金弓、银戟、加持神杵、宝锉、金瓶,将通天教主裹挟其中。道德天尊用神拐从通天背后打了一拐,打得通天口吐三昧真火,惨叫一声。

元始天尊用玉如意打通天。通天教主正忙着招架玉如意,不料又被准提的加持神杵打中,滚下奎牛,幻化而去,被等候在空中的燃灯道人用定海珠打了下来。阵内电闪雷鸣,广成子等人有符印在手,冲入阵中，广成子摘去诛仙剑，赤精子摘去戮仙剑，玉鼎真人摘去陷仙剑，道行天尊摘去绝仙剑。通天教主元气大伤，重伤倒地，诛仙阵顷刻间消失得无影无踪。

大功告成，准提道人和接引道人向元始天尊、道德天尊辞行后，往西飞去。

道德天尊面对受伤倒地的通天教主，感慨道："通天，你也是创世之神，拥有无边法力，不该逆天而行啊！我等无意取你性命，随我去天外天，我与你另外找个修行地，你永远不能再踏入三界。"

道德天尊抓起通天教主，骑青牛而去。

多宝道人等截教门人急道："胜败乃兵家常事，请你放了我掌教师尊。俗话说士可杀不可辱，况且你们是四个人打一个人，赢得也不光彩！"

多宝道人等截教门人正欲追赶时，被元始天尊及昆仑山众弟子挡住了。元始天尊道："尔等错了，截教教主通天是逆天行事，我们只是代天行罚。如今他已败，尔等如若再执迷不悟，休怪本尊无情！"

截教弟子见元始天尊变了脸色，只好缓缓退去。

元始天尊道："虽然通天已败，罪不株连，尔等各自回到道场修炼，愿意助西岐一臂之力的，日后还尔金身正果。"

截教弟子见大势已去，只好乖乖听话。

元始天尊及昆仑弟子飞至姜子牙处。西岐诸将都在原地待命。

姜子牙见元始天尊归来，忙上前接应，稽首道："子牙见过师尊。"

西岐诸将见元始天尊一一参拜。天尊面对姜子牙及西岐众人道："子牙，诛仙阵已破，通天教主已经被道德天尊带到了天外天，从此三界再无通天教主，也无截教，尔等日后伐商便少了阻力！"

姜子牙喜极而泣道："真是太好了，诛仙阵害死了我们很多人，方圆百里哀嚎遍野，血流成河，弟子以为我西岐末日要到了。要不是师尊、师伯和诸位师兄相助，恐怕子牙无力扛起这伐商大业。太好了，我大军可以顺利通关了！"

姜子牙面对元始天尊激动不已，又回头看了看西岐将士。哪吒面对姜子牙道："师叔，伐商路上，一直是我和杨戬师兄为先锋，这一路的辛酸我们再清楚不过了，我们知道你不容易！作为三军统帅，你的责任重大！"

姜子牙叹了一口气。元始天尊看了看哪吒，对姜子牙道："子牙，这个莲花装扮的小将想必就是哪吒吧。"

哪吒面对元始天尊跪了下来，道："徒孙拜见师祖。"

元始天尊欣慰道："哪吒请起，本尊对你早有耳闻，你在子牙身边我省心不少。伐商大业胜利在望，以后你和杨戬要好好辅佐你们的子牙师叔，明白吗？杨戬呢？"

元始在人群中搜索。杨戬从人群中出来，来到元始面前，持三尖两刃刀跪拜道："杨戬拜见师祖。"

元始俯身亲自将杨戬扶起来，道："杨戬，你的事本尊听说了，等功成后本尊还你金身正果。你的母亲，本尊会让天帝放她出来，成全你一片孝心。"

"谢师祖！"杨戬感激涕零道。

元始天尊及昆仑诸仙化作一道金光，往昆仑方向而去。

诛仙阵破，姜子牙率部出了氾水关，兵发朝歌。朝歌大将王豹率兵包围周营，所到之处，鸡犬不留，百姓怨声载道。哪吒向姜子牙请战，出了周营，蹬风火轮而来。面对那凶神恶煞的王豹，哪吒道："你可是王豹？"

"正是本将军，我看你身穿莲花，脚踏风火轮，想必就是哪吒吧？"王豹不屑一顾道。

哪吒傲慢道:"你既然知道我大名,何不早早归降?截教教主已败,闻太师、赵公明、孔宣,他们都不是我西岐大军的对手,就凭你如何能扭转局势?再过几日,我大军就攻入朝歌城,殷商之败已属天意,也是民心所向,你早早投降我放你一条生路!"

王豹苦笑道:"我王氏一族,世世代代受王恩,岂能向反贼投降?我王豹生是大商人死是大商鬼,就算身首异处,我也绝不投降!"

哪吒摇了摇头,无奈道:"我看你也是一条汉子,你这是愚忠!纣王残暴不仁,屠杀忠良,连王叔比干那样的忠臣都杀,这样的人你还要保他吗?!"

"休要啰唆,吃我一戟!"王豹持画戟策马迎战哪吒。

王豹与哪吒大战数个回合,落了下风,自知不敌哪吒,于是以一招劈掌雷向哪吒劈来。哪吒一躲,这惊雷打中了哪吒身后的士兵,士兵当即被劈成两半。

哪吒大怒,道:"真是冥顽不灵!"

哪吒摘下乾坤圈,朝那王豹砸了过去,正中王豹脑门,王豹摔下马来。

哪吒举起火尖枪,枭首,将王豹的脑袋插在火尖枪上,高高举起,示众。

"你们看着,这就是不知好歹的下场!这是你们主帅的脑袋,你们不要再负隅顽抗,投降者我们将予以宽大处理!"哪吒面对朝歌大军喊道。

朝歌大军见王豹身死,仓皇而逃,丢盔弃甲。

朝歌士兵逃回大营,两名副将狼狈不堪地来到朝歌大将徐盖营中。

"徐将军,王将军被周将哪吒枭首,现在人头正挂在周营门口。将军,我们投降吧,他们就要攻入朝歌,大商就要亡了!"一名副将激动道。

另一名副将道："是呀，徐将军，商朝覆灭在即，我等无力回天，就连闻太师都不是他们的对手，我们行吗？"

徐盖大怒，从身后兵器架上拔出青铜剑，砍向二将道："大敌当前，尔等休要惑乱军心。我大商之臣或死或降，大王身边就我等几个忠臣，你们让我背叛大王，我做不到！"

徐盖怒发冲冠，剑锋上还在滴血。

就在徐盖不知所措的时候，有兵士突然来报道："将军，帐外有一陀头来见。"

那禀报的兵士见两名副将倒在血泊中，吓得直哆嗦。徐盖道："这不关你的事儿，你出去请陀头进来！"

士兵连滚带爬出了营帐。

语毕，陀头已经进来，面对徐盖稽首道："贫道见过将军。"

徐盖在陀头身上打量一番，疑惑道："你是何人？莫不是周营派来探听虚实的？"

徐盖剑指陀头。陀头撇开徐盖之剑，笑道："将军误会了，周营人多势众，猛将如云，眼下将军孤军奋战，岂是周军对手？"

徐盖恼羞成怒道："你……"

陀头笑道："将军莫恼，请听贫道道来。贫道有一个徒弟，叫彭遵，死在周文王之子雷震子的手里，这个仇我不能不报！"

徐盖道："敢问道长姓名？"

"在下法戒，愿助将军讨伐周军。"法戒态度诚恳道。

徐盖以法戒为上宾，二人共商伐周之事。

次日，法戒提剑行至周营外，破口大骂姜子牙，点名要姜子牙出战。

姜子牙带领西岐诸将出营相见，只见那法戒头顶戴金箍，身着白色素服，衣服上绘有白鹤图案。

姜子牙骑四不相来会法戒。法戒上前稽首道："道兄请了。在下法戒，我弟子彭遵命丧雷震子之手，昨日哪吒又打死朝歌大将王豹，贫道今日特来相会，向道兄讨教讨教！"

姜子牙道："道兄，你既来自蓬莱仙岛，当知四圣大破诛仙阵之事，截教教主通天教主已被擒，难道道兄还不知迷途知返吗？"

法戒苦笑道："没到最后一刻，鹿死谁手还不知道，今日我定要与你做个了断！"

雷震子听罢，早就按捺不住，道："既然你是来找我和哪吒寻仇的，与子牙师叔何干，那就冲我来吧！"

雷震子拍起风雷双翅，抡起黄金棍，朝那法戒迎头打来。

法戒忙以手中剑相迎。二人大战四五回合，法戒挣脱出来，取出一幡，对着雷震子晃了晃，雷震子像被人下了咒，落了下来，跌入尘埃。

徐盖遂命左右冲上去，将雷震子拿了。

法戒口出狂言道："今日我定擒拿姜子牙！"

哪吒蹬上风火轮，持火尖枪冲了出来，喊道："何方妖道竟敢口出狂言，你以为你过得了我哪吒这一关吗？你往上面看看，王豹的人头还吊着呢！"

哪吒面对法戒和徐盖，指了指悬挂在周营上方的王豹的人头。

哪吒迎战法戒。法戒与那哪吒对战，屡屡败走，肩膀还被哪吒的火尖枪所伤，鲜血直流。

法戒又取出那招魂幡，在哪吒面前晃了晃，哪吒不受影响，仍然神采奕奕。

哪吒大笑道："你这招魂幡对我没用，我乃莲花化身，无魂无魄！"

法戒脸色煞白，忙要逃走，哪吒取出乾坤圈，砸向法戒，法戒中招，摔倒在地，又站起来继续跑。

　　哪吒道："法戒，我让你狂妄！今日就是你的死期，你和徐盖一个也活不成！"

　　哪吒抛出混天绫将法戒绑住，又使出九龙神火罩将法戒罩住。哪吒催动神火罩，九条火龙在法戒身上缠绕，那熊熊烈火，法戒顿时化为灰烬。

　　见法戒身死，徐盖欲回撤，哪吒再次用乾坤圈砸向徐盖，徐盖一声惨叫，摔下马来，暴毙。

　　周军大获全胜，将士们热血沸腾。商军再次溃逃。

　　哪吒喷出三昧真火，烧了那法戒的招魂幡，雷震子的魂魄被放出来，雷震子方才苏醒。

　　雷震子向哪吒感激不尽道："哪吒，这次多亏你了！"

　　姜子牙捋了捋胡须，大笑道："要不是法戒大意，岂会身死？他忽略了哪吒乃莲花化身，如果不是哪吒，也许今日他真的得逞了！"

　　哪吒屡立大功，李靖也感到脸上有光，很是欣慰。西岐上下热热闹闹地回到了营中。

第十六章　梦断朝歌城

朝歌城外，杀声震天，烽烟四起。朝歌城内，周军和商军残余陷入混战，相互厮杀，血流成河。百姓们如同热锅上的蚂蚁，老老少少，或携妻儿，往四面八方逃窜，哭声、厮杀声，震耳欲聋。到处是难民，有的蹲在城墙根下，有的蹲在破庙下，有的如同丧家之犬在大街上流浪，或被士兵斩杀，或被大马踩死，哀嚎遍地。

宫墙之内，守城的士兵纷纷丢盔弃甲，弃城而去，有的士兵还在负隅顽抗，与周军做最后的生死较量。王宫乱作一团，宫人开始在宫中抢劫，能搬的就搬，不能搬的就被他们毁掉或烧掉，很多宫殿的青铜和玉器被洗劫一空，多处宫殿成了废墟或化成火海。

纣王正在显庆殿里喝烂酒，一樽接着一樽，神志恍惚，身着王袍，披头散发，几近颓废。

妲己火急火燎地来到纣王身边，夺下他的酒樽，心急如焚道："大王，快走吧，再不走就来不及了！姜子牙以杨戬和哪吒为先锋，李靖为统帅，黄飞虎为副帅已经杀进宫城来了，要是再不走我们都走不了了！"

那妲己身穿白色狐裘，长发及腰，皮肤雪白，闭月羞花，身材匀称，双肩似雪，乳沟清晰可见，妖艳无比，没有一个男人能禁得住这般诱惑。

纣王夺过妲己手里的酒樽接着喝了一口，苦笑道："他们杀进来不是更好吗？我死了你不就得偿所愿，可以向女娲娘娘复命了？"

妲己大吃一惊，问道："大王，你说什么？妾身不明白！"

纣王苦笑道："别人说你是狐狸精，寡人何尝不知，寡人还知道你是女娲娘娘派下来迷惑寡人的。所有人都说寡人是昏君，寡人心里跟明镜似的。但是寡人愿意被你魅惑，你多美啊，就算为了你去死，葬送这大商江山又如何，寡人愿意！"

纣王伸出右手去摸了摸妲己的下巴，又吻了一下。

妲己深受感动，泪流满面道："大王，妲己的确是被女娲娘娘派下来的，但是妲己现在已经爱上了大王，别人不了解大王，大王所做的一切都是为了臣妾，如果大王不能活，臣妾也绝不苟活！"

纣王便向殿外喊道："费仲、尤浑，这两个狗东西跑哪里去了？还不快点滚出来护驾！"

妲己道："大王，费仲和尤浑早就跑了，如今这王宫里没有一个可用之人，他们把宫里能用的能拿的都拿走了！"

纣王苦笑道："寡人可悲啊，当了几十年的天子，身边连个亲信都没有。费仲和尤浑这两个奸贼，平日里尽给寡人讲好听的，把寡人泡在蜜罐里，扮演忠臣，真的需要他们的时候，跑得比谁都快！寡人有眼无珠啊，轻信小人，活该亡国！"

妲己扶起纣王，准备带纣王逃走。纣王推开妲己道："妲己，寡人不逃。寡人当了亡国之君，丹青史书不会放过寡人，寡人无法面对大商的列祖列宗，如果寡人再逃就更加可耻。走，和寡人一起去看看寡人的酒池肉林。"

妲己搀扶着纣王便朝酒池肉林的方向走去。

商王宫里的酒池特别大，足有半个足球场那么大，隔着一里地就能闻到酒香。妲己陪同落魄的纣王来到酒池边上，纣工趴在酒池边上，随手拿过摆在旁边的酒樽，盛了一樽酒，并一饮而尽。酒池清澈见底，饮完酒，纣王又将头伸了进去，用酒洗了个头，纣王湿漉漉的头发上有酒不停地往池子里滴洒。

他依稀看见了没有心的王叔比干。纣王像得了失心疯，乱了分寸，失了魂魄，一个劲儿朝酒池叩头，恐惧道："王叔，对不起，寡人该死，寡人不该为了取悦妲己挖你的心。寡人糊涂，但请你莫要怪罪妲己，不要找妲己报仇，她也是受女娲娘娘之命，下凡迷惑寡人的。王叔请放过我们，侄儿给你叩头了！"

妲己往池里看了看，连忙扶起纣王道："大王，酒池里没有王叔啊。大王，比干王叔的死是妲己的错，妲己会得到惩罚的！"

纣王偏偏倒倒地站了起来，面对一池美酒，和满地的鸡鸭鱼肉，有些肉已经变质，腐烂，发出恶臭。

纣王冷笑道："百姓饿殍遍野，寡人还在用酒洗澡沐浴，餐餐山珍海味，寡人活该沦为亡国之君，寡人是无颜面对祖宗的！世人都认为寡人是暴君，但世人如何知道一个人如果迷失在至尊之位是怎样的感受！寡人寡人，孤家寡人，寡人的身边都是像费仲和尤浑这样的奸臣，寡人岂能明辨是非！"

妲己动了真情，面对纣王的真情流露，她心如刀绞，道："大王，留得青山在，不怕没柴烧，只要我们能活着出去，臣妾愿意和大王做一对平凡夫妻，回到山间树林里盖一间茅屋，陪着大王了此余生。"

"这个想法很好，只可惜只有等下辈子了。"纣王万念俱灰道。

妲己和纣王来到了炮烙刑柱前，当时情形历历在目。宫人们从纣王身边经过，有些不长眼的宫人抱着青铜鼎撞倒了纣王，头也没有回继续跑。妲己很生气，纣王却毫不在意。

纣王上前摸了摸炮烙柱，感慨道："寡人手里沾满了多少血腥，枉杀了多少忠良，但寡人不后悔。寡人知道他们是忠臣，但是他们忠心的是百姓、是朝廷，从来没有忠心过寡人。寡人身为天子想要什么就要什么，轮不到他们说三道四，他们总是告诉寡人这也不行那也不行，寡人岂能容他们！只可惜，是寡人一手毁了大商江山……"

就在纣王悲春伤秋的时候，杨戬和哪吒杀了过来，一路杀到纣王和妲己面前。王宫内尸横遍野，鲜血染红了雕栏玉砌。

妲己挺身护着纣王。杨戬问道："你们就是昏君和妖妃？我今天就为姜王后和太子报仇，除了你这妖孽和昏君！"

哪吒打量了二人，调侃道："怪不得能迷惑君王，果然妖艳啊！只可惜今日要命丧我兄弟二人之手！"

妲己道："休要伤害大王，这一切都是我做的，要报仇冲我来！"

妲己随手变出一撮狐狸毛，对着狐狸毛吹了一口气。九尾狐的狐狸毛容易让人产生幻觉，杨戬不小心吸入了狐狸毛，顿时生了幻觉。杨戬的心结是他的母亲，她的母亲被压桃山之下，不见天日，杨戬听闻母亲的惨叫。

就在杨戬产生幻觉时，妲己一掌打过去，杨戬口吐鲜血，重伤在地，爬不起来。

而哪吒却没有任何反应。妲己吃惊道："为何你没事？"

哪吒大笑道："法戒也是这么死的。他用招魂幡，你用狐狸毛，但是对我这个莲花化身没有用，我无魂无魄，百毒不侵，妲己、昏君，今日就是你们的死期！"

哪吒蹬风火轮、持火尖枪冲向妲己，妲己变出白霜剑与哪吒对战，双方大战了数十个回合。妲己是修炼了千年的狐狸精，法力高强，哪吒也不占上风。双方相互拆招，法力均发挥到了极致，惊天地泣鬼神，天崩地裂，剑气翻滚，连天地都失了颜色。

就在哪吒和妲己打得不可开交的时候，九头雉鸡精、玉石琵琶精从天而降。二妖持宝剑与妲己一起围攻哪吒，而杨戬正在一旁盘腿运功疗伤。

妲己问二妖道："你们怎么来了？"

"我们三姐妹心灵相通，大姐有难，我们当然应该前往助阵。"玉石琵琶精道。

妲己欣慰道："你们帮我护着大王，今日我们就和他们来个了断！"

三人一起杀向哪吒。哪吒抛出乾坤圈，连砸二妖，琵琶精和雉鸡精当场倒地。

妲己震怒，丢下宝剑，眼冒红光，一条狐狸尾巴有数丈高，又粗又长，那尾巴扫过的地方，立刻成了废墟。九尾狐妲己的尾巴追着哪吒打，哪吒避之不及，中招，被打了数十米远，从墙体滑了下来，站也站不起来。

哪吒大怒，道："气杀我也！"

哪吒变出三头八臂，三颗头向着三个方向喷出三昧真火，八只手各执法器，阴阳剑、混天绫、火尖枪、九龙神火罩。哪吒的三昧真火追着妲己的尾巴烧，妲己恐惧，连连败退。

直到妲己退无可退，哪吒用火尖枪，要取她性命；杨戬也调息好了，用三尖两刃刀指着妲己，扬言也要取妲己性命。

纣王和二妖连忙跪在哪吒、杨戬面前求饶。

"寡人求你们了，放过妲己，要杀就杀寡人。江山都是你们的了，看在寡人做了几十年天子的分上，放过她吧！"纣王跪在哪吒和杨戬面前苦苦哀求。

杨戬道："你还好意思说你做了几十年天子，你都为老百姓做了什么？百姓恨不得拆你的骨，喝你的血！"

"都是寡人的错……"纣王哀求道。

妲己苦笑，抬头对上天喊道："女娲娘娘，事到如今，你还不肯出来相见吗？这一切都是女娲娘娘安排的，九尾狐只是听命而已。妲己只是在山中安分修炼的狐妖，是你派我下来迷惑纣王的，现在大王和我深陷绝境,你难道不应该出来为我们说句公道话吗?"

妲己怨气冲天。女娲娘娘骑青鸾而来,左右有仙童数对,乘云辇而来,有五彩祥云相伴。

众人见女娲娘娘,纷纷下跪拜应。

"九尾狐,你的怨气好大啊,出了事情全都往本座身上推。当初是本座让你等三妖下界迷惑纣王,这事不假,但本座让你杀伯邑考了吗?让你杀死比干了吗?闻太师不是也是你间接害死的吗?是你使激将法让他上阵,这些事情是本座让你做的吗?你垂涎伯邑考美色,伯邑考不从,于是怂恿纣王将其剁成肉酱,做成肉丸,让姬昌吞下。那姬昌最擅长占卜之术,他岂能不知他吃的是自己儿子的肉?人家是在忍辱负重,借机伐商啊!比干乃商朝忠臣,百年不遇,是你变成菜农卖无心菜,这才害死他!本座今日下界就是看你还有什么好辩解的!"女娲娘娘义正词严道。

妲己大笑道:"所以……娘娘……你打算怎么处置我等?如果当年不是你差我下界,我等妖仙在山中自由自在,焉能有今日之祸!"

这时,雷震子闯了进来,双手拎着两颗人头,还在滴血,一颗是费仲,一颗是尤浑。那雷震子兴冲冲朝杨戬和哪吒喊道:"杨戬师兄……哪吒……你们在哪儿?我亲手杀了这两个奸臣!"

见众人都跪在地上,雷震子抬头一见是女娲娘娘,连忙放下人头,跪拜道:"弟子雷震子拜见女娲娘娘!"

女娲娘娘对雷震子道:"雷震子,费仲和尤浑这两个逆臣自有天收,自有命数,你不应该擅自将二人斩杀!"

一旁的纣王拍手称快道:"奸贼死得好,只是死得这么快难解寡人心头之恨!我大商走到今天这步,此二人功劳不小啊!"

女娲娘娘见纣王如此嚣张,用那拂尘一扫,将纣王打翻在地。纣王疼痛难忍,护住膝盖,苦苦挣扎。

"你是天子,难道这所有的错你都要推卸责任吗?纣王,要不是当年你在女娲庙亵渎神灵,又岂会有今日之祸,前后因果你可知道?"女娲娘娘震怒道。

妲己道:"娘娘,请你放过大王,我愿意替大王去死!"

雉鸡精和琵琶精爬到妲己身边,异口同声道:"姐姐不要啊……"

女娲娘娘道:"纣王必须死,他的死能换来大周八百年江山的安宁,也能安抚那些被他枉杀的忠臣家眷,还天下一个公道。"

哪吒转身用火尖枪指着纣王,问道:"昏君,你想怎么死?快说!"

纣王站起来,苦笑道:"寡人乃是天子,寡人自会自裁,无须尔等动手。寡人知道丹青史书不会放过寡人,大商的列祖列宗也不会原谅寡人,天下百姓也会怨恨寡人,寡人无颜再苟活于世,寡人就成全你们……"

纣王缓缓登上摘星楼。妲己痛彻心扉,面对女娲娘娘苦苦哀求道:"娘娘,大王并非昏庸,他所做的一切都是为了讨好妲己,是妲己害他成了世人唾骂的昏君,妲己已经深深地爱上了这个男人,如果大王死了,妲己也不会苟活的。"

纣王刚登上摘星楼,忽来一阵怪风,隐约能听见其内有人哭泣之声,参差不齐;那恶鬼披头散发,赤身裸体,血腥恶臭,污秽不堪。纣王大惊失色,惶恐不已,吓得变了形状。那鬼魂扯住纣王衣襟,鬼声鬼气道:"还我命来……"

纣王又见到赵启、梅伯,大骂道:"昏君,你的末日终于来了……"

纣王抖了抖衣襟,接着登摘星楼,复上一层。那披头散发的姜王后,双目正在流血,她扯住纣王的腿,大骂道:"昏君,你杀妻灭子,葬送社稷,有何面目面对九泉之下的先王。"

姜王后未走，又见黄娘娘，一身污血，又扯住纣王，纣王受到惊吓，从楼上摔了下来。这时妲己赶到，将纣王扶了起来，痛心道："大王，你怎么了？"

纣王惊恐万分，蜷缩成一团，道："是姜王后向寡人索命来了，还有黄娘娘……"

妲己往四周望了望，道："没有人呀……"

纣王如同中了邪，捡起地上的青铜剑，朝四周围乱砍，喊道："来呀，你们来找寡人报仇啊，寡人就是自尽也不能被你们玩弄！"

妲己哭泣道："大王，无论你是生是死，臣妾都陪着你！"

纣王苦笑，取下摘星楼上的灯笼，点燃了摘星楼上的窗户布、布帘，大火瞬间蹿上了房梁，熊熊燃烧。

纣王双手杵着青铜剑，仰望星空，道："寡人为了修建摘星楼，劳民伤财，害得很多人家破人亡，这些都是寡人的错，比干王叔、姜王后、黄娘娘，所有被寡人害死的忠魂，寡人这就把命赔给你。"

纣王提剑插进了自己的肚子里，鲜血迸流。殷郊突然冲了上来，撕心裂肺喊道："父王……"他连忙冲过去扶起纣王。纣王奄奄一息地看着殷郊，道："郊儿，你还活着，太好了，寡人对不起你，还有你的母亲，寡人这就下去陪她……"

大火越烧越大，摘星楼摇摇欲坠，纣王忙道："摘星楼快塌了，你们快走。"

妲己推开殷郊，搂着纣王，痛苦不堪道："大王，臣妾说过，生生世世都不会离开你，臣妾与你一同赴死。"

妲己运气，准备引爆体内的千年妖丹。妲己肚子里的妖丹发出巨大光芒，如同烈火在燃烧，一胀一缩，眼看着就要爆炸，殷郊害怕，这才依依不舍地撤出了摘星楼。

殷郊从摘星楼飞了下去。摘星楼发生了爆炸，火光直逼天穹。

女娲娘娘摇了摇头,面对众人道:"此乃劫数。灵珠子、杨戬、雷震子,商朝已灭,你们功在千秋,你们收拾了商朝残余就回西岐,等待天庭敕封吧。"

女娲娘娘大袖一挥,收了琵琶精和雉鸡精,道:"我让二妖去我宫中打扫庭院,也好牵制她们。"

女娲娘娘转身,骑青鸾,在仙童陪伴下消失在夜空。

第十七章　敕封护法神

伐商大业完成，周天子姬发在都城镐京分封诸侯，对王室成员、尧舜后人、大禹后人、商汤后人一一按公、侯、伯、子、男五等爵位封了诸侯，有八百诸侯国，天下安定，周武王大赦天下。

姜子牙当年奉师命下山助周伐商，如今大功告成，他需往昆仑山玉虚宫请旨封神。那日，他着玄色盛装道袍前往昆仑山，昆仑十二金仙早已与元始天尊在宫里等候。诸神与元始天尊一道打坐，白鹤童子引姜子牙来到元始天尊的碧游床前，道："禀道祖，姜师叔到了。"

姜子牙面对元始天尊拜道："弟子拜见师尊。"

姜子牙又回头分别面对十二金仙遥拜，道："子牙见过诸位师兄。"

"子牙，伐商之事如何了？"元始天尊问道。

"师尊，商朝已亡，纣王已死。弟子今日上山，特向师尊请玉符、敕命，为阵亡的忠臣孝子，在战争中阵亡的修道者，早早封神，令其魂有所依。还望师尊大发慈悲，赐弟子《封神榜》早日完成封神大业，让三界回归秩序，诸神各司其职。"姜子牙迫切道。

元始天尊欣慰道："商周之战持续十几年，生灵涂炭，我阐教弟子和截教弟子皆有死伤。本尊就赐你《封神榜》，亡灵封神必对子牙你感恩戴德，恩怨尽销。你且拿去吧。"

元始天尊大手一挥，那金丝织成的封神榜就飞到了姜子牙的面前，姜子牙伸出双手捧着。

十二金仙纷纷向姜子牙道贺。姜子牙正要告辞，元始天尊道："子牙，封神仪式结束后，诸神前往天庭，面见玉帝，本尊随后就到。"

"领法旨。"姜子牙拜别了天尊和十二金仙，携带《封神榜》出了玉虚宫，飞往下界封神台。

那封神台从伐商之初，姜子牙就奏明了武王，开始修建，经过了长达数年之久，随着朝歌的沦陷，封神台已然竣工，前前后后有数万劳力参与建设。那封神台位于镐京城东南二十里处，有三十余丈高，呈正方柱体，两面建了云梯，雕栏玉砌；封神台顶部平面上绘有一个直径一丈宽的圆形太极图，气势恢宏。封神台顶部出现了五彩祥云，姜子牙头发花白，顶紫金发冠，着玄色道袍缓缓踏上云梯，往封神台顶部走去，他龙行虎步，非常有气势。伐商之战中战死的亡魂从四面八方而来，飞向封神台，黑压压一片，齐聚封神台上空，立于云端之上。李靖、哪吒、金吒、木吒、杨戬、雷震子、韦护七人紧随其后，一同见证封神大典。这些亡魂包括纣王、苏妲己、杜元铣、闻仲、九龙岛四圣、赵公明、比干、黄天祥、黄天化、姜王后、伯邑考、黄天禄等，这些都是在商周战争中死去的人。

哪吒一眼就瞧见了纣王，面对李靖激动道："爹，怎么纣王和妲己都来了？难道他们这样罪大恶极的人还要封神吗?！"

哪吒又看了看杨戬等人，众人皆不满。杨戬道："是呀，师祖是不是老糊涂了，怎么纣王这样罪恶之人也要封神，应该下十八层地狱受烈焰刀山惩罚才对啊！"

众人皆面面相觑，瞠目结舌。

身着盔甲，手托宝塔的李靖，庄重威严，他捋了捋长须，道："你们不懂，纣王在下界所作所为无非是受天命而为，就连九尾狐也是女娲娘娘派下来的。纣王乃天子，必是那紫薇星转世，如今功成身退,理应封神。"

金吒激动道:"孩儿明白了,殷商气数已尽,所以天帝才派紫薇星下凡成了纣王,所以才有伐商封神之事!"

李靖笑道:"我儿不糊涂。"

哪吒激动道:"子牙师叔就要封神了,我们有好戏看了,大家快看!"

"只是不知道我们会被封为什么神!"雷震子边观看边嘀咕道。

封神当日,封神台上空出现祥云,随之笙箫清脆,香气袭来,旌幢羽盖,黄巾力士簇拥而至,白鹤童子手捧玉符、金敕,从云端上飞下来,来到姜子牙面前,道:"子牙师叔,我奉师祖之命送来玉符和金敕,愿师叔早日完成封神大业。"

白鹤童子双手将玉符和金敕送上,然后朝姜子牙鞠躬,转身随黄巾力士朝天上飞去。

姜子牙将玉符和金敕置于神台供奉,面对武吉和南宫适道:"立八卦纸幡,镇压方向与干支旗号,你二人领三千人按五方排列。"

二人遵命行事,按姜子牙的要求,很快就形成阵势。

姜子牙见万事俱备,便拈香金鼎,酌酒献花,绕台三匝,再拜玉符、金敕。

姜子牙展开元始天尊诰敕,宣读道:"奉太上元始天尊敕命,封柏鉴为三界首领八部三百六十五位清福正神之职。"

柏鉴手执百灵幡,向玉敕叩头谢恩,随之升天。

姜子牙接着念道:"敕封黄天化为领三山正神炳灵公之职。"

黄天化拜了玉敕后升天。

姜子牙念道:"奉太上元始天尊敕命,封武成王黄飞虎为五岳之首,加敕一道,执掌幽冥地府十八层地狱,凡一应生死轮回,人神仙鬼从东岳勘对,方才施行。敕封东岳泰山天齐仁圣大帝之职,总管人间吉凶祸福。"

黄飞虎再三拜谢后升了天。

姜子牙接着念道:"敕封崇黑虎为南岳衡山司天昭圣大帝,敕封文聘为中岳嵩山中天崇圣大帝,敕封崔英为北岳恒山安天玄圣大帝,敕封蒋雄为西岳华山金天愿圣大帝。"

四岳大帝叩谢敕封后,紧随黄飞虎升了天。

姜子牙面对闻仲魂魄喊道:"闻仲上前听封。"

闻仲对姜子牙仍然有怨气,哪里肯屈尊,面对姜子牙他怒目相对。闻仲身后紧随二十四名将士,都是他生前属下。

姜子牙高举打神鞭,道:"闻仲跪听玉虚宫元始天尊敕封!"

闻仲迫于压力,这才率部跪下听封。

姜子牙宣读道:"奉太上元始天尊敕命,封闻仲为九天应元雷神普化天尊,令其督率雷部,兴云布雨,诛恶除奸,所率领二十四部将封为助雨护法天君。"

闻仲勉为其难地接受了封敕,随部将二十四天君升天。

雷祖闻仲升天之时,电闪雷鸣,一声声巨雷响彻天空。

姜子牙接着念道:"奉太上元始天尊敕命,封罗宣为南方三气火德星君正神之职,属下五人为火部正神。"

罗宣叩谢后,化成烈焰与部下升天,照得天体通明。

"奉太上元始天尊敕命,封吕岳为主掌瘟昊天大帝,部下六人为瘟部正神。"

"封苏护、金奎为东斗星官,姬叔明、赵丙、黄天禄、龙环、孙子羽、胡升、胡云鹏为西斗星官,封鲁仁杰、晁雷、姬叔升为中斗星官,封伯邑考为中天北极紫薇大帝,封周纪、胡雷、高贵、余成、孙宝、雷鹍为南斗星君,封北斗星君黄天祥为天罡星、殷比干为文曲星、窦荣为武曲星,封邓九公为青龙星、殷成秀白虎星、马方朱雀星、徐坤玄武星、姜王后太阴星、天子纣王天喜星、杜元铣博士星、纣王妃黄氏地后星、费仲勾绞星、尤浑卷舌星……"

姜子牙所封三百六十五位正神已尽数升天，此刻正在天庭待命，面见天帝，准备分配神祇。

李靖、金吒、木吒、哪吒、杨戬、雷震子、韦护七人目睹了封神壮举，见证了三界盛事，心血澎湃，但姜子牙封完所有神仙后，收起了玉符和金敕。封神台上和风栩栩，红日正中，姜子牙准备走下封神台。

七人面面相觑，李靖道："没道理啊，连纣王、费仲和尤浑这样的人都被封了神，我李靖没有功劳也有苦劳，在商周之战中我儿哪吒和杨戬功劳最大，我们怎么什么也没有?!"

雷震子也心有不甘道："我是周天子一百弟、周文王姬昌之子，在伐商中战功赫赫，怎么也没有我？"

哪吒也有些失望，跳下云端，拦住了姜子牙的去路，其他六人也一同跟上来。

"姜师叔，我是太乙真人的弟子，我爹是燃灯道人的弟子，还有杨戬大哥，我们几人在封神一战中即便算不上功劳最大，那也是战功赫赫，连纣王和闻仲这样的人都封了神，怎么我们七人没有任何敕封呢?!"哪吒愤愤不平道。

姜子牙捋了捋胡须，笑道："哪吒、杨戬，你们几个从伐商之初就跟着我，百战艰难，我如何不知，师尊他老人家又如何不知呢；汝等七人是伐商之战中我仰仗的干将，封神之事怎么少得了你们呢，昊天玉皇大帝以及诸神正在天庭等待诸位呢。元始天尊、道德天尊随后驾临天庭，将对汝等论其功过，逐一封神。哪吒、杨戬，你们还记得师祖跟你们说过的话吗？伐商大业完成就还你们金身正果。"

哪吒激动道："师叔，这么说道祖要亲自敕封我们？"

"是呀，你们还不知道吧，元始天尊只有在敕封大罗金仙时才会出现，大罗金仙连玉帝都没有权力敕封，你们准备准备，快快去天庭吧！"姜子牙道。

七人正要上天，杨戬突然想起，道："师叔，我们都封了神了，怎么师叔你自己没有封神，师叔你是西岐丞相，这不公平啊！"

"是啊。"众人异口同声道。

姜子牙摇了摇头，苦笑道："我年近八十而遇周文王，扶周灭商，配享太庙，官拜丞相，封国齐侯，子子孙孙为诸侯，青史留名，受万民景仰，我还有什么不满足的，封不封神不重要，你们快上天去吧，不要让众神久等。"

众人摇了摇头，十分同情这位两鬓斑白的老人。他们亲眼看着姜子牙摇摇晃晃走下封神台，这才一跺脚上了天。

哪吒蹬风火轮飞在最前面，其余六人驾云。哪吒回头喊道："爹、大哥、二哥、杨戬大哥、雷震子、韦兄弟，我们只顾打敌人了，很久没有比过脚力了，现在咱们比比，看谁先到天庭。"

杨戬看了看众人，朝哪吒调侃道："你那对青鸾火凤日行千里，谁跟得上！"

众人笑了，哪吒得意地往天上飞去。

天庭之上，凌霄宝殿内已经人满为患，姜子牙代元始天尊所封正神三百六十五位全部聚集在凌霄宝殿。玉帝坐在大殿龙椅之上，有十余丈高，他丹眉凤眼，长须至下丹田处，慈眉善目，又显庄严。昊天玉帝身着九章法服，头戴十二行珠冠冕旒，双手持笏板，头顶有神光护佑，双肩有祥云围绕，左右有仙娥侍立两旁。

三百六十多位正神，面对昊天玉帝跪拜道："臣等拜见玉皇上帝陛下。"

玉帝悦道："诸位爱卿请起，天庭很久没有这么热闹了，诸神归位,三界从此有了新的秩序,可喜可贺啊!寡人今日是第一次与诸位爱卿相见,日后诸位爱卿要与寡人同心同德一起治理三界、护佑苍生才是啊!"

"臣等遵旨。"诸神领旨后,便分站两排。

众神见玉皇大帝相貌奇伟,议论纷纷,交头接耳,凌霄宝殿内喧嚣嘈杂。这时那哼哈二将走进大殿,朝玉帝走来,只见二人睁眼鼓鼻,上身裸露,体魄健壮,手持武器,大力士模样,神态威严。

"启奏玉帝陛下,臣乃哼将郑伦,他是哈将陈奇,我二人被封为天神,受姜丞相之命看守南天门,南天门外有七将要面见陛下,请陛下定夺。"哼将郑伦道。

玉皇大帝笑道:"想必是托塔将军李靖、先锋将军哪吒和寡人的外甥杨戬,还有周文王姬昌一百子雷震子他们到了。寡人听太上元始天尊说过,伐商大业他们可是立下了汗马功劳啊。快宣他们进来,少时由元始和道德两位道祖亲封。"

哼哈二将退出凌霄宝殿,少时,李靖等七人威风八面地来到了凌霄殿,向玉帝行了跪拜礼。

玉帝见七人,笑道:"寡人的外甥杨戬自不必说,六位将军满面英雄气,气度不凡啊!托塔将军李靖,还有哪吒、金吒、木吒,你们父子四人在下界之事寡人早有耳闻,有情有义啊!李靖将军为了救自己的儿子和陈塘关百姓,甘愿替子去死;哪吒为了不连累陈塘关百姓和父母,剔骨还父剔肉还母,大仁大义啊!在下界你们父子四人又辅佐姜子牙战功赫赫,寡人心甚慰!"

哪吒一脸诧异,问玉帝道:"陛下,当年我闯下大祸,差点让陈塘关生灵涂炭,难道陛下不怪罪小人?!"

玉帝摆了摆头,道:"龙太子恶贯满盈,你杀了他也是替天行道,寡人不会怪你。再则陈塘关百姓和你父子命中有此一劫,所以寡人不怪你，望诸位将军在封神后能继续辅佐寡人，保卫三界安宁。"

李靖父子四人再次拜玉帝道："多谢陛下不罪之恩，日后万死不辞以报陛下！"

玉帝笑着伸出右手示意道："汝等平身，马上你们就能见到你们最想见的人了。"

昆仑十二金仙率先进入凌霄殿，个个意气风发，他们来到玉帝驾前，纷纷稽首道："见过玉帝。"

玉帝连忙起身，伸手示意道："诸位大仙远道而来，寡人失迎，恕罪恕罪！"

这时候，元始天尊和道德天尊出现在凌霄殿的天花板之下，缓缓落地。诸神见二位天尊驾到连忙跪拜道："拜见太上元始天尊，拜见太上道德天尊。"

那玉帝见二位天尊驾到，连忙从御前下了台阶，面对二位天尊稽首道："寡人拜见二位天尊。"

元始天尊和道德天尊连忙扶起玉帝。元始天尊道："陛下，你如今是三界主宰，无须多礼，免礼！"

玉帝诚惶诚恐地退到一边。

道德天尊面对诸神道："诸位免礼！"

诸神分站两边，井然有序。元始天尊与道德天尊携手登上台阶，面对众神。元始天尊看了看李靖道："托塔将军李靖上前听封。"

李靖低着头，双手拿着宝塔，听闻元始天尊召见，连忙上前，朝天尊拜了拜。

元始天尊道："尔原为凡人，镇守陈塘关，爱民如子、除暴安良，后投师度厄真人、燃灯道人修习仙法有所成，下山后辅佐姜子牙伐商，立下汗马功劳。本尊封你为高上神霄托塔天王，以后你就留在玉帝身边，统领天界将士，共保三界祥和。"

李靖跪拜道:"谢天尊敕封。"

李靖起身,他那一身盔甲成了黄金甲,全身金光,众人羡慕不已,三子也替父亲高兴。

"哪吒上前听封。"元始天尊道。

哪吒一副踌躇满志的样子走向元始天尊,朝天尊稽首后便端正了站姿。

元始天尊道:"哪吒,你本是女娲娘娘座下童子灵珠子转世,奉天命下界扶周灭商,你与李靖夫妇有宿世缘分,你剔骨还父剔肉还母有违伦理,身体发肤受之父母,你虽有大功,但其罪难免,本尊定要罚你!"

李靖父子一听,连忙跪在元始天尊面前。李靖恳求道:"道祖,都是小神教子无方,如今我父子冰释前嫌,请天尊网开一面,就不要再惩罚哪吒了,小神愿代哪吒受过!"

"我也愿意为三弟受罚。"金吒道。

"我也是,天尊要惩罚三弟,就连同我兄弟二人一起处置吧!"木吒激动道。

哼哈二将匆匆赶来,异口同声启奏道:"启奏天尊、玉帝,九天玄女娘娘与座下弟子求见。"

道德天尊道:"快宣。"

少时,九天玄女娘娘带着殷夫人来到了凌霄殿。李靖父子猛一回头见是殷氏,顿时热泪盈眶,他们站起来,相对无言唯有泪千行。

殷氏扑到了李靖的怀里,与李靖相拥而泣,李靖老泪纵横道:"妇人,我以为再也见不到你了,陈塘关一别,我去找过你,本来要去幺女宫找你,又听闻哪吒有难,我只好先去救哪吒!"

哪吒、金吒、木吒纷纷扑到了殷氏身边,抱着母亲,泪流满面,泣不成声道:"娘……"

兄弟三人异口同声地喊娘，那声音真是撕心裂肺。

木吒哭道："娘，你平安就好，我还以为再也见不到娘了。"

殷氏将木吒搂在怀里，摸了摸他的头，热泪盈眶道："不会的，孩子，娘一直都在你们父子身边看着你，一直都在。"

"娘，我们担心你，我们一家终于团聚了。"金吒道。

殷氏拍了拍金吒的臂膀，安慰道："孩子，今天是你们父子的封神之喜，我怎么能不出现道贺呢，我现在玄女宫修行，你们就放心吧！"

哪吒喊道："娘，哪吒好想你……"

哪吒这一声娘叫得她心碎。

殷夫人连忙跪在了元始和道德两位天尊面前，乞求道："两位天尊，求你们宽恕哪吒吧，当年他还只是个孩子，不明事理，都是我这个当母亲的教子无方，闯下大祸，殷氏愿代哪吒受罚，请天尊开恩！"

殷夫人一味地叩头，额头都叩出淤血了。诸神满脸同情，一个个抹着眼泪，场面十分感人。

元始天尊看了看道德天尊，道德天尊朝元始天尊点了点头，元始天尊将殷氏扶起来，笑道："殷夫人请起，如果本尊不这样做，如何看到如此感人的一幕？哪吒是有功的，本尊又岂会真的罚他，夫人多虑了。"

殷氏悬着的心这才落下，她退到一边。

元始天尊道："李靖之妻殷氏上前听封。"

殷氏深感吃惊，慌慌张张地站在台阶下，面对二位天尊做了稽首礼。

元始天尊道："李靖夫妇伉俪情深，夫妇恩爱，封李天王之妻殷氏为素知圣母天后，常伴天王左右。"

"谢天尊敕封。"李靖全家异口同声拜谢道。

元始天尊道："封哪吒为中坛元帅哪吒三太子，授威灵显赫大将军，日后辅佐你父亲李天王共同扫荡三界妖魔！"

哪吒意气风发，拜道："谢天尊敕封。"

李靖夫妇对于儿子哪吒的成就深感欣慰。

玉帝从二位天尊身后走过来，面对哪吒道："哪吒，你的事情天尊都与寡人说了，寡人再敕封你为三坛海会大神，以后你还是我凌霄殿的护法神。"

"多谢玉帝。"

李靖一家再次拜谢道。

元始天尊向哪吒道："哪吒，当年本尊在西岐答应过你，今天我就还你一个金身正果。你原为莲花化身，没心没肺，没血没肉，也没有人的感官，这怎么行。你的肉身本尊还替你保留着，今天我就把它还给你。"

元始天尊大袖一挥，哪吒立刻恢复了肉体。哪吒感觉身体变重了，又捏了捏自己的手臂，道："好疼，这手臂太有弹性了！"

殷氏激动道："哪吒终于有肉体了！"

一家人都为哪吒感到高兴。

元始天尊道："哪吒，你虽然已经恢复了肉身，但你师父太乙真人赐予你金光洞的金莲藕还在，你的肉身已经与金莲藕合二为一，日后三界内诸神诸魔没有人能伤得了你，你已经是金刚不坏、长生不老之躯！"

哪吒一听，欣喜若狂地跪拜道："小神叩谢天尊！小神定不负天尊所望，尽心尽力为三界做事。"

元始天尊很欣慰，捋了捋胡须，点了点头。

九天玄女娘娘来到两位天尊面前，稽首道："小神拜见两位天尊。"

"拜见玉帝"。九天玄女转身朝玉帝拜道。

道德天尊道："玄女免礼。"

九天玄女道："当年我路过陈塘关,见下界兵荒马乱,天王夫人殷氏正在被敌军追赶,身上有伤,我这才施以援手,将她带回玄女宫。如今天后一家团圆,我也心安了。"

李靖听罢,抓起殷氏的手,面对九天玄女跪拜道："李靖代全家感谢娘娘救命之恩。"

"谢娘娘救我娘。"哪吒三兄弟一起跪下来异口同声道。

九天玄女连忙俯下身子将天王夫妇扶起来,受宠若惊道："天王,你现在贵为天王,统领天兵天将,我怎敢受此一拜,免礼,我与天后也算有缘!"

在玄女一再劝说下,李靖一家方才起身。两位天尊都看在眼里,一脸欣慰。

元始天尊道："封金吒为甘露太子,封木吒为骑拾将军,封韦护为金刚护法神。"

三人纷纷叩谢了天尊。

杨戬目不转睛地站在一旁,正视前方,稳如泰山。他很沉得住气,身穿银甲银盔,手执三尖两刃刀,威风八面,玉树临风。

元始天尊道："杨戬听封。"

"杨戬在。"杨戬上前一步。

元始天尊道："尔原为人仙所生,天生神力,辅佐姜子牙伐商有功,屡为先锋大将,敕封杨戬为清源妙道孚佑太乙真惠民仁圣大帝。"

"谢天尊敕封。"杨戬放下兵器跪拜道。

杨戬给两位天尊叩了三个头,便起身道："天尊,我娘还囚禁在桃山上,当年天尊答应过小神,小神封神之日就是我娘劫尽之时,天尊没有忘吧!"

元始天尊点了点头，转过身面对玉帝道："陛下，本尊愿为杨戬之母说个情。人仙之恋确实有违天理，于天条不容，但与令妹匹配之凡人已被陛下处死，况且令妹囚禁桃山之期将满，如今杨戬被封了神，又在下界立下不世之功，何不让他二人早早团聚，以全孝道？"

玉帝诚惶诚恐道："如此小事，怎敢劳道祖说情，寡人遵天尊法旨，这就差人前往桃山放吾妹出来！"

"嗯。"元始天尊点了点头。

元始天尊回头给杨戬使了一个眼神，暗示他。

杨戬心领神会，来到玉帝驾前参拜道："二郎叩谢陛下，甥臣定当为陛下尽犬马之劳。"

元始天尊恩威并用，玉帝也感到脸上贴金，连忙吩咐道："巨灵神，你速持开山斧前往桃山，将御妹放出来。"

"臣领旨。"巨灵神手持开山斧朝殿外走去。

杨戬忙道："陛下，天尊，小神愿与巨灵神一道救我母亲出来。"

得到玉帝首肯后，杨戬火急火燎地赶往桃山。

道德天尊捋了捋长须，笑道："如此，皆大欢喜了。"

第十八章　大闹紫微宫

云端之上，金碧辉煌的通明殿内仙乐响起，整个天宫的宫殿零零散散地分布，屈指可数，全无天宫气派。元始和道德两位天尊敕封完诸神后，便打道回宫。玉帝正在通明殿内宴请刚刚敕封的三百多位神仙，两人一桌，整个通明殿内大约摆了近两百桌，桌子上摆满了蟠桃、人生果等仙果及山珍海味，每位神仙身边都有专门的仙娥斟酒，仙家们一通海饮。仙娥在通明殿内载歌载舞，诸神大口吃肉，大口喝酒，谈笑风生，其乐融融。

玉帝右手端起酒樽，站起来，面对诸神道："寡人平生不喜饮酒，但今日是个例外，我天界封神乃是三界大事，可喜可贺，诸位爱卿皆由凡人晋封神明，通情达理，受过人间疾苦，日后更能体恤苍生。望诸位爱卿日后尽心尽力为寡人分忧，我们一起治理好三界，才不负天尊所托。寡人敬诸位一樽，寡人先干为尽。"

诸神见玉帝起身敬酒，受宠若惊，连忙端起酒樽起身，面对玉帝稽首，异口同声道："臣等多谢陛下赐酒，臣等愿为陛下分忧，万死不辞。"

诸神一饮而尽，只有那纣王喝得烂醉如泥，昏昏沉沉，靠在座位上摇摇晃晃，被玉帝看见，诸神的眼光全都聚焦在纣王的身上。太阴星姜氏正站在他旁边，见纣王冒犯了玉帝，吓得脸色煞白，连忙推了推醉酒的纣王，急道："天喜星，诸神都在回敬玉帝酒，你怎么不站起来？"

姜氏用脚小心翼翼地踹了他两脚，那天喜星昏昏沉沉，尽说胡话，他甩了甩手臂，道："他是天帝，我也是天子，寡人凭什么要向他下跪？！"

诸神一听，纷纷指指点点，太阴星姜氏一听，吓得脸色煞白，连忙捂住他的嘴，低声道："你现在不是天子了，商朝已经灭亡了，你现在是天喜星，天帝之臣，你如果再冒犯了天帝，恐怕你的神籍也保不了，可能还要下地狱，你赶紧闭嘴！"

太阴星姜氏瞅了瞅诸神，尴尬地笑了笑，诸神摆了摆头，有些许同情。

太阴星连忙向玉帝解释道："陛下，天喜星是喝醉了，陛下恕罪。"

玉帝道："寡人是三界之主，岂会与一个下界的亡国之君一般见识，只是大家刚刚封了神不知天条戒律，传皋陶上殿。"

少时，刑神皋陶上殿，只见那皋陶一身正气，那不怒自威的黑脸让诸神不寒而栗。玉帝道："此乃上古舜帝时刑官皋陶，现在是我天庭的刑神，诸位爱卿关于天庭刑律多多请教他才是。"

皋陶面对诸神，拱手道："诸位大神，小神皋陶有礼。"

诸神看到皋陶那张不近人情的脸，纷纷胆寒，拱手回礼后自顾饮酒。

玉帝给皋陶打了一个手势，皋陶便退出了通明殿。玉帝瞪着天喜星纣王道："天喜星今日初到天庭不知规矩，寡人就不追究了，日后如若再不敬天，寡人定不轻饶。"

太阴星拽着醉酒的纣王连忙给玉帝叩头道："多谢陛下不罪之恩。"

坐在玉帝身边的燃灯道人看了看四周拥挤的座次，起身面对玉帝道："陛下，适才两位天尊让贫道与陛下商议扩建天宫之事。此次敕封的三百多位正神中有一多半是天神,他们在天上需要安置寝殿,地仙上天奏事也需要住处,所以扩建天宫之事刻不容缓啊!"

玉帝见燃灯道人起身,出于敬畏也连忙起身,向燃灯道人稽首道:"寡人也正为此事烦恼,寡人坐在这上面看通明殿都坐不下了,不知尊者有何高见?"

燃灯道人道:"陛下,扩建天宫乃是三界大事,诸神宫殿要符合身份规格,贫道不擅长此道,贫道保举一人,此人定不辱使命!"

"何人?"玉帝道。

"五方天帝之一青帝太昊伏羲氏。青帝乃人皇,社稷之神,把下界治理得井井有条,他创造了太极八卦,重整人间体统,设计天宫之事青帝再合适不过。"燃灯道人坚信道。

玉帝点了点头,捋了捋长须,道:"寡人也认为合适。来人,快传青帝上殿。"

殿外站岗的天将领旨后,便往下界飞去。

诸神纷纷点头,坐在李靖夫妇身边的哪吒激动地拽了拽殷氏的衣襟道:"母后,燃灯师叔说的是人皇伏羲吧,他是上古三皇呀,我仰慕他很久了,他太了不起了,他教会了人们很多东西。我记得小时候娘给孩儿讲过他的故事,他死了几千年了吧,想不到他当上了五方天帝成为青帝。如果我们一家没有被封神,可能孩儿一辈子也见不到他,现在,我们马上就能见到伏羲大帝了。"

李靖瞪了哪吒一眼,暗示他少说话。殷氏凑到哪吒面前,低声道:"孩子,你现在是天神了,你爹也当了天王,我们都是神仙了,一定要稳重。"

一旁的金吒也推了推哪吒,低声道:"三弟,娘说得对,到了天庭就不能再任性了。"

"当天神有什么好的,还不如下界自在,连大声说话都不敢!"哪吒嘟着嘴不满道。

诸天神正在席间嚷嚷不休时，伏羲大神来到大殿之上。那伏羲大神足有两丈高，光着脚，厚厚的脚掌，长满老茧。伏羲大神身材魁梧，孔武有力，身上穿的是虎皮，腰间围的是豹裙，浓眉大眼，耳廓宽大厚实，长须，额头高且微微隆起，鼻梁高，鼻孔大似红枣，相貌奇伟，走起路来也掷地有声。诸神接连称奇。

"玉帝，不知玉帝唤本帝有何事？"伏羲向玉帝稽首道。

玉帝向诸神笑道："诸位爱卿，此乃五方天帝之一的青帝伏羲大神，也是下界流传的三皇之一，诸位快快见过青帝。"

"小神拜见青帝。"诸神异口同声，一起给青帝行了稽首礼。

青帝面向诸神，双手示意道："诸位请起，尔等尊神来自下界，我只是比你们早死几千年罢了，在你们面前，我除了在天上的资历老点，并无其他。"

诸神起身。玉帝笑道："青帝谦虚了，谁不知道你呀，下界百姓对你的功勋念念不忘啊，你在下界的口碑就连寡人也望尘莫及。"

青帝朝玉帝摆了摆手，惭愧道："陛下，本帝愧不敢当啊。"

玉帝道："我们就说正事吧。青帝也看到了，元始天尊刚刚敕封了三百多位正神，一大半是天神，如今天庭宫殿较少，天神没有宫殿住，燃灯尊者向寡人推举你，希望你能够肩负起设计天宫的重责，不知青帝意下如何？"

青帝瞅了瞅燃灯，燃灯笑道："闻青帝擅长此道，更有八卦心得，故而向玉帝推荐，请青帝莫怪！"

青帝面对燃灯笑了笑，点头示意。

"玉帝，本帝正为此事而来。听闻姜子牙代元始天尊封神，陛下早晚用得上，所以本帝早就准备好了，玉帝不请我，我也会上天来一趟。这是扩建紫微宫的设计图，请玉帝过目。"

青帝面对玉帝，将怀里的羊皮卷取出来，用法术抛给玉帝。

玉帝缓缓展开过目。青帝道："天有九重，共计三十六层，南天门设于紫薇星与北斗星之间，天庭以九层浮空云盾承托，天宫纵横以天罡、地煞之数排列，宫殿有一百零八座，其中宫有三十六座，分别为遣云宫、五明宫、兜率宫、弥罗宫、光明宫、妙岩宫、太阳宫、化乐宫、云罗宫、乌浩宫、彤华宫、广寒宫、紫霄宫等；有朝会殿、凌虚殿、宝光殿、天王殿、披香殿、凌霄殿等七十二座宝殿。元始天尊住大罗天玉清宫，道德天尊住离恨天兜率宫，天王殿就留给托塔天王他们一家居住，陛下所居仍为凌霄殿。不知玉帝可有异议？"

玉帝预览后，合上羊皮卷，道："寡人没有异议，青帝设计的天宫布局图甚合寡人心意，燃灯大仙以及昆仑诸仙都看看吧。"

玉帝将羊皮卷一抛，该卷瞬间到了燃灯道人的手里。燃灯道人阅后点了点头，又传给身后的广成子、玉鼎真人，最后传到太乙真人的手上。

太乙真人将羊皮卷归还给青帝，面对玉帝道："陛下，我认为青帝之设计甚好，我没有意见。"

玉帝面对昆仑诸仙问道："其他几位大仙的意见呢？"

"我等没有异议。"昆仑诸仙异口同声道。

玉帝道："好，诸神没有异议，待寡人再请示元始和道德两位天尊后再定夺，如果都没有异议，扩建天宫之事不日便可动工，到时候就请青帝辛苦一下负责监工事宜。散朝。"

青帝再次朝玉帝稽首后，转身离去。诸神也纷纷散去。

哪吒见青帝离去，连忙从席间跳出来，跑到青帝身后，不知深浅地拍了拍青帝后背喊道："伏羲大神，小神有礼。"

李靖夫妇为他的莽撞行为提心吊胆，只能远远地看着。青帝伏羲转过身来，他好像并未生气，笑道："你就是哪吒？"

哪吒诧异道:"青帝如何识得小神?"

李靖夫妇急了,连忙上前,金吒和木吒也跟了上来。李靖连忙对青帝解释道:"青帝恕罪,小神管教不严,冒犯了大神,请大神恕罪!"

青帝摆了摆手,笑道:"天王,这么说就见外了,这冷冰冰的天庭寂寞很久了,难得有哪吒这样活泼的个性,本帝是不会介意的!"

哪吒问道:"大神是不会怪罪小神的冲撞无礼了?"

青帝道:"哪吒,你的大名本帝早有耳闻哦;你在下界的所作所为,旁人不能理解,但本帝可是一清二楚哦。表面上看你是做了很多错事的顽童,但实际上你所作所为桩桩件件都合情合理,比如说你杀龙太子,龙太子恶贯满盈,即便你不出手,本帝也不会放过他;至于说你剔骨还父削肉还母,虽然不孝,但你也是为了保护陈塘关的百姓。哪吒,你是一个大仁大义大孝大忠的人,以后由你在天庭做护法神,天庭可就公道多了,本帝也放心了。"

哪吒听得手舞足蹈,心潮澎湃,抓着殷氏的衣襟激动道:"母亲,你听到了吗?青帝表扬孩儿了!"

李靖道:"哪吒,以后你当了天神,要稳重一点,不可再鲁莽行事。"

哪吒嘟着嘴。殷氏面对青帝道:"哪吒这孩子就是玩心重,青帝这一表扬啊,他就得意忘形了。"

青帝瞅了瞅金吒和木吒,面对李靖夫妇问道:"这两位公子想必就是天王大太子金吒和二太子木吒吧?"

"拜见青帝。"金吒和木吒向青帝稽首道。

青帝笑道:"好,两位公子清朗俊秀,是可造之才,将来定是天庭栋梁!天王,本帝有公务在身就不陪了,告辞。"

"恭送青帝。"李靖一家稽首道。

玉帝将青帝呈上来的天宫设计图送元始和道德两位天尊请示后，二位天尊皆表示没有问题。又过了一两日，天宫扩建正紧锣密鼓地进行中，天宫施工不比凡间，天匠们都是各凭法力，往往数日便可竣工。天宫用的建材与凡间不同，砖块、琉璃、汉白玉；黄金、宝石也与凡间不同，皆由天庭的工部司生产供应，材质与凡间大不一样，天宫用的材质大多轻便，而且不会因为年深日久变了颜色。

数千名天匠，悬于空中，立于云端之上，他们的手里提着黄金篾篮，篮子里装满了金砖、金瓦、琉璃瓦、汉白玉、宝石等，那天匠将金砖往下抛，金砖就开始在云端上堆砌成墙，千万片金瓦、琉璃瓦铺天盖地降落到宫殿的房顶。那汉白玉做成的宫殿围栏，在天匠的施法下，显出气势。天匠将其中的一块汉白玉抛入空中，随后从篮中取出金刀在空中雕刻，那花纹逐渐形成，附在汉白玉上；天匠大袖一挥，那雕刻图案的汉白玉成功镶嵌到宫殿的围栏上，雕栏玉砌；宫殿的大梁和房檐下镶嵌着宝石，在太阳的照射下金碧辉煌。

哪吒、金吒、木吒三兄弟，正在天宫之上，自由自在地飞翔，他们无拘无束，就像是脱缰野马，抑或是久困笼中的鸟儿。

"大哥，二哥，你们快看，前面那座宫殿好漂亮，我们去看看吧，这天上太好玩了！"哪吒蹬着风火轮，操着火尖枪喊道。

风火轮的速度如同流星掠过，金吒和木吒哪里跟得上。

"二弟，飞快点，我们必须看着他，怕他惹事。"金吒对木吒道。

兄弟二人就这样在天上追着哪吒满天飞。哪吒在九重天三十六层上下穿梭，飞至一层，也不辨是几层天，他远眺见远处霞光万丈，直冲上天，下有一殿宇，金碧辉煌，雕栏玉砌下铺就七彩斑斓的宝石，释放出美丽的光芒。

哪吒蹬风火轮靠了云，看到殿宇梁上的金匾写着"宝光殿"三个大字，哪吒心里舒坦，踩在用金砖铺就的庭院里，来回奔跑，展开双臂陶醉其中，旁有仙桃树盛开，花瓣漫天飞舞。哪吒正准备去推开宝光殿的大门，却听见里面有人在讲话，哪吒附耳细听，直听见里面有人道："扩建天宫可是肥差，这里面的油水多着呢，偷点工减点料也不是不可以，这天宫用的不是金砖就是宝石，太奢侈了。听我的啊，能以次充好的就以次充好，这件事情天知地知你知我知，天上修宫殿的建材都归我管，玉帝信任我。"

"真君交代，小人不敢不从。"

"放心吧，事成之后，少不了你那份。"

哪吒震怒，一脚踹开了宝光殿的大门，见一天官正与属下合谋。哪吒冲到那天官面前，用火尖枪指着他，愤怒道："想不到这人人向往的天庭，也有昧良心之事，尔等所言我俱已记下，你们是自己跟我去见玉帝认罪呢，还是我绑着你们去？"

那天官恼羞成怒，面对哪吒有些心虚，叫嚣道："你是何人？竟敢在此放肆？"

那天官的属下，瞅了瞅哪吒，一副贼眉鼠眼的样子，凑到天官耳边道："真君，他就是托塔天王李靖的儿子哪吒！"

"哦，就是刚刚被敕封的中坛元帅、三坛海会大神，一个初到天庭的新神，不知规矩，竟敢到此放肆，识相的快点滚！"那天官嚣张道。

哪吒一脚将那天官踹翻在地，并用火尖枪挥向他，天官吓得连忙给哪吒叩头，求饶道："三太子，我早就听说过你的威名，小神从命便是，小神这就到玉帝面前认罪。"

哪吒押着此二人来到凌霄宝殿，众神皆为吃惊。哪吒命天官跪在了玉帝面前，道："陛下，小神今日闲游，路过那宝光殿，无意听见二人欲以权谋私，特将此二人拘来，交由陛下发落，你们两个还不快快向玉帝招来。"

那天官顿时翻了脸,道:"三太子,招什么呀?我们有什么可招的?陛下,求你为下臣做主啊。下臣与属下正在宝光殿商议工事,哪吒三太子冲进来不问青红皂白将我一顿痛打,拘来,下臣实在是委屈啊!三太子,你不能封了神就居功自傲为非作歹啊!"

哪吒憋屈道:"你在宝光殿是怎么答应我的?你怎么倒打一耙?"

那天官装作很委屈的样子。

大殿上的李靖父子为哪吒捏了一把汗。李靖站出来面对玉帝道:"陛下,哪吒鲁莽,请恕小神管教无方。"

李靖上前硬拽哪吒离去,哪吒挣脱,面对玉帝道:"陛下,小神亲耳听到这厮与属下合谋侵吞天庭钱财,陛下要严惩天庭贪腐啊!"

玉帝道:"哪吒,玉府判府真君乃寡人信任之臣,你告他要有证据啊,否则寡人无法做主,也有损天庭威信!"

哪吒吞吞吐吐道:"这……这……"

那玉府判府真君继续嚣张道:"陛下,哪吒三太子污蔑大臣,请陛下治他一个诬告大臣之罪,否则下臣难以咽下这口气!"

那真君假装哭诉,哪吒怒火中烧,叫骂道:"好不要脸,天庭出了你这样的败类,实乃天界不幸!"

哪吒冲上去,将他一顿痛打,先是一通拳打脚踢,后又用乾坤圈将其打得吐血。玉帝急道:"哪吒快快住手,你不要以为背后有人为你撑腰,就敢藐视天庭权威!"

玉帝大袖一挥,哪吒摔倒在地,紧接着上来一群天将将哪吒制住。

李靖父子吓得脸色煞白,连忙给玉帝跪下求情。李靖道:"陛下,求你放过我儿吧,小儿不懂事,我给陛下叩头了,实在不行,求陛下将我父子贬下凡间。"

玉帝为难道:"天王,你是天尊所封,寡人怎么敢贬斥你呢?请起,这事寡人一定调查清楚。"

太白金星奏道："陛下，哪吒三太子刚正不阿，有情有义，三界无人不知无人不晓。他是不会冤枉真君的，哪吒与真君无冤无仇，且不认识，他如何会冤枉他呢？常言道无风不起浪啊，请陛下三思啊！"

杨戬、雷震子、韦护、比干等天界那些有良心的天神纷纷为哪吒求情。

玉帝叹道："也罢。哪吒，诸神为你求情，寡人就网开一面，饶了你，以后你再无法无天，寡人就只有法办了。"

哪吒不服，道："陛下，你是大罗神仙，三界之主，定有法力听察三界，你定能还小神一个公道！"

玉帝怒了，道："寡人不用你教，寡人今日定要治你一个藐视天庭之罪。来呀，将哪吒拖下去，封他法力，重打三十大板，让他长点记性！"

哪吒被几名天将带到了南天门外，四大天王遵旨行事，封了哪吒法术，又让哪吒狠狠地挨了三十大板，打得哪吒站都站不稳。

哪吒对此事耿耿于怀，整日郁郁寡欢。半月后的夜里，哪吒正在天庭的桥上漫步，仰望星空，李靖夫妇从远处走来，面对憔悴的哪吒，殷氏心疼道："孩子，你受苦了。天庭和凡间的朝廷一样，关系盘根错节，各人有各人的利益，你冒犯了他们的利益，他们岂能与你干休。有些事你睁一只眼闭一只眼，身为人臣，顺从就好了。"

李靖痛心道："是呀，孩子，玉帝有玉帝的尊严，你怎么能让他听你的呢？元始天尊已经查明真相，那玉府判府真君被治了罪，打入地狱，玉帝明日会在朝堂上还你一个公道。为父盼你引以为戒啊，凡事不能鲁莽，你抓真君没错，但是你要有证据，不能让人家反咬你一口啊，通过这件事情想必你也会成长起来。"

"父王，母后，孩儿知错了。"哪吒与李靖夫妇抱在一起。

第十九章　百年相思泪

一百年后。

时令已是深秋，岐山呈现出一片七彩斑斓的景象，山草已然泛黄枯萎，夕阳正当西，余晖洒落在草原上，美得让人窒息。

一只精瘦的雪兔正在草原上奔跑，速度极快，像一道闪电，瞬间消失在丛林里。丛林深处，有一尊哪吒的青铜像，这尊雕像不足一丈高，哪吒手执火尖枪，肩挎乾坤圈，威风八面，造型栩栩如生。这尊哪吒像安放在一个盖着青瓦的亭子里，亭梁上的青铜匾上用金文书写着"哪吒三太子亭"几个大字。

雪兔跑到亭子旁停下来，注视着哪吒的神像发呆，瞬间幻化成一位妙龄姑娘，她披着雪白色的兔毛裘，肤若凝脂，艳若桃红。面对哪吒的神像，她黯然神伤，眼泪汪汪。

雪兔精走到哪吒的神像前，用自己的衣袖擦了擦哪吒眼角上的灰尘，伤感道："三太子，我几日没来，你的眼角又有尘土了。三太子，一百年了，你的救命之恩白灵还未报答呢，你还记得一百年前在伐商之时在岐山上救下的那只兔子吗？如果不是你，白灵早就命丧狼妖之口了。当年你在西岐，白灵能时时刻刻见到你，如今你却在天上，我们天地相隔，神妖殊途，只怕再难见到你了。岐山上有一种仙果叫金丹果，此果一百年才结一次，每次果期只有三个时辰，白灵吃了这金丹果就能隐去身上的妖气，就能到天上找你去了，三太子，你能听到白灵在呼唤你吗……"

那金丹果就长在哪吒亭旁边的草丛里，非常隐秘，不易被人发现，雪兔精白灵却时时刻刻盯着守着。

白灵蹲在金丹果树旁，全神贯注地守着它，盼着它结出果实来。

"白灵妹妹，快跑，妖王漆幽灵来了……"远处传来白灵结义姐妹兔妖雪姬的急切声音。

白灵惊闻，起身见漆幽灵迎面而来，连忙拔腿就跑，忽人形，忽兔身。那妖王一身黑色虎裘，黑面獠牙，脸上虎斑清晰可见，一双利爪锋利无比。白灵跑得气喘吁吁，眼见妖王就要追上，妖王一跃挡在了白灵前面，纠缠道："白灵，你就嫁给我吧，我是这山中大王，山上诸妖都要听我的，你长得就像仙子一样，我必须要得到你。"

白灵被漆幽灵纠缠，挣脱不了，便狠狠地给了他一巴掌，骂道："真的是癞蛤蟆想吃天鹅肉！你放开我！"

漆幽灵揉了揉脸庞，愤怒道："我让你打我，我看你还能怎么样！"

漆幽灵欲非礼白灵，白灵急了，用膝盖顶了一下漆幽灵的下半身，这才挣脱，趁着漆幽灵疼痛难忍的时候，她跑开了。疼过之后漆幽灵又开始追，白灵边跑边回头对漆幽灵发功，一掌打了过去，漆幽灵躲开了白灵的掌力，那掌力打在树干上，树瞬间断了。

白灵朝金丹果树跑去，她惊出一身汗，终于等到金丹果树结果了。漆幽灵身后的雪姬也看到了，扑过去用双臂将漆幽灵的左腿牢牢锁住，并向白灵喊道："白灵，快吃了金丹果，你盼这一天已经上百年了，如果这次再错过，又要等一百年啊！"

漆幽灵不断踢着雪姬，力度很大，将雪姬踢得吐了血。白灵眼冒泪花，雪姬急道："妹妹，你不要管我，如果见到你想见的人，叫他一并帮我报仇，杀了这只妖魔。"

白灵冲到金丹果树下，摘下金丹果，一口吞了下去，瞬间全身冒金光，身轻如燕，朝天飞去。白灵临行前雪姬奄奄一息，等白灵飞高了，她方才松手。

漆幽灵愤怒道："白灵，有种你永远也不要回岐山，雪姬还在我手上，你如果念及姐妹之情，我劝你还是回来。"

漆幽灵将奄奄一息的雪姬扯着头发拖走了。雪姬满脸都是血。白灵泪流满面，道："姐姐，如果你真的为我而死，我一定不会放过这只恶魔。三太子对我有恩，我一定要报答他。"

白灵继续往南天门的方向飞去。

那天宫金光万道滚红霓，瑞气千条喷紫雾。那南天门，碧沉沉，琉璃造就；明晃晃，宝玉妆成。

临近南天门，那雪兔精白灵幻化成了二郎神的模样，当年是哪吒和二郎神在岐山救了她，所以除了哪吒她对二郎神特别熟悉。白灵气宇轩昂地来到南天门，南天门由四大天王和天兵把守。

见雪兔精白灵要通关，那持琵琶的东方持国天王笑着上前问道："二郎真君，意欲何往啊？"

白灵道："本座有要事向玉帝启奏。"

"二郎真君请。"持国天王展开右臂，为白灵让路。

白灵笑道："天王客气了。"说罢便进了南天门。

那持伞的北方多闻天王向白灵笑道："二郎真君一向少见哪！"

"少见……"白灵回头对诸位天王拱手回礼道。

白灵进入天宫圣境，这里宫殿众多，来来往往很多神仙，她一个也不识，低头往前走，时不时有神仙给她打招呼，她只是客气地回应一下，不敢多说话。

天宫就像是迷宫，白灵在下界就打听到了，李天王一家就住在天王殿，天王殿在离恨天。白灵往更高的离恨天飞去，途中她遇到了太白金星，那太白金星见白灵上前问候道："二郎真君，今日上天可是来找玉帝的？"

　　白灵不识此人，不敢乱认，眼神游离，笑道："正是。"转身就要走。

　　太白金星笑道："真君好像不认得小老儿啊，我是太白金星啊，也难怪，你封神不久，也很少来天宫走动，自然不识得小老儿，不过真君的形象可是传遍了三界啊。"

　　白灵笑道："当然认得，太白金星嘛，只是今日我公务繁忙，不便叨扰，回见。"

　　白灵转身匆匆离去，太白金星喊道："真君，你走错方向了，玉帝住的凌霄宝殿在那边。"

　　太白金星朝相反的方向指去，白灵连忙折返回来，尴尬道："我是很久没上天，新修了很多宫殿，我都不识得路了。"

　　太白金星也是一头雾水，喃喃自语道："平日里真君可不这样啊，他今天这是怎么了，心不在焉的！"

　　金星摇了摇头便走了。

　　待金星走远，白灵紧张的心才平息下来。

　　白灵只好一座宫殿一座宫殿地找。她经过了兜率宫，气势恢宏，白灵望着兜率宫激动道："这可是道德天尊的宫殿，他可是万神之祖啊。"

　　白灵小心谨慎地往兜率宫的大门而去，刚走到大门口，见地上一颗闪闪放光的金丹，喜不自胜道："莫非这是天尊炼的仙丹？我将它吃下去修为定会大增，我就不怕那妖王了。"

　　白灵将金丹捡起来，一口吞了下去。

　　白灵被兜率宫巡逻的天兵发现，兵将们连忙围上去，挥矛相向，领头的天将是哼哈二将，二人见是二郎神连忙命人收了兵器。

　　哼将赔礼道："原来是二郎真君，小神冒犯了，不知真君怎会突然出现在兜率宫门口？"

白灵道："今日上天专程朝见玉帝的，玉帝不在，闲来无事，到四处走走，特来拜访天尊，既然天尊不在，那也不便久留，告辞。"

白灵作了拱手礼，便匆匆离去，神情慌张。

哈将面对哼将道："大哥，这二郎真君有点奇怪啊，我刚才听闻太白金星也见到过他。"

哼将摆了摆手，道："行了，人家是上神，又是玉帝的外甥，我们惹不起，还是少管闲事吧！"

二将带着天兵继续巡逻。

兜率宫不远的地方就是天王殿。白灵见到天王殿又惊又喜，但见天王殿进进出出的神仙，她难免有些心惊胆战。白灵就躲在天王殿门前的汉白玉雕栏下偷看，时不时探出头来。天王殿金碧辉煌，气势恢宏，殿外有一队天兵把守，有八个人，分别站成两排。

不一会儿，白灵看到大太子金吒从天王殿出来，他手执金枪，往下界飞去。白灵尾随金吒身后，待金吒走远，白灵便化成金吒模样，来到天王殿前，诸天将深感诧异。

其中领头的道："大太子，你不是出去了吗？怎么又回来了？"

"我回来还有事。"白灵急急忙忙走进了天王殿，神色慌张。

天将一头雾水，摸不着头绪，只好回到位置上站好。

白灵顺利地进入天王殿。宫殿内大大小小的天官无数，在殿内来来回回地走，显得很繁忙的样子，他们见到白灵，都和白灵打招呼，白灵不知路数，不敢多言。

天王殿内层层叠叠，足有数百个房间，像迷宫一样，走进去就出不来，白灵只敢走大道。

李天王朝白灵走来。白灵认得天王，心里扑通扑通地跳，眼神不停地回避，甚至想要转身离去，但她只能故作镇定。

"金吒，你不是到北海捉妖去了吗？怎么又回来了？"李天王道。

白灵战战兢兢道："父王，孩儿忘了一件私事，走到半路突然想起来，所以回来了！"

李天王道："你回来正好，跟我来一下，我有事要问你！"

"哦。"白灵跟在天王身后，满头大汗，时不时用袖子擦拭。

"父王，三弟去哪里了？我找他有事？"白灵问道。

李天王诧异道："哪吒不是在北海捉妖吗？你刚才不是去北海助阵吗？怎么倒问起我来了！"

白灵惊出一身冷汗道："哦，我都忘记了，最近天宫的事情太多了，孩儿忙得焦头烂额，把三弟的事情忘了。我本来是去找师父文殊广法天尊的，好久没有见他老人家了。"

李天王诧异道："哦，天宫最近事情很多吗？为父怎么不知道？天上已经很久没有什么大事发生了，哪有什么忙的，各宫各殿各守本分，天上地下安宁祥和，三界没有大事啊！"

"父王，是孩儿的私事多。"白灵不知道怎么应对，不敢再说话。

李天王威严庄重，不苟言笑，又是堂堂天王，在天宫仅次于玉帝，一人之下万人之上，白灵自是无法适应，她时不时回头，找机会溜走。

白灵跟着李天王一路来到了天王殿的养心阁，玉鼎真人正坐在那里拜茶。白灵见玉鼎真人深感吃惊，上前稽首道："师叔，你怎么今日有空到我父王这儿来了？"

玉鼎真人笑道："师侄，我去崆峒山拜会你广成子师叔，途中遇一妖魔，是碧游宫的漏网之鱼，只有文殊广法天尊的遁龙桩能降伏此妖，你师父说在你这里，请师侄借我一用！"

白灵有些慌张，眼神游离道："父王、师叔，稍等片刻，待我取来。"

白灵往外面走去，李天王喊道："金吒，你的房间在那边，你不会连自己的住处都忘了吧！"

"父王，孩儿没忘。"白灵就顺着天王指的路走。

李天王喊道："金吒，明儿是你娘生辰，你寿礼准备好了吗？"

"准备好了。"白灵继续走。

李天王大怒，上前道："大胆妖孽，竟敢擅闯天宫，还冒充我儿来天王殿。明日并非天后生辰，我儿金吒的遁龙桩一直带在身上，从来不离身。你到底是谁？还不快快现出原形，待我取出照妖镜。"

李天王正从袖筒里拿出照妖镜时，白灵感苗头不对，化作一道白光飞走了。

李天王愤怒道："岂有此理，这天宫圣境岂是你想来就来想走就走的？"

李天王托着塔，驾云追去。玉鼎真人摇了摇头，感慨道："天宫圣境，怎会有妖怪？会是何方妖孽，竟能隐藏妖气，连我也骗了！"

"大胆妖孽，还不快快停下来，待本王捉住你，定要将你打入幽冥地狱。"李天王边喊边追。

那白灵自知在劫难逃，不是天王对手，只能停下来，天宫巡逻的天将日游神、哼哈二将、木吒、四方神君上去围堵白灵。

李天王拿出照妖镜对着白灵一照，道："原来是一只兔精，你好大胆子竟敢擅闯天界，这是你能来的地方吗？看我不收了你！"

李天王念咒，那玲珑宝塔出现在白灵的上方，塔底出现一道金光，瞬间将白灵收进塔中。

哼哈二将心惊胆战，哈将吞吞吐吐道："天王，你打算如何处置这只兔精？"

李天王瞪了哼哈二将一眼，又看了看日游神和四方神君道："尔等乃是天界的巡天神将，竟然玩忽职守，让妖精混了进来，变成金吒的模样,混进我天王殿,如果本王不察,还不知道这厮会干出什么来!我将此妖交给玉帝发落,至于你们几个,玉帝怎么惩罚尔等,本王管不着!"

那日游神慌了,跪在李天王面前乞求道:"天王饶命啊,我等是有罪,但四大天王罪过更大,他们负责南天门,混进妖怪,他们四个责任最大,我们几个最多就是玩忽职守,请天王开恩啊!"

"是呀,天王,日游神言之有理,请天王开恩。"哼哈二将异口同声跪拜道。

"求天王宽恕我等吧,我们再也不敢了。"那青龙孟章神君恳求道。

李天王面对木吒道:"木吒,这事与你无关,你就不用跟过来了,回府去吧。"

"是。"木吒往天王殿飞去。

"你们几个随我去凌霄宝殿,本王知道怎么处理。日游神你火速去南天门传四大天王到凌霄宝殿来,本王有事要询问,南天门暂时由金甲神人把守。你速去速回,这件事情还没完。"李天王道。

李天王带着一干人等朝凌霄殿飞去。

凌霄宝殿内,龙凤呈祥,祥云笼罩,玉帝坐于龙辇之上,诸神立于朝堂之下,四方天帝、五方五老、九天玄女、五岳大帝、龙虎玄坛真君赵公明、九曜星等尽数到殿。

道德天尊急急忙忙来到玉帝近前,奏道:"陛下,贫道的兜率宫遭贼了,我丹房里的五颗九转金丹全被偷吃了,人吃了可以长生不老,仙吃了可以增加千年道行呀,请陛下明察!"

玉帝震怒道:"天宫戒备森严,是谁如此大胆,敢去道祖的兜率宫偷吃,自己站出来寡人从轻处罚,如果被寡人查到,绝不姑息!"

诸神面面相觑,不敢吱声。

太白金星出列，奏道："陛下，老臣今日发现一件怪事，感觉有妖孽混进天庭。今日老臣在琼花宫外遇到了二郎神君，神色慌张，他说要上天面见玉帝，有要事启奏陛下。当时臣就觉得奇怪，二郎真君百年来只在灌江口修行，从未涉足天庭，除非玉帝宣召，怎么今日突然来此？到现在老臣也没有见到二郎真君参拜陛下，老臣就更加肯定今日遇到的并非真君！"

玉帝吃惊道："哦，果有其事？寡人的确没有见到过二郎。六丁六甲何在？速速查明，果然混入妖孽，寡人的威严何在？天庭的法度何在？"

"遵旨。"六丁六甲刚要出凌霄殿，那李天王带着四方神君、日游神、哼哈二将、四大天王来到。

"陛下且慢，金星说得没错，臣已经拿下妖孽了。"李天王得意道。

玉帝道："何方妖孽？身在何处？"

"就在我的宝塔里，待我将她放出来请陛下发落。"李天王作法将白灵从玲珑宝塔里放出来。

白灵被凌霄宝殿的富丽堂皇震撼了，也被玉帝和诸神的威严吓得瑟瑟发抖。一旁的九天玄女道："何方小妖，见到玉帝还不快快行礼？"

"岐山雪兔精给玉帝和诸位大神叩头了。"白灵先是给玉帝叩了几个头，又拜了拜左右诸神。

玉帝震怒道："大胆小妖，你竟敢私闯天宫，你可知道私闯天宫是死罪？还敢冒充二郎神偷取道祖的金丹，这两项大罪足以将你打入十八层地狱，不得轮回，永受刀山火海之苦！"

白灵大惊失色，连连向玉帝叩头道："玉帝，小妖的确冒充过二郎神，但是小妖未曾偷仙丹，小妖上天是有苦衷的，求陛下开恩啊……"

李天王冷笑道:"一个妖孽还有苦衷!来呀,将此妖孽打入十八层地狱,永世不得超生。"

随后上来两位天兵,要将白灵拖出去。

"金吒大太子、哪吒三太子到。"凌霄殿外传来天将通报的声音。

哪吒提着一只章鱼的尸体走上凌霄宝殿,金吒跟在哪吒的后面。白灵见到哪吒那一刻,潸然泪下,喜极而泣。

"启奏陛下,小神奉旨和大哥金吒一起消灭了这只章鱼怪,此怪在北海一带兴风作浪,吃了很多渔民。"哪吒奏道。

玉帝道:"两位天将辛苦了。"

"陛下,北海龙王让臣等代他向陛下请罪,他治下无方。"金吒道。

玉帝愤懑道:"这个北海龙王,寡人回头再跟他算账……"

白灵一见哪吒很是激动,连忙抱住哪吒裤腿,泪流满面道:"三太子,白灵终于见到你了,求三太子救救我,我这次犯下天条都是为了见三太子一面呀……"

哪吒一头雾水,诧异道:"你是何人?如何认得小神?"

白灵含情脉脉道:"三太子,你还记得当年你和二郎真君在岐山上救过的那只兔子吗?我就是那只兔子,当时我被狼妖追赶,是你出手杀了狼妖,还治好了我的腿伤。我在山中修炼了一百年,借岐山上的仙果才得以褪去妖气,变成二郎真君的模样,就是为了见三太子一面。三太子对白灵的救命之恩,白灵还没有报答,白灵朝思暮想,就想见三太子一面,今日见到了,白灵就算死也值了。"

白灵热泪盈眶,哪吒也是百感交集。玉帝面对哪吒道:"哪吒,小妖说的可是实情?"

哪吒奏道:"启奏陛下,当年小神和二郎神的确在岐山上杀过狼妖，救过兔子，只是不承想她今日既然为了找我上天庭！"

玉帝面对白灵道："小妖，你为了报答哪吒的救命之恩混入天庭，寡人且不说，你盗取道祖仙丹该当何罪？！"

脸色煞白的白灵连忙道："陛下，小妖没有盗取道祖仙丹，小妖怎敢擅闯道祖兜率宫。小妖初到天界，不识路，路经兜率宫，在宫门口见一粒金丹散落在地被小妖误食，小妖确实不曾盗取仙丹啊！"

道德天尊震怒道："大胆妖孽，明明偷吃了五粒仙丹，现在还敢在这里巧言令色，看贫道今日不除了你！"

道德天尊将拂尘高高举起，正要打白灵，白灵正躲闪，哪吒正欲阻止时，兜率宫里的道童来了，一男一女。他们面对道德天尊和玉帝行了礼，男道童道："启奏陛下、道祖，童儿已经查明，是道祖的青牛趁我等不在，偷吃了仙丹，据它交代，它只吃了四颗。"

道德天尊连忙收了拂尘，道："如此，就与小妖之言对上号了，该死的青牛，童儿随我回宫，看我不打死它！"

道德天尊气冲冲地和两位道童离开了凌霄宝殿。

玉帝面对四大天王，道："东方持国天王、南方增长天王、西方广目天王、北方多闻天王四人玩忽职守，速往刮神台领三十神鞭，罚俸一年；日游神、四方神君、哼哈二将不称职，也罚俸禄一年，领二十神鞭，去吧。"

被罚诸神连忙乞罪道："多谢陛下。"

诸神便在天将的带领下，离开凌霄宝殿。

玉帝面对白灵，犹豫道："至于兔妖……"

玉帝尚未说完，哪吒连忙站出来道："陛下，这件事情因小神而起，白灵闯天宫是死罪，小神愿代白灵受罚！"

太白金星一向心善，见如此感人的一幕难免心软，看了看哪吒和白灵，面对玉帝奏道："陛下，情感这东西原本就是看不见摸不着，老臣也被他二人的一番深情感动，请陛下饶兔妖死罪吧……"

玉帝犹豫道："兔妖闯天庭这是事实，寡人如果既往不咎，天庭的威严何在？天庭的法度何在？如果从兔妖这里开了头，那寡人以后就不好管天庭了。既然哪吒和金星为兔妖求情，那寡人就网开一面，但死罪可免，活罪难逃。将这只不知天高地厚的小妖推出凌霄殿，重打一百天棍，以儆效尤。"

随后上来两名天兵将白灵架了出去，哪吒只能眼巴巴看着，白灵一双纯净而无辜的眼睛看着哪吒，道："三太子，救命啊……"

白灵被打得皮开肉绽，发出一声声惨叫。哪吒心里很不是滋味，心如刀绞，几番内心挣扎后，连忙向玉帝跪求道："陛下，这件事情因臣而起，白灵是无辜的，一百天棍打下去，陛下等于是要了她的命。她只是下界小妖，哪里受得了这般疼痛，余下仗责就让臣代为受过吧。陛下……求你了……"

玉帝无动于衷，坚决不松口，哪吒只好起身，走出凌霄宝殿。见白灵臀部的血已经渗透了衣服，哪吒咬咬牙，为白灵挡住了身躯，负责执法的天兵不敢下手，哪吒问道："还有多少下？"

"还剩六十天棍。"其中一个天兵答道。

哪吒道："打我吧，这件事情与她无关，余下的就让我替他受过吧。"

执法天兵有些犹豫，吞吞吐吐道："这……这……"

"快打呀，不要手下留情。"哪吒急道。

两名天兵这才一左一右打起来，出手很重，哪吒痛得咬紧牙关。被哪吒压在身下的白灵心疼道："三太子，白灵只是一个下界小妖，何德何能配三太子两次出手相救？三太子你快走吧，不要再为小妖受苦了，不然小妖心里愧疚。"

哪吒眉头紧锁，看得出来他很痛，眼睛里已经有了泪花，但是他没有叫一声，道："虽然我是莲花化身，金刚不坏，但这是玉帝的天棍，打的不说是你一个下界小妖，就连我们这些神仙也受不了。我第一次救你是在岐山，只因我们有缘；这次救你是因为你是为了我才闯天庭，所以，我应该代你受罚！"

白灵听后，感动得热泪盈眶。哪吒已经被打了三十天棍，仍未叫出一声，大殿内的李靖、金吒为哪吒捏了一把汗。打在儿身，痛在父心，李天王连忙向玉帝求道："陛下，好在这兔妖未曾闯下大祸，不如就饶她性命吧！"

青帝伏羲奏道："陛下，上天有好生之德，白灵虽为妖精，但不失为一只义妖，有情有义，陛下何不手下留情？"

玉帝叹道："也罢，两位大神为她求情，寡人如果再不施以恩典，倒显得寡人有些不近人情了。来呀，将白灵和哪吒带进来。"

白灵和哪吒被天将扶着进入凌霄殿。见哪吒被打得皮开肉绽，白灵心疼道："三太子，你没事吧？"

哪吒笑着摇了摇头，白灵含情脉脉地看着他道："百年未见，三太子自从做了天神后，稳重多了，白灵真替你高兴。"

玉帝道："共打了多少天棍？"

天将道："兔妖挨了四十天棍，哪吒三太子替她挨了五十天棍。"

玉帝摆了摆手道："罢了，李天王你带着哪吒回去养伤吧！兔妖白灵从哪里来还回哪里去，不可再生事端，否则寡人定将你打入万劫不复之地！"

哪吒请求道："陛下，白灵就让小神伤势痊愈后送去下界吧，此间就让她暂时住在天王殿内吧，有小神看着她，请陛下放心！"

玉帝点了点头。白灵和哪吒相互搀扶着往殿外走去，李天王父子紧跟其后，一同离去。

素知圣母天后殷氏听闻儿子哪吒在凌霄宝殿挨了打，急得直跺脚,她在天王殿的大门处左右徘徊,等待着父子归来。

天王父子四人和白灵进入了天王殿,那殷氏见哪吒,连忙扑上去,在哪吒的身上上下打量,心疼道:"儿子,听说你被打了,打哪儿了?疼吗?"

哪吒有些尴尬地看了看白灵,面对殷氏道:"母后,我是莲花化身,只是皮外伤,休息两日就没事了。"

殷氏瞅了瞅白灵道:"你就是那只擅闯天庭的兔妖?"

白灵惶恐,连忙给殷氏叩了几个头,道:"圣母天后,是小妖的错连累了三太子,小妖向圣母天后请罪。"

殷氏吃惊道:"你如何知道我的封号?"

白灵道:"圣母天后的贤名早已传遍了三界,哪吒三太子之所以能成为三界的英雄,都是因为有你这样的贤母教导有方。"

殷氏听后,满心欢喜道:"小妖嘴巴可真甜,既然玉帝和天王饶恕了你,我儿也替你挡了灾,我就饶了你,休息两日就让哪吒送你下界吧,天界不是你久留之地。"

白灵再次给李天王夫妇下跪道:"天王、天后,小妖想请二位帮忙收服岐山上的妖王,它是一只虎精,叫漆幽灵,有一千多年的道行,百年前从帝都山而来,山里的精怪和山神都被它呼之即来挥之则去。岐山百里内的居民都遭到它的侵扰,它恶行昭昭,岐山上的很多生灵都遭到它的杀戮。近年来它还异想天开想霸占小妖,如果不是小妖以死抗争,恐怕就让它得逞了。小妖在姐姐雪姬的庇护下,才得以逃脱来到天上,姐姐现在生死未卜,请天王天后助小妖灭了这只妖王,也算为人间除了一害,小妖给你们叩头了。"

木吒道:"这天上一天,人间可是一年呀,还不知道你姐姐怎么样了!"

殷氏俯身将白灵扶起来,面对金吒道:"金吒,你送她下去,顺便替天庭杀了这只虎精，也算为人间除害，也算你头功一件。"

"孩儿领命。"

哪吒道："母后，这件事情因孩儿而起，还是让孩儿去解决吧，我与白灵有宿世缘分，只有亲自送她下去，我才安心。"

白灵含情脉脉地望着哪吒，道："多谢三太子。"

李天王道："就让哪吒去吧，他最能降龙伏虎，除了此怪，也算功德一件，为父替你向玉帝请功。"

"儿臣领命，你们就等孩儿的好消息吧。"

哪吒向父母、兄弟告辞后，拽着白灵的手就往天王殿外跑去。

白灵感觉无比甜蜜，一百多年了，她从来没有像今天这样高兴，她的脸上洋溢着少女般的羞涩。

白灵驾云，哪吒蹬风火轮，朝岐山方向而去。来到岐山上空，哪吒和白灵降落下来。岐山上充满着血腥味，偶尔有乌鸦叫，一片死寂，雪兔的尸体遍布岐山各处。当见到一只肥大的雪兔尸体躺在那里，白灵眼泪夺眶而出，扑上去将这只死兔抱在怀中，顺了顺兔毛，哭喊道："九婶，是谁害死你的？"

哪吒见满山遍野的死兔，震惊道："是谁这么残忍，杀了这么多兔子？"

白灵放下怀里的兔子，又看向另一只兔子，她连滚带爬地扑过去，抱起兔子痛哭道："二弟，到底是谁杀了你们？！"

白灵哭得撕心裂肺，哪吒道："白灵，会不会是妖王漆幽灵干的？"

"除了他有这么大本事还会有谁！他好狠呀，竟然灭我雪兔一族，我要杀了他为我雪兔一族报仇！"白灵恨得咬牙切齿。

白灵匆匆将横尸山上的雪兔都给掩埋起来，面对哪吒，她痛彻心扉道："三太子，妖王灭我满门，这个仇我不能不报，我现在就找他报仇去。"

说罢，白灵转身就朝妖王洞府方向跑去。

哪吒连忙上前，拽着白灵道："杀妖王报仇的事情就交给我吧，我倒要看看他是个什么怪物，既然如此邪恶？！你不是他的对手，让我帮你吧！"

白灵道："三太子，多谢你为我出头，但这个仇必须由我自己来报，哪怕是跟他同归于尽。放心吧，我吃了道祖的仙丹，有千年道行，即便杀不死他，他也休想伤我。果真我不敌再麻烦三太子不迟……"

见白灵如此执着，哪吒对她除了同情，更多了几分爱慕之意。

哪吒暗中跟着白灵。白灵一个人来到妖王漆幽灵的山洞门口，满地是血，草地上都是溅的血渍，死兔横尸荒野。白灵一路走来痛心疾首，捂面痛哭，几经崩溃。洞门没有一个妖兵把守，巨大的石门上刻着一个大大的"王"字。洞门口除了被扒了皮的死兔尸体，还有人的颅骨，四周笼罩着阴森恐怖的氛围。洞内十分嘈杂喧嚣，是妖王和妖兵们正在洞内把酒言欢，吃吃喝喝。白灵闻声走了进去，此时的妖兵们已经东倒西歪，各自斟酒、划拳，大口吃肉，大口喝酒，妖王漆幽灵一只手拿着烤好的兔腿肉大口吃起来，一只手端着陶碗，大口饮酒。妖王身旁站着岐山的山神，专门给他倒酒、陪笑、拍马屁；土地公蹲在漆幽灵的背后给他捶背、按摩；漆幽灵也是醉醺醺的，快活似神仙，地上满是摔碎的酒瓶子，还有啃剩下的兔肉骨头。白灵悄无声息地站在妖王的面前，表情几乎已经麻木地盯着他。

众妖见白灵，纷纷停下来，洞内异常安静。妖王见白灵，以为自己在做梦，连忙揉了揉眼睛，睁大眼睛一看，笑道："白灵，你终于回来了。你是逃不出我的手掌心的，你这一走，雪兔一族都被你连累了。"

"大家说兔肉好不好吃呀?"漆幽灵嚣张地问诸妖。

"好……"众妖回答得倒也整齐。

白灵气得吹鼻子瞪眼,山神和土地见情况不妙,有意逃避,山神道:"大王,你有家事,我们就不参与了,小神先行告退。"

"不行,你们都是天界封的地仙,位列仙班,今天就让你们做我的主婚人,就让你们看看我是如何与她洞房的。"漆幽灵暴怒道。

二神吃了一惊,只好忍气吞声。

白灵面对二神冷笑道:"你们两位,一位是岐山的山神,一位是本方的土地,你们是神仙,吃着天庭俸禄,怎么能侍奉妖精左右呢?你们看着妖王杀我雪兔一族,扒皮抽筋,你们就无动于衷吗?"

二神被白灵数落得面红耳赤,埋头不语。

白灵深呼一口气,冷静道:"漆幽灵,你把我雪姬姐怎么样了?"

漆幽灵得意道:"她呀,还没死呢,被我吊在洞里,死不了,不过也活不成了。"

"带我去看看吧!"白灵道。

漆幽灵从石椅上站起来,来到白灵面前,用爪子摸了摸白灵的下巴,调戏道:"也罢,反正今天你是逃不出我的手掌心的!"

漆幽灵领着白灵朝洞内走去,山神和土地趁机幻化逃走,众妖继续吃喝。

洞内洞洞相连,穿过几个洞,就来到关押雪姬的暗洞,洞里几乎没有什么光线,只有火把照明,阴冷无比,雪姬就这样被绳索吊在半空中,全身是伤,奄奄一息。

"姐姐,白灵连累你了。"白灵泪流满面地说道。

那雪姬睁开疲倦的眼睛道:"妹妹,你不要管我,漆幽灵杀了我雪兔一族,我与他不共戴天。"

妖王漆幽灵冷笑道:"那好啊,你们两个都跑不了,还妄想报仇？"

白灵回头面对漆幽灵，冷眼道："还不放她下来。"

漆幽灵施法切断了绳索，把雪姬放下来。白灵将雪姬抱在怀里，热泪盈眶道："姐姐，是我连累了你，连累了族人，后面的事情就交给我吧。"

白灵咬破手指，放在雪姬的嘴唇边，道："姐姐，快吸几口我的血，或许可救你的性命。"

雪姬有些不忍。在白灵的再三要求下，雪姬将信将疑地吸了几口，突然她的伤势痊愈了，气色也有了好转。

雪姬尝试着站起来，吃惊道："白灵，这是怎么回事？"

白灵道："你没事就好了。"

一旁的漆幽灵也深感吃惊，吞吞吐吐道："这……这……"

白灵怒火中烧，面对漆幽灵道："妖王，你灭我满门，此仇不能不报，我们的事情今天必须做个了断，有种的你就跟我出来！"

白灵怒气冲冲地走了出去，漆幽灵冷冷一笑，也跟了出去。

雪姬难免有些不放心，喊道："妹妹，你不是妖王的对手！"随即也跟了出去。

白灵来到山洞外面的空地上，展开阵势，手里变出一把宝剑来，准备与漆幽灵对战。一旁的雪姬为白灵捏了一把汗，急道："白灵，你不是他的对手，还是算了吧，我怕他会伤了你！"

白灵对雪姬之言不作回应。面对漆幽灵，白灵一副杀气腾腾的样子。漆幽灵却不以为然，讥讽道："看来你今天是有备而来啊，不管你有什么手段，逃不出我的手掌心，出招吧！"

"恶魔，你屠杀了这么多生灵，就算我不杀你，老天爷也不会放过你，今天就是你的死期，不是你死就是我亡！"

白灵说罢，便刺向漆幽灵。

漆幽灵见白灵来势汹汹，连忙变出了双锤，那双锤是青铜制造，足有几百斤，堪称巨无霸。

一方使剑，一方用锤，展开大战。白灵步步紧逼，招招致命，漆幽灵见招拆招，一连退了数十步，白灵使了一招劈剑式，将漆幽灵的一只耳朵给削了下来，漆幽灵疼得直捂伤口，鲜血直流。

漆幽灵急道："小娘们儿，我处处让着你，看来你今天是要我的命啊！"

漆幽灵便开始还击，拼命与白灵一战，这回他的双锤使得出神入化，出招速度极快，白灵毫无还手之力，边战边退。

白灵以气御剑，与漆幽灵展开对攻，双锤难敌宝剑锋芒，漆幽灵的手臂再次被刺了一剑。

白灵也不幸被锤打中，当即吐了一口血，瞬间直不起腰来。

漆幽灵恼羞成怒，急道："想不到数月未见，你的功力大增啊！"

雪姬也很吃惊，道："白灵，你的法力都跟谁学的啊？才几个月不见，你就能和漆幽灵打成平手了？"

白灵道："恶魔，你不知道吧，我吃了道祖的仙丹，如今已是千年道行，你就受死吧！"

漆幽灵大笑道："我自化作人形以来，从未遇到对手，就凭你一个小小的兔精能杀得了我这岐山大王？笑话！"

漆幽灵扔下双锤，运了一口气，化作一只黑色的猛虎，爪子锋利无比，牙尖嘴利，双眼呈现出邪恶的血红色。

那妖王的黑虎化形大叫一声便朝白灵冲过去，那虎叫震耳欲聋，白灵和雪姬只好捂住双耳。那黑虎正要吞了白灵，雪姬连忙扑上去护住白灵，黑虎刚张开大嘴，突然被哪吒的乾坤圈击中头部，立马又变回了人形，疼得在地上打滚。哪吒蹬风火轮从天而降。

面对重伤倒地的漆幽灵，哪吒骂道："孽畜，你好大胆子，凭什么能在这岐山上称王，你杀害了这么多生灵，今天就是你的死期！"

哪吒正欲举枪杀他，漆幽灵连忙用左手一挡，道："等等，就算要死我也不能当糊涂鬼，我想知道你是谁。"

哪吒道："就凭你还没有资格打听我的名号，快快受死吧！"

"三太子，漆幽灵杀我雪兔一族，还是让我亲手为同类报仇吧！"白灵急忙道。

哪吒这才收了威严。那漆幽灵一听叫三太子，便从上至下打量哪吒，似有所悟道："你是三坛海会大神哪吒？"

"算你还有点眼光。"哪吒道。

白灵捂住伤口，站了起来，面对哪吒道："三太子，就不要跟他废话了，让我一剑杀了他。"

漆幽灵自知不敌，连滚带爬地来到哪吒面前哀求道："三太子，你就饶了小的吧……"

哪吒道："你在岐山上涂炭生灵，多少生命死在你的手里，你自以为森林之王，怎么没有想过饶恕他们的性命？"

哪吒转过身去，白灵便一招就刺穿了漆幽灵的心脏。

漆幽灵当场毙命，化作一只黑虎。

漆幽灵刚倒地身亡，那山神和土地就幻化而来，战战兢兢地来到哪吒面前，面对哪吒鞠躬。山神道："小神岐山山神拜见三太子，多谢三太子为本山除了一害。"

"小神乃本方土地，谢过三太子。"土地神也谄媚道。

哪吒恍然大悟，冷笑道："你们俩就是岐山的山神和土地吧！你们不用感谢我，我是受白灵所托，父王所差，也是本神的职责所在。本神听白灵提过你们，身为地仙，吃着天庭俸禄，怎么会被妖王所差遣？"

"惭愧，小神官卑职小，上不得天庭，见不得玉帝，打不过漆幽灵，只能苟全性命。"山神惭愧而委屈道。

哪吒道："这里是岐山，是西岳大帝管辖之地，你们可以去太华山找他啊！"

"是是是……小神惭愧……小神二人已经将洞中的一干小妖清除干净了！"山神道。

哪吒面对二神道："这里没你们什么事儿了，走吧。"

"小神告退。"二神缓缓退去，消失得无影无踪。

二神走后，白灵连忙给哪吒跪了下来，雪姬也一同下跪。

白灵感激涕零道："三太子，多亏了你，白灵才能杀妖王替我同族报仇，白灵给你叩头了。"

"雪姬也替我同族拜谢三太子。"

雪姬和白灵一起给哪吒叩了几个头。哪吒受宠若惊，连忙将二人扶起来，道："你们快快请起，于公我是在执行父王的旨意，于私我也是为白灵除一害。从此你们姐妹俩在岐山上可以自在修炼了，再也没有谁可以威胁你们了，时机成熟，我便向玉帝请旨度你们成仙。"

白灵姐妹一听，激动地跳起来，异口同声道："真的?"

"想不到我们还会有那一天，果真如此，三太子就是白灵一辈子的贵人。"白灵感恩戴德道。

白灵姐妹将哪吒带到了哪吒亭前。哪吒见到自己的铜像，既吃惊又震惊。

白灵看了看哪吒神像，向哪吒道："三太子，这是你第三次救我了，第一次是你和二郎神帮我杀了狼妖，第二次是你在天庭护我，第三次你助我杀了妖王漆幽灵，这些白灵会铭记一辈子。三太子被封神后，白灵在下界再也见不到你，所以就塑了这一尊神像，只是希望每天醒来能看到三太子。"

哪吒的心被白灵的一番深情所感动，顿时热泪盈眶。哪吒围着他的神像绕了一圈，百感交集。

哪吒忍不住一把抱住了白灵，道："白灵，谢谢你为我做的一切，我哪吒乃凡人成神，何德何能得到你的青睐。这是金莲花瓣，日后你们姐妹如果有难，只要对着金莲花瓣大喊三声我的名字，我在三界内任何地方都能听到，我立马赶过来救你们。不过日后再遇妖孽，只要报我名号，相信三界内无人敢动你们。"

白灵姐妹接过哪吒递过来的金莲花瓣，捂在胸口，视若珍宝。

"谢谢三太子。"白灵感动得稀里哗啦。

"再见白灵，再见雪姬。"哪吒向他们摆了摆手。

天上出现了一对青鸾火凤，化作风火轮，哪吒摇起火尖枪，踏上风火轮，瞬间消失在青天白云下。

雪姬面对白灵笑道："妹妹，你有福气了，三界内有哪吒三太子护着你，任何妖魔鬼怪都不敢再欺负我们了！"

白灵将金莲花瓣捧在手心里，脸上洋溢着笑容，如同泡在蜜缸中。

第二十章　蜀宫月如霜

蜀王宫上空一轮如碾盘大的明月悬挂夜空，皎洁如霜，秋雾笼罩在王宫的上空，皎洁的月光在秋雾的遮掩下若隐若现。一群仙鹤呈人字形从王宫上空掠过，蜀王宫灯火通明，有巡逻队，或持矛，或持盾，来回穿梭于王宫内。

夜已三更天，蜀王宫东北角的丽华宫中的灯火还亮着，隐隐约约听到有女子哭泣的声音。丽华宫里住着蜀王丛帝的小女儿紫鸢。紫鸢公主年方十六，情窦初开，一双清澈明亮的大眼睛，肤白貌美，楚楚动人。丽华宫里的青铜树油灯正燃烧着，一向活泼可爱的紫鸢公主此刻却面带忧伤，她坐在床榻前，眼泪汪汪地望着窗户外的月亮，四周很安静。

就在公主注目发呆的时候，一只金丝猴向她走了过来，用它的前爪挠着公主的绣花鞋，并且尖叫，它好像明白紫鸢公主的心事。

公主低头看了看金丝猴，微笑着将它抱在怀里，为金丝猴顺了顺毛，金丝猴很享受公主的温柔。

公主含着泪对金丝猴道："流星，当年我随父王去蜀山狩猎，见你受了伤便把你带回宫中，如今已是三年了。那天夜里有流星飞过，你动作灵敏，像流星一样，所以我给你取名流星。这三年来你就像是我的亲人一样，是我最好的朋友，只可惜紫鸢要嫁人了，不知道还能不能带上你。明日朝会，庸国、羌国、微国、卢国、彭国、濮国、髳国七国公子将会向我父王提亲，父王的意思是希望与庸国联姻，庸国是侯爵诸侯,让我嫁给庸国公子子昊,但此人刁钻跋扈、恶名昭彰,我如果嫁给他,岂能如意。其实紫鸢早有所属,他是王宫侍卫统领将军风厘子。我与风厘子将军早已相爱,怎奈宫规所阻,我们尊卑有别,只能偷偷幽会,流星你说我该怎么办?"

金丝猴流星望着她,然后从公主怀里跳了下来,跑了。

这时候,紫鸢公主的贴身侍女小玉推门走了进来,来到公主面前,道:"公主,夜已深了,你早些歇息吧!"

紫鸢公主忧心忡忡道:"小玉,我睡不着,让我嫁给不爱的人,不知该怎么办?我是了解父王的,他希望通过与庸国的联姻达到他的目的,这是谁也改变不了的。"

宫女小玉安慰道:"公主,明天的事情谁也说不好,还是先睡吧,无论公主嫁到哪里,小玉都永远陪着公主。"

宫女小玉一边安慰公主紫鸢,一边伺候她宽衣解带,待公主安睡后,小玉才吹灭油灯轻轻离开。

晨雾还未散去,成都平原上升起了缕缕炊烟,街市上满是贩夫走卒的声音。阳光洒在气势恢宏的蜀王宫大殿之上,王宫内外站满了士兵,他们一个个雄姿英发。千秋宫中,蜀国的文武大臣们正跪坐左右两边,每人面前放着一张漆桌,桌子上摆满了漆盘,盘子里装着各种水果;桌子上放着盛汤的鼎,鼎内装有已经煮熟的肉汤。大殿之内的墙壁上,挂着各类玉器、象牙。

蜀王丛帝正跪坐在大殿王座之上,摆在他面前的饭食自是比大臣们要丰盛许多。丛帝鳖灵双目炯炯有神,脸上长着如龟壳般的纹路,身材健硕,四十来岁,着王冠王服。

丛帝身边内侍上前喊道:"宣七国公子及其使臣觐见。"

少时,七国公子进入千秋宫,他们的身后各有几名随从,挑着大口大口的漆木箱子进入了大殿,随之将大箱子搁置一旁。

七国公子相貌各有特点，有的一表人才，有的又瘦又秃，有的则长得一脸憨厚。七国公子纷纷参见蜀国丛帝，首先是庸国公子子昊，上前作揖道："我乃庸国公子子昊，拜见君上。"

"羌国公子允贤，拜见蜀王。"

"微国公子眉秀，见过蜀王。"

"卢国公子密，见过蜀王。"

"彭国公子渊，参见蜀王。"

"濮国公子濮章，拜见蜀王。"

"髳国公子子器，参见蜀王。"

七国公子一一向丛帝行了礼。丛帝身体微微前屈，伸出双手，笑道："七位公子免礼，七国爵位虽有不同，但都是大周朝诸侯国，快快请起。"

诸公子站了起来，整理完衣冠，面对丛帝。

丛帝对诸公子的来意心知肚明，笑道："听闻公子们几日前就陆陆续续来到成都，下榻驿馆，不知公子们来此何意啊？"

羌国公子允贤上前向蜀王作揖道："君上，紫鸢公主今年一十有六了吧，允贤今日携聘礼向君上求亲，将一心一意对待公主。"

诸国公子一拥而上，争先恐后向丛帝示好。丛帝表现得很为难，他不置一词，偷偷瞟了一眼庸国公子子昊，那子昊深沉而镇定，待诸公子争相介绍完自己，他才不慌不忙地站出来，面对丛帝深深作揖，道："君上，子昊对公主仰慕已久，如果君上肯将公主嫁给我，将来我当了庸侯，我一定将公主封为夫人。庸国与蜀国为世代盟友，君上当知庸侯有三个儿子，我是最有把握继承国君之位的吧？"

丛帝心里正盘算，表现出十分为难的样子。彭国公子渊看了看丛帝，面对子昊急道："子昊，你凭什么说你能成为庸国世子？你又凭什么说你能给公主幸福？我们今天来的各国公子哪一个不是各国国君挑选出来的?"

彭国公子渊一脸的不服气,其他诸国公子纷纷起哄,质问庸国公子子昊,朝堂上吵吵嚷嚷,百官议论纷纷,交头接耳,人声鼎沸。

丛帝伸手示意,一副为难的样子道:"诸位,寡人只有一个女儿,你们都有迎娶之意,寡人如何是好啊?寡人如果把女儿嫁到羌国,庸国等诸公子不同意,如果把女儿嫁给彭国吧,微国、卢国公子又不高兴,这事寡人也十分为难啊!"

蜀国丞相李恒出列,持笏板向丛帝道:"君上,既如此,何不把这个难题交给上天,让上天来决定?"

丛帝道:"丞相有何良策快快道来。"

"君上,何不让内侍挑几样公主的衣物和饰品,让诸国公子来指认,若被认出就说明与公主有缘,若认不出或认错了,就怨不得君上了。"丞相李恒道。

众臣听罢,连连叫好。

丛帝大喜道:"这个主意不错,就让上天决定,诸侯怨不得寡人,公主和诸位公子也怨不得寡人。杜太傅你说呢?"

丛帝面对殿下的太傅杜翎问道。

"相公此法甚妙,臣没有异议。"太傅杜翎道。

丛帝又瞅了瞅诸国公子,问道:"诸位公子觉得呢?"

"如此,我等也认了。"微国公子眉秀道。

诸公子皆表示同意。

丛帝甚喜,面对内侍道:"快取几件公主的衣物和饰品出来,让诸公子猜。"

"唯。"十名内侍纷纷朝着公主的寝殿方向走去。

少许,十名内侍每人手中用漆盘端着紫鸢公主的衣服还有饰件,朝着丛帝面前走过来。

丛帝向诸公子笑道:"诸位公子听好了,这十名内侍每人手里一个漆盘,每个盘子里有一件衣物和一件头饰。但这十个漆盘中只有一件衣物和一件饰品是紫鸢公主的,其他的都不是,哪位公子猜对了,公主就许配给他,猜错了就莫要怪寡人了。你们选中哪个内侍手里的漆盘,只需要站到他面前就行,都清楚了吧?"

诸位公子面面相觑,犹豫许久才表示同意。

公子们开始在每个漆盘里翻来覆去地看,看衣物的纹路、材质,看饰品的做工,一会儿工夫,诸公子都站到了他们各自选好的漆盘面前。

丛帝面对庸国公子子昊笑道:"庸国公子子昊,祝贺你,你猜对了。"

诸公子不服,纷纷表示抗议。卢国公子密激动道:"凭什么是庸国公子,我等不服,如果今天公子子昊不说出个道道来,我等绝不还国。"

丛帝伸手示意,微笑道:"诸公子少安毋躁,不妨就请子昊公子说说你的道理?"

庸国公子子昊拿起紫鸢公主的衣物,得意道:"公主喜欢用牛奶和玫瑰泡澡,这衣物上有公主残留的花香和奶香,不信大家闻闻。"

子昊将公主衣物伸给诸公子一一嗅闻,这才平复了诸公子的情绪。子昊公子接着道:"公主最喜欢橘红色,又喜欢杜鹃花,你看这袍子上绣着杜鹃花;至于这发簪,公主最喜欢玉和珍珠,正好这发簪上镶着玉和珍珠。君上,我分析得没错吧?"

子昊公子拿起发簪说得头头是道,丛帝拍手叫绝道:"好!子昊公子说的分毫不差,这正是公主的物品,看来子昊公子为了迎娶公主倒是费心了。诸位公子这下服气了吧?"

"哼,告辞。"微国公子眉秀朝丛帝作揖后便匆匆离去。

诸国公子皆垂头丧气地离开了。

那庸国公子子昊倒也会来事，连忙朝丛帝跪拜道："小婿拜见妇翁。"

丛帝甚喜道："公子免礼。"

太傅杜翎深感此事蹊跷，便对子昊道："子昊公子未免心急了些吧？两国联姻可是大事，公主还尚不知情呢！"

丛帝眼神游离不定。

紫鸢公主听闻庸国公子子昊即将要迎娶自己，将自己关在宫里，时有噼里啪啦的声音从宫内传出来，时而听见有公主抽泣的声音传出来。公主的侍女小玉被紫鸢公主关在殿外，她拼命敲门，呼喊着公主，但始终不开门，侍女小玉急得直跺脚。侍卫统领风厘子将军带队巡逻，从丽华宫经过，见侍女小玉心急如焚，连忙走上前去，拍了拍小玉的肩膀，问道："你站在这里干什么？！"

小玉见风厘子，忙跪拜道："拜见将军，公主将自己关在屋里已经大半天了，真怕她出什么事儿！将军还是快想点儿辙吧。要不要请示君上？"

这风厘子将军约莫三十多岁，身材高大，气宇轩昂，一身牛皮甲胄，腰间佩带青铜弯刀。他撇开侍女小玉，敲了敲门，喊道："公主，开门呀，公主……"

一听是风厘子将军，紫鸢公主这才缓缓打开门。只见公主满面泪痕，十分憔悴，头发也十分凌乱。风厘子和侍女小玉随公主进入寝殿，只见屋内一片狼藉，漆盘和果品散落一地，青铜树灯也被推倒了，屋里的竹简、漆木碗，还有挂在墙上的象牙也散落一地，七零八落。

紫鸢公主一见风厘子，情不自禁地一把抱住了风厘子，依偎在他的怀里。金丝猴流星正在一边目不转睛地看着。侍女小玉吓得脸色煞白，低声道："公主，将军，你们……"

无奈的小玉连忙去到门口张望一番，便迅速关了宫门。

她来到凤厘子和公主面前，恐惧道："公主，将军，现在各国公子尚未离去，还在成都，你们这样要是被君上知道了，不知道会有什么后果……"

侍女小玉急得直跺脚，紫鸾公主显得很镇定，道："小玉，你去宫门口把风，如果有人来了，你立马进来通报！"

"哎呀，你们真的难为死我了。"侍女小玉忐忑不安地走了出去，关了宫门，在门口把风。

紫鸾公主泪流满面地对凤厘子道："凤大哥，你应该听到了吧？父王要把我嫁给庸国公子子昊，那个人在庸国做了不少恶事，不是什么好人，父王将我嫁给他我能幸福吗？"

凤厘子用袖口为公主擦拭着眼泪，道："七国公子同时向君上提亲，偏偏就让庸国子昊误打误撞，偏偏庸国又是七国中实力最强的诸侯，我觉得这里面有蹊跷。关于大殿之上，诸国公子猜公主衣物一事，我料定是君上事先和子昊商量好的，君上和丞相可能只是在大殿上唱双簧……"

紫鸾公主憋屈道："父王就是这样的人，她牺牲我的终身大事，让蜀国和庸国结为姻亲，如此强强联手便可称霸一方。不行，我要找父王去。"

凤厘子将军一把拽住公主手腕，道："公主，这只是我的猜测，我们没有证据。"

"我不管，我就是死也不会嫁给那个混蛋！"公主激动不已。

侍女小玉突然推门进来，慌张道："公主，将军，君上来了。"

凤厘子一听，便要躲藏，公主道："凤大哥，我们清清白白有什么好藏的，要是被父王发现了，我们可真的说不清了。"

风厘子这才作罢。公主连忙对小玉道:"你快把宫门打开,有你在,父王也不会误会。"

小玉匆匆将宫门打开,便回到公主身边,公主来到床榻前坐下,风厘子远远地站着。

"君上驾临丽华宫。"丛帝身边内侍通报道。

紫鸢公主有气,不肯出门接驾,侍女小玉和风厘子匆匆出门接驾,跪迎道:"拜见君上。"

丛帝吃惊道:"风厘子你不在宫内巡逻,在公主宫里干什么?"

风厘子吞吞吐吐,支支吾吾。

"君上,公主将自己关在房里,一天不吃东西,奴婢敲门也不来,风将军怕公主出事,这才撞门进去。"小玉道。

侍女小玉为风厘子解了围,风厘子这才松了一口气。

丛帝大吃一惊,道:"什么?公主将自己关在房里一天没有吃东西?"

小玉吞吞吐吐。丛帝闯了进去,见公主披头散发地坐在床榻前,手里握着金剪刀。见丛帝走过来,紫鸢公主将剪刀比在脖子上,激动道:"父王,你别过来,我今天就死在你面前。"

丛帝镇定道:"快把剪刀放下!好好的干吗要寻死觅活的?"

丛帝身边的内侍紧张道:"公主,快把剪刀放下。"内侍欲上前夺下公主的剪刀。

公主将剪刀对准内侍,哭诉道:"你们都别过来!父王,你是不是要把女儿嫁给庸国公子子昊?你难道不知道他是一个什么样的人吗?如果要让我嫁给他,我宁愿去死。父王,你不要以为我不知道,是你和丞相唱双簧骗过六国公子,将女儿嫁给子昊。"

丛帝心虚道:"你胡说八道什么?"

丛帝又回头对众人道:"你们都先下去,关上门,寡人和公主单独谈谈。"

凤厘子和一干随从、侍女纷纷退出丽华宫,并关上门。

紫鸢公主面对丛帝冷笑道:"父王,被我言中了吧!你是怕阴谋揭穿,你的面子上挂不住吧!"

丛帝走到公主面前,夺下公主剪刀,坐在她身边,安慰道:"女儿,父王都是为了你好,为了蜀国好。庸国物产丰富,兵强马壮,其他六国太穷,父王怕你受苦。人都是会变的,说不定你嫁过去子昊会为你改变的,况且在大殿上父王见他也没有那么不堪嘛!"

紫鸢公主撒气道:"父王,要嫁你嫁,反正女儿不嫁!望帝时期,蜀国多么强大,望帝禅位于你,到了父王手里,难道蜀国还要靠联姻才能维持强盛吗?"

丛帝恼羞成怒地站了起来,瞪着紫鸢公主道:"紫鸢,你嫁也得嫁,不嫁也得嫁,你就是死了,寡人把你的尸体也要抬到庸国去。"

见丛帝铁了心要把她嫁出去,紫鸢心寒了,她的金剪刀掉到了地上,她泪如雨下,泪珠滴在地板上。

金丝猴流星来到了公主面前,不停地嘶叫,抓狂。

丛帝怒气冲冲走出了丽华宫,回头对侍女小玉和凤厘子道:"没有寡人旨意,不准公主离开寝宫半步,一日三餐按时送到,如果公主饿瘦了,寡人就拿你们是问。"

小玉吓得连忙叩头答应。

夜已二更,明月高挂。丽华宫里的紫鸢公主急得如热锅上的蚂蚁,她被锁在宫里,宫外有重兵把守。紫鸢公主的侍女小玉正在门外靠着柱子打盹儿,紫鸢公主一个劲儿地敲门,喊道:"快放我出去,小玉……"

侍女小玉的心里七上八下的,不知道如何是好,见公主被命运捉弄,她的心里也不好过,道:"公主,你就安心睡吧,我在外面守着呢。"

"小玉，你快进来一下，我有话对你说。"紫鸢公主道。

小玉看了看两旁的侍卫，小心翼翼开了门，走了进去。紫鸢公主见侍女小玉进来，连忙将门关上，将侍女小玉拽到里屋，一头跪在了小玉的面前。侍女小玉诚惶诚恐，连忙给公主跪了下来，恐惧道："公主，你是千金之躯，身份尊贵，怎么给奴婢下跪，这不是折煞奴婢嘛！"

紫鸢公主双手搂着小玉的双肩，道："小玉，你我相识以来我对你怎么样？"

"公主待我恩同再造！"

"我一直当你是好姐妹，从来没有当你是下人，你可愿帮我逃离王宫？你不会眼睁睁看着我羊入虎口吧？如果真的嫁到庸国，我这辈子就毁了！小玉，求你一定要帮我这个忙！"公主苦苦哀求道。

小玉深感吃惊，问道："公主，你要我帮你，我怎么帮你？奴婢只是一个宫女，如果让君上知道了，非扒了我的皮不可！"

紫鸢公主道："你去找风将军来，让他带我离开王宫，很简单，只要我穿上军装，趁夜色就能逃出去，我和他就能远走高飞了！"

小玉道："公主，你真的想好了，真的愿意舍下这一切？如果一旦做了，可就没有回头路了！"

"嗯。"紫鸢公主坚定地点点头道。

"那好，我这就去找风将军，将公主的想法告诉他，怕只怕……"小玉一副犹豫不决的样子道。

紫鸢公主道："你担心什么？"

"奴婢是在担心风将军，担心他没有这个男气背叛君上，如果行动失败，将军将受到极刑，对公主的名声也不好！"小玉顾虑道。

紫鸢公主望着窗外的月色，斩钉截铁道："去吧，我相信将军。

只要能跟他在一起,哪怕不做这个公主,愿意和他一起去山野之中盖间茅屋过男耕女织的日子。"

小玉将公主扶了起来,道:"既然公主想好了,小玉也豁出去了。"

说罢,侍女小玉便开了门出了丽华宫。

紫鸢公主坐在丽华宫里的台阶上,盯着青铜树上的油灯冥想,像是丢了魂儿,金丝猴流星就在她的身边来回地走,时不时挠挠公主的绣花鞋。

听到风厘子的声音,紫鸢公主一下子紧张起来,她站起来面对着宫门,见风厘子一进来,她一把抱住风厘子,依偎在他怀里,哭道:"风大哥,带我走吧,远离王宫,我们一起去浪迹天涯,周游列国,去岐国,去观国、姜国都可以,只要能和风大哥在一起。"

风厘子拍了拍公主的背心,为难道:"公主,我跟随君上十年了,你让我这个时候背叛他吗?"

紫鸢公主对风厘子的真心有所质疑,问道:"怎么?风大哥是舍不得高官厚禄?荣华富贵?"

风厘子冷笑,拍了拍胸脯道:"我怕什么,我风厘子本就是孤儿,无父无母,没有兄弟姐妹,孑然一身,只要公主高兴,我愿意放弃一切,反正这宫里的日子我也受够了!只是……"

风厘子回头看了看侍女小玉,道:"只是我们逃出宫去,会不会连累小玉?君上一定不会放过她。"

紫鸢公主面对小玉道:"小玉,要不你跟我们一起走吧,日后只要我有一口饭吃,就不会饿着你。"

小玉感动涕零道:"公主,有你这句话小玉就算被君上处死也值了。小玉一家都在成都,我往哪里逃,如果我跟公主走了,我的家人也要受到牵连。公主你们放心吧,你们走后我把自己打晕,到时候君上那里我也好交代。"

紫鸢公主愧疚地拉着小玉的手，热泪盈眶道："小玉，谢谢你，苦了你了。"

风厘子催促道："公主换上侍卫的衣服，等到了三更再走，殿外的几名侍卫都是我的亲信，一会儿你穿上侍卫的衣服走在他们中间，我们就可以出宫了。"

风厘子将早已准备好的一套侍卫服递到公主手里。

夜已深，月光在秋雾的笼罩下，朦朦胧胧，宫内外的很多侍卫都有些许倦意，打着盹儿。侍卫统领风厘子将殿外留守的几名亲兵都叫进了丽华宫，假装帮忙搬运箱子，紫鸢公主换上侍卫装，就混迹在这群人中。待几名侍卫和公主走远，风厘子便跟着走出丽华宫，为了不使侍卫们怀疑，他关门时并假装朝宫里喊道："公主，你好生歇息，末将告退，小玉要照顾好公主。"

随之风厘子便关上门，跟着公主和亲信侍卫抬着箱子朝着青龙门而去。几名侍卫抬着箱子走到一处花丛边，风厘子面对亲信道："你们几个快将这口空箱子放到花丛里，随我和公主走。"

几名侍卫依了吩咐，照做，放完木箱子，并遮掩起来。公主又才混入侍卫中间，风厘子走在前面，他们一起朝着青龙门走去。那青龙门是蜀宫的正门，城楼上和楼下少说有几百士兵把守，城门有十几名士兵。

宫门将军见有一路人出来，忙令士兵将士拦截，将军道："何人这么晚还要出宫？"

紫鸢公主有些紧张，蹲在士兵中微微发抖，风厘子将手背在身后，摸了摸公主的手，暗示她放心，好在是晚上，这一动作没有被对方看到。

风厘子来到守宫将军面前，催促道："姚将军，是我风厘子，君上差我出宫办点事，你快让开！"

宫门令姚将军笑道："哦，原来是风统领，你深夜出宫干什么我不知道，你说是君上的旨意，那你请稍后，我去请示君上。"

一听，紫鸢公主惊出一身冷汗。

风厘子喝道："大胆姚元圣，君上若无紧急公务，会派我这个时辰出宫吗？我可是君上最信任的人，你难道还有什么怀疑的吗？耽误了君上的大事，你吃不了兜着走！再说了，君上可能已经睡了，你还要不要脑袋了？"

"可是……这……"姚将军吞吞吐吐，一副很为难的样子。

风厘子再次厉声道："什么可是？还不快快让开！"

姚将军无奈，只好对侍卫们挥了挥手，放风厘子和公主一行人离开。守城士兵一放行，风厘子和侍卫们就急急忙忙走了。姚将军有些怀疑，便对守宫的士兵道："你们好好守着，我去去就来。"

城外早已准备好了马车，风厘子伺候公主上了马车，便对几名亲兵道："宫里你们是回不去了，你们还有什么打算？"

"我们几个商量好了，带上妻儿老小去庸国。"一名侍卫道。

紫鸢公主面对侍卫们，深感愧疚道："连累你们了，你们快走吧，有机会我们再报答你们。"

"说什么报答不报答，我们也不希望公主嫁给自己不喜欢的人，我们先走了。"一名侍卫道。

说罢，他们趁着月色跑了。

风厘子和公主深受感动，风厘子举鞭策马，带着紫鸢公主趁着月色朝西边去了。

紫鸢公主忧心忡忡问道："风大哥，我们去哪里？"

"去西边，那里地广人稀，他们找不到我们的。坐好，我要快马加鞭了，估计很快他们就带人追出来了。"

风厘子快马加鞭,一路颠簸,紫鸢公主差点被甩了出来。

青龙门姚将军行色匆匆,来到昭明宫,两名内侍站在宫门口守着,姚将军面对二位内侍,心急如焚道:"烦劳二位通报一下君上,末将有要事禀报!"

"姚将军,有什么事儿明儿再说吧,现在君上已经睡了。"一名内侍道。

姚将军火急火燎,道:"快去吧,再晚些,我们大家都吃罪不起啊,十万火急啊!"

两名内侍十分为难,另一名内侍道:"将军,不是我们不通报,现在进去打扰了君上,我们都要杀头的。"

外面争吵不休,惊醒了宫里的丛帝,丛帝从床榻起身,披上衣服,坐起来,对外喊道:"是谁呀,在外面吵吵嚷嚷,有什么事进来说吧。"

姚将军在两名内侍的陪伴下进入到昭明宫,面对丛帝,姚将军行了跪拜礼,急道:"君上,刚刚侍卫统领风厘子带着一帮侍卫出宫了,说是奉了您的旨意,末将特来请示君上。"

丛帝吃惊道:"什么?风厘子这么晚出宫干什么?还敢假传旨意,谁给他的胆子?他到底要干什么?"

姚将军诚惶诚恐,道:"他带的侍卫大概有八九个人,其中有一个人末将看起来有点像紫鸢公主,天太黑,末将看不清楚,末将不敢阻拦,只有放行。"

丛帝大惊失色,从床榻上下来,穿上鞋袜,来到姚将军面前,道:"你干什么吃的?废物!准是紫鸢公主与他私奔了,告诉你,这件事情不能声张,有辱王室颜面。真是废物!"

丛帝走过去踹了姚将军一脚,将他踹翻在地,愤怒道:"走,随寡人去丽华宫看看。"

丛帝披上斗篷匆匆忙忙赶赴丽华宫,两名内侍和姚将军陪同。站在丽华宫外面,见里面的油灯还亮着,丛帝便命人开了宫门的锁,进去一看,见侍女小玉倒在地上,额头上都是血,她的旁边放着一个铜盘子,上面血迹斑斑。

姚将军将手指放在侍女小玉的鼻孔前,面对丛帝道:"君上,还有气。"

"把她叫醒,寡人有话问她。"姚将军拍了拍小玉的脸,又推了推她,喊道:"小玉姑娘……"

一连喊了几声,小玉才醒过来,假装不知道发生了什么事儿。

"公主哪里去了?"丛帝面色铁青道。

小玉吞吞吐吐,迷迷糊糊道:"公主……我不知道,我只知道公主拿盘子把奴婢打晕,后来的事情奴婢就不知道了。"

丛帝道:"你和公主感情那么好,寡人是了解公主的,她忍心打你吗?定是你与公主串通,帮公主逃脱,寡人回头再收拾你。"

侍女小玉没敢再说话。

丛帝向姚将军道:"你速传大将军姜礼带五百甲士把公主和凤厘子给寡人追回来,让他不用进宫,直接去追,追不到提头来见。"

"唯。"末将领命。

姚将军急急忙忙走出宫外。

丛帝瞅着躺在地上的小玉,对内侍道:"将宫女小玉给寡人关起来,明日寡人再审她。"

说罢,丛帝背着手,怒气冲冲地走出了丽华宫。

已近辰时,东边的朝阳正冉冉升起,晨雾逐渐散开,远处就是大雪山,高入云端,日照金山,大雪山周围全都是原始森林,凤厘子所驾驭的马车正往雪山方向去,后有追兵,蜀国大将军姜礼正带着五百兵士在后面穷追不舍,地上扬起满天黄沙。

"风厘子,你快停下来,你要带公主去哪儿?"姜礼喊道。

紫鸢公主从马车上探出头来,朝后面的追兵望了望,见四周一片荒凉,问道:"风大哥,大将军追来了,他向来铁面无私,恐怕这次我们是逃不了了!"

风厘子咬咬牙道:"公主,放心吧,我一定不会让他抓到我们。"

面对风厘子的决心,紫鸢公主却有些不安,问道:"前面是哪儿?好高一座雪山啊。"

"公主,前面是蜀山啊,你忘记了?那只金丝猴流星就是在那座山上救的吗?"风厘子道。

公主恍然大悟,道:"风大哥,你快停下来,前面就是悬崖。"

风厘子时不时回头和紫鸢公主说话,没有看路,当他及时反应过来,突然马失前蹄,风厘子惊慌失措,一把抱住了公主。马和马车一起掉进了悬崖,摔得粉碎,风厘子抱着公主,一只手紧紧抓住悬崖边一块石头,千钧一发。大将军姜礼见到,连忙从马背上下来,冲进去要抢救他们,突然石头松了,两人双双掉进了峡谷中。

兵士纷纷左顾右盼,不敢吱声,大将军姜礼吓得脸色煞白,朝谷底喊道:"公主……"

副将上前向大将军道:"将军,我们该怎么办?"

"还能怎么办?快派人下去找啊!"大将军姜礼情绪失控道。

五百士兵一起寻路下山去找。

丽华宫里的金丝猴突然躁动不安起来,抓狂,怪叫,它化作一道金光飞走了。金丝猴变成了一个俊俏郎君,一头金发,两眼放光。当它见到紫鸢公主和风厘子的时候,风厘子满脸是血,身上全是树枝的划伤,紫鸢公主躺在风厘子的身体上。金丝猴精将手伸到风厘子的鼻孔边,发现他已经没气了;它又摸了摸公主的脉络,发现公主还活着,金丝猴精痛心疾首,哭道:"公主,你对我有救命之恩,我不能不报,你那么爱风统领,他现在死了,等你醒过来一定接受不了,不如就让我代替他,在你身边照顾你吧!"

说罢,金丝猴精附身到了风厘子的身上,他睁开眼睛,将公主扶起来,摇晃公主的身体呼喊道:"公主,你快醒醒!"

紫鸢公主缓缓睁开眼睛,微笑道:"风大哥,我们还活着?"

"嗯,以后我们自由了,他们再也找不到我们了,我们就在雪山下这个地方搭个窝棚,我可以去山里打猎,这样我们就可以组成一个家了。"金丝猴精道。

紫鸢公主欣慰道:"只要能与风大哥在一起,去哪里都可以,蜀山这么美,就是死在这里也值了。"

金丝猴精将公主扶起来朝着森林走去。

大将军姜礼苦寻无果,只能回到成都交差。那丛帝听闻公主摔下了山崖,下落不明,心急如焚,爱女心切的他差点晕死过去。七国公子听闻公主已死,便各自打消了念头,陆续回国。丛帝从此一病不起,宫中医官束手无策。

丛帝躺在床榻上,晕晕沉沉,迷迷糊糊,吃不下饭,时而清醒,时而糊涂。这可急坏了丞相李恒、太傅杜翎、大将军姜礼和一干文武大臣。

宫中医官查不出丛帝病因,三人商议后,决定张贴王榜在民间寻医。一时间成都的大街小巷,但凡能贴王榜的地方都贴了布帛,街头的百姓们放下农具和生意纷纷凑过去看热闹,对丛帝的病情是各有说辞。

蜀宫白虎门外出现一个貌似异邦来客的中年男子,他的相貌特征明显,高鼻深目,颧面突出,阔嘴大耳,耳朵上还有很多穿孔,两边耳朵吊着金环,手执金杖,金杖上有人物、鱼鸟的纹路,身上披着五颜六色的华服,风格不仅不同于中原,也不同于巴蜀,头上包着头巾。他走在人群中格外显眼。他当着众人的面揭了王榜，群众都以异样的眼光看他。白虎门士兵见这异邦之人揭榜，忙上前询问道："你是何方人氏？竟敢揭榜？"

"我要见你们国王，我有法子医他的病。"这异邦男人一副目中无人的表情道。

士兵回头看了看守城的士兵，其他士兵见有蹊跷，又上来两个，那士兵看了看他们，道："这异邦男子说他能治君上的病！"

其中一名士兵冷笑，道："宫里的医官都是从全国选的名医，他们都医不好我们君上的病，你凭什么可以？我们又凭什么相信你？你到底何方人氏？不说我们就把你抓起来。"

这异邦男子用那金杖偷偷使了一招魔法，他身后站着的妇人突然闹肚子疼，疼得在地上打滚，这异邦男子取下腰间牛皮水袋给妇人喝了一口，并念了念咒语，妇人立马见好。

百姓们都被异邦男子的妖法骗了，纷纷对他赞不绝口，白虎门的士兵也目瞪口呆。一名士兵笑道："果然有些本事。你既然要见我们君上，你也要让我们知道你是何方人氏吧？我看你的样子非我中华人氏，也不像蛮夷，你到底来自哪里？"

"我来自遥远的马其顿王国，你们这里的人大概永远也到达不了那里，那是一个神秘而伟大的国家。"异邦男子捂着胸口自豪地说。

一名士兵道："你先在宫门口等候，我等先进去向丞相和太傅禀报，他们同意了，我们就可以请你进去。"

异邦男子入乡随俗，面对官员作揖，一名士兵随之进宫通报。

丞相和太傅听闻有异人到来，忙在昭阳宫外候着，两名士兵将那异邦男子引到丞相李恒和太傅杜翎的面前，二人见此人装扮如此诡异，深感诧异。丞相李恒捋了捋胡须问道："听说你来自马其顿王国，本官听过没去过，可有万里之遥啊！你叫什么名字？"

"我叫马拉都,听说你们国王病了,我特来相医。"马拉都将右手放在胸口,面对二位大人鞠了一躬。

太傅杜翎在马拉都的身上打量一番,深感疑虑道:"我蜀国多少名医都医不好我家君上,你真的行吗?"

"如果医不好贵国王,本人愿受极刑。"马拉都胸有成竹道。

太傅杜翎面对丞相李恒点了点头,丞相李恒看了看马拉都道:"那你跟我俩进来吧,我家君上就在宫里。"

丞相和太傅将马拉都引到丛帝的御榻前,丛帝正躺在床榻上,脸色苍白,没有一点血色,像是病入膏肓的样子。

马拉都回头看了看丞相和太傅,道:"不知贵国王近日可遭遇烦心事?"

丞相摇了摇头,叹道:"公主失踪,君上寝食难安,一病不起。"

马拉都道:"看来这位公主定是贵国王的心肝啊,不然贵国王也不会一病不起。"

太傅和丞相双双叹气,并将脸侧到一边。

马拉都道:"我治病的时候,不希望旁人在我身边,以免医术外泄,这可是我家族祖传秘方。请二位大人暂避,一会儿贵国王康复后,我自会传二位大人。"

丞相李恒犹豫片刻,决定道:"也罢,只要你能医好我家君上,你就是我蜀国臣民的恩人,相反,如果君上有个什么闪失,你也休想活着离开蜀国。"

"二位大人就放心吧。"

丞相和太傅疑虑重重地离开了宫殿。

如今大殿里,只剩下丛帝和马拉都两人。马拉都举起金杖,置于丛帝头部上方,并默念咒语,有万道金光照耀丛帝,丛帝缓缓睁眼,气色也好了很多。

丛帝见马拉都，被他的长相和着装所惊，恐惧道："你是何人？"

"国王陛下，在下马拉都，来自马其顿王国，奉丞相和太傅之命特来医治陛下，如今陛下的身体已然康健。"马拉都退了两步道。

丛帝从御榻上坐起来，并穿上鞋子，面对马拉都疑惑道："是你救了寡人？"

"正是。"马拉都恭敬道。

丛帝站了起来，道："你救了寡人，想要什么赏赐？"

马拉都道："久闻蜀国物华天宝，又独立于中原王朝之外，乃国中之国，而我马其顿王国，国小民弱，物资匮乏。马拉都有个梦想，希望陛下能成全，权是陛下报答我的救命之恩！"

丛帝道："那你想要什么？"

"我要这一国财富，我要执掌蜀国大权，让我西方教在蜀国遍地开花。这里也不再是道教的地盘，蜀国君臣民要拜我西方二位教主，他们才是真神。"马拉都嚣张道。

丛帝大吃一惊，道："你是何方妖邪？我乃堂堂蜀国君主，万民所托，岂会受你摆布？"

丛帝正要大喊，马拉都袖筒一挥，不知使了何幻术，迷了丛帝心神，丛帝一屁股坐在了御榻上。马拉都问道："我是谁？"

"你是寡人的大祭司。"丛帝道，其实丛帝此刻自己也不知道在说什么，完全被马拉都控制了。

马拉都接着问道："你可愿听命于我？"

"日后大祭司的意愿就是寡人的意愿。"丛帝道。

马拉都得意忘形，朝殿外喊道："陛下有旨，宣丞相和太傅觐见。"

丞相和太傅缓缓走来，见丛帝康健，大喜道："君上你的病好了？贺喜君上！"

二人异口同声道。

丛帝郑重其事道:"你们两个听着,马拉都医好了寡人,他以后就是我们蜀国的大祭司,只要是他的决定就是寡人的意思,你们对大祭司要像对寡人一样尊敬,听明白了吗?"

面对丛帝突如其来的决定,丞相和太傅面面相觑,百思不得其解,迟疑道:"臣遵旨。"

一旁的马拉都正沾沾自喜。

一年后紫鸢公主和金丝猴精回到了成都城,他们身穿兽皮,褪去了往日的光鲜。成都没有了往日的繁华,一片萧条、凄凉,街道两边的生意也十分的惨淡。百姓们的脸上都戴着青铜面具,那面具的五官和马拉都差不多,都是马其顿王国百姓的形象。

街道上都是肩挑背扛的人,有的扛着沙袋,有的抬着石头,后面有士兵跟着,走慢些就挨皮鞭,打得苦力皮开肉绽。城中几乎见不到青壮年,只有老弱妇孺。

见士兵打人,金丝猴精义愤填膺,气冲冲走过去,夺下士兵的鞭子,呵斥道:"你们怎么能打人?!"

几名士兵见有人挑事,忙挥戈相向,领头的道:"哪里来的野人?我劝你还是少管闲事,否则我把你抓起来。"

紫鸢公主担心金丝猴精的安慰,走到士兵面前,愤怒道:"大胆,我是紫鸢公主,这位是侍卫统领风厘子将军,你们竟敢放肆?"

那领头的将官在公主和金丝猴精身上打量一番,冷笑道:"你少唬我,公主和将军在一年前就摔下山崖死了,你们还敢冒充公主,还不快滚!"

公主气急败坏,欲上前理论,但被金丝猴精制止了。

面对被打的皮开肉绽的苦力,公主的心里很不是滋味。待兵士走远,公主和金丝猴精来到了一家卖犁头的摊主面前,金丝猴精问道:

"老人家，这城里到底发生什么事？怎么不见青壮年？为什么会有这么多苦力？你们怎么都戴着面具？"

老人摇了摇头，叹道："哎，蜀国的老百姓可算受苦了。一年前，从马其顿国来了一位大祭司，陛下对他言听计从，让我蜀国百姓改信西方教，在全国修了很多庙宇，只供奉西方教的准提和接引两位道人，并且都是黄金塑像，让我们蜀国的百姓都戴上马其顿王国的面具，百姓们苦不堪言啊！这样一来搞得国库空虚，民怨四起，实在是劳民伤财啊！百姓们敢怒不敢言，再这样下去，我蜀国就真的完了。想当年望帝杜宇在时，蜀国一派安宁祥和，国富民强，没想到……"

紫鸢公主为之震惊，问道："丞相和太傅还有朝中大臣们呢？他们怎么没有出言相劝？"

老人再次摆头道："谁说没有呢，李丞相和杜太傅他们都是好人，因为直言劝诫，被陛下下了天牢，从此再也没人敢说话。蜀国内部出了问题，周边诸侯国巴国和庸国对我蜀国虎视眈眈，出兵侵扰我国。"

金丝猴精道："看来城里的青壮力都被抓去做苦力了。"

紫鸢公主面对眼前这一幕幕是触目惊心，她面对金丝猴精道："风大哥，我们回宫去，我们必须制止父王，就算他不念及父女情要杀我，我也要制止他。"

紫鸢公主和金丝猴精气势汹汹朝王宫青龙门而去。守将还是姚元圣，见二人闯宫，命侍卫将紫鸢公主和金丝猴精团团包围，挥戈相向。紫鸢公主吼道："你们快给我让开，我是紫鸢公主，我要面见父王。"

众侍卫一听，面面相觑，不敢上前。守将姚元圣腰挎青铜佩刀来到公主和金丝猴精面前，见二人衣衫褴褛，便在公主和金丝猴精脸上仔细打量。

"是有点像，果真是紫鸢公主和风统领，没想到你们还活着！"姚元圣激动道。

紫鸢公主急道:"姚将军,我父王怎么样了?"

姚元圣道:"自从公主摔下山崖,君上以为你们已经死了,伤心过度,病倒了。后来从马其顿来了个医者,医好了君上,被封了大祭司,从此君上像变了个人。如今这城里的景象想必二位都看到了,我们也是忍气吞声啊……"

"姚将军,你快让他们闪开,我们要面见父王,如果再没有人站出来说话,我蜀国真的完了。"紫鸢公主忧心忡忡道。

姚将军对兵士挥了挥手,兵士撤了兵戈,紫鸢公主拽着金丝猴精的手臂往昭阳宫的方向去。

此时,大祭司马拉都又在给丛帝灌迷魂汤,宫里的内侍和大臣都不在场,整个昭阳宫就只有丛帝和马拉都两人。

"紫鸢公主觐见。"昭阳宫外的内侍喊道。

马拉都一听紫鸢公主归来,连忙将汤汁给丛帝全部灌下,然后退到一边。

紫鸢公主和金丝猴精一起拜见丛帝。他们从走进昭阳宫的那一刻,眼神就没有离开过马拉都,他们的眼神里充满着仇恨和愤怒。

紫鸢公主见丛帝面黄肌瘦,热泪盈眶,喊道:"父王,紫鸢回来了。"

紫鸢公主扑到了丛帝的怀里。被灌了迷魂汤的丛帝似乎对公主有些冷淡,他将公主推开,冷漠道:"你不顾寡人之命,竟敢逃婚,寡人的颜面何在?王威何在?"

"来人,将紫鸢公主和风厘子给寡人关起来,关进丽华宫,不准他们离开宫廷半步。"丛帝无情道。

随后上来两名侍卫要带走他们。

那金丝猴精也是蜀山上的灵猴,有些法术,自然认得旁边站的大祭司马拉都是邪神。金丝猴精与马拉都怒目相对，暗自以灵力对抗，金丝猴精不敌，重伤吐血。

紫鸢公主见金丝猴精突然吐血，甚为恐慌，忙上前扶着他道："风大哥，你怎么了？"

金丝猴精气虚道："公主，此地不可久留，我们赶紧走。"

公主扶着金丝猴精走出宫殿，左右有侍卫相随，一直护送他们来到丽华宫。此时的丽华宫已经称为了冷宫，很少有人来，宫外杂草丛生，宫里住着一位断腿的宫女，此人正是紫鸢公主的侍女小玉。

小玉已经无法再站起来，她每日只能吃些宫里的残羹剩饭。丽华宫一片萧条凄凉，窗户上甚至有尘土和蜘蛛网，小玉在地上爬着走，很是狼狈。

公主见已经面目全非的侍女小玉，泪流满面，她蹲下来，摸着小玉的脸颊，小玉也哭了，激动道："公主，是你吗？你终于回来了！"

紫鸢公主愧疚道："小玉，让你受苦了！"

侍女小玉哭道："公主，你走后不久，君上就把奴婢的腿打断了，奴婢现在已是残疾之人，恐怕再也无法伺候公主了。"

紫鸢公主哭道："对不起小玉，你的后半生让我照顾你。"

公主和金丝猴精小心翼翼将侍女小玉扶到台阶上坐下来。

小玉看着金丝猴精和公主，欣慰道："公主，风统领，你们终于在一起了。"

金丝猴精面对公主，道："公主，那大祭司是妖邪，我刚才已经和他斗过了，是他震伤我，君上现在被他控制，我不是他的对手，看来蜀国有难了！"

紫鸢公主忧虑道："那风大哥，我们该怎么办呀？我不能不救我父王和这一国百姓啊！"

就在他们焦头烂额、忧心忡忡的时候，丽华宫外树枝上的一只杜鹃鸟叫了，声音很悲凉，杜鹃鸟也落泪了。

杜鹃鸟化作一道金光飞到了公主面前。见杜鹃鸟所化之望帝浓眉大眼，皮肤黝黑，浓密的髯须，直至胸前，他满脸正气。望帝头顶王冕，着玄色王袍。

金丝猴精和紫鸢公主见望帝，目瞪口呆。

紫鸢公主吃惊道："你是杜宇先帝？"

望帝点了点头，道："公主，你父王被马拉都的魔法控制了，我的微薄法力也无法与之对抗。蜀国今日遇到了数百年不遇的劫数。玉帝封我做了蜀山山神，世世代代守护蜀国安宁，保佑蜀国风调雨顺，如今我只有上天去找中坛元帅哪吒大神，只有他才能解蜀国危难；这件事情涉及西方教，也只有他能担此重任啊。"

金丝猴精激动道："就是托塔天王李靖的三太子哪吒？"

"正是。"

"太好了，如果三太子能下来，定能降服此妖邪。"金丝猴精喜不自胜道。

望帝道："你等切莫轻举妄动，本帝去一趟天庭，请三太子下来走一遭。"

紫鸢公主站起来，面对望帝作揖道："有劳杜宇先帝。"

望帝再次化作杜鹃鸟往南天门的方向飞去。这只杜鹃鸟很哀伤，它拍打着翅膀飞向天宫，至南天门，变回本尊。那手持琵琶的东方持国天王见望帝到此，便笑着上前问道："原来是望帝杜宇啊。望帝助周伐商成功被玉帝封为蜀山之神，有近百年未登天界，怎么今日突然来此啊？"

望帝摇了摇头，叹道："天王有所不知，我杜宇现在虽然不再是蜀国之君，但依然有守护蜀国之责，当年我为蜀君时丞相鳖灵辅佐我治水有功，深得民心，我禅位于他，没想到蜀国在他的治理下一日不如一日。一年前蜀国来了一位马其顿的大祭司，他仗着魔法控制了鳌灵，贬低道教，抬高西方教，在蜀国劳民伤财，修建西方教庙宇，蜀国民不聊生。我的法力斗不过他，特上天请三坛海会大神哪吒出面，救蜀国百姓于水火。"

持宝剑的南方增长天王道："望帝，这厮我知道，他叫马拉都，是西方世界马其顿国人，是西方教教主准提道人的大弟子，道行高深，因不守教规，被准提道人逐出师门。他周游列国，说是传教，我看他是为了一己私欲。西方教的事情就是玉帝也不好管，你何不去西方世界找准提道人，若他能出面除此妖，再合适不过！"

望帝道："怕只怕西方教主护短。我知哪吒三太子法力高强，又是三界内一等一的战神，伐商之时的先锋大将，还是请他出面吧。"

就在望帝诉说苦衷时，哪吒正好出南天门履行神职。

望帝见哪吒，连忙上面作揖道："三太子。"

哪吒笑道："你是蜀国望帝？伐商时你帮助过武王，我见过你。"

哪吒向望帝回敬了礼。

哪吒正要赶路，望帝上前堵住他，道："三太子，如今蜀国有难，还请三太子施以援手啊！"

"望帝何出此言？"哪吒诧异道。

望帝道："一年前，蜀国来了一个妖神，法力高强，控制了丛帝，在蜀国为非作歹，小神法力微弱，不是他的对手，可请三太子出面救救蜀国百姓？"

哪吒为难道："有妖怪在芮国境内作乱，玉帝命我前往除妖，我走不开啊！"

在望帝的再三请求下，哪吒转身对持国天王道："天王，麻烦你去天王殿找一下我大哥金吒，让他代替我去芮国除妖。既然望帝都亲自上门，为了蜀国百姓，我不能不去。"

持国天王道："好，都是为了黎民，我去一趟，只是我四兄弟不能擅离职守，否则我们就替你去芮国。"

"有劳。"哪吒面对持国天王拱手道。

随后，哪吒蹬风火轮和望帝一起飞往下界。

马拉都和丛帝正在宫墙下漫步，后面跟着一对侍卫。马拉都正在和丛帝商量传教的事，哪吒蹬着风火轮，手持火尖枪，肩挎乾坤圈，从天而降。

"大胆马拉都，死到临头，还不束手就擒？"哪吒威风凛凛地站在马拉都面前。

马拉都脸色煞白，急呼喊道："这是妖怪，快保护陛下，拿了妖怪！"

周围的侍卫一听，铺天盖地拥向哪吒，哪吒一招定身法将丛帝和侍卫他们定住。

哪吒道："马拉都，你罪大恶极，今日你是难逃一死的，你就不要再连累这些兵士了！"

马拉都变出金杖，冲哪吒扑上来，与哪吒展开交战。哪吒蹬着风火轮，居高临下，与他战了几个回合，一直处于上风。而马拉都却节节败退，边战边退，退了有十几步，那哪吒用火尖枪压制他的金杖，并用风火轮一脚将他踹出一丈远。马拉都不敌，起身便飞往西方，哪吒放出混天绫，将他捆住，马拉都从天上掉了下来，重重地摔在了地上。

哪吒上前用火尖枪指着马拉都道："恶神，想要怎么死你说吧！"

那马拉都撒泼道："三坛海会大神哪吒，我知道你的手段，也听说过你的威名，我乃西方教准提道人的弟子，你没有权力杀我，连玉帝也没有资格。"

哪吒冷笑道："西方教的事，我的确管不着，但这里是蜀国，是我大周朝的诸侯国,你来这里生事我天庭就有权力管。据我所知,你是被准提道人逐出师门的,也罢,既然我没有资格杀你,我就把你带到西方去找准提道人,想必他老人家也不会徇私,他要杀要剐,我可管不着。快走。"

哪吒一只手拎着混天绫,带着马拉都就往西方飞去。

西方世界大雪山上,一座座雪白的宫殿耸立于群山之巅。宫殿以汉白玉和黄铜、琉璃为建材,宫殿墙壁上、柱子上以莲花图案为主,穿着黄色僧袍、头上长满肉髻的僧人在宫殿内外来回穿梭。宫殿群有两座主殿,一座在上,是接引道人的道场,一座在下,是准提道人的居所。准提道人的主殿叫宏法宝殿,那准提道人坐在宝殿内的莲花台上打坐,双目紧闭,气定神,拈花指,怀里放着六根清净竹,身边有孔雀大明王、水火童子、马元尊王佛、明觉散人等弟子侍立左右。

准提道人睁开眼睛,笑道:"小魔神来了。"

马元尊王佛道:"教主说的是何人?"

准提道人看了看孔雀大明王,道:"是你的故人来了!"

孔雀大明王恍然大悟道:"师父说的莫非是天庭的哪吒三太子?"

"正是。"准提道人点了点头道。

明觉散人道:"我可听说他被元始天尊封了中坛元帅,又被玉帝封了三坛海会大神,他的父亲李靖也被封了托塔天王,现在风光无限啊,他一向与我西方教少有来往,今日怎会来此呢?"

"是呀,我也纳闷,他这个三界战神,怎么会来我西方教?"孔雀大明王疑惑道。

准提道人叹道:"还不是因为你们那不争气的师兄马拉都。当年我在马其顿国见他可怜,收他做了弟子,传了大法。他被我逐出师门,又去蜀国祸害生灵,我饶他不得!今日李哪吒是来兴师问罪的。"

正说罢,哪吒用混天绫将已经被捆绑的马拉都带到准提道人面前。哪吒收起火尖枪，面对准提道人恭恭敬敬地行了稽首礼，道："小神哪吒见过西方二教主。"

准提道人伸手示意道："大神免礼。"

准提道人瞪了瞪马拉都，众弟子面对马拉都都是同仇敌忾，都没有好脸色。而马拉都愧对准提道人，也埋着头不敢看准提道人一眼。

哪吒行完礼，向准提道人不客气道："教主，莫怪小神冒犯，请你约束手下弟子。马拉都在我大周朝的诸侯国蜀国兴风作浪，草菅人命，弄得民不聊生，望帝上天找我，希望我出面收服这厮，我看在他是教主大弟子的分上，不敢擅自做主，教主也不能再纵容他了！"

准提道人满脸内疚道："哪吒，你不用说了，他的情况我都了解了，请你看在我的薄面上将这厮交我教处置，本座承诺以后再也不会有类似之事发生。"

哪吒犹豫片刻，道："希望教主秉公处理。马拉都是你的弟子，你可以徇私情，但是被他害死的万物生灵，他们该由谁来主持公道？"

哪吒收了混天绫。

准提道人愤怒道："马拉都作恶多端，我饶恕他不得，今日我就当着你的面将他打入地狱道，让他从此再也无法作恶。"

马拉都跪求道："师父，弟子再也不敢了，弟子这么做也是为了西方教的利益，凭什么让玉帝统治三界……"

没等马拉都说完，准提道人大手一挥，马拉都立刻从大殿消失。

哪吒突然又有些内疚，道："想不到教主竟然对他处以这样的极刑！"

一旁的孔雀大明王道："三太子，我们教主的心胸就是我们做弟子的也敬佩不已！"

哪吒瞅了瞅大明王，吃惊道："你是孔宣？"

孔雀大明王点了点头。哪吒在孔宣身上打量，调侃道："不错啊，在教主身边你总算成就正果了,你的羽毛都光鲜多了,恭喜啊!"

"客气。"孔宣笑道。

"教主,小神告辞。"哪吒一一和诸神告辞后,便向蜀国飞去。

哪吒蹬风火轮飞至蜀宫上空,才施法术给丛帝和宫中侍卫解了定身法。哪吒落在了丛帝面前,丛帝见哪吒,吓得变了脸色,惊道:"妖怪!"

哪吒道:"蜀君,你的大祭司才是恶神,他是西方教教主准提道人的弟子,他控制了你的心神,我乃是天界的哪吒三太子,受望帝嘱托,特来相救,你莫要再冤枉好人了!"

丛帝环顾四周,不见了大祭司马拉都,道:"大祭司真的是妖孽?"

哪吒摇了摇头,叹道:"蜀君,你真的好糊涂啊,成都周边到处都是修建的西方教庙宇,准提和接引两位教主塑都是金身。再折腾下去,蜀国就真的完了,我提议你赶快下令将这些金身都融了,还给百姓吧!"

丛帝老泪纵横,道:"三太子,寡人有罪,你真的是望帝请来的?寡人对不起先君,寡人有罪!"

哪吒急道:"赶快下令将狱中太傅和丞相二位大人放出来吧,他们二位对蜀国对蜀君忠心耿耿啊!"

"是是是……"丛帝连连点头,回头对身后的内侍道:"快去传寡人谕旨,将牢中太傅和丞相二位大人放出来,让他们在千秋宫候旨。"

"唯,遵旨。"

内侍匆匆赶去天牢。

哪吒道:"蜀君,你的女儿紫鸢公主被你深深地伤害了,你要不要跟我去丽华宫见见她?我正好有事要找他们!"

丛帝喜极而泣,道:"公主还活着?她不是摔下山崖了吗?"

哪吒摇了摇头，道："看来你什么都忘了。公主回来了，她被你禁在丽华宫呢。"

丛帝迫不及待道："走，我们过去。"

哪吒和丛帝一起来到了丽华宫。丛帝推开丽华宫门的时候，体力虚脱的侍女小玉还躺在床榻上，紫鸢公主和金丝猴精依偎着，肩并肩靠在一起，表情是那样的绝望，脸色苍白。见丛帝到此，公主并未起身接驾，榻上的小玉着急，却下不了榻。

面对公主的冷漠，丛帝也并不在意，他走到公主面前，公主和金丝猴精也站了起来。丛帝泪流满面道："孩子，父王错了，父王有罪，父王是被妖邪迷了心智，所以才不认得你，将你关在这里。此番劫数父王也看透了，只要你和风厘子是真心相爱，父王成全你们，择日昭告天下，给你们举办婚礼。只求你原谅父王。"

"父王……我还以为你真的不认女儿了，原来你是被妖怪……让你受苦了。"紫鸢公主泣不成声，与丛帝相拥而泣。

就在父女俩冰释前嫌的时候，哪吒面对金丝猴精吼道："孽障，人妖殊途，你此时不脱身更待何时？"

丛帝和紫鸢公主一惊，两人一头雾水。紫鸢看了看哪吒，又看了看金丝猴精，道："大神，这是我风大哥啊，你说什么呢？"

哪吒瞪着金丝猴精道："你还不快快脱身，难道让我亲自动手吗？"

金丝猴精连忙给哪吒下跪道："三太子，饶命啊，公主对我有救命之恩，她与风厘子私奔，风厘子摔死了，我担心公主难过，又为了护住风厘子尸身不腐，所以才附于他的身上。如今功德圆满，小妖愿意离开风厘子的身体，但是希望三太子能救救风厘子，小妖也被他们的真情打动！"

说罢，金丝猴精从风厘子的身体里出来，化作一个俊俏郎君，那风厘子没了魂儿，便倒在了地上。

紫鸢公主和丛帝都被眼前的一幕震惊，紫鸢公主吃惊道："原来，我风大哥早就死了，这一年来一直是你陪伴在我身边？"

金丝猴精点点头。公主一时难以接受，蹲下来面对风厘子尸身抱头痛哭道："风大哥，你等等我，我这就来陪你。"

紫鸢公主正要撞柱殉情，哪吒用法术制止了她，面对公主和丛帝，道："蜀君、公主，我可以试试，看看能不能救活他，我也希望有情人终成眷属。"

哪吒从自己的腰身扯下一片荷花瓣，递给公主道："我身上有金莲藕，是仙家宝贝，你将这荷花瓣用捣药杵将它捣碎，以水服用，或许能救他。"

痴情的紫鸢公主用牙齿将其嚼碎，亲自喂给风厘子，风厘子吞了花瓣后睁开了双眼。

他第一眼看到的是紫鸢公主，以微弱的声音呼喊公主的名字。

哪吒面对这对有情人深感欣慰，对丛帝道："蜀君，妖孽已除，剩下的事情就交给你这个一国之君了。"

哪吒又对金丝猴精道："你也是蜀山上一灵猴，多年修行不易，你就随我回天吧，我让玉帝给你派个差事，也算渡你成神了。"

金丝猴精面对紫鸢公主，依依不舍道："公主，以后我不能再在你身边保护你了，祝你和风统领白头偕老。"

风厘子被公主扶了起来，面对这个俊俏郎君，一头雾水。

紫鸢公主道："他就是流星，蜀山上那只猴子，现在他被哪吒三太子度化成神了，这一年多来都是它一直陪伴在我身边，替你照顾我。"

风厘子一听，扯着公主的衣襟道："公主，来，我们夫妇给神猴叩几个头。"

金丝猴精流星连忙将二人扶起来,道:"愧不敢当,你们多保重。"

哪吒蹬风火轮,金丝猴精流星驾云,往天上飞去。

风厘子夫妇和丛帝相顾无言,感慨万千,目送哪吒远去。

第二十一章 龙女复兄仇

陈塘关上空,电闪雷鸣,疾风骤雨。东海之水已经淹没到陈塘关的城墙下,城里的百姓踩着淹过膝盖的海水艰难地行走,城里的哪吒庙香火依然鼎盛,虽然庙门被淹了半截,但依然有百姓进入庙里给哪吒上高香,向哪吒祈求风调雨顺,保佑陈塘关一方安宁。整个陈塘关有大大小小的哪吒庙百余处,而陈塘关这座海滨城人口不过两万人,如此深得民心的哪吒让乌云上空的青龙深感懊恼,这青龙乃是东海龙王敖广的小公主敖盈。

敖盈在乌云之上,吞云吐雾,摇首摆尾,如同在烈焰上被烘烤一般难受,龙叫撕破天穹,几番翻江倒海后,钻入了海里。

青龙往深海里游去,海底生长着珊瑚,还有海带、海藻等,有白鲨、虾、蟹等海底生物从青龙身边绕过。越往海底深处,光线越暗,前方是一座晶莹剔透的宫殿,宫殿入口的冰柱上写着"水晶宫"三个大字。青龙来到水晶宫门前,便化身一位青衫少女,额头上长着一对龙角,面颊白里透红,粉嫩且五官精致,一头乌黑秀发,一身英侠之气。

"拜见公主。"蟹将和几名虾兵面对龙公主跪拜道。

"起来吧。"

敖盈进入龙宫,踏水飞越几座宫殿,便在一座宫殿门口落下来,那宫殿上的金匾写着"涧泉殿"。敖盈缓缓推开殿门,走进去,见殿内搁置一口千年寒冰棺,棺内就是龙三太子敖丙的尸体,一条巨龙,背上的鳞片已经被拔了七七八八，龙筋也被抽了，尸体上血迹斑斑。

敖盈走过去，抚摸着冰棺，哭泣道："三哥，两百多年了，小妹每次来到这里看你，都心如刀绞。你被哪吒害死，那时小妹年幼，但一直都知道三哥对我最好，哪吒一家被元始天尊封了神，在天上快活，这口气我咽不下去，三哥死得太惨了，小妹朝思暮想就想给三哥报仇！"

"盈儿，父王知道你忘不了你三哥。"

敖盈伤心欲绝，猛一回头，见是东海龙王敖广和龟丞相。

敖盈伤感道："父王，三哥被哪吒拔了龙鳞，抽了龙筋，死得太惨了，难道父王忘了这个仇吗？李靖被封了天王，他的三个儿子都被封了太子，哪吒害死了我哥哥，还被玉帝封了三坛海会大神，在三界无比风光，难道父王就不思仇恨了吗？"

东海龙王敖广叹了一口气，道："当年父王为了替你三哥报仇，水淹陈塘关，逼得哪吒剔骨还父，削肉还母，就是为了救陈塘关一城百姓，也是为了与父母撇清关系，父王也是被哪吒的大孝之举所感动。这两百多年来，父王无时无刻不在思念你三哥，他可是要继任东海龙王之人，父王每次来到涧泉殿都心乱如麻，如今李靖父子深得元始天尊和玉帝的青睐，我怎么敢跟他们斗！"

"父王，女儿刚刚真的想发大水淹了陈塘关，但是又怕触犯天条。女儿就是看不惯，陈塘关不过两万居民，竟然有那么多哪吒庙，哪吒在陈塘关人人爱戴，而我三哥呢？就是李靖父子封神路上的垫脚石。反正我不服，我要替三哥报仇，哪怕就是与哪吒同归于尽！"龙女敖盈斩钉截铁道。

东海龙王顾虑道："女儿，父王知道你与敖丙感情深厚，但如此一来势必与那李靖父子为敌，他们现在可是天庭重臣。你一意孤行可能还会连累整个东海龙族，玉帝怪罪下来我们可承担不起呀，龙儿，父王劝你还是算了吧。"

龙女敖盈冷笑道："天条不是规定天神不能伤害凡人吗？既然百姓们都如此爱戴哪吒，那我就让百姓们亲手拆了哪吒庙，杀杀他的傲气。这样一来哪吒不能拿百姓们怎么样，也怪不到龙族头上。这只是我的第一步。"

龟丞相见龙王忧心忡忡，面对龙女道："公主，此事非同小可，臣觉得还是等龙王爷决定吧。"

"父王，龟丞相，这硬碰硬我们肯定是打不过他的，三界内也没有几个人是哪吒的对手，他如今已是天神，早已脱离轮回，跳出三界之外不在五行之中，我们是杀不死他的。只要能让哪吒身败名裂，失去玉帝对他的信任，还有失去人间百姓对他的膜拜，我们的目的就算达成了！"龙女道。

东海龙王道："龙儿，父王想知道你如何做？"

"陈塘关毗邻东海，城中居民以捕鱼为生，我们只需要派一些虾兵蟹将、海洋水怪在海面上兴风作浪，吓一吓这些渔民。大海波涛汹涌，渔民们必不敢下海，长此以往我们可托梦陈塘关渔民，说哪吒得罪东海，百姓们必将仇恨转向哪吒，到时候他们必然动手拆庙……"龙女敖盈盘算道。

没等敖盈说完，东海龙王立马打断道："此举不可，虽然哪吒庙毁了，但如果让百姓知道是我东海记仇，传到玉帝耳朵里，我们又有麻烦了……总之此举不可行。"

"是呀，公主，老臣也觉得不可行，此举无疑是玉石同焚。"龟丞相担忧道。

"看来，水淹陈塘关不行，恐吓渔民也不行，父王你不是说明日瘟神张元伯要来龙宫做客吗？你何不用酒将他灌醉，我们再偷取他的九瘟扇，去那陈塘关扇上两扇子，全城百姓便会感染瘟疫，到时候我们再托梦给陈塘关百姓，就说哪吒得罪了瘟神，陈塘关百姓被诅咒，只有拆了哪吒庙，瘟疫才会消除，愚蠢的百姓定将怒火转向哪吒！如此与我东海没有一丝一毫的关系！"龙女得意道。

东海龙王犹豫道："龙儿，一来这样做会触犯天条，如果被玉帝知道了我们也脱不了干系，二来岂不是连累了瘟神？"

龙女冷笑道："这件事情没有任何证据指向东海，这瘟神也不是什么好神仙，没事到处散播瘟疫，这事就算他倒霉。陈塘关出现瘟疫，无论如何也怪不到东海头上。"

翌日，龙王爷在龙宫里备下酒肉单独招待了瘟神张元伯。张元伯身披青袍，腰间插着九瘟扇，东海龙王敖广的眼神时不时留意那把扇子。

张元伯向敖广举起酒樽道："东海龙兄，你我许久未见，前些日子接到龙兄请帖，今日便来叨扰龙兄，小弟我敬你一樽。"

敖广举樽以示尊敬，道："瘟神哪里话，你我朋友一场，这龙宫日后你想来就来，这里就是你的家。"

张元伯感慨道："我这瘟神和那天上的扫把星，都是人见人躲的灾星，三界内没有几个神仙看得起我们，他们都认为我们是坏神仙，世上又有哪个人会拜瘟神？你看财神庙，都被香客踩烂了，还有你龙王爷，人人都要向你祈祷风调雨顺，唯独我瘟神是人见人恨！凡人哪里知道万物相生相克，有医神就有瘟神……"

敖广道："瘟神老弟啊，你说的这些本王完全能够理解，你我皆为神明，但是在人间受待遇完全不同，天上地下的神仙都一样，各司其职，也只是分工不同罢了，有机会我在玉帝面前多说你的好话……来喝酒，今日你远道而来，我们不醉不归。"

敖广早已服了醒酒汤，一樽接一樽劝酒，几十樽酒下肚，瘟神就已经人事不省，趴在桌案上睡着了。龙王起身来到瘟神面前喊道：

"瘟神老弟，来接着喝。"

老龙王又推了推瘟神，瘟神已经醉得山公倒载。

躲在帘帐后的龙女敖盈脚步轻盈地来到瘟神跟前，东海老龙对她点了点头，敖盈这才放心地从瘟神的腰间取下九瘟扇。

敖盈拿了九瘟扇，就出了龙宫，往陈塘关而去。站在陈塘关的上空，敖盈俯瞰城中人来人往，咬紧牙关道："不要怪我，都是哪吒连累了你们。"

敖盈举扇朝下方扇了几扇子，顷刻间有九种颜色的毒烟往下方飘去。

敖盈甚为吃惊道："怪不得叫九瘟神，原来释放的是九种瘟疫。"

敖盈大功告成，便化作青龙，瞬间潜入海底，将九瘟扇原模原样地还给了瘟神，此时的瘟神毫不知情。

翌日辰时，城中百姓上吐下泻，无法进食，四肢乏力，脸上和身上长满了毒疮，甚至还在流脓。一夜之间死了几十人，而活着的人生不如死。

敖盈变作白衣医者，提着药箱，挨个诊断，逢人就说她做了一个梦，梦里有神仙告诉她，哪吒得罪了瘟神，瘟神为了报复哪吒，所以才投放瘟疫，要害死祭祀哪吒的老百姓，那神仙说只有砸了哪吒庙，才能消除瘟神的心头之恨，瘟疫才能解除。在敖盈的法术干涉下，陈塘关的老百姓都做了同样的梦，一传十，十传百，陈塘关的老百姓都深信不疑。

成百上千的老百姓奔赴城中各处哪吒庙，开始打砸摧毁哪吒庙里的一切，其中一个带头的青壮力推倒了哪吒的像，并大骂道："你活着的时候折腾我们，现在你封了神还不放过我们，枉我们把你当神明供奉，没想到你坑害我们！你当真有灵，你就下来跟我们老百姓解释清楚。"

龙女敖盈在天上目睹了这一切，深感大快人心，道："哪吒，你将失去陈塘关百姓对你的信任，你也不再是高高在上的天神。这只是刚刚开始。"

陈塘关百姓砸哪吒庙，哪吒正领着巨灵神和天兵天将在三十六重天巡视，他突然感到胸口一阵猛烈的疼痛。哪吒痛苦难耐，使劲儿捶打胸脯。

巨灵神忙问道："三太子，你这是怎么了？"

"突然胸口很疼，不对呀，我是莲花化身，早已脱离凡胎。"哪吒一脸困惑道。

哪吒便掐指一算，道："不好，原来是陈塘关的百姓在砸我的庙。"

巨灵神诧异道："这些百姓怎么无端拆你的庙？又为何你的胸口会疼？"

哪吒道："你不知道，庙里的神像虽然没有生命，但我们的真灵附在里面，他们砸我神像我当然会疼！"

"奇怪，你对陈塘关百姓有恩，他们为什么会突然砸你的庙？"巨灵神困惑道。

哪吒道："巨灵神，你带领天兵天将继续巡逻，我去陈塘关走一趟。"

哪吒蹬风火轮往下界陈塘关的方向去了。哪吒从天而降，见街道上横七竖八地倒了一大片百姓，他们有气无力，在地上抓狂、呻吟，面色苍白。这些感染瘟疫的百姓纷纷捡起石头就扔向哪吒，哪吒只是一味躲闪；坐在街角的妇人甚至捡起菜篮里的菜叶和鸡蛋丢他，弄得哪吒一身狼狈。百姓们骂骂咧咧，没有一个人有好脸色。

哪吒见一户门前坐着一位老者，两鬓斑白，一副病恹恹的样子，没给哪吒好脸色。哪吒走过去，蹲下来问道："老人家，你们这是怎么了？怎么所有人看到我都没有好脸色？"

老者冷笑道："你是天上的哪吒三太子对吧？"

"对呀，没错。"哪吒点点头。

老者指着周围的病人，道："看吧，拜你所赐，他们一夜之间都感染了瘟疫，城里死了很多人！"

哪吒一脸吃惊道："老人家，这瘟疫与我哪吒何干？你们怎么把矛头全对着我，拆我庙宇？"

"我们大家都做了同样的梦，说你得罪了瘟神，瘟神说只要我们拆了你的庙，就能解除瘟疫。你怎么可以连累我们呢？"老者斩钉截铁道。

哪吒不满道："这明明就是有人污蔑我，我哪吒堂堂天神，怎么会让瘟神做这种事情？陈塘关是我在人间的家乡，这里的百姓都是我的父老乡亲，我怎么会这么对你们大家呢！"

哪吒从腰间扯下几片荷花瓣，递给老者和老者身边的病人，道："荷花瓣你们可用来煮粥让大家喝，可以缓解瘟疫，但要根治我还要去找瘟神要解药，我一定把他叫来当着大家面还我一个清白。"

哪吒丢下荷花瓣，蹬风火轮便飞走了。

哪吒来到白龙山，瘟神张元伯的道场，张元伯的洞门大开，哪吒走了进去，见瘟神正在洞内打坐练功，他口吐九色烟雾，那烟雾飘过的地方，连洞壁上的草都枯萎了，好在哪吒百毒不侵。

瘟神双目紧闭，哪吒杵着火尖枪，喊道："瘟神。"

瘟神猛一睁眼，见是哪吒，连忙运气，收功，从蒲团上站起来，笑着走到哪吒面前道："原来是三坛海会大神哪吒三太子，三太子近来春风得意，如何有空到小神这里来？"

哪吒道："瘟君，陈塘关的百姓一夜之间全都染上了瘟疫，有人挑破咱俩关系，说我哪吒得罪了你，你为了报复我所以降瘟疫于他们,现在陈塘关的哪吒庙都被百姓给砸光了。小神不背这个黑锅,一来请瘟君与我同往陈塘关以正视听,二来就是请瘟君救救陈塘关的百姓,我的金莲藕只能保住他们的性命,如要根治,还需要瘟君亲自出马。"

瘟神激动道:"三太子,这哪跟哪儿呀,你我往日无怨近日无仇,平日也很少来往,何来的得罪啊?即便如此,我也不会迁怒于陈塘关百姓啊!在小神看来这件事情就是冲你来的,指使者就是借凡人的手毁了你的庙,三太子应该想一下到底谁跟你有仇?"

哪吒冷笑道:"我哪吒自从娘胎里出来,就开始捉妖,封神路上更是杀了不少人和妖魔鬼怪,杀得也是该杀之人,要说得罪只能是他们,我如何知道是谁!"

瘟神叹了叹气。

哪吒急道:"走吧,先随我去陈塘关,救那些百姓要紧。"

哪吒蹬风火轮瞬间飞出数百里,瘟神驾云紧随其后。哪吒和瘟神站在陈塘关上空的云端之上,俯瞰城中百姓。感染瘟疫的百姓,有的蜷缩在墙角,有的横七竖八地躺在大街上,他们的脸上和脖子上全是瘀血毒疮,疼痛难忍,抓挠使皮肤溃烂,让他们体无完肤。

瘟神拿出一只白玉瓶,道:"这是我用百年雪莲等一百种花取其精华秘制的万灵玉露,待我滴上几滴下去,可除瘟疫。"

说罢,瘟神拔出瓶塞,倒了几滴玉露下去,陈塘关上空被一团紫气笼罩,立马见效,瘟疫尽除。百姓们身上的瘀血和毒疮消失得无影无踪,他们纷纷站起来,相拥在一起,欣喜若狂。

哪吒和瘟神降下高度,出现在屋顶云端之上,陈塘关的百姓聚集在一起,纷纷看向哪吒和瘟神。

哪吒面对百姓喊道:"陈塘关的父老乡亲们,我是天庭的哪吒三太子,我旁边这位就是瘟神,是他医好了大家的瘟疫。是有人欲栽赃陷害我，偷了瘟神的九瘟扇，此事与我二人无关，希望乡亲们不要听信谣言，我和瘟神没有过节。我哪吒生在陈塘关，这里的人都是我的乡亲，我怎么会连累大家，又怎么会害大家？大家拆了我的庙不要紧，但我哪吒顶天立地，必须要向乡亲们说明。"

百姓们听了哪吒的话，尚有疑虑。一个年轻人问道："你是天神，好端端为什么有人要陷害你？"

哪吒道："我哪吒自降世以来，杀过的坏人和妖魔鬼怪还少吗？难免还有漏网之鱼，为了报复我，毁我名声，大家不要被人利用了。我哪吒如今位列神班，瘟神也是天上神灵，怎敢犯天条呢，大家千万不要被蛊惑。"

见百姓仍有疑惑，哪吒瞅了瞅瘟神，瘟神立马解释道："我与三太子无冤无仇，来往甚少，何来三太子得罪我一说，简直是无稽之谈，这是有人害我们！这件事情已经过去了，大家就不要再埋怨三太子了，我与三太子同时出现，这下大家应该不再多虑了吧？"

一位老者仰头说道："既然三太子和瘟神同时出现澄清真相，我等也没有什么好怀疑的了，只是砸了三太子的庙，我等实在过意不去，这次要不是三太子请来瘟神，恐怕我们一城的百姓都死到临头了。"

百姓们感激哪吒大恩大德，一起面向哪吒跪拜道："多谢三太子救命之恩。"

哪吒与瘟神一同飞往天上。哪吒蹬风火轮跑得快，却突然停下来，回头对云端上的瘟神道："瘟神，你知不知道你的九瘟扇是被谁盗取的？"

瘟神脸苦闷道："小神也纳闷呢，百思不得其解。"

"你好好想想，最近有没有去过什么地方？见过什么人？"哪吒问道。

瘟神思索道："去过东海龙王那里,还去过医神那里,见过青帝伏羲,拜见了太上道祖,拜访了五岳大帝,还有广成子大仙,就这些人。"

哪吒道："广成子是我师叔,五岳大帝也是磊落之人,太上道祖和青帝伏羲自不必说,只有医神和东海老龙敖广值得怀疑,三界内无人不知无人不晓我与东海龙王有隙,他的儿子敖丙死在我手里。你详细说说当时的情况,为什么见东海龙王?"

瘟神道："我与那东海老龙为旧友,前些日子东海龙王敖广书信相邀,让我去龙宫做客,我与他有数年未见,欣然前往,他倒是热情大方,将我灌得酩酊大醉。后来我睡着了,一睡就是几个时辰,如果我的九瘟扇被偷,很可能就是在这个时候。"

哪吒冷笑道："莫非是那东海龙王害我?不过没有证据。瘟神,我乃三界护法神,玉帝面前的战神和执法神,此次瘟疫必定与你有关,你还是随我到凌霄宝殿当面向玉帝说明吧。"

"小神遵命。"瘟神作揖道。

二神往天庭而去。

龙宫之内的闭月宫里,龙公主敖盈气急败坏,将宫中的陶器、玉器、青铜果盘扔得满地都是。五太子敖李刚跨进敖盈的宫门,险些被敖盈扔的瓶子砸中,那瓶子正砸在敖李脚下,敖李一躲,道："龙妹,什么事儿发这么大的火?"

敖盈气愤道："好不容易砸了哪吒庙,没想到哪吒请来了瘟神医好了陈塘关的百姓,现在他在人间的威望更高了。我就是气不过。"

宅心仁厚的五太子敖李道："龙妹,你想为三哥报仇的心,五哥可以理解,但是三太子敖丙是罪有应得,若不是他作恶多端,调戏良家妇女,触犯天条,又岂会遭到哪吒毒手!龙妹你想想,如果当初三哥撞到其他神仙手里,那也是一死啊。哪吒的手段的确是残忍了些,拔龙鳞，抽龙筋，但那时的哪吒尚且年幼，难免不知深浅。如今他的父亲母亲都被封了天王和天后，他的师父是太乙真人，他的师祖是元始天尊，玉帝也对他信任有加，这位小爷如今三界没人惹得起啊，我看还是算了吧！"

"不行……我一定要找他做个了断。"敖盈懊恼道。

敖李摇了摇头，无可奈何叹道："龙妹，你这又是何苦呢？到时候不仅害了你自己，也会连累我们整个东海龙族。"

"五哥，你放心吧，如果真的有那一天，我敖盈将一力承担复仇的后果。我想了又想，要杀哪吒我只有潜伏到他身边，成为他最信任的人，再伺机下手。"敖盈执着道，似有些走火入魔。

五太子敖李道："龙妹，哪吒是天神，终日待在天上，如无任务他一般不下来，天宫戒备森严，你又如何能潜伏在他身边？"

龙公主敖盈讥笑道："我可是听说每个月固定的一天，哪吒都会前往乾元山金光洞拜见他的师父太乙天尊，只要我变作太乙真人的样子，就能半路上拦下他，趁他不备再施手段！"

"计谋倒是不错，但我担心你这样做终究没有什么好果子吃啊。龙妹，听五哥的，咱还是算了！"五太子敖李苦口婆心道。

敖盈急眼道："五哥，你去看过三哥的遗体吗？反正我每每看到三哥惨死的样子，我就心绪难平，无论如何我咽不下这口气！"

敖李摇了摇头，叹了一口气，便离开了闭月宫。

果真如敖盈所言，哪吒在当月的某天蹬风火轮从天而降，朝乾元山方向飞去。乾元山就在眼前，那龙女敖盈变作太乙真人的样子，动作神情也模仿得惟妙惟肖。敖盈拦住了哪吒去路，哪吒以为是太乙真人，连忙上前稽首道："徒儿见过师尊，师尊去往何处啊？"

敖盈道："刚刚燃灯道人来我金光洞传元始天尊口谕，说阐教中有人叛教，让为师过去一趟。"

哪吒想都没想，忙道："师父，徒儿陪你一起去吧？毕竟我如今也是阐教中人。"

"好，哪吒，这是你师尊元始天尊赐予为师的仙丹，是天尊新近炼制，你吞了它必然法力大增！"敖盈从袖筒里拿出一粒金色的仙丹伸给哪吒。

哪吒接过仙丹，一口吞了下去，连道："多谢师父。"

"走吧，我们这就去昆仑山。"敖盈道。

哪吒刚一转身，敖盈趁哪吒不备，一掌打在哪吒的后背，哪吒口吐鲜血，从高空中摔了下去。哪吒掉进了原始森林里，敖盈也驾云而下。

哪吒摔在森林的荒野之中，面对敖盈，愤怒道："你不是我师父，你到底是谁？为何要伤我？你可知我是天庭的哪吒三太子？"

敖盈冷笑道："你们几位都出来吧！"

有四位妖魔现身而来，他们形貌丑陋，不知是何妖魔。

那四名妖魔异口同声道："哪吒，今天就是你的死期。"

敖盈阴阳怪气道："哪吒，你一定对他们四位感到好奇吧，我就一一给你介绍。这位是被你打死的截教石矶娘娘的儿子石冥幽，按理说他应该是通天教主的徒孙，成王败寇，截教不复存在，他现在成了妖怪，妖界称他为冥幽大王，他今天就想借此机会为他母亲报仇；这两位就是被你害死的九龙岛四圣的弟子李承志、朱世勋；至于说最后这一位，他是闻太师的弟子申正道。这几位在山中修炼百年，就是为了等这一天找你报仇，如今你是我们共同的敌人，你受死吧！"

石冥幽就是石精，周身由石头拼镶，没有明显的五官，石缝间有烈焰燃烧，持双锤，丑不忍睹。李承志和朱世勋，一人使剑，一人使枪。闻太师的弟子申正道则手执双鞭。

哪吒面对敖盈冷笑道："还有你呢？你到底是谁？死也要让我死

个明白吧!"

"等你下了地狱,你自然知道!快上,一起杀了他。"敖盈果断道。

诸魔一拥而上,哪吒站起来,用火尖枪指着诸魔,道:"尔等妖魔,我即便身负重伤,也能灭掉尔等,识相的还不快给我滚!"

石冥幽的元神是石头,故他可以随机变化成各种各样的造型。那石头变成火辣辣的火山石冲向哪吒,数也数不清,哪吒用混天绫上下搅动,将这些火山石搅落在地,它们却又迅速凝聚起来。李承志和朱世勋一人使剑,一人用枪,李承志攻哪吒下三路,朱世勋攻哪吒上三路,申正道则以双鞭攻哪吒中路,敖盈也以宝剑助阵,哪吒且战且退。五人围攻哪吒一人,哪吒见招拆招,五人招招致命。哪吒欲施展三头八臂,正发力时,却怎么也使不上力,瞬间全身无力,被石冥幽用锤一锤击中胸口,当即被打翻在地。

石冥幽正准备一锤击打哪吒天灵盖时,被敖盈用剑挡住了,敖盈急道:"冥幽大王,我们的目的都是为了报仇,先不要杀他,不能让他死得这么痛快,我们还是慢慢折磨他!"

哪吒身负重伤,捂着胸口,尝试发功,却没有半点法力,困惑道:"我这是怎么了?怎么没有半点法力?!"

敖盈讪笑道:"高高在上的哪吒三太子,你终于体会到生不如死的滋味了吧?我告诉你,你服用的正是当年通天教主赠予我父王的截教丧元丹。这丧元丹若是人服用可以强身健体,但是对于你这种法力高强的人来说却是催命符。我知道你是莲花化身,百毒不侵,但丧元丹可使你的法术暂时尽失。你受死吧,我现在就把你捆起来,再一刀一刀割你的肉……"

敖盈变出捆仙索,准备要捆哪吒,一旁的申正道急道:"干脆一鞭打死他算了,懒得跟他啰唆。"

敖盈念咒语催动捆仙索，将哪吒捆了起来，捆得紧紧的。

哪吒瞅着敖盈道："你明明不是我师父太乙真人，你何必用他的样子？你要报仇就显出本相来，反正我现在就是待宰羔羊，你们怎么样都行，死也不能让我做糊涂鬼吧？"

敖盈冷笑道："好。"

敖盈摇身一变，变回了本相，一个青衫龙女。

"怪不得你口口声声称父王，你是东海龙王敖广的女儿吧！你是来为龙太子敖丙报仇的？"哪吒疑惑道。

"是。你死到临头了，还有什么话好说？我三哥死得太惨了，他被你抽了龙筋，现在尸体还在龙宫里，这口气我咽不下去！你想怎么死吧？"龙公主敖盈满眼仇恨道。

哪吒叹了一口气，摇了摇头。

敖盈道："你摇头是什么意思？"

"真想不到，东海龙王还有个如此美丽的女儿，却偏偏被仇恨蒙蔽了双眼，可惜。"

在敖盈心里，哪吒就是在说风凉话，戏弄自己。

敖盈手中变出了小刀开始在哪吒面前晃。那李承志和朱世勋原本就是九龙岛四圣的弟子，既阴险又毒辣，手段凶残，也好色。他们见龙女本相，一直色眯眯地看着龙女，眼神片刻也不曾离开。

李承志、朱世勋二人趁敖盈在和哪吒对话的时候，悄无声息地来到了敖盈身后，那李承志色胆包天，一把就抱住了龙公主，龙公主敖盈挣扎后，想要逃走，却被朱世勋围堵。

李承志回头对身后的石冥幽和申正道说道："传说东海老龙的小公主貌美如花，今日一见，果然名不虚传，这送上门来的美食，不吃白不吃。你们二人还不快上啊？"

申正道不好美色，见他三人见色起意，选择了袖手旁观，他的表情似乎很无奈。

龙公主敖盈被三个淫妖围堵,她慌乱中拔剑相抗,以剑气与三魔大战,三魔群起攻之,不到三个回合,敖盈就被制服。

石冥幽将敖盈按在地上,对她进行猥亵。哪吒见这一幕,大动肝火,催动内力,眼冒金光,额头上的青筋凸起,他运功震断了捆仙索,抛出乾坤圈,将石冥幽打翻在地。哪吒抱起敖盈,蹬风火轮飞走了,那四魔穷追不舍。哪吒来到一个山洞里,将敖盈放了下来,并强行运功在洞口布置了结界。

哪吒用功过度,倒在了洞口,狼狈的敖盈迅速走到哪吒面前,将他抱在自己怀里。哪吒奄奄一息道:"放心吧,我拼尽全力设置了结界,任何妖魔鬼怪、虎豹豺狼都休想进来。"

敖盈瞬间被感动了,眼冒泪花道:"你为什么要救我?"

还未回答敖盈的追问,哪吒已经昏死过去。

哪吒在敖盈的腿上昏睡了三天三夜,三天后子时方醒来。

"我昏睡多久了?"哪吒睁开眼睛道。他摸了摸后脑勺,头仍然有些昏沉。

哪吒有些尴尬地盘腿而坐,双手至于膝盖处,开始运功调息。

"你不要以为救了我,我就不会杀你!"敖盈道。

哪吒面对敖盈,道:"你要杀我,你就快点动手吧!我现在功力尽失,毫无还手之力,我为了救你耗尽了我所有的功力,现在四魔还在外面,我们还不知道能不能活着出去。你动手吧!"

敖盈右手握着短刀,高高举起,迟迟下不了手。

哪吒道:"看来你还是不忍心杀我。公主,我知道你本性善良,你怎么去招惹石矶的儿子还有九龙岛四圣的弟子?他们可都是恶魔呀!李承志和朱世勋色胆包天,要不是我,后果真的不堪设想!"

敖盈似乎并不领情,冷冷地道:"要你管……"

哪吒边运功调理，边一脸同情道："公主，哪吒杀了龙三太子是我不对，我向你请罪！公主我且问你，如果敖丙不是你的亲哥哥，是一个陌生的妖怪，你看到他正在侵犯一个良家妇女你会不会杀妖救人？敖丙做的恶事一桩桩一件件数都数不过来，你要为他报仇，因为他是你的哥哥，但是你不能因此善恶不分呀！如果重新选择我还是会杀敖丙，只是我当年年幼任性，对敖丙的手段残忍了些，我向你请罪，如果公主要报仇就杀了我吧！"

面对哪吒的真诚与正气，敖盈的仇恨荡然无存，她苦笑道："三界都在传言，哪吒冷酷无情、凶恶无比，没想到我竟然被你的一番话打动了，我对你再也恨不起来！也罢，要我杀你我实在下不了手，我只有杀我自己，我这就去陪我哥。"

敖盈举起短刀，准备剖腹自尽。就在千钧一发之际，哪吒发功将她的短刀打落。

"公主，你死了，你父王和母后怎么办？听我的，要活下去，我哪吒欠你的，以后但凡有吩咐，哪吒万死不辞！"哪吒铿锵有力道。

敖盈情不自禁地哭了起来。

哪吒服用了截教的丧元丹，七七四十九天之内，功力全失。这四十九天内，敖盈和哪吒朝夕相处，逐渐对哪吒产生了好感，二人化敌为友。哪吒每日运功调理，恢复功力，与敖盈促膝而谈，推心置腹，一转眼四十九天就过去了，哪吒的功力全部恢复了。

哪吒可以施展三头八臂，一掌打在洞内岩壁上，洞内瞬间崩塌。

见哪吒功力恢复，敖盈也深感心安，面对哪吒愧疚道："三太子，对不起，让你受苦了。"

哪吒笑道："我们是不打不相识，如果没有这一劫，我们也不可能化解这段恩怨。走，随我出洞去会会四魔。"

哪吒将山洞外面的结界解除，和敖盈走出山洞。四周一片寂静,他们以为四魔已离去,没想刚走出几步,哪吒和敖盈就被四魔围住了。

那石冥幽嚣张道:"哪吒,你插翅难逃了。"

四魔气势汹汹,势要杀哪吒而后快。

哪吒道:"四个不知死活的妖孽,我堂堂天庭太子,三坛海会大神,岂会受你们的挑衅?!"

哪吒一怒之下,摇起火尖枪,从石冥幽的胸膛穿胸而过,将石冥幽捅得粉碎,石块散落一地,可一下又凝聚在一块。

哪吒随即变出九龙神火罩于手掌心,那九龙神火罩被哪吒抛入空中,从天而降将石冥幽罩住,哪吒默念咒语,催动神火罩,九条火龙将石冥幽死死缠住,顷刻间石冥幽化为灰烬。

"石矶娘娘当年就是被我的九龙神火罩所杀,如今我又用他除了你,否则人间不得安生。"哪吒霸气道。

哪吒几乎是秒杀石冥幽。面对其他三魔,哪吒气势汹汹道:"本太子是被龙女下套,吃了丧元丹所以才躲进洞里,如今本太子法力已然恢复,灭尔等四妖如同踩死蝼蚁一般。"

哪吒变出八条臂膀,一手持火尖枪,一手持乾坤圈,一手持阴阳剑,准备拿三魔开刀。李承志和朱世勋连忙向敖盈跪求道:"公主,小的该死,小的再也不敢冒犯公主了,公主给小的求求情,请三太子饶恕我等性命。"

敖盈心软,面对哪吒为难道:"三太子,不如放他们走吧。"

哪吒斩钉截铁道:"不行,公主放过他们,他们还会去害别人,此二人恶贯满盈,不能放过。"

说罢,哪吒用火尖枪瞬间划破二人喉咙,快如闪电。二人当场倒地身亡。

见三人已死,申正道却挺起胸膛,一副视死如归的样子道:"哪吒，我听说过你的威名，你要杀便杀，即便你杀了我，你也是我截教的仇人。"

哪吒感慨道："申正道，我看你也是一条汉子，我不会杀你，你的师父闻太师被元始天尊封为九天应元雷声普化天尊，你何不去找你的师父，效忠天庭，早归正道？"

"三太子，你果真愿意放我走？"申正道难以置信道。

"当然。"哪吒点了点头道。

申正道被哪吒感化，连给哪吒磕了三个头，道："哪吒三太子不仅骁勇善战，而且有情有义，并非传言那样……多谢三太子。"

哪吒好奇道："都是怎么传言的？"

"都说你是魔神，杀人如麻，从不手软，这些都是谣言！"申正道笑道。

申正道起身，再次向哪吒和敖盈作揖，而后便化作一道金光飞走。

突然，哪吒的头顶上出现一道神光，只见那慈航道人立于莲台之上，只是那法相走了样，不同以往。

慈航道人本为男儿身，身材健壮，如今却变成了娇滴滴的女儿身。她左手托玉净瓶，右手捏着杨柳枝，眉心一点红，面若桃红，粉装玉黛，妩媚动人。

哪吒不识此人，抬头问道："不知仙姑哪里来？"

慈航道人笑道："哪吒，我是你慈航师叔，你现在应叫我慈航师姑。"

哪吒一脸诧异道："慈航师叔，你不是男的吗？怎么成了女儿身？"

慈航道人摆了摆头道："哪吒，神有万般法相，道也是千变万化。无论男慈航还是女慈航。如今我和你燃灯师叔还有文殊广法天尊已经入了西方教，在接引道人和准提道人座下修行，我的道场也改在了南海珞珈山，这也是元始天尊的意思，协助西方教治理西方世界，我等只在西方教修行，但仍是阐教中人。"

哪吒困惑道："不知慈航师姑今日到此做甚？"

慈航笑道："我与东海龙女敖盈有师徒之缘，特来接她一同前往珞珈山，敖盈你是否愿意在本座身边做善财龙女？"

敖盈激动道："我被仇恨蒙蔽了双眼，若不是哪吒三太子将我感化，我差点误入歧途，如今有大神度化方能修成正果，敖盈求之不得，敖盈拜见师父。"

敖盈合掌，虔诚地拜了拜慈航道人，然后飞上云端。

如此完美的结局，哪吒深感欣慰。

临走前，龙女敖盈朝哪吒喊道："三太子，从此你与我东海再无恩怨。"

敖盈随慈航道人一同往南海飞去。

第二十二章　蔡国除妖道

蔡国都城蔡的街市上商贾云集，街道两旁的商铺争相叫卖，有铁匠铺，有粥铺，有糕点铺，也有陶罐铺，充满了市井之气；客栈、面馆人声鼎沸，不乏烟火之气。贩夫走卒，人来人往，一片喧嚣沸腾的热闹景象。

天南海北的人正穿梭在蔡的街市上，一群群男女老少突然涌向街头，他们像是从地底下冒出来的一样，没有一点征兆，横冲直撞，像开了闸的洪水猛兽，发疯般往同一个方向跑去。

只听见人流中有个中年妇女喊道："大家快去呀，今日道宗真人又在玉清宫讲法了。"

由最开始的几十人，到最后的几百人，民众纷纷涌向位于蔡都西北郊外景云山下的玉清宫。蔡都的集市上突然冷清许多，行人和商贾都去听道宗真人讲经去了。

正在粥铺里喝粥的侠士，粥喝了一半放下铜贝，提起青铜剑就往粥铺外面走，他行色匆匆，一直跟在人流后面，往景云山方向而去。那侠士戴着斗笠，一身粗衣麻布，一双草鞋，串脸胡，皮肤黝黑，满脸杀气，通身没有一样东西值钱，除了那一把闪闪放光的青铜宝剑。

景云山下的玉虚宫是供奉元始天尊的道观，树木遮天蔽日，甚为隐秘，过去很少有人来，几乎没有什么香火。一年前，这里来了一位自称元始天尊弟子的道宗真人，开始在此讲法，通些道术，一年内蔡国的信众就达到三千人，不断有人慕名而来。

只见玉虚宫被信众围得水泄不通，里面香火鼎盛，道宗道人就坐在元始天尊神像前的蒲团上。他的道袍比一般道士华丽，用金丝绣成，袍上有太极八卦纹路；他手持浮尘，头顶紫金发冠，童颜鹤发，身旁有两个道童左右侍立。

下面的信众，或靠，或立，或坐，或蹲，认认真真地听道宗真人教诲。道宗将拂尘搭在肩后，面对信众道："我乃道宗。元始天尊是道祖，我是道子，信我者我能保佑你长命百岁，敬我者我保你福禄寿全。凡加入我道门，成为我道宗的弟子，你们的一切都属于道……"

在场的男女老少，都被道宗高深的道行所感染，但凡道宗吩咐，信众一一照做。其中一名头发花白的老者，来到道宗面前，一脸谄媚地笑道："请大神赐福。"

道宗真人道："道不可轻传，福不可轻赐。"

"弟子明白。"老者点头哈腰道，忙从怀里摸出几枚贝币放入道宗面前的功德箱里。

道宗真人偷偷朝功德箱瞟了一眼，便念道："手挥拂尘，扫除一切烦恼，怀抱太极，招得紫气东来，无量天尊。"

道宗真人一边念咒，一边挥动拂尘在老者头上扫了几下。

"多谢大神。"老者稽首告退。

又有一个大娘双手捧着一包钱货，来到道宗近前，恭恭敬敬道："神仙，赐我一道平安符吧！"

大娘将一包钱货投进道宗面前的功德箱，道宗便从怀里摸出一张符咒递给了大娘。道宗单靠赐丹药、符咒、赐福，一炷香的功夫，就敛了不少钱财。信众中还有不少年轻貌美的女子，她们都是道宗虔诚的弟子，为了追随道宗，甘愿抛家舍业。

那戴斗笠的侠士看在眼里，恨得咬牙切齿，几次忍不住想要冲上前去，但他在人群中盯了一会儿便离去。

夜深人静，玉清宫内油灯还亮着，那道宗手里拿着一盏油灯，推开一扇暗门，走了进去，是一间密室，里面放满了大大小小的箱子，道宗将这些箱子一一打开，有的是整箱金砖，有的是一箱象牙，有的是一箱玉器。道宗放下手中的油灯，来到装满金砖的箱子前，双手捧起一块金砖，一副心花怒放的样子，用自己的脸去蹭金砖，陶醉其中，道："我一个被罢官的人，现在打着元始天尊的旗号，轻而易举赚了这么多钱，要不了多久，我就是蔡国首富了，想不到这些笨蛋这么好骗！"

得意扬扬的道宗将这些装有财宝的箱子都一一上了锁，端着油灯出了暗门，一路来到玉清宫后殿的卧室。道宗的卧室富丽堂皇，房间里有十多个女人，有些是少妇，有些是少女，她们见道宗进来，连忙上前参拜，有女人为他宽衣解带，脱下道袍。道宗左拥右抱，搂着两名少妇来到了床榻前坐下来，又将她二人搂在怀里，其他女人为他脱靴、拿捏，为他捶腿，道宗俨然一副荒淫无度的样子。

道宗面对这些女人道："你们既然拜我信我，那么你们就不属于自己，你们的一切都属于道，包括你们的身体。我是道子，你们应该把身体都献给我，这样才能得到道的庇护……"

女人们对道宗的话是深信不疑，言听计从，正要脱衣服时，白天持青铜宝剑的侠士破门而入，怒视道宗，骂道："妖道，你伤天害理，今天我就要替天行道，看剑！"

那侠士一剑刺过去，快如闪电。道宗惊慌失措，来不及避闪，将身边一名女子推了过去，那侠士迅速撤回，那女子受了皮外伤。

道宗从墙上取下拂尘，从窗户破窗而逃，慌忙道："李承惠，有种就跟我来。"

侠士李承惠正要追出去，房间里的女人们被刚才这一幕吓得纷纷蜷缩在墙角，瑟瑟发抖，表情充满恐惧，一副惊魂未定的样子。

"大家都被道宗骗了,他不是什么大师,就是骗财骗色的妖道。我与他情同手足,他蛊惑并奸淫了我的妻子,我妻子羞愧自杀,我今天就是来报仇的。大家还是回家去吧,不要再受其蛊惑了。"李承惠说罢,便提剑冲了出去。

李承惠一直追到城外的树林里。正值十五月圆之夜,双方对峙于月色之下,道宗气喘吁吁对着李承惠,手里拿着拂尘,惊出一身汗。

李承惠仇深似海地瞪着道宗,道:"你我情同手足,我一直把你当亲兄弟,你因贪财被罢官,在你最困难的时候我们夫妻接济你,没想到你竟然冒充道士,蛊惑我妻子并强奸了她。我妻子因你而死,兄弟妻不可欺!你恶贯满盈,你有功夫,我不是你的对手,我在山中拜师学武,练功六年,今日便是我兄弟了断之日,不是你死就是我亡!"

道宗冷笑道:"是你无能……"

李承惠愤怒道:"无耻小人,你罪恶贯盈,荒淫无度,诱奸无数少女,自以为买通了官府,就相安无事,我今天一定要杀了你!"

李承惠提剑冲了过去,道宗用拂尘一扫,避过了剑锋;李承惠用剑攻其上三路,用腿扫其下三路,道宗边挡边退;李承惠一跃向道宗劈腿就是一剑,从道宗头顶砍下去,道宗竟用双指夹住了剑锋,道宗将内力集中在双指。李承惠以气御剑,那一剑始终劈不下去,李承惠一脚踢在了道宗的胸口,道宗这才被踢翻倒地。李承惠用剑像蜻蜓点水一样刺向道宗,道宗在地上来回翻滚,李承惠一剑未刺中。道宗翻了几个跟头,站了起来,将拂尘插入腰间,摩拳擦掌,左手手心向上,右手手心向下,双手合掌用妖术将李承惠的剑刃牢牢锁住,并一掌将李承惠打伤。李承惠倒地,口吐鲜血。

李承惠盘腿运功,调息片刻后站起来,双腿微微下蹲,呈马步,双手运气,只见他面带紫色,双手出掌道:"归元神功,降妖除魔。"

这双掌甚有威力，一掌将道宗得站都站不起来。道宗的胸口道袍上还在冒烟，胸前留下被烧焦的掌印。道宗口吐鲜血，跪了下来。

李承惠以气御剑刺向道宗胸口，道宗哀求道："承惠，我知道你宅心仁厚，你我兄弟一场，就饶恕我性命吧。"

道宗一个劲儿给李承惠叩头，李承惠苦笑道："夺妻之恨，怎么能说忘就忘？你奸淫了多少妇女，敛了多少不义之财，你伤天害理，我苦练功夫六年，就是为了今天，拿命来。"

李承惠一剑刺穿了道宗，鲜血奔涌而出。李承惠拔了剑，见道宗倒地方才离开。

道宗凭着一口恶气，在地上爬，道："我道宗是不会死的。"

道宗爬过满是荆棘的草地，道袍也被树枝刮破了，披头散发，狼狈不堪，草坪上满是血渍，他最终昏倒在草丛里，直到天大亮，被上山采药的爷孙俩遇上。年逾七旬的老人是山里的猎户，平日靠打猎和采药为生，和孙女相依为命，这天早上刚采药下山就碰到倒地的道宗。老人背着草药，孙女年芳十八，走在前面，蹦蹦跳跳，见道宗吓得退到爷爷身边。

"爷爷，地上躺着个人。"孙女慌张道。

爷爷放下背篓，上前俯身一看，并将道宗翻过来，吃惊道："这不是城里玉清观里的道宗仙师吗？怎么会在这里？"

爷爷用手指触碰道宗的鼻孔，回头对孙女道："还有气。小芳你替大父背上山药，我把道宗仙师背回去医治。"

爷爷背起道宗，孙女背起背篓就往山下走。山下的竹林里有几间竹屋，四周用篱笆围着，种些花草，有一群小鸡在院子里啄米，这就是祖孙俩的家园。

几副汤药下肚，道宗才醒过来，面对老人道："这是什么地方？"

老人问道："你是玉清观里的道宗仙师吧！你怎么倒在树林里，全身都是伤，我替你止了血，还好没有伤到心肺，否则老夫也无能为力！"

"我修行不易，常年游走诸国降妖伏魔，惩恶除奸，得罪过很多人，他们寻仇而找到我，贼人势大，我寡不敌众，被他们打伤，要不是我一身正气，恐怕我就死在他们手里了，谢谢你们救了我！"道宗睁着眼睛说瞎话。

"仙师不用客气，且安心养伤。"老人宽慰道。

活泼的孙女小芳蹦蹦跳跳地跑进来，抱着一只小鸡，来到老人面前道："爷爷，这小鸡不吃米，好像病了，你给看看。"

老人接过鸡往屋外走去，道宗目不转睛地盯着小芳看，眼睛发直了，一副色眯眯的样子。被小芳发现了，她甚至有些毛骨悚然。

小芳有些害怕，跟了出去，来到爷爷身边，低声道："爷爷，这个人真的是修道之人吗？我见他满脸邪气，不像什么正经人，如果真的是好人，是高道，如何能被追杀？我们不得不防啊！"

"哎，爷爷过的桥比你走的路多，活了七十了，什么人没有见过，道宗仙师在城里信众颇多，威望甚高，大父不会救错人的。"爷爷坚信道。

道宗在床榻上养伤，隔壁屋子竟然发出万道金光，将整个竹屋都照亮了。孙女小芳连忙跑进去将宝盒合上，那盒子里装着一颗珠子，时而金色时而血色，不断地变换色彩。道宗也深感吃惊，正要起身察看，却被进门而来的老者挡住了，道："仙师行动不便，重伤未愈，还是不要活动为好！"

道宗面对老人，指着隔壁屋子问道："不知是何物？竟然会发出如此强烈的光芒？"

老人捋了捋胡子笑道："发光的是我祖上的传家宝，仙师道行高深,凡间之物自是不入你的眼!仙师请安心歇息!"

待道宗躺下,老人把孙女小芳从屋子里拽了出来,并关上门,祖孙俩站在门外,老人低声道:"孩子,这摄魂血珠乃是不祥之物,还是想个法子把它毁了吧。"

"爷爷,你不是说这珠子毁不掉吗?大父,这邪恶的珠子到底来自哪里?为什么要把它放在家里?"孙女小芳困惑道。

老人叹道:"这是一颗魔珠。十三年前你五岁,我与你爹上山采药,无意间入了一个魔洞,你爹在洞里捡到了这颗珠子,拿手里把玩,到了晚上就疯了,谁也不认识,一刀杀了你娘,我抱着你从后门逃了出来,你爹自残而死,仿佛中了邪。大父抱着你回到家里,精神崩溃,本想就此毁了那魔珠,谁料刀砍斧凿、火烧,就是毁不掉。那珠子开口说话了,说它是上古妖王玄阴,那个洞叫乾坤洞,它已经被燃灯道人关在里面四千年,如果不是你爹,它将永世不见天日。玄阴说如果大父不把它供奉在家里,等待它重生之日,它就让我们全家死光。这个秘密大父一直不敢告诉你。"

里屋,道宗竖起耳朵,隐隐约约听到了他们的谈话。

趁着老人和孙女小芳上山采药,道宗从榻上爬起来,进入隔壁房间。见那宝盒还放在桌案上,道宗偷偷摸摸地将其打开,用手去触摸摄魂血珠,却被血珠无穷的力量弹开,顿时被震翻在地。

那道宗旧伤未愈又添新伤,他捂着胸口,连跪带爬,来到血珠前叩拜道:"小人拜见大王。大王,求你救救小人,小人愿伺候大王左右,为大王马首是瞻,大王让小人做什么小人就做什么,小人半生蹉跎,只有跟着大王才能干一番事业!"

"你这蠢材,好生狡猾。我的真身被燃灯所毁,如今我的真灵只能寄托在血珠里,我必须找个大奸大恶之人作为寄生体。那祖孙俩都太善良,我寄生在他们身上无法修炼魔功,好在有你道宗,你够恶,奸淫掳掠无恶不作，借元始天尊弟子的身份骗财骗色，正合我的口味。道宗，本尊寄托在你的身上，你就是半人半魔，魔功大增，三界内少有敌手，从此我们不分彼此，你就是我，我就是你，你想办的事情本尊帮你去做，但是你也要帮本尊，只要本尊吸完九千九百九十九个处女的血，就能大功告成，到那时本尊就不需要依托寄体，你可愿意？"血珠开口道。

"小人愿意！"道宗一个劲儿地叩头。

那妖王大笑。血珠被道宗吞了下去，道宗顿时全身如烈焰般红彤彤，指甲变黑，嘴唇变黑，一双眼睛瞬间变成魔瞳，一副青面獠牙的样子，嘴里吐着黑气，瞬间魔化。

这时，院子里有响声，是小芳背着草药回来了。背篓刚放下，那魔化后的道宗冲上去，掐着小芳的脖子，就用舌头在小芳的脸上舔，并开始扒小芳的衣服。小芳的爷爷正好赶回来，见此情形，惊呼道："法师，你在干什么？"

老人捡起地上的木棍朝道宗打过去，道宗一把掐住了老人的脖子，活生生地扭断了老人的脖子。

小芳眼泪夺眶而出，喊也喊不出来，那道宗伸出獠牙，咬在小芳的脖子上，顷刻间，小芳成为一具干尸。

道宗很享受鲜血的味道，不停抿嘴。

"果然是处女，这血就是不一样，让本尊胃口大开，魔力大增！"妖王玄阴的声音从道宗的身体里传出来。

成魔后的道宗在凡间行走，如入无人之境。他首先想到的就是找李承惠寻仇。那李承惠住在山崖下的一处茅屋里，非常隐秘，如同世外桃源。李承惠所住山谷，桃花盛开，山泉潺潺，那李承惠正在自家院落中练剑。

那道宗从天而降，杀气腾腾，道："李承惠，是你不放过我，今日就是你的死期。"

面对一脸魔障的道宗，李承惠在道宗身上打量，道："道宗，你还没死？定是练了什么妖法吧！"

道宗大笑道："我道宗福大命大，不仅不会死，我还被妖王玄阴所救，现在我与妖王合二为一，身负妖王所有功力，你就受死吧！"

李承惠持剑冲了上去，一剑刺穿了道宗的身体，怎料不见一滴血。

"哈哈哈哈，我与妖王合体，半人半魔，已是不死之躯，你区区凡人怎会是我对手？"道宗得意道。

说罢，那道宗施展魔功瞬间炼化了李承惠手中宝剑，宝剑化作一摊铜水，并一掌打在李承惠的胸口，使其重伤，并挖出李承惠的心脏，一口吞了尚在跳动的心脏，吸了李承惠的真元。那李承惠瞬间成为一堆白骨，场面十分恐怖，道宗几乎是秒杀李承惠。

"大王真是法力无边，李承惠全无招架之力，他一招也没接住。"道宗道。

"哈哈哈，别说一个凡人，就算是大罗神仙也杀不了我，不然当年燃灯就不会把我封于乾坤洞中。"妖王玄阴道。

一夜之间，蔡国都城蔡就有一千多名十四岁以下的少女被吸干了血，蔡国上下举国震惊，蔡共侯姬兴接到下报后，朝野震惊。蔡共侯召集群臣在宣政殿议事，那道宗已经杀入蔡宫，如入无人之境，士兵拼死相抗，但死伤惨重。

蔡国太宰姬芮慌忙奏道："蔡侯，那妖人扬言让国君交出宝座让他坐，眼看着宫中侍卫就要撑不住了。"

"那妖人一夜之间吸干了蔡城里一千多名女子的血，不是妖孽是什么？"蔡国大夫姬云溪激动道。

外面杀声震天，蔡共侯和群臣如同热锅上的蚂蚁，焦躁不安。

"卿等快出主意啊。"蔡共侯急道。

哪吒蹬风火轮，持火尖枪，后面跟着巨灵神和天兵天将，自南岳降妖归来。云端之上的哪吒一行被一道神光挡住了去路，随后燃灯道人出现在哪吒头顶，只见那燃灯道人坐于莲台之上，头上长满了肉髻，耳垂长了很多、肥而厚实，双目慈祥，身披袈裟，双手捏作菩提指。

哪吒不敢确认这是燃灯道人，深感吃惊道："你是燃灯大师？"

"哪吒，正是本尊。"燃灯道人笑道。

哪吒问道："燃灯大师，听说你与文殊广法天尊、慈航道人、普贤真人等一起投了西方教，如今你在教中担任何职？为何连面貌都改变了？"

燃灯道人道："哪吒，我乃修道之人，名位皆是虚无，我去西方也是遵元始天尊法旨，协助西方教拯救西方世界芸芸众生！至于说本尊面貌乃是为了顺应西方风土人情，我修道之人，无所谓名位和相貌，色即是空。哪吒，如今你身为三坛海会大神，你要放得下才能成就大道。"

"小神拜见燃灯大仙。"巨灵神面对燃灯道人作揖道。

"免礼。"燃灯道人伸手示意道。

哪吒困惑道："燃灯大师今日来找小神恐怕不是为了叙旧吧！大师是有事找小神？"

燃灯道人点头道："哪吒，这是我数千年前的一段未了公案，留下后患，才酿成今日之祸！当年我将妖王降服，未诛杀他，将他封印在蔡国境内的乾坤洞中。我当时毁了他的肉身，如今他重新脱困，与蔡国妖道道宗人妖合一，在下界作恶多端，如今还要逼迫蔡侯退位，他当国君，人妖合体，天下无敌。如今我已经加入西方教，不便再管东方之事，你火速赶往蔡国都城蔡灭了这两个妖魔，那妖王神通广大、法力无边，三界内除了你和二郎神想必无人能降伏此妖！"

"待我算算看。"哪吒掐指算来。

"想不到这道宗如此可恶！我自出世以来，降妖除魔，也曾见过形形色色的人，还不知道天底下竟有如此恶人，以道的名义骗财骗色，还恩将仇报，杀死自己的恩人，手段残忍，着实可恶！人恶比妖魔更甚！"哪吒愤怒道。

燃灯道人道："哪吒，这妖王玄阴的元神是一只蝙蝠精，手段阴毒，你千万要小心！"

"燃灯大师，放心吧，哪吒这就带属下人等去收服此妖。"哪吒拜别了燃灯道人，率领众神往下界去了。

那道宗与妖王玄阴的合体，在蔡宫里暴虐攻击，草菅人命，数千名王宫守卫也抵挡不住，侍卫们都被打得人仰马翻。

哪吒和部下天兵天将出现在蔡宫的上空。哪吒见道宗如此嚣张，连忙吩咐巨灵神道："巨灵神，替本太子降了这妖怪，本太子倒要看看，一个妖道和妖王合体究竟有何魔力？"

"遵命。"

那巨灵神持板斧从天而降，足足有十余丈高，参天巨人，趁道宗不注意，一脚将其踢飞。

道宗口吐鲜血，忍住伤痛站起来，仰望巨灵神道："你是何人？休要管我闲事！"

"大胆妖魔，你犯下天条还不知罪？我乃天庭巨灵神，奉三坛海会大神之命，下界降你，你再负隅顽抗，将你打得魂飞魄散！"

蔡共侯和群臣见天神下凡，悬着的心终于落下来，急急忙忙出了宣政殿，与诸臣见证天神降妖。

道宗一听是巨灵神，又一看巨灵神的一只脚都比自己高，吓得连连后退。

那道宗身体里的玄阴道:"不要怕,我乃妖界之王,这小小的巨灵神不过是李天王的家臣,他非我对手,让我去对付他。"

"大王,你可莫要掉以轻心啊,如果我的肉身毁了,你也没地方去了!"道宗心惊胆战道。

那玄阴大笑道:"小小巨灵神,你以为能降伏本王?真是大言不惭!"

巨灵神恼羞成怒,道:"看斧!"

巨灵神手持巨斧,向玄阴劈了过去,玄阴避开了,那宫里的石地板被劈开了数丈长的裂缝。玄阴顺着巨灵神巨斧的斧背往上攀爬,显出蝙蝠元神,一只巨大的蝙蝠,一口咬住巨灵神的手腕,将手腕划开一道口子,齿印很深。被妖王吸了血,巨灵神疼痛难忍,一声惨叫,随即丢了板斧。

巨灵神用左手去拿玄阴,那道宗身形较小,在巨灵神的身上上蹿下跳,巨灵神抓他不住;巨灵神凭着巨大的身躯,用一双大脚踩他,道宗躲闪神速。巨灵神前后左右观察,瞄准后一脚踩下去,并用力踩了几下,道:"妖王也不过如此,我看你不死。"

巨灵神正得意,突然却感觉脚底发热,一阵刺痛,连忙撤回右脚,单腿站立,抱脚而走。那道宗趁着巨灵神疼痛之际,从巨灵神的后背给他一脚,巨灵神当即人仰马翻,摔了一个狗吃屎。

哪吒在天上注视着这一切,见巨灵神摔得如此狼狈,不禁道:"真给神仙丢人,堂堂巨灵神,连个蝙蝠精和妖道都打不过。"

哪吒转身对身后的天兵天将道:"天兵天将,下去助阵,一定要降服此怪。"

"是。"

数百名天兵天将从天而降,降落在道宗面前,将其团团包围,蔡侯姬兴深感吃惊道:"想不到还惊动了天兵。"

一旁的太宰姬芮道:"想必是此怪作恶多端,人神共愤,连天神都下来剿灭他,也幸亏有天神,否则人间有难了。"

数百天兵天将将道宗包围。巨灵神负伤撤出,一跺脚上了天,面对哪吒一脸惭愧道:"三太子,小神无能,那道宗和妖王合体,小神战不过,给天庭丢脸了。"

哪吒叹道:"也不怪你,我在天上已经看见了,这妖王少说也有万年功力,加上又附身妖道身上,功力更是深不可测,想必这天兵也不是他的对手。"

巨灵神惭愧地退到哪吒身后,注视着下界。

众天兵持长矛围攻道宗,一拥而上,那道宗用拂尘一扫,天兵们倒了一片;随之站起来一起刺向道宗,妖王玄阴现身吐出黑色的毒烟,天兵们瞬间中毒,又倒了一片。妖王显出原形,煽动一双巨大的翅膀,张大嘴巴将天兵都吸入腹中,天兵们丢盔弃甲,挣脱后纷纷撤离。

见天兵们败逃而来,哪吒大怒道:"岂有此理,想不到这妖孽如此神通广大,看小爷我不灭了你!"

哪吒蹬风火轮,手摇火尖枪,朝下界飞去,二话没说就刺向道宗,那道宗用拂尘与哪吒的火尖枪对战。道宗接了哪吒几招,那拂尘变成数丈长的白线将哪吒死死捆住,缠得紧紧的,哪吒越是挣扎捆得越紧。哪吒笑道:"岂有此理,你这厮的把戏难道比我的混天绫厉害?"

哪吒喷出三昧真火,一把火烧了道宗的拂尘,道宗的拂尘只剩下尘柄。道宗吓得变了脸色,退了几步。

哪吒右手杵着火尖枪,怒视道宗。

道宗恐惧道:"这厮是谁?"

道宗身体里的玄阴道:"不可大意,这就是天庭的哪吒三太子,也是三界中最能打的人,当年帮助周武王伐商,他可是最大的功臣,通天教主的徒子徒孙大半都死在他的手里。"

道宗脸色煞白,道:"他就是哪吒三太子?看来今天我死定了!"

"你不要怕,我也是修炼了万年的妖王,我倒要看看这个哪吒是不是徒有虚名!"玄阴嚣张道。

哪吒向道宗愤怒道:"道宗,玄阴,本神受燃灯大师委托下界收服你们,尤其是你道宗,你借道的名义在下界骗财骗色,奸淫了多少良家妇女,又恩将仇报,杀害一对祖孙,天理难容,人神共愤,本太子打出世以来还没有见过你这样的恶人,小爷我今天定让你们万劫不复!"

哪吒摇枪刺向道宗,那道宗的拂尘被哪吒所毁,没有了法器,一枪就被哪吒刺穿了胸脯,当场毙命。

玄阴见道宗已死,从道宗体内出来,成一团黑气,只见蝙蝠元神,而无肉体。

玄阴叹道:"可惜,我玄阴没有吸够九千九百九十九个处女的血,否则三界内将无对手,那时本王就可遇神诛神。"

哪吒冷笑道:"妖孽,你还妄想吸食九千九百九十九个处女的血!你是在做梦!"

哪吒摇枪刺去,那蝙蝠精乃元神所化,只剩下一团黑气,妖王可随心所欲,哪吒的火尖枪次次扑空,伤不了他分毫。

那妖王又吐出黄色毒烟,在场的士兵全部中毒,蔡侯及群臣纷纷撤离。不见伤哪吒分毫,妖王诧异道:"我的毒烟乃天下至毒,你怎会没事?"

"我乃莲花化身,百毒不侵,你这毒烟对我无用。"哪吒扬扬得意道。

哪吒变出三头八臂，手上分别持阴阳剑、乾坤圈、火尖枪，并喷出三昧真火，与玄阴的元神混战在一起。玄阴元神乃蝙蝠，怕火，哪吒的三昧真火烟熏火燎，玄阴化作黑烟飞走，哪吒请出九龙神火罩，趁玄阴飞走那一瞬间将其罩住，并默念口诀，九条火龙在神火罩中游走，大火熊熊燃烧，那玄阴在罩中惨叫。

"蝙蝠最怕火烧，小爷我不相信这九龙神火罩还灭不了你，当年石矶的元神也是石精，最后还是被九龙神火罩炼化。"哪吒道。

"三太子，饶命啊……"

玄阴被神火罩活活烧死，半个时辰后，已经听不到玄阴的声音。哪吒撤了神火罩，玄阴已经魂飞魄散，元神尽灭。

这一幕被蔡共侯及群臣看在眼里，待玄阴被灭后，蔡后带领群臣来到哪吒身后。

"你就是传说中的天庭哪吒三太子？"蔡侯激动道。

哪吒转身向蔡侯道："蔡侯，此番蔡国出现妖魔乃是你蔡国的劫数，定是蔡国君臣教化不当，风气不佳。当年我和子牙师叔一起辅佐周武王伐商，百战艰难，方有今日之天下，蔡国君主是周王室宗亲，更要勤于王事。"

蔡侯向哪吒作揖道："寡人谨遵三太子教诲，日后一定勤于国事，不敢有丝毫懈怠。"

哪吒蹬风火轮飞走了，蔡侯及百官跪送哪吒。

哪吒领着巨灵神和众天兵飞往天界，行至半路，突然停下来，面对巨灵神及众将道："被道宗杀害的祖孙俩还有义士李承惠都死得太无辜了，如果好人不长命，我们做神仙的还有什么意义？"

哪吒从腰间扯下一片荷花瓣，将其化作粉末撒向李承惠和祖孙俩的尸体，他们瞬间便复活了。

哪吒见他们无恙，笑着飞向天庭。

第二十三章　保曾国好官

魔家四位天王各执法器，在南天门外拨开云层，往下界曾国境内看去，法场上人山人海，百姓蜂拥而至，哭声震天，士兵围起来的人墙眼看就要被愤怒的百姓突破。原来曾国随县县尹姒归元一家老小正要被问斩，引发百姓众怒，百姓纷纷为姒归元请愿。四位天王纷纷唉声叹气，泪流满面，为姒归元鸣不平。

哪吒三太子率领手下四神将及天兵天将巡视天庭，路过南天门，见魔家四天王擅离职守，围在一起往下界瞧，一个个情绪低落。

哪吒持火尖枪走过去，凑到四人身后，往下界看去，见法场上一片混乱。

"你们在看什么？"哪吒好奇道。

四人猛回头，见哪吒，忙收了云，各自回到岗位上。

魔礼青摇了摇头，叹道："好人没好报，下界好不容易出一个好官，却被满门抄斩，唉……"

"是呀，我等虽为天神，面对好人被杀却无能为力啊！"魔礼红无奈道。

魔礼海和魔礼寿也纷纷感叹。一向刚强果敢的魔家四天王，突然伤春悲秋起来，让哪吒深感意外。

哪吒诧异道："到底什么事？魔家四叔你们倒是跟我说说呀！"

魔礼寿道："哪吒，曾国随县有个叫姒归元的县尹，是个清官，因上书曾侯，告曾国大夫南宫燕之子南宫尚文侵占本县百姓房产，奏书被南宫燕截留，反被诬告谋反，落得一个满门抄斩，我们兄弟四人也无能为力啊。"

哪吒愤懑道："天下竟有这事？如果此事我们不管，就枉为神仙！"

哪吒回头面对四神将道："张将军、萧将军、刘将军、连将军，你们带着众天兵继续巡视周天，我往曾国去一趟，这件事情我不能不管。"

说罢，哪吒欲往下界而去，魔礼寿连忙抓住哪吒手臂道："哪吒，你不能下去，神仙不能干涉下界的事，天理循环自有道理，你如果干涉凡间之事，必会酿成天下大乱，没有玉帝的旨意，就是违反天条，要受到处罚的。"

"魔家四叔，哪吒顶天立地，眼里从来容不得沙子，既然被我看到，我不能不管，即使被玉帝责罚，我也要下去。放心吧，我不会改变历史的，也不会干涉人间的事情，我只是去救姒县尹一家性命，帮助他将坏人绳之以法，我会暗中帮他，不会现身。"

哪吒说罢，蹬风火轮，持火尖枪，往曾国飞去，风火轮日行万里，转瞬间就来到曾国法场。

随县县尹姒归元一家几十口人被架到了闸刀之下，几十个巨大的圆弧形斧口闸刀悬于空中，就等着监斩官一声令下，那监斩官不是别人，正是曾国大夫南宫燕。法场上即将被执行死刑的还有未满周岁的婴儿，他是县尹姒归元的孙子，孩子还在姒县尹儿媳的怀里哇哇啼哭。

"县尹是好官呀，他是被冤枉的……"

"求求你放过姒县尹吧，他是我们的父母官啊，他冤枉啊……"

"县尹大人为官清廉，怎么会谋反呢？定是有小人陷害啊……"

围观的百姓纷纷为姒县尹鸣不平，刑场上的士兵用盾抵挡，组成人墙,但都无法阻止这些百姓冲上刑场救人,眼看着场面就要失控。

南宫燕有些心虚,忙下令道:"行刑。"

妣归元仰天长叹道:"苍天无眼啊。我妣某为官清廉,一身正气,没想到到头来是这样一个下场。奸人当道,好人罹难,这是什么黑暗的世道啊,本官就算到了阴曹地府也要找冥君讨回这个公道。"

突然,八月飞雪,狂风大作,将行刑的刽子手吹出几米远。捆绑妣归元一家几十口的绳子全部断开。

"八月飞雪,天下奇冤啊,妣县尹是被冤枉的,不可逆天行事啊。"

人群中百姓吵闹道。

百姓们见风雪交加,连忙破了人墙,纷纷冲上刑场将妣归元解救。

妣归元倒也执着,执意不肯走,道:"乡亲们,我身上背着谋反的罪名,如果我就这样走了,我就更加洗不清了。"

哪吒变成一个头发花白的教书先生的模样,来到妣县尹面前,硬将他带下去,道:"县尹大人,不可愚忠啊,你如果死了,从此曾国就少了一位好官,那随县百姓就要倒霉了,你忍心见坏人当道吗?"

妣县尹叹了叹气,才勉为其难被哪吒带走。

百姓们纷纷解救县尹的家眷。那南宫燕见场面失控,一片混乱,连忙对下面的兵丁喊道:"快将妣归元拿下,不要让他跑了。"

南宫燕激动不已,站起来欲追妣县尹,突然脚下一声惊雷,他从台上摔下来,摔了个狗吃屎。

一张白色的布帛从天上飘到他的面前,南宫燕捡起来一看,上面写道:南宫燕,人在做天在看,妣县尹为人如何你心知肚明。你的儿子南宫尚文无才无德,为虎作伥,欠下多桩命案,又在随县修建园子,霸占人家的土地,现在苦主上告,你倒打一耙,污蔑妣县尹谋反，你当真以为你可以瞒过上天吗？速放姒县尹一家，否则定让尔死于非命。

南宫燕阅后，脸色煞白，忙道："速速放人。"

"谋反大罪，当灭族，曾侯那里如何交代？这可是曾侯下令将姒县尹一家处决的。"陪南宫燕一同监斩的内侍道。

待风平浪静后，南宫燕站起来笑着面对内侍道："李大人，你看八月飞雪，不正常啊，姒县尹可能真的是被冤枉的，我们可不能逆天而行啊。至于说曾侯那里，你就与我口头一致，就说没有找到姒县尹谋反的证据。"

南宫燕从袖筒里取出一些铜贝偷偷塞到李内侍手里。

姒县尹一家老小，惊魂未定，相拥而泣。姒县尹心绪难平，泪流满面，一家人急急忙忙赶回家。

姒县尹心灰意冷，一副垂头丧气的样子，哪吒都看在眼里，他走过去，面对姒县尹道："大人，接下来你有何打算？"

"哎，这官我也不当了，我一人之死是小，若是连累我族人，我可就成了姒氏一族的罪人了。我还是辞官回老家种地吧。"姒县尹叹道。

哪吒急道："大人，你不管这一县百姓了？你可是他们的父母官啊。你不为受害者主持公道了？"

姒县尹道："先生，感谢你刚才对在下的救命之恩，只是在下官卑职小，南宫燕乃曾国大夫，贵族，我怎么斗得过人家！"

"只要姒县尹想斗倒南宫燕父子，在下愿意助大人一臂之力。据我所知，南宫燕父子在曾国鱼肉百姓、祸国殃民，甚至欺君罔上，独揽朝纲，结党营私，曾侯早就想对他父子二人下手，但南宫燕父子势大，根基深厚，朝中心腹众多，如果没有足够的证据和十足的把握，曾侯也不敢贸然动手。姒大人，只要你按我说的做，我一定帮你斗垮南宫燕，为受害者乡亲报仇，也为曾国除了这个祸害。"哪吒斩钉截铁道。

姒县尹心有余悸道："你是何人？你有何能？你可知道南宫燕可是当今曾侯的叔父，一人之下万人之上？"

"县尹大人放心，此事与我并无利害关系，在下乃楚国一教书先生，途经贵国，见大人罹难，这才出手相救，难道大人不相信我？"哪吒面对姒县尹作揖道。

姒县尹咬了咬牙，坚定道："也罢，你一个外国人，对我曾国的百姓都有如此大爱，那我身为父母官，自然也舍得这一身剐，只要先生能帮我告倒南宫燕父子，你就是本官的先生，也是随县百姓的恩人。"

县尹面对哪吒作揖。哪吒拽着姒县尹的手腕，道："走，现在南宫燕宣布将你无罪释放，你也尚未罢官，我们去县衙商量对策，我也要见一见苦主，还有县衙里主事的官吏。"

县尹和哪吒在县衙后衙的西厢房召见了苦主，那苦主有二十来岁，衣衫整洁。

"小的拜见县尹大人，县尹大人一定要为我父亲讨回公道啊！"苦主面对县尹叩了叩头。

姒县尹介绍哪吒道："这位先生是本官从楚国请来的幕宾，你再将案情一五一十地说给这位先生听。"

苦主道："先生，小的名叫子桓，先祖是宋国人，先父子平是随县县城的教书先生，西城河边有一处祖宅。三年前，曾国大夫南宫燕之子南宫尚文来到本县，看上了我家老宅的位置，没有经过小民一家的同意，也没有履行契约，没有赔偿钱货，就将小民家的祖宅强拆了。我父亲到县衙告状，县丞推诿；我与家父又去都城告状，都城里的达官贵人没有一个敢得罪南宫氏，家父走投无路，状告无门，最后跳河含冤而死……"

子桓没有说完，就已经泣不成声。

哪吒拍案而起，大喊道："岂有此理，这还是武王时期的大周天下吗？"

县尹姒归元见哪吒面带怒色，忙起身解释道："当时本官尚未到任，这随县并无县尹，衙门里的事情都是县丞一手操办。"

哪吒稍作冷静，跪坐下来，向子桓道："想当年，周武王是何德贤明，对读书人更是尊崇有加，想不到这南宫父子竟如此猖狂！一个不尊重读书人的国家，会面临什么结局？！"

县尹听后唉声叹气。

哪吒灵光一现，面对县尹道："姒大人，可否将县丞请来盘查一番？"

"来人呀，将县丞杜大人请来。"县尹对差役喊道。

"子桓，你乃子氏，与那宋公有何关系？"哪吒好奇道。

子桓叹道："先祖本是宋国贵族，因宋国贵族内部争斗，先祖才来到曾国定居。"

哪吒点了点头。

稍后，县丞杜大人到来。

"下官拜见县尹大人。"杜大人跪拜道。

姒县尹起身，道："杜大人，三年前本县尚未到任，眼前此人状告南宫尚文侵占土地一案，你可知情？"

"下官知情。大人，南宫尚文是什么人！他可是曾国贵族，下官小小县丞岂敢接此状。大人是因为此事怪罪下官吗？大人此次免于血光之灾，不幸中之大幸，下官劝大人还是算了吧！"县丞杜大人一脸无奈。

姒县尹感叹道："杜大人，本县理解你的苦衷，也知道你的为人，但是本官秘密调查此案的事情，你莫要走漏半点风声。"

"唯。下官告退。"县丞行了跪拜礼便匆匆离去。

哪吒道："曾侯想要扳倒南宫燕父子是肯定的，只要我们找到证据，送到曾侯手里，南宫燕父子必死无疑。"

姒县尹苦笑道："先生，下官官卑职小，如何能见到曾侯？朝中都是南宫父子的眼线，看来我们是有心无力了。"

哪吒向子桓道："子桓，你先出去等候，我与县尹大人有话要说。"

待子桓走后，哪吒道："县尹大人，我们就来个引蛇出洞。南宫燕父子肯定是要对子桓一家动手的，他们只要杀了苦主一家，死无对证，毁尸灭迹，到时候可以在曾侯那边胡说八道一番，说随县没有子平、子桓这些人，说是子虚乌有，我们就没辙。现在子桓一家人活着就是对南宫燕父子最大的威胁，我料他们今晚就会对子桓一家动手。只要我们把子桓一家安置起来，今晚县衙派出几名高手埋伏在子桓家中，我们再一举出击，定能拿下他们。我料南宫燕自负，从来不相信任何人，今晚他势必亲自动手。我们找几个衙役冒充街坊，放出风去，说子桓手里有南宫尚文犯罪的证据。至于说曾侯那里，大人就不用担心了，交给在下就可以。"

午夜时分，县城里夜深人静，一轮明月悬挂上空，白洁的月光洒满大地，偶有犬吠之声。三五名黑衣人，罩着黑纱，手持刀剑，来到子桓家的门外，趁着月光用刀轻轻挑开门栓，偷偷摸摸地潜入到子桓家中，只见屋子里的油灯还亮着，床榻上的人正背对着门窗酣睡。五名黑衣人通过窗户窥探，见人在，便轻轻推开门进入，持刀就朝床榻上的人砍去，正要下手，突然门外的火把亮了，数十名衙役破门而入，哪吒和县尹带着衙役到来。

床榻上的人瞬间跳起来，把黑衣人手里的刀挑落，并摘下黑衣人的面纱。

"南宫大夫,想不到真的是你父子二人!"姒县尹吃惊道。

南宫燕道:"你想怎么样?"

一旁的南宫尚文向南宫燕急道:"父亲,我们杀出去,他一个小小的县尹不敢把我们怎么样!"

南宫尚文正要突围拼杀,被南宫燕拦住了。

哪吒道:"想不到一个小小的计谋,你们就上当了,南宫恶贼,你们今天插翅难逃!"

"来人,将南宫燕父子拿下。"县尹吩咐道。

随即上来几名衙役将南宫燕父子按倒在地。

南宫燕挣扎道:"姒归元,你一个小小的县尹凭什么审曾国的大夫,你又凭什么定我的罪?你以为单凭这件侵占他人土地的小事,就能告倒当朝大夫?"

哪吒笑道:"单凭这桩案子,当然不能,但是据我所知,你南宫燕早有谋逆之心,在朝结党营私,欺君罔上,竟敢截留官员奏书,曾侯早就想除了你。再说欲加之罪何患无辞,曾侯要杀你,难道还需要罪名?"

县衙里的文书已经将南宫燕的罪名记录在案,县尹让他在竹简上画押。

罪名摆在南宫燕父子面前,但他们拒不认罪。

南宫燕冷笑道:"朝中都是我的人,你们认为一个小小县尹的奏书能到曾侯手里吗?"

"就允许你朝中有人,就不允许我也有人吗?"哪吒讽刺道。

南宫燕父子仍然不肯画押。哪吒急道:"让他们画押,不画也得画,否则大刑伺候。"

在县尹的允许下,县衙将几套刑具搬了进来。面对刑具,南宫燕父子不寒而栗,只好画押。

父子二人在竹简上画押后,被县衙的人带走了。

哪吒面对姒县尹道:"县尹,接下来怎么办?"

"明日就派人将南宫燕父子押解都城,让朝廷发落。只是这奏书和南宫燕父子二人的罪状如何呈报国君?本县担心这次还是扳不倒南宫燕父子。"姒县尹忧心忡忡道。

哪吒道:"大人放心,我刚才所言并非海口,你现在就回去写,我在衙门口等你,今天晚上我连夜将奏书和罪状一起带到都城,面呈曾侯,相信我,南宫燕不日就将问斩。"

"好……如此谢过先生,本县这就去写。"姒县尹急急忙忙带着衙役往县衙而去。

哪吒在县尹房间外面等候。姒县尹房间里的灯一直亮着,从子时到丑时,姒县尹方才从房里出来。

他手里捧着两卷竹简,来到哪吒面前,向哪吒深深作揖道:"先生,全靠你了,如果这次扳不倒南宫父子,本县一家和苦主一家也就死到临头了。"

哪吒义愤填膺道:"天地有正气,如果好人没好报,那天理何在?举头三尺有神明。"

姒县尹疑惑道:"先生,你究竟是什么人?"

哪吒摇了摇头,淡淡一笑,摇身一变,显出了本相。

"你……你……你就是传说中的哪吒三太子?"姒县尹目瞪口呆,难以置信道。

"嗯。姒县尹,百姓需要你这样的好官呀。此次下界我已触犯天条,回去后免不了被玉帝责罚,你一定要做个好官啊,否则我受罚就算白挨了。切记,不可对外人讲你见过我。"

哪吒接过竹简,蹬风火轮朝曾国都城而去。

姒县尹如丢了魂儿似的，一直望着天上，久久不能释怀，喃喃自语道："是本官的清廉感动了上苍吗？上天竟派哪吒三太子下凡助我！"

夜已深，那曾侯宫中，仍有士兵举火把巡逻。曾侯住长乐宫，此刻他和姜夫人正在宫里酣睡。

哪吒进入曾侯梦中，曾侯在一片森林里迷了路，哪吒蹬风火轮现身相见。

"曾侯拜见哪吒三太子。"曾侯在梦里向哪吒作揖道。

"曾侯，你的叔父南宫燕的罪行你可清楚？"

"本侯略知一二。"

"他的儿子南宫尚文在随县逼死了良民，随县县尹上书被南宫燕截留，你差点就冤杀了一个好官。随县县尹姒归元为官清廉，爱民如子，侯爷一定要多加珍惜啊，将来可为曾国栋梁之材。侯爷，为了国家大计，南宫燕父子不得不除，这是南宫燕父子画押的罪状，还有姒县尹的奏书，请侯爷详阅，一定要为随县百姓讨回公道。死者是读书人，如果一个国家不尊重读书人，那将会怎么样？侯爷三思呀，当年本太子辅佐周武王，武王对待人才能做到礼贤下士。"哪吒感慨道。

曾侯接过哪吒手里的竹简，展开阅后，愤怒道："南宫父子真是该死啊，竟敢截留奏书！三太子放心，小侯谨遵三太子法谕。"

哪吒转身便飞走了。

"三太子……"

曾侯从梦中惊醒，吵到了一旁的姜夫人。

"侯爷，怎么了？"姜夫人困倦道。

曾侯醒来，看到被子上的竹简，什么都明白了。

"寡人刚才梦到哪吒三太子了。"

曾侯拿起书简，陷入沉思。

哪吒直上云霄，来到南天门外。四大天王见哪吒到来，面色很不好，那魔礼寿给哪吒使眼色，哪吒不明白。

"三太子，玉帝有旨，宣你到凌霄宝殿见驾。"南天门内金甲神人从中闪出，他手持金枪，身后有数十名天兵，格外威严。

魔礼红道："哪吒，去了凌霄殿好好认错，切不可顶撞啊。"

哪吒随金甲神来到了凌霄宝殿。大殿上玉帝和诸位天神都在，昆仑十二大罗金仙、五方天帝、二十八星宿、五岳大帝、托塔天王李靖一家、财神、火神、瘟神、雷神普化天尊等都在场。

"三坛海会大神哪吒拜见玉帝。"哪吒来到玉帝近前参拜道。

玉帝震怒道："哪吒，你私下凡间，干涉凡间之事，你知罪吗？"

哪吒道："陛下，私下凡间哪吒知罪，但事出有因，如果我不出手相救，一个好官就这样人头落地了。"

玉帝道："你可知道擅自干预凡间之事，会扰乱人间秩序？"

哪吒振振有词道："臣只知道现在好官不多了，能保一个是一个，如果好人不能善终谁还做好人，那我们这些高高在上的神仙岂不是在助纣为虐？"

玉帝道："凡事都有因果。那南宫父子这一世作恶多端，下一世必然做猪做狗；虽然妠归元被冤杀，但下一世他会投胎到诸侯家做一任国君，享一世富贵。哪吒，三界运行自有其道理。"

哪吒听后，沉默不语。

一旁的李靖脸色铁青，面对哪吒低声道："哪吒，还不向玉帝认罪！"

哪吒性子执拗，执意不肯。

"哪吒，你身为三界护法神，位高权重，连你都任性妄为，不守天规戒律，寡人要是不惩罚你，日后如何令三界臣服？来人，将哪吒押下去，重打三十天棍，再到诛仙台领十道天雷。"玉帝道。

金吒连忙出列道："陛下，我身为哪吒兄长，管教无方，求陛下开恩，让臣替哪吒受过。"

"陛下，哪吒虽然触犯天条，但是怀有悲天悯人的慈悲心，他是行善举啊！求陛下开恩。"那太白金星道。

李靖深感痛心，不敢向玉帝求情。

"好了，都不要说了，哪吒必须受罚。"玉帝坚定道。

那勾绞星费仲奏道："玉帝，哪吒一向乖张，陛下不可轻饶。往日天上的神仙他一个也不放在眼里，今日私自下凡，更加不把玉帝放在眼里，臣提议哪吒领二十道天雷，再面壁十年。"

哪吒瞪了勾绞星一眼，道："你……无耻小人……看拳。"

哪吒要冲过去打他，被凌霄殿上的天将按住了。

玉帝道："哪吒竟敢在寡人面前逞强，就依勾绞星所奏，把哪吒带下去。"

哪吒被带到凌霄殿外，被打了三十天棍，几近昏厥；又被架到了诛仙台上，轮番被天雷所劈，但他意志坚定，没有发出一声。

二十道天雷劈完，哪吒被天将架回到凌霄殿，一副虚弱的样子，脸色发白，神力全无。

勾绞星一副幸灾乐祸的样子。

见哪吒这般虚脱，李靖父子心里很不是滋味，群臣也十分同情。

玉帝道："哪吒，你知罪了吗？"

"臣有罪，但臣没错。"哪吒奄奄一息道。

玉帝也深感无奈，没有耐心地挥了挥手，道："天王，你把哪吒带回去吧，让他面壁十年，寡人都懒得审他。"

金吒和木吒连忙跑过去，将哪吒扶起来，李靖瞅着哪吒，心里很不是滋味。

李靖面对玉帝稽首道："臣告退。臣一定严加管教。"

李靖拿着哪吒的火尖枪，金吒、木吒兄弟扶着哪吒出了凌霄宝殿，李靖紧随其后。

　　玉帝则一脸愁容。

　　太乙真人见哪吒受伤，心里也不是滋味，他站了出来，向玉帝道："陛下，哪吒是我弟子，他的脾性我是最清楚的，他向来大仁大义、有勇有谋，我天界应为有这样的天神感到骄傲！如果玉帝和众仙好好引导，将来必成大器，将来守护三界安危全靠他了。"

　　雷声普化天尊闻仲感慨道："当年在下界，我辅佐纣王，哪吒为西岐先锋大将，他可是最难对付的人，在下界除了元始天尊的高徒姜子牙，我最欣赏的就是哪吒！"

　　众神皆陷入深思。

第二十四章　妲己怨难平

朝歌城上空，蓝天白云，风和日丽。城中人声鼎沸，人潮涌动。忽然间，天空乌云密布，电闪雷鸣，一道闪电过后，乌云分开，一只九尾狐从云缝中钻了出来。

"四百年了，我终于脱身了。"

一只九尾狐魂魄，携带强大的怨气，往下界而来。

朝歌城里的百姓见天上妖气冲天，狂风大作，纷纷四处躲避，连滚带爬。

"妖怪来了……快跑呀……"

百姓们吓得落荒而逃，一个个狼狈不堪。街市上，有两名女子，一主一仆。那女主高贵大方，雍容华贵，面容姣好，九尾狐见女子深为满意，向她扑来。女仆见九尾狐袭来，撒手便跑。

女主边跑边回头，磕磕绊绊，没跑多远就摔倒了。

女主见九尾狐，当场吓死，魂魄出体，九尾狐一口将其吞了下去，并借尸还魂，往女娲庙的方向飞去。

百姓们躲在屋里，吓得双腿哆嗦。

九尾狐飞至女娲庙落下，见女娲神像，苦大仇深地看着，久久不能释怀。

"女娲娘娘，小狐本是山里修炼了千年的妖怪，本无意为恶，一心想要修炼成仙。是你毁了我的一生，也不管小妖愿不愿意，你都让小妖下去迷惑纣王，你为了一己私欲，报纣王羞辱之仇，你害死了多少人？封神大战后，你女娲娘娘高高在上，连纣王都被封了星君，可恨可叹，我还为了这么个男人引妖丹自焚。现在你们都风光，各归其位，只有我在三界的夹缝中存活了四百年，今日上天助我，我才得以脱困。可悲可叹，我是该叫妲己还是该叫九尾狐？"九尾狐苦笑道。

九尾狐一怒之下，运功一掌将女娲神像打碎。

突然，殿外一道金光，女娲娘娘从天而降，玉石琵琶精和九头雉鸡精伺候左右。

"女娲娘娘，你终于现身了……"妲己苦笑道。

"大姐，你能复活，我们姐妹太高兴了。"玉石琵琶精和九头雉鸡精异口同声道。

九尾狐苦笑道："想不到你们两个竟敢背叛我！女娲娘娘虚情假意，我的今天都拜她所赐，我劝你们两个还是早些离开她！"

女娲娘娘恼羞成怒道："妖狐，你在胡说些什么？我见你可怜下凡来见你，你有九条命能活已是大幸，我本有心度你，想不到你如此冥顽不灵。"

九尾狐冷笑道："是我冥顽不灵吗？娘娘，妲己是无辜的，我九尾狐也是无辜的，如果不是你逼迫我们姐妹下界迷惑纣王，九尾狐还在山中修炼，妲己没有遇到九尾狐，也不会死得不明不白。纣王羞辱娘娘的仇报了，妲己和九尾狐却背上了骂名，人人唾弃；九尾狐爱上了纣王，却不得善终，他为星君，我却身败名裂，为什么？"

女娲听罢，脸色晦暗，摇了摇头道："九尾狐，你自己作恶难道还不思悔改吗？难道是我让你在下界杀人？伯邑考是谁害死的？比干谁害死的？杜元铣谁害死的？姜王后又是谁害死的？难道他们都是我让你害的吗?！"

九尾狐冷笑道："没错，他们都是我害死的，害死他们不正是因奉了娘娘你的旨意下凡灭亡商朝吗？至于说为什么害死姜王后，那是因为我爱子受,我不允许再有别的女人惦记他。这一切的一切,我有罪,但娘娘又脱得了干系吗?"

"大姐,你就不要再执迷不悟了。"玉石琵琶精劝道。

"是呀,大姐,我们姐妹四百年没见了,好不容易再见面,你可不能再对娘娘出言不逊了。"九头雉鸡精道。

"九尾狐,你好自为之。"女娲娘娘道,转身驾云而去。

面对九尾狐,玉石琵琶精和九头雉鸡精还有些依依不舍。

九尾狐仰天长啸,怨气冲天,道:"我要报仇……"

九尾狐一掌接着一掌打在周围的墙壁和庙里的大梁上,墙壁和庙宇轰然倒塌,满天尘土。

"大王……你忘了臣妾吗?臣妾好想你,大王,你能来见见臣妾吗?"

天喜星纣王在天喜宫内入定,妲己的声音声声入耳。

子受有些心神不定,耳廓微微颤动。

"是妲己。"天喜星喃喃自语道。

天喜星来到北天门外,只因南天门由四大天王把守。北天门由哼哈二将把守,子受躲在墙角见哼哈二将看守甚严,便幻化成了二郎神的模样,二郎神是地仙,不住天上,可以游走于三界任何地方。

"真君,要回灌江口啊?"哼将问道。

天喜星点了点头,便急急忙忙跳下云端。

哼将恍然大悟道:"不对呀,二郎神身边怎么没有哮天犬?也没见二郎神上天啊。南天门是天庭正门,二郎神很少走北天门。"

"会不会是天上神仙思凡下界?"哈将道。

哼将面对守门天兵道:"快将此事报告哪吒三太子,速查各宫可有神仙思凡下界?"

"是。"一名天兵朝天宫飞去。

姐己已经失去了理智，在朝歌城外疯狂杀人，她变出宝剑，一剑一个地刺杀无辜百姓。

天喜星子受出现在姐己的身后，面对满地的尸体，天喜星深感痛心道："姐己，放下屠刀吧！"

姐己一听，猛一回头，含情脉脉地看着纣王，热泪盈眶道："大王，你忘记臣妾了吗？我为了你，引爆妖丹，在三界的夹缝里孤独地熬了四百年，大王，姐己爱你，姐己为了你什么都可以做。你是人间天子，怎么能在天界为臣呢？远离天庭，我们远走高飞可好？"

姐己扑上去，一把抱住了纣王。

天喜星轻轻推开她，叹道："姐己，我本是帝星下凡，功德圆满，玉帝封我为天喜星。我双手沾满血腥，还能被封神，我感激还来不及，如何能逆天？姐己，前尘往事我尽数忘去，我下来见你，也是希望你放下恶念，早登仙界。"

姐己苦笑，发疯一样道："什么是天道？连费仲和尤浑这样的无耻小人都能封神，当年我奉女娲之命下界作乱，现在封神大业成了，我没有利用价值了，成了人见人恨的狐妖，我心何甘？大王，世人皆知是我迷惑大王，但是没有人知道这些都是上天的安排，也没有人知道姐己已经深深地爱上了大王。大王虽然不是什么好君王，却是一个好夫君，大王为了姐己连天上的星星也愿意摘给姐己，大王是这世上最好的男人。"

子受深感负疚道："姐己，你一定要走出来，这一切都是一场梦，你不能为了我毁了自己！"

"大王，当年臣妾与你在摘星楼一同赴死，原想死后我们可以在一起，但是你去了天上，我却没有容身之地，在三界夹缝中做了孤魂，天意弄人啊。"姐己心有不甘道。

天喜星同情道："姐己，希望你好自为之，回去修炼吧，我是偷下凡间的,估计这会儿已经被上天发现了,我得回去了。"

天喜星摇身一变,化作一道金光飞走了。

天喜星纣王变成南极仙翁的模样出现在南天门外,一手端着寿桃,一手拿着手杖。南极仙翁是元始天尊弟子,与玉帝平辈,住蓬莱仙岛,久居昆仑山,乃天外仙,不受天界管辖,他的到来,连看守南天门的四大天王也不敢上前盘问,只能恭恭敬敬。

"南极仙翁,一向少见。"魔礼红作揖道。

那天喜星作手礼回敬。

魔家四天王纷纷面对天喜星作揖,那天喜星见一切顺利,便大大方方地走进去。

"站住!天喜星你私下凡间,该当何罪?"哪吒带着一队天兵天将在天喜星身后喊道。

天喜星故作镇定,回头笑道:"三太子,你认错了人吧!我可是你的师叔。"

"我查了满天星斗,他们都在宫中,只有你不在。南极仙翁久居昆仑,乃天外散仙,从来不上天庭,更加不会朝见玉帝。你快快现出真身吧,不然我只有强行将你带到凌霄宝殿,等玉帝发落。"哪吒道。

天喜星大笑道:"不愧为哪吒,在下界我商朝大军都奈何不了你!"

天喜星变回了本身。

"果然是你,请星君随我去凌霄宝殿,听后玉帝发落吧!"哪吒道。

哪吒将天喜星带到了凌霄殿上。

哪吒面对玉帝奏道:"陛下,天喜星私下凡间,臣身为护法神责无旁贷,请陛下发落。"

"罪臣参见陛下。"天喜星面对玉帝跪拜道。

玉帝道："天喜星，你自封神以来一向恪守天规戒律，为何这次会私下凡间？"

"臣也是尘缘未了。臣知罪，请陛下治罪。"

天喜星连连向玉帝叩头请罪。

玉帝道："来人，将天喜星押往诛仙台，受雷劈之刑。"

殿外天将将天喜星押到诛仙台，并用捆仙索捆绑起来。

一道道天雷劈到他的身上，如同挫骨扬灰般疼痛，天喜星因忍受不了，发出一声声惨叫，那惨叫声响彻天地。凌霄殿上的诸神甚为同情，纷纷叹气。

千里眼和顺风耳两位末等神仙急急忙忙跑进来，向玉帝奏道："陛下，不好了。"

一旁的太白金星道："何事慌慌张张的？这里是凌霄宝殿，不可没有规矩。"

千里眼道："陛下，九尾狐在卫国境内大肆杀害百姓。"

"她扬言称，如果陛下不放天喜星下凡与她相聚，她就把卫国朝歌城内的百姓杀个鸡犬不留。"顺风耳道。

玉帝震怒道："大胆九尾狐，竟敢威胁寡人，何人愿往下界替寡人收了此妖？"

太白金星奏道："玉帝，九尾狐有千年道行，又有一肚子的怨气，天上能收服此妖的恐怕只有李天王父子。"

玉帝面对李靖父子道："天王、哪吒，你们可愿带兵下界除妖？"

哪吒道："当年在下界，她就是我的手下败将，我是亲眼看见她引爆妖丹而死，没想到她还活着，此妖不除，人间怕难有安宁之日！"

李靖道："臣领旨。"

李靖和哪吒威风八面地出了凌霄宝殿，带着一百多名家将就赶往朝歌上空去了。

妲己从身上拔下一撮狐狸毛，一吹，这妖毛随风飘零，被人吸入鼻孔，人瞬间丧失理智，眼睛发红，一个个互相残杀。

而九尾狐却在一旁幸灾乐祸。

李靖父子来到朝歌上空。

"大胆狐妖，还不快住手？"李靖喊道。

九尾狐见李天王和哪吒，心生畏惧，脸色煞白，吓退了几步。

"李天王，这事儿与你无关，你为何要多管闲事？"九尾狐妲己道。

李靖道："我乃托塔天王，天上人间没有我管不到的地方，是玉帝下旨降罪于你，本王也只有奉旨。"

"妲己，你还认得我吗？"哪吒威风凛凛道。

妲己望着哪吒，感叹道："哪吒三太子，如何不认得！四百年了，你还是这样骁勇善战，当年要不是你，西岐乌合之众，不是我朝歌大军的对手。"

哪吒杵着火尖枪，道："你既然认得我，当知不是我的对手，还不快快投降？"

妲己苦笑道："我已经死去一次了，早已不惧生死，今日见不到子受归来，我就是战死也不会投降。"

"我让你嘴硬。"

哪吒蹬上风火轮，持火尖枪，朝妲己冲了过去。

哪吒先是抛出乾坤圈砸过去，妲己一躲闪，那乾坤圈砸在了墙角上，墙被砸了一个棱角。哪吒摇枪而上，与妲己拉开阵势，妲己变出了青色的宝剑，与哪吒的火尖枪拼了起来。双方大战了一百个回合，从地上打到天上，又从天上打到地下，一直僵持不下，一剑一枪，擦出了火花。

哪吒使出三头八臂，乾坤圈、阴阳剑、火尖枪一起进攻，一会儿上三路，一会儿下三路，一会儿攻中路，妲己避之不及，被哪吒的阴阳剑刺中了胸口，摔在了地上，口吐鲜血。

妲己懊恼不已，当即化作九条尾巴的巨狐，她的身体有几十丈高，她的九条尾巴可以自由延伸，魔力无穷，巨大的身躯把房屋都压垮了。

九条尾巴，一上一下，一左一右，来回摆动，周围房屋尽毁，风云变幻，雷电交加。九条尾巴十分有力，可以摧毁一切事物，挨着即伤，碰着即死。

九尾狐搅得天翻地覆，九条尾巴将哪吒牢牢锁住，哪吒脱不开身，被九尾狐缠得死死的。

哪吒用火尖枪刺，那九尾坚硬无比，如同铁石。哪吒使出混天绫，那混天绫与九尾狐的尾巴对缠。混天绫把九尾狐捆得越来越紧，九尾狐显出了人形，手脚都被混天绫缠住。

哪吒用火尖枪指着九尾狐，道："妖狐，你死到临头，还有什么可说的？"

九尾狐冷笑，嘴里吐出很多狐狸毛，那狐狸毛飘在空中，不慎被哪吒吸入。

九尾狐大笑道："哪吒……"

哪吒吸入她的狐狸毛没有任何反应。

"怎么会这样？你应该入魔的。"妲己困惑道。

哪吒道："妲己，你忘记了？我可是莲花化身，金刚不坏之躯，跳出三界之外不在五行之中，你这点鬼魅伎俩如何伤我？！"

"看枪！"

哪吒正要一枪刺下去，那天喜星驾云而来，急忙喊道："三太子，手下留情。"

见天喜星到来，妲己激动不已，热泪盈眶，伸出双臂喊道："大王，臣妾就想和你再续前缘，妲己就想找回过去，臣妾没有错！"

天喜星扑上去，蹲下来，将受伤的妲己抱在怀里，深感痛心道："妲己，你千年修行不易，你当年引爆妖丹还能活，这或许是天意。我以拯救被你杀害的百姓为由，求玉帝放我下来见你一面。妲己，回头是岸，我会求玉帝对你网开一面。"

妲己苦笑道："我在三界夹缝中煎熬了四百年，我们好不容易相见，等来的却是这样的结果吗？！"

妲己仰天长啸，霎时间风起云涌。

"妲己，本王已经对你法外开恩了，你可不要不识抬举。"李靖道。

哪吒面对天喜星道："星君，妲己执迷不悟，还是让我结果了她吧！"

哪吒举起乾坤圈正要朝妲己的脑门上砸去，天喜星用身躯护着妲己。

"三太子手下留情。"

一个熟悉的声音传来，哪吒猛一回头，见是善财龙女敖盈，她的身边是慈航道人。

哪吒上前，面对慈航道人稽首，又望着龙女道："小龙女，恭喜你呀，终于在慈航师姑那里修成了正果。"

龙女朝哪吒和李靖作揖，道："哪吒，天王，我们正是为了此妖而来。我师父觉得九尾狐可怜，她大慈大悲，决定度化她，将九尾狐收在自己的身边。"

慈航道人一手端着玉净瓶，一手拿着杨柳枝，立于莲台之上。

"妲己，本尊有心度你，你可愿意跟着本尊修炼？"慈航道人一脸慈祥道。

妲己犹豫地看着天喜星，有些执拗。

天喜星深感欣慰道:"妲己,慈航道人可是元始天尊的弟子,现在去了西方教,你跟着她,我就放心了。我已不再是当年的纣王,我是天喜星,一切都过去了。"

妲己勉强点了点头。慈航道人将瓶口对准妲己,将她收了进去。

"你且安静修行吧。"

慈航道人和龙女转身离去。

天喜星望着远去的慈航道人,有些依依不舍。

哪吒深感同情,押着天喜星,蹬上风火轮,和李天王一起往天上飞去。

第二十五章　战西方大鹏

蟠桃树自昆仑山移植天宫后，迎来了第一次挂果。王母娘娘和玉皇大帝很高兴，决定在瑶池举办一次盛大的蟠桃大会，邀请三界之中的大罗神仙来瑶池共襄盛会。

瑶池里开满了粉红色的莲花，金莲藕在瑶池底下发出金光，无数金鱼在池子里来回地游，瑶池上方云雾缭绕，时有彩虹搭桥，有三五只仙鹤飞过，瑶池遍布仙山阁楼、殿宇亭台。仙娥们身穿五颜六色的仙衣罗裙，她们双手捧着盛有奇珍异果的白玉盘子，朝瑶池而来。她们踏着彩虹桥而来，仙姿飘飘。花容月貌的仙子们将果盘、琼浆、玉液一一摆放，瑶池边上有百十张矮方桌，每一桌都摆着满满的美味。

各路神仙，从四面八方而来，他们各显神通，或腾云，或驾雾，或骑狮子，或骑白象。这些从四面八方来的神仙包括西方的准提道人、接引道人、燃灯道人、慈航道人、普贤真人、文殊广法天尊、孔雀大明王，还有四方天帝、女娲娘娘、九天玄女、托塔天王一家、太极天皇大帝、北极中天紫薇大帝、南极长生大帝、大地之母、五岳大帝、太白金星、雷声普化天尊、文曲星、武曲星、财神、赤脚大仙、真武大帝、南斗六星君、北斗七星君、四海龙王等，三界中半数大罗神仙大都来了。

众神正在赶来瑶池的路上，一只大鹏金翅鸟朝瑶池飞来，只见这只大鹏鸟一身金色的羽毛。大鹏鸟飞至瑶池上空落下来，停靠在桌子上，见满桌子的美味，便啄了起来，把硕大的仙桃啄得满是大洞小眼。

哪吒正好在瑶池边上巡视，见大鹏金翅鸟，吼道："孽畜，好大的胆子，竟敢飞来瑶池偷吃。"

说罢，哪吒蹬上风火轮，飞了过去，并一枪刺向大鹏鸟。大鹏鸟警觉，飞走了，但被哪吒刺中了翅膀，几根羽毛掉了下来。

大鹏鸟变成了人形，但仍难改禽兽模样。

大鹏金翅鸟愤怒道："你是何人？不识好歹，吃你几个果子怎么了？玉帝请诸神，不就是来享用美食的吗？"

哪吒讥笑道："请的是诸神，不是你，你是哪里来的怪物，竟敢在此撒野？"

"你竟敢叫我怪物？"大鹏金翅鸟恼羞成怒道。

说罢紧握右爪，便要对哪吒动手。

"大鹏，住手，休得无礼，三太子教训你几句也是应该的，你怎敢在三太子面前放肆！"

一位体态微胖，慈眉善目，身穿黄色僧袍，光着脚丫，袒露的胸口有一个卍字，头顶长满肉髻，两边耳垂肥大厚长的中年僧者道。

三界诸神已陆陆续续抵达瑶池仙境。

哪吒一脸诧异地望着这位僧者，道："你是何人？怎生得如此怪异？"

"他叫悉达多，是我新收的弟子，他本是迦毗罗卫国净饭王的太子，因厌倦王室争斗而悟道。此子颇有慧根，又与我教有缘，故而将其收为弟子，就在我身边修行，我和准提、接引两位道友有心隐退，去方外修行，将来可由他接任西方教教主之位。"燃灯道人笑着走过来，向哪吒道。

"师父。"悉达多见礼道。

接引和准提两位道人接连而至，哪吒向三人稽首道："哪吒见过燃灯师叔，见过准提、接引两位前辈。"

三人欣慰地笑了笑。

孔宣到来，见一旁站着的大鹏金翅鸟，瞪了它一眼，吼道："你又闯祸了？"

孔宣来到哪吒面前，笑道："三太子，这只笨鸟是我的弟弟，我们都是西方凤凰所生，大鹏自负，天生神力，到处惹祸，屡教不改，请三太子莫怪啊！"

哪吒瞅了瞅大鹏，又瞧了瞧孔宣，难以置信道："孔雀大明王，这只鸟是你弟弟？"

"正是。"

"你的法力我是领教了，当年在伐商路上无人能敌，若非准提大仙出手，没人能制服你。你的法力尚且如此，这大鹏想必也十分了得吧。"哪吒似有调侃之意道。

孔宣笑道："它哪里能跟三太子相提并论，它顽劣惯了，三太子还请宽恕它冒犯之罪。"

悉达多双手合掌道："三太子，大鹏金翅鸟是我的护法神，虽天性顽劣，但秉性良善，忠勇可嘉，又嫉恶如仇！"

孔宣道："大鹏从来不服谁，自从遇到了悉达多，它对悉达多是言听计从。"

大鹏道："我大鹏鸟没有服过谁，我当时渡劫，差点死去，是悉达多甘愿割肉喂我，这种牺牲自己、成全别人的大慈悲之心，天上人间也十分少见，让我大鹏心服口服。"

哪吒道："那看在几位前辈和孔雀大明王的面上，就暂且宽恕这只鸟。"

诸神入座，大鹏站在了悉达多的身后，孔雀大明王又站在准提道人身后。大鹏和哪吒面对面,大鹏的表情一脸的不服气。

蟠桃大会正式开始,仙乐飘飘,载歌载舞,仙娥们站在瑶池中央的廊桥上跳了起来,舞姿优美,令人陶醉。

玉帝和王母面对众神,一同举起酒樽,玉帝道:"诸位大神、大仙,自天庭从昆仑搬到这九重天上,我们很久没有热闹过了。这是蟠桃移栽天宫以来的第一次成熟,所以寡人和娘娘商议,决定举办一次盛大的蟠桃盛会,寡人和娘娘敬诸位一樽酒,欢迎远道而来的西方诸圣。"

玉帝将一樽酒一饮而尽。

王母娘娘举樽招呼道:"诸位大仙,今日务必吃好喝好!"

"谢玉帝、王母娘娘!"诸神举樽异口同声道。

诸神饮完酒,便吃喝起来,各自品尝桌子上的蟠桃,大口小口,蟠桃汁水溅得满嘴都是。

那东海龙王敖广向玉帝道:"陛下,难得如此盛会,只有歌舞未免单调了些,何不让天神们比武助兴呢?"

"龙王的这个提议甚好!陛下,我与哪吒有数百年未见,天上一天地上一年,我旧居人间灌江口度日如年,我就来和哪吒比比,看看这些年他的功力见长了没有!"二郎神杨戬痛快道。

"杨戬大哥,哪吒我也好久没有跟你比试过了。"哪吒一副迫不及待的样子道。

玉帝欣然道:"好,诸神皆可比试,瑶池今天是你们的,但是点到为止,不可伤了和气。"

杨戬和哪吒从座位上站起来,走了出去,那杨戬生得玉树临风,手持三尖两刃刀格外威风。

哪吒手拿火尖枪,脚踏风火轮,肩挎乾坤圈,十分的英姿威武。

那南岳大帝唯一的女弟子绝尘仙子见哪吒顿生爱慕之心,一副情意绵绵的样子看着哪吒，绝尘仙子站在南岳大帝身后，俯身问坐着的南岳大帝道："师父，这位蹬风火轮的就是哪吒三太子，托塔天王的三公子？"

"正是他。"南岳大帝道。

"他的事迹早已传遍三界，果然是英雄本色。弟子乃下界末等小仙，今日若非沾师父的光，恐怕永远也到不了天庭，见不到三太子。"绝尘仙子一往情深道。

南岳大帝道："师父劝你呀，不该有的心思不要有，那哪吒可是天界的小魔神，谁敢惹，连玉帝都要让他三分。"

哪吒和杨戬火拼起来，三尖两刃刀和火尖枪拼得乒乒乓乓，擦出火花。两人相互拆招，相互拆了数百招也不分胜负。哪吒和杨戬二人飞天遁地，战了数百回合，众神的眼睛都看直了，纷纷从席间走出来；连玉帝和王母也想凑热闹，忍不住走下了台阶。

雷神普化天尊闻仲感慨道："哪吒和杨戬二人不愧为天界最能打的战神，他二人如果联手，三界内恐怕少有对手！"

玄坛真君赵公明笑道："雷神普化天尊说得对，不然当年我们在下界也不会输得这么惨！那杨戬是神仙和凡人所的，本就与众不同；至于说哪吒乃灵珠子转世，又是莲花化身，法宝众多，又身负百家法术，吃过蟠桃，还吃过道德天尊的金丹，神鬼莫敌。如今的哪吒三太子可不是当年在西岐的半人半仙，他现在可是大罗神仙。"

孔雀大明王道："哪吒的功力的确比当年在下界深厚得多，当年我能打败他，可如今难说啊！"

准提道人道："哪吒是三界中当之无愧的战神。"

大鹏金翅鸟面对孔雀大明王，不服气地道："大哥，你这是长他人志气灭自己威风，你把他吹得这么厉害，我倒是想试试，我们也是凤凰所生，天地灵物，神功与生俱来，怕他？"

哪吒与杨戬大战，不分胜负，只好作罢。

二人各自收了兵器，朝席间走来。

玉帝面对二人，笑道："你们两个，一个是寡人的护法神，一个是寡人的外甥，都是好样的，有你们两个在，天界从此太平了。"

玉帝见悉达多，深感陌生，走了过去，瞅着悉达多诧异道："这位仙家是谁？寡人怎么没有见过？"

燃灯道人面对玉帝道："玉帝，他叫悉达多，是本座收的徒弟，来自西方世界，将来由他接任西方教教主。"

悉达多双掌合拢，微微鞠躬道："拜见玉帝。"

玉帝向西方众圣笑道："祝贺西方众圣。"

"哪吒，我不服你，我要向你挑战。"那大鹏金翅鸟朝哪吒喊道。

众目睽睽之下，哪吒只好应战。哪吒持枪走到大鹏面前，藐视道："就凭你？一只大鸟，你敢跟我一战？"

悉达多瞪了大鹏一眼，吼道："大鹏，休得无礼！"

"我们才是同类，让我来跟你一战，何必麻烦哪吒！"背着风雷双翅，手持黄金棍的雷震子从席间走出来。

那大鹏不屑一顾道："你是何人？"

"我是雷震子。"

"我不想和你打，就想和他打。"大鹏盯着哪吒道。

"好，大鸟，你用什么兵器，自己挑一件吧，免得说我用火尖枪欺负你。"哪吒道。

大鹏狂妄道："我从来不用兵器，我就赤手空拳和你打，各凭法力，生死勿论。"

众神对大鹏的狂妄自大议论纷纷。悉达多对大鹏道："休得无礼！你可知道你对面站着的是三坛海会大神，玉帝所封，你如何能口出狂言？"

孔雀大明王道:"休要放肆,连我也没有把握打赢三太子,你哪里来的底气大放厥词?"

哪吒冷笑道:"那好,用火尖枪算我欺负你,我们就赤手空拳打一架,如果你输了可要乖乖地给我敬酒道歉,让我原谅你的无礼!"

大鹏嚣张道:"那你输了怎么算?"

哪吒摆手道:"我是不会输的!"

绝尘仙子仰慕道:"三太子真英雄!"

那南岳大帝瞅了绝尘仙子一眼。

哪吒收了火尖枪,踏上风火轮,与那大鹏赤手空拳地过招。哪吒与那大鹏相互拆招,打得不可开交。哪吒来了一个扫腿,大鹏轻松躲过,大鹏又用腿攻哪吒的下三路,哪吒一招高弹腿踢在大鹏的胸口,大鹏被那风火轮所伤,忍痛又和哪吒过了几十招,不分胜负。

大鹏运气发功,道:"混元霹雳功。"

那大鹏展开双翅,扇动翅膀,释放雷电,对哪吒一通电击雷劈。哪吒毫不避让,回回接招,以掌心雷还击。

"大鹏金翅鸟,看你的翅膀厉害还是我的风雷双翅厉害!"雷震子看不惯嚣张的大鹏,飞了上去,准备迎战大鹏。

哪吒回头道:"雷震子,这是比试,不是上阵杀敌,你不用帮我。"

哪吒运功将大鹏释放出来的万道惊雷,融为一处,并一掌推了过去,大鹏重伤吐血,从半空中掉下来。

孔雀大明王连忙跑过去将大鹏扶起来,忙对哪吒道:"三太子,手下留情。"

悉达多望着受伤的大鹏,道:"此番受挫,也让你长点记性,凡事不可强出头,做人做神都要懂得谦谨。"

大鹏败在哪吒手里,众目睽睽之下,它很没有面子。看到众神奚落它，大鹏一气之下变成大鸟飞走了。

此次蟠桃盛会，哪吒风头出尽，在三界更加声名远播。

那大雪山灵鹫洞中，悉达多正在洞中闭目打坐，洞门紧闭，但洞外发出噼噼啪啪的声音，令他不得安宁。悉达多起身出了洞门，见大鹏金翅鸟正在雪地里疯狂肆虐，一掌打在巨石上，巨石被打得粉碎；又一掌打在松树上，松树瞬间折断；见雪豹掠过，并一口将其吞食，嘴上沾满血迹。

悉达多合掌祈祷，道："善哉善哉，众生平等，草木也是有生命的。大鹏，雪豹没有招惹你，何故吃了它？你既愿归我教，与我修行，为何要多作杀孽?!"

大鹏满腹怨气道："今天在瑶池，那哪吒让我在三界众神面前受辱，这口气我咽不下去，主人，我要报仇！"

悉达多摇了摇头，道："善哉善哉，明明是你的错，你到现在还不思悔改，是你向三太子挑战的，既然败了就应该愿赌服输，若是再不依不饶，那可就是你心胸狭隘了。我西方教的教义素来淡泊名利，最应该戒除的就是贪嗔痴，本座劝你还是安心修行，不要再引火烧身。那哪吒的前世本是女娲大神座下弟子灵珠子，这一世又是太乙真人嫡传弟子，元始天尊的徒孙，他的父亲是托塔天王，他的母亲是素知天后，他的两位兄长均位居高位，哪吒是被元始天尊亲封的中坛元帅，又是被玉帝所封三坛海会大神，你算什么？就不要再有执念了。"

"我就是不服！"大鹏吼道，发出尖锐的鸣叫。

悉达多摇了摇头，回到灵鹫洞，并紧闭洞门。

那灵鹫山西方教总坛的无相殿外的山坡上，孔雀大明王显出了真身，孔雀开屏，羽毛十分美丽。他足有几丈高，煽动着翅膀，吞云吐雾，张开了大嘴，并一口将一条巨蟒吞入腹中。孔雀大明王扇动翅膀，嘶鸣之声划破天空，地动山摇，惊走了飞禽走兽。

大鹏金翅鸟飞了过来，化作人形，站在孔雀大明王的面前，孔雀大明王才变作人形。

"大哥，我们可是凤凰的儿子，想当年大哥在下界，那姜子牙的大军被你打得落荒而逃，如果不是准提道人出手，下界何人是你的对手？大哥空有一身好本领，难道就要在这西方世界默默无闻下去吗？岂不辜负了这一身本领？"大鹏金翅鸟激动道。

孔雀大明王听懂了它的话外之意，道："你想说什么？"

大鹏道："大哥，我们联手去打败哪吒，一雪前耻。"

孔雀大明王冷笑道："我自从投了西方教，拜了准提道人为师，心里早就没有了争名夺利之心。当年哪吒尚在人间，半人半神，我尚且不易对付他，如今他已经是大罗神仙，蟠桃会上他与二郎神打成平手，恐怕我也不是他的对手。你自己技不如人还想怎么样？"

大鹏不服道："你们这是长他们志气，灭自己威风。"

孔雀大明王怒道："孽障，你是我亲弟弟，难道我会害你？我劝你还是不要惹是生非，哪吒如今在三界中的地位，还有他的神力，都不是你能撼动的。你不是想找人家报仇吗？那你先打赢我再说。"

"打就打，我怕你不成。"

大鹏和孔雀大明王拉开了阵势。

大鹏和孔雀大明王各自展开翅膀，朝对方扇动着翅膀，飓风互吹。那孔雀大明王的孔雀翎如同万箭齐发射向大鹏，大鹏张开大嘴将这些孔雀翎全部都吞了下去。孔雀大明王发功，周身发出五色神光，五色神光吞噬能力极强，孔雀大明王仿佛像一个巨大的吸盘，那大鹏见五色神光，连忙就要飞走。孔雀大明王追了上去，飞到大鹏金翅鸟的上方，对着大鹏鸟的头部，口吐五色之气，大鹏鸟被迷了眼睛；孔雀大明王踩在大鹏鸟的背部，一脚将它踹到了雪地上，大鹏显出了人身，并吐了一口血。

孔雀大明王也化作人形，道："孽障，你连我都打不过，还想去挑战人家哪吒三太子，你不是找死吗？"

大鹏执拗道："我就是不服！他哪吒凭什么春风得意？凭什么成为三界的英雄？凭什么天上地下的人都喜欢他？"

"凭什么？凭他父亲是托塔天王，凭他师祖是元始天尊。你是什么身份？兄弟，我是你亲哥，我会害你吗？回去吧，回到悉达多身边好好修炼。"

孔雀大明王摇了摇头，化作一道金光飞走了。

负伤的大鹏金翅鸟，失意地行走在灵鹫山上，见那昭元殿金光闪闪，照得大殿通明，大殿屋顶上还释放出万道金光。那昭元殿有两位金刚把守。

大鹏摇身一变，变成悉达多的模样，往昭元殿走去。两位金刚见悉达多来到，连忙行礼道："拜见世尊。"

"你们快将大殿打开，本座要进去看看本教的镇教之宝婆罗八部金莲。"大鹏装模作样道。

"世尊，这昭元殿一向是西方禁地，里面供奉着本教的镇教之宝，没有接引道人、准提道人、燃灯道人三圣法旨，任何人不得进入。"一名金刚道。

"是呀，请世尊见谅。"另一名金刚道。

大鹏威胁道："你们两个要知道，本座将来是西方教的教主，三圣迟早要将教中事务完全托付于我，你们两个就不为自己的前途想想？再说，本座就是进去看看就出来，你们都不说，谁知道呢？"

两名金刚面面相觑。

"好吧，请世尊尽快出来，如被几位教中长老发现，我们可吃罪不起。"一名金刚为难道。

悉达多进入到昭元殿，二金刚连忙将殿门关上，东瞅西看，生怕被人发现。

那婆罗八部金莲被供奉在大殿中央,四周被油灯包围着。婆罗八部金莲有神光笼罩,金光万丈,将屋子照得如同白昼。

"这婆罗八部金莲,我只听过没有见过,它是西方教镇教之宝,我要是吃了它肯定功力大增,到时候找哪吒报仇,定能一雪前耻。"大鹏沾沾自喜道。

说罢,摇身一变显出本相,并张大嘴,一口将婆罗八部金莲吞了下去。

顿时,大鹏通身金光护体,充满了力量,眼运金光。

大鹏就这样大摇大摆地走出了大殿,它开了门。二金刚见是大鹏,大惊失色,正要阻拦,大鹏只用了一招就使二位金刚毙命。

这西方大护法化作大鹏飞走了,朝东方飞去。

南天门外飘来一张黄卷,魔礼青上前接过,魔家其他三位天王凑过去一看,是大鹏金翅鸟给哪吒的挑战书。

"上次在蟠桃会上,这鸟偷吃,被哪吒抓了个现行,加上比武失败,可能对三太子怀恨在心。要不要把这件事情告诉哪吒?"魔礼红问道。

"哪吒是不会放在心上的。再说私下凡间那是触犯天条,上次哪吒已经吃了亏,还是不要告诉哪吒了!"魔礼青道。

魔礼寿从魔礼青手里接过挑战书,面对三兄弟道:"我把挑战书给哪吒拿过去,还是由他自己拿主意吧。"

魔礼寿摇了摇头,朝天宫走去。

哪吒带着家将正从凌霄宝殿来,那魔礼寿上前道:"哪吒,这是西天大鹏护法给你的挑战书,我给你送过来,由你自己拿主意。"

哪吒接过挑战书,翻开来看,冷笑道:"这个大鹏鸟,上次输得不够惨,还挺执着,甭理他。"

哪吒将黄卷捏于手中,并将其化为灰烬。

魔礼寿道:"这家伙,我在瑶池上见识过,它肯定不会罢休的!"

"放心吧,寿叔,我自有分寸,我不相信他敢来天宫闹。"哪吒道。

魔礼寿摇了摇头,就飞走了。

哪吒带着家将往天王殿的方向走去。那大鹏用了千里传音之术,它的挑衅传到了哪吒耳朵里。

"三太子,你不会是缩头乌龟吧?你是天界的护法天神,难道还怕我这只西方的大鸟?"那大鹏一阵冷嘲热讽道。

哪吒也用千里传音之术,回道:"大鸟,你如此咄咄逼人,我焉有不应战的道理,只是没有玉帝的旨意,我不能下凡来。这样吧,你来西天门,那里很少有神仙进出,我们就在西天门外一决高下。"

哪吒驱散了天将,独自在西天门外不远处等候。西天门外是一片虚空的世界,哪吒在那里等候多时。

大鹏金翅鸟朝哪吒飞来,一身金光护体,见哪吒立刻显出人形。

"哪吒,今日我要报你在瑶池上对我的羞辱之恨!我堂堂西方大护法,凤凰所生,岂容你羞辱。"

说罢,大鹏金翅鸟对哪吒展开攻击,来势凶猛,一双大爪,赤手空拳和哪吒的火尖枪对战。大鹏鸟功力大增,哪吒抵挡不住大鹏的攻击,且战且退。大鹏招招要命,一双利爪,将哪吒的护甲都抓烂了。哪吒摇起火尖枪应战,一枪刺穿了大鹏,大鹏很快就恢复;哪吒喷出三昧真火,火势凶猛,那大鹏鸟竟将哪吒的三昧真火吞了下去,安然无恙。

哪吒急了,使出三头八臂,阴阳剑、火尖枪、乾坤圈一起攻击。大鹏变化莫测,变出数十个分身,围着哪吒,一双双利爪,一张张大嘴一起啄哪吒的头和脖子,还有眼睛。哪吒的三头八臂施展不开,哪哪吒抛出乾坤圈砸向大鹏，砸中的是大鹏的分身；又使出混天绫追着大鹏，要捆它，捆住了大鹏的双翼，大鹏运功一震，混天绫被震断。

哪吒收了三头八臂，集全身攻击，推出双掌，奋力一击，大鹏站住不动，将哪吒功力推了过去，哪吒受伤倒地，大吐一口血。

"才几日不见，你的功力进展为何如此迅速？"哪吒难以置信道。

大鹏耀武扬威，目中无人道："士别三日刮目相待，三十年河东三十年河西，凭什么我就不能打败你？拿命来！"

大鹏正一掌要取哪吒性命，一道金光趁大鹏不备打中它。

"孽障，竟敢来天庭闹事！你以为你偷吃了我教镇教之宝婆罗八部金莲，就天下无敌了吗？看本尊今天如何惩罚你！"那接引道人边说话边走来，他的身后还跟着准提道人、燃灯道人、悉达多、孔雀大明王。

见西方教众圣都来了，大鹏毫无惧色，嚣张道："你们来了我也不怕，我现在吃了婆罗八部金莲，我连天上最能打的哪吒三太子都打败了，我不怕你们。"

那大鹏向众圣冲了过来，并连发数掌，都被接引道人以手印化解。

准提道人默念咒语，大鹏肚皮发胀，肚子里如同火烧，疼得在地上打滚，如同怀胎八月的孕妇，痛苦不已。婆罗八部金莲被大鹏从嘴里吐了出来，被准提道人收入手中。

大鹏威风全无，吓得脸色煞白，连连叩头谢罪道："几位长老饶命，我再也不敢了。"

孔雀大明王冲大鹏吼道："孽障，我当初还劝过你，如果没有及时赶到，你还会惹什么祸？我不管你了，就由教中长老发落。"

准提道人将婆罗八部金莲交到悉达多手里，道："悉达多，你怎样处置大鹏，就由你发落吧，它是你的大护法！"

悉达多面对众圣鞠了一躬，一只手端着婆罗八部金莲，走到哪吒面前道："三太子，天外有天，大鹏虽为禽类，但它有也尊严，你不该在瑶池会上当众让它难堪。此乃你命中一劫。它是以我教镇教之宝婆罗八部金莲伤了你，于你也不算失了威严，被婆罗八部金莲所伤无药可医，只有婆罗八部金莲才能治你的伤。"

悉达多念咒语，发动金莲，哪吒头顶金光笼罩，不久便伤势痊愈。

哪吒站了起来，面对悉达多和众圣作揖，而后对悉达多道："哪吒受教，是世尊让哪吒获得新生，世尊乃我再生父母，日后哪吒定待世尊如父。"

"善哉善哉。"悉达多向哪吒祈祷道。

世尊转身，面对地上的大鹏道："大鹏，你身为本座大护法，不守教规，本座罚你幽闭阿修罗界一百年。"

那大鹏幻化成鸟，被悉达多一把抓起来，藏进了自己的僧袍。

西方众圣方才离去。哪吒劫后余生。他木讷地站在那里，注视着远方，久久不肯离去。

第二十六章　降服牛魔王

天宫圣境，云雾缭绕，紫微宫金光闪烁。弥罗宫通明殿内仙乐飘飘，十几位仙娥在通明殿内载歌载舞，舞姿优美。玉帝半躺在龙榻上，半眯着眼睛，陶醉在仙乐伴奏中。突然，天宫一阵晃动，宫殿摇摇欲坠，仙娥们吓得乱作一团，大叫起来。玉帝猛地从龙榻上起身，朝殿外走去，忙喊道："发生了什么事？谁能告诉寡人？"

千里眼和顺风耳慌慌张张跑进通明殿，面对玉帝，三跪九叩，千里眼道："陛下，是西方翠云山地界，大地裂开一条缝，一头牛跑了出来，力大无比，正在下方撞树开山。"

玉帝面对众仙娥，吩咐她们退下。他捋了捋长须，在通明殿内徘徊。

"既是大地所生，就随它去吧，要避免它在凡间生事端。千里眼顺风耳，你们务必严加监视。"玉帝道。

"遵法旨。"千里眼顺风耳缓缓退下。

玉帝走到通明殿门口，面对金甲神人吩咐道："宣六丁六甲到通明殿见驾。"

六丁六甲奉旨前来见驾，玉帝道："刚才地动山摇，西方翠云山下大地所生之牛精，力大无穷，恐难约束，尔等速速赶往翠云山，对这只牛精加以控制，让它在下界安分守己，以免生灵涂炭。"

"陛下，是要臣等杀死这只牛精？"一天将问道。

玉帝摆了摆手，道："不可，既是天生地长，就不要取它性命，给它点教训就行。"

"遵法旨。"

六丁六甲风风火火赶往翠云山,见那牛精人身牛首,威风八面,身上穿着虎皮,脖子上挂着象牙,牛头黑得像炭。那牛精一掌打断了一根百年古树,又一口将一只老虎给生吞了。

那六丁六甲各持武器,立于云端之上,俯视牛精。

一将道:"哪里来的牛精,竟敢在此残害生灵!你是何方妖孽?"

牛精抖动全身,仰天大叫,那六丁六甲被牛精的叫声吵得心烦意乱,连忙堵住耳朵。

"我不知道我是谁,我也不知道我来自哪里,我只知道我见到了你们这一群讨厌的家伙。你们是来送死的吗?老牛还没有吃饱呢!"牛精稀里糊涂道。

"放肆,我等乃天庭六丁六甲天神,奉玉帝法旨,下界降服你。"一天神道。

那六丁六甲天神居高临下,将牛精团团围住,有的使枪,有的使叉,有的使大刀,有的用斧,有的用戟,有的用钺,一起对牛精展开围攻。

六丁六甲一起发功,掌心雷连连向地上的牛精打去,牛精在地上左右避闪,狂奔不已,竟然一掌也没有打中。六丁六甲落地,用兵器对付牛精,那牛精赤手空拳应招,将六丁六甲的兵器纷纷打落,并一声巨吼,那牛叫震耳欲聋,六丁六甲被震伤倒地。牛叫停止后,六丁六甲捡起兵器攻杀牛精,牛精纵身一跃,再一跺脚,大地震动,六丁六甲再次摔倒在地。

众天将屡败屡战,丁丑神将赵子玉见诸将身负重伤,连忙阻止了大家的再度进攻。

赵子玉道:"诸位兄弟,我六丁六甲自封神以来从未吃过败仗,这牛精乃天地所生，神力无穷，我们就不要再丢人现眼了。玉帝让我等来教训牛精，今日反倒被牛精打得面目全非。我们不是牛精的对手，就不要再打了，我们等伤势痊愈后，再回天庭吧，不能让天上的神仙看我等笑话，怎么回去跟玉帝交旨，咱们好好想想。"

丁亥神将张文通叹道："千里眼顺风耳在天上看得真真的，只怕没等我等上天就告诉玉帝了。"

"好在这千里眼顺风耳往日与我交情不错，这件事情他们不会对玉帝说的。"甲戌神将展子江道。

六丁六甲垂头丧气地驾云走了。

那牛精仰天大笑，道："什么天兵天将，还不是打不过我老牛！"

欣喜若狂的牛精连连发出数声牛叫，惊动了周围的野牛。

千里眼顺风耳在南天门外，什么都看得清清楚楚，听得仔仔细细，纷纷唉声叹气。

那牛精收了神通，周围方圆十里内，牛精成群结队地从四面八方，拥向黑牛精的身边。有老牛，有小牛，有公牛，也有母牛，它们朝黑牛精奔跑而来，边跑边叫，随之变化成人身牛首的妖。

牛精们将黑牛精重重包围，纷纷仰视黑牛精，喧闹不休。一头黄色老牛道："能打跑天将，了不起啊！英雄，你就是我们的牛大王……"

牛精们纷纷称颂黑牛精。

黑牛精隐约听到牛大王，忙问黑老牛道："你刚才叫我什么？牛大王？"

"是呀，你力大无穷，以后你就是我们牛族的大王了，我们再也不用怕被外族欺负了！人类有人王，我们牛应该也要有牛王。"老黄牛激动道。

黑牛精瞪大了眼睛，眼珠子转了一圈，拍了拍膝盖，喜道："牛大王，甚妙，我喜欢。你叫什么名字？"

"大家都叫我黄滑牛，说我点子多。"老黄牛沾沾自喜道。

黑牛精喜道："黄滑牛，以后你就跟着我吧，做我的左膀右臂，包你吃香喝辣。牛大王不好听，你再给牛爷我想一个好听点的名字。"

老黄牛瞅着黑牛精，思索片刻，道："大王开山撞树，大战天将，颇有几分魔性，不如就叫牛魔王吧？"

牛魔王欣喜若狂，道："牛魔王……牛魔王好，就叫牛魔王。"

黄滑牛身边的青牛怪，仰望牛魔王道："大王力大无穷，不如再加两个字，叫大力牛魔王不是更加威风吗？"

"大力牛魔王……好……威风，就叫大力牛魔王了，你叫什么？"牛魔王问青牛怪道。

"小的叫青蛮牛。"

"好好好，你们以后都跟我了。"牛魔王道。

"拜见大力牛魔王。"牛精们一起参拜牛魔王。

"牛子牛孙们，大伙儿都起来吧。"

牛魔王背着手，端着架子，瞅了瞅这翠云山的风景，感慨道："多好的地方啊，要是在这个地方有个欢乐窝该多好啊，牛子牛孙们就可以住在这里了。你们知道这山叫什么山吗？"

黄滑牛上前答话道："大王，此处叫翠云山，我知道有个地方可做我们的家园，大王请跟我走一趟。"

牛魔王惊讶道："果真有此地方？"

在黄滑牛和青蛮牛的引领下，牛魔王和一群牛精翻过几座大山，来到了翠云山的后山，四周风光秀丽，水草丰茂，山清水秀，有奇峰，可观云海。

黄滑牛跟在牛魔王的身边，一边带路，一边介绍道："这个地方，是我半年前发现的，前面有个山洞，山洞里是天造地设的一副家当……"

牛魔王随黄滑牛来到了山洞门口，洞门口周围生长着成片的芭蕉林，那牛魔王见山洞口径较大，只是没有名字，忙问黄滑牛和青蛮牛道："这山洞有名字吗？"

二牛摇了摇头。牛魔王瞅了瞅四周的芭蕉林，道："就叫它芭蕉洞吧！"

"翠云山芭蕉洞，好！"黄滑牛连连称好。

牛魔王领导牛精们进入芭蕉洞，里面果真是天造地设的一副家当。有石床、石椅、石桌、石凳，里面还有溪流，有喷泉，还有野花、蝴蝶。

牛魔王叹为观止，坐到了石椅上，展开双臂，搭在石椅上，迈开双腿，颇有些王者气派。

牛精们在洞内戏耍玩闹，又蹦又跳，不亦乐乎。见牛魔王入座，众牛精在黄滑牛和青蛮牛的带领下，再次参拜牛魔王，对牛魔王三拜九叩。

只是那黄滑牛见牛魔王身穿虎皮，身上也没有件称手的兵器，难免美中不足，恍然大悟道："大王，所谓人靠衣装，神靠金装，大王身为牛王应该有一身像样的行头，还有称手的兵器才行啊！"

牛精们纷纷起哄。青蛮牛道："大王，老黄牛说得对，你是咱们翠云山芭蕉洞的牛魔王，怎么能没有行头和兵器呢？翠云山以西三十里外，有一个罗刹国，国富民强，王宫里藏有大量的神兵利器，国王好武，最好收藏兵器，你可去取一件来，顺便再求国王赐给大王一件漂亮的披挂，想必他不敢不给。"

黄滑牛道："是呀，大王，不是青蛮牛提醒，老牛倒给忘记了，这罗刹国什么都不缺。"

"好，本王去去就回。"

牛魔王一跺脚，飞出芭蕉洞，往西边飞去。

那罗刹国的王都很是繁华，街道上喧嚣热闹，叫卖声不绝于耳，有杂耍的，有卖小吃的，有铁匠铺，有布庄，有驼队，有马车经过。这里的风土人情与中土不同，男的包着头，女的都蒙着面纱，有些神秘。牛魔王怕自己的尊容吓到市井小民，于是在空中摇身一变，成了一个俊俏郎君，找一处无人经过的巷子里，落了下来。

牛魔王行走在罗刹国王都的街道上，见街道两旁的商铺纷纷歇业，关门闭市，人流往同一个方向跑去。

"国王陛下在宫门口招婿了，据说这铁扇公主生得美艳动人，国王陛下甚是疼爱，谁娶了公主可有福了……"

人们议论纷纷，一个个争先恐后瞧热闹。

牛魔王掸了掸衣裙，也随人流前往王宫门口。

那国王在王宫正门口为公主摆下擂台，国王和群臣坐于城楼上观看，铁扇公主站在国王的身边。牛魔王站在人群中，远远地望着铁扇公主，只见公主手执铁扇，一副姿态高傲的样子，她皮肤白皙，容貌俊美，颇有些女侠气质。

"寡人的铁扇公主，是寡人的心肝宝贝，如今已到婚配年岁，铁扇公主自幼习武，博览群书，朝中达官贵族之子，她一个也看不上。寡人今日在此为公主设下擂台，就是招揽天下英雄，谁能打败公主，谁就能迎娶公主。"国王郑重其事地当着臣民宣布道。

铁扇公主从城楼上，一跃来到擂台之上，将铁扇插入腰间，变出青锋双剑，道："谁先上来？"

"我先来。"

一个壮如牛、虎背熊腰的力士，手持狼牙棒冲上擂台，看样子足有几百斤。

铁扇公主瞅着这厮，藐视道："你是个什么东西，竟敢来挑战本公主？"

力士道："小人是这城中屠夫，自认为功夫还不错，公主不必手软，免得我不小心伤了公主，公主生得如此美艳动人，着实不忍。"

铁扇公主愤怒道："你这厮着实无礼，看剑。"

铁扇公主持双剑，左右两路攻击，那屠夫手持狼牙棒，这狼牙棒似有千斤分量，朝铁扇公主挥去，铁扇公主不愿硬碰硬，一味避闪，那狼牙棒砸在擂台上，连木板铺就的地板都被砸得粉碎。力士体态肥胖，行动笨拙，铁扇公主一跃劈腿，从力士身后给了他一脚，力士摔了个狗吃屎。力士感觉被羞辱，爬起来捡起狼牙棒，扑向铁扇公主，铁扇公主做了一个高弹腿的动作，踢在力士下巴上，力士牙齿掉了一地；铁扇公主一剑刺中力士左肩膀，并一脚将其踢下擂台，力士摔了个半死。

接着登台的是一位游侠，他手执青铜剑，头上戴着一顶竹编的斗笠，操着双手。

"你是何人？"铁扇公主道。

游侠道："我来自周朝的祝国，我叫祈连，游走天下，除暴安良。"

铁扇公主道："好，好志气，我倒要看看你有何本事除暴安良，出招吧。"

那游侠拔出青铜剑，刺向铁扇公主，公主用青锋双剑连接数招，最后一脚将祈连踢下了擂台。

游侠祈连羞愧难当，捂面而走。

接连几名向铁扇公主挑战的人都被铁扇公主打下擂台，无人敢上台。牛魔王被铁扇公主那楚楚动人且有些冷艳的外表吸引，他缓缓走上了擂台。

牛魔王生性风流，先是以眼光挑逗铁扇公主，让铁扇公主有些羞涩。

铁扇公主红着脸道："你是何人？"

牛魔王道："在下是王都做买卖的商贾，见公主在此设擂台招亲，又被公主的美貌吸引，在下如果不迎娶公主，恐怕食不甘味，夜不能寐啊！还望公主成全。"

铁扇公主被当众羞辱，一张脸绯红。

"好你个轻薄之徒，看剑。"铁扇公主持青锋双剑刺了过去。

牛魔王并未躲闪，而是用左右手的手指夹住了铁扇公主的两把剑的剑刃，铁扇公主怎么拔也拔不动，国王及群臣看得心惊肉跳，擂台下的人们欢呼雀跃。

牛魔王一把搂住了铁扇公主的小蛮腰，两人面对面，双目对视，铁扇公主被牛魔王俊朗的面孔，还有结实的臂膀深深吸引了，面更红了。

铁扇公主拼命挣脱，牛魔王松开指头，公主这一拔剑，惯性让她退了几步，眼看就要摔倒，牛魔王以闪电的速度迎上去，接住公主，将公主拥入怀里。

公主一招高抬腿踢中牛魔王的鼻子，这才挣脱开来。

公主害羞道："好你个轻薄之徒，竟敢轮番羞辱本公主。"

铁扇公主一怒之下，扔了双剑，从腰间拔出那芭蕉铁扇，对着牛魔王猛扇。牛魔王以斗转星移的法术迅速转移方位，在铁扇公主的前后左右迅速移动，又用斗转星移大法将宝扇的风力转移，那铁扇的风力摧毁了周围的房屋，围观的人群被吹飞。

国王连忙喊道："铁扇住手，你那芭蕉扇的威力，百姓如何受得了，莫要再用。寡人已经看到了，这位先生的手段确实比你高明，寡人身为一国之君，不能言而无信。传宣政殿见驾。"

罗刹国的国王、铁扇公主、王子和群臣等人齐聚王宫的宣政殿。

国王看了看牛魔王，面对仍不服输的铁扇公主问道："王儿对此人还算满意？"

铁扇公主走到牛魔王的面前，不服气道："我长这么大，你是第一个打败我的人，你到底是谁？我看你不像商贾，更像是山里修行的术士。"

这恰恰也是国王和群臣想问的，大家的眼神都聚焦在牛魔王的身上。

牛魔王恭恭敬敬地对国王和公主作揖，道："陛下，公主，小人确实是商贾，只因拜了游方术士为师，学了点本事，此次胜了公主，也纯属侥幸，日后还得仰仗公主多多指教。"

铁扇公主听了这番话，甚是入耳，满心欢喜，面对国王道："孩儿婚事全凭父王做主。"

国王面对牛魔王道："你叫什么名字？何方人氏？家中还有什么人？"

"在下牛顶天，罗刹国人氏，孤儿，跟着师父长大，如今师父云游去了，不见仙踪。"牛魔王回话道。

国王欣慰道："孤儿自立，好，寡人宣布，牛顶天与铁扇公主择日完婚。"

"恭喜陛下，贺喜公主。"群臣跪拜道。

铁扇公主含情脉脉地看着牛魔王，牛魔王也恨不得一口吞了公主，直咽口水。

那铁扇公主对俊朗的牛魔王一见倾心，不打不相识，两人如胶似漆，很快坠入爱河。二人行走在王宫的御花园中，牛魔王对铁扇公主的扇子心心念念。

"公主，你那宝扇呢？怎么不见你拿出来？"牛魔王疑惑道。

铁扇公主将芭蕉扇从嘴里吐了出来，笑道："牛郎有所不知，这叫芭蕉扇，不是一把普通的扇子，这可是天地间一神器，产自昆仑山，混沌初开天地间一灵宝，扇面为太阴的精叶，传说天界的道德天尊处有一把。刚才若不是你迅速转移身形，若被扇子扇到早就到了九霄云外了，那些凡人被它扇到立马挫骨扬灰，怕是活不成了。"

牛魔王大吃一惊，目瞪口呆，道："果真如此神奇？原来是公主手下留情。公主可否借我看看？"

铁扇公主大方地将宝扇递给了牛魔王，牛魔王观后，甚为吃惊道："妙，太妙！公主不怕我夺了去？"

铁扇公主摇了摇头，笑道："这宝扇是认识主人的，天地间除了我，它谁也不认，若无口诀，它是没有威力的，它是一把如意扇，要大就大要小便小，很是称心。"

牛魔王将扇子还给铁扇公主，道："我自幼好习武，可惜没有一把称手的兵器，牛顶天听说王宫之中兵器众多，公主可否赐我一件？"

公主笑道："今后你我就是一家人，不分彼此，父王也喜欢练武，收藏兵器众多，回头我让父王赐给你一件，你去兵器库任选如何？"

牛魔王喜道："择日不如撞日，公主何不现在带我去兵器库，选好后再请陛下赏赐？"

"好吧，跟我来。"

铁扇公主领着牛魔王前往王宫内的兵器库。

公主命人打开了王宫的兵器库，里面的陈列架上摆满了各种各样的兵器，有刀，有锤，有叉，有剑，有枪，有矛等，制作精良，件件都是神兵利器。牛魔王一一试过，但都不称手。

就在牛魔王大失所望的时候，陈列架上的一根铁棍，本来锈迹斑斑，突然褪去铁锈，发出金光，照亮了整间屋子。牛魔王很是吃惊，走过去将它捧起来，耍了几下。

"不错，就是它，可算找到了。"牛魔王欣喜不已道。

铁扇公主深感诧异道:"这件神兵叫混铁棍,也不知道父王是从哪里拾到的。这件兵器在兵器库里最不起眼,放在兵器架上都生锈了,没想到今日你来了它却变得这般金光闪闪,莫非你是它的主人?"

牛魔王仔细把玩混铁棍,面对铁扇公主道:"公主,我就要这件了,这混铁棍想必陛下也看不上,不如就请陛下赐给我吧!"

"这件兵器本公主可以做主,就送给你了,不用请示父王。"铁扇公主拽着牛魔王兴高采烈地走出了兵器库。

罗刹国的国王为铁扇公主和牛魔王在王宫举行了盛大的婚礼。在此之前,牛魔王以美男子的形象已经和铁扇公主在宫中生活了个把月,两个人情意绵绵,你侬我侬。大婚的那个晚上,牛魔王与群臣喝了很多酒,他的酒量很大,大臣们醉了不少,他却精神抖擞,他借着酒劲准备向铁扇公主说明一切,牛魔王认为时机成熟了,公主迟早要知道他的身份。

铁扇公主着喜服,仪态端庄地坐在床前,静静地等候着牛魔王。

那牛魔王喝得东倒西歪,进了洞房,扶着桌子,来到公主身边坐下,他抚摸着铁扇公主羞涩的脸庞,欣喜若狂道:"我老牛是哪一世修来的福气,竟能得到公主垂青,娶到公主这样的美人。公主,我要跟你说个秘密,其实我是西方大力牛魔王,是大地之子,我担心你见到我的真面目会害怕,所以才变成俊俏郎君……"

铁扇公主认为牛魔王喝醉了,道:"老牛,你再胡言乱语说些我听不懂的话……"

公主话语刚落,牛魔王体内的酒精发作,显出了本相。

铁扇公主被牛魔王的尊容吓个半死,脸色煞白,惊魂未定的她往殿外跑去。

"来人呀……有妖怪……"

公主的呼喊声惊来了宫中侍卫和群臣,国王也闻讯赶来。

那牛魔王被禁军重重包围，刀枪相见，牛魔王面对铁扇公主一往情深道："公主，老牛对你一往情深，从未伤害你呀，老牛就是相貌丑陋些，但心肠不坏啊，我对公主怎么样，公主难道不清楚吗？"

国王惊恐万分，忙对禁军道："快给寡人杀了他。"

禁军一拥而上，牛魔王大臂一挥，禁军倒了一片，群臣避之不及。

铁扇公主惊恐万分，连忙吐出芭蕉扇，对着牛魔王一通猛扇。牛魔王气定神闲，默念避风口诀，公主无可奈何。

"公主，你难道忘了，你已经把宝扇的秘密都告诉我了？你是扇不动我的。"牛魔王道。

那牛魔王闪电般速度，来到公主面前，将她打晕，抱着公主驾云往翠云山的方向飞去。

"陛下放心，小婿定会善待公主。"

牛魔王扔下话就走了，国王心急如焚。

牛魔王把铁扇公主带到了翠云山芭蕉洞，牛精们欢呼雀跃。牛魔王把铁扇公主带到了自己的卧房，轻轻地放在床榻上，这时的铁扇公主苏醒过来，见牛魔王的尊容，一把推开了他。

"你不要碰我！你再碰我，我就死在你面前！"铁扇公主变出刀子比在自己的脖子上。

牛魔王心急如焚，忙道："公主，我们已经拜过堂成过亲，是真正的夫妻了，生米已经煮成熟饭，虽然俺老牛长得不好看，但我心眼好，老牛一定会善待公主的。"

"你快给我滚出去！"铁扇公主将刀子比在自己的脖子上威胁道。

"好好好，公主，老牛知道你一时难以接受，老牛不强迫你，你自己好好冷静冷静。"

牛魔王在房间里设下结界，缓缓退了出去，而公主则趴在床头痛哭。

牛魔王走出自己的房间,那黄滑牛和青蛮牛等牛精正守候在门口。

见牛魔王垂头丧气地走出来,黄滑牛问道:"大王,这位女子是?"

牛魔王叹道:"她是罗刹国国王的掌上明珠,铁扇公主,国王把她许配给本王了。公主知道我的身份后,被我的样子吓到了,我是强行带她来此的,她以死相逼,本王也无计可施了。"

"这可如何是好!"青蛮牛为牛魔王的事犯愁。

黄滑牛道:"大王,女人就是这样,闹几天就想通了,只要让她感受到大王的真心,日子久了她也就接受大王了。"

"对,公主想必不适应,适应适应就好了。"青蛮牛安慰道。

牛魔王回头往屋里看了看,叹了叹气,就离开了。

一连好几天,铁扇公主一个人在牛魔王的屋里发呆,一句话也不说,一副失魂落魄的样子,牛魔王为此很烦恼。

牛魔王坐在洞外的花岗岩上,一个人喝着闷酒,一杯接着一杯。那黄滑牛很是同情牛魔王,走到牛魔王面前,牛魔王面对黄滑牛,一筹莫展道:"怎么办?公主已经三天不吃东西了,再这样下去,如何得了?早知道我就将她留在罗刹国,不带走她了。"

牛魔王又是摇头又是叹气。

黄滑牛道:"大王,通过这几天的观察,小的发现公主对你还是有情的,可能是因为她一时接受不了大王的身份,女人都是心软的。小人有个主意……"

黄滑牛凑到牛魔王的耳边诉说一通。

牛魔王拍了拍大腿,欣喜道:"此计甚妙,我看可行,走。"

牛魔王来到了铁扇公主面前,面对一脸憔悴、六神无主的铁扇公主,他跪在了公主面前,泪流满面道:"公主,自从老牛见到你第一面,老牛就决定要娶公主,公主是老牛这辈子唯一的心上人。老牛心里暗暗发誓,生不能与公主同寝,死也要与公主同穴,公主绝食三日,看来已经抱着必死决心,那老牛也不活了,老牛先走一步了。"

牛魔王从怀里摸出一颗黑色的药丸吞了下去,立马口吐白沫倒地。黄滑牛埋伏在洞门口,见牛魔王倒地,连忙喊道:"快来人呀,大王死了。"

铁扇公主这才回过神来,扑过去,蹲下来,将牛魔王抱在怀里,哭诉道:"夫君,我们已经是夫妻,铁扇这些日子已经被你的深情打动,铁扇并非铁石心肠。夫君你不要死,你死了我怎么办?"

铁扇公主哭得稀里哗啦,牛魔王猛地睁开眼睛调戏道:"公主,你答应老牛了?不寻死了?"

铁扇公主喜极而泣,一个劲儿拍打牛魔王,撒娇道:"该死的老牛,敢装死,你要向本公主赔罪,否则我就不认你这个夫君。"

"好好好,走,我们先去吃东西。"牛魔王一把将公主搂在怀里,抱出了房间。

凌霄宝殿之上,玉帝和众神透过云层看到了牛魔王和铁扇公主这一幕。

玉帝震怒,面对群臣道:"大胆牛精,竟敢私配凡人,六丁六甲何在?"

"小神在。"六丁六甲出列,异口同声道。

"六丁六甲,寡人不是让你们收服这牛精吗?怎么它还在下界肆意妄为?一个牛精都搅到人家王宫里去了,还匹配公主,简直是岂有此理,你们是怎么办事的?!"玉帝责难道。

六丁六甲支支吾吾、吞吞吐吐,不敢说出实情,异口同声道:"臣等有罪,望玉帝责罚。"

玉帝愤怒道："这牛魔王将来必成妖界大圣，寡人岂能姑息，不如趁它没有坐大，将其一举消灭。三坛海会大神哪吒何在？"

"小神在。"哪吒出列道。

"寡人命你速速赶往翠云山，将牛魔王诛杀，送公主回宫。"玉帝斩钉截铁道。

那全身缠满红丝线、挂着拐杖的月老站出来，面对玉帝奏道："陛下，那西方大力牛魔王与那铁扇公主有三世情缘，陛下还是任由他们去吧。"

玉帝道："寡人担心这牛精以后会越来越无法无天。哪吒快去。"

太白金星奏道："陛下，既然月老说他二人有三世情缘，老臣认为哪吒三太子此去，不必诛杀牛魔王，只降服即可。"

玉帝犹豫道："哪吒，就按太白金星说的办，要让这牛精守本分。"

"遵法旨。"

哪吒持火尖枪，威风凛凛地走出了凌霄宝殿。

牛魔王和铁扇公主正在洞内郎情妾意。二人正在洞内赏菊，突然有小牛精急急忙忙闯进来，气喘吁吁道："大王，洞外来了个小将，一脸晦气，扬言让大王出去受死，否则就一枪捅塌这洞府，黄滑牛和青蛮牛二位总管顶不住了，让大王出去。"

牛魔王愤怒道："谁如此大胆，敢到我这里生事？"

铁扇公主也一头雾水，百思不解地看着牛魔王，一脸担忧。

牛魔王别了铁扇公主，从兵器架上带着混铁棍就往外面走。

哪吒脚踏风火轮，手持火尖枪，肩膀上挎着乾坤圈，威风凛凛。那牛魔王气势汹汹地出了洞府，见牛精们倒了一片，黄滑牛和青蛮牛两位洞府总管也被哪吒的火尖枪伤了大腿，站不起来，面对着哪吒跪着。

牛魔王懊恼不已，望着哪吒大骂道："哪里来的妖怪，竟敢到我的洞府撒野！"

哪吒冷笑道："牛精，我乃天庭哪吒三太子，并不是什么妖怪，玉帝派我下界降伏你。你竟敢私配凡人，还自封什么大力牛魔王，你知罪吗？"

牛魔王嚣张道："我老牛法力无边，乃大地之子，神通广大，上次玉帝派十二名天将下凡来降服我，被老牛打得满地找牙。他们没有告诉玉帝吗？现在玉帝又派你这个小将来降服我，你认为你打得过我吗？"

哪吒恼羞成怒，火尖枪一枪打下去，足有千斤力量。那牛魔王用混铁棍挡住，千斤力度压得牛魔王招架不住，一条腿跪着，另一条腿半跪着，地上留下深深的凹印。

铁扇公主从洞里跑出来，心急如焚喊道："夫君，你小心呀，他可是天庭哪吒三太子，神通广大，法力无边，神界难逢对手，你可不能大意啊！"

牛魔王与哪吒大战了一百回合，不分胜负，牛魔王力大无穷，与哪吒见招拆招。哪吒抛出混天绫，混天绫追着牛魔王跑，牛魔王变成一头火牛，混天绫捆它不得。哪吒收了混天绫，牛魔王显出本相，变作一头牛对着哪吒撞上去，眼看着就要撞上哪吒，哪吒跳上了牛背，抓住牛魔王的一对牛角，用力掰，牛魔王来回挣扎，左右摇摆，终于把哪吒从他的牛背上甩了下来。

牛魔王又冲向哪吒，哪吒抛出乾坤圈，将牛魔王的脖子牢牢套住，牛魔王越挣扎越紧。牛魔王显出了人身牛首，眼泪都被乾坤圈给箍出来了，说不出话来。但牛魔王的牛脾气从不服软。

"大王……"牛精们如热锅上的蚂蚁。

铁扇公主冲到哪吒面前，跪求道："三太子，饶命啊，老牛就是这个脾气,你今天就算杀了它,它也不会服软的。我求求你,放过他,老牛自托生以来并未残害无辜啊!"

哪吒无奈道:"公主,你真的爱这头牛吗?"

铁扇公主坚定不移地点了点头,大声道:"铁扇这辈子跟定它了!"

哪吒摇了摇头道:"也罢,既然铁扇公主为你求情,本太子就饶了你。今日权当给你一个教训,日后行走人间多行善事,如果有一天本太子真的发现你做了妖王,或者干了坏事,绝不饶你!"

哪吒撤回乾坤圈。

牛魔王面对哪吒,诚心拜道:"多谢三太子,老牛谨记三太子教诲。"

哪吒道:"婚姻大事,历来讲究父母之命,媒妁之言,你二人不可乱了人间规矩。你二人既然是真情,那就应该回到王宫,请求国王的原谅,国王金口玉言,否则怎可为臣民表率!牛魔王、铁扇公主,本太子陪你们去一趟王宫吧,你们向国王和大臣们当面认错。"

"全凭三太子做主。"铁扇公主恭敬道。

那牛魔王也只好依从。

牛魔王为了不吓到罗刹国的平民,不让王室蒙羞,它仍然变作那个昔日的俊俏郎君。它和铁扇公主驾云来到王宫,国王正在宣政殿上朝理政。国王自从失去了铁扇公主,终日以泪洗面,铁扇公主再见父王时,国王已是两鬓斑白、满脸皱纹,且有些驼背。

铁扇公主和牛魔王就这样走着上了大殿,群臣见过牛魔王的尊容,吓得脸色煞白,退避两旁。

"妖怪……"

群臣惶恐不安。

"儿臣铁扇拜见父王。"

"小婿见过陛下。"

铁扇公主和牛魔王纷纷给国王请安。

国王见到铁扇公主,惊喜不已,但想到牛魔王的身份,便又黯然神伤。国王拍案而起,愤怒道:"好你个牛妖,还敢来王宫?你敢欺骗寡人?欺骗公主?你掳走公主的这段日子,寡人遍寻公主不着,寝食难安。来人,将牛妖给寡人拿下。"

王宫卫士将牛魔王团团包围,卫士们个个心怀畏惧。

"父王,请原谅老牛,老牛是真心待您女儿的。"铁扇公主用身躯护住牛魔王。

这时,哪吒三太子踩着风火轮飞进了大殿。

"陛下,既然他二人有情,也真心悔过,就请陛下成全他们吧。"

国王走下台阶,望着哪吒道:"你是谁?"

哪吒道:"我乃天界三坛海会大神哪吒。"

国王和群臣深感吃惊,连忙参拜,异口同声道:"三太子保佑。"

"既然三太子亲临下国保媒,寡人焉有不成全之理?三太子难得下界,就请三太子在下国多住些日子,让寡人尽地主之谊。"国王道。

哪吒道:"牛魔王、铁扇公主,望你二人今后同心同德,多行善举,辅佐陛下管理好罗刹国。本太子公务繁忙,就先走了。"

哪吒蹬风火轮飞出王宫,往天上飞去,国王和群臣出了大殿,仰望天空,目送哪吒远去。铁扇公主依偎在牛魔王的怀里,牛魔王对哪吒似乎也充满感激之情。

第二十七章　通天回三界

漆黑的夜空，见不到星辰，一道惊雷，闪电将夜空撕成两半，一股强大的黑暗之气涌出，瞬间化作通天教主。只见那通天教主像是练成了什么魔功，全身上下自带闪电，眼皮泛黑，一双红色的魔瞳，身上穿的道袍染成了暗红色。

"元始天尊、道德天尊，你们以为把我封印在三界以外我就永远回不来了吗？这次我回来就是要统治三界，谁也阻止不了我。"通天教主怨气冲天。

通天教主往峨眉山方向飞去。峨眉山罗浮洞中，赵公明正在耍金鞭，鞭法使得出神入化，比封神前火候更甚，一鞭下去，洞内的一块千斤巨石瞬间碎成石粉。

"公明。"通天教主出现在赵公明的头顶，他的脚下踩着一团黑云。

赵公明猛一抬头，连忙下跪，欣喜若狂道："师尊，弟子拜见师尊，师尊能回来弟子太高兴了。"

通天教主愤懑道："元始天尊和道德天尊联手破了为师的诛仙阵，将我封印在三界以外，他们以为这样就能困住我？这口气我咽不下去，这次为师回来就是要夺回三界。公明，为师准备三日后攻打天庭，你可愿意助为师一臂之力？"

赵公明收起金鞭，站起来，为难道："师尊，如今三界太平，徒儿在下界助纣为虐，元始天尊不计前嫌，封徒儿为金龙如意正一龙虎玄坛真君；我截教弟子大多被封了神，三霄师妹也被封为感应随世三仙姑正神，金灵圣母被封为坎宫斗姆，就连对我截教忠心耿耿的闻太师，死后也被封为九天应元雷声普化天尊；在封神大战中我截教虽然败给了阐教，但如今三界元始天尊所封大罗金仙中仍有很多是我截教弟子。还请师尊放下，弟子愿终身侍奉师尊。再说，即使我截教门人和师尊联手也不一定能打败元始天尊和道德天尊，三界已成定局，请师尊顺应天意！"

通天教主愤愤不平道："公明，你告诉为师，什么是天意？所谓的天意还不是他元始天尊之意，自古以来成王败寇，现在他元始天尊倒成了天意。徒儿，元始天尊和道德天尊去遨游宇宙去了，不在大罗天，天庭只有玉帝和诸天神坐镇，为师可以轻而易举拿下天宫。元始天尊和道德天尊没有一百年是回不来的，到那时三界都在我截教手中，他们即使回来也无力回天了。公明，你不帮为师，为师可以理解，只要你不帮他们对付为师，为师就多了一成胜算，天神中数哪吒和杨戬最能打，但都不在话下。"

通天教主大袖一挥，走了。赵公明却忧心忡忡。

三仙岛上，雾气腾腾，雾淞遍布岛内，海面十分平静，海水拍打着岛上的岩石，哗哗作响，一轮明月悬于空中，月光洒落在海面上，如同白玉落盘。

三霄仙子正在岛上的岩石上打坐入定，吸收天地之气，月光精华，气定神闲。

"云霄、碧霄、琼霄。"一个熟悉的声音打断了她们入定。

三霄猛一睁眼，见是通天教主坐于云端之上，三霄欣喜若狂，连忙起身面对通天教主跪拜，异口同声道："弟子拜见师尊。"

碧霄激动不已道："师父，徒儿以为再也见不到你了，你能回来，徒儿很激动！"

云霄道:"师父,这次你能回来,徒儿们很高兴,截教不存,门人四分五裂,徒儿深感痛心。"

"是呀,师父,你能回来我截教又可以东山再起了。"琼霄欣喜不已道。

通天教主道:"徒儿们,为师准备三日后攻打天庭,如今元始和道德两位天尊都不在三界,我截教可一举拿下天宫,从而统领三界,你们可愿助为师一臂之力振兴截教?"

碧霄再度激动道:"师尊,徒儿等待这一天已经很久了,徒儿愿助师父。"

通天教主很欣慰,瞅了瞅琼霄,道:"琼霄,那你呢?你可愿助为师?"

琼霄为难道:"师父,这件事情太大了,徒儿听大姐的。"

"云霄,你可不能让为师失望啊。"通天教主向云霄道。

云霄忧虑道:"师父,三界一直由元始和道德两位师伯主持,由玉帝统管,三界大局已定,诸神按部就班,各归其位,秩序井然,天神和地仙多为阐教中人,截教中多数弟子已经依附阐教,只怕我们寡不敌众啊,到时候我们怕连最后的立足之地都没有了。"

通天教主不满道:"你们三个是为师最器重的弟子,连你们都不跟师父一条心,师父怎能不寒心?元始和道德天尊不在,西方教不会管天界之事,只要拿下天庭最能打的哪吒和杨戬,其他诸神都不足为惧,龙王和冥界为师自会让他们臣服,元始天尊和道德天尊回来时,大局已定,为师已练成神功,不惧他们。"

云霄为难道:"徒儿还是不放心。"

通天教主怒道:"也罢。云霄,为师理解你们现在的身份,接受了阐教的封赏,就把截教的兴亡抛之脑后了吧?好,为师白教你们了,三日后只要你们不帮着阐教诸神对付为师,为师就有把握拿下天宫,你们好自为之吧!"

通天教主转身离开。

"师父,徒儿一定说服大姐。"碧霄朝通天教主喊道。

东海入海口,有一座东海分水将军府,府邸坐落于悬崖之上,秋风落叶,杂草丛生,萧条无比,将军府的大门锈迹斑斑,门窗掉漆,脱落,屋顶的瓦缝里长满杂草和青苔。府门口左右两边有四名神将,本来是将军府站岗的天将,此刻正倚靠在将军府大门的柱子上打瞌睡。这里平时很少有人来,仿佛已经被三界遗忘。

东海分水将军庙的香炉里的香灰冰凉,这里很久没有信众来祭拜了。东海分水将军申公豹正躺在地上睡大觉,衣衫褴褛,头发凌乱,满面尘土,手里的拂尘也被老鼠吃得没剩下几根须了。

"真可怜啊,堂堂元始天尊的弟子,落得这般下场,不应该啊……"通天教主嘲笑道。

申公豹被惊醒,他睁开眼睛见通天教主站在他的面前,大吃一惊,连忙起身跪拜道:"通天师伯,怎么是你?你不是被我师尊和道德天尊困在三界外吗?"

通天教主道:"本尊这次回来就是要夺回这一切!申公豹,你是元始天尊的弟子,如今只是被封了一个东海分水将军的闲差,连个供奉的人都没有,你这庙已经这般凄凉了,你甘心吗?你看元始天尊的徒孙哪吒都做了天庭的太子,封了三坛海会大神,就连燃灯道人的弟子李靖也被封了天王,元始天尊和道德天尊的徒子徒孙都封了天神,就你被封在这岛上,你这东海道场恐怕也是三界最寒酸的神仙府邸了。"

"通天师伯,我求你别说了。"申公豹听不下去了,当即打断道。

通天教主激道:"申公豹,本尊看得出来,你心里憋着气,一肚子委屈,眼睛里都是怨恨,你想报仇吗?你想跟着通天师伯打上天庭吗?!"

"通天师伯,我师尊和道德天尊联手,还有天庭那些天兵天将,我们如何打得过?"申公豹不甘心道。

通天教主胸有成竹道:"元始和道德天尊不在三界,去遨游宇宙去了,百年内应该回不来,如今的三界又有谁是本尊的对手!等元始天尊和道德天尊回来,三界早已归我截教统治。本尊决定三日后攻打天宫,申公豹,你只要投了本尊,到截教统治三界时,本尊一定重用你,如何也好过你在这暗无天日的东海荒岛。"

申公豹咬了咬牙道:"只要通天师伯信守承诺,到时候对申公豹委以重任,申公豹愿意逆天!"

通天教主冷笑道:"什么是天?元始天尊赢了我,他就是天,本尊赢了他,本尊就是天,到时候三界掌握在我截教手中,就是元始和道德天尊回来也回天无力,何谈逆天?"

申公豹听了如醍醐灌顶,茅塞顿开,道:"教主,你说让申公豹怎么做?"

通天教主欣慰道:"很好,三日后本尊率截教弟子攻打天庭,势在必得,未免四海龙王节外生枝,你身为东海分水将军,将四海龙王给本尊控制起来就行。如果他们归顺我截教,本尊依然封敖广兄弟四人为四海龙王;如果他们敢反叛我,帮助天庭对付我,申公豹你就替本尊除了他们。"

"教主放心,等平定了四海,申公豹将率领水军上天助阵。"申公豹态度坚定道。

"好!哈哈……"通天教主大笑后,化作黑气飞走了。

在三界尽头有一座山叫不周山,不周山也是人间通往天庭的唯一之路,传说是天柱所在,没有凡人能上去。不周山山势险要,主峰高耸云霄,山上积雪终年不化,山间雪风呼啸,常年飘雪,没有飞禽走兽，没有林木，这里是生命的禁区，寂静得紧。

时有龙叫，时有狮吼从山里传出。通天教主赶风而来，他站在空中，俯瞰不周山，"伏魔洞"三个字出现在他的眼前。那山里的怪叫，就是从这里传出来的，叫声十分凄惨刺耳。

洞口被结界封住，洞内火光熊熊，从外面看像是一个熊熊燃烧的炉子。

"可怜啊，可怜，堂堂魔界大王竟然久困于此。"通天教主刻意嘲笑道。

"是谁，谁在嘲笑本王？"魔王气道。

通天教主落在洞门口，大袖一挥，雪风停了，雪也不再飘了。

"狻猊，你难道连本尊的声音也听不出来了？"通天教主道。

"你是通天教主？你跟元始天尊不是一伙的吗？莫非你是来取我性命的？"

通天教主冷笑道："狻猊，你被元始天尊压在这里一千年了，要杀你何必本尊亲自动手，你也太看得起自己了吧？"

"那你来干什么？"

"我是来救你的。要知道元始天尊设下的结界，除了本尊和道德天尊，三界内没有人能解，你难道还不信本尊？"通天教主道。

"那你进来吧。"

通天教主运功破了元始天尊的结界，进入洞内。只见狻猊被捆妖索锁住，吊在空中。狻猊长的是龙身狮头，狻猊的身下是正在沸腾的岩浆，温度很高，时不时溅起数丈高，岩浆溅到狻猊的身上，令它生不如死，发出声声惨叫。

通天教主面对狻猊，摇了摇头，叹道："可怜啊，可怜，堂堂魔界大圣，也是神龙之子，没想到在如此恶劣的环境下煎熬了一千多年，今日要不是本尊，恐怕你永远也出不来。"

狻猊一听，激动不已，又是摇头摆尾，道："教主，听你所言，莫不是要救我？元始天尊答应放我了？"

通天教主道："元始天尊没有放你，是本尊要放你，只是本尊放你之前，你要答应效忠本尊，否则我随时可以灭你。"

"教主救了我，就是本王的再生父母，哪有不孝顺父母的道理！这条命是教主给的，狻猊誓死效忠！"

"那好，我这就放你出来。"

通天教主默念口诀，手指一划，捆妖索断开，狻猊飞到了通天教主面前，化作人形，但面部仍像狮子般狰狞。

狻猊活动了筋骨，舒展了四肢，便向通天教主跪了下来，道："狻猊叩谢教主搭救之恩，狻猊愿誓死效忠教主。"

狻猊起身，怨恨道："怎么说我也是龙神之子，就因为长得不像龙，就被踢出龙族，又被元始天尊关在这里一千多年，生不如死，这口气我咽不下去！"

通天教主激道："你咽不下去就对了，就因为你不像龙，就因为你游过的河流会枯竭，到过的地方草木会死，就因为这些元始天尊就把你封印在这里受苦！你统领魔界以来，万魔归附，应该是有大功的。不要说你，本尊也同情你，就看你想不想报仇。"

狻猊穷凶极恶，道："教主，以后狻猊跟着你，你让狻猊干什么狻猊就干什么！"

通天教主道："好，三日后，本尊将率领截教众弟子攻打天宫，你带着你的魔兵先攻地府，再随本尊攻占天宫，只要秦广王站在本尊这边就饶他性命，如果他敢不从，就地正法。"

狻猊有些畏难，道："教主，我们面对的是所有天神，还有元始和道德两位天尊，我们的胜算够吗？"

通天教主胸有成竹道："放心吧，本尊胜券在握。元始和道德天尊暂时回不来，你们只管放心打，天庭最能打的哪吒和杨戬交给本尊。我截教一统三界的日子就要来了。"

"遵命。"狻猊道。

通天教主幻化而去。狻猊出了伏魔洞，几声狮吼震垮了山洞，造成了雪崩。狻猊变成龙身狮头飞走了。

第二十八章　截教领三界

大罗天弥罗宫皇极凌霄宝殿上，玉皇大帝正紧急召见群臣。赵公明、闻仲、二十八星宿、三十六天罡、九曜星官、三霄娘娘、坎宫斗姆、无当圣母、五方天帝、太白金星、真武大帝、九天玄女、李天王父子、五岳大帝、六丁六甲等数百位天神齐聚凌霄宝殿，玉皇大帝眉头紧锁。

"陛下，近两日大批魔兵杀入冥界，也不知道他们是受谁的指使，冥界诸神寡不敌众，或战死或投降，十八层地狱全部被魔兵占领，恶鬼肆虐，臣是从轮回隧道逃出来的。请陛下速速派人查明。"秦广王跪在玉帝面前激动道。

只见那秦广王的旒冕歪歪斜斜，衣衫不整，一副狼狈不堪的样子，确实像是逃命来的。

玉帝叹道："看来我三界就要有大难了。"

千里眼和顺风眼连滚带爬地跑进了凌霄宝殿，一头扎在玉帝面前，神情慌张，那千里眼急道："陛下，也不知道是哪里来的大批魔兵，已经杀到天庭，他们现在已经攻占第四重天，四大天王以及天兵天将快招架不住了，请陛下速拿主意！"

哪吒急道："哪里来的妖魔，竟敢冒犯天威，看我今天不把它们杀个片甲不留！"

哪吒正要出凌霄殿，玉帝忙喊道："哪吒且慢，此乃天庭劫数，你身为三坛海会大神只管守住凌霄宝殿即可，六丁六甲、三十六天罡、二十八星宿，尔等可前往四重天助阵。"

"领法旨。"

六丁六甲、三十六天罡、二十八星宿火速出了凌霄宝殿，往下方杀去。只见第三重天上杀声震天，惊天动地。

"千里眼、顺风耳，你们可知道这群魔兵为首的是谁？"玉帝镇定自若道。

顺风耳奏道："陛下，好像是魔界大王狻猊。"

九天玄女困惑道："据我所知，魔界大圣狻猊被元始天尊封印在不周山的伏魔洞里，怎么会出现在天庭？"

太白金星道："是呀，三界内能破元始天尊封印的就只有道德天尊和通天教主了，元始天尊和道德天尊此刻正遨游宇宙，莫非是通天教主回来了？"

诸神瞠目结舌，面面相觑。

"哈哈哈，果然还是太白金星有见识。"通天教主人未到，声音先到。随后通天教主现身于凌霄宝殿，身形有数丈高，与那玉皇大帝齐肩。

诸神仰视通天教主，吃惊而恐惧。

截教弟子见到突然出现的通天教主，深感吃惊，以那无当圣母为首的截教弟子向通天教主跪拜，异口同声道："拜见师尊。"

通天教主欣慰地点了点头，道："难得你们做了阐教的神仙还记得本座，很好，都起来吧。"

哪吒却一脸的不屑。

玉皇大帝冷笑道："教主一出场果然不同凡响，莫非攻打天庭的魔王是教主你放出来的？"

通天教主愤懑道："当年，在封神大战中，元始天尊和道德天尊二对一，将我打败，封印在三界之外，他们的徒子徒孙现在统领着三界，本尊不服，如今我回来就是要夺回这一切。想不到元始天尊让你昊天玉帝来统领三界，你可愿归顺本尊？"

玉皇大帝苦笑道："承蒙元始和道德两位天尊不弃，三界诸神看得起在下，让在下统领三界，如果在下屈服于教主的淫威之下，如何面对归来的二位天尊？威严扫地，又如何再统领三界？除非教主杀了在下，否则寡人定不会屈服。"

"玉帝，你看本尊如今的法力与那元始天尊比如何？"通天教主嚣张道。

玉皇大帝摇了摇头，不屑道："神之威严，岂可单凭法力高低论断，教主法力通天无仁德，也枉然。今日截教领三界乃劫数，寡人不可抗拒，然天道轮回，终有自取灭亡的一日。"

"好，本尊就成全你，废了你的顶上三花。"

通天教主面对玉帝，连发三掌，玉帝勉强接了两掌，最后一掌无力招架，被震伤。

通天教主打开袖筒，将玉帝给吸了进去。

"这就是不识好歹的下场，玉帝，你就在本尊的混元无极宝光乾坤袋中待着吧。你苦历一千七百五十劫，每劫十二万九千六百年，修行不易，何必自讨无趣？"

通天教主暗自叹息。

诸神见玉帝已被通天教主收入袋中，一时间群龙无首，一个个惊慌失措。

勾绞星费仲和卷舌星尤浑见大势已去，彼此挤眉弄眼。

费仲面对诸神道："诸位大神、大仙，玉帝大势已去，何不归属通天教主门下？教主宽宏大量，一定不会为难我等。"

"是呀，负隅顽抗是没有好下场的，所谓识时务者为俊杰，通天教主也是截教之主，由他统领三界，我等心服口服。"尤浑和费仲一唱一和道。

太阴星姜王后摇了摇头，道："想不到这费仲和尤浑被封了神还是狗改不了吃屎，到了天上还是改不了溜须拍马那一套。"

"小人要归属教主门下，侍奉教主，绝无二心。"费仲和尤浑跪在通天教主面前，异口同声道，一副诣媚的嘴脸。

金吒见费仲和尤浑临阵倒戈，气急败坏道："这费仲和尤浑两个混蛋，我真想上去踹他们两脚。"

哪吒气道："玉帝平时最信任他们，想不到他们最早叛变。"

通天教主面对诸神道："如今玉帝不在，我截教将统领三界，愿意归顺我教的，就站到本座身边来。"

费仲和尤浑先站到通天教主一边，九曜星官也站了过去，三霄娘娘及赵公明、闻仲等也都站了过去，金灵圣母、无当圣母也都纷纷站在通天教主一边。截教中，大半弟子都已经站到了通天教主一边。

只有那五方天帝、李天王父子、太白金星、真武大帝、九天玄女、五岳大帝、秦广王等誓死不从。

东方青帝伏羲道："我被人间推为人皇，如果三界落入你通天教主手中，那三界将被黑暗统治。本帝誓死不从。"

中方黄帝轩辕道："我是人类始祖，我岂能与你同流合污，玉帝高仁大德，没有谁能比他更适合统领三界。"

赤帝神农、白帝少昊、黑帝颛顼皆不依从。

黄帝拿出轩辕剑，青帝伏羲取出太极八卦镜，赤帝神农拿出赤金捣药杵，白帝少昊取出玄鸟剑，黑帝颛顼持黑虎金鞭，一起围攻通天教主。

黄帝轩辕以轩辕剑攻通天教主，连刺数剑仍未刺中，只将通天教主的道袍划了一个口子。通天教主大袖一挥，用道袍将轩辕剑缠住，一个拂尘打在黄帝的天灵盖上，黄帝被打翻在地，爬不起来。黄帝伏羲以太极八卦镜照通天教主，那八卦镜光芒万道，很是刺眼，如针扎一般，阴阳变化，忽冷忽热，通天教主稳定身形，用道袍避光，并出一掌将伏羲打伤倒地。赤帝神农的捣药杵发出巨大的声响，通天教主心烦心乱，神农将捣药杵砸向通天教主，并以法力驱使捣药杵，通天教主拂尘一扫，捣药杵打在了神农的胸口，神农重伤倒地。面对白帝和黑帝的进攻，通天教主皆以高深法力将其宝剑击落。五方天帝纷纷倒地，一并被通天教主收入混元无极宝光乾坤袋中。

"五方天帝都不是本座的对手，你们还有谁不服？"通天教主施压道。

李靖苦笑，走出来，面对通天教主道："我李靖来自下界，受玉帝和天尊的器重，被封为天王，本王是不会屈服于你的。"

李靖拿出玲珑塔欲将通天教主收入塔中，通天教主一掌将宝塔打落，并将李天王也收入乾坤袋中。

哪吒持火尖枪，威风凛凛地站出来，道："教主，你与我阐教教主元始天尊平辈，我知道我打不过你，但是哪吒身为天庭的中坛元帅，也是天界的护法天神，今天就是战到最后只剩下我一个，我也要承担起保护三界的重担。"

费仲向哪吒道："三太子，这天庭没有人是教主的对手，我劝你还是投降吧，我们一殿为臣，我是好言相劝！"

哪吒破口大骂道："鼠辈宵小，你们食君之禄，如今却临阵倒戈，无耻下流，拿命来。"

哪吒持火尖枪杀向费仲和尤浑，二人吓得脸色煞白。

哪吒的攻击被通天教主的拂尘挡了回去。

"哪吒，你是三界最能打的天神，也是灵珠子转世，你大仁大义，忠勇可嘉，本座实在不忍心伤你，只要你归属我教，以后你仍然是三界的护法神，你父王仍然是天上的天王，你可要想清楚。"通天教主道。

哪吒苦笑，道："本太子是不会屈服于你的。"

哪吒持火尖枪杀向通天教主。哪吒使出全部神力，那火尖枪顿时威力十足，枪身金光闪烁，枪尖释放出三昧真火。他摇着火尖枪步步杀招，使出三头八臂，乾坤圈、混天绫、阴阳剑全部用上，通天教主屡屡避让，哪吒在招数上屡占上风。通天教主手持拂尘，与那哪吒战了几十个回合，不分胜负。通天教主以穿心锁进攻哪吒，眼见那法器要从哪吒身上穿胸而过，哪吒用火尖枪格挡，那穿心锁将火尖枪牢牢缠住，哪吒挣脱不开，便施展大法，搅动火尖枪，方才挣脱开来。

哪吒取出九龙神火罩并发动，欲罩住通天教主，神火罩张开口子从通天教主头上罩下来，通天教主向上一掌，将神火罩收入囊中。

"我的弟子石矶母子就是被你的九龙神火罩烧死的，今日本座就收了它。"通天教主道。

哪吒见神火罩已失，失了理智，更加冲动，摇起火尖枪连杀通天教主几个回合。通天教主双手合掌，运功，双掌击中哪吒，将哪吒重伤。哪吒苦苦支撑，站起来，又倒下去。

金吒和木吒见了，一拥而上，纷纷被通天教主收入乾坤袋中。狻猊带着大批魔兵杀了上来，直入凌霄宝殿，见通天教主、二十八星宿和九曜星官等才罢手。

通天教主将余下诸神一并收入乾坤袋中。通天教主削去哪吒顶上三花，面对截教弟子道："哪吒不从我，我已经削除他的顶上三花，废了他的法力，将他打入凡间。"

"谨遵教主法旨。"

上来两名魔兵将哪吒给扛了出去，押往南天门，将哪吒扔了下去。

通天教主以移步大法，坐在了玉帝的宝座上，截教门人和魔界的魔兵们纷纷聚集在凌霄宝殿上，魔兵魔将的队伍一直延伸到殿外。

"参见教主。"众神魔面对通天教主跪拜道。

通天教主得意道："免礼。想不到这一次占领天庭会如此顺利，比本尊想象的要顺利得多。"

无当圣母道："师尊，我们接下来该怎么办？"

通天教主面对赵公明，沾沾自喜道："公明，你不是对师父我攻打天庭有疑虑吗？怎么样，现在师父成功了！"

赵公明眉头紧锁，瞅了瞅众同门，面对通天教主道："师尊，我们打下三界该如何管理？这是个问题。另外，元始天尊和道德天尊回来，我们该如何应对？西方教又会不会插手天界的事情？这些我们都不知道！除了元始天尊和道德天尊，西方的燃灯道人，还有准提道人和接引道人、孔雀大明王这些可都是不好惹的。大师兄多宝道君投靠了西方教，他又会不会背叛师尊，帮助他们对付我们？元始天尊的昆仑十二金仙可都未曾露面啊，如今我截教只是打败了哪吒和五方天帝等诸神，现在庆贺还真不是时候……"

云霄道："是呀师尊，公明师兄说得对，我们现在还不是掉以轻心的时候。"

"怕什么，如今师尊的法力三界有几人能匹敌？哪吒不是号称三界最能打的战神吗？还不是被师尊废了法力，打下凡间。"碧霄不可一世道。

通天教主道："尔等说得对，不能掉以轻心，西方教没有理由干涉我天界的事情，但是我们不能不防。如今三界诸神被我收入混元无极宝光乾坤袋中，就算元始和道德天尊归来，我们人多势众，那时他们也无可奈何。狻猊听旨。"

狻猊上前道："狻猊听候教主法旨。"

"狻猊，从今后你就代替秦广王治理地府，人鬼殊途，切莫放恶鬼到人间，要维护好人间和地府的秩序，不可乱了轮回。"

"狻猊遵命。"魔王狻猊退到一边。

通天教主向赵公明道："公明，你多宝师兄不在我身边，以后就由你统领三界，闻仲从旁协助，你们迅速拟定一份神职名单送交本尊。截教门人各司其职，共同维护三界安宁，本尊要让元始天尊和道德天尊看看，没有玉帝，没有他们，我截教一样把三界治理得很好！"

"恭贺教主。"众神魔异口同声道。

通天教主有些得意忘形。

第二十九章 哪吒修功法

黑暗中，哪吒隐隐约约闻到粪便的味道，还有羊叫声，他迷迷糊糊地睁开眼睛，见自己正躺在羊圈里，被山羊团团围住，羊蹄子在他的身上踩来踩去，哪吒的身上全是粪便。哪吒动弹不得，全身上下的衣服被撕破了，手臂上还有伤，脸上也有血迹；他抬头看到羊圈的顶棚被开了天窗，想必是他被魔兵从天上推下来时砸的。哪吒全身的骨头都散架了，十分痛苦。

一个两鬓斑白的太婆提着一筐草进羊圈喂山羊，见哪吒躺在羊圈里，吓得脸色煞白，丢了筐，跑出羊圈，朝屋内喊道："老头子，快出来呀，有贼要偷咱家的羊。"

果然，一个同样两鬓斑白的老者拿着农具追了出来，这时哪吒闻声从羊圈里跑出来，狼狈不堪。太婆拦住了哪吒去路，哪吒被一前一后堵住了。

"两位老人家，你们误会了，我不是偷羊贼，我乃天上三坛海会大神哪吒三太子。"哪吒连忙解释道。

乡下太婆哪里见过世面，听哪吒如此说，吓得连忙合掌向上天请罪，嘴里不断地祷告。

那老汉举起锄头打向哪吒，哪吒想以法力抵挡，却使不出来一点功力，被老汉一锄头打中了背部。哪吒只好逃跑，被老汉两口子追赶。

"我让你偷羊，欺我老两口无儿无女，还敢亵渎神灵，看我不打死你。"老汉举着锄头边追边骂。

直到老汉两口子追不动了,哪吒才停下来,一屁股靠在树下歇了起来。

哪吒仰望上天,苦笑道:"果然是落魄的凤凰不如鸡,想我哪吒也是叱咤风云的天界战神,如今被两个老人追赶,全无还手之力,可悲啊!爹、娘、大哥、二哥,你们现在怎么样了?如今我已经是凡人,被通天教主削去顶上三花,我怕是报不了仇了!"

哪吒说着,泪流满面,眼神里充满了无助和绝望。

哪吒心如死灰地走在大街上,衣衫褴褛,狼狈不堪,他身上的羊粪味刺鼻难闻,街上的行人纷纷避闪,像躲瘟神一样躲着他。哪吒孤立无援,感受到了前所未有的孤独。

他走到了菜市,这里人群熙熙攘攘,热闹非凡。

一个文质彬彬的书生模样的人正在挑菜,有两名贼头鼠脑的人,跟在那书生后面,像两个痞子,一个放风,一个假装买菜偷偷地扒那书生的钱袋子。

哪吒看到后,喊道:"有小偷,抓小偷!"

那痞子一惊,连忙把钱袋子放回去,书生连忙护住自己的钱袋子。

哪吒走过来指认两名小偷,众人围了过来,那偷钱的痞子瞪了书生一眼,恐吓道:"我是小偷吗?"

书生道:"不是。"

书生吓得拔腿跑了。

偷钱的痞子嚣张道:"谁是小偷?谁掉了钱?我看你是欠揍!"

那贼挽起袖子,要打哪吒,另外一名痞子连忙阻止道:"这里人多,我们还是不要惹麻烦了。"

两个小偷瞪了哪吒一眼,便急急忙忙离去。

哪吒往城里走去。走到一个巷子里，四周无人，他被刚才那两个小偷堵住了，另外还有三个人，一共五个人，像是那两个小偷的帮凶。

哪吒想跑，没有跑成。

那偷钱贼面对哪吒，一副要吃人的样子道："我让你多管闲事！如果不是你，我们就得手了！给我打！"

五个人一拥而上，拳打脚踢，将哪吒一顿痛打，哪吒功力尽失，四肢无力，全无招架之力。五人打完哪吒后便迅速溜走。

旧伤未愈又加新伤，哪吒坐在地上，再一次苦笑道："我哪吒自打娘胎里出来，哪里吃过这种亏，堂堂三界战神如今被人间几个地痞流氓欺负，爹娘、大哥、二哥，哪吒救不了你们了。"

哪吒躺了下去。

哪吒的肚子咕噜咕噜作响，这是他第一次感受到饥饿。他爬了起来，闻着肉香寻去，只见那蒸熟的鸡肉正在蒸笼里冒着气。哪吒眼巴巴地盯着那盘子里的鸡肉，饿得直咽口水，他瞅了瞅四周，见掌柜不注意，扑上去，抓了鸡腿就跑，边跑边啃，掌柜的看到了，忙喊道："有偷鸡贼，快抓住他。"

店里的伙计一听，蜂拥而至，把哪吒按在地上又是一顿打；掌柜追了出来，对着哪吒又是狠狠地踹了几脚，嘴里骂骂咧咧道："哪里来的臭要饭的，竟敢跑到我这里来偷吃，快滚，否则我见你一次打你一次。"

一个衣着华丽的中年男子路过，他看起来像个商贾，见哪吒甚是可怜，摇了摇头，从怀里拿出一些青铜布币交到掌柜手里，道："店家，这小兄弟也是可怜之人，想必是饿坏了，这些布币给你，你再给这小兄弟拿点吃食，出门在外谁没有个难处！"

那店主点头哈腰道："是是是，我马上去拿。"

店主往摊位前走去。哪吒仍大口吃肉,那好心人将他扶了起来道:"小兄弟,你是哪里人?是遇到什么困难了吗?不妨跟我说说?谁都有落难的时候,我给你一些布币,你拿去做些营生去吧。"

好心人从怀里再次拿出一些布币交到哪吒手里。店主将剩下的半只鸡端到哪吒面前,哪吒一把抓住鸡就跑了,丝毫不觉得烫手。

那好心人一个劲儿地喊,哪吒也没有回头,他将鸡肉捂在怀里。天突然下起了暴雨,哪吒带着鸡肉来到了城外的哪吒庙里。

庙里香火鼎盛,却空无一人。见到栩栩如生的哪吒像,哪吒苦笑道:"你们拜我干什么,如今我自身难保!我堂堂哪吒三太子,如今靠偷凡人的鸡充饥,真是可笑。这是我打出世以来第一次体会到饥饿,原来当个凡人这么难!"

哪吒一怒之下,将半块鸡重重砸在神像上,鸡肉掉进了香炉里,哪吒又将其捡起来,擦了擦香灰,啃了起来,眼泪不住地往外流。

哪吒啃了鸡,就躺在地上昏昏睡去。

"三太子……你醒醒……"

哪吒在梦中听到一个熟悉的声音,声音越来越大,哪吒醒来,他睁眼看见是白灵,顿觉没脸见人,连忙爬起来躲到神像后面。

白灵没有追上去,站在原地,对神像后面的哪吒道:"当年三太子还在下界,白灵能感应到三太子的去向;后来三太子当了天神,白灵就再也感应不到你了;最近白灵又能感应到三太子了,知道三太子有难,这才赶来。三太子,白灵会一直陪伴在你身边,你对白灵有两次救命之恩,这时候白灵是不会丢下三太子的。三太子你一定要振作起来,一定可以东山再起,想想李天王,想想素知天后,还有三太子的两位哥哥,他们可都等着你去救他们呢。"

"白灵,你走吧,我不想你看到我现在的样子。我如今法力被废,如同凡人,别说报仇,我自己都活不下去了,连几个凡人都打不过。"

哪吒心如死灰道。

白灵走到了神像后面，哪吒捂住自己的脸，白灵拉下哪吒的双手，哪吒仍然没有面对白灵的勇气。

"你看着我！"白灵以强硬的气势道。

哪吒看了看白灵，又将头埋了下去。

白灵将他从神像后面拽到了神像前面。白灵用手将哪吒的下巴抬起来，使其望向哪吒的神像，白灵道："三太子，眼前正是那个威风八面，令三界妖魔闻风丧胆的三坛海会大神啊。百姓们都在请求你的保佑呢，你看香火一刻也没有断，你得对得起他们，也要对得起元始天尊和玉皇大帝对你的信任啊，你要保护三界啊！如今三界已然落到截教手里，阐教弟子是没有好下场的，你就这样自甘堕落吗？你看看，看看眼前这个三太子，这才是白灵仰慕的三界战神。你一定要振作起来！"

哪吒欲哭无泪，苦笑道："白灵，你说我该怎么办？我如何能迎回玉帝和解救诸神？"

白灵道："你要想办法恢复法力，不是还有神仙没有被通天教主控制吗？比如二郎神杨戬，还有未入神籍的大罗神仙，如陆压道人，可以集中他们的力量，一定可以打败通天教主。"

哪吒道："通天教主野心很大，我估计等他在天庭坐稳了，一定会趁元始天尊不在，攻打昆仑山，昆仑山十一位师叔伯，还有我师父，恐怕劫数难逃！"

白灵道："三太子，那你更要抓紧恢复功力啊，你乃灵珠子转世，一定有办法恢复功力的。"

哪吒心急如焚道："我担心杨戬和昆仑金仙有难，我要马上去报信，不能让通天教主的人杀他们一个措手不及，可是我如今不能腾云驾雾，风火轮和法器都被通天教主收了，我也不知道该怎么办了。"

白灵问道:"三太子,你想去哪儿,我带你去。"

哪吒道:"五岳大帝、五方天帝、雷震子,天界能征善战的天神都已经被通天教主控制了,如果杨戬和昆仑上的师叔伯们再遭遇不测,恐怕想要夺回天宫、解救玉帝就很困难了。我们先去灌江口找二郎神,再去乾元山金光洞找我师父。白灵,辛苦你了。"

白灵和哪吒驾云朝灌江口而去,一路来到灌江口二郎真君庙,只见庙门大开,那梅山七怪正在庙门口你一口我一口地喝着酒,好不自在。

那牛角牛鼻的金大升见哪吒,连忙上前相迎,道:"三坛海会大神今日怎么不踏风火轮?"

众人皆深感诧异,那猪嘴猪脸、满脸黑须的朱子真道:"是呀,这可不像三太子的作风啊!"

哪吒下了云,忙问众人道:"清源妙道真君杨戬呢?"

那长着一对羊角的杨显道:"刚刚金甲神人到来,说玉帝有要事要与我家二爷相商,二爷刚上天。"

哪吒回头瞅了瞅白灵,道:"完了,还是来晚一步。"

金大升道:"三太子,到底出什么事了?"

哪吒眉头紧锁道:"三界已被通天教主占领,玉帝和天神都已经被通天教主收在了他的混元无极宝光乾坤袋里,我被通天教主削去顶上三花,如今已是凡人,我的法宝都被收了,要不是白灵帮我,我连到这里都没有可能。"

众人瞠目结舌,面面相觑,一副大吃一惊的样子。

朱子真道:"那我们怎么办呢?如果真是这样,二爷又岂能是那通天教主的对手?怕是有去无回啊!"

众人深感担忧。

"我与杨戬大哥心意相通,我试试吧,用我最后的一点法力试试吧。"哪吒焦虑道。

哪吒闭上双眼，以念力运功，嘴里念道："杨戬大哥，三界已被通天教主占领，领你的金甲神人是假的，你听到速做决断。杨戬大哥……"

哪吒集中精力，喊了几声杨戬，杨戬在云端上终于听到。

杨戬趁假的金甲神人不备，将三尖两刃刀比在那假金甲神人的脖子上，威逼道："你到底是谁？为什么要骗我去天庭？天庭已经被通天教主占领了对不对？"

假金甲神人不吭声，杨戬一刀砍了他，原来它的真身是一只狼。

杨戬连忙折返，回到了灌江口，见哪吒，深感震惊道："哪吒，天庭已经落在通天教主手里了？"

哪吒痛心疾首道："是呀，我父王、母后，还有两个哥哥，玉帝和诸神全部都在通天教主的手里，我被通天教主废了法力，如今形同凡人，若不是白灵带我来找你，我恐怕活不下去了！"

"是呀真君，三太子就是放心不下你们，所以才来向你们通风报信的，如今三界只剩下你们几位真神了。"白灵激动道。

哪吒面对杨戬急道："杨戬大哥，你们兵分几路前往昆仑山通知我阐教的几位师叔伯，我和白灵去乾元山找我师父，再晚一步，恐怕他们也会遭到通天教主的毒手啊！"

杨戬吃惊道："元始天尊和道德天尊两位师祖呢？他们怎么会任由通天教主放肆？"

哪吒摇了摇头，急道："两位师祖都在遨游宇宙，茫茫宇宙，怕是数年之内回不来。"

哪吒紧紧握着杨戬的手，道："杨戬大哥，拯救玉帝的重任就靠我们了。"

杨戬百感交集。

"梅山兄弟，随我去昆仑山。"

杨戬带着梅山七怪驾云朝昆仑山方向去了。

白灵向六神无主的哪吒道："三太子，我们现在去哪里？"

"白灵，我想去乾元山金光洞看我师父，快带我去吧，我担心晚一步师父遭遇不测。"哪吒心急如焚道。

白灵带着哪吒驾云来到乾元山金光洞。洞门口遍地都是碎石块，一片狼藉，像是有打斗过的痕迹，洞门也被破坏了。

哪吒脸色煞白，连忙冲进了金光洞。

"师父，哪吒回来了……师父。"

哪吒边找边喊。洞内的陈设像是被强盗洗劫后一般，金莲像是被霜和冰雹打过一样，都蔫了，淤泥溅得满地都是；池子里的金莲藕也被人捞走了，池子里的银白虾全都死了；走进洞，哪吒看到炼丹炉也被打翻了。

"师父，弟子还是来晚一步。"哪吒伤心不已，靠在炼丹炉上坐了下来。

白灵看到哪吒消沉的样子很难过，她来到哪吒身边安慰道："三太子，看来真人很可能已经遭遇不测，你现在功力尽失，即使早到也不是那截教众弟子的对手，我们也算逃过一劫。三太子你可要抓紧恢复功力啊，通天教主是一定不会放过你的，即使你做了凡人，他也不会放心。"

哪吒站起来，注视着周围的一切，含泪道："我幼年之时，就是在这里，师父传我法术，火尖枪、乾坤圈、风火轮都是师父赐予我的，如今师父不知去向，我要想恢复法力，要战胜通天教主，解救诸神，谈何容易啊！"

白灵含情脉脉地面对哪吒，眼神坚定不移道："三太子，昆仑众圣吉凶未卜，拯救三界，就全靠你和杨戬了，你一定可以。"

哪吒垂头丧气地走出了金光洞,抬头看天,撕心裂肺地喊道:"师父,你在哪儿啊?你告诉弟子,哪吒该怎么办?"

哪吒接连几天在洞内打坐,不吃不喝,人也憔悴消瘦了不少,白灵看在眼里痛在心里。

哪吒盘腿坐于蒲团之上,运功,脸色忽红忽白,脸色难看的哪吒吐了一口血,白灵连忙上前去扶着他。

哪吒体虚,眼神无光,道:"我拼尽全力,功力只恢复到一成,没有了顶上三花我就是个凡人,想要恢复到以前的功力太难了。"

"慢慢来,相信你一定可以,不要泄气啊。"白灵只能不断地安慰。

哪吒起身,走到石壁前,一个劲儿把头往石壁上撞击。

"我真没用,我真是个废物,父王母后,孩儿救不了你们。"哪吒自暴自弃道。

他把额头磕破了,鲜血流了出来,溅到石壁上,石壁的石屑开始脱落,一幅栩栩如生的壁画出现在哪吒眼前。白灵也甚为吃惊,急忙凑上去看。

壁画的内容大致是三教圣人大战元魔老祖的画面。那三教圣人披头散发,潇洒飘逸,只见他口吐金莲,手持灵珠子,驱动混元灵宝石,三宝合一得以消灭元魔老祖。

壁画旁题了一首诗:

  鸿蒙宇宙初开辟,诸圣群魔应劫临。
  三教圣人再现时,三宝合一万魔尽。

白灵一头雾水,道:"三太子,元魔老祖是谁?谁又是三教圣人?什么又是三宝?"

哪吒沉吟半晌，道："我听我师父太乙真人说过，元魔老祖是魔的化身，本事不在我师祖元始天尊之下，当年我师祖元始天尊和元魔老祖打了个平手，是三教圣人将我阐教、西方教、截教三宝聚齐才消灭元魔老祖。三教圣人应劫而生，没有说是谁，只有在关键时刻才能出现；至于说这三教至宝是什么，我也不清楚。"

白灵对壁画上的诗仔细揣摩，道："从这首诗的意思来看，只有三教圣人出现，并聚齐三宝才能战胜通天教主。我只知道截教门人异类众多，当年截教弟子在下界助纣为虐，那通天教主摆下诛仙阵对付元始天尊和道德天尊，看来通天教主就是最大的魔头。"

哪吒站在壁画面前，彷徨无措时，那接引道人出现在哪吒的头顶，金光照耀整个洞府，只见接引道人脚踏十二品莲台，手执念珠。

哪吒猛回头，见是接引道人，连忙稽首道："哪吒见过接引大师。"

接引道人摇了摇头，叹道："哪吒，天庭发生的事情，我西方教已然知晓，但向来我西方教不管天庭之事，所以爱莫能助。况且那截教教主已经修成了魔功，只怕那元始天尊也非他对手，况且两位天尊不在三界。如今我只能将本教镇教之宝婆罗八部金莲借你，助你恢复功力；那混元灵宝石是截教镇教之宝，乃截教前教主道本天尊体内结石，应在碧游宫，只有靠你自己去寻了；至于阐教至宝灵珠子在该出现的时候自然会出现。"

哪吒道："接引大师，难道就任由通天教主逍遥法外吗？三界内无人能打败他吗？那三界生灵岂不是永远在黑暗之中。"

接引道人摇了摇头，叹道："自古邪不胜正，魔头迟早有灭亡的那一天。此乃三界劫数，这个重担就在你的身上。"

"哪吒接住。"接引道人将掌心的婆罗八部金莲给哪吒。

哪吒接住了金莲，接引道人转身就要走。

"大师，我师父呢？他在哪里？"哪吒激动道。

"太乙真人被无当圣母和坎宫斗姆偷袭，被关押在碧游宫。昆仑金仙均在自己的道场被偷袭。现在昆仑金仙中只剩下广成子、道行天尊、慈航道人、普贤真人、文殊广法天尊因早年投我西方教，所以免遭于难。杨戬也在昆仑山，昆仑山是阐教祖庭，截教暂时攻不上去。"接引道人叹道。

接引道人飞走了，哪吒此刻心乱如麻。

他坐在了石阶上，盯着手里的婆罗八部金莲，黯然神伤。

白灵道："三太子，现在咱们该怎么办？大罗金仙都被通天教主拿下，就凭我们，势单力薄，能挽回局势吗？"

哪吒站起来，正义凛然道："我是三界护法神，玉帝罹难，三界秩序遭到破坏，我责无旁贷。我要马上恢复功力，然后再做打算。"

哪吒一口吞下婆罗八部金莲，然后盘膝而坐，运功调息，哪吒的脸上出现了八种颜色，忽明忽暗，忽深忽浅，他的左右生出很多金色的莲花，他的头顶出现了神光。

哪吒缓缓睁开眼睛，站起来，激动地拥抱白灵道："白灵，我恢复了顶上三花，功力全部恢复了，这西方教的镇教之宝果然厉害。"

见哪吒功力恢复，白灵似乎比哪吒更高兴，高兴得手舞足蹈。

"三太子，那我们可以召集众圣一起打入天宫了？"

哪吒摇了摇头道："现在玉帝和诸神都被通天教主收在他的混元无极宝光乾坤袋中，想必这袋子是他随身携带的，我们要想救回众圣，除了偷，就是打败通天，否则别无他法。即便是我恢复了功力，我的法器都还在通天的手里，根本不可能有什么作为。我们不能在此待太久，以通天的法力定能找到我，我们要迅速转移。"

白灵道："那我们去哪儿？"

"哪里都可以，但是不能在一个地方待太久，现在三界都在截教的掌控中，我们只有与他们周旋。"哪吒道。

这个晚上，哪吒做了很多噩梦，梦见太乙真人和李天王一家被通天教主绑在诛仙台上，饱受雷劈火烧之苦。哪吒满头大汗，大喊大叫，惊醒了白灵。

白灵摇醒了哪吒，喊道："三太子，你怎么了？"

白灵扶哪吒坐了起来，哪吒坐在草垫上，满头大汗，恐惧道："我梦见我师父，还有我父王、母后、大哥、二哥，他们被绑在诛仙台上，忍受着雷劈火烧之刑，我都不知道他们怎么样了。"

白灵安慰道："三太子，梦都是反的，李天王和素知天后他们，一定不会有事的。"

哪吒道："我们在这里多停留一刻，他们就要多一分危险。"

哪吒忧心忡忡地走出了金光洞。

白灵见哪吒如此消沉，她感到很痛心，喃喃自语道："我打认识你以来，还从来没有见你这样过，我知道你的压力太大了。"

白灵跟了出来。

哪吒站在洞外，望着漆黑一片的天空，繁星遍布周天，偶有流星划过。见到有流星落下，哪吒感慨道："又不知是哪位星君丧命。"

就在哪吒感慨时，夜空下太乙真人的元神出现了。

"哪吒。"

见太乙真人，哪吒激动地跪拜道："师父，徒儿好想你啊。"

太乙真人道："哪吒，为师现在被通天教主囚禁在碧游宫，为师用仅存的一点功力，重塑元神，才能与你对话，师父必须长话短说。哪吒你听着，现在三界危难，你必须扛起拯救三界的重任，迎回玉帝，你只有练成新的法术，聚集三教镇教之宝，才有可能打败通天教主，夺回大宫。你还记得当年你在乾元山上练功的乾坤洞吗？你只有去那里练功，才能有突破……"

话说了一半，太乙真人就消失了。

"师父……"

白灵急道："真人怎么没有把话说完就走了。"

哪吒道："想必师父是耗尽了最后一点功力。白灵，走，我们去乾坤洞，你帮我护法，时间不多了。"

哪吒拽着白灵，朝乾坤洞的方向跑去。

天已经微微亮，哪吒和白灵举着火把进入到乾坤洞。这洞十分隐秘，没有人知道，里面已经结满了蜘蛛网，还有大量的蝙蝠从洞穴里涌出。哪吒喷了一口三昧真火，将洞里的蜘蛛网和蝙蝠烧了个干干净净，右臂一挥，洞内一尘不染。

哪吒坐在石凳之上，乾坤洞的石壁上，星罗棋布记载着阐教功法的口诀。

"三太子，这里都是你们阐教的功法口诀，我一个小妖还是不看为好，我在洞外替你把门吧。"

白灵说罢，转身朝洞外走去。

哪吒一把抓住白灵的手臂，道："白灵，在我心里你也是我最重要的人，你就是我的亲人，我从来没有把你当作外人。如果这次不是你，可能我都没有信心活下去，更不可能来到这乾元山，我得感谢你。如今三界有难，你就留在洞内与我一同参详这些口诀吧，如果你能练成阐教的功法，他日攻打碧游宫，你也能助我一臂之力，我也少了一份担忧不是？"

白灵被哪吒的一番话感动了，含情脉脉地看着哪吒。

哪吒对着洞内吹了一口气，乾坤洞里的油灯都燃起来了，将山洞照得通明。

哪吒丢了白灵和自己手里的火把，将白灵拉到写满文字的石壁前。

白灵面对哪吒含情脉脉道:"三太子,在白灵心里,你也是白灵最重要的人,你两次救了白灵性命,现在又给机会让白灵学阐教的功法,白灵不知道该说什么好!"

"白灵,你我之间就不要这么客气了,快参悟口诀吧,时间不多了。"

哪吒说罢,盘腿而坐,全神贯注地注视石壁上的文字,字迹分明写着,"元气之始,无宗无上。万法之宗,谓之大道。众玄之门,玄之又玄。大道无常,归元合一。阴阳之气,抱残守缺……"

白灵见哪吒气定神闲,十分欣慰,也盘腿坐了下来。

天大亮,阳光照进洞内,洞外的鸟儿叽叽喳喳,吵醒了困倦的白灵,她睁开眼睛,见身边的哪吒已经不见了。

白灵迅速地起身,朝洞外走去,喊道:"三太子……"

哪吒正站在乾坤洞外面的巨石上,展开双臂,拥抱阳光,做了一个深呼吸。

哪吒回头面对白灵微笑道:"白灵,你醒了?"

"三太子,你没事吧?"白灵仍然一副担忧的样子道。

哪吒欣喜道:"我神功已经练成,是我丧失功力前的十倍。想来这西方教的镇教之宝果然厉害,我吞食以后,练什么都快,怪不得当年西方大鹏金翅鸟就是吞下此物将我打败。"

突然,山中冲出来一条巨蟒,正在追赶一只山兔。那巨蟒已经成精,行动快如闪电,尾巴一扫,巨石被击得粉碎,山体顿时轰然倒塌。眼看着巨蟒正要一口吞下山兔。

哪吒发出一掌,将巨蟒震碎,地上全是蛇皮和血肉,草地和树叶上都是血迹,兔子钻进石缝逃走了。

白灵人吃一惊,瞠目结舌,双手捂住了嘴巴。

"三太子,这蛇妖怕是有千年道行,你竟然一掌就灭了它,白灵从修成人形以来，闻所未闻。三太子，你又救了我的同类。"

哪吒满心期待道："白灵，你认为我此刻功力能否打败通天教主？"

白灵道："白灵以为，以三太子此刻的功力，就是通天教主四大弟子联手，也不一定能打赢你。三太子不依靠乾坤圈和火尖枪，也能发挥威力，如果再聚齐三教三宝，定能消灭通天教主。"

"白灵，我们先去昆仑山，找我师叔伯，商量如何夺回天宫！"

哪吒和白灵驾云往昆仑山飞去，转瞬即逝，速度直追风火轮。

第三十章　大战碧游宫

昆仑山上正在交兵，魔界大圣狻猊，在赵公明、三霄姐妹、无当圣母、坎宫斗姆等截教诸圣带领下，率领魔兵正在攻打玉虚宫。昆仑山玉虚宫被紫气笼罩，设有结界，魔兵攻不进去。广成子、道行天尊、杨戬等阐教诸神各显神通，正拼死抵抗。虽然普贤真人、文殊广法天尊、慈航道人早已脱离阐教，归了西方教，但阐教祖庭昆仑山毕竟是他们的母家，知昆仑山有难，三圣纷纷前往助阵，西方教由此也卷进来。

阐教弟子与截教弟子打得不可开交，昏天暗地，风起云涌，战火引发昆仑山森林大火，生灵涂炭。

"三太子，玉虚宫那边正在交战，情况很不乐观，你看那边已经烧起来了。"白灵站在云端，指着正在燃烧的森林，面对哪吒激动道。

哪吒愤怒道："这群妖魔趁我师祖不在攻打玉虚宫，好不要脸，好好的玉虚宫被他们搅得乌烟瘴气。白灵与我一道助阵。"

哪吒和白灵飞往玉虚宫。广成子与道行天尊正在对战赵公明，杨戬大战狻猊，普贤真人、文殊广法天尊、慈航道人分别对战三霄姐妹、无当圣母、坎宫斗姆，战斗惨烈，不分胜负。

"诸位师叔伯，哪吒来了。"哪吒喊道。

杨戬见哪吒，欣喜若狂，回头喊道："哪吒，你功力恢复了？"

杨戬心情大好，全身充满了力量，一鼓作气，一掌打在了狻猊的胸口，并开了天眼，令狻猊显出了原形，狮头龙身。狻猊的吼叫声令杨戬和众圣心烦意乱，杨戬摇起三尖两刃刀，断了狻猊的中路，将狻猊劈成了两段，一声龙叫，狻猊掉下了山崖。杨戬尖刀一挥，大批魔兵伤亡，见狻猊已死，残余魔兵纷纷朝四周围逃窜。

哪吒口吐三昧真火将这些魔兵全部烧死，魔兵们痛不欲生，在云端打滚，如天降大火，纷纷落在了山里，惨叫声划破天穹。

杨戬收起武器，跑到哪吒面前，拍着他的肩膀，欣喜道："哪吒你的法力恢复了？"

"嗯，我吞了西方教的镇教之宝婆罗八部金莲，功力恢复了，我还练成了新的法术。杨戬大哥，现在不是叙旧的时候，等我把截教众圣打退了，咱们再从长计议。"

没等杨戬开口，哪吒就挡在赵公明前面，将婆罗八部金莲吐出来，运功提气，将功力集于掌心，并催动婆罗八部金莲，金莲释放万道金光，射得赵公明睁不开眼，哪吒一掌将赵公明打翻在地，赵公明喷了一口血。

阐教和截教众圣皆瞠目结舌，大吃一惊。三霄姐妹见师兄赵公明受伤倒地，忙于应付，走了神，被慈航道人击中天灵盖，败了下来。

正在与普贤真人对战的无当圣母，见能征善战的赵公明被哪吒打败，信心大减，分心时被普贤真人的吴钩剑伤了锁骨。

"快走。"赵公明对截教众圣喊道。

三霄姐妹扶着受伤的赵公明，与无当圣母等人幻化而去。

阐教众圣见威胁已消，收了各自法器，朝哪吒走来。

哪吒面对阐教众圣，作揖道："哪吒见过诸位师叔伯。"

广成子欣慰道："如果不是哪吒及时赶到，我们的昆仑祖庭怕是要遭殃了。哪吒，你不是被通天教主废了顶上三花吗？现在怎么变得这么厉害？"

哪吒将白灵拉到广成子及众圣面前，笑着道："诸位师叔伯，这次全靠白灵,如果不是她在我身边照顾我、鼓励我,我可能连凡人都做不下去,在凡间我终于体会到什么是虎落平阳被犬欺,凡人有多难。白灵送我去乾元山金光洞,是西方教的接引大师将西方教至宝婆罗八部金莲借给我,才助我恢复功力,哪吒现在还练成了新的法力。接引大师说,只有三教圣人出现,聚齐三教至宝才能消灭通天教主,如今灵珠子和截教的混元灵宝石还不知藏在什么地方,唉。"

道行天尊感叹道:"你能恢复功力就好。我知道白灵,上次擅闯天庭,你还替她挨了棍子。虽为兔妖,但也不失为义仙,有你在哪吒身旁帮助他,相信我们一定可以打败通天,迎回玉帝。"

白灵面对众圣施了万福礼,道:"白灵见过诸位大仙。"

哪吒面对西方三圣文殊广法天尊、普贤真人、慈航道人问道:"慈航师姑、普贤和文殊两位师叔,你们不是归了西方教了吗?西方教不干预天界之事,怎么今日也来了昆仑?"

慈航道人道:"哪吒,通天占了三界,三界将进入黑暗统治,如今已不是阐教和截教之间的恩怨了,这关乎三界安危;再则我们出自昆仑,这里是我阐教祖庭,元始天尊是我等的师尊,虽然改投别教,但阐教有难,我等岂能袖手旁观!"

"唉。看来我们得抓紧了。"哪吒摇了摇头。

"哪吒,我来了。"

哪吒听到一个熟悉的声音,猛一回头,见是慈航道人身边的善财龙女敖盈。

看到敖盈,哪吒激动道:"敖盈,你怎么来了?"

慈航道人对敖盈道:"你不在珞珈山道场看守门户,来这里干什么?"

敖盈道:"尊者,三界都不保,珞珈山如何保得住?如果真的有截教妖邪冒犯,敖盈也是寡不敌众,还不如与尊者和三太子一道,抵抗截教。"

哪吒面对敖盈激动道："你来了就太好了，我们的力量又增加了。"

广成子道："哪吒，诸位，咱们还是进入玉虚宫里去谋划，看看怎样夺回天宫，救回众圣。"

众圣朝玉虚宫里走去，此时的玉虚宫已不复往日光耀，死气沉沉，硝烟弥漫。

哪吒随众圣走进大殿，他四处张望，众圣盘腿坐于蒲团之上。

广成子面对众圣道："接下来该怎么办？众神都议议吧。"

哪吒道："我听师父说过，当年是三教圣人聚齐了三教的镇教之宝才消灭了元魔老祖，如今接引大师也是这样说，到底谁才是三教圣人？阐教和截教之宝又在哪里？"

哪吒一脸困惑地看着众圣。

文殊广法天尊道："哪吒，三教圣人是应劫而生，该他出现时他才会出现。截教至宝混元灵宝石想必通天教主是放在身上的，他向来谨慎，肯定不会放在碧游宫或者其他地方，无论是偷还是夺，都不容易，只有看天意了。灵珠子是我阐教至宝，三教圣人出现时，它也会出现，一切都要看机缘。"

慈航道人面对广成子道："师尊不在，昆仑群龙无首，只有靠广成子师兄主持全局了。"

广成子道："我们几个联手也打不过截教四大弟子，哪吒一人就将他们击退，对于我们是如虎添翼。哪吒现在的法力比之前更强了，即便没有了风火轮和火尖枪，倒也不失英雄本色。三教圣人没有出现，混元灵宝石下落不明，就我们目前的法力要与师尊齐名的通天教主抗衡，还是很吃力的。"

道行天尊道："我们要想办法，把太乙真人、玉鼎真人及昆仑众圣从碧游宫救出来，众圣恢复法力后，联手打上凌霄宝殿，才能多几分把握。"

哪吒道："通天教主让魔界大圣狻猊管理冥界，狻猊被杨戬大哥斩杀，通天教主断了一臂；四海龙王被申公豹控制，如果能劝服公豹师叔回头是岸，四海龙王也会是我们的帮手。"

广成子气愤道："这个申公豹，真不知道他是怎么想的，当年悖逆师尊助纣为虐，现在封神了又跟着通天教主反天，岂有此理！"

"申公豹就交给我吧，解铃还需系铃人，这是我与他的恩怨。"

众圣回头，见是姜子牙，个个喜笑颜开。

"姜子牙给各位师兄见礼了，闻阐教有难，子牙特来助阵。"姜子牙面对众圣作揖道。

见姜子牙，哪吒和杨戬激动不已，异口同声喊道："姜师叔。"

"姜师叔，哪吒好想你啊！"哪吒激动得手舞足蹈。

姜子牙刮了刮哪吒鼻梁，调侃道："你这混小子，想姜师叔也不来看我，果然当了护法天神忙了！"

"姜师叔，哪吒经常和师父还有父王母后念叨你呢。"哪吒撒娇道。

杨戬则是一本正经地站在姜子牙面前。

姜子牙拍了拍杨戬的肩膀，欣慰道："不错，能一举杀死魔王狻猊，杨戬你的功力又进步了，师叔很欣慰。"

"多谢师叔。"杨戬郑重其事道。

广成子道："子牙师弟来了，我们力量就又增强了。"

道行天尊走到姜子牙面前，感慨道："众人皆被封神，就连恶贯满盈的费仲、尤浑都封了神，唯独子牙未封，师尊常说子牙封神不合时宜，子牙你恨吗？"

姜子牙摇了摇头，道："子牙乃周朝开国元勋，被周天子封为齐侯，我齐国最终虽为田氏所代，我姜尚这一脉享国也有六百多年。子牙肉身死后，虽未得封神，但元始天尊赐我三界散仙，享受天庭俸禄，也不用到玉虚宫拜见，师尊对子牙的这份情义，胜过虚无的神职。"

普贤真人道："子牙师弟的心胸比天高比地阔，你能如此想再好不过。"

姜子牙向哪吒欣慰道："哪吒，三界天崩地裂，你的父王和母后都还在通天教主手里，你还能如此谈笑自如，你比封神前更可堪大任！你得到了西方教的婆罗八部金莲，神功大成，迎回玉帝，夺回三界，你责任重大啊。"

听姜子牙如此赞扬哪吒，白灵心里美滋滋的，对哪吒的蜕变感到欣慰。慈航道人身边的善财龙女敖盈也含情脉脉地看着哪吒。

广成子道："师尊不在，我是昆仑山的大师兄，那我就来带这个头，关于营救众圣和夺回天宫之事，诸神有何高见啊？"

姜子牙道："申公豹交给我，等我降了申公豹，再带领四海龙王上天助战。"

慈航道人道："如果众神真的被关押在碧游宫，想必通天教主此刻已经在碧游宫布下了天罗地网，我等贸然前往，无疑是自投罗网。"

道行天尊道："慈航所言极是。"

哪吒道："那我们就来一个声东击西，我们放出风去，佯装攻打天庭，实际上集中精力偷袭碧游宫。"

广成子道："只怕通天教主没有那么容易上当。"

众神一筹莫展。

白灵道："众神肯定被通天教主封了法力，即使找到了他们，也很难将他们带出碧游宫。"

姜子牙看了看白灵，问道："这位是？"

哪吒道:"姜师叔,她叫白灵。"

"哦,我知道,你们两个的事情早已传遍三界。"姜子牙道。

文殊广法天尊道:"如果真的要去碧游宫,就一定要找一个熟悉碧游宫的人带路,可是难啊。"

就在大家一筹莫展、唉声叹气的时候,手持拂尘、腰悬宝剑的多宝道人和陆压道人出现了。

多宝道人走进玉虚宫,正义凛然道:"通天教主逆天,贫道只有大义灭亲。贫道愿助诸位一臂之力。"

陆压道人道:"还有我,我也来助诸位一臂之力。"

众神见两位道人到来,连忙起身作揖相迎。

广成子道:"能得两位大仙相助,碧游宫可破,多宝道兄出自截教,对碧游宫内部的情况再熟悉不过。我们就声东击西,佯装攻打天庭,救出众圣,再一起打上天庭。"

众神表示同意。

忧心忡忡的敖盈向慈航道人道:"尊者,我愿与姜丞相一道去东海,我担心父王出事。"

"去吧。"慈航道人点了点头道。

敖盈来到姜子牙面前。姜子牙向广成子道:"师兄,子牙先和敖盈去东海,等我解决了申公豹,再让龙王率领海龙兵一起上天助战。"

广成子道:"千万要小心。"

姜子牙和敖盈一起出了玉虚宫。

通天教主正在碧游宫入定,赵公明、三霄姐妹、无当圣母、坎宫斗姆负伤推开了殿门,他们相互搀扶,狼狈不堪,来到了通天教主的面前。

众弟子跪在了通天教主面前,异口同声道:"师尊,弟子无能,未能攻破玉虚宫,请师尊降罪。"

通天教主睁开眼睛，见众弟子受伤，吃惊道："你们都是大罗神仙，尤其是你公明，你是本座所有弟子中法力最强的，当年在伐周路上，你曾力挫群雄，怎么受伤的？"

琼霄道："师尊，万万没想到啊，我们都是被同一个人打伤的，这个人曾经的法力比起昆仑十二金仙差远了，没想到我们竟然伤在小辈的手里。"

通天教主疑惑道："你说的是谁？"

"是哪吒。师尊你万万想不到吧，他已经被师尊废了顶上三花，没想到他现在的功力更厉害了。"赵公明匪夷所思道。

无当圣母忧虑道："师尊，魔界大圣狻猊也被杨戬诛杀了，我们又断了一臂，现在冥界没有管事的了。"

通天教主难以置信道："被我废掉顶上三花的神仙，不可能再恢复功力，更不可能这么厉害，待我听察三界。"

通天教主闭上眼睛，昆仑山上的场面都出现在他的眼前。

通天教主睁开眼睛，愤怒道："是接引把西方教的镇教之宝婆罗八部金莲借给了哪吒，才使他恢复了功力。西方教向来不管我天界之事，真是岂有此理！"

坎宫斗姆道："师父，我们几个都身受重伤，如果此时昆仑众圣群起围攻我碧游宫，我们该当如何？"

通天教主道："接引想利用三教至宝对付我，如果没有三教圣人出现，即使有了三宝，也奈何不了我！我截教至宝混元灵宝石在我的身上，他们妄想。"

赵公明道："师尊，当年三教圣人用三教至宝消灭了元魔老祖，我们不能掉以轻心啊。"

"三教圣人真的那么厉害？"碧霄道。

通天教主心有余悸道："三教圣人加上三教至宝，可以毁天灭地，三界内诸神诸魔无人能敌。三教圣人只会在关键时候出现，至于他什么时候出现，三教圣人是谁，本座也无从知晓。三教圣人的身上凝聚着阐教、截教、西方教的全部精髓大道。"

众弟子听得心惊胆寒。

就在弟子们低头不语的时候，通天教主却显出一副轻松的样子，笑道："也没什么可怕的，谁说三教圣人就是冲我来的？本座与元始天尊、道德天尊都是道的化身，宇宙的根本，谁规定他元始天尊的阐教才是正统！现在天神们都在本座手里，谁笑到最后还不一定。"

东海岸边，东海分水将军庙的上空，持宝剑的申公豹正在与手无寸铁的姜子牙展开大战。申公豹祭出开天珠，开天珠威力惊人，像一颗颗雷弹，珠子划过空中如一道道闪电，姜子牙手无寸铁，避之不及，在空中翻跟头，申公豹驭剑直指姜子牙胸膛，姜子牙用了一招转移大法，避其锋芒。

申公豹得意扬扬道："师兄，当年你仰仗师尊赐给你的打神鞭和《封神榜》在下界所向披靡，如果诸神归位，你手里没有了打神鞭，你还能是我对手？"

申公豹将开天珠抛出去，开天珠一分为二，二分为三，如下弹雨一般，铺天盖地打向姜子牙，随即申公豹挥剑刺了过去。姜子牙脱下袍子，袍子将珠子挡住，姜子牙如金蝉脱壳，方才逃脱。申公豹刺穿的只是一件袍子。

申公豹讥讽道："师兄，打神鞭在你手上，你尚且不是我对手，如今没了打神鞭，你就更不是我的对手，我劝你还是投降吧！"

姜子牙提气运功，念道："大道无形，莫能与争……"

姜子牙身上孕育出一股强大的气，这气让申公豹不寒而栗。姜子牙双掌推出，打中申公豹，申公豹用宝剑格挡，宝剑随之震碎，申公豹手里只剩下剑柄。申公豹身负重伤从云端落下，掉到了庙宇前，将军庙的水兵一拥而上,想刀劈斧砍姜子牙,姜子牙右手一挥,将士们倒了一地。

面对身负重伤的申公豹,姜子牙蹲了下来道:"师弟,你认输吗?"

申公豹连连摇头道:"这不可能,你明明打不过我的,你没有了打神鞭,应该任人宰割的,怎么会?"

姜子牙叹道:"只因你不修德行,心浮气躁,在下界助纣为虐,与正义之师为敌,如今你又帮助通天教主反天,你对得起师尊吗?"

申公豹一副桀骜不驯的样子,道:"姜子牙,你杀了我吧,我不想再受你的侮辱!"

"那好,我现在就成全你,让你连神也做不成,最好是灰飞烟灭。"

姜子牙举起右手,正要一掌拍向申公豹的天灵盖。

申公豹惊出一身汗,闭上眼睛,喊道:"不要……"

一连几个不要,让姜子牙忍俊不禁,道:"看来你还是不想就这样灰飞烟灭嘛。"

姜子牙坐了下来,面对申公豹道:"师弟,我知道你为什么恨我,一恨恨了几百年,无非是你觉得师尊偏心,没有把封神大任交给你,所以你才在下界助纣为虐,帮助商朝对付义军;你恨师尊将法力都传给了我,让我下界完成封神大业。这些都让你不满,你觉得子牙是个凡人。其实,昆仑十二金仙法力都比子牙厉害,正因为子牙是凡人,只有凡人才最合适完成封神大业,神仙是不能直接和凡人打交道的。当年我曾向师尊推荐过你,让你完成封神大业,你知道师尊怎么说的吗?他说所有弟子中,他最痛心的就是师弟,师弟刚到昆仑山时,干净得像一碗清水,可如今师弟杂念太多,私欲太多,争强好胜,师尊最终未能采纳子牙建言。尽管你助纣为虐,但是封神榜上还有你的神位，可师兄我呢，功劳最大，如今还没有任何名分地飘荡在三界，我说什么了吗？师弟啊，你要多体谅师尊的难处！如今三界有难，阐教有难，我们应该团结起来，共同抵御截教啊。"

申公豹道："师兄，师尊真的那样说的？"

"是呀，这叫爱之深责之切，在师尊心里你仍然是他最重要的弟子。你可不能越走越远啊。"

申公豹似有悔意，道："我可能真的错了吧……我知道我罪孽深重，手上沾满了血腥，现在还能僭居神位，我愧对师尊。"

姜子牙道："师尊和道德天尊都不在，阐教由广成子师兄主持，众神列将正往碧游宫讨伐通天教主，如今截教势大，我们还是率领海龙兵去碧游宫助阵吧。"

申公豹被姜子牙感化了，眼冒泪花，道："师兄，对不起，我做了几百年的罪人，我不配为昆仑弟子，我现在就随你们去攻打碧游宫，以赎我的罪过。"

姜子牙道："我们先去东海龙宫，把四海龙王召集起来，再从长计议。"

姜子牙运气为申公豹疗伤。

通天教主正在与赵公明、三霄姐妹等训话，那凌霄宝殿四圣大元帅九龙岛四圣冲进大殿。四圣心急如焚，气喘吁吁，异口同声喊道："教主，不好了，阐教大批神仙正在攻打天宫。"

通天教主道："都是什么人？"

"广成子、道行天尊、姜子牙、申公豹，还有大批海龙兵，正在与天兵天将交战。"王魔急道。

"走，召集碧游宫人马，赶往天宫。"

通天教主起身朝殿外走去，赵公明等人身负重伤，不能前行。

"你们在此养伤，看好门户。"通天教主回头道。

碧游宫大批门人随通天教主往天上飞去。

此时，多宝道人带领哪吒、杨戬、文殊广法天尊、慈航道人、普贤真人、白灵、陆压道人等已经来到了碧游宫。

阐教和西方教诸神停留在碧游宫上空云端之上。

哪吒俯瞰碧游宫，震撼道："我还是第一次来到碧游宫，想不到这碧游宫竟如此壮观！"

多宝道人道："通天教主毕竟是我的师尊，我不想与之为敌，我只想帮助大家救出诸位天神和阐教众圣。你们都听我说，我们得抓紧，声东击西之计肯定会被教主发觉的，我们得赶紧救出众圣。碧游宫有九宫三十八殿，八百零一间屋，我们不可能一间间找，到处都是机关；但碧游宫有一间密室，这间密室是专门关押神仙的地方，任何大罗神仙到了那里，都使不出一点法力，更不要说逃出来。"

普贤真人问多宝道人道："大仙也不知道密室在何处吗？"

多宝道人摇了摇头，叹道："尽管我是师尊的大弟子，但也不知道密室在什么地方，这个地方不仅是师尊囚禁大罗神仙的地方，也是师尊秘密练功的地方，除了师尊，无人知晓。"

哪吒急道："天呀，时间不多了，也不知道我父王母后还有玉帝他们怎么样了，急死人了。"

众神束手无策，焦急如热锅上的蚂蚁。

哪吒道："我与母后心灵相通，虽然密室里她们无法施展法力，我们母子连心，只有靠我的念力一试。"

哪吒盘腿而坐，双目紧闭，大施法术，集中精力，念道："母后，你们在哪里……"

密室里的素知圣母天后和天界诸神体力全无，正在密室里打坐养神，殷夫人听到了哪吒的声音。

她凭着意念，回道："哪吒，我们被通天教主关在上清殿下面的密室里,你的父王,两个哥哥,还有玉帝和诸神都在。"

哪吒站起来,面对众神,激动道:"师叔,我已经找到他们了,他们被关在上清殿下面。"

"上清殿我知道,你们跟我来。"

多宝道人带领诸神赶往上清殿。上清殿空无一人,主要兵力都随通天教主上天助阵去了,只有两名守殿的神将,多宝道人大袖一挥,二将便昏死过去。

哪吒冲进殿内,大喊道:"父王、母后、玉帝,你们在哪儿?"

"哪吒……我们在下面。"殷夫人的声音传上来。

哪吒俯身敲了敲地板,下面是空的。

"他们在下面。"哪吒激动道。

多宝道人道:"这密室有机关,只有师尊才能开启。"

杨戬道:"真是麻烦,等通天教主回来,我们大家都逃不了。"

杨戬举起三尖两刃刀砍地砖,却被反弹回来。

"没用的,师尊也是万神之祖,他的机关,谁能破!"多宝道人叹道。

哪吒心急如焚,灵光乍现道:"西方教的镇教之宝婆罗八部金莲还在我手里,我不妨用它试试,看看能不能开启。"

哪吒取出金莲,用法力驱使金莲,金光万道,密室大门大开,众神欣喜若狂。

哪吒和诸神走进了密室,见诸天神坐在地上,四肢无力,哪吒、白灵、杨戬、陆压道人等前去搀扶他们。

杨戬将玉帝扶起来,道:"舅舅,让你们受苦了。"

玉帝自我安慰道:"这也是劫数。"

哪吒见到殷大人和李靖父王还有二位哥哥,骨肉分离让他泪流满面,一家人抱作一团痛哭。

玉帝道:"哪吒,现在还不是难过的时候,我们现在法力被封,体力全无,首先要迅速离开这里,如果等通天教主回来,我们一个也走不了。"

陆压道人道:"玉帝所言极是,大家还是快走吧。"

众神如开了闸的洪水,涌出了密室,往殿外逃去。

夜间,上清殿的巨大动静,引来了留守碧游宫的赵公明他们,众截教门人正好与众神撞上。

赵公明见队伍中的多宝道人,愤怒道:"多宝师兄,你竟敢背叛师父?"

多宝道人道:"师弟,玉帝在此,你要回头是岸。"

玉帝道:"赵卿,你虽为截教中人,但元始天尊依然封你为玄坛真君,你可不能糊涂,只要你放了寡人,寡人既往不咎。"

琼霄在赵公明身边点火,道:"师兄,师命难违,如果让他们逃离,我截教就将面临灭顶之灾。"

"是呀,不能放过他们。"无当圣母和坎宫斗姆异口同声道。

几大弟子一拥而上,那陆压道人连发数掌,将本来有伤的几大弟子打得爬不起来。

就快到天宫,通天教主猛一回头,向截教门人道:"不好,我们中计了,他们去打碧游宫了,玉帝被他们带出来了。"

通天教主带着众弟子往回赶。

玉帝和诸位天神刚走出碧游宫,就遇上了通天教主。

通天教主大笑道:"好一出声东击西之计!你们是自己进去呢,还是本座请你们进去?"

玉帝道:"通天教主,你也是万神之祖,我等也只不过是你的后生晚辈,你截教门人如今遍布三界,在天界为臣为神的不计其数,你为何非要一统三界呢?"

通天教主冷笑道:"本座就是咽不下这口气,凭什么主持天界的就是他元始天尊?他与道德天尊将我封印,这口气本座咽不下去!少说废话,快回密室。"

天界众神被通天教主封了法力,面对通天教主的嚣张,众神无可奈何,只能眼巴巴看着。

哪吒施展大法,振臂高呼道:"青鸾火凤,你们的主人回来了,此时不出来更待何时?"

青鸾、火凤从碧游宫飞了出来,化作风火轮,哪吒脚踏风火轮,火尖枪、乾坤圈、混天绫、阴阳剑,还有九龙神火罩相继从碧游宫飞来,环绕哪吒左右。

陆压道人、哪吒、杨戬、文殊广法天尊、普贤真人、慈航道人各持法器将通天教主围了起来。

杨戬持三尖两刃刀朝通天教主劈了过去,通天教主手臂一挥,杨戬就被甩了老远,摔在宫殿的大柱上,吐了一口血。

陆压道人抛出飞刀,那飞刀衍生出刀雨射向通天教主,通天教主设下金钟罩,飞刀瞬间成了粉末。陆压道人以宝剑刺向通天教主,通天教主以拂尘打落他的宝剑,并用拂尘打中陆压天灵盖,陆压倒下。

慈航道人、普贤真人、文殊广法天尊与匆匆赶来助阵的广成子、道行天尊,全部败下阵来。截教门人和阐教门人以及西方教众厮杀在一起,碧游宫血雨腥风。

哪吒摇起火尖枪,蹬上风火轮,与通天教主展开周旋。哪吒练成了新的法术,加上吞食婆罗八部金莲,神力惊人,用火尖枪攻了通天教主几个回合,通天教主以拂尘和哪吒在空中打斗。哪吒使出三头八臂,用火尖枪攻通天教主上三路,三头同时喷出三昧真火,用乾坤圈攻通天教主下三路,通天教主避之不及。

众神纷纷观战,赶来的姜子牙道:"想不到哪吒封神以后这么厉害,能与通天教主打成平手。"

战斗愈演愈烈,双方的战斗力都发挥到了极致,但通天教主的功力依然高出哪吒一头,哪吒被通天教主的拂尘打下来,火尖枪被击落,重重摔倒在地上。

通天教主迎头痛击,穷追猛打,从空中落下,举起拂尘正要打向哪吒,李靖夫妇大惊失色,厮杀中的白灵扑上去挡在哪吒身上,白灵中招,被拂尘打中,口吐鲜血,血溅到了哪吒的脸上。

"三太子,你两次救了我的性命,这次该轮到我救你了。"白灵暴毙而亡。

哪吒悲痛欲绝,喊道:"白灵!"

哪吒站了起来,擦了擦脸上的血,撕心裂肺的叫喊声撕破夜空。突然他眼运金光,头顶出现了神光,天上电闪雷鸣,他吐出婆罗八部金莲,通天教主身上的混元灵宝石从他的体内钻出来。哪吒盘腿席地而坐,那混元灵宝石围绕婆罗八部金莲旋转,越转越快,两件至宝逐渐融为一体,成了一颗金丹。哪吒的体内出现一颗白色的珠子,一珠一丹释放能量,灌注到通天教主身上,通天教主招架不住,逐渐膨胀,随之爆炸。

通天教主已死,截教门人乱作一团,赵公明等几大弟子目瞪口呆,瞠目结舌。

通天教主一死,诸天神法力瞬间恢复,神光护体。

玉帝道:"将截教一干叛逆押往天庭,听候处理。"

众神各显神通,往天庭飞去。

木吒和金吒连忙跑向哪吒,异口同声道:"三弟,你没事吧?"

哪吒收了神通,站了起来,一副六神无主的样子,失魂落魄地看着白灵的尸体。

李靖夫妇朝哪吒走了过去,李靖惊讶道:"想不到我儿竟然是三教圣人！消灭了通天教主，以后三界算是安宁了，可是我李家从此与截教结怨。"

殷夫人握住李靖的手，宽慰道："我们是一家人，任何时候我们都在一起，天塌地陷我们一起承担。"

哪吒抱起白灵的尸体，痛哭道："白灵……"

哪吒久久不能释怀。太乙真人走到哪吒面前，道："哪吒，这是劫数，为师知道你与白灵情深义重，但你不可就此消沉，截教余毒尚未完全清除！"

哪吒抱着白灵走了。

玉帝坐在凌霄宝殿上，接受群臣跪拜，截教跟着通天教主反叛的门人被押往凌霄宝殿。

太白金星奏道："玉帝，玄坛真君、三霄娘娘、二十八星宿、九曜星、火德星君、九龙岛四圣，他们都是跟着通天教主叛逆的截教门人，该当何罪？"

赵公明道："陛下，我们谋反，死有余辜，通天教主是我等师尊，师命难违，如今我等失败，陛下要杀要剐，悉听尊便。"

玉帝震怒道："君就是君，臣就是臣，是君命大，还是师命大？谋反大罪，寡人如果不惩罚你们，不能正天规，就不能统领三界，来人呀……"

关键时刻，元始天尊和道德天尊回来了，他们立于云辇之上。

"玉帝。"元始天尊道。

众神连忙跪拜，玉帝从宝座上走下来，面对二位天尊作揖道："见过二位天尊。"

元始天尊道："玉帝，三界正是用人之际，不可轻言责罚。他们也是受了通天教主的蛊惑，才迷了心性，如今通天教主已灭，就让他们将功补过吧！"

"遵法旨。"玉帝道。

截教门人异口同声道:"谢天尊。"

碧霄站起来,向玉帝和元始天尊叫嚣道:"哪吒杀我师尊,这个仇我一定要报!"

元始天尊摇了摇头,道:"真是有其师,必有其徒,这碧霄还是让我带回玉虚宫好好管教吧。"元始天尊施展法术,将碧霄装进了他的袖筒里,便和道德天尊幻化而去。玉帝回到了宝座上,面对众神道:"你们都起来吧,只要你们从此为寡人尽忠,护佑三界安宁,以前的事情寡人不再追究。"

诸神站了起来。

"传哪吒。"玉帝道。

少时,哪吒走上殿来,一副心不在焉的样子,李靖夫妇看到也深感痛心。

"哪吒拜见玉帝。"哪吒跪拜道。

玉帝大悦道:"哪吒,你是此次消灭通天教主最大的功臣,不愧为我天界护法神,你要什么赏赐尽管说吧。"

哪吒起身,黯然神伤,不能释怀,道:"哪吒不要赏赐,哪吒只有一个小小的要求,赐给白灵一个神位,否则她将三魂七魄离体,灰飞烟灭。白灵帮了哪吒很多,如果她不能成仙,我对不起她。"

诸神对此深感同情。玉帝感慨道:"你二人深情厚谊,感天动地!传旨,册封兔仙白灵为白灵护法元君,道场岐山。"

白灵的魂魄来到凌霄宝殿,三魂七魄重新聚在一起,玉帝旨意下,立刻恢复金身,与哪吒相拥在一起。诸神称好,玉帝对此深感欣慰。